Drei Minuten mit der Wirklichkeit

Wolfram Fleischhauer

ROMAN

Weltbild

Besuchen Sie uns im Internet:
www.weltbild.de

Genehmigte Lizenzausgabe für Verlagsgruppe Weltbild GmbH,
Steinerne Furt, 86167 Augsburg

Umschlaggestaltung: Atelier Seidel, Neuötting
Umschlagmotiv: zefa visual media GmbH, Düsseldorf
(masterfile / © Kevin Dodge)
Gesamtherstellung: Oldenbourg Taschenbuch GmbH,
Hürderstraße 4, 85551 Kirchheim
ISBN 3-8289-7294-2

2006 2005 2004 2003
Die letzte Jahreszahl gibt die aktuelle Lizenzausgabe an.

How can we know the dancer from the dance?

William Butler Yeats
Among Schoolchildren

rolog

Es war offensichtlich, dass der Beamte ihm diese Version der Vorgänge nicht abnahm.

Natürlich war der Mann darauf geschult, misstrauisch zu sein. Er hatte es von Anfang an bemerkt. Der Beamte glaubte ihm nicht. Markus Battin hatte sich sein Gehirn zermartert, was er ihnen erzählen würde. Es war ihm schwer gefallen, eine überzeugende Geschichte zu erfinden. Es log sich besser, wenn man die Wahrheit kannte. Die Wahrheit! Ein haarfeiner Riss in seinem Lebensgebäude. Er hatte ihn tagelang betrachtet, diesen Riss, und sich einzureden versucht, dass er gar nicht da sei. Ich bin das Opfer eines Verrückten, sagte er sich immer wieder vor. Eines durchgedrehten Spinners.

Er schaute auf den Stapel Blätter vor sich auf dem Tisch, das abgetippte Protokoll seiner Vernehmung. Warum wurde er hier überhaupt vernommen? Schließlich war er das Opfer. Zwei Stunden hatte dieses »Informationsgespräch« gedauert. Ein regelrechtes Verhör war es gewesen. Und jetzt sollte er diese ganze Abschrift noch einmal durchlesen, jede Seite paraphieren, die ganze Geschichte noch einmal durchleben, nur damit die ihre Akten zumachen konnten.

»Ich kann Sie natürlich nicht zwingen, zu lesen, was Sie unterschreiben«, hatte der Beamte zu ihm gesagt. »Aber falls die Sache irgendein Nachspiel hat, könnte es sein, dass dieses Protokoll als Beweismittel herangezogen wird. Wenn dann etwas falsch wiedergegeben ist, könnten Sie Probleme bekommen. Es dauert ja nicht lange.«

Ein Nachspiel? Was für ein Nachspiel?

Dieser Irre hatte das Land verlassen. Ein Nachspiel hatte das Ganze lediglich für seine Tochter. Battins Magen verkrampfte sich beim Gedanken an Giulietta. Wie hatte der Kerl ihr das nur antun können? Natürlich war die Polizei auch sehr daran interessiert gewesen, Giulietta zu verhören. Um ihr das zu ersparen, hatte er schließlich dieser Befragung zugestimmt. Giulietta war gar nicht vernehmungsfähig. Sie stand unter Schock. Das verübelte er diesem Wahnsinnigen am meisten. Was er

Giulietta angetan hatte. Allerdings wurde dadurch alles nur noch unbegreiflicher.

Dieser Damián Alsina hatte seine Tochter geliebt. Sie waren gerade einmal zwei Monate zusammen gewesen, aber die Veränderung in Giulietta war unübersehbar. Nein, nicht er – *sie* hatte *ihn* geliebt. Die Rückschläge dieses Sommers hatten ihr schwer zugesetzt. Das war vielleicht ihr einziger Fehler. Sie konnte mit Misserfolgen nicht gut umgehen. Das war schon in der Ballett-Schule so gewesen. Die ewige Kritik, die Schreierei, die bohrenden Selbstzweifel, auf welche es die Lehrer mit fast sadistischer Präzision abgesehen hatten. »Nur die Guten werden angeschrien«, hatte er ihr immer wieder gesagt. »Das Schlimmste ist, wenn sie dich ignorieren. Solange sie dich fertig machen wollen, glauben sie an dich.« Das hatte sie nie begriffen. Oder vielleicht hatte sie es begriffen. In jedem Fall besaß sie keine Abwehrreflexe gegen diese ganzen Gemeinheiten. Sie nahm das alles zu persönlich. Er hatte sich ernsthaft Sorgen um sie gemacht. Schließlich hatte es doch noch geklappt, zwar unbezahlt und als Hospitantin, aber dafür an einem der besten Häuser des Landes, der Berliner Staatsoper. Aber diese Veränderung an ihr hatte später eingesetzt, irgendwann im September oder Oktober. Sie war plötzlich wie ausgewechselt, war am Wochenende laufend unterwegs und kam überhaupt nicht mehr zu ihnen nach Zehlendorf. Ausnahmsweise hatte diesmal seine Frau zuerst erfahren, was für ein Licht seiner Tochter in der Düsternis ihrer Niedergeschlagenheit plötzlich erschienen war.

»Sie hat ihren Märchenprinzen gefunden«, hatte Anita ihm lapidar mitgeteilt.

»Davon weiß ich ja gar nichts«, hatte er geantwortet. »Dann muss es ein regelrechter Zauberkünstler sein, wenn er sie von heute auf morgen geheilt hat.«

»Für neunzehnjährige Mädchen bedarf es keiner Zauberkünstler«, hatte Anita erwidert, »ein charmanter Mann reicht da völlig aus.«

»Ein Mann?«

»Na ja, Männchen. Er ist dreiundzwanzig.«

»Und? Kennst du ihn schon?«

»Ich? Nein. Wie kommst du darauf?«

»Offensichtlich weißt du schon einiges über ihn.«
»Schau sie dir doch an, dann weißt du alles. Ich habe sie nur gefragt, wie alt er ist.«
Er war zugleich froh und beunruhigt gewesen. Es ging ihr endlich besser. Das war gut. Aber ein Mann? Warum hatte er das nicht bemerkt? Die Arbeit. Er hatte zu viel gearbeitet. Der neue Schichtplan. Das neue Sicherheitskonzept wegen des Regierungsumzugs. Er hatte drei Wochen lang mehr als sonst zu tun gehabt, und dabei war sie ihm entglitten. Er erschrak selbst über die Formulierung. Nein, sie hatte endlich diese Enttäuschung vom Sommer überwunden und sich verliebt. Und sie hatte ihm noch nichts davon erzählt, weil er fast nie zu Hause war, ihre Wege sich kaum gekreuzt hatten. Es fiel ihm schwer, die Nachricht zu schlucken.
Aber wie hing dies alles mit dem Stapel Papier vor ihm zusammen? Er käme hier erst heraus, wenn alles unterschrieben war. Er paraphierte rasch die ersten vier Seiten. Dann kehrte er zum ersten Blatt zurück und überflog den Passus mit den personenbezogenen Daten. Markus Battin, geboren am 12. Februar 1947 in Rostock. Es folgten die unterschiedlichen Stationen seines Lebens in der DDR bis zur Übersiedlung nach West-Berlin im Jahre 1976. Glücklicherweise hatte der Beamte wenigstens dieses Thema nur gestreift. Das hätte ihm jetzt noch gefehlt, über die finsteren DDR-Zeiten reden zu müssen. Seine Namensänderung war offenbar nicht aktenkundig. Jedenfalls hatte der Polizist nicht danach gefragt, und er hatte keinen Anlass gesehen, den Vorgang zu erwähnen. Markus Loess war im Winter des Jahres 1975 im Alter von neunundzwanzig Jahren gestorben. Er hieß jetzt Markus Battin. Und das war gut so.
Er blätterte um und begann an der Stelle zu lesen, wo er den Tathergang geschildert hatte.

FRAGE: Am Abend des 23. November 1999 erhielten Sie also einen Telefonanruf von Herrn Alsina.
ANTWORT: Ja.
F: Erinnern Sie sich an die genaue Uhrzeit?
A: Es war zwischen fünf und sechs Uhr abends. Halb sechs wohl.

F: Was war der Inhalt dieses Gesprächs?
A: Damián … also Herr Alsinà rief aus dem Studio meiner Tochter an. Er bat mich, vorbeizukommen, da sie mir etwas zeigen wollten.
F: Warum rief *er* Sie an und nicht Ihre Tochter?
A: Das habe ich ihn auch gefragt. Er sagte, sie sei noch nicht da. Es sollte eine Überraschung sein.
F: Hat Herr Alsina Sie schon einmal angerufen?
A: Nein.
F: Woher hatte er dann Ihre Telefonnummer?
A: Ich denke, er wusste, für welche Firma ich arbeite. Die Nummer der Zentrale steht im Telefonbuch. Außerdem hatte er Giuliettas Mobiltelefon, darauf ist meine Nummer gespeichert.
F: Wieso hatte er das Telefon Ihrer Tochter?
A: Das weiß ich nicht genau. Vermutlich hat er es sich einfach genommen. Giulietta hatte es in ihrer Wohnung vergessen.
F: Vergessen?

Menschen vergessen Dinge. Seine Tochter hatte das Telefon zu Hause vergessen. Ein einfacher Vorgang. Oder hatte sie es absichtlich zurückgelassen, damit man sie nicht erreichen konnte? Aber das war unerheblich für die Polizei.

A: Ja. Als sie nach Braunschweig fuhr.
F: Wann war das?
A: Am gleichen Tag. Dienstagmorgen.
F: Und wann haben Sie davor das letzte Mal mit ihr gesprochen?
A: Am Montag. Am Dienstag habe ich zweimal versucht, sie zu erreichen, aber ihr Telefon war nicht empfangsbereit.
F: Herr Alsina wusste also, dass Giulietta nicht in der Stadt war und erst am nächsten Abend zurückkommen würde?
A: Ja.
F: Was tat sie in Braunschweig?
A: Sie half einer Freundin beim Umzug. Sie war nicht allein. Sie fuhr mit ein paar Freundinnen hin.
F: Und Herr Alsina nutzte die Abwesenheit Ihrer Tochter, um sich mit Ihnen zu treffen.

A: Ja. So sieht es aus.
F: Wie oft waren Sie ihm zuvor begegnet?

Hier hatte er innerlich gestockt, sich dann jedoch für die Wahrheit entschieden. Er hatte diesen Menschen bis vor einer Woche noch nie im Leben gesehen. Das war eine unumstößliche Tatsache. Er musste ihn mit jemandem verwechselt haben. Das würde jedem einleuchten. Seit dem Fall der Mauer geschahen die absonderlichsten Dinge in Berlin. Er hätte selber genügend Leute nennen können, mit denen er noch eine offene Rechnung hatte. Einige Gesichter aus dem Arbeiter- und Bauernstaat waren ihm nur zu gut in Erinnerung. Eine Verwechslung also. Daher war seine Antwort in Ordnung.

A: Einmal.
F: Wann und wo?
A: Bei uns zu Hause.
F: Sie hatten ihn eingeladen?
A: Ja. Giulietta kannte ihn bereits seit geraumer Zeit, und wir waren neugierig auf ihn.
F: Es war also ein Abendessen im Familienkreis?
A: So kann man es nennen.
F: Wie war Ihr erster Eindruck von Herrn Alsina?

Sollte er ehrlich sein? Er hatte ihn von Anfang an nicht gemocht. Nicht, weil er Ausländer war. Ein Schwabe hätte ihm genauso missfallen. Er war auf alle Männer eifersüchtig, die hinter seiner Tochter her waren. Das wusste er. Er konnte nichts dagegen tun. Giulietta war sein Ein und Alles. Aber er hatte sich unter Kontrolle. Solange diese Burschen sie nur nicht von ihrer Karriere ablenkten. Dieser Damián hatte etwas in den Augen gehabt, das ihm nicht gefiel, überhaupt nicht gefiel. Aber er hatte es fertig gebracht, Giuliettas angeknackstes Selbstbewusstsein wieder aufzubauen. Dass ein dahergelaufener Tango-Tänzer dieses Kunststück zu Stande gebracht hatte, war nun einmal nicht zu ändern. Er war davon ausgegangen, dass die Sache ein Strohfeuer war. Er kannte seine Tochter. Sie hatte einen unbeugsamen Willen. Klassischer Tanz war ihr Leben. Sie würde nicht von heute auf morgen zehn Jahre Ballett-Training an den Nagel hängen und wegen irgendeiner Liebelei ihre Karriere aufs Spiel setzen oder sich womög-

lich einem läppischen Paartanz widmen. Das Ganze war eine Phase, und dieser Damián war nichts weiter als eine kurze Etappe darin, eine Krücke, ein kurzes Atemholen. Der Argentinier hatte etwas Verschlagenes gehabt. Anita fand ihn charmant. Aber Anitas Menschenkenntnis war nicht besonders gut entwickelt. Dass an diesem Damián etwas faul war, hatte er gleich gespürt. Sonst säße er jetzt auch nicht hier in dieser tristen Amtsstube, um zu erklären, warum dieses hinterhältige Aas offenbar nicht ganz richtig tickte.

A: Unbestimmt. Er wirkte schüchtern, irgendwie unsicher. Aber das lag sicher daran, dass er uns nicht kannte und offenbar bemüht war, einen guten Eindruck zu machen.

Das klang hohl, befand er richtig. Aber so stand es nun mal da. Hier zu streichen hätte seltsam gewirkt. Schließlich verlangte man von ihm keine Charakterstudie. Er paraphierte die Seite und blätterte um.

F: Woraus schließen Sie das?
A: Haben Sie Kinder?
F: Nein. Warum?
A: Man sieht das sofort bei jungen Menschen. Er war befangen. Überaus nett zu meiner Frau und etwas reserviert mir gegenüber. Typisch für junge Männer, welche die Eltern ihrer Freundin kennen lernen. Das kann Ihnen jeder Vater bestätigen.

Rückfragen stellen. Unwissen aufdecken. Die beste Möglichkeit, vom Thema wegzukommen.

F: Und das Abendessen verlief völlig normal?
A: Ja. Allerdings ging Herr Alsina recht früh, da er noch zu einer Probe musste.
F: Zu einer Probe. So spät am Abend?
A: Es war nicht spät, als er fortging. Halb zehn vielleicht. Das Theater, wo zwei Tage später die Aufführung stattfand, war wegen einer anderen Veranstaltung bis zweiundzwanzig Uhr belegt. Die Hauptproben mussten daher am Morgen und spätabends stattfinden.

F: Und Ihre Tochter blieb bei Ihnen zu Hause?
A: Ja. Wir saßen noch eine Weile zusammen. Aber sie holte ihn später von der Probe ab und blieb dann in der Stadt.
F: Also, dieses Abendessen fand am Mittwochabend statt, am 17. November genau gesagt. Am Freitag, Samstag und Sonntag wurde das Stück aufgeführt. Am darauf folgenden Dienstag fuhr Ihre Tochter nach Braunschweig, und am selben Abend erhielten Sie diesen Anruf von Herrn Alsina?
A: Ja.
F: Sie haben sich das Stück nicht angesehen?
A: Nein.
F: Und Ihre Frau?
A: Auch nicht. Warum? Ist das von Belang?
F: Nein, nicht unbedingt. Und Sie sagten ja bereits, dass Sie Herrn Alsina bis zu jenem Dienstag nicht mehr getroffen haben. Kommen wir also auf den Tag der Tat zu sprechen. Sie wussten nicht, dass Ihre Tochter nach Braunschweig gefahren war?
A: Nein.
F: Und Herr Alsina wusste, dass Sie das nicht wussten.
A: Das vermute ich.
F: Haben Sie eine Erklärung dafür, warum Giulietta ohne Ihr Wissen nach Braunschweig fuhr?
A: Meine Tochter ist erwachsen. Jedenfalls behandeln wir sie so.
F: Wusste Ihre Frau davon? Von dieser Fahrt nach Braunschweig, meine ich.
A: Nein. Warum fragen Sie das?
F: Nun, ich versetze mich in die Situation von Herrn Alsina. Er hat Ihnen eine Falle gestellt. Das konnte er nur, da er davon ausgehen konnte, dass weder Sie noch Ihre Frau wussten, dass Giulietta nicht in Berlin war. Doch warum sollte Giulietta Ihnen diese Fahrt nach Braunschweig verschwiegen haben?

An dieser Stelle hatte er verstanden, worauf der Beamte hinauswollte. Giulietta war heimlich nach Braunschweig gefahren. Damián wusste das. Und warum war sie heimlich gefahren? Weil sie ihren Eltern gegenüber nicht immer ehrlich war.

Warum war sie nicht immer ehrlich? Er hatte es hinter der Stirn des Beamten buchstäblich ticken sehen.

A: Vielleicht weil sie uns nicht beunruhigen wollte.
F: Beunruhigen? Ihre Tochter ist neunzehn Jahre alt, fast zwanzig. Was ist schon dabei, von Berlin nach Braunschweig zu fahren?
A: Sie wissen ja, dass die letzten Monate nicht ganz einfach für sie waren. Vielleicht haben meine Frau und ich die Fürsorge für sie dabei etwas übertrieben, und sie fühlte sich eingeengt. Junge Menschen reagieren oft so. Man will ihnen helfen, sie empfinden das als Einmischung in ihre Angelegenheiten und machen aus jeder Lappalie ein Geheimnis.
F: Herr Battin. Was für ein Verhältnis haben Sie zu Ihrer Tochter?
A: Wie meinen Sie das?
F: Nun, wenn ein junger Mann den Vater seiner Freundin, den er einmal im Leben gesehen hat, in einen Hinterhalt lockt, dann stellt man sich natürlich einige Fragen. Möglicherweise ist Herr Alsina verrückt …
A: … wenn Sie mich fragen, so ist das genau meine Meinung …
F: … oder er hat in Ihnen vielleicht einen Konkurrenten gesehen, denn Sie haben doch ein sehr inniges Verhältnis zu Ihrer Tochter? Ich will Ihnen damit nicht zu nahe treten. Irgend ein Motiv muss Herr Alsina doch gehabt haben. Kann es sein, dass er sich eingebildet hat, zwischen Ihnen und Ihrer Tochter existiere etwas, das seine Beziehung zu Giulietta gefährden könnte? War er vielleicht eifersüchtig auf Sie? Sie müssen das natürlich nicht beantworten. Letztlich geht es hier um das rätselhafte Verhalten von Herrn Alsina, und nicht um Sie.
A: Nein, nein, ich weiß, worauf Sie anspielen. Bitte schön. Meine Tochter ist ein außergewöhnlich attraktives Mädchen, eine schöne Frau, muss man ja wohl schon sagen. Meine Tochter hängt sehr an mir. Wenn Sie wissen wollen, ob man bei uns zu Hause nackt herumläuft …
F: … so war das nicht gemeint …
A: … jedenfalls hat noch kein Freund, den meine Tochter mit nach Hause gebracht hat, mir später heimlich aufgelauert.
F: Ich denke nur laut, Herr Battin. Wenn ich hier etwas unterstelle,

dann nicht Ihnen, sondern Herrn Alsina. Vielleicht liegt es daran, dass Herr Alsina Argentinier ist? Ein kulturelles Missverständnis.
A: Möglich ist alles. Ich weiß nichts über Argentinien.

Er las den Passus mehrmals durch. Hatte er irgendetwas verraten? Verraten? Es gab nichts zu verbergen, jedenfalls nicht auf dieser Ebene der »Befragung«, wie die das hier nannten. Nein, er hatte gut geantwortet. Der Beamte hatte das Thema gewechselt. Sollten sie doch glauben, was sie wollten. Er paraphierte erneut und las weiter.

F: Kehren wir also zu jenem Dienstagabend zurück. Sie sagten vorhin, Herr Alsina habe Sie ins Studio gebeten, weil er und Giulietta Ihnen etwas zeigen wollten?
A: Ja.
F: Kam Ihnen das nicht seltsam vor? Ich meine, eigentlich hätte doch Ihre Tochter Sie anrufen müssen, oder?
A: Ja, sicher. Natürlich kam es mir seltsam vor. Ich kannte ihn ja kaum. Ich versuchte gleich, Giulietta zu erreichen, aber ihr Telefon war ausgeschaltet.
F: Und das hat Sie nicht misstrauisch gemacht?
A: Misstrauisch nicht. Ein wenig unruhig vielleicht.
F: Normal fanden Sie das also nicht?
A: Nein.
F: Sprachen Sie darüber, was Giulietta Ihnen angeblich zeigen wollte?
A: Nein, das war nicht nötig. Ich wusste ja, woran sie mit ihm arbeitete. Ich hatte beim Abendessen sogar gesagt, dass ich das Solo gerne einmal sehen würde.
F: Was für ein Solo?
A: Kennen Sie sich ein wenig mit Ballett aus?
F: Nein, nicht sehr. Tut mir Leid.
A: Meine Tochter ist Praktikantin an der Staatsoper, bewirbt sich aber auch an anderen Häusern. An der Deutschen Oper wird in der nächsten Spielzeit unter anderem ein Tango-Ballett gegeben. In der Schule kommt man mit so etwas nicht in Berührung, und Giulietta fühlte sich unsicher. Sie ist mit Tschaikowsky und Adolphe Adam aufgewachsen.

Tango ist zur Zeit anscheinend wieder in Mode, und irgendwie kam sie hier in Berlin in Kontakt mit Leuten aus diesem Milieu. So hat sie diesen Tänzer kennen gelernt. Herr Alsina gab ihr offenbar ein paar Tipps zum besseren Verständnis der Musik, und ich war neugierig, was dabei herausgekommen war.

F: Rekonstruieren wir also diesen Dienstagabend. Sie fahren nach der Arbeit in die Gsovskystraße 31, parken Ihren Wagen und gehen durch die Hofeinfahrt auf das Rückgebäude zu. Fiel Ihnen irgendetwas auf, als Sie durch den Hinterhof gingen?

A: Nein.

F: Sie sind mit den Örtlichkeiten bestens vertraut?

A: Ja, das ist richtig. Ich habe das Studio vor einem Jahr gekauft.

F: Ihre Tochter trainiert dort?

A: Nein. Sie wohnt sozusagen dort.

F: Gemeldet ist sie aber bei Ihnen in Zehlendorf.

A: In den letzten beiden Schuljahren war sie dermaßen eingespannt, dass wir ihr die weite Fahrt von Zehlendorf nach Prenzlauer Berg ersparen wollten. Sie wollte dann unbedingt so eine Fabriketage, und das Angebot war günstig. Natürlich kann man darin auch trainieren, es gibt sogar eine Stange und einen Spiegel, aber Ballett-Tänzer können kaum alleine arbeiten. Wenn niemand korrigiert, kann es sogar schädlich sein. Aber Dehnen und Strecken kann man sich allemal. Jedenfalls wollte sie keine normale Wohnung, sondern so ein Studio. Mittlerweile ist eine Art Wohnung daraus geworden.

F: Also, seit wann wohnt sie dauerhaft in diesem Studio?

A: Ich habe nicht gesagt, dass sie dauerhaft dort wohnt.

F: Herr Battin, ich frage das nicht wegen der Ummeldung, das können Sie getrost vergessen und demnächst nachholen. Es geht hier um die Sache Alsina, nichts weiter.

A: Seit Beginn der Hospitanz an der Staatsoper, also seit Mitte August, kommt sie kaum noch nach Zehlendorf. Abnabelungsphase nennt man das wohl.

F: Ihre Tochter hat hier in Berlin studiert?

A: Ja, an der staatlichen Ballett-Schule.

F: Sie fahren also mit dem Aufzug in den fünften Stock und betreten das

Studio. Herr Alsina begrüßt Sie. Sie legen Ihren Mantel ab und fragen nach Giulietta.

A: Ja. So war es.

F: Was geschah dann?

A: Ich stand noch an der Garderobe, wollte mich gerade umdrehen. Da fiel plötzlich ein Sack über mich. Im gleichen Augenblick erhielt ich einen Tritt in die Kniekehlen und knickte ein. Als ich mich von meinem ersten Schreck erholt hatte, wollte ich um Hilfe rufen, doch er hielt mir den Mund zu. Ich bekam einen Faustschlag in den Magen. Ich stürzte und krümmte mich, was er dazu nutzte, die Fesselung zu vollenden. Danach riss er den Sack auf, befreite meinen Kopf und klebte mir im gleichen Augenblick den Mund zu. Schließlich verband er mir die Augen und schleppte mich weiter in das Studio hinein, wuchtete mich auf einen Stuhl und band mich fest. Am Ende entfernte er die Augenbinde, verstärkte jedoch zuvor den Knebel.

F: Und die ganze Zeit über fiel kein einziges Wort. Hat er Sie nicht beschimpft, Ihnen irgendetwas vorgeworfen? Hat er geflucht? Sie beleidigt?

A: Er sagte nichts. Nein, kein Wort.

F: In der ganzen Zeit, als Sie gefesselt auf diesem Stuhl saßen, hat er kein einziges Mal das Wort an Sie gerichtet?

A: Nein. Kein einziges Mal.

F: Dieser Vorfall ereignete sich am Dienstag gegen neunzehn Uhr. Herr Alsina verließ Berlin am Mittwoch mit der Zehn-Uhr-Maschine nach Frankfurt, von wo er am Abend den Anschlussflug nach Buenos Aires nahm. Das Studio verließ er irgendwann in der Nacht von Dienstag auf Mittwoch. Das heißt, er verließ das Studio, blieb ein paar Stunden weg, kehrte noch einmal zurück und ging dann endgültig. Ist das so richtig?

A: Ja. Ich hatte natürlich keine Möglichkeit, die Zeit genau zu verfolgen, aber in groben Zügen stimmt das. Nachdem er mich überwältigt und gefesselt hatte, schien er selber nicht mehr zu wissen, was er als nächstes tun sollte. Er strich hinter mir herum, tat aber nichts. Ich hatte Angst und war erleichtert, als er endlich ging. Das muss gegen zweiundzwanzig Uhr gewesen sein, denn ich hörte eine Turmuhr schlagen.

F: Und die ganze Zeit über fiel kein einziges Wort?
A: Nein …

Er las den Passus mehrmals durch und rief sich diese nicht enden wollenden Augenblicke in Erinnerung, die irren Bewegungen dieses Verrückten, die Art und Weise, wie er vor ihm durchs Zimmer gelaufen war, an der Fensterfront entlang, wie er vor ihn hintrat, ihn anstarrte mit diesem wahnsinnigen Blick. Die Worte des Argentiniers klangen noch in ihm nach. Aber er würde sich hüten, davon zu erzählen. So ein Irrsinn!

A: Ich konnte nicht sprechen, wegen der Knebelung. Ich habe kein einziges Wort von ihm vernommen. Er sagte nichts, absolut nichts.
F: Gab es irgendeine andere Form der Kommunikation zwischen Ihnen? Gebärden. Blicke. Irgendetwas, das einen Anhaltspunkt für Herrn Alsinas Motive liefern könnte?
A: Meine Gebärdensprache war relativ beschränkt, wie Sie sich vorstellen können.
F: Gegen neunzehn Uhr hat er Sie überwältigt. Sie sagten, um zweiundzwanzig Uhr verließ er das Studio, um später noch einmal zurückzukehren. Das macht drei Stunden. Ich meine, er hat drei Stunden mit Ihnen in diesem Studio verbracht. Er muss doch irgendetwas getan haben.
A: Er rauchte Zigaretten.
F: Lief er herum? Schaute er Sie an? Konnten Sie sehen, was er tat?
A: Nein. Ich konnte ihn nicht sehen. Ich spürte, dass er da war. Außerdem hörte ich manchmal seine Schritte, wenn er sich bewegte. Aber er trat kein einziges Mal vor mich hin.
F: Wie stand es mit der Beleuchtung?
A: Die Deckenbeleuchtung schaltete er aus. Soweit ich das erkennen konnte, brannte lediglich die kleine Nachttischlampe neben der Schlafcouch.
F: Haben Sie keine Befreiungsversuche unternommen?
A: Die erste Stunde bewegte ich mich überhaupt nicht. Ich weiß nicht, ob Sie sich vorstellen können, wie das ist, von einem wildfremden Menschen grundlos überwältigt und gefesselt zu werden. Ich bin kein ängstlicher Typ, aber man denkt dabei automatisch an das Schlimmste.

F: Doch. Ich kann mir das sehr gut vorstellen.
A: Nach einer Weile, ich weiß wirklich nicht, wie lange, begannen meine Gelenke zu schmerzen, und ich versuchte, meine Position zu verändern. Dabei machte ich natürlich Geräusche durch das verrutschende Klebeband. Herr Alsina reagierte nicht.
F: Sie saßen drei Stunden gemeinsam in diesem Raum, ohne ein Wort zu sprechen?
A: Ja. Ich konnte ja nicht sprechen. Und er sagte nichts.
F: Und dann ging er einfach?
A: Ja. Deshalb glaube ich auch, dass er eine schwerwiegende Bewusstseinsstörung haben muss. Ich bin kein Psychologe, aber wie soll man sich das sonst erklären? Als er verschwunden war, atmete ich zunächst auf, aber nicht sehr lange. Meine Situation war ja unverändert, und er konnte jeden Augenblick zurückkehren, mit einem Benzinkanister oder einem Beil ... Ich weiß, das hört sich jetzt verrückt und übertrieben an, aber das sind die Gedanken, die einem in einer solchen Situation durch den Kopf gehen.
F: Nein, Herr Battin, das hört sich überhaupt nicht verrückt an. Deshalb sind wir ja auch so daran interessiert, alle Einzelheiten zu erfahren, und verstehen nicht, warum Sie keine Anzeige erstatten wollen. Möglicherweise ist Herr Alsina wirklich krank, gefährlich krank. Ohne Anzeige können wir überhaupt nichts tun.
A: Sie können auch mit einer Anzeige nichts tun.
F: Das haben wir ja vorhin alles schon besprochen. Sie bleiben also bei Ihrer Weigerung, gegen Herrn Alsina Anzeige zu erstatten?
A: Ja. Das kann ich meiner Tochter nicht antun.
F: Gut. Weitere Ausführungen hierzu sind für das Protokoll unerheblich.

Es wurde eine fünfminütige Pause eingelegt.
Befragung wieder aufgenommen um 16:43

F: Kommen wir noch einmal auf jene Nacht zurück, die Sie gefesselt auf diesem Stuhl verbracht haben. Sie sagten, Herr Alsina sei später noch einmal zurückgekehrt?

A: Ja. Das ist richtig.
F: Wissen Sie in etwa, wie viel Uhr es war?
A: Nein.
F: Die Turmuhr schlug also nicht mehr?
A: Ich war irgendwann eingenickt und schrak hoch, als er die Tür aufschloss. Er kam in meine Nähe, kümmerte sich aber nicht um mich. Er suchte irgendwelche Gegenstände zusammen. Dann wurde es dunkel, und er verschwand.
F: Vorher war das Licht also eingeschaltet gewesen?
A: Ja. Die Lampe neben der Couch brannte wohl, als er das erste Mal wegging.
F: Also, irgendwie ist das alles doch wirklich merkwürdig.
A: Durchaus.
F: Ihre Tochter fand Sie am Mittwochabend?
A: Ja.
F: Ihre Frau gab am Mittwochmorgen eine Vermisstenmeldung auf. Ihre Tochter wusste zu diesem Zeitpunkt noch nichts von Ihrem Verschwinden?
A: Nein. Sie war ja in Braunschweig und half ihrer Freundin beim Umzug. Sie hatte ihr Telefon nicht dabei. Meine Frau wusste nicht, wo sie Giulietta erreichen konnte. Als ich die ganze Nacht nicht nach Hause gekommen war, bekam meine Frau Angst und rief die Polizei an, was ja nur verständlich ist. Wir sind einundzwanzig Jahre verheiratet, da spürt man, wenn etwas nicht stimmt. Ich hätte sie nie eine ganze Nacht lang im Unklaren über meinen Verbleib gelassen.
F: Logisch. Ihre Frau wäre nicht auf den Gedanken gekommen, in Giuliettas Studio nach Ihnen zu suchen?
A: Wahrscheinlich nicht. Irgendwann vielleicht schon. Meine Frau wusste ja nichts von dieser Verabredung. Das war alles ganz spontan geschehen. Giulietta war nicht erreichbar. Daher war meine Frau doppelt beunruhigt und hat die Polizei alarmiert.
F: Giulietta fand Sie also zufällig, als sie in ihr Studio zurückkehrte?
A: Ja.
F: Sie wusste nichts von der Vermisstenanzeige, von der Sorge ihrer Mutter, all das war ihr völlig unbekannt?

A: Ja. Sie kam direkt aus Braunschweig zurück und hoffte wohl, Damián in ihrem Studio anzutreffen.
F: Er hatte einen Schlüssel zur Wohnung Ihrer Tochter?
A: Ja. Offenbar.
F: Ihr Anblick dort in dem Studio muss sie doch gehörig erschreckt haben?
A: Sie sagen es.
F: Können Sie sich erinnern, was sie tat, als sie Sie entdeckt hatte?
A: Sie löste mir das Klebeband vom Mund und fragte, was geschehen sei.
F: Und Sie sagten es ihr.
A: Ich bat sie, das restliche Klebeband zu entfernen und sofort Anita ... also meine Frau anzurufen, um ihr zu sagen, wo ich sei.
F: Und das tat sie auch.
A: Ja. Sie können sich wohl vorstellen, dass das alles ein wenig durcheinander ging. Das Gespräch verlief etwas unglücklich. Ich hätte selbst anrufen und meine Frau beruhigen sollen. Dann wäre es auch nicht zu diesem etwas übertriebenen Einsatz der Polizei gekommen. Ich will niemanden kritisieren, Sie taten ja nur Ihre Pflicht, aber das Ganze bekam dadurch eine völlig unangemessene Dramatik.
F: Wir hatten eine Vermisstenmeldung und dann den Verdacht auf Menschenraub. Das ist keine Kleinigkeit, wissen Sie das?
A: Ich kenne den Amtsjargon, habe selber damit zu tun. In diesem Fall war es jedenfalls übertrieben. Es war ja am Ende nichts geschehen. Den größten Schaden hat meine Tochter davongetragen, und daran ist die Polizei nicht ganz unschuldig. Das ist alles, was ich hierzu sagen möchte. Eine Anzeige bringt gar nichts. Das würde nur den emotionalen Zustand meiner Tochter verschlimmern. Sie ist völlig durcheinander. Deshalb will sie auch nicht mit Ihnen sprechen. Etwas mehr Fingerspitzengefühl wäre wünschenswert gewesen.
F: Es gibt einen Abschiedsbrief an Ihre Tochter, nicht wahr?
A: Ja.
F: Haben Sie ihn gelesen?
A: Nein. Noch nicht.
F: Wie kam dieser Brief zu Ihrer Tochter?

A: Er lag im Briefkasten.
F: In welchem Briefkasten?
A: In Giuliettas Studio.
F: Kennen Sie den Inhalt dieses Briefes?
A: Nein. Ich erfuhr nur davon, als ich aus dem Krankenhaus zurückkam.
F: Wissen Sie annäherungsweise, was darin stand?
A: Nein. Meine Tochter hat sehr emotional auf die ganze Sache reagiert, und ich habe noch nicht in Ruhe mit ihr sprechen können. Ich bin sicher, dass sie mir den Brief in den nächsten Tagen zeigen wird, und wenn Sie möchten, kann ich Ihnen den Inhalt dann mitteilen, vorausgesetzt, sie ist einverstanden. Wenn Sie mich fragen, ist es nichts weiter als ein obskurer Abschiedsbrief.
F: Sind Sie sicher, dass in diesem Brief keine Erklärung für diesen Vorfall enthalten ist? Irgendein Motiv?
A: Ja. Wenn dem so wäre, hätte Giulietta es mir gesagt.
F: Herr Battin. Angenommen, Ihre Tochter wäre an jenem Abend nicht in ihr Studio gegangen, so hätten Sie eine weitere Nacht auf diesem Stuhl verbracht, nicht wahr?
A: Ja. Ich konnte mich nicht von der Stelle bewegen.
F: Und wenn sie auch am dritten und vierten Tag nicht gekommen wäre, so wären Sie vermutlich verdurstet. Ist das richtig?
A: Im schlimmsten Falle: ja. Auch wenn das sehr unwahrscheinlich ist.
F: Herr Alsina hat keinerlei Vorkehrungen getroffen, um die Lebensgefahr, in die er Sie somit gebracht hat, irgendwie zu bannen. Er hat Ihnen weder genügend Handlungsspielraum gelassen, damit Sie Ihr Grundüberleben sichern konnten, noch hat er Ihre Angehörigen benachrichtigt. Nichts dieser Art. Ein unglückliches Zusammenspiel von Zufällen, und Sie wären im Studio Ihrer Tochter jämmerlich verendet, oder? Diese Frage ist sehr wichtig. Ich bitte Sie also, Ihre Antwort gut zu überlegen.
A: Er hat es billigend in Kauf genommen, dass mir etwas zustößt. So heißt das ja wohl im Amtsdeutsch. Er hat weder eine Schere in Reichweite abgelegt noch Giulietta oder meine Frau benachrichtigt. Nein, er hatte einfach Glück, oder besser: ich.
F: Herr Alsina und Ihre Tochter hatten eine Liebesbeziehung, nicht wahr?

A: Ja. So kann man es nennen.
F: Wissen Sie in etwa, seit wann?
A: Sie haben sich im September getroffen.
F: Wissen Sie, wann genau?
A: Nein.
F: Kennen Sie die genaueren Umstände dieser Begegnung?
A: Wie ich schon sagte, bereitete Giulietta sich auf allerlei Vortanz-Termine vor. Sie war in ziemlich schlechter Verfassung, weil sie als eine der wenigen aus ihrer Klasse noch immer kein festes Engagement hatte. Lediglich diese Hospitantenstelle an der Staatsoper. So konnte sie wenigstens trainieren und hatte Aussicht darauf, hier und da einzuspringen, falls jemand aus dem Corps de Ballet krank wurde. Sie hatte schreckliche Selbstzweifel. Wenn Sie x-mal vorgetanzt haben und schon nach der Stange aussortiert werden, ist das schwer zu verkraften. Es gelang ihr überhaupt nichts mehr. Als sie diese Hospitantenstelle an der Staatsoper bekam, ging es wieder ein wenig besser, und sie hatte vor, es im Frühjahr an der Deutschen Oper zu versuchen, weil an der Staatsoper auf absehbare Zeit keine feste Stelle frei werden würde. Auf dem Spielplan der Deutschen Oper hat sie dann dieses Tango-Ballett entdeckt. Die Musik liegt völlig außerhalb des Repertoires. Sie wollte sich ein wenig mit Tangomusik vertraut machen und hat sich in Berlin umgehört. Dabei ist sie Herrn Alsina begegnet. Genaueres weiß ich nicht.
F: Sie kannten sich also ungefähr zwei Monate?
A: Ja.
F: Sie müssen diese Frage nicht beantworten, aber ich stelle sie trotzdem. War Ihre Tochter verliebt?

Verliebt? Man hätte ein neues Wort erfinden müssen, um ihren Zustand zu beschreiben. Nach dem Gespräch mit Anita hatte er die nächstmögliche Gelegenheit ergriffen, um Giulietta zu sprechen. Und da hatte er es gesehen. Seine Tochter war für ihn immer das schönste Wesen gewesen, das er sich hatte vorstellen können. Doch als er sie an jenem Abend kurz traf, war ihre Schönheit betörend gewesen. Und er hatte eine Distanz gespürt, auch wenn er überhaupt nicht begriff, woher dieser Eindruck kam.

»Was macht die Arbeit, Papa?«, hatte sie gefragt und dabei in einen Apfel gebissen.
»Gut, meine Kleine«, hatte er erwidert.
»Ich mag es nicht, wenn du mich so nennst. Bitte nenn mich nicht mehr so, ja?«
»Reine Gewohnheit, verzeih. Kommst du gut voran?«
»Hmm. Kann ich die Videoanlage aus dem Keller mitnehmen?«
»Klar. Was macht der Tango? Irgendwelche Fortschritte mit dem Stück?«
Genauer wollte er nicht nachfragen. Ihre Reaktion zeigte, dass er gut daran getan hatte.
Sie biss wieder in ihren Apfel und lächelte kurz.
»Hmm. Wird schon. Aria war gestern da. Sie wird nach Braunschweig ziehen. Was hältst du davon?«
Aria war ihm völlig schnuppe.
»Man muss alles versuchen. Soll ich dir die Videoanlage vorbeibringen?«
Sie schüttelte den Kopf.
»Danke. Ist schon mit Mama besprochen. Sie will, dass ich morgen mit ihr einkaufen gehe, da kommt sie ohnehin vorbei. Du bekommst eine todschicke Begleitung für den Empfang bei Hollrichs.«
Ein typisches Küchengespräch, zwischen Tür und Angel, sie auf dem Weg hinaus, er hinein. Zu diesem Zeitpunkt kannte sie diesen Typen drei Wochen.

A: Ob sie verliebt war, kann ich so nicht beantworten. Ich will es mal so sagen: Herr Alsina hatte vorübergehend einen überraschend starken Einfluss auf meine Tochter. Da ich weiß, dass meine Tochter einen sehr ausgeprägten eigenen Willen und eine gefestigte Persönlichkeit hat, muss sie wohl so etwas wie Verliebtheit für ihn empfunden haben. Aber das war eine vorübergehende Sache.
F: Ach ja? Woraus schließen Sie das?
A: Sie sagten ja bereits, dass Sie nicht sehr viel über Ballett wissen. Und über Ballett-Tänzerinnen vermutlich auch nicht.
F: Durchaus. Aber ich bin immer bereit, dazuzulernen.
A: Wer Ballett-Tänzerin werden will, und ich meine damit natürlich: wer eine Karriere in diesem Fach anstrebt, der wird nicht nur bestimmte Dinge nicht tun, sondern eine Sache ganz ausschließlich betreiben: Ballett-Tanz. Daneben gibt es sehr wenig, und in der Phase, in der sich

meine Tochter gegenwärtig befindet, überhaupt nichts. Niemand weiß das besser als sie selber. Es ist überhaupt kein Thema. Daher habe ich diese Freundschaft mit Herrn Alsina auch nicht überbewertet. Ein Flirt, nichts weiter.

F: Ein Flirt? Sieht Ihre Tochter das auch so?

A: Bezeichnen Sie es, wie Sie wollen. Ich habe das Ganze nicht sehr ernst genommen …

F: … und luden daher Herrn Alsina zum Abendessen ein.

A: Das war die Idee meiner Frau.

F: Herr Alsina war bereits seit zehn Wochen in Deutschland. Zwei Wochen später wäre sein Visum abgelaufen, und er hätte nach Argentinien zurückkehren müssen. Sein Rückflug war ursprünglich für den 26. November gebucht. War Ihre Tochter nicht bedrückt? Sie hatte schließlich fast zwei Monate mit ihm verbracht, oder? Herr Alsina hat ihr, wie Sie selbst gesagt haben, aus einer Krise herausgeholfen, und dabei sind die beiden sich sehr nahe gekommen. Er wohnte sozusagen bei ihr. Sie sagen, das Ganze sei nur ein Flirt gewesen. Warum dann diese Einladung zum Essen? War es Ihrer Tochter vielleicht egal, dass Herr Alsina nach Buenos Aires zurückkehren würde? Oder wollte er noch etwas länger bleiben? Beabsichtigte sie möglicherweise, mit ihm zu gehen?

Der Mann hatte offensichtlich den Verstand verloren. Giulietta nach Buenos Aires gehen, im Schlepptau eines Tango-Tänzers. Undenkbar!

A: Ich habe keine Ahnung, was für Pläne er hatte. Aber worauf wollen Sie hinaus?

F: Herr Battin. Ich suche ein Motiv. Sehen Sie, ich bin ein einfacher Polizist und soll mir einen Reim auf diesen Vorfall machen. Sie sagten vorhin, Herr Alsina sei wahrscheinlich verrückt. Das ist gut möglich. Aber selbst Verrückte handeln nicht ohne Motive, auch wenn sie sich diese nur einbilden. Es gibt schlechterdings keine Handlung ohne ein Motiv. Im schlimmsten Fall ist das Motiv spontan, existiert nur im Kopf des Täters, fällt sozusagen direkt mit der Handlung zusammen und verschwindet mit ihr sogleich wieder. Das typische Verhalten von Men-

schen, die wir als verrückt bezeichnen. Aber Herr Alsina handelte ja gar nicht spontan. Ihre Entführung war offenbar sorgfältig geplant.
A: Ach ja?
F: Sicher. Am Tag nach dem Abendessen bei Ihnen buchte Herr Alsina seinen Rückflug nach Buenos Aires auf den darauf folgenden Mittwoch, den 24. November, um. Als Ihre Tochter am 23. November, also an jenem Dienstagmorgen, nach Braunschweig fuhr, wusste Herr Alsina schon seit fast einer Woche, dass er bei ihrer Rückkehr am folgenden Abend bereits auf dem Heimflug wäre. Ihre Tochter erfuhr davon aber nichts, oder? Sie hatte keine Ahnung von Herrn Alsinas Plänen.
A: Nein, hatte sie nicht. Was nur beweist, wie gestört dieser Mensch ist.
F: Das Abendessen bei Ihnen war am Mittwoch, dem 17. November. Sie sagten, im Anschluss daran sei Herr Alsina zu einer Probe gefahren, die bis spät in die Nacht andauerte. Am nächsten Tag fanden wieder Proben statt. Ich weiß zwar nicht viel über Tänzer und Tanzaufführungen, aber solche Proben einen Tag vor der Premiere stelle ich mir recht intensiv vor. Dennoch fährt Herr Alsina am Nachmittag durch die halbe Stadt zu einem Reisebüro in Charlottenburg und nimmt persönlich diese Umbuchung vor. Warum macht er das nicht einfach per Telefon? Er spricht ja sehr gut Deutsch.
A: Woher soll ich das wissen?
F: Ich will es Ihnen sagen. Weil er eine Gebühr bezahlen musste. Und warum musste er eine Gebühr bezahlen? Weil die Umbuchungsfrist höchst knapp war, nur zwei Tage. Ursprünglich wäre er am Freitag, dem 26. November, zurückgeflogen. Warum wollte er plötzlich unbedingt zwei Tage früher zurück? Und sehen Sie, jetzt wird es richtig interessant. Denn was denken Sie, was wir in Herrn Alsinas Reisebüro außerdem noch herausgefunden haben?

Es war erstaunlich. Obwohl er überhaupt keine Anzeige erstattet hatte, war sorgfältig ermittelt worden. Die waren recht genau über Damián Alsinas letzte Tage und Stunden in Berlin informiert. Ob sie ihn selbst genauso gründlich durchleuchtet hatten?

A: Ich höre.
F: Am 15. November hatte Herr Alsina versucht, seinen Rückflug um einige Wochen zu *verschieben*. Die Angestellte dort erinnerte sich sogar an ihn, weil sie alles versucht hatte, um die Visumfrist mit einem späteren Rückflug in Einklang zu bringen. Aber das ging nicht, weil ab Mitte November die Flüge nach Buenos Aires knapp sind. Wie gesagt, am Montag, dem 15., wollte er seinen Aufenthalt um mehrere Wochen verlängern, am Donnerstag, dem 18. November, also am Tag nach diesem Abendessen, setzte er plötzlich alles daran, ihn um zwei Tage zu verkürzen und bezahlte sogar den hohen Betrag für eine Umbuchung in die Business-Class, weil anderweitig nichts zu bekommen war. Nehmen wir nun einmal an, Herr Alsina wusste von den Plänen Ihrer Tochter, nach Braunschweig zu fahren – und ich bin mir ziemlich sicher, dass er das wusste –, dann wird die Dringlichkeit dieser Umbuchung auf einmal verdächtig. Es war der ideale Zeitpunkt, um Sie in einen Hinterhalt zu locken. Wenn ich Ihre Tochter sprechen könnte, würde ich sie natürlich fragen, ob sie Damián gegenüber erwähnt hatte, dass sie bei dem Umzug nach Braunschweig ohne Ihr Wissen mitmachen wollte. Gründe kann man sich ja genügend vorstellen. Eine Ballett-Tänzerin soll ja wohl alles andere machen als Kisten schleppen.
A: Sie haben eine rege Fantasie, ich muss schon sagen …
F: Das gehört zu meinem Beruf. Der Dienstag war der einzige Abend, an dem er Sie in diese Falle locken konnte. Das Warum ist deshalb natürlich noch immer nicht beantwortet. Aber das Wie ist schon sehr viel deutlicher geworden. Aus irgendeinem Grunde hat Herr Alsina am Donnerstag, dem 18. November, beschlossen, den Vater seiner Freundin in einen Hinterhalt zu locken, auf einen Stuhl zu fesseln, kein Wort mit ihm zu sprechen, ihn hilflos und in potenzieller Lebensgefahr zurückzulassen und ohne eine Erklärung zu verschwinden. Am 17. November, einen Tag zuvor also, hat Herr Alsina den Vater seiner Freundin zum ersten Mal in seinem Leben gesehen. Sie werden mir nachsehen, dass mir dieses Rätsel zu schaffen macht.
A: Ich sehe Ihnen alles nach, auch die Tatsache, dass wir damit wieder am Ausgangspunkt unseres Gesprächs angelangt sind. Es gibt nur zwei rationale Erklärungen.

F: Und die lauten?
A: Herr Alsina ist entweder verrückt, oder er hat mich mit jemandem verwechselt.
F: Sieht Ihre Tochter das auch so?
A: Meine Tochter steht unter einem schweren emotionalen Schock. Ich glaube nicht, dass sie klar denken kann.
F: Wissen Sie etwas über den Zwischenfall während der Aufführung am Sonntag?

Sie wussten wirklich alles.

A: Nichts Genaues. Soviel ich gehört habe, ist Herr Alsina im letzten Teil der Aufführung vom Programm abgewichen und hat das Finale verpatzt.
F: Finden Sie das nicht eigenartig?
A: Wenn Sie es genau wissen wollen: Es gibt an diesem Damián Alsina herzlich wenig, das ich nicht eigenartig finde.
F: Haben Sie mit Ihrer Tochter über die Aufführung gesprochen? Hatte sie eine Erklärung dafür, dass er eigenmächtig das Programm geändert hat?
A: Nein.
F: Ein weiteres Zeichen dafür, dass Herr Alsina vielleicht nicht ganz normal ist.
A: Möglich.
F: Sie hat das Theater nach diesem Auftritt recht überstürzt verlassen. Vorher gab es offenbar einen heftigen Streit. Wissen Sie darüber etwas?
A: Ich habe Giulietta erst wieder gesehen, als sie am Mittwochnachmittag in ihr Studio kam und mich dort vorfand, vor zwei Tagen also. Über das, was dem vorausging, sind Sie offenbar besser informiert als ich. Aber ehrlich gesagt sehe ich nicht, worin da eine Verbindung bestehen sollte. Anscheinend gab es zwischen Herrn Alsina und seinen Tanzkollegen erhebliche Spannungen. Aber das kann unmöglich mit mir zusammenhängen. Er muss mich mit jemandem verwechselt haben. Eine andere Erklärung gibt es nicht.

F: Also gut, nehmen wir das einmal an. Hat er diesen Irrtum noch erkannt, bevor er das Land verließ?
A: Möglich. Aber was ändert das?
F: Ich versuche, logisch weiterzudenken. Herr Alsina traf mit seiner Aktion nicht nur Sie, sondern vor allem Ihre Tochter. Hatte er einen Groll gegen sie? Hatten die beiden Schwierigkeiten? Ergibt sich da vielleicht eine weitere Möglichkeit? Ging es bei der ganzen Geschichte vielleicht gar nicht in erster Linie um Sie, sondern um Ihre Tochter?
A: Oder meine Frau? Oder den Postboten? Ich habe allmählich genug von diesem Gespräch. Sie reden daher, als wären meine Tochter oder ich für diesen ganzen Irrsinn verantwortlich.
F: Nein. Das tut mir Leid, so habe ich das nicht gemeint.
A: Ich habe nichts mehr zu sagen.

Gesprächsende: 16:49
Das Protokoll der Befragung wurde dem Befragten
zur Durchsicht vorgelegt und von diesem auf jeder Seite paraphiert.
Geschehen zu Berlin, den 26. November 1999
Unterzeichnet

Am Ende hatte er ein wenig die Kontrolle verloren.
Worauf hatte der Mann nur hinausgewollt? Battin hatte sich von den Fragen in die Ecke gedrängt gefühlt. Der Beamte hatte ein bestimmtes Ziel verfolgt, wollte irgendetwas aus ihm herauslocken. Aber was? Wieso wusste die Polizei etwas von den eigenartigen Umständen der letzten Aufführung am Sonntagabend? Von Giuliettas Streit mit Damián? Er lebte mit der ganzen Tanzgruppe in einer Art Dauerkrieg. Bei Tango-Kompanien ging es offenbar genauso zu wie in Ballett-Ensembles. Und dieser Damián war eine Art Diva, ein frühreifer Alleskönner, der keine Gelegenheit ausließ, um seine Überlegenheit auszuspielen. Im letzten Teil der Show am Sonntagabend hatte es einen Zwischenfall gegeben, der Giulietta schockiert hatte. Damián war ohne Vorwarnung vom Programm abgewichen und hatte das ganze Ensemble blamiert. Aber Genaueres wusste Battin nicht darüber. Nur, dass es

Streit gegeben hatte, heftigen Streit, sowohl zwischen den Tänzern als auch zwischen Damián und Giulietta, die sich offenbar auf die Seite der anderen geschlagen hatte.
Er unterschrieb energisch und warf geräuschvoll den Kugelschreiber auf den Schreibtisch. Eine Thermoskanne neben ihm gab ein gurgelndes Geräusch von sich. Battin drückte genervt auf den Kannendeckel und ließ die Luft entweichen. Dann erhob er sich, ließ den unbequemen Bürostuhl von seinen Kniekehlen abfedern und streckte sich. Was für ein miserables Büro, dachte er noch, bevor er die paar Schritte zur Tür ging, die in den Nebenraum führte. Sein Blick schweifte über die grün gestrichenen Wände, die ekelhaften Gummipflanzen in ihren blassblauen Übertöpfen am Fenster, die polizeipädagogischen Poster an den Wänden, die hier sicher eine ungeheure Wirkung entfalteten. Verbrechen lohnt nicht. Drogen, nein danke. Berufswunsch Polizist?
Die Sache war für ihn erledigt. Er musste sich jetzt vor allem um Giulietta kümmern. Giulietta! Das war jetzt das Wichtigste. Ihre Karriere. Diese Sache war vorbei. Bald würde sie das auch so sehen.
Er lenkte seinen Volvo aus der Tiefgarage des Bankhauses am Zoo und fädelte sich in den Verkehr ein. Dann nahm er sein Mobiltelefon und wählte Giuliettas Nummer, bekam jedoch nur den Anrufbeantworter. Dafür hatte Anita versucht, ihn anzurufen. Er drückte die Rückruftaste.
»Markus?«
»Ja. Ich bin auf dem Weg.«
»Ich sitze hier schon seit zwanzig Minuten. Wieso warst du nicht im Büro?«
»Ich war bei der Polizei. Ich bin in fünf Minuten da. Weißt du, wo Giulietta steckt?«
»Wo soll sie schon sein? In der Oper.«
»Aber es ist halb sechs, da ist sie längst fertig, und ihr Telefon ist abgeschaltet.«
»Dann will sie wohl ihre Ruhe. Ich erwarte dich. Bis gleich, ja.«
Er brauchte fast zwanzig Minuten durch den Feierabendverkehr bis ins Klinikum Steglitz. Als er in die Einfahrt einbiegen wollte, sprang Anita ihm fast vor die Kühlerhaube. Er bremste scharf.

»Das war knapp«, sagte sie und drückte ihm einen Kuss auf die Wange.
»Was wollte die Polizei?«
»Erklärungen.«
Er gab ihr eine kurze Zusammenfassung des Gesprächs. Anita ignorierte seine Frage, wie ihr Tag gewesen sei, und sagte:
»Du siehst ganz blass aus, Markus. Giulietta hat mir versprochen, heute Abend vorbeizukommen. Ich kann nicht glauben, dass sie keine Erklärung für das Verhalten dieses Mannes hat. Ich meine, sie war zwei Monate mit ihm zusammen. Aber bis dahin reden wir über etwas anderes, ja?«
Er starrte konzentriert durch die regennassen Scheiben. Erst am Mexikoplatz lichtete sich der Verkehr. Als sie wenige Minuten später den Kies der Hauseinfahrt unter den Reifen knirschen hörten, war es bereits stockdunkel. Anitas Golf stand in der Einfahrt. Im Haus brannte jedoch kein Licht.
»Sagtest du nicht, sie hätte dein Auto haben wollen?«, fragte er beim Aussteigen.
»Doch. Sie hat mich heute Morgen vor der Klinik abgesetzt. Wahrscheinlich ist sie oben. Schau, was ich hier habe. Entenbrust.« Sie hielt eine Einkaufstasche hoch. »Und Chardonnay. '97er.«
Er lächelte sie an, ging auf sie zu, umarmte sie und gab ihr einen Kuss. »Vielleicht wollte dieser Verrückte mich deshalb aus dem Verkehr ziehen, weil ich zwei so großartige Frauen um mich habe. Das hat er einfach nicht ausgehalten.«
»Bestimmt. Schließt du jetzt bitte auf.«
Sie betraten das Wohnzimmer und schalteten das Licht an. Anita sah es zuerst und runzelte fragend die Stirn. Battin folgte ihrem Blick und betrachtete verblüfft das aufgeschlagene Ringbuch auf der Couch neben dem Kamin. Dann ging er darauf zu, nahm es in die Hand, warf es wieder hin und rief laut: »Giulietta?«
Anita setzte die Einkaufstüte auf dem Tisch ab und griff ihrerseits nach dem Aktenordner. Erst jetzt wurde ihm richtig klar, was um ihn herum vorging. Mit drei Sätzen war er bei der Treppe, die in die obere Etage führte. Er lief in den ersten Stock und stürmte in Giuliettas Zimmer. Sie benutzte es nur noch als Ablage, als Lagerraum für Dinge, die sie nicht

mehr brauchte, jedoch nicht wegwerfen wollte. In ein paar Sekunden hatte er alles gesehen, was er sehen musste. Auf dem abgezogenen Bett lag ein aufgeschlagenes Telefonbuch: Botschaften und Konsulate. Ihr gelber Schalenkoffer auf dem Schrank war verschwunden. Er fluchte leise, machte kehrt und rannte die Treppe wieder hinunter. Anita stand am Wohnzimmertisch und blätterte langsam den braunen Ringordner durch, der die gesammelten Dokumente der Familie enthielt: Geburtsurkunden, Zeugnisse und vor allem: die Reisepässe. Der von Giulietta fehlte.

Battin ließ sich auf die Couch fallen und nahm seinen Kopf zwischen die Hände.

Anita machte ein paar hilflose Bewegungen.

»Markus?«

Er antwortete nicht.

»Markus. Was geht hier vor?«

Er hob den Kopf und schaute sie an. Er hatte das Gefühl, sein Kopf müsse platzen. Erst jetzt sah er, dass Anita überhaupt nicht mehr in den Ringordner schaute, sondern auf einen Zettel, den sie wie ein totes Insekt zwischen den Fingern hielt.

»Wir müssen die Polizei alarmieren«, sagte er leise. »Die müssen sie aufhalten.«

Anita starrte ihn an.

Was war mit ihrem Gesicht geschehen? Sie war kreidebleich. Er erhob sich und ging auf sie zu, aber sie wich vor ihm zurück.

»Markus, sag mir die Wahrheit«, sagte sie ruhig.

»Anita ...«

»Was hast du ihr angetan?«

»Seid ihr alle verrückt geworden?«, fragte er fassungslos.

Jetzt hielt es ihn nicht mehr. Er ergriff Anita bei den Schultern, aber sie stieß ihn von sich.

»Fass mich nicht an«, zischte sie.

»Anita, mein Gott ...«

»Was ist zwischen euch gewesen?«, fragte sie drohend.

Er trat ein paar Schritte zurück.

»Wovon redest du überhaupt?«, stieß er wütend hervor.

Er bekam Angst. Panische Angst. Seine Familie war verrückt geworden.
»Davon«, sagte sie, musterte ihn feindselig und warf den Zettel vor ihm auf den Tisch.
»Lies das! Und dann sag mir die Wahrheit.«
Er hob den Zettel auf und las.
Nein, es war überhaupt nichts vorbei. Die Worte flirrten vor seinen Augen wie ein aufgescheuchter Wespenschwarm.

Giulietta,
ich habe einen furchtbaren Fehler gemacht. Frag deinen Vater.
Er weiß alles. Verzeih mir und vergiss mich. Für immer.
Damián

1. Teil

Escualo

So wie man Wasser findet, wenn man gräbt,
so findet der Mensch überall das Unbegreifliche,
bald früher, bald später.

Georg Christoph Lichtenberg

1

Giulietta versuchte, nicht zu zittern.
Sie blickte nervös um sich und musterte verstohlen die Gesichter der anderen Fluggäste im Terminal B des Züricher Flughafens. Ihr Magen fühlte sich an, als habe sie Säure geschluckt. Ihr Herz klopfte, und wenn sie nicht genau gewusst hätte, dass sie gestern Mittag in Berlin zumindest äußerlich kerngesund in das Zubringerflugzeug gestiegen war, so hätte sie auf Fieber getippt.
Ihr Magen rumorte. Er wollte Nahrung, aber sie wusste, dass er sie nicht bei sich behalten würde. Es war ihr Tänzerinnenmagen. Sie hatte zehn Jahre lang Ballett studiert. Sie kannte ihren Körper und alle Schmerzen, deren er fähig war. Was sie indessen nicht kannte, war seine Fähigkeit, sich so sehr in einem einzigen Schmerz einzurichten. Es waren zweiundsiebzig Stunden vergangen, seit ihr Leben gegen diese unsichtbare Wand geknallt war, und noch immer litt sie an Brechreiz, Sodbrennen und Schüttelfrost. Und all dies vor allem, wenn sie einen Namen dachte: Damián.
Aber auch das lange Warten hatte sie zermürbt. Gestern Nachmittag war sie hier in der Hoffnung angekommen, noch am selben Abend über Warteliste einen Platz zu bekommen. Man hatte ihr versichert, wenn es am Freitag nicht klappen würde, käme sie garantiert am Samstag mit. Sie hatte ihre letzten Bargeldreserven für eine weitgehend schlaflose Nacht im Flughafenhotel ausgegeben. Jetzt besaß sie noch ein paar Schweizer Franken und eine Kreditkarte, die ihr nicht gehörte. Aber das war gleichgültig. Sie hatte einen Platz in der Samstagsmaschine nach Buenos Aires. Das allein zählte.
Sie stand auf, ging zur Kaffeebar und verlangte eine Flasche stilles Wasser. Der Kellner musterte sie interessiert. Offenbar sah sie nicht ganz so schlecht aus, wie sie sich fühlte. Sie erwiderte seinen Blick nicht, schaute überhaupt niemandem ins Gesicht. Sie war daran gewöhnt, dass Männer sie anstarrten, und kümmerte sich nicht weiter darum. Aber sie hatte Furcht, erkannt zu werden. Das war natürlich albern. Wer sollte sie hier

schon kennen? Und dennoch. Sie war auf der Flucht, auch wenn sie nicht recht wusste, wovor.
Sie kehrte zu ihrem Platz zurück, schaute auf die Anzeigetafel, um das Signal zum Einsteigen im Blick zu haben, setzte die Wasserflasche an die Lippen und trank ein wenig. Der Gedanke an die vor ihr liegenden zwölf Stunden Flug erfüllte sie mit Unruhe, doch die größte Angst hatte sie davor, dass ihr Vater hier auftauchen würde. Es war natürlich völlig unwahrscheinlich. Nein, es war unmöglich. Er konnte nicht wissen, auf welchem europäischen Flughafen sie saß, um einen Anschlussflug nach Buenos Aires zu nehmen. Sie könnte überall sein, in London, Madrid oder Amsterdam. Er konnte nicht weg aus Berlin. Es war das Hauptstadtjahr. Er arbeitete seit Monaten täglich zwölf bis vierzehn Stunden, um dieses Sicherheitskonzept fertig zu stellen. Er konnte jetzt nicht ausfallen. Das ging nicht. Jedenfalls nicht gleich.
Konnte man feststellen, wer wann wo welches Flugzeug nahm? Die Polizei vermochte das sicher. Aber dazu müsste man sie zur Fahndung ausschreiben. Und das durfte die Polizei wohl nur, wenn sie etwas verbrochen hätte. Aber sie hatte nichts verbrochen. Sie war ein erwachsener Mensch von neunzehn Jahren. Niemand hatte das Recht, sie polizeilich suchen zu lassen. Auch ihre Eltern nicht. Oder vielleicht doch?
Sie hielt nervös nach allem Ausschau, was irgendwie einer Uniform ähnelte. Aber niemand behelligte sie. Die Menschen um sie herum kümmerten sich um ihre eigenen Angelegenheiten, blätterten gelangweilt in Zeitschriften oder vertrieben sich die Zeit mit Duty-free-Einkäufen. Hier und da tippte ein Geschäftsreisender auf seinem Laptop herum oder spielte mit seinem Mobiltelefon. Giulietta schloss die Augen und atmete tief und langsam. Das Wasser tat ihr gut. Sie würde schon ein wenig Ruhe finden, wenn sie nur erst in diesem Flugzeug säße. Jeder Kilometer, der sie mehr in Damiáns Nähe brachte, würde sie ruhiger werden lassen. Es gab nur dieses eine Ziel. Sie würde ihn finden, und alles würde sich klären. Es war undenkbar, dass es für sein Verhalten keine Erklärung gab. Und unabhängig von jeder Erklärung war ihre Liebe, die über alles erhaben war.
Ein vorübergehendes älteres Paar unterhielt sich auf Spanisch. Giulietta verstand die Sprache nicht, aber allein der Tonfall, der Singsang schob

einen Eiskeil durch ihre Eingeweide. Vor allem die Stimme der Frau traf sie hart und heimtückisch. Sie sprach genauso wie Nieves, Damiáns Tanzpartnerin. In dem ganzen Durcheinander der letzten Tage nach der Vorstellung hatte Giulietta überhaupt nicht mehr an sie gedacht. Nieves. *Schnee.* Ein solch schöner Name für die gehasste Frau. Ob sie noch in Berlin geblieben war? Gab es hier vielleicht einen Zusammenhang? Steckte sie hinter diesem Rätsel?
Vierzig Minuten bis zum Einstieg. Morgen früh um 11 Uhr Ortszeit würde sie in Buenos Aires landen. Sie hatte weder eine konkrete Vorstellung davon, wo das war, noch die leiseste Ahnung, was für ein Land sie betreten würde. Aber das war völlig gleichgültig. Sie wäre auch nach Tokio oder Dakar geflogen. Damián war in Buenos Aires. Alles andere war unwichtig.
Sie würde vom Flughafen in die Stadt fahren und den Taxifahrer bitten, sie in der Stadtmitte in der nächstbesten Tangobar abzusetzen. Dann würde sie alle dort auftauchenden Tanzgäste fragen, wo sie Damián finden könnte. Er war einer der bekanntesten Tänzer der Stadt. Er war ein Star. Mit Sicherheit wusste jemand, wo er wohnte. Im Ballett war das ja auch so. Jeder kannte jeden. Ballett war eine kleine Welt. Mit dem Tango wäre es nicht anders.
Dann würde sie seine Straße, sein Haus aufsuchen, die Treppe hinaufgehen bis vor seine Tür, sie würde klingeln, und er würde öffnen. Vielleicht würde er nicht öffnen. Vielleicht wäre er nicht da. Wer weiß? Möglicherweise hatte er eine Verabredung oder ein Probe irgendwo. Dann würde sie vor seiner Tür warten, oder eben auf der Treppe. Sie würde dort sitzen und sich nicht von der Stelle rühren, auf jedes Geräusch achten, das durch das Treppenhaus zu ihr hinaufkäme. Sie würde sein Lieblingsparfüm aufgelegt haben, und der Duft würde ihr voraus- und ihm entgegeneilen. Noch bevor er sie sehen würde, wüsste er bereits, dass sie gekommen war, dass sie auf ihn wartete, dass sie um die halbe Welt gereist war, damit er sie in seine Arme nahm, ganz egal, was in Berlin geschehen war, denn was zuvor geschehen war, war so viel wichtiger, so viel einmaliger, so viel unerhörter, dass dieser seltsame Vorfall gar keinen wirklichen Einfluss darauf haben konnte.
Tränen schossen ihr in die Augen, und sie verbarg ihr Gesicht in den

Händen. Sie durfte jetzt nicht daran denken, wie es wäre, ihn wieder zu sehen. Zwölf Stunden Flug. Dann möglicherweise ein ganzer Tag, bis sie ihn gefunden hatte. Und wenn sie ihn nicht fand? Er war nach Buenos Aires geflogen. Die Polizei hatte dies festgestellt. Aber war er auch dort geblieben? Er war vorgestern dort angekommen, am Donnerstagmorgen. Sie würde erst am Sonntag eintreffen. Drei Tage später. Nein, er wäre sicher noch in der Stadt. Er musste in der Stadt sein. Wo sollte er denn hingehen? Giulietta wusste, dass es Dutzende von Möglichkeiten gab. Aber was auch immer geschah, sie würde bleiben, bis sie ihn gefunden hätte.

Sie erhob sich und ging in den Toilettenraum. Sie schaute ihr Gesicht kaum an, als sie vor den Spiegel trat, wusch es nur mehrmals mit kaltem Wasser ab und ließ die Tropfen einfach herunterrollen. So sah man wenigstens nicht, dass sie noch immer weinte. Erst nach einigen weiteren Minuten war der Anfall plötzlich vorüber. Sie putzte sich die Nase, rieb sich das Gesicht trocken, noch immer bemüht, sich so wenig wie möglich zu betrachten. Denn alles, was sie dort sah, tat ihr weh. Weil er jeder Einzelheit ihres Gesichtes eine eigene Liebeserklärung gemacht hatte. Ihre unteren Augenlider hatten ihn fasziniert, weil sie waagrecht waren. Das sei sehr selten, hatte er gesagt.

Selbst ihr eigenes Gesicht erinnerte sie nur an ihn.

Sie schulterte ihre Reisetasche und begab sich auf einen Rundgang durch die Abfertigungshalle. Bilder der letzten zwei Tage schossen ihr durch den Kopf. Das Gespräch mit Frau Ballestieri, der Ballett-Direktorin der Staatsoper am Donnerstagabend nach den Proben. Der eisige Blick, als Giulietta ihr Anliegen vorgetragen hatte. Eine Hospitantin, die um Urlaub bat? Nach so kurzer Zeit im Ensemble? Ausgerechnet jetzt, mitten in der Spielzeit? Wo gab es denn so etwas? Sie könnte sich ja gerne wieder abmelden. Es gäbe genügend Tänzerinnen, die von ihrer Stelle träumten. Giulietta hatte erst ein wenig gelogen, etwas von einer Verletzung gestammelt, aber die Frau hatte sofort gemerkt, dass ihre Geschichte nicht stimmte. Dann hatte sie die Wahrheit erzählt. Die Wahrheit? Giulietta wusste nicht, was sich in Wahrheit zwischen Damián und ihrem Vater abgespielt hatte. Und wie sollte sie dieser Frau erklären, was geschehen war? Sie versuchte es, bruchstückhaft. Die Frau hörte ihr zu

und stellte ein paar Verständnisfragen, die Giulietta nicht beantworten konnte. Giulietta versuchte, ihr klarzumachen, dass es keine unglücklich verlaufene Liebesgeschichte war, die sie veranlasste, alles stehen und liegen zu lassen, sondern dass sie das Gefühl hatte, von ihren sämtlichen Sinnen betrogen zu werden. Ihre Welt war völlig aus dem Lot. Sie musste das Vertrauen in ihre Sinne zurückgewinnen dürfen. Entweder war die Welt verrückt geworden oder sie.
Frau Ballestieri hatte sie streng zurechtgewiesen. Ein Ballett-Ensemble sei wie ein Körper, den man nicht so einfach verlassen konnte. Ein Corps de Ballet. Was sie zu tun im Begriff sei, könnte ihre Karriere ruinieren, noch bevor sie überhaupt begonnen hatte. Wenn sich das herumspräche, würde niemand sie jemals wieder engagieren. Privatleben sei hier nicht zweit-, sondern drittrangig. Sie könne das nicht durchgehen lassen. Sie würde ihr damit auch gar keinen Gefallen tun. Sie könnte ihr nur so weit entgegenkommen, sie aus internen Gründen fristlos zu entlassen. Sie wäre ja noch in der Probezeit. Das käme schon vor und stellte sie nicht bloß. Die Stelle würde umgehend neu besetzt. Mehr könne sie nicht tun.
Giulietta hatte finster vor sich hingeblickt. Das war das Ende. Sie hatte ihr Äußerstes gegeben, um diese Stelle zu bekommen. Es war der erste, der wichtigste Schritt auf dem Weg zur Erfüllung ihres Traums, Ensemblemitglied eines angesehenen Hauses zu werden. Der Gedanke daran, die entfernteste Hoffnung darauf, hatte sie am Leben gehalten, die ganzen Jahre der Ausbildung hindurch, und ihr geholfen, alles durchzustehen: die Schmerzen, die unaufhörliche Kritik, die blutenden Füße, die gesplitterten Zehennägel und nicht zuletzt den ewigen Kampf mit ihrer Mutter, die regelmäßig wiederkehrenden Diskussionen über den Sinn oder Unsinn einer solchen Ausbildung. Und dann war der Traum zum Teil wahr geworden: Sie hatte die Hospitantenstelle an der Staatsoper bekommen. Wie konnte sie diese einmalige Chance jetzt so leichtfertig aufs Spiel setzen?
Der Preis der Entscheidung, Damián hinterherzufahren, war höher als alles, was sie sich hätte vorstellen können. Doch sie hatte keine Wahl. Wie in Trance hatte sie nur mit dem Kopf genickt und sich bei der Ballett-Direktorin für das Entgegenkommen bedankt. Dann versuchte sie

aufzustehen und das Zimmer zu verlassen, doch ein kurzer Schwindelanfall zwang sie auf den Sessel zurück. Die Direktorin befahl ihr sitzen zu bleiben und holte ihr ein Glas Wasser. Giulietta trank, und Frau Ballestieri lehnte sich zurück und betrachtete sie schweigend. Ihre abschließenden Worte klangen jetzt noch in ihr nach.

»Giulietta, Sie tragen etwas in Ihrer Seele, das man Ihrem Tanz noch nicht anmerkt. Das ist schade, aber es wird kommen, und ich würde einiges darum geben, dabei zu sein. Was ich Ihnen jetzt sage, bleibt unter uns. Das müssen Sie mir versprechen. Ich gebe Ihnen eine Woche. Wenn Sie am sechsten Dezember wieder zum Morgentraining hier sind, vergesse ich die Sache. Sonst will ich Sie hier nie wieder sehen.«

Eine Woche. Die Zeit lag vor ihr wie ein unbekannter Kontinent, den sie durchqueren musste. Während sie hier in Zürich saß, liefen in Berlin die Soli-Proben für Verdiana und den Nussknacker. Training war heute freiwillig. Aber natürlich wäre sie hingegangen und hätte danach der Primaballerina beim Proben zugeschaut. Stattdessen stand sie hier im Duty-free-Shop und kaufte Hygieneartikel, weil ihr plötzlich eingefallen war, dass solche Dinge in diesem fernen Land vielleicht schwierig zu finden sein könnten. Dann suchte sie nach einem Zeitungsladen und war angenehm überrascht, dort auch eine Bücherwand mit Reiseliteratur zu entdecken. Kurz entschlossen griff sie nach einem Reiseführer über Argentinien, der allerdings auf Englisch verfasst war, und bezahlte das erste Mal mit der Kreditkarte, die sie gestern Morgen im Haus ihrer Eltern entwendet hatte. Das Lesegerät nahm die Plastikkarte anstandslos entgegen und spuckte nach einigen Sekunden ratternd den Beleg aus. Giulietta unterschrieb mit dem Schriftzug ihrer Mutter und verwahrte die Karte sorgfältig. Ihre Mutter könnte die Karte sperren lassen, und dann wäre sie ohne Geld. Sie überlegte, ob ihre Eltern so weit gehen würden. Ihr Rückflug war am 4. Dezember. So lange musste sie dort drüben ausharren. Nein, ihre Mutter würde die Karte nicht sperren lassen. Das könnte sie ernsthaft in Schwierigkeiten bringen. Sie würde anrufen, sobald sie angekommen war. Aber nicht zu Hause. Da könnte ihr Vater an den Apparat gehen, und er war der Letzte, mit dem sie jetzt sprechen wollte. Sie war selbst fassungslos über diesen Gedanken. Wie konnte sie so etwas gedacht haben? Ihr Vater, den sie vergötterte. Und

plötzlich war er ihr so fremd und fast verhasst. Es passte einfach nichts zusammen. Es musste irgendwo eine Erklärung geben, warum plötzlich nichts mehr so war wie zuvor.
Sie verstaute ihre Einkäufe in ihrer Segeltuchtasche und setzte sich direkt neben dem Abfertigungsschalter auf eine Bank. Zwei Damen der Swiss-Air tippten bereits irgendwelche Daten in den Computer, und die ersten Fluggäste bildeten vor dem Schalter den Anfang der schnell länger werdenden Warteschlange. Giulietta reihte sich ein. Der Aufruf zum Einsteigen erklang, und die Glastür zum Einstiegstunnel glitt zur Seite. Je näher Giulietta dem Lesegerät rückte, das die Flugscheine codierte, desto nervöser wurde sie. Waren diese Computer nicht alle vernetzt? Hatte ihr Vater vielleicht doch erreicht, dass die Polizei sie suchte? Sie schaute sich nervös um und warf einen prüfenden Blick in die Abfertigungshalle, aber nirgends kamen Uniformierte herbeigestürmt, um sie festzunehmen. Sie ging vorwärts. Noch zwei Fluggäste waren vor ihr. Ihre Tickets sausten durch den Automaten, der einen kümmerlichen Rest davon wieder ausspuckte. Dann war sie an der Reihe. Die Dame nahm ihren Flugschein entgegen, schaute kurz darauf, steckte ihn in den Schlitz und reichte ihr lächelnd den Abschnitt mit ihrer Platznummer.
»Danke schön. Angenehmen Flug.«
Eine Stunde später war sie über den Wolken und über Frankreich, wie sie auf dem Bildschirm am Ende der Kabine erkennen konnte. Das Flugzeug war bis auf den letzten Platz gefüllt. Giulietta war am Fenster gelandet. Neben ihr saßen zwei ältere Damen, die sich in einer ihr völlig unverständlichen Sprache unterhielten. Kurz nach dem Start war es im Rahmen der Verabreichung eines Begrüßungssnacks zu einem kurzen Austausch englischer Satzbruchstücke zwischen ihnen und Giulietta gekommen. Aber das war auch schon alles. Glücklicherweise saß keiner der Männer neben ihr, die sie im Vorbeigehen schamlos anstarrten. Sie hatte einige Übung darin, durch ein Minenfeld geiler Männerblicke hindurchzuschweben, aber in einem Flugzeug gab es nicht viele Ausweichmöglichkeiten. So schaute sie aus dem Fenster, betrachtete die sonnenbeschienene, glitzernde Tragfläche und schickte unfertige Gedanken an den blauweißen Horizont, wo sie sich unfertig in nichts auflösten.

2

Sie war Damián am vierundzwanzigsten September begegnet. Es war ein regnerischer Tag gewesen. Waren nicht fast alle Tage in Berlin regnerisch, wenigstens in der Erinnerung? Die Woche hatte sie erschöpft. Proben ohne Unterlass, Nussknacker und Verdiana. Sie hatte tapfer durchgehalten, war nach jedem Einsatz am Rand des Probensaals hingesunken, hatte sich ausgeruht oder an ihren Schuhen herumgemacht, Pflaster geklebt, Klebestreifen geschnitten, Spitzen geflickt oder Bänder neu befestigt. Man konnte durchaus den Eindruck bekommen, so ein Ballett-Ensemble bestehe hauptsächlich aus Näherinnen. Alle waren erschöpft an diesem Freitag, aber das Programm musste durchgezogen werden. Nach dem üblichen Training von zehn bis halb zwölf war ein Durchlauf durch Akt II der Verdiana angesetzt. Dann um halb eins Nussknacker, die Schneeflocken plus Schneekönigin, und um halb zwei der Blumenwalzer. Um halb drei dann auch noch der Tanz der Rohrflöten, und danach hatte sie endlich Pause, weil ab halb vier Drosselmeyer, Marie und Prinz und später Drosselmeyer und Großherzogin geprobt wurden. Morgen war Vorstellung, bei der sie wie üblich noch nicht mittanzen würde, es sei denn, es gab während der Probe gleich mehrere verstauchte Knöchel, was sehr unwahrscheinlich war.
Sie hatte um vier Uhr das Gebäude verlassen, um zu den Hackeschen Höfen zu gehen. Sie konnte sich noch gut an ihre Stimmung an diesem Nachmittag erinnern. Sie war völlig erschöpft, aber auch ein wenig euphorisch gewesen. Sie hatte einige aufmunternde Blicke von Kolleginnen bekommen. Die Direktorin war mehrmals oben auf der Zuschauergalerie erschienen und hatte ihr nach einem Gruppeneinsatz zufrieden zugezwinkert. Diese Signale waren ihr Wasser und ihr Brot. Aus der Gruppe hatte sie bisher keine besondere Feindschaft gespürt. Die sieben Solistinnen und die vier ersten Solistinnen waren ohnehin in einer anderen Welt, ganz zu schweigen von der Primaballerina. Giulietta hatte nichts von ihnen zu befürchten, weil diese ihrerseits von ihr nichts zu befürchten hatten. Sie würde Jahre brauchen, dieses Niveau zu erreichen. Aber für die Gruppenmitglieder war eine Hospitantin immer eine gewisse Gefahr, vor allem, wenn sie gut war.

Giulietta war gut, aber die letzten Monate, die erfolglosen Vortanztermine, hatten etwas in ihr zerstört. Ihre gute Technik war ihre Stärke und zugleich ihre Schwäche. Je unsicherer sie geworden war, desto mehr hatte sie sich dort hinein geflüchtet. Ihr Tanz hatte etwas Kaltes. Sie fiel einfach nicht auf, wenn sie mit dreißig anderen an der Stange stand und ihre Übungen machte. Sie hatte siebzehnmal vorgetanzt und war nur ein einziges Mal bis zu den Übungen in der Mitte gelangt. Sonst war sie immer schon nach der Stange nach Hause geschickt worden. Trotz des unbestreitbaren Erfolgs, jetzt doch noch in der Staatsoper hospitieren zu dürfen, war ihr Selbstbewusstsein ausgehöhlt. Sie tanzte ohne Begeisterung. Sie war präzise und geschmeidig, aber ausdruckslos und ein wenig furchtsam. Was sie im Augenblick rettete, waren ihre Automatismen, und sie dankte Gott, dass sie auf der zwar umstrittenen, aber in Fragen der Technik überragenden Staatlichen Berliner Ballett-Schule ausgebildet worden war. Der ehemaligen DDR-Eliteschule hing immer noch der Ruf an, Ballett-Automaten heranzuzüchten, und Giulietta erinnerte sich noch gut an den Aufschrei ihrer Mutter, als sie mit zehn Jahren beschlossen hatte, diese Schule zu besuchen. Die Diskussion zwischen ihren Eltern war nicht für ihre Ohren bestimmt gewesen, aber sie hatte bei halb geöffneter Zimmertür gelauscht.

»Die werden aus deiner Tochter eine Tanzmaschine machen«, hatte ihre Mutter gesagt und hinzugefügt: »Ich wette, die spritzen ihr schon im ersten Jahr Hormone.«

»So ein Stuss«, hatte ihr Vater erwidert. Aber im Grunde war auch ihm nicht wohl dabei gewesen, seine über alles geliebte Tochter in eine Ballett-Schule der von ihm über alles gehassten, ehemaligen DDR zu schicken. Ballett-Tanz war Hochleistungssport, und wie die DDR Hochleistungssportler behandelt hatte, war ja bekannt. Klassischer Tanz wurde natürlich nach der russischen Methode unterrichtet. Waganowa-Schule. Anita besorgte sich das Lehrbuch und las es durch. Dann konfrontierte sie Markus damit: »Hör dir das mal an: *Bei Übungen ist genauso vorzugehen wie bei der Behandlung einer Krankheit.* Weißt du, was das heißt? Der gesunde Körper wird als krank betrachtet.«

Das Thema blieb umstritten.

»Du ruinierst deinen Körper«, sagte ihr Mutter einmal, als Giulietta schon siebzehn und das Ende der Ausbildung absehbar war.
»Quatsch. Geh mal in eine Diskothek, wo die Rauchschwaden hängen, oder auf einen Fußballplatz. Sport ist zehnmal ungesünder als Tanzen.«
»Aber schau doch nur mal deine Füße an. Das kann einfach nicht gut sein.«
»Sicher, Mama. Ist es auch nicht. Aber Millionen von Menschen sitzen täglich acht bis zehn Stunden am Schreibtisch und bekommen ein schiefes Kreuz und Bandscheibenschäden. Oder sie fahren Ski und brechen sich alle Knochen. Oder sie rauchen jeden Tag zwanzig Zigaretten, so wie du. Solange du Zigaretten rauchst, sag bitte nichts über meine Füße.«
Zwei Wochen später hatte sie sich vier Weisheitszähne auf einmal herausoperieren lassen, um möglichst wenig Training zu verpassen. Sie lag fast eine Woche lang mit geschwollenen Backen im Bett, schluckte Schmerztabletten und Antibiotika und trainierte bereits wieder, bevor die Fäden gezogen waren. Anita erwog ernsthaft, den Zahnarzt zu verklagen.
Markus teilte Anitas Sorge nur zum Teil. Die körperliche Zähigkeit seiner Tochter war ihm zwar ein wenig unheimlich. Aber in Wirklichkeit faszinierte ihn die Unerbittlichkeit, mit der die Kinder an diesen Beruf herangeführt wurden. So liefen die Erziehungsgespräche zwischen Markus und Anita stets nach dem gleichen Muster ab.
»Tänzer müssen an beiden Enden brennen«, würde Markus sagen, »sonst wird das nichts. Sei doch froh, dass du eine Tochter hast, die etwas will.«
»Sie ist viel zu jung, um wissen zu können, was sie will.«
»Das ist Zwergendenken für Durchschnittsmenschen. Deine Tochter ist nicht durchschnittlich.«
»Jedes Kind hat das Recht auf eine Kindheit.«
»Und jedes Talent hat das Recht auf Entfaltung.«
»Das ist DDR-Mentalität. Leistung. Leistung. Leistung.«
»Nein. Das ist ein Naturgesetz. Wenn du Geige spielen willst, musst du Geige spielen. Und du musst es rechtzeitig und ausreichend häufig tun, sonst kannst du es von vornherein lassen. Dieser ganze antiautoritäre Hippie- und Spontikram bei euch hier war ja vielleicht ganz nett, aber

außer frustrierten Studienräten und ein paar krawattenlosen Parlamentsabgeordneten ist dabei nicht viel herausgekommen.«
»Immerhin ist dieses Land noch vorhanden. Andere sind verschwunden.«
»Werde nicht unsachlich.«
»Du treibst deine Tochter an, weil du selbst nicht den Mut hattest für so etwas.«
»Stimmt. Ich hatte den Mut nicht. Und auch nicht das Talent. Aber ich treibe überhaupt niemanden an. Das macht sie schon selbst.«
Das musste Anita zugeben. Sie hatte gehofft, Giulietta würde nach kurzer Zeit aufgeben, den Leistungsdruck nicht aushalten. Aber Giulietta wusste genau, dass ihre Mutter nur auf eine Schwäche wartete, um ihren Widerstand zu verschärfen. Sie ließ sich nichts anmerken. Selbst wenn sie manchmal erst gegen zehn Uhr abends nach Hause kam und todmüde ins Bett fiel, saß sie doch am nächsten Morgen um viertel nach sieben am Küchentisch, schälte zufrieden ihr Obst und konnte es kaum erwarten, ihre Füße mit Hirschtalg einzuschmieren, die Zehen mit Klebestreifen und Wattestücken zu präparieren, in die Spitzenschuhe zu steigen und den Tag mit einer ersten großen Arabesque zu beginnen.
Im Mai des Jahres 1999 hatte Giulietta die einstündige Abschlussprüfung bestanden und stand damit vor dem Nichts. Sie wusste nicht, was ihr fehlte. Aber nach dem siebzehnten Vortanzen für eine Stelle war ihr allmählich klar geworden, dass es etwas Grundlegendes sein musste. Von den vierzehn Mädchen ihres Jahrgangs hatten im Juni nur noch drei kein Engagement, und Giulietta war eine davon. Zwei Wochen später war sie die einzige ohne Engagement, nachdem ihre letzten beiden Klassenkameradinnen ein Angebot nach Kaiserslautern und Neustrehlitz angenommen hatten. Es gab zwar auch für Giulietta Angebote, aber sie waren ihr nicht gut genug.
»Was dir fehlt, ist ein bisschen Bescheidenheit«, sagte eine ihrer Klassenkameradinnen.
»Bevor ich nach Kaiserslautern gehe, mache ich eine Banklehre«, erwiderte Giulietta.
»Na dann kauf dir schon mal einen Taschenrechner, Frau Superstar«, erhielt sie zur Antwort.

Im Juli ergriff sie zum ersten Mal Panik. Sie war im oberen Drittel ihrer Klasse gewesen, also konnte es einfach nicht sein, dass sie sich in irgendeinem Provinzkaff mit dem erstbesten Angebot zufrieden geben sollte. Aber in sechs Wochen begann die neue Spielzeit, und alle Ensembles waren längst besetzt. Noch konnte sie in der Schule mittrainieren. Und da waren auch noch zwei oder drei Vortanz-Termine im Ausland, die sie wahrnehmen würde. Aber ihre Gemütsverfassung verschlechterte sich ständig. Bald wäre Schluss mit dem Training in der Schule. Dann würde sie mit dem Heer der arbeitslosen Tänzer in irgendwelchen privaten Ballett-Schulen morgens ein Training absolvieren, für das sie auch noch bezahlen musste, und den Rest des Tages überlegen, wie es mit ihrem Leben weitergehen sollte. Eine grausige Vorstellung. Aber die Realität war noch schlimmer. Das erste freie Training dieser Art war wie ein Blick in ihre eigene düstere Zukunft gewesen. An den anderen, die dort neben ihr standen, sah sie sofort, wie schnell es abwärts ging, wenn man einmal aus der Routine herausgefallen war. Das Erlebnis war deprimierend. Sie fuhr danach sofort in ihr Studio in der Gsovskystraße, warf Rimski-Korsakow in den CD-Player und tanzte fünfzig Minuten lang am Stück alleine durch den Raum. Sie wusste, dass sie allmählich Angst bekam. Das Gefühl bohrte in ihr, und die einzige Antwort, die sie darauf wusste, war eben jene, die sie auf alles hatte: tanzen, weitermachen, die Angst wegarbeiten.

Sie las zum x-ten Mal die Annoncen im *Ballett International* und strich sich Termine an, die sie zuvor verschmäht hatte. Da waren Landes- und Kleinstadttheater darunter, von denen sie nicht einmal wusste, in welcher Himmelsrichtung sie lagen. Die Warner Bros. Movie World suchte Leute für irgendeine Show in Oberhausen. Und natürlich gab es jede Menge freier Kompanien. Es war niederschmetternd. Sie wollte in *Giselle* tanzen oder in *Schwanensee*, und nicht in irgendeinem modernen Hokuspokus oder einem amerikanischen Disney-Verschnitt.

Und dann war das Wunder geschehen. Der Assistent der Ballett-Direktorin der Staatsoper hatte sie angerufen und ihr mitgeteilt, dass man sie zwar im Frühjahr hätte ablehnen müssen, dass nun aber aus einer Reihe interner Gründe eine Hospitantenstelle für sie frei wäre, falls sie noch Interesse hätte. Sie würde zwar nur dann bezahlt, wenn sie in einer

Vorstellung für ein Ensemblemitglied einspringen würde, aber sie könne mittrainieren und das Repertoire lernen.
Sie sagte auf Anhieb zu und schwor sich, diese Hospitantenzeit zu nutzen, um ein festes Engagement zu bekommen. Das war Ende Juli gewesen. Zwei Wochen später nahm sie bereits am Training teil, und kurz darauf liefen die ersten Proben.
Und dann traf sie Damián.

3

Sie war die Strecke von der Staatsoper bis zum Hackeschen Markt zu Fuß gegangen und betrat die Hackeschen Höfe gegen halb fünf. Es dämmerte bereits, als sie durch die Einfahrt ging. Sie kannte das Theater nicht, doch rechts von ihr entdeckte sie die Vorverkaufskasse, und die Kassiererin erklärte ihr den Weg.
Der Eingang war leicht zu finden. Sie balancierte zwischen Bier- und Mineralwasserkisten hindurch, die dort gerade angeliefert wurden, und folgte der gewundenen Treppe in das Lokal hinauf.
Valerie, eine Tänzerin aus Leipzig, die schon zwei Jahre im Ensemble der Staatsoper tanzte, hatte ihr den Tipp gegeben. Sie hatten über ein Stück gesprochen, das demnächst an der Deutschen Oper geplant war: John Beckmanns Tango-Suite. Giulietta sah sich aus purer Neugier die Videoaufzeichnung einer früheren Produktion an. Die Musik faszinierte sie, und sie hatte Lust verspürt, mehr darüber zu erfahren. Aber in ihrer Umgebung wusste niemand etwas über Tango.
»Wenn du mit jemandem über Tango-Musik reden willst, dann geh doch zu dieser Truppe, die hier gastiert. Soviel ich weiß, proben die gerade für eine Aufführung im Herbst. Aber warum findest du die Musik schwierig?«
»Nicht schwierig«, hatte Giulietta erwidert, »aber seltsam. Ich fände es komisch, zu einer Musik zu tanzen, über die ich nichts weiß. Geht dir das nicht so?«
»Was gibt's über Tango schon groß zu wissen? Machomusik. Ziemlich schmierig und todtraurig.«

»Das dachte ich auch. Aber diese Musik ist ganz anders. Es ist eher wie Jazz. Klingt überhaupt nicht wie Tango. Hast du dir's schon mal angehört?«

»Nein, habe ich nicht, und habe ich auch nicht vor. Schließlich machen die das drüben an der Deutschen und nicht hier an der Staatsoper.«

Giulietta hatte sich über das Vor-Mauerfall-Vokabular amüsiert. *Drüben!* Ob sich das jemals ändern würde? »Wie heißt denn diese Gruppe?«

»Die Tango-Leute? Keine Ahnung. Aber ich kann es herausfinden, wenn du willst. Ich sage es dir morgen.«

Am Abend war eine Botschaft auf ihrem Anrufbeantworter gewesen. »... also diese Gruppe heißt »Neotango«. Sie proben dienstags und freitags im *Chamäleon* am Rosenthaler Platz. Das ist so ein Kabarett-Theater in den Hackeschen Höfen. Du sollst nach Damián fragen. Er kann sogar Deutsch, obwohl er Argentinier ist. Ach ja, er soll sehr gut aussehen. Also Vorsicht, meine Kleine, man weiß ja nie bei diesen Latinos ... und Tango, wow ... hmm da da ... ciaoooo.«

An Valeries letzte Bemerkung hatte sie sich an jenem Freitag überhaupt nicht mehr erinnert. Sie hatte sich kein Bild von diesem Damián gemacht. Sie wusste nicht einmal, wie alt er war. Das Wort »Tangotänzer« löste keine besonders attraktiven Assoziationen in ihr aus. Darin hatte Valerie Recht gehabt. Tango, das hatte etwas Schmieriges, Wehleidiges und zugleich Geckenhaftes. Außerdem war sie auf alles vorbereitet gewesen, aber nicht auf eine solche Begegnung.

Sie drückte gegen die Flügeltüren, die leicht quietschend zurückschwangen. Sie betrat eine Art Foyer. Es war niemand da. Ein paar Sessel standen an den Wänden. Auf einem von ihnen lagen ein Mantel, ein dunkelroter Seidenschal und schwarze Fingerhandschuhe aus Leder. Daneben entdeckte sie ein Paar modische schwarze Halbschuhe mit abgeflachter Spitze. Die Schuhe waren blitzblank poliert. Auf einem anderen Stuhl lag eine Sporttasche, aus der ein grauer Wollpullover und Jeans heraushingen. Unter dem Stuhl stand ein Paar ausgetretene Turnschuhe.

Giulietta durchquerte den Raum, und auf halber Strecke setzte plötzlich Musik ein. Sie blieb stehen und lauschte. Es war wie ein Vorgeschmack auf das gewesen, was kurz darauf geschehen sollte. Die Musik war unwi-

derstehlich. Sie schloss kurz die Augen und stellte sich vor, wie sie sich hierzu bewegen würde. Aber seltsamerweise spürte sie nur ein starkes Bedürfnis, loszutanzen, ohne eine klare Idee darüber zu haben, wie. Diese Musik hatte etwas Schweres, etwas völlig Untänzerisches. Sie spürte Energieschübe, aber sie waren richtungslos. Es schimmerte etwas Afrikanisches hindurch, die beschwörende, tranceartige Monotonie von Trommeln. Es war eine gewisse Stimmung, die sie verstörte. Ballett war extrovertiert, rational, luftgeboren. Diese Musik erschien ihr introvertiert, grüblerisch, irrational und doch so erdverbunden wie ein Pflug. Aber gleichzeitig enthielt sie einen eigentümlichen Trost. Es war etwas von Dvořak darin, von Rachmaninow, und auch Zigeunermusik. Was sie da hörte, enthielt einen dunklen, erdverbundenen Zauber, wie manche Stücke aus der russischen oder ungarischen Volksmusik. Aber das traf es auch nicht genau. Deshalb war sie hierher gekommen. Sie wollte wissen, woraus diese Musik bestand.
Als sie das Theater betrat, sah sie es. Oder besser gesagt: sie sah eine mögliche Erklärung dafür, was sie gehört hatte. Sie war überrascht von dem Anblick, der sich ihr bot. Nicht, weil es ein wenig ungewöhnlich war, sondern umgekehrt, weil es so natürlich aussah. Sie hatte das eigenartige Gefühl, etwas bestätigt zu finden, das sie gar nicht vermutet hatte.
Vor der Bühne, auf dem leer geräumten Parkett, tanzte ein Mann mit einem Mann.
Sie mussten schon eine ganze Zeit gearbeitet haben, denn ihre weißen T-Shirts waren schweißnass. Sie trugen schwarze Hosen mit Hosenträgern und waren unterschiedlich groß. Der Größere von den beiden hatte kurzes Stoppelhaar, das schon von einem Grauschimmer durchzogen war. Er hatte einen gut gebauten Oberkörper, zu muskulös für klassischen Tanz, aber gut durchtrainiert und mit einer sehr schönen, geraden Linie vom Rückgrat zum Hinterkopf hinauf. Der andere Mann hatte langes dunkelbraunes Haar, das in der Mitte gescheitelt und am Hinterkopf zu einem Pferdeschwanz gebunden war. Sein Körperbau war schlanker, und neben seinem athletischen Tanzpartner wirkte er fast zierlich. Seine Bewegungen waren verhalten und kraftvoll. Die spürbare Energie zog Giulietta sofort in ihren Bann. Der schmale Tänzer schob den kräftigen Tänzer einige Schritte vor sich her. Sie berührten sich

nicht, sondern vollführten spiegelverkehrt die gleichen Bewegungen. Hier fiel der Unterschied zwischen den beiden besonders auf. Der grazile Tänzer bewegte sich wie ein Raubtier, wie eine Wildkatze. Der Angegriffene widerstand ihm mit der überragenden Präsenz seines Körpers.

Giulietta setzte sich an eines der Marmortischchen, die neben der Tür zur Seite gestellt worden waren, und folgte stumm dem Schauspiel vor ihren Augen. Außer den beiden Tänzern schien niemand hier zu sein. Das Theater hatte wohl schon einmal bessere Zeiten gesehen, sich aber trotz herunterhängender Kabel und abblätternder Wandfarbe einen gewissen Charme erhalten. Gegenüber erkannte sie die Umrisse eines Tresens. Am Ende des Raumes erhob sich die Bühne, die allerdings von einem dunkelroten Samtvorhang verdeckt war. An der Decke waren zwar fast alle Paneelbretter heruntergefallen, aber dafür hing dort eine beeindruckende Ansammlung von Bühnenscheinwerfern. Auf einem Stuhl, der vor dem Vorhang auf der Bühne stand, war mit braunem Klebeband eine Videokamera befestigt worden, deren Objektiv auf das Parkett vor der Bühne gerichtet war. Eine Leuchtdiode neben der Linse strahlte intensiv rot, was wohl bedeutete, dass gefilmt wurde.

Ich bin direkt ins Bild hineingelaufen, dachte sie. Sie fühlte sich jetzt auch ein wenig befangen. Sie war einfach hier hereingekommen, ohne Voranmeldung, ohne gefragt zu haben. Da probten zwei Tänzer miteinander und sie nahm einfach hier Platz und schaute zu. Aber jetzt aufzustehen und wieder hinauszugehen wäre noch seltsamer gewesen. Der grazile Tänzer hatte sie bereits bemerkt. Einen kurzen Augenblick hatte er zu ihr herübergeschaut. Sein Gesicht war ernst, abweisend und unzufrieden. Aber das war hoffentlich nur Ausdruck seiner Konzentration. Sie hätte draußen warten und anklopfen sollen, als die Musik aussetzte, anstatt mitten in eine Probe hineinzuplatzen.

Da sie nun schon einmal hier war, verharrte sie auf ihrem Stuhl und schaute zu. Sie wusste aus eigener Erfahrung, wie das war, wenn man probte und plötzlich Zuschauer auftauchten. Es störte erst ein wenig, aber manchmal strengte man sich automatisch mehr an. Sie lauschte neugierig der Musik und musterte die Bewegungen der beiden Tänzer.

Das Stück hatte etwas Atemloses, Ungeduldiges und Gehetztes. Man spürte sofort: was hier im Gang war, würde ein schlimmes Ende nehmen. Die beiden Männer kämpften miteinander. Der Jüngere verfolgte den Älteren wie ein aufgebrachtes Tier. Die rauen, hart angeschlagenen Bandoneonakkorde ließen Giulietta an eine Hornisse denken, an das aggressive Brummen eines angreifenden Insekts. Aber der Ältere wollte offenbar auch etwas von dem Jüngeren, das dieser ihm jedoch vorenthielt. Es war ihr noch nicht so ganz klar, was für einen Streit die beiden miteinander austrugen, aber anscheinend konnte das Ganze nicht durch einen Austausch der begehrten Dinge geregelt werden. Jeder der beiden wollte nur haben und nicht geben. Die Musik tat ihr Übriges dazu, den Konflikt anzustacheln: eine nervöse, zuckende Melodie, fast übertrieben rhythmisiert, mit grellen, beinahe schmerzhaft dissonanten Violinenläufen, die nur bisweilen durch kurze, versöhnlichere Stellen unterbrochen wurden. Indessen verschwand jedoch keinen Augenblick lang die Grundstimmung einer tödlichen Gefahr.
Giulietta betrachtete fasziniert den jüngeren Tänzer und die heimtückische Eleganz seiner Bewegungen, die den Älteren mehr und mehr in Bedrängnis brachten. Er umkreiste ihn wie ein hungriger Wolf, schnitt seine Fluchtbewegungen ab und ließ ihn seinen unbeugsamen Willen spüren, die Sache in seinem Sinne zu Ende zu bringen. Was die beiden wirklich voneinander wollten, war Giulietta erst klar geworden, als die Musik plötzlich kurz aussetzte und das Tanzpaar einige Sekunden lang in einer eindeutigen Stellung erstarrte: Der Ältere hatte den Jüngeren von hinten umarmt und ließ seine Hände langsam seinen Oberkörper hinab in dessen Schoß gleiten. Der Jüngere fuhr herum, stieß den Älteren von sich und tanzte einige grandiose Drohgebärden, die an Flamenco erinnerten. Ob sie vielleicht ins falsche Theater geraten war? Wenn das hier Tango sein sollte, dann hatte sie eine völlig falsche Vorstellung von diesem Tanz gehabt.
Der ältere Tänzer wandte sich verletzt ab. Dann sammelte er sich wieder. In den nächsten Sequenzen wurde allmählich sichtbar, was für ein Tauschgeschäft hier im Gang war. Der Jüngere brauchte Geld, und der Ältere wollte es ihm nur geben, wenn der Jüngere mit ihm schlafen würde, ein Ansinnen, das den Jüngeren rasend zu machen schien. Offenbar

war es von äußerster Wichtigkeit für den Jüngeren, das Geld sofort zu bekommen. Er schien unter enormem Zeitdruck zu stehen. Der Ausdruck seiner Gebärden war gerade so, als hörte man einen Zeitzünder ticken. Dann wurde er auf einmal gelöster, entspannter, ließ den Älteren wieder mehr in seine Nähe, umgarnte ihn, ohne dass der Zuschauer eine Sekunde daran zweifeln würde, dass dieser versöhnliche Pas de deux ein gemeiner Hinterhalt war. Das war enorm spannend gemacht, diese Täuschung des Älteren, der blind in die Falle läuft.
Giulietta hörte diese Musik zum ersten Mal. Sie hatte keine Ahnung, welche Geschichte hier erzählt wurde. Aber das Drama vor ihren Augen schien direkt aus der Musik hervorzuwachsen, war wie dafür komponiert. Geige und Bandoneon heizten sich gegenseitig bis zur Unerträglichkeit auf, schwollen brausend an, bis die Violine allmählich das Übergewicht gewann, wie eine scharfe Klinge zwischen den brodelnden Fortissimi des Bandoneons aufblitzte, vorschnellte und dann sechsmal hintereinander jählings zustieß. Der Ältere stürzte in den Armen des Jüngeren auf die Knie, hob flehend die Arme. Die Violine spielte alleine weiter. Der kühle, erbarmungslose Geigenton glitt wie eine Viper durch den Raum, verschmolz wieder mit dem Bandoneon, schlängelte sich um den Sterbenden, hieb im Konzert mit dem schäumenden Balg des Bandoneons wie von Sinnen auf den noch zuckenden Körper ein, immer wieder, in rascher Folge, bis zum Schlussakkord, bei dem der jüngere Tänzer seinem bereits reglosen Widersacher ein letztes Mal mit voller Wucht sein Messer in den Leib rammte.
Giulietta lief ein Schauder den Rücken hinab.
Einige Sekunden geschah nichts. Die beiden lagen erschöpft übereinander auf dem Parkettboden und atmeten schwer. Das Geräusch eines zuschnappenden Verschlusses ertönte, und wie von Geisterhand erlosch die Leuchtdiode an der Videokamera. Dann hörte Giulietta über sich auf der Galerie Schritte und im gleichen Augenblick eine Stimme.
»Vaya. Bien.«
Der jüngere Tänzer erhob sich und machte der Person oben auf der Galerie mit gestrecktem Daumen ein Zeichen. Dann kam er direkt auf Giulietta zu, fing dabei ein Handtuch auf, das ihm von der Galerie aus zugeworfen wurde, trocknete sich das Gesicht ab und wickelte sich das

Handtuch um den Nacken. Giulietta erhob sich. Dann stand er vor ihr. Doch nicht so klein und schmal, wie sie gedacht hatte. Der andere Mann musste ein richtiger Hüne sein.
»Hola«, sagte er, »vos sos de la tele?«
»Entschuldigen Sie, ich spreche kein Spanisch.«
»Aha. Dann bist du nicht vom Fernsehen. Umso besser.«
Er grinste breit mit der Sicherheit von jemandem, der weiß, dass er wunderschöne Zähne hat.
»Ich? Fernsehen? Nein, nein.« Sie lächelte verlegen. Was war nur mit ihr los? Warum sagte sie ihm nicht einfach, warum sie gekommen war? Sie wollte sich das Haar aus der Stirn streichen, aber natürlich war es immer noch hinter ihrem Kopf zu einem Dutt gebunden, so dass ihre Geste sinnlos wirkte. Sie versuchte etwas zu sagen, ohne ihn zu aufmerksam zu mustern. Aber genau das vermochte sie nicht. Sie empfand keine Fremdheit gegenüber diesem Mann. Eine alarmierte Stimme in ihr sagte: Verschwinde sofort von hier! Jetzt sofort! Aber das ging ebenso wenig.
»Verzeihen Sie bitte, dass ich hier einfach so hereingeplatzt bin ...« Er hob abwehrend die Hände.
»Damián Alsina«, sagte er und streckte ihr die Hand entgegen.
»Ich heiße Giulietta«, sagte sie schnell, »Giulietta Battin. Ich bin Tänzerin an der Staatsoper. Valerie, eine Kollegin, sagte mir, dass Sie hier Tango proben ...«
Er ergriff sie sanft am Arm und führte sie in den Saal hinein, während sie auf ihn einsprach. Giulietta spürte den erhitzten Körper des jungen Tänzers neben sich. Er sah sie die ganze Zeit an, während sie seinen Blicken auswich. Der andere Mann lag noch am Boden, richtete sich jetzt schnell auf und schaute ihnen entgegen.
»... und da wir demnächst ein Tangostück planen, dachte ich, es wäre vielleicht nicht schlecht ...«
»... sich argentinischen Tango anzuschauen. Eine sehr gute Idee. Lutz. Darf ich vorstellen: Señorita Giulietta, bailarina clásica. Señor Lutz.«
Jetzt lächelte er auf eine Weise, die ihr sagte, dass er seine Wirkung auf sie genau gespürt hatte. Sie gab dem anderen Mann die Hand.
»Hallo«, sagte dieser weder freundlich noch unfreundlich. Sonst sagte er

nichts, schaute sie nur ein wenig verwundert an. Er war wirklich groß, mindestens einsneunzig. Sie wäre am liebsten in den Boden versunken.
»Und dort oben ist unser Techniker, Charlie.«
Der Angesprochene hing mit gekreuzten Armen über dem Geländer, beobachtete die Szene und nickte gleichgültig.
»Machen wir noch einen Durchlauf oder ist Pause?«, fragte er.
»Ich glaube, ich warte besser draußen, bis Sie fertig sind«, sagte Giulietta unsicher. »Ich will wirklich nicht stören.«
Der Mann, der Lutz hieß, ließ sich auf einem der Stühle nieder und zog umständlich einen Wollpulli über.
»Du machst also auch ein Tango-Stück. Dann sind wir ja Konkurrenten«, sagte Damián jetzt. »Das interessiert mich. Bleib doch noch einen Moment hier, bis wir das Video angeschaut haben, dann erzählst du mir vom Tango an der Oper, einverstanden? Lutz, kommst du mit hoch?«
Ohne eine Antwort abzuwarten, drehte er sich um, ging zur Videokamera auf der Bühne und nahm das Band heraus. Dann steuerte er auf die Treppe zu, die zur Galerie hinaufführte und verschwand aus Giuliettas Blickfeld.
Giulietta blieb unschlüssig stehen. Damiáns Deutsch war ausgezeichnet, bis auf einen leichten Akzent. Er musste wohl schon seit einer Weile in Deutschland leben.
Lutz hatte sich erhoben und trocknete sich das Gesicht ab.
»Tanzt du Gruppe oder auch Solo?«, fragte er trocken.
»Gruppe ohne Solo«, erwiderte sie ohne besondere Lust, es besser klingen zu lassen, als es war. »Ich bin kein festes Ensemblemitglied. Ich hospitiere und helfe aus. Das ist alles.«
Jetzt lächelte er. »So war das nicht gemeint. Ich war auch mal an der Staatsoper. Deshalb frage ich. Ihr habt eine neue Direktorin, nicht wahr?«
Giulietta nickte. »Wann warst du denn im Ensemble?«
»Ist 'ne Weile her und hat auch nicht lange gedauert. Wendeopfer.«
Er mimte einen Halsschnitt. »Aber ich hab da sowieso nie so richtig reingepasst, den Prinzen spielen und Nymphen herumlüpfen und so

weiter. Nicht mein Ding. Eines kann ich dir sagen: Tango und Ballett, das wird nix. Welches Stück macht ihr denn?«
»John Beckmann. Tango-Suite. Aber nicht an der Staatsoper. Es ist an der Deutschen geplant.«
Er zog die Augenbrauen hoch. »Gehört habe ich davon, aber nie was gesehen.«
»Was ihr da eben getanzt habt, war doch Tango, oder?«
»Das kommt ganz darauf an, wen du fragst.«
»Aber die Musik ist Tango?«
»Dazu gibt es auch ziemlich viele Meinungen. Aber das kann dir Damián besser erklären als ich.«
»Wie heißt denn das Stück?«
»Die Musik oder die Oper?«
»Oper?«
»Na ja, Damián nennt es *operita*, kleine Oper. Das war ein Ausschnitt. Die Musik heißt *Escualo*. Von Piazzolla. Kannst du Spanisch?«
Giulietta schüttelte den Kopf.
»Woran hast du gedacht, als du die Musik gehört hast?«, fragte er.
»Hornissen«, sagte sie ohne zu zögern.
»Gar nicht schlecht«, erwiderte er.
»Und … was heißt *escualo*?«
»Haifisch«, antwortete er. »Ich muss jetzt da hoch. Bis gleich.«
Sie setzte sich und schaute ihm hinterher, wie er das Parkett überquerte. Dann wanderte ihr Blick zur Galerie hinauf. Da war Charlies Rücken. Er war über irgendein Gerät gebeugt. Damián lehnte neben ihm an der Brüstung und schaute zu ihr herab. Als ihre Blicke sich trafen, verschränkte er die Arme und verzog keine Miene. Sie war sich sicher, dass er sie die ganze Zeit beobachtet hatte. Als Lutz im Hintergrund auftauchte, drehte er sich zu ihm um.
Giulietta stand auf und ging langsam auf den Tisch zu, an dem sie vorhin gesessen hatte. Dann nahm sie ihre Tasche und eilte in das Foyer hinaus. Sie durchquerte es rasch und begann plötzlich zu laufen, die Treppe hinab und dann durch den Hof bis auf die Rosenthaler Straße, wo sie das nächstbeste Taxi anhielt und hineinsprang. Es war keine Gewohnheit von ihr, tagsüber ein Taxi zu nehmen. Aber sie wollte einen Schutz um

sich herum spüren. Sie fühlte sich, als schwimme sie in einem See oder Meer, aus dessen Tiefe jeden Augenblick etwas Unbekanntes nach ihr schnappen könnte.
Und das Schlimmste daran war: Sie konnte kaum erwarten, dass es geschah.

4

Die Frage, ob sie *beef* oder *chicken* für ihr Abendessen bevorzugte, riss sie aus ihren Gedanken. Sie entschied sich für Huhn, obwohl sie noch immer wenig Hunger verspürte. Als die Aluminiumschale mit dem bestellten Essen vor ihr stand, verging ihr auch noch der restliche Appetit, und sie aß lediglich etwas Brot mit Butter und Salz. Dann probierte sie den »Fruchtsalat«, eine Ansammlung von undefinierbaren gelben und orangefarbenen Würfeln in einer zuckrigen, gallertartigen Soße. Nach drei Löffeln hatte sie auch davon genug, breitete angeekelt ihre Papierserviette über dem Tablett aus und bestellte einen Tomatensaft.
Draußen war es noch immer hell, obwohl es nach ihrer Armbanduhr bereits neun Uhr abends war. Das kleine Flugzeug auf dem Bildschirm verließ soeben die Iberische Halbinsel und machte Anstalten, in den Südatlantik einzutauchen. Giulietta versuchte sich vorzustellen, wie bei einem solchen Flug nach Westen die Zeit gedehnt wurde. Streng genommen war ja zu keinem Zeitpunkt genau feststellbar, wann welche Uhrzeit galt, wenn die Uhr alle paar Stunden um eine Stunde zurückfiel. Sie erinnerte sich dunkel an den Zusammenhang von Zeit und Bewegung, dass die Zeit langsamer verging, je schneller man durch den Raum flog, und wenn man nur schnell genug war, käme man theoretisch wieder in der Vergangenheit an.
Genau dies war jetzt ihr sehnlichster Wunsch, die Augen zu schließen, durch ein flirrendes Beschleunigungsgewitter hindurchzufliegen und an jenem vierundzwanzigsten September in Berlin vor ihrem Studio in der Gsovskystraße aus dem Taxi zu steigen, die Treppe hinaufzurennen, in ihr Studio hineinzustürmen, ihre Tasche in die Ecke zu werfen und in voller Lautstärke *You've got the power* zu hören. Sie war ins Bad gelaufen,

hatte sich die Jeans, Pulli und Unterhemd vom Leib gerissen und brühend heiß geduscht. Mit Jogginghose, T-Shirt und herunterhängenden nassen Haaren war sie dann barfüßig in den Wohnraum zurückgetanzt, hatte die Wiederholungstaste des CD-Players gedrückt, aus der Keramikschale neben dem Schlafsofa eine Kiwi geangelt und war dann laut singend in die Küchenecke gehüpft, wo sie am liebsten etwas umgeworfen hätte. Sie hatte telefonieren wollen, doch bei den ersten drei Nummern, die sie anwählte, erwischte sie nur Anrufbeantworter. Außerdem wusste sie gar nicht so recht, warum sie ihre Freundinnen anrief. Nein, sie wollte überhaupt nicht telefonieren. Sie wollte ausgehen, sich mit Aria oder Xenia in irgendeinem Nachtclub treffen, Alkohol trinken und dann bis zur völligen Erschöpfung tanzen. Sie warf sich auf die Schlafcouch, das Handy zwischen Schulter und Ohr geklemmt, eine halbe Kiwi im Mund, in der linken Hand das aktuelle Stadtmagazin mit den Veranstaltungslisten. Xenias Mobiltelefon war auch auf Anrufbeantworter geschaltet. Dafür nahm Aria ab, ihre alte Sandkastenfreundin aus Zehlendorf, die im Bundespresseamt ausländische Gäste betreute.
»Ich kann heute Abend nicht. Ich bin mit zwanzig Togolesen auf dem Weg nach Potsdam. Wir kommen frühestens um elf zurück.«
»Mist.«
»Ist was passiert?«
»Passiert? Nein. Ich würde nur so gerne ausgehen und finde niemanden.«
»Wenn ich früher zurückkomme, rufe ich dich an. Wo willst du denn hin?«
»Völlig egal. Ins WMF oder so.«
»Ich rufe dich an, ja? Ich kann jetzt wirklich nicht? Tschau.«
Sie legte das Handy geräuschvoll auf dem Couchtisch ab und begann, ihren Kleiderschrank auszuräumen. Dabei sah sie kurz auf die Uhr. Es war kurz vor sechs. Klar, vor sieben, halb acht würde sie niemanden erreichen. Ausgezeichnete Gelegenheit, die Abendgarderobe zusammenzustellen, zu baden, ausgiebige Maniküre zu machen, Haare zu waschen und zwischendurch irgendeinen Stuss im Fernsehen anzuschauen. *You've got the power.*
Dann stand sie im Slip vor der Couch und musterte die Auslage. Da

lagen Blusen, Pullis, Hemden, Hosen, ein aufgerissenes Plastikpäckchen, aus dem schwarze Nylonstrümpfe heraushingen, und daneben ihr einziger Dressed-to-kill-Body, den sie soeben anprobieren wollte, als es klingelte. Sie zog schnell ein Unterhemd über, ging zur Tür und drückte den Knopf der Wechselsprechanlage. Das konnte nur ihr Vater sein. Er war der Einzige, der manchmal unangekündigt bei ihr auftauchte.

»Ja. Paps?«

»Señorita Giulietta? Hier ist Damián.«

Sie würde das Gefühl dieses Augenblicks bis zu ihrem letzten Atemzug im Herzen aufbewahren. Sie hatte erschrocken die Hände vors Gesicht geschlagen, einige Sekunden lang keinen Ton herausgebracht, dann einfach lang und fest auf den Knopf gedrückt. Danach hatte sie etwa vierzig Sekunden Zeit gehabt, sich zu überlegen, ob das richtig war oder falsch, war allerdings gleichzeitig damit beschäftigt, die Klamotten auf der Couch aufzusammeln und in den Kleiderschrank zu stopfen, den Schrank zu verschließen, ihn wieder zu öffnen, einen Pulli herauszuziehen und schnell überzustreifen, außerdem eine Hose, aber welche, Jeans also, und dann ins Badezimmer zu eilen, einen schnellen Blick in den Spiegel zu werfen, ein Stück Zahnpasta aus der Tube zu saugen und mit Wasser im Mund herumzudrücken und gleich wieder auszuspucken, sich plötzlich zu ärgern, wie er es wagen konnte, einfach hier aufzutauchen, wie er sie bloß so schnell gefunden hatte und was er wohl von ihr wollte, dabei war ihr völlig klar, was es war, und sie wollte es auch, das war auch klar, und dann die Angst, die Nervosität, ich lasse diesen fremden Menschen einfach hier in meine Wohnung, und dann schon wieder die Klingel, jetzt war er vor der Tür, hingehen, aufmachen, aber erst andere Musik, nein, von wegen, das sähe ja so aus, als wollte sie hier etwas inszenieren, ein letzter Blick in den Spiegel, ob er sie schön fände? Bevor alles verschwommen wurde, hatte sie noch an ihre Großmutter gedacht und deren Bemerkung über ihre Eltern, vor allem jedoch über Markus, ihren Vater. Markus sei ein schöner Mann, hatte sie einmal gesagt. Ihre Tochter, Giuliettas Mutter, sei zugegebenermaßen eine schöne Frau. Eine schöne Frau sei durchaus etwas Erfreuliches, ein schöner Mann hingegen ein kleines Wunder.

An den Rest erinnerte sie sich nur noch undeutlich. Als sie die Tür öffnete, war sie so aufgeregt, dass sie kaum Luft bekam. Als sie ihn sah, wusste sie, dass sie gar nicht vor ihm, sondern vor sich selber die meiste Angst haben musste. Dieser Mann war ein Wunder. Sie wollte ihn küssen. Sie wollte, dass dieser Mann sie küsste. Und das war völlig unmöglich. Sie kannte ihn doch überhaupt nicht. Und ebenso wenig kannte er sie. Warum lächelte er sie so selbstsicher an mit diesen hellen Augen, die grün oder blau waren und von denen sie nur eins wusste: sie konnte nicht genug von ihnen bekommen.

Damiáns Äußeres war nicht so ganz leicht einzuordnen. Wie ein typischer Lateinamerikaner sah er nicht aus. Weder hatte er dunkle Haut noch schwarze Haare. Seine Haut war sogar überdurchschnittlich hell. Oder lag das an den Augenbrauen, die einen Ton dunkler ausgefallen waren als sein Kopfhaar? Vielleicht hatte sie ja auch ein zu stereotypes Bild von Lateinamerikanern im Kopf? Er war einen Kopf größer als sie, also um die einsfünfundachtzig groß. Seine Figur, die jetzt unter seinem Mantel verschwunden war, hatte sie ja bereits im Chamäleon ausgiebig bestaunt. Sie konnte sich noch gut an den zwar grazilen, jedoch muskulösen Oberkörper erinnern, der sich unter dem durchgeschwitzten weißen T-Shirt abgezeichnet hatte. Eine ausgesprochene Tänzerfigur besaß er nicht. Aber noch seine geringste, nachlässigste Bewegung war rhythmisch und musikalisch.

Doch was sie an ihm faszinierte, hatte nur bedingt mit seinem Äußeren zu tun. Er sah gut aus, zugegeben, doch wie viele gut aussehende Männer hatten sich schon um sie bemüht? Sein Gesicht war schön geschnitten, ohne hübsch zu sein, und wirkte zugleich jung und männlich. Aber da war noch etwas, das sie zugleich anzog und beunruhigte. Er stand vor ihr, den dunkelroten Seidenschal links und rechts über die Schulter geworfen, den Mantel zugeknöpft, die abgestreiften Handschuhe in der linken Hand und ein wenig Schweiß über der vollen Oberlippe.

»Entschuldigung«, sagte er, »ich habe dich vorhin vertrieben, oder? Das tut mir Leid. Das wollte ich nicht. Das mit der Konkurrenz, das war natürlich Unsinn. Also, wenn du etwas über Tango wissen willst, hier ist meine Karte. Ruf mich an, wenn du magst, einverstanden?«

»Wie haben Sie … woher hast du meine Adresse?«

Er grinste. »Ich kann hellsehen.«

»Ah ja.«
»*Espezialist* für Einmaligkeiten. Giulietta Battin. Gsovskystraße 31. Gibt es nur einmal in Berlin.«
Er tippte sich an die Stirn. »Telefonbuch.«
Er hielt ihr eine Visitenkarte hin. Sie schaute auf die Karte, dann auf sein Gesicht. Plötzlich überkam sie eine eigenartige Ruhe. Sein Akzent war stärker geworden. *Espezialist*? Und er rollte das R hörbar.
»Magst du was essen?« Das war einfach so aus ihrem Mund gekommen. Sie trat einen Schritt zur Seite. Essen? Wieso essen? Sie hatte »trinken« sagen wollen.
Er legte den Kopf schief. »Bueno …«, sagte er unsicher.
Er war auch nervös. Auf seine Weise. Sie hätte ihn dafür umarmen können. Seine Stimme bebte ein wenig. Seine Schläfen pochten. Und er schwitzte. Sie nahm all ihren Mut zusammen, drehte sich um und ging in ihr Studio hinein. Als sie in die Küche abbog, hörte sie, wie die Tür leise ins Schloss fiel. Sie öffnete den Kühlschrank, holte ein Flasche Weißwein heraus und goss schnell zwei Gläser voll. Als sie sich umdrehte, stand er mit dem Rücken zu ihr im Raum und sah sich um. Er hatte seinen Mantel ausgezogen und hielt ihn lässig unter dem linken Arm. Sie sah, dass er ein dunkelgrünes Hemd trug. Die Ärmel waren hochgekrempelt. Seine Hose schmiegte sich eng um sein Gesäß und ließ recht genau erkennen, welche ansprechende Form es unter dem Stoff hatte.
Giulietta schluckte. Sie wusste bis heute nicht, was sie in jenem Augenblick gesehen hatte. Ihr Herz hatte wild zu schlagen begonnen. Es war eine unbegreifliche Atmosphäre entstanden, für die sie keine Erklärung hatte. Es hing nicht allein damit zusammen, dass ein Mann, der ihr sehr gefiel, plötzlich mitten in ihrem Zimmer stand, als sei er vom Himmel gefallen. Dieses Gefühl war natürlich auch vorhanden. Sie hatte Schmetterlinge im Bauch, die sie jetzt sofort in einem Glas Wein ertränken würde. Aber Damiáns Eintritt in ihren Raum, die Art und Weise, wie sich seine Anwesenheit darin ausbreitete, das erinnerte sie plötzlich an etwas. Aber der Eindruck war zu flüchtig und verlief sich wie eine Windspur auf dem Wasser.
Damián legte seinen Mantel auf der Schlafcouch ab, ging auf sie zu und

nahm das Glas Wein entgegen, das sie ihm hinhielt. Sie stießen an und tranken.

»Ich habe mich blöd gefühlt, weil ich die Probe gestört habe«, sagte sie, nur um irgendetwas zu sagen. »Deshalb bin ich gegangen. Noch einen Schluck?«

»Ja, gern.«

Er setzte sich auf die Couch. Sie holte die Flasche und füllte die Gläser auf. Er trank etwas Wein. Jetzt waren es seine muskulösen Unterarme, die sie nicht anschauen durfte. Dieser Mann war entweder von der Natur sehr begünstigt, oder er hatte ein ausgezeichnetes Trainingsprogramm.

Giulietta setzte sich in sicherer Entfernung auf einen Kamelhocker, ein Mitbringsel ihrer Eltern von einer Ägyptenreise, und begann ihn auszufragen. Woher er komme, was er hier tat, wie lange er schon hier sei, warum er so gut Deutsch sprach. Er beantwortete die ersten drei Fragen mit je einem Satz, ignorierte die vierte, stand auf, ging auf sie zu, nahm ihr Glas aus der Hand, stellte es auf den Boden, nahm ihren Kopf zwischen seine beiden Hände und küsste sie auf die Lippen.

Sie schrak zurück.

Er hielt inne.

»Aber …«, sagte sie.

Er sagte nichts, sondern küsste sie erneut. Diesmal etwas länger. Dann hielt er wieder inne und schaute sie an. Ihre Gesichter waren sich so nah, dass sie hin und her schauen musste, um seine beiden Augen zu sehen. Die Farbe war selbst aus dieser Entfernung nicht eindeutig zu erkennen. Sie waren graugrün, mit dadurch extrem dunkel wirkenden Pupillen. Seine linke Hand berührte ihren Oberschenkel, während seine rechte Hand über ihre Wange strich, in ihren Nacken glitt und ihren Kopf behutsam zu sich hinzog. Sie schloss die Augen. Ihr Atem ging jetzt stoßweise. Sie würde gewiss ersticken, wenn er sie noch einmal küssen würde. Aber im Gegenteil. Zu ersticken drohte sie, wenn er seinen Mund von ihrem löste. Nur gut, dass er das nicht tat. Er fuhr mit seiner Unterlippe behutsam über ihre Lippen. Dann spürte sie seine Zunge. Sie öffnete leicht den Mund. Seine Zunge tastete die weiche Innenseite ihrer Lippen ab. Sie öffnete den Mund weiter und schlang plötzlich ihre Arme um ihn, ließ ihre Finger durch sein Haar gleiten, suchte irgendwo auf seinem Körper nach einem Halt, denn sie begann, jegliches Gefühl für oben und unten zu verlieren. Sie wollte etwas sagen, aber alles, was sie ausdrücken wollte, war in einer Geste besser aufgehoben. Sie betastete neugierig und zärtlich seinen Nacken, schob ihr Becken genussvoll nach vorne, als seine Hände unter ihr Hemd glitten und langsam ihren Rücken hinaufstrichen. Dann fühlte sie sich plötzlich hochgehoben. Sie ließ die Augen geschlossen, klammerte sich nur an ihn, als suche sie in dieser Umarmung Schutz vor dieser Umarmung. Er setzte sie behutsam auf der Couch ab, griff an ihre Taille und schob mit einer Bewegung ihren Pullover samt Unterhemd über ihren Kopf.

Sie riss die Augen auf und starrte an sich herunter. Eine Gänsehaut lief von ihren nackten Schultern über ihre Brüste und deren aufgestellte Spitzen. Damián schaute sehnsuchtsvoll auf ihren Körper, als sei ihm dessen Nacktheit noch nicht nackt genug. Giulietta war wie gelähmt vor Angst und Lust. Die Muskeln in ihrem Schoß zogen sich zusammen und entspannten sich ohne ihren Willen. Sie suchte erneut nach Worten, aber es gab keine. Ihre Hände waren noch immer im Knäuel ihres Pullis gefangen. Sie vermochte es nicht, ihn abzustreifen, lag nur reglos da, den Augen, Händen und Lippen dieses Mannes preisgegeben, und wartete, dass er sie von dieser schlimmer und schlimmer werdenden Anspannung erlösen möge. Sie schloss erneut die Augen und gab sich den Empfindungen hin, die seine Lippen auf ihrem Oberkörper hervorriefen. Sie wollte, dass er sie überall berührte, gleichzeitig und überall. Nicht nur ihre Brüste, ihre Schultern oder ihren Bauch. Seine Hände wanderten an den Knopf ihrer Jeans. Sie öffnete die Augen wieder und schaute ihn an. Er beugte sich zu ihr herunter, küsste sie lange und zärtlich und öffnete dabei einen Knopf nach dem anderen. Als er ihre Hose auszog, sah sie erschrocken den feuchten Fleck auf ihrem Slip. Es war ihr unangenehm, dass er das sehen würde, und sie winkelte verschämt die Beine an. Er setzte sie wieder aufrecht hin, zog ihr endlich den Pulli und das Unterhemd von den Handgelenken und führte ihre Hände an den Kragenknopf seines Hemdes. Während sie ihm das Hemd öffnete, begann er, spanisch auf sie einzureden. Sie hatte keine Ahnung, was er sagte, aber wie er es sagte, ließ ihre Hände schneller werden. Als sie ihm das Hemd

vom Oberkörper gestreift hatte, stand er auf und entledigte sich mit wenigen Handgriffen seiner Hose und Socken. Jetzt stand er nur im Slip vor ihr, der mächtig ausgebeult und ebenfalls feucht war. Giulietta lehnte sich zurück. Was hier geschah, war völlig verrückt, aber während keiner Sekunde, seit sie ihn bei dieser Probe gesehen hatte, hatte sie einen Augenblick daran gezweifelt, dass sie sich diesem Mann hingeben wollte. Ihr Kopf hatte gezweifelt, ihr Verstand hatte ihr das Absurde dieses Gefühls vorgerechnet. Aber was immer nach dieser Begegnung geschehen würde, sie hatte niemals ein größeres Begehren für einen Mann empfunden als für den, der hier vor ihr stand und von dessen Existenz sie vor weniger als drei Stunden noch nichts gewusst hatte. Vielleicht weil sie so jung war. Vielleicht obwohl sie so jung war. Sie brauchte jetzt keine Antwort dafür. Sie hätte ihr ganzes Leben Zeit, eine zu finden.
Damián sank auf die Knie, hob ihre Beine hoch und streifte ihren Slip ab. Gleich würde ihr Herz zu schlagen aufhören. Ihre Nacktheit war ein kühles Gewand, und Damiáns Blicke unsichtbare Hände darunter. Er spreizte ihre Beine und begann, sie zu küssen. Ihr Kopf drohte zu explodieren. Sie schrie auf und riss seinen Kopf hoch. Im nächsten Augenblick zog sie ihn an sich, umklammerte ihn und presste ihren Unterleib gegen seinen Schoß. Er blieb ganz still und streichelte ihr Haar.
»Sei meine Frau«, sagte er dann leise. »Komm, sei meine Frau, jetzt.«
Ihr Atem wurde tief, frei und regelmäßig. Die Welt war nun in ihrem Schoß und dort zu einer einzigartigen, unbeschreiblichen Empfindung zusammengeschmolzen.
Dann lagen sie still. Sein Atem floss über ihren Nacken, und sie spürte seinen Schweiß auf ihrer Brust. Sie öffnete die Augen und blickte verwirrt an die Decke. Ihr Verstand meldete sich zurück und trieb unangenehme Gedanken durch ihr Bewusstsein. Damiáns Gesicht war an ihrem Hals vergraben. Er biss sie zärtlich in den Nacken. Sie kicherte und entwand sich ein wenig seiner Umarmung. Er hob den Kopf, stützte das Kinn auf die Hand und betrachtete sie neugierig. Sie küsste seine Augenbrauen, seine Wangen, seine Nasenspitze.
»Ich liebe dich«, sagte er dann.
Sie legte ihm die Hand auf den Mund und schüttelte den Kopf. »Sag das nicht. Du kennst mich doch überhaupt nicht.«

»Ich weiß alles über dich.«
»Du weißt gar nichts.«
»Ich liebe dich.«
»Wenn du das jetzt sagst, dann ist das Wort Liebe für dich völlig bedeutungslos. Man kann nicht jemanden lieben, den man gerade ein paar Stunden kennt.«
»Ich liebe dich schon seit dreiundzwanzig Jahren«, gab er zurück.
Sie musste lächeln. »Wie vielen Frauen hast du das schon gesagt?«
»Keiner einzigen. Ich habe noch nie eine Frau geliebt.«
Giulietta runzelte die Stirn. »Hör auf damit. Solches Gerede zerstört den Moment.«
Er strich über ihre Stirn und zeichnete mit dem Finger die geschwungene Linie ihrer Augenbrauen nach.
»No importa. Ya veras«, flüsterte er.
»Was heißt das?«
»Macht nichts.«
»Warum redest du Spanisch, obwohl du doch weißt, dass ich dich nicht verstehe?«
»Du verstehst ja auch mein Deutsch nicht, dann kann ich ebenso gut Spanisch reden.«
»Warum kannst du so gut Deutsch?«
»Weil ich es gelernt habe.«
»Wo?«
»In der Schule.«
»Lernt man in Argentinien Deutsch in der Schule?«
»Nein, eigentlich nicht.«
»Aber du hast es gelernt?«
»Ja.«
»Warum? Ich meine, ist das nicht schwierig?«
»Deutsch. Nein. Wieso?«
»Ich höre immer, Deutsch sei schwierig zu lernen.«
»Unsinn. Das bildet ihr euch ein, weil ihr solche Perfektionisten seid.«
»Hast du deutsche Vorfahren?«
»Wie kommst du denn darauf?«
»Weil du fast keinen Akzent hast.«

»Ich hatte einen sehr guten Lehrer. Herrn Ortmann aus Bottrop. Außerdem gibt es die Deutsche Welle im Fernsehen.«
»Aus Bottrop. Das ist ja komisch.«
»Warum?«
»Na ja, das klingt so banal. Du kommst von so weit her und kennst Bottrop.«
»Ich kenne sogar Herxheim und Wipperfürth.«
Er rollte das R und sprach die Wörter aus, als wären es unkontrollierbare Zungenbrecher. Giulietta kicherte.
»Warum heißt du Giulietta?«, fragte er. »Ist ja nicht unbedingt ein deutscher Name.«
»Mein Vater wollte mich Julia taufen. Meine Mutter war dagegen. Sie meinte, der Name brächte Unglück. Giulietta war ein Kompromiss.«
»Kleine Julia …«, flüsterte er. Er schaute sie verliebt an. Da durchfuhr sie plötzlich eine solche Welle von Zärtlichkeit für ihn, dass sie einfach seinen Kopf ergriff, ihn zu sich hinabzog und erregt ihre Lippen auf die seinen presste. Sie küssten sich lange und schlangen fest die Arme umeinander. Sie spürte, wie seine Erektion zurückkehrte und sie erneut auszufüllen begann. Sie begann, sich im Rhythmus zu seinen Hüften zu bewegen. Ihr Verstand signalisierte bereits wieder Einwände, aber sie fegte sie beiseite und überließ sich anderen Kräften, die durch ihren Körper irrten.
»Ich liebe dich«, flüsterte er wieder. »Auch wenn du mir nicht glaubst. Du wirst schon sehen. Du bist meine Frau. Mein hellstes Licht …«
Sie hatte keinerlei Vorstellung davon gehabt, wohin diese Begegnung führen würde. Solange er in ihrer Nähe war, verdrängte sie jegliche Überlegung. Sie wollte diesen Abend bis zum allerletzten Augenblick genießen. Was geschehen war, war so außergewöhnlich und wundervoll, dass sie das Erlebnis durch keinen Gedanken gefährden wollte. Du bist nur eine schnelle Nummer für ihn, sagte eine giftige Stimme in ihr. Du wirst dafür bezahlen, teuer bezahlen. Hinter einem solchen Mann steht mit Sicherheit eine andere Frau. Valerie hat dich ja gewarnt, Vorsicht mit diesen Latinos. Er hat dich überrumpelt. Aber das stimmte nicht. Sie hatte das genau so gewollt. Nur deshalb war sie aus diesem Theater weggelaufen.

Sie verbrachten die ganze Nacht, den nächsten Tag, die darauf folgende Nacht und den halben Sonntag zusammen. Irgendwann war die Matratze der Schlafcouch in die Mitte des Studios gewandert, und außenherum lagen sämtliche Kissen und Decken, die sie besaß. Nachts um drei überkam sie plötzlich Hunger, und sie hatten aus Tunfischkonserven, Tomatensoße und Spaghetti eine mehr oder minder essbare Pampe zusammengerührt. Dann tranken sie Tee, da der Wein leer war, beschlossen danach, zu baden, lagen später wieder auf ihrem Lager und cremten sich gegenseitig ein, bis sie beim ersten Schein der Morgendämmerung schließlich einschliefen.
Der Samstag verlief ebenso. Nachdem sie erwacht waren, schmusten sie so lange herum, bis sie vor lauter Erregung nicht aus den Kissen herausfanden, und danach waren sie zu erschöpft für Unternehmungen außerhalb des Bettes. Irgendwie gelang es Giulietta, einen Kaffee zu kochen, und ein paar Kekse fanden sich auch irgendwo. Einige Male klingelte ihr Mobiltelefon, aber sie schaute nur auf die Anzeige und antwortete nicht. Am frühen Abend gingen sie um die Ecke in ein griechisches Restaurant, aßen ein wenig, hatten jedoch seltsamerweise beide keinen richtigen Hunger, kauften dann noch eine Flasche Wein und liefen eng umschlungen die Treppe zu ihrem Studio hinauf.
Die zweite Nacht war noch schöner gewesen als die erste. Sie musste sich jetzt verbieten, daran zu denken. All die wundervollen Dinge, die er ihr gesagt und gezeigt hatte. Es war ihr gleichgültig gewesen, ob seine Gesten wirklich das bedeuteten, was er vorgab, oder nur Ausdruck seiner Lust und einer gewissen Fertigkeit waren. Diese zweite Nacht hatte sie restlos verzaubert. Als er am Sonntagnachmittag schließlich ging und sie allein zurückblieb, kam sie sich leer und erschöpft vor, wie nach einem heftigen Fieber. Ihr Körper schmerzte und fühlte sich wund an. Sie räumte notdürftig auf, badete dann ausgiebig, ignorierte nach wie vor die Telefonarufe, die immer häufiger wurden, und hatte den Eindruck, einen Schiffsuhtergang überlebt zu haben.
So hatte das alles begonnen, vor gerade einmal neun Wochen. Und es endete damit, dass ihr Vater vorbeikam.

Sie war eingeschlummert. Im Fernsehen liefen bei abgeschaltetem Ton die Tagesthemen. Das Klingeln an der Tür hatte sie hochschrecken lassen, und im ersten Augenblick wusste sie nicht, wo sie war.
Jetzt, hier in diesem Flugzeug, fragte sie sich, ob damals schon irgendetwas geschehen war, das mit den Ereignissen später in einem Zusammenhang stehen konnte? Es musste doch irgendwo eine Erklärung geben.
Sie hatte den Telefonhörer abgenommen und gefragt, wer da sei.
»Ich bins. Paps. Schläfst du schon?«
»Nein, nein. Ich mache auf.«
Alles ganz normal. Sie waren in Leipzig auf einer Antiquitätenmesse gewesen. Jetzt erinnerte sie sich dunkel wieder daran. Am Samstag hatte ihr Vater arbeiten müssen, und ihre Mutter war mit einer Freundin zu irgendeinem Rosenzüchter gefahren. Am Sonntag wollten sie zu dieser Messe in Leipzig. Jetzt waren sie zurück. Markus hatte Anita nach Hause gebracht und war noch einmal ins Büro gegangen, um nach dem Rechten zu sehen. Und auf dem Heimweg schaute er kurz herein. Alles ganz normal.
Warum hatte sie das dann gestört?
Es hatte sie gestört. Sie hätte am liebsten gesagt, er solle lieber morgen Abend wiederkommen. Sie wollte ihn jetzt nicht sehen. Sie wollte überhaupt niemanden sehen. Sie hatte die Spuren der letzten zwei Nächte beseitigt und bei jedem Handgriff einen Stich im Herzen gespürt. Am Kühlschrank hing seine Karte mit seiner Adresse und Telefonnummer. Zweimal schon hatte sie den Hörer in der Hand gehabt. Aber ihre Verabschiedung lag doch erst ein paar Stunden zurück. Sie konnte heute nicht mehr bei ihm anrufen, auch wenn sie jeden Augenblick daran dachte. Jetzt war es ohnehin zu spät. Morgen um zehn begann das Morgentraining, und dann liefen ununterbrochen Proben bis sechzehn Uhr. Sie musste sich ausruhen, ihre Gedanken unter Kontrolle bekommen.
Sie hatte einen letzten prüfenden Blick um sich geworfen und war dann zur Eingangstür gegangen. Als die Fahrstuhltür zur Seite glitt, stand ihr Vater mit dem Rücken zu ihr in der Kabine. Er schaute kurz über die

Schulter, entdeckte seine Tochter im Türrahmen, zwinkerte ihr zu, drehte sich dann schnell um und rief: »Überraschung!« Er trug ein altes Grammofon in den Händen.
Giulietta lächelte.
»Ist das alles?«, fragte er. »Eine Stunde lang habe ich verhandelt. Ich dachte, du würdest einen Luftsprung machen.«
»Das mache ich doch schon die ganze Woche.«
Sie ging auf ihn zu und bestaunte das Gerät. »Es ist wunderschön. Für mich?«
»Na klar für dich. Für wen denn sonst?«
»Komm doch rein. Es ist kalt hier.«
Sie ließ ihn vorangehen und schloss behutsam die Tür. Er stand einen Augenblick lang unschlüssig im Flur, dann stellte er das Grammofon einfach auf den Küchentresen, kehrte zu seiner Tochter zurück, küsste sie auf beide Wangen und hängte seinen Mantel an die Garderobe neben der Tür.
»Ich bleibe nicht lange. Wollte nur dein Gesicht sehen, und morgen hätte ich nicht vorbeikommen können. Wie geht's dir, meine Kleine, alles in Ordnung? Du siehst müde aus. Wie war dein Wochenende?«
Während er sprach, bewegte er sich langsam in den Wohnraum hinein und blieb bei seiner letzten Frage erwartungsvoll neben der Couch stehen.
»Ich habe mich ausgeruht. Magst du was trinken?«
Er steckte die Hände in die Taschen und schaute kurz zur Decke, als hinge dort eine Karte mit den Drinks des Hauses. »Ein Gläschen Wein vielleicht?«
Sie schüttelte den Kopf. »Hamma nich«, sagte sie spöttisch, ein weit zurückliegendes gemeinsames Familienferienerlebnis zitierend. »Einen Tee, einverstanden? Du musst ja auch noch fahren, oder?«
Sie hatte in der Küche mit dem Wasserkocher hantiert, er hatte erzählt. Er erzählte immer. Ihr Vater war ein geborener Erzähler, fast ein Fantast, ganz im Gegensatz zu ihrer Mutter, einer hochintelligenten, aber nüchternen Frau. Sie bewunderte ihre Mutter und war insgeheim stolz auf sie. Aber ohne ihren Vater wäre sie niemals dort hingekommen, wo sie jetzt war. Anita hätte ihr die Ballett-Ausbildung schlichtweg verbo-

ten. Sie hatte alle ihr zur Verfügung stehenden Mittel eingesetzt, um zu verhindern, dass sie diesen Weg einschlug. Angefangen von den üblichen Argumenten, dass es absurd sei, sich fast zu Tode zu schinden für eine Karriere, die selbst im Glücksfall nach wenigen Jahren beendet sein würde, bis zu alarmierenden Artikeln aus medizinischen Fachzeitschriften, denen zufolge Ballett-Lehrer mit dem Körper eines Mädchens das Gleiche anstellten wie ein japanischer Bonsai-Gärtner mit einem Baum. Außerdem weigere sie sich, zuzulassen, dass ihre Tochter als bessere Analphabetin heranwüchse, deren Gehirn zu nichts anderem dienen würde als die subtile Motorik ihrer überzüchteten Bewegungen zu steuern. Freilich waren Anitas Einwände und die ganzen Diskussionen völlig nutzlos, denn Giulietta war bereits Ballett-Tänzerin, bevor sie das erste Mal im *demi-plié* an der Stange gestanden hatte. Auch wenn die Welt sich gegen sie verschworen und sie gezwungen hätte, Zahnärztin, Juristin oder Verkäuferin zu werden, so wäre sie trotzdem eine Ballett-Tänzerin gewesen, und zwar aus dem einfachen Grunde, dass sie es als ihre Bestimmung betrachtete. Eben dies war für ihren Vater selbstverständlich und für ihre Mutter irritierend: dass manche Menschen etwas Ureigenes und Unveränderliches in sich tragen, für das es im schlimmsten Fall keine Erklärung gibt. Dieser Gedanke widersprach Anitas Menschenbild völlig.
»Kunst ist nicht gesellschaftlich«, hätte ihr Vater gesagt.
»So ein Unsinn«, hätte Anita entgegnet. »Das sagst du nur, weil du dieses Ost-Trauma hast. Außerdem geht es mir nicht um Kunst, sondern darum, dass meine Tochter ein Abitur macht, das diesen Namen nicht verdient. Was lernen die dort eigentlich außer Kniebeugen?«
»Dass du das nicht kapierst, Anita. Das ist eine Ballett-Schule.«
»Eben. Das stört mich. Was lernt sie denn schon über die Welt. Sie hat keine Ahnung von der Wirklichkeit. Sie weiß nichts über Geschichte oder Politik. Sie wächst in dem Glauben auf, die Welt wäre eine Theaterbühne.«
»Die paar Minuten da oben auf der Bühne, das ist die Wirklichkeit für eine Tänzerin.«
»Eben. Das ist ja das Schlimme.«
Anita fiel zu Ballett höchstens ein, dass es eine höfische Kunstform war,

die dazu diente, den Adel zu unterhalten. Es war so ziemlich das Letzte auf ihrer internen Nutzlosigkeitsskala, vor allem für eine Frau, die ihrer Auffassung nach Besseres zu tun haben sollte als in einer noch so sublimierten Form ihren Körper erst zu verkrüppeln und dann auch noch zur Schau zu stellen.

»Verkrüppeln wird sie, wenn du sie nicht tanzen lässt«, war alles, was ihr Vater dazu gesagt hatte.

Jetzt, während sie sich diesen Abend Stück für Stück wieder in Erinnerung rief, fiel ihr das seltsame Gefühl wieder ein, das sie für einen kurzen Augenblick beschlichen hatte, als sie ihren Vater dort im Raum stehen sah. Er hatte ihr den Rücken zugekehrt. Offenbar nahm irgendeine Reportage in den Tagesthemen seine Aufmerksamkeit gefangen. Jedenfalls hatte er sich kurz umgedreht, schaute interessiert auf den Fernsehschirm und dann ein wenig im Zimmer herum, wohl auf der Suche nach der Fernbedienung, um die Lautstärke hochzudrehen. Diese Bewegung hatte sie irritiert. Sie musste das ganz tief in ihrem Bewusstsein registriert haben, kaum den eigenen Gedanken zugänglich, oder warum fiel ihr das jetzt wieder ein? Ihr Vater war ihr an diesem Abend plötzlich anders erschienen. Etwas an ihm war ihr fremd gewesen, und die Fremdheit hatte mit dieser Bewegung begonnen. Sie hatte das Gefühl nicht weiter verfolgt. Sie war müde und ein wenig durcheinander. Das Ganze hatte vielleicht zwei Sekunden gedauert. Ihr Vater stand dort im Raum, den Rücken zu ihr gekehrt, vollzog diese suchende Bewegung und schien plötzlich jemand anderes zu sein. Als spreche ein vertrauter Mensch plötzlich einen einzigen Satz mit völlig veränderter Stimme.

»Du bist nicht besonders gesprächig heute Abend«, sagte er irgendwann.

»Ich bin etwas müde. Und morgen ist ein langer Tag.«

»Ich verstehe den Wink. Darf ich noch austrinken?«

»Sei doch nicht albern. Natürlich.«

»Was macht ihr morgen?«

»Das Gleiche wie letzte Woche. Verdiana und Nussknacker.«

»Und, hast du Chancen auf einen Einsatz?«

»Kaum. Ich werde es im Januar bei der Deutschen Oper versuchen. Da soll es Stellen geben für dieses Tango-Ballett.«

»Soll ich mal mit der Direktorin reden?«

»Was? Nein, um Gottes willen.«
»Ich bin ganz geschickt bei so etwas.«
Sie schüttelte heftig den Kopf. »Wenn du das tust, spreche ich kein Wort mehr mit dir.«
Er schaute sie prüfend an. »Warum bist du eigentlich so müde, wenn du dich das ganze Wochenende ausgeruht hast?«
Ihr Kopf lief feuerrot an. Sie konnte sich nicht helfen. Sie war überhaupt nicht auf diese plötzliche Frage vorbereitet gewesen. Aber die gedämpfte Beleuchtung schützte sie. Er konnte das nicht gesehen haben. »Weil die Woche so anstrengend war. Du glaubst ja nicht, was das für einen Unterschied macht, in einem Ensemble zu sein und nicht in der Schule.«
Er hatte die ganze Zeit vor ihr gestanden. Jetzt setzte er sich neben sie auf die Couch. Im Fernsehen flimmerten irgendwelche Bilder von Massengräbern im Kosovo. Ein Journalist sprach in ein Mikrofon. Im Hintergrund sah man verbrannte Häuser und dann einen ausgehobenen Graben, worin in Säcke gehüllte Leichen lagen.
Er hatte ihre Hand genommen und gesagt: »Du musst dich durchsetzen, Giulietta. Ich weiß, dass dir das schwer fällt. Aber du hast keinen Grund, dich zu verstecken.«
»Ich verstecke mich überhaupt nicht. Lass mich nur. Ich komme schon klar. Wie geht's Mama?«
Sie hatte ihre Hand zurückgezogen. Er schaute sie ernst an, dann lächelte er und griff nach seiner Teetasse. »Sie arbeitet viel. Wie ich auch. Das Wochenende hat uns gut getan. Leipzig ist ganz hübsch geworden. Du hättest mitkommen sollen.«
»Ihr solltet viel mehr reisen. Wenn ich ein bezahltes Haus hätte und eine erwachsene Tochter, würde ich nur noch halb so viel arbeiten und die Zeit mit meinem Partner verbringen.«
»Ein Partner? Was für ein Partner?« Er stellte die Tasse ab und verschränkte die Arme vor der Brust.
»Ich spreche doch über euch. Warum buchst du nicht einfach eine Woche Barbados für euch beide? Mutti schwärmt schon seit zwei Jahren davon. Wenn ich du wäre, würde ich das machen.«
Er runzelte die Stirn und schüttelte dann den Kopf. »Du hast Ideen. Ich bin froh, wenn ich bis zum Ende des Regierungsumzuges jede Nacht

sechs Stunden Schlaf finde. Und du solltest auch an andere Dinge denken als an Urlaub. Wann ist das Vortanzen an der Deutschen?«
Giulietta sprang von der Couch auf. »Vortanzen. Vortanzen. Mein Gott, ich bin seit sechs Wochen in der Staatsoper. Lass mich doch einmal verschnaufen.« Sie lief zum Fernsehgerät und schaltete es aus.
»Sag mal, ist irgendwas mit dir?«
»Nein. Was soll denn sein? Aber ich will nicht, dass du mich immer fragst, wie es geht und wann ich dies oder jenes tue. Ich komme schon zurecht. Mach dir keine Sorgen. Was im Sommer war, ist vorbei.«
Sie sah, dass er sich beherrschte. Er schaute sie auf eine Weise an, die ihr nur zu vertraut war. Sie ging zu ihm, kniete vor ihm hin und legte ihre Arme auf seine Knie. »Es tut mir leid, Papa, ich habe es nicht so gemeint, aber du bist manchmal einfach zu … zu fürsorglich.«
Er hob kurz seine Hand und ließ sie dann wieder sinken. Es war ein Reflex. Er wollte seine Finger durch ihre Haare gleiten lassen. Das hatte er früher auch immer getan. Wenn sie auf seinem Schoß saß und er ihr die Gutenachtgeschichten vorlas. Das hatte immer er gemacht. Er konnte die Stimmen der Figuren so gut imitieren. Aber er streichelte sie auch noch, als sie schon lange keine Gutenachtgeschichten mehr hören wollte. Es störte sie. Gewisse Gesten und Berührungen waren ihr unangenehm. Sie hatte es lange nicht gewagt, ihm das zu sagen. Sie fühlte sich schuldig. Sie hatte versucht, es ihm durch Gesten und Blicke verständlich zu machen, aber das hatte er nicht bemerkt oder nicht bemerken wollen. Schließlich hatte sie es ihm gesagt, ganz förmlich, ohne besondere Umschweife. »Ich mag es nicht, wenn du meine Haare anfasst. Bitte lass das in Zukunft, ja?« Er hatte sich daran gehalten, aber wie oft sah sie seine Hand zucken.
Sie wusste, dass es zwischen ihr und ihrem Vater ein Problem gab. Wie er sie manchmal ansah. Das ging ein wenig über väterliches Interesse und Zuneigung hinaus. Sie begann zu vermeiden, mit ihm allein zu sein. Dann klagte sie über den langen Schulweg und setzte durch, dieses Studio zu bekommen. Ihr Vater hatte sofort zugestimmt. Er schien selbst zu spüren, dass es besser wäre, wenn sie nicht mehr zu Hause wohnte. Ob ihre Mutter davon etwas gemerkt hatte? Es war schwierig zu sagen, was Anita dachte. Einmal hatte Giulietta sich sogar eines Nachmittags hinge-

setzt und begonnen, ihrer Mutter einen Brief zu schreiben. »Liebe Mutti«, hatte sie begonnen, »ich möchte, dass du weißt, dass ich Papa sehr lieb habe, aber nicht so sehr, wie er dich lieb haben soll.« Sie hatte den Brief nicht weitergeschrieben, aber auch lange nicht weggeworfen. Er lag wohl bis heute irgendwo zwischen ihren alten Sachen.
Ihr Vater war gegen Mitternacht gegangen.

6

Der nächste Tag war hart gewesen. Ihr Körper fühlte sich nach dem Aufstehen wie zerschmettert an, und am Ende des Morgentrainings wusste sie nicht, wie sie den Tag durchhalten sollte. Sie stand schwer atmend am Fenster, schaute auf die Bäume dort draußen mit ihren herbstgelben Blättern und spürte eine unerträgliche Sehnsucht nach diesem fremden Mann, der bereits alles über sie wusste, alles an ihr kannte: den Geruch ihrer Haut, ihres Mundes, ihres Geschlechtes. Ob man ihr ansah, was sie erlebt hatte, was in ihr vorging?
Sie erledigte pünktlich ihre Einsätze und hielt sich ansonsten im Hintergrund, kauerte unauffällig zwischen den anderen Tänzerinnen und Tänzern, die sich in den Pausen am Rand des Probensaals auf dem Boden niederließen, Spitzen flickten oder Bänder annähten, sich gegenseitig massierten, in Zeitschriften blätterten oder einfach wie abgeschaltet an der Wand lehnten. Überall lagen T-Shirts und Sweater herum und ragten Wasserflaschen aus Plastiktüten oder Rucksäcken. Hier und da standen blaue oder rote wattierte Neoprenstiefel, die neuerdings in Mode waren, weil es kein schöneres Gefühl gab, als aus einem Spitzenschuh in weiche Miniatur-Moonboots umzusteigen. Wer diese Mode wohl in Gang gesetzt hatte? Früher trug man Schläppchen. Ein neuer Trend war auch, dass die Männer das linke Hosenbein ihrer Trainingshosen über das Knie hochschoben. Giulietta hatte keine Ahnung, was daran besonders *chic* sein sollte, aber offenbar meinten die Anhänger dieser Mode, dadurch dem extrem geregelten Ballett-Betrieb gegenüber eine unangepasste Haltung zu bekunden. Ein hochgerolltes Hosenbein als Zeichen der Opposition gegen die strengen, sowohl sichtbaren als auch unsicht-

baren Gesetze des klassischen Balletts; das Läppische der Geste sprach Bände über den ganzen Berufsstand.
Das Reglementierte, ja fast Militärische dieser Kunst war ihr an jenem Montagmorgen besonders aufgefallen. Giulietta stellte Ballett nicht in Frage. Ballett war nur dann schön, wenn es perfekt war. Es gab hier keinerlei Raum für Abweichungen, Meinungen oder Interpretationen. Eine Ballett-Figur war wie ein Geigenton: klar und rein oder falsch. Das musste man einfach akzeptieren. Doch manchmal spürte man kaum etwas vom Zauber des Vollkommenen, sondern sah überall nur die mühselige Suche danach. Und wie oft wirkte diese Suche mechanisch, automatisch, repetitiv, als seien sie alle wirklich nur das, was ihre Mutter bis heute dachte: bewegliche Puppen. Tanzautomaten. Wenn man sich die Proben anschaute, konnte man diesen Eindruck nicht leugnen. Denn Perfektion war eine Frage der Disziplin, der totalen Beschränkung der Freiheit des Einzelnen zu Gunsten der formvollendeten Bewegung der Gruppe. »Claudia, dein Arm, verdammt noch mal! Und bringt doch endlich mal etwas Spannung in die Oberkörper, wenn ihr in der Fünften zum Stehen kommt!« Was hatte denn diese Kunst noch in einer Welt verloren, die das Individuelle, den persönlichen Ausdruck, das Natürliche über alles stellte? Raum für individuellen Ausdruck gab es genau genommen nur für die Solisten, und selbst bei ihnen lief alles im Rahmen der alten Schrittfolgen ab. Was hatte sich seit den Choreografien von Petipa denn schon an diesem Tanz verändert? Die Schwäne im Schwanensee trippelten heute vermutlich nicht viel anders über die Bühne als vor hundert Jahren. Und wenn schon? Litten die Menschen heute an einer unglücklichen Liebe vielleicht anders als damals? Wären Siegfrieds und Odettes Tränen heute aus einem anderen Stoff? Gab es in den wesentlichen Dingen überhaupt jemals einen Fortschritt? Wenige Meter von ihr entfernt glitt soeben die Primaballerina in eine *attitude croisé*. War eine würdigere, schönere, vollendetere Form für den menschlichen Körper überhaupt denkbar?
Und warum gingen ihr solche Gedanken durch den Kopf, während sie an der Wand kauerte und die verwachsenen Zehennägel der Tänzerin neben sich betrachtete, die sorgsam Klebestreifen zurechtschnitt, Wattestücke zwischen ihre Zehen steckte und Second Skin auf wunde

Hautstellen klebte? Warum war sie kaum bei der Sache und konnte es kaum erwarten, dass sie die Probe endlich hinter sich hätte, um in die Umkleide zu fliehen, sich zu duschen und zu versuchen, Damián zu erreichen?

Als sie nach Hause kam, blinkte ihr Anrufbeantworter. Drei der Nachrichten waren von ihm. Sie lauschte seiner Stimme auf dem Band und bekam kaum Luft vor innerem Jubel. Zwei Stunden später war er bei ihr, erstickte sie fast mit Küssen, Umarmungen, Liebkosungen und fünfzig dunkelroten Rosen. Sie liebten sich auf dem Wollteppich zwischen der Schlafcouch und dem Kamelhocker, sprachen kaum, schauten sich nur an und versuchten eine Erklärung dafür zu finden, was mit ihnen geschah. Es gab aber keine, oder jedenfalls keine, die man in Worte hätte fassen können oder müssen. Sie lagen stundenlang herum und erzählten sich gegenseitig, wie sie die letzten zweiundsiebzig Stunden erlebt hatten, jede Einzelheit, jede Empfindung. Giulietta wollte genau wissen, was er gedacht hatte, als sie am Freitag das Theater betrat. Was war ihm zuerst aufgefallen? Warum hatte er sich auf den ersten Blick in sie verliebt, wie er behauptete? Sie hatten erst drei Tage gemeinsame Vergangenheit, doch sie bot schon genügend Gesprächsstoff für einen ganzen Abend und eine halbe Nacht. Dann hatte sie erfahren, was er hier tat, dass er für drei Monate in Berlin war, um eine Tango-Show einzustudieren und nebenher ein wenig zu unterrichten. Er habe sich schon immer für Deutschland interessiert, schon in der Schule. Es sei wohl das Land mit den meisten Widersprüchen, faszinierend und schrecklich zugleich. Das habe ihn schon immer beschäftigt. Die Genies und die Monster.

»Das Land ist faszinierend. Der Alltag. Die Leute. Was sie so machen.«

»Wie meinst du das?«

Er hatte von der Stille erzählt, die ihn beeindruckt hatte. Die Stille in den Häusern, das Schweigen in den Bussen, die Ruhe in den Parks. Was man in einem Berliner Park erleben konnte, war geradezu unbeschreiblich. Wie die Menschen sich kleideten, und vor allem wie sie sich öffentlich entkleideten. Er hatte in Buenos Aires schon davon gehört, dass man in Berlin nackt in Parks herumlag, aber er hatte es sich trotzdem nicht vorstellen können. Nachdem er es mit eigenen Augen gesehen hatte,

verstand er, warum. Offenbar hatte hier niemand Angst davor, sich lächerlich zu machen.
»Die Menschen hier haben ihr Schamgefühl an einer anderen Stelle.«
»Wie meinst du das?«
»Es ist ihnen peinlicher, etwas Dummes zu sagen, als dumm auszusehen. Bei uns ist das umgekehrt. Am Kreuzberg zum Beispiel. Da lag ein junger Mann nackt in der Sonne. Nach einer Weile war die Sonne weitergewandert, und er lag im Schatten. Er stand auf, zog ein T-Shirt an, aber keine Unterhose. Er ging zwanzig Meter weiter, breitete seine Sachen aus, zog das T-Shirt wieder aus und legte sich wieder hin. Ein Argentinier würde sich eher erschießen lassen, als mit Hemd und ohne Unterhose durch einen Park zu laufen.«
Giulietta kicherte.
Er erzählte ihr, was ihm alles aufgefallen war. Dass die Leute ungeniert auf der Straße Würste und Pommes frites in sich hineinstopften, auch wenn ihnen dabei der Senf oder die Mayonnaise über das halbe Gesicht tropfte. Wie kitschig viele Läden eingerichtet waren. Dass in einem hoch technisierten Land noch Wohnungen existierten, die über keine eigene Toilette, sondern nur über ein Außenklo verfügten. Eine Wohnung ohne ein eigenes Bad? Mit Kohleöfen beheizt. In der Hauptstadt eines der reichsten Länder der Erde. Das hätte er sich früher einfach nicht vorstellen können. Genauso verwunderlich war es aber, dass die Leute sich an Verabredungen hielten und das auch von den anderen erwarteten.
»Ist das bei euch nicht so?«
»Nein, jeder hat immer mehrere Verabredungen gleichzeitig.«
»Und wenn zwei Termine gleichzeitig klappen?«
»Das passiert ständig. Dann sagst du einen ab. Das machen alle so, deshalb musst du immer eine Ausweichverabredung haben.«
Und er erzählte von der Erfahrung, die ihn am meisten beeindruckt hatte: eine U-Bahn-Fahrt in einem Waggon voller zurückkehrender Fußballschlachtenbummler. Dies war überhaupt der Gegensatz, der ihn am meisten beschäftigte: das Nebeneinander von bewundernswürdig hoher Entwicklung in manchen Bereichen und verblüffender Nachlässigkeit in anderen, manchmal an ein und derselben Person. Die gebildeten,

selbstbewussten Studentinnen mit behaarten Beinen und Achselhöhlen. Die reinliche, pünktliche, durchorganisierte Berliner U-Bahn und das Heer von rülpsenden, grölenden und spuckenden Fußballkretins, die einen an die Zeit erinnerten, als ganz Europa vor den germanischen Stämmen erzitterte. Der Geschäftsmann, der aus einem Achtzigtausend-Mark-Mercedes aussteigt und einen Zweihundertfünfzig-Mark-Anzug trägt. Die siebenundsechzig Brotsorten und der ungenießbare Einheitskaffee. Die allgegenwärtige Sorge über die Pflege der Natur, der Umwelt, die vierfache Mülltrennung, der Verzicht auf das Auto, und im Gegensatz dazu die Vernachlässigung der Körperpflege bis hin zur grotesken Verunstaltung der eigenen äußeren Erscheinung durch zerstochene Nasen oder Augenbrauenringe.
»Früher, als die Mauer noch stand, soll es noch schlimmer gewesen sein«, warf Giulietta ein. »Mein Vater hat erzählt, als er übergesiedelt sei, hätte er seinen Augen nicht getraut. Die Leute im Westen hätten so viel mehr Geld und Auswahl gehabt, aber sich überhaupt nicht um Äußerlichkeiten gekümmert. Die hätten alle gleich ausgesehen. Natürlich nicht alle, aber viele, vor allem die jungen. Eine Frau in einem Kleid sei damals reaktionär gewesen. Und erst die Männer! Es ist wie in Amerika. Die gehen in Trainingsanzügen einkaufen.«
»Dein Vater ist aus der DDR?«
Sie hatte genickt.
»Ist er geflohen?«
»Er wurde ausgebürgert. Er hat ziemlich viele Schwierigkeiten dort gehabt.«
»Das ist ja interessant. Hat er dir davon erzählt?«
»Nein. Kaum. Er redet darüber nicht gern. Ich weiß nur, dass er ein glühender Antikommunist ist. Er hasste dieses Regime. Na ja, verstehen kann ich es irgendwo. Auch wenn ich finde, dass er ein wenig übertreibt.«
»Und deine Mutter? Ist sie auch aus Ostdeutschland?«
»Nein. Sie kommt aus Heilbronn. Sie ist in den sechziger Jahren nach Berlin, wegen der Studentenbewegung. Sie war damals ziemlich links.«
»Und hat ausgerechnet einen Antikommunisten geheiratet?«

»Ja. Komisch, nicht wahr? Bist du auch Kommunist?«
»Ich? Ich bin Tangotänzer.«
»Dann küsse mich bitte.«

7

Sie betrat den südamerikanischen Kontinent zuerst in Rio de Janeiro, während der Zwischenlandung. Müde folgte sie den anderen Passagieren in eine große Wartehalle hinein, wo man die Wahl hatte, auf braunen Plastikschalensitzen Platz zu nehmen oder an einer improvisierten Kaffeebar zwischen Fluggästen zu stehen, die nach zwölf Stunden ihre erste Zigarette rauchen durften und entsprechend gierig an ihren Glimmstängeln sogen.
Giulietta erwog kurz, zu Gunsten einer Tasse Kaffee dem Qualm standzuhalten, entdeckte jedoch dann am Ende der Halle einige getönte Fenster und beschloss, einen ersten Blick auf die Umgebung zu werfen. Wie Brasilien wohl aussah? Um das Flughafengebäude herum erstreckten sich Felder und Straßen, aber durch die getönten Scheiben war nicht auszumachen, was für ein Licht diesen Weltteil beschien. Die Uhr zeigte 6:50 an. Sonnenaufgang. Aber dort draußen wirkte alles wie auf einer verblichenen Farbfotografie, die Hangars und Schuppen, die Strommasten, welche die Zufahrtsstraßen säumten und ein Gewirr aus Drahtstrippen gerade noch so vor dem Absturz bewahrten. Kein erhebender Anblick. Aber Flughäfen wurden wohl überall auf der Welt an langweiligen Stellen gebaut.
Allmählich beschlich sie das Gefühl elementarer Fremdheit. Nichts war ihr hier vertraut. Portugiesische Wortfetzen drangen an ihr Ohr. Oder war es Spanisch? Die Physiognomie der Menschen war anders, auch wenn sie nicht hätte angeben können, warum sie das so empfand. Ihre Kleidung, ihre Bewegungen, ihr ganzes Gebaren hatte etwas Sympathisches und Antiquiertes. Die steifen, gestärkten weißen Hemden des Bodenpersonals, die Männer mit dicken Hornbrillen, die teilweise auffallenden Goldschmuck zur Schau trugen, die stille, gleichsam distinguierte Art und Weise, in der manche der älteren Frauen auf ihrem Platz

saßen, die Handtasche auf dem Schoß, ein kleines Taschentuch in der Hand, gleichfalls mit viel Goldschmuck behangen – all das schien auf schwer fassbare Art aus einer anderen Zeit zu stammen. Sie schaute verunsichert um sich und spürte, dass sie zusehends nervöser wurde. In wenigen Stunden würde sie in Buenos Aires landen. Was sollte sie denn dann bloß tun? Ihr Plan, in die Stadt zu fahren und sich in eine x-beliebige Tangobar zu setzen, kam ihr auf einmal absurd vor. Außerdem war es früh am Morgen. Vermutlich öffneten diese Lokale erst abends. Sie hatte nicht einmal ein Hotelzimmer reserviert. Und wie sollte sie bloß Damián finden?

Sie holte den Reiseführer, den sie in Zürich am Flughafen gekauft hatte, aus ihrer Handtasche und blätterte darin herum. Immerhin enthielt er einige Seiten mit Hotelempfehlungen. Doch was sie in der Einleitung über die Stadt las, steigerte ihre Nervosität eher noch. Wer immer das Buch verfasst hatte, schien keine besonders hohe Meinung von Buenos Aires zu haben. Oder wie sollte man sich erklären, dass dem Reiseführer vor allem Horrormeldungen vorangestellt waren. Die Stadt sei am Ende, breche unter der Last des wirtschaftlichen Niedergangs und des ungebremsten Zuzugs Arbeit suchender, verarmter Landbewohner allmählich zusammen. Überall schien man zahllosen Gefahren an Leib und Leben ausgesetzt zu sein. Nicht zuletzt in den Fahrstühlen, die offenbar seit Jahrzehnten nicht mehr gewartet worden waren und nun in aller Regelmäßigkeit abstürzten. Alle zwei Stunden raste angeblich irgendwo in der Stadt ein Fahrkorb samt Insassen unkontrolliert den Schacht hinab und zerschellte am Boden. Gegenwärtig laut dem Autor die Haupttodesursache in Buenos Aires. Nicht weniger gefährlich war es anscheinend, essen zu gehen. Während noch bis vor kurzem vor allem Luxusrestaurants das bevorzugte Ziel bewaffneter Banden darstellten, die die Gäste während des Abendessens mit vorgehaltener Pistole um ihr Geld und ihre Kreditkarten erleichterten, so seien neuerdings auch vermehrt Durchschnittslokale Ziel dieser Wegelagerei geworden, und die Besitzer der Restaurants waren dazu übergegangen, nicht nur Wachen aufzustellen, sondern auch ihre Gäste auf Waffen hin abzutasten, um zu verhindern, dass es bei solchen unvermeidlichen Besuchen zu Schießereien kam. Nachdem Giulietta auf diese Weise auch noch zur Kenntnis genommen hatte,

dass gegenwärtig auf jeden Bewohner von Buenos Aires etwa acht Ratten kamen, ließ sie das Buch verdrießlich auf den Schoß sinken. Dann lauschte sie ungläubig einer Ansage, die aus dem Deckenlautsprecher kam. Die neue Einstiegszeit wurde durchgegeben und auch die voraussichtliche Ankunftszeit in Buenos Aires. Es lagen noch zwei weitere Flugstunden vor ihr. Sie hatte gedacht, von Rio wäre es nur noch ein kurzes Stück. Wie unfassbar weit entfernt lag dieses Land eigentlich? Sie schlug erneut den Reiseführer auf, suchte nach einer Landkarte und geriet nur noch mehr in Erstaunen. Rio de Janeiro und Buenos Aires lagen nur ein paar Zentimeter auseinander. Und dafür brauchte man zwei Flugstunden? Danach zog sich der Kontinent noch einmal über die ganze Buchseite endlos weit nach Süden hin, über Tausende von Kilometern, eine riesige, konisch zulaufende Fläche, nur hier und da mit einem Punkt versehen, der eine Stadt markierte. Die Hälfte der Bevölkerung lebte in der Hauptstadt, las sie. Das riesige Land dahinter war sozusagen leer. Halb Europa passte dort hinein.
Sie dachte an Damián, an sein Erstaunen, als er im September in Frankfurt gelandet war. Achttausendfünfhundert Meter Sinkflug im Nebel. Er hatte es kaum fassen können. Sie musste lächeln, während sie an sein Gesicht dachte, den Ausdruck völliger Verwunderung in den Augen. Der Gedanke hatte ihn ungeheuer beeindruckt, in einer Stadt, einem Land anzukommen, über dem eine achteinhalb Kilometer dicke Wolkendecke hing. Wenn er jetzt hier wäre, würde sie ihn fragen, wie es möglich war, dass sich in einem Land, das größer war als Deutschland, Frankreich, Spanien und Italien zusammen, die Hälfte aller Bewohner in einer einzigen Stadt drängten. Aber nein, sie würde ihn ganz andere Dinge fragen. Zum Beispiel, warum er die Aufführung fast hatte platzen lassen. Wie hatte er das nur tun können? Waren die Spannungen mit Nieves daran Schuld gewesen? Nieves! Sie war im November angekommen. Am siebten. Das wusste sie noch wie heute. Damiáns Erklärung, wer Nieves sei, war kurz und knapp gewesen: »Meine Tanzpartnerin. Mehr nicht. Unsere Beziehung ist seit gut einem Jahr nur noch rein professionell.«
Die Begriffe *seit einem Jahr* und *nur noch* stellten klar, was dem vorausgegangen war. Sie tanzten seit 1995 zusammen. Nieves war dreiundzwan-

zig und er gerade einmal achtzehn Jahre alt gewesen, als sie sich kennen lernten. Bereits die erste Nennung ihres Namens hatte Giulietta verunsichert. Das war nach einer der Proben gewesen. Giulietta hatte Damián vom *Chamäleon* abgeholt, und Lutz hatte beiläufig gefragt, wann Nieves ankommen würde. Damián hatte die Frage einfach übergangen und irgendetwas von Gruppenproben gesagt, die sie noch planen müssten. Lutz hatte erklärt, dass die Planung schon fertig sei, und noch einmal gefragt, wann Nieves käme, damit man mit den ersten Durchläufen beginnen könnte. »Sonntag«, hatte er gemurmelt und war dann in die Garderobe verschwunden. Lutz hatte Giulietta angeschaut und die Augenbrauen hochgezogen. »Argentinier«, sagte er dann, »manchmal gehen sie mir echt auf die Nerven.«
»Wer ist denn Nieves?«, hatte sie gefragt.
»Damiáns Partnerin. Ich meine Tanzpartnerin. Hier, das ist sie.«
Er zeigte auf einen Tisch im Foyer, auf dem Plakate herumlagen. »*Julián y Juliana*«, stand in roten, gezerrten Buchstaben auf schwarzem Grund. Die Pose des abgebildeten Tanzpaares war zwar noch als Tanzpose erkennbar, aber es handelte sich eher um die Darstellung des letzten Augenblicks vor der völligen körperlichen Vereinigung. Das Gesicht des Mannes war durch das Profil der Frau fast völlig verdeckt. Nur anhand der unter dem Bild gedruckten Namen war erkennbar, wer auf dem Plakat zu sehen war: Damián Alsina & Nieves Cabral.
Nieves' Augen waren halb geschlossen, ihr Mund leicht geöffnet. Ihr tadellos frisiertes Haar war pechschwarz, ihre Lippen knallrot und leicht glänzend, ihr Gesicht hinreißend, weiß geschminkt, mit einem Schönheitsfleck auf der Wange. Und ihre atemberaubende Figur! Giulietta starrte neidvoll auf diese vollen Brüste, die perfekten Beine, die vollendete Beckenpartie. Giulietta mochte das Wort nicht, aber hier passte es auf einmal: Nieves war ein Traumweib. Der Fotograf hatte sie in einem Moment höchster Anspannung erfasst, dem Augenblick, da Widerstand in Hingabe umschlägt. Ein Träger ihres Dreißiger-Jahre-Kleides war etwas heruntergerutscht und betonte ihre entblößte Schulter. Eine Strähne hatte sich aus der tadellosen Frisur gelöst und schlängelte sich über ihre Schläfe herab. Das also war Nieves. Mochte sie niemals nach Berlin gelangen.

»Und sie tanzt auch in diesem Stück?«
»Klar.« Lutz hatte sie beobachtet. »Die beiden *sind* das Stück. Sie haben das ja zusammen erarbeitet. Meinst du, die Leute kommen meinetwegen oder wegen der Tänzer aus Berlin in die Show? Die beiden sind sensationell, da kann keiner hier mithalten.«
»Worum geht es eigentlich in der Geschichte?«
»Hat er dir das nicht erzählt?«
»Nein.«
»Na wie immer im Tango. Unglückliche Liebe und Klassenunterschiede. Boy meets girl. Das Ganze spielt im Buenos Aires der Jahrhundertwende. Julián, ein armer Teufel, der in den Schlachthöfen arbeitet, begegnet beim Tango Juliana.«
»Und weiter?«
»Der Vater von Juliana, ein Typ aus der Oberschicht, ist gegen die Verbindung und schickt seine Tochter nach Paris, wo sie schnell mit einem anderen verheiratet wird. Julián, der arme Arbeiter aus der Vorstadt, hat selbstverständlich das Geld nicht, um ihr zu folgen. Ich spiele den bösen Homosexuellen, der Geld hat und Julián erpresst. Das ist die Szene, die du damals gesehen hast. Julián, also Damián, will Geld von mir. Ich will es ihm nur geben, wenn er dafür mit mir schläft. Das ist übrigens typisch Damián. Er macht immer so ein Zeug, deshalb hat er auch keinen Argentinier für die Rolle gefunden.«
»Ach ja. Wieso?«
»Na ja, vielleicht sind ja im Ballett die meisten Männer schwul. Aber im Tango kriegst du damit Probleme. Keiner von den guten Tänzern würde das tanzen. Mann mit Mann in homosexuellem Kontext. Undenkbar.«
»Was meinst du mit ›immer so ein Zeug‹?«
»Na ja, Damián macht komisches Zeug. Seltsame Schritte. Sagen jedenfalls alle. Vielleicht ist es auch Neid. Tango ist eine ziemlich hermetische Welt. Und ich glaube, die Guten, also die wirklich Guten sind sich sowieso alle nicht grün. Wegen der Konkurrenz. Das ist wie bei uns im Ballett. Schau doch, wie das bei Béjart gewesen ist. Oder bei Balanchine. Jeder, der etwas Neues macht, wird von den anderen angefeindet. Vor allem, wenn er gut ist. Damián ist nun mal verdammt gut. Aber er macht

komisches Zeug. Deshalb eckt er in Buenos Aires überall an. Außerdem passt er überhaupt nicht in die Tangoszene. Das spüren die irgendwie.«
»Wie meinst du das?«
»Übertrieben gesagt: er kann lesen und schreiben. Damián ist ein intellektueller Typ. Das ist etwas relativ Neues in dieser Kultur. Tango kommt von ganz unten, aus den Mietskasernen, aus dem Slum. Mit den meisten älteren Typen, die dir in Buenos Aires in den Tangoschuppen über den Weg laufen, kannst du kein vernünftiges Gespräch führen. Die ticken alle auf einer anderen Frequenz. Aber vollständig. Verstehe mich nicht falsch. Die sind schon ganz nett. Aber selbst wenn du die Sprache kannst, merkst du bald, dass die ganz woanders unterwegs sind.«
»Du bist also schon einmal dort gewesen?«
»Ja sicher. Diesen Tanz verstehst du sonst nicht. Ich glaube, es gibt wenige Dinge, die so ortsabhängig sind wie Tango. Nicht nur der Tanz. Vor allem die Musik. Im Grunde müsste man das noch mehr einschränken. Ein paar Straßenecken, eine Hand voll Kneipen und Cafés, ein paar hundert Verse und Melodien: das ist Tango. Wenn du die geheimen Ecken nicht kennst, dann kannst du zwei Wochen in Buenos Aires verbringen und überhaupt nicht damit in Berührung kommen. Es ist eine Parallelwelt mit eigenen Gesetzen. Vor fünfzehn Jahren war der Tanz sogar so gut wie ausgestorben, und niemand hat sich daran gestört.«
»Und wie endet die Geschichte?«
»Julián ersticht mich, wie du gesehen hast, und landet im Gefängnis. Juliana ist schwanger von ihm, aber das weiß er nicht. Er erfährt nur, dass sie in Paris geheiratet hat, und verflucht sie.«
»Das ist ja eine ziemlich düstere Geschichte.«
»Es wird noch schlimmer. Zwanzig Jahre später kommt er aus dem Gefängnis, tanzt wieder und landet irgendwie in Paris, das ja damals im Tangofieber war. Auf einem Ball fällt ihm ein junges Mädchen auf, das Schritte tanzt, die vor zwanzig Jahren in Mode waren. Er fragt sie, woher sie diese Schritte kann. Sie sagt, von ihrer Mutter. Er möchte ihre Mutter kennen lernen, und voilà: es ist Juliana. Julián hat mit seiner eigenen Tochter getanzt und sie an ihrem Stil erkannt.«
»Aha, also doch ein Happy End.«
»Nein. Das gibt's im Tango nie. Julián und Juliana lieben sich natürlich

immer noch, und Julián ist überwältigt von seiner Tochter. Er will, dass beide mit ihm davonlaufen. Aber Juliana ist zu stark an die Konventionen gebunden. Sie kann nicht mit ihm durchbrennen, in eine ungewisse Zukunft. Sie tanzen einen ergreifenden Abschiedstango, die unmögliche Liebe eben. Dann geht Julián und nimmt sich das Leben.«
»Das ist ja furchtbar.«
»Tja, finde ich auch. Aber ich bin ja nicht der Choreograf. Tänzerisch ist es allerdings genial. Das macht ihm keiner nach. Die Wiedererkennungsszene mit der Tochter ist sagenhaft. Deshalb hassen sie ihn auch so sehr, glaube ich. Eine normale Tangoshow wird nach fünfzehn Minuten langweilig. Ich habe bestimmt ein gutes Dutzend gesehen. Immer das Gleiche. Damián macht irgendwas Besonderes mit den Figuren, unterlegt sie mit seinen eigenen Chiffren. Das ist ungeheuer wirkungsvoll. Man sieht es und spürt es, aber keiner weiß so recht, wie es funktioniert. Damián arbeitet wie Wagner im Ring, mit Leitmotiven, die er immer anders verschränkt. Dazu braucht man aber Grips, und das haben in diesen Kreisen nicht viele …«
Der Halbsatz hatte sie schockiert. »Deshalb hassen sie ihn auch so sehr …« Sie hatte in den letzten drei Wochen einiges über Damián erfahren, dass er ein manischer Arbeiter war und dass er Pasta liebte, dass er Fernsehen nicht leiden konnte, einen sehr teuren Geschmack hatte, was Kleidung betraf, nicht gerne kochte, aber wenn, dann mit riesigem Aufwand, dass er dreimal täglich duschte, Körperhygiene fast obsessiv betrieb, am liebsten nachmittags Liebe machte und ein besonderes Licht dabei bevorzugte, das ihre Körper in warme Pastellfarben tönte. Sie hatte festgestellt, dass sie es genoss, wie eine Prinzessin behandelt zu werden, wenn er ihr die Tür aufhielt, ihr aus dem Mantel oder beim Platznehmen half. Und ebenso genoss sie seine direkte Art, ihr sein Begehren mitzuteilen, sich an Orten zu lieben, wo sich das nicht gehörte, in der Umkleide im Schwimmbad, oder einmal in ihrem Auto, auf dem Heimweg von einer Party. Sie hatte sich ein Bild von ihm gemacht, das noch große Lücken und unbekannte Flächen enthielt. Aber nirgendwo gab es darin Platz für diesen Satz: »Deshalb hassen sie ihn auch so sehr …«
Wie konnte man ihn hassen?

Sie erfuhr es von Claudia, die eine Tanzschule in Steglitz unterhielt. Damián unterrichtete bei ihr.

»Komm doch kurz mit hinein«, hatte er gesagt, als sie ihn einmal dort absetzte.

»Nein, nein, was soll ich denn da?«

»Claudia kennen lernen. Sie ist nett, sie wird dir gefallen.«

Claudia entpuppte sich als eine hoch gewachsene, dürre Frau mit kurzrasiertem schwarzem Haar und blauen Augen. Als Giulietta mit Damián durch die Tür trat, lehnte sie gerade am Empfangstresen und telefonierte. Sie trug ein enges, schwarzes, bauchfreies T-Shirt, dazu weite dunkelblaue Seidenhosen und sah eher aus, als würde sie Yoga oder Tai Chi unterrichten. Hinter einer großen Glasscheibe, die die Eingangshalle teilte, sah man ein Dutzend Paare Tango tanzen. Claudia beendete ihr Gespräch, begrüßte Damián mit zwei Küsschen und streckte Giulietta die Hand entgegen. Damián stellte sie vor. »Sie will ein bisschen zuschauen«, fügte er dann scherzhaft hinzu und verschwand in den Übungsraum.

Claudia lächelte sie an. »Setz dich doch hier auf einen der Sessel, da hast du den ganzen Saal im Blick. Magst du was trinken? Eine Cola? Tee? Kaffee?«

Ihre Stimme war rauchig und etwas leise, ihr Alter schwer zu schätzen.

»Gerne einen Tee«, antwortete Giulietta. »Lernen viele Leute Tango?«

»Hmm, immer mehr.« Dann fügte sie hinzu: »Ich war schon ziemlich neugierig auf dich.«

Giulietta hob die Augenbrauen und wusste nicht so recht, was sie darauf antworten sollte. Damián hatte mittlerweile seine Tanzschuhe angezogen, ging zwischen den tanzenden Paaren umher und korrigierte hier und da ein wenig.

»Weil euer Star mir den Hof macht?«

Claudia schaute sie freundlich an und ignorierte die etwas reservierte Antwort.

»Ich bin gut mit Lutz befreundet.« Sie reichte ihr den Becher nebst Teebeutel. »Er hat erzählt, wie du da in der Probe aufgetaucht bist. Weißt

du, was er gesagt hat: so wie an diesem Tag hat er mich nie wieder erstochen. Als stünde Juliana leibhaftig in der Tür. Die Frau hat ihn auf Anhieb total umgehauen. Zitat Ende. Ich fand das toll. Zucker?«
Sie setzte sich neben sie und schälte ihren Teebeutel aus der Verpackung. »Es geht mich ja nichts an. Es freut mich einfach. Wie im Film. Und ich bin furchtbar neugierig.«
Giulietta lauschte auf jedes Wort. Die Frau war etwas direkt, wollte sie aber offenbar nicht provozieren oder verletzen.
»Danke«, sagte sie und lächelte. »Diese Seite der Geschichte kannte ich noch nicht. Kennst du Damián schon lange?«
»Drei Jahre. Seit '96.«
Giulietta fing sich. Sie wollte eine fremde Frau doch nicht über ihn ausfragen, aber die Versuchung war groß.
»Und warum habt ihr ihn erst jetzt eingeladen?«
»Vorher kam immer Hector, Damiáns Lehrer. Die beiden haben sich völlig zerstritten. Damián begann, selbst zu unterrichten, und es sprach sich schnell herum, dass er ein ausgezeichneter Lehrer ist. Die Schüler sind schließlich die Kunden, und die haben nach Damián verlangt.«
»Und Hector ...«
»... kommt nicht mehr, so lange wir auch mit Damián arbeiten. Es ist völlig albern, aber so sind sie eben. Der Markt hier ist an sich groß genug für mehrere Lehrer, aber nicht groß genug für zwei solche Egos.«
»Lutz sagte schon, dass Damián in Buenos Aires nicht sehr beliebt ist. Aber es klang eher so, als läge das an seinem Stil.«
»Tut es ja auch. Deshalb hat Hector ihn hinausgeworfen. Ein typischer Generationenkonflikt. Die Alten sind Puristen. Tango steckt voller Codes und Konventionen, die teilweise nur bedingt etwas mit dem Tanz zu tun haben, aber durch die Zeit einfach als unabänderlich gelten. Die jungen Tänzer hinterfragen das natürlich. Damián geht dabei noch weiter. Er karikiert bisweilen und das provoziert die alte Garde, vor allem weil er einer der Besten ist, die in den letzten Jahren hochgekommen sind.«
»Und warum tut er das?«
»Das weiß kein Mensch. Manchmal spinnt er einfach ein bisschen. Schau dir einmal an, was er da macht.«

Giulietta blickte in den Übungssaal hinein. Die Schüler hatten einen Halbkreis gebildet, und Damián führte eine Schrittfolge vor. Hier draußen war nicht zu hören, was er sagte, aber die markanten Punkte des Bewegungsablaufes waren auch so eindeutig zu erkennen. Eine Schülerin assistierte ihm. Damián schob das Mädchen sanft vor sich her, führte dabei mit seinen Schuhspitzen zwischen den Schritten abwechselnd zwei kreisrunde Bewegungen auf dem Boden aus, was der ganzen Sequenz etwas Weiches, Flüssiges verlieh. Dann fiel er blitzschnell in eine Drehung, die ebenso abrupt stoppte und das Mädchen in einer dominanten Position beließ.
»Das ist eine Schrittfolge von Luis Daroto. Jeder kennt sie – etwa wie die *Fischpose* im Dornröschen. Die Kombination heißt *Primera Junta*, ist nach einer Metro-Station benannt, wo Daroto den Schritt in grauer Vorzeit beim Warten auf die Metro erfunden haben soll. Luis Daroto war einer der ganz Großen. Er ist erst vor drei Jahren gestorben. Unter Tänzern ist er genauso berühmt wie Gardel.«
»Gardel?«
»Ja, Carlos Gardel. *Der* Tango-Sänger schlechthin. Es gibt in Buenos Aires fast kein Taxi, wo sein Foto nicht am Rückspiegel hängt. Aber jetzt schau dir den Schritt an, den Damián gerade zeigt.«
Er wiederholte ihn mehrmals, hielt manchmal mittendrin inne und erklärte etwas, überbetonte eine falsche Bewegung, um die richtige sichtbarer zu machen, zeigte die korrekte Haltung des Oberkörpers und tanzte die Sequenz noch zweimal vor. Dann entließ er das Mädchen wieder in die Gruppe und knipste per Fernbedienung die Musik an. Die Paare unternahmen tastende Versuche, die Schrittfolge zu tanzen, und erst jetzt erkannte Giulietta, wie schwierig der einfach erscheinende Schritt offenbar war. Keines der Paare vermochte, die Figur zu tanzen.
»Wie im Ballett«, sagte sie amüsiert. »Sieht einfach aus und ist verdammt schwierig.«
»Ja«, erwiderte Claudia, »aber vor allem ist es falsch.«
»Falsch? Wieso falsch.«
»Na ja. Das sieht man nur, wenn man den Originalschritt kennt. Diese Kreisbewegungen der Schuhspitze auf dem Boden, hast du die gesehen?«

»Ja, klar.«

»Diese Figur heißt *Lapiz*. Das ist Spanisch und bedeutet Bleistift, weil man dabei wie mit einem Stift auf den Boden zeichnet. Ein *Lapiz* macht eine Bewegung weich, fließend, fast feminin. Das Letzte, was dieser Daroto war, ist feminin. Im Gegenteil. Sein Stil war präzise, hart und fast militärisch. Er führte alles, die Frau hatte bei ihm keinerlei Entscheidungsfreiheit. Er gab alles vor. Ein richtiger Kerl. Und jetzt kommt Damián daher, nimmt eine seiner berühmtesten Sequenzen, schmuggelt zwei *Lapizes* hinein und endet auf eine Linksdrehung mit *parada* und *sacada* für die Frau.«

»Sacada ...?«, fragte Giulietta verwirrt.

»Das Ende der Figur, wenn das Paar sich dreht. Normalerweise kommt die Frau in der fünften Position zum Stehen, also mit überkreuzten Beinen vor dem Mann. Das ist der Gipfel ihrer Hilflosigkeit. Sie kommt da nur heraus, wenn der Mann will. Damián bricht die Drehung auf halber Strecke auf, und es ist die Frau, die den Mann stoppt – *parada* – und dann sein Bein weghebelt - *sacada*. Das vorschießende Bein, das in seinen Tanzraum eindringt, heißt *sacada*. Schau, die beiden dahinten haben es so in etwa hinbekommen.«

Jetzt sah Giulietta, was Claudia meinte, und die Konsequenz des Schrittes war auch mehr als augenfällig: der Mann verlor das Gleichgewicht, weil er nicht mit der Initiative der Frau gerechnet hatte. Er wäre fast gestürzt.

»Der ursprüngliche Schritt«, fuhr Claudia fort, »ist schon schwierig genug. Um diese beiden *Lapizes* einzubauen, muss der Mann zweimal kurz gegen den Rhythmus der Frau tanzen. Das ist höllisch schwer, denn der Mann muss sie ja in ihrem Rhythmus führen und gleichzeitig gegen ihren Rhythmus die weichen Brüche einbauen.«

»Und warum tut Damián das?«

»Ich weiß es nicht. Manche sagen, nur um zu provozieren. Hier feminisiert er Daroto, ein anderes Mal schockt er das Publikum, indem er als Schwarzer auftritt.«

»Als Schwarzer?«

»Ja. Das war auf einer Silvesterparty '96. Im *Almagro*, das ist ein bekanntes Tanzlokal in Buenos Aires. Es ist üblich, dass die jungen Talente dort eine Kostprobe ihres Könnens geben. Damián war damals noch nicht sehr bekannt, aber es gab schon Gerüchte über ihn. Ich bin damals seinetwegen ins *Almagro* gegangen. Man wusste, dass Hector ihm seit geraumer Zeit Unterricht gab, und das bedeutete, dass er ein großes Talent sein musste. Nieves erschien zuerst und tanzte ein paar Takte alleine. Dann kam Damián mit schwarz gefärbtem Gesicht und Perücke. Nach der Darbietung hätte man eine Nadel fallen hören können. Ein paar Leute klatschten, vor allem Touristen. Aber die meisten Gesichter blieben eisig. Ich weiß bis heute nicht, was das sollte, aber es muss irgendeine geheime Bedeutung gehabt haben. Hector verließ das Fest auf der Stelle und hat seither Damián nicht mehr angeschaut. Nieves kochte vor Wut und soll Damián später im Foyer sogar geohrfeigt haben, allerdings hat man mir das nur erzählt.«

Giulietta blickte wieder in den Saal hinein und musterte Damián, wie er an die Wand gelehnt dastand und die Paare beobachtete. Er kniff die Augen ein wenig zusammen, als versuche er genau zu erfassen, an welcher Stelle die eifrig bemühten Schüler und Schülerinnen hängen blieben. Dann entdeckte er ihr Gesicht hinter der Glasscheibe. Seine Miene hellte sich auf, und er warf ihr einen Kuss zu. Sie erwiderte die Geste. Dann schaute sie wieder Claudia an und zog entschuldigend die Augenbrauen hoch.

Claudia lächelte. »Lindo«, sagte sie dann.

Giulietta blickte sie fragend an. Aber Claudia schüttelte den Kopf. »Unübersetzbar. Du solltest Tango lernen … und Spanisch.«

9

Der Aufruf zum Einsteigen riss sie aus ihren diffusen Erinnerungen. Auf dem letzten Stück blieb die Maschine halb leer, und sie war froh, nicht mehr so beengt zu sitzen. Allerdings schien es nun ein Problem mit dem Abflug zu geben, denn nach ein paar Metern auf der Zubringerpiste blieb die Maschine wieder stehen, und die Motoren wurden abgeschaltet. Schon nach wenigen Minuten machte sich eine feuchte Wärme in der Kabine breit. Es war der erste spürbare Kontakt mit diesem Kontinent, diese langsam durch den Flugzeugrumpf hindurchsickernde Hitze. Auch die Zeitumstellung machte ihr allmählich zu schaffen. In Europa war es längst Mittag. Ihre Furcht vor der Ungewissheit und vor ihrer Ankunft in der unbekannten Stadt kehrte wieder zurück. Die Flugzeugkabine war das letzte Stück vertrautes Territorium. Die Stewardessen sprachen Deutsch. Das Flugzeug hatte in Zürich auf dem Flughafen gestanden. Es gehörte irgendwie zu ihrer Welt, nach Europa. Sobald sie die Maschine verlassen hätte, wäre sie völlig auf sich gestellt. Die drastischen Schilderungen aus dem Reiseführer waren ihr noch gut in Erinnerung. Diese Hitze! Sie öffnete einen Knopf ihrer Bluse und fächerte sich Luft zu, während sie auf das Rollfeld neben dem Flugzeug hinausschaute. Ein gelber Schmetterling nahm kurz ihre Aufmerksamkeit gefangen.

Je länger sie über die letzten Wochen nachdachte, desto rätselhafter wurde alles. Am siebten November war nicht nur Nieves angekommen. Der Produzent der Show hatte im letzten Augenblick doch noch zwei Profipaare engagiert. »Er hat eine der Proben gesehen«, erzählte ihr Damián, »und danach Himmel und Hölle in Bewegung gesetzt, die wichtigsten Nebenrollen doch mit Profis zu besetzen. Ich habe ihm das schon vor ein paar Wochen gesagt, aber er wollte nicht. Zu teuer. Jetzt hat er Angst um seinen Namen. Der Unterschied ist einfach zu auffällig.« An Stelle von zwei Profitänzern und fünf Amateurpaaren war das Verhältnis jetzt ausgewogen. Nur Lutz spielte eine Sonderrolle, da er zwar Profi, aber kein eigentlicher Tangotänzer war. Aber die Szene zwischen ihm und Damián war hart an der Grenze zum modernen Tanz, und außerdem trat er danach im Stück nicht mehr auf. Tänzerisch war das Ensemble durch die Änderung nun sehr viel besser geworden, aber die Stimmung während der Proben war katastrophal. Vor dem siebten November herrschte im Theater nervöse Geschäftigkeit. Danach glich es einem Hexenkessel.

Die übrig gebliebenen sechs Amateure fühlten sich angesichts der eintreffenden Stars nicht gerade besonders wohl in ihrer Haut. Die vier Neuen verhielten sich anfangs noch zurückhaltend, legten jedoch schon bald eine solche Überheblichkeit an den Tag, dass Giulietta sich an eine Bemerkung erinnert fühlte, die sie einmal von Lutz gehört hatte:

Wie begeht ein Argentinier Selbstmord? Er steigt auf sein Ego und springt.
Santiago Herkovits und Fabio Kirkoryan, die beiden stets Kaugummi kauenden Tanzpartner von Celina Iannello und Veronica Olazabal, waren beide nicht sehr groß, hatten Schnurrbärte, einen ersten Bauchansatz und sahen mit ihrem rabenschwarzen, pomadestarrenden Haar wie wohlgenährte Fischotter aus. Sie schienen ständig darüber erstaunt zu sein, dass angesichts ihrer Gegenwart niemand in Ohnmacht fiel oder sonstige Zeichen von Ehrfurcht erkennen ließ. Damián behandelte sie mit ausgesuchter Zuvorkommenheit, doch Giulietta wusste, dass er dies nicht aus innerer Überzeugung tat, sondern weil ihm klar war, dass Santiago und Fabio etwa so duldsam waren wie ein Schwarm ausgehungerter Piranhas. Sie sprachen weder Englisch noch Französisch, bellten hin und wieder Damián auf Spanisch an, wenn ihnen an seiner Regie etwas missfiel, und taten sonst mehr oder weniger das, wofür man sie engagiert hatte. Die meiste Zeit saßen sie in einer Ecke des Theaters, saugten ununterbrochen Mate-Tee aus einem ausgehöhlten Kürbis und betrachteten abschätzig Damiáns Bemühungen, die Gruppenszenen der Amateure zu verbessern. Wenn sie an die Reihe kamen, standen sie auf, schnippten ihre Frauen herbei und erledigten ihre Aufgabe. Damián erklärte ruhig, worauf es ihm ankam, sie probten ein wenig herum, und dann geschah stets ein kleines Wunder. Giulietta hatte es mehrmals gesehen, und jedes Mal war es ihr aufs Neue unbegreiflich. Diese beiden Typen, eine Mischung aus Diego Maradona und einem Metzgergehilfen, verwandelten sich auf der Bühne in tänzerische Naturereignisse. Ihr schmieriges, gockelhaftes Männchengehabe war plötzlich verschwunden und einer Eleganz und Verführungskraft gewichen, die ihr den Atem verschlug. Es war schwer zu glauben, dass es die gleichen Personen sein sollten. Bei den Frauen war es ähnlich, aber auf einer anderen Ebene. Celina und Veronica waren die rothaarige und schwarzhaarige Version des gleichen Grundmodells, einer Mischung aus Vamp und Püppchen. Zwei Naturschönheiten, die beim Lachen den Mund weit aufrissen, unablässig Zigaretten rauchten und deren ordinäres Gehabe Giulietta schon bald auf die Nerven ging. Immerhin konnten sie etwas Englisch, was allerdings die Kommunikation nicht unbedingt erleichter-

te, da ihr Akzent so schauderhaft war, dass einer der Beleuchter sogar neugierig nachfragte, ob die Sprache, welche die Rothaarige da spreche, Latein sei?
»Wieso denn Latein?«, fragte Lutz.
»Na ja, det sind doch Lateinamerikaner, oder?«
Alles an ihnen war übertrieben, insbesondere die Art und Weise, wie sie sich schminkten.
»Sie müssen Vorfahren aus Peru und/oder Bolivien haben«, meinte Lutz gehässig, »sonst bräuchten sie nicht so viel Paste.«
»Was meinst du damit?«, fragte Charlie.
»Na, um die Indiofarbe zu überdecken. Die haben doch alle Angst, nicht als Europäer durchzugehen. Bestimmt haben sie schon eine Nasenoperation hinter sich.«
»Wie, du meinst, das sind gar keine Argentinier?«
»Ach was, vergiss es.«
Giulietta stand auf der Galerie neben dem Regiepult und hörte dem Gespräch unaufmerksam zu. Sie war abgelenkt, denn was Santiago, Celina, Fabio und Veronica dort unten vorführten, war großartig. Sie probten die Szene kurz vor der ersten Begegnung von Julián und Juliana. Dabei mimten sie zwei typische Tangopersönlichkeiten der Jahrhundertwende, den Zuhälter und das Flittchen, die sich in einer Taverne damit amüsieren, einem Grüppchen wohlhabender Nachtschwärmer aus der Oberschicht, welche die Neugier in die Slums von La Boca getrieben hat, einmal zu zeigen, wie man richtig tanzt. Es war hinreißend. Giulietta wusste gar nicht, wohin sie zuerst schauen sollte. Die Musik war fröhlich und beschwingt, ganz anders als das, was Damián und Lutz getanzt hatten. Es waren sogar Flöten zu hören, immer ein Anzeichen für das Fehlen jeglicher Dramatik. Was indessen überhaupt nicht fehlte, war eine unverhüllte Triebhaftigkeit, Beine, die zwischen Beine fuhren, an ihnen hochglitten, auswichen, zurückgestoßen und eingeklemmt wurden und dann wieder provozierend an Schenkeln entlangstrichen.
»Weißt du, was die englische Königin gesagt haben soll, als man ihr damals den neuen Skandaltanz vorführte?«, fragte Lutz, der neben sie getreten war.
»Vielleicht: Ein Königreich für einen Tangolehrer?«, seufzte Giulietta.

»Das hat sie möglicherweise gedacht. Nein, sie hat gefragt, ob man diesen Tanz wirklich im Stehen tanzen soll.«
»Auch nicht schlecht. Und das ist jetzt also echter argentinischer Tango?«
»Nein. Das ist eine Milonga, aber gleich geht sie in Tango über.«
»Und was ist der Unterschied?«
»Der Rhythmus. Milonga ist im Viervierteltakt, Tango im Zweivierteltakt. Und natürlich die Schritte und die Stimmung. Milonga hat etwas Ländliches, etwas von Polka und Walzer. Tango ist urban, zerrissen, melancholisch, künstlich, wie die ersten Tangotänzer, lauter arbeitslose Cowboys und Gauner in geliehenen oder unbezahlten Smokings.«
Vor allem wirkte es freudlos, befand sie, nachdem die Musik gewechselt hatte und die Bewegungen der beiden Paare plötzlich etwas abgehackt und eckig wurden, schwerfällig wie die stark synkopierten Rhythmen der dahinrumpelnden Musik. Dort unten auf der Bühne wurden imaginäre Linien gezogen, unüberschreitbare Klassengrenzen. Auf der einen Seite die Tänzer der Vorstadt, der Slums, die gesellschaftlichen Verlierer aus den Mietskasernen; auf der anderen Seite die Touristen aus der Oberschicht, die für einen Abend in den nach Schlachtabfällen stinkenden Stadtteil gekommen waren, um sich am Tanzschauspiel der Primitiven aufzugeilen. Es gab keinerlei Verbindung zwischen den beiden Gruppen – mit einer Ausnahme: Julián und Juliana. Die nächste Szene würde ihnen gehören, Damián und Nieves. Sie saßen bereits im Hintergrund und musterten sich verstohlen, während im Vordergrund noch Proletariat und Kapital ihren immergleichen symbolischen Tausch Geld gegen Sex, verdrängte Triebe gegen ruchlose Exotik vorführten.
Es war das erste Mal, dass Giulietta Nieves auf der Bühne sah. Nein, eigentlich überhaupt des erste Mal, dass sie sie richtig wahrnahm. Seit ihrer Ankunft hatte sie das Theater gemieden. Damián und Claudia hatten Nieves und die anderen vom Flughafen abgeholt und auf unterschiedliche Wohnungen verteilt. Abends hatte sich das nun endlich vollständige Ensemble beim Produzenten getroffen. Giulietta war später dazugestoßen, um Damián abzuholen. Es waren bestimmt fünfzig oder sechzig Leute in der weitläufigen Wohnung am Nollendorfplatz gewesen, zu viele also, um jedem vorgestellt zu werden. Damián machte sie lediglich

mit dem Gastgeber bekannt und drängte dann darauf, zu gehen. Nieves stand in einer Ecke des riesigen Wohnzimmers und unterhielt sich mit einem der Berliner Amateurtänzer. Sie sah noch besser aus als auf dem Plakat. Als Giulietta und Damián kurz darauf aufbrachen, spürte sie kurz Nieves' Blick auf sich. Sie hatte sie registriert.

Jetzt saß sie dort unten und würde gleich mit Damián tanzen. Sie wollte das eigentlich gar nicht mit ansehen.

»Ich will sie nicht treffen«, hatte sie ursprünglich gesagt.

»Okay. Kein Problem«, hatte er geantwortet.

»Und ich komme nicht mehr zu den Proben.«

»Schade. Aber gut, einverstanden.«

Und dann war sie doch gekommen, um den ersten Durchlauf anzuschauen. Das war vor zwei Wochen gewesen. Die beiden Tangokönige und ihre unvergleichlichen Damen schlossen ihre Darbietung ab, indem die Damen den Herren auf den Schenkel hüpften und mit gekreuzten Beinen darauf sitzen blieben. Ein missratener Szenenschluss, befand Giulietta. Das Ganze bekam etwas von einer Vaudeville-Show.

Dann änderte sich schlagartig die Musik. Die Beleuchtung erlosch, zwei Lichtkegel irrten durch den Raum und verharrten auf Nieves und Damián, die sich über die ganze Entfernung der zwischen ihnen liegenden Bar-Attrappe anstarrten. Ein unheimlicher Streicherteppich setzte ein. Damián erhob sich. Nein, Julián erhob sich. Mit wenigen Schritten war er in ihrer Nähe. Da erhob sich auch Juliana, warf mit einer unvergleichlich geschmeidigen Lässigkeit ihren Schal um die Schultern und erwartete sein Angebot.

Die Musik war ein Chor von Irrlichtern, der zwei Liebende zueinander führt: unheimlich und hoffnungsvoll, rhythmisch suchend mit wundervollen harmonischen Auflösungen. Giulietta fragte Lutz, wie das Stück hieße.

»Tanguera«, flüsterte er. »Ein Tango-Walzer übrigens.«

Tanguera. Mein Gott, sie mussten es schon unzählige Male getanzt haben. Giulietta vermochte diesen Tanz nicht wirklich zu beurteilen, aber durch den Vergleich mit Celina und Veronica, die gerade eben noch auf der Bühne gestanden hatten, stach Nieves' Präzision und Ausdruckskraft auffallend hervor. Und Giulietta erkannte auch sofort, dass es dafür zwei

Gründe gab. Einen davon sah sie: Nieves war eine außerordentliche Tänzerin. Den anderen ahnte sie nach dem dritten Takt: sie liebte Damián. Es war so offensichtlich, dass Giulietta am liebsten die Musik abgedreht hätte. Was immer zwischen den beiden gewesen war, für Nieves war überhaupt nichts vorbei. Jede Bewegung ihres Körpers verriet das. Man musste blind sein, um das nicht zu sehen. Giulietta war es kurzzeitig fast übel geworden. Diese Frau würde Damián niemals aufgeben. Wie perfekt sie miteinander aussahen! Nieves war Ende zwanzig. Ihr Körper war makellos. Und welche erotische Ruhe sie ausstrahlte, auch noch bei den kompliziertesten Schrittfolgen. Die Atmosphäre der ganzen Szene hatte ihr zu schaffen gemacht. Die hinreißende Musik, der Anblick des Mannes, der seit einigen Wochen jede Minute in ihrem Kopf und jede Sekunde jeder Minute in ihrem Herzen herumspukte, in den Armen einer Frau, die ihn ebenso sehr lieben musste wie sie selber. Außerdem gehörte sie zu seiner Kultur, kam aus dem gleichen Land, der gleichen Stadt wie er. Sie hätte sich diese Probe niemals anschauen dürfen. Nein, ihre Verliebtheit hatte sie völlig blind für die Realität gemacht. Was sie dort unten sah, brachte sie auf den Boden der Tatsachen zurück. Er würde nach Argentinien zurückkehren, und Frauen wie Nieves würden sich darum reißen, mit ihm zu tanzen, mit ihm zu arbeiten. Was konnte sie ihm denn schon bieten? Er war von ihr verzaubert gewesen, einige Wochen lang. Aber das würde alles enden, enden müssen.

Hatte sie das alles vergessen? Warum saß sie jetzt überhaupt hier in diesem Flugzeug am Ende der Welt? Nur weil Damián eine unbegreifliche Auseinandersetzung mit ihrem Vater gehabt hatte? Nicht einmal ihr Vater hatte eine Ahnung, was um alles in der Welt Damián von ihm gewollt hatte. *Frag Deinen Vater. Er weiß alles.* Das stand in dieser eilig geschriebenen Notiz. Aber ihr Vater wusste nichts. Überhaupt nichts. Sie hatte ihm nicht geglaubt, war überzeugt, dass ihr Vater ihr etwas verheimlichte, dass zwischen ihm und Damián etwas vorgefallen sein musste. Ihr Vater war schon immer eifersüchtig gewesen, und bei Damián musste er gespürt haben, dass etwas Besonderes in ihr Leben getreten war, etwas, das stärker war als alles, was sie kannte, auch stärker als ihr Vater. Damián musste einen Grund gehabt haben. Doch wie sah das jetzt aus? War sie einem Phantom hinterhergereist? Einem unberechenbaren, vielleicht verrückten jungen Mann, in dessen attraktives Äußeres sie sich verliebt hatte?

10

Wenn sie es recht bedachte, so hatte ihre glückliche Zeit mit Damián bis zu jenem siebten November gedauert. Sie hatten wundervolle Wochenenden miteinander verbracht, waren stundenlang durch den herbstlich gefärbten Grunewald spaziert, hatten die letzten warmen Sonnenstrahlen am Schlachtensee genossen und einen Ausflug nach Weimar unternommen, einschließlich spätherbstlichem Picknick unterwegs auf einer verlassenen Waldlichtung irgendwo in Brandenburg, an einem Platz, den sie wahrscheinlich heute gar nicht mehr finden würde. Dann hatte sie ihn in Schwanensee mitgenommen. Sie erzählte ihm vorher haarklein die ganze Geschichte, auch die Schritte und Figuren, auf die er achten sollte, aber Damiáns Interesse an Ivanovs genialen sechzehn diagonalen *Pas de chat* und zweiunddreißig *Grands fouettés* stand offensichtlich in keinem Verhältnis zur Faszination, die Giulietta auf ihn hatte. Vor lauter Verliebtheit hatte er den ganzen Abend nur immer wieder sie angeschaut. Ihre Hände lagen ineinander verkrallt, Giulietta versuchte, sich auf das Stück zu konzentrieren, doch immer wenn sie sich Damián zuwandte, um ihm eine Erklärung zuzuflüstern oder ihn auf etwas aufmerksam zu machen, das er nicht bemerkt haben konnte, begegnete sie seinen Augen, die auf ihr ruhten wie auf einem kostbaren Schatz.

In der Pause gingen sie hinter die Bühne, und sie zeigte ihm die Kulisse. Einige Tänzer waren sauer auf den Stardirigenten. »Von mir aus ist er ein Genie«, sagte jemand, »aber Schwanensee kann er nicht dirigieren. Für die Soli ist er zu langsam und für das Corps verdammt noch mal zu schnell.«

Dann hielten sie es nicht mehr aus, verließen vorzeitig die Oper und fuhren nach Hause. Giulietta verteilte drei Dutzend Teelichte im Raum, während Damián sie ungeduldig verfolgte und dabei langsam entkleidete. Dann legte sie die Musik von Tschaikowsky auf, und sie liebten sich zum zweiten Akt. Danach hatte er sie gebeten, ihm einige Figuren vorzutanzen, und sie deutete einige Passagen aus der Gruppe der Schwäne an.

»Jetzt du«, sagte sie dann, »zeig mir einen Tangoschritt.« Er hatte sich erhoben, ging auf sie zu, wie sie dort nackt im Raum stand, nahm ihre beiden Hände und zeigte ihr die acht Grundschritte. Sie liefen die Sequenz mehrmals hintereinander durch, bis sie sie beherrschte. Dann befahl er ihr, die Augen zu schließen und sich vorzustellen, ihre Füße seien mit dem Boden verwachsen, der Boden sei ein Magnet und ihre Füße aus Eisen. Ihre Knie und Oberschenkel seien fest geschlossen, als müsse sie eine Hand abwehren, die nach ihrem Schoß greift, nach ihrem Geschlecht, das zugleich herausfordernd und verborgen in ihrem Becken ruhen solle, darüber ihr Oberkörper aufrecht und ruhig, ihre Brüste stolz betont und zugleich ihr ganzes Wesen ihm zugewandt, ihm, dem Mann, dem sie sich jetzt halb widerstrebend für diesen Tanz anvertraut. Sie möge den ganzen Genuss, eine Frau zu sein, in sich spüren und für fünf Minuten mit ihm auskosten. Denn Tango sei nichts anderes als der Versuch eines Mannes, eine Frau so schön wie nur möglich aussehen zu lassen, wieder und wieder an der Vollkommenheit ihrer Form entlangzugleiten, sie zu entzünden, sie leuchten zu lassen. Tango wurde von Männern geschaffen, um die Frau zu feiern.

Konnte er ihr übel nehmen, dass sie an diesen Satz dachte, wenn er mit Nieves probte?

»Verstehst du das nicht?«

»Nein.«

»Mein Gott. Du warst fünf Jahre mit ihr zusammen. Ich meine, wir kennen uns sechs Wochen.«

»Wir kennen uns sechs Wochen, und Nieves und ich sind seit über sechzig Wochen getrennt.«

»Sieht sie das auch so?«

»Mi amor, wir sind Tanzpartner. Das Private ist vorbei. Bis vor einer Woche war sie in Brasilien und hat mit einem ihrer Schüler herumgemacht. Wir sind komplett getrennt.«

»Ich mag es nicht, wenn du so redest.«

»Tut mir Leid. Warum sind Frauen nur immer auf die Vergangenheit eifersüchtig?«
»Ich bin nicht *Frauen*. Ich bin ich.«
»Warum bist du auf die Vergangenheit eifersüchtig? Wenn ich dich vorher getroffen hätte, hätte es Nieves nie gegeben.«
»Erzähl mir von ihr. Wo habt ihr euch getroffen?«
»Das ist eine lange Geschichte.«
»Doch, komm. Ich will es wissen. Wie alt warst du?«
»Siebzehn.«
»Und konntest du schon so gut tanzen wie heute?«
»Nein. Du liebe Zeit. Ich war blutiger Anfänger.«
»Und sie?«
»Sie war schon ziemlich gut.«
»Und wieso hat sie dann mit dir getanzt?«
»Hat sie ja gar nicht. Ich habe ein halbes Jahr gebraucht, bis sie mit mir getanzt hat.«
»Was? Ein halbes Jahr?«
»Ja, klar. Tango ist schwierig.«
»Und was hast du in dem halben Jahr getan? Sie immer wieder gefragt?«
»Was? Nein. Sie wusste gar nicht, dass es mich gibt. Ich habe sie beobachtet.«
»Nur beobachtet?«
»Ja, beobachtet und ihre Schritte geübt.«
»Wieso hast du denn nicht mit ihr geredet, wenn du nicht mit ihr tanzen konntest?«
»Das hat mich nicht interessiert. Sie war für mich die beste Tänzerin. Ich wollte mit ihr tanzen, nicht reden. Es gibt im Tango eine Grundregel. Fordere niemals jemanden auf, der zu weit unter oder über deinem Niveau ist. Ein Porteño hasst nichts mehr, als sich lächerlich zu machen.«
»Was ist ein Porteño?«
»Ein Einwohner von Buenos Aires. Man nennt sie so wegen des Hafens, obwohl kein Mensch jemals an den Hafen geht. Man sieht den Hafen auch überhaupt nicht. Man sieht nicht einmal den Rio de la Plata, wenn man sich nicht anstrengt.«

»Du wolltest mit Nieves tanzen, und dafür hast du ein halbes Jahr geübt. Da hattest du es mit mir ja leichter.«
»Mi amor, Nieves hat mich interessiert. Du hast mich umgehauen. Ich hätte niemals ein halbes Jahr auf dich warten können. Ich wäre verrückt geworden, hätte vor Verzweiflung wegen unerwiderter Liebe einen Rosenbusch aufgegessen und wäre jämmerlich im Tiergarten verendet.«
»Dummkopf.«
»Ich schwöre, Giulietta. Nieves war eine Herausforderung für mich. Ich wollte die beste Frau von Buenos Aires haben. Zum Tanzen. Dann kam eins zum anderen und, na ja, ich habe den Grundfehler begangen, den viele Tanzpaare begehen. Ich war zu jung, konnte nicht widerstehen. Aber jetzt weiß ich das. Im Tango ist alles Maskerade, Ritual, Simulation. Nichts daran ist wirklich echt, kein Gefühl, keine Geste. Das ist das Wundervolle daran, die Freiheit hinter der Maske, hinter dem Spiel. Freiheit gibt es nur in Ritualen. Aber man muss die Regeln beachten. Wer das zu ernst nimmt, der wird furchtbar enttäuscht werden.«
»Sieht sie das auch so?«
»Das ist ihre Sache.«
»Und nach einem halben Jahr hast du Nieves aufgefordert.«
»Nein. Ich habe mich ihr gezeigt.«
»Gezeigt?«
»Wenn du in Buenos Aires in einer Milonga bist ...«
»In einer Milonga? Ich dachte, das ist ein Tanz.«
»Ist es auch, ein Vorläufer des Tango. Aber wenn irgendwo ein paar Leute zusammenkommen und Tango tanzen, nennt man das Milonga. In Buenos Aires gibt es davon jeden Abend ein gutes Dutzend. Also, wenn du in so einem Tangolokal bist, ist es natürlich sehr voll. Es wimmelt von Leuten, und außerdem wimmelt es von unausgesprochenen Regeln. Man könnte ein Buch darüber schreiben. Nieves nahm mich natürlich überhaupt nicht wahr.«
»Woher weißt du das?«
»Weil ich sie laufend beobachtet habe und sie mich in sechs Monaten keines Blickes würdigte. Das ist auch verständlich. Die Tanzpaare finden sich über Blicke. Wenn die Musik aussetzt, gehen alle an ihren Platz, und die Suche nach einem Partner für die nächste Runde beginnt.

Wenn ich den Blick einer Frau spüre, mit der ich nicht tanzen möchte, dann schaue ich sie einfach nicht an. Dann weiß sie, aha, er will nicht. Umgekehrt natürlich genauso. Stell dir vor, ich wäre über die Tanzfläche zu Nieves gegangen und hätte sie gefragt, ob sie mit mir tanzen will. Sie hätte natürlich abgelehnt, denn ich hätte damit gleich gegen drei oder vier Gesetze auf einmal verstoßen.«

»Das ist ja wirklich kompliziert bei euch. Ein Wunder, dass überhaupt noch jemand zueinander findet.«

»Ich sagte ja, man kann ein Buch darüber schreiben. Aber das Ganze hat durchaus einen Sinn. Dadurch, dass sie mich nicht anschaut, erspart sie mir die Erniedrigung, mir einen Korb zu holen und dann wie ein getretener Hund an meinen Tisch zurückkehren zu müssen. Alle anderen Frauen würden dann ja auch denken, nun, wenn Nieves nicht mit ihm tanzt, dann will ich ihn eigentlich auch nicht. Unser Blickduell bleibt geheim, unsichtbar, verborgen. Wir sind Meister im Verbergen. Um Argentinier zu verstehen, brauchst du nur immer an diese beiden Grundsätze zu denken: sie verbergen alles, was ihrem Ansehen schaden könnte, und tun alles, um nicht lächerlich zu wirken, und dies bis zur Lächerlichkeit. Wenn du mit mir alt werden willst, musst du das wissen, mein Licht, mein Leben, meine Liebe.«

»Lenke nicht ab. Sag mir doch endlich, wie du Nieves aufgefordert hast?«

»Ich habe mit Miriam geübt. Ich wusste, dass Nieves oft Miriam zuschaute, denn ich hatte ja Nieves beobachtet. Miriam wiederum tanzte noch nicht sehr gut, war aber sehr talentiert. Ich wusste, wenn ich mit Miriam ein paar interessante Kombinationen einüben würde, dann würde Nieves das auffallen. Also habe ich eine Weile Miriam verfolgt, bin zu Übungsstunden gegangen, wo sie aufzutauchen pflegte. Mit der Zeit freundeten wir uns etwas an, nun ja, es wurde dann kompliziert, denn ich hatte ja Nieves im Auge, und Miriam war nur eine Etappe …«

»Schuft.«

»Was heißt hier Schuft. Ich habe Miriam immer mit Respekt und Distanz behandelt.«

»Mein Gott, ist das kompliziert. Dann weiß man als Frau ja nie, warum ein Mann mit einem tanzen will. Vielleicht will er sich nur mit mir zei-

gen, um eine andere zu beeindrucken. Das ist ja nicht gerade ein Kompliment.«
»Die meisten Leute in Buenos Aires sind ausschließlich und nur damit beschäftigt, sich zu zeigen.«
»Ich dachte, man geht aus Spaß tanzen.«
»Spaß? Tango? Sag mal, machst du Ballett aus Spaß?«
»Na ja, Spaß ist nicht das richtige Wort. Aber Tango ist doch nicht Ballett.«
»Nein. Das stimmt. Im Ballett gibt es Regeln.«
»Ich dachte, im Tango gibt es so viele Regeln, dass man ein Buch darüber schreiben könnte?«
»Nein. Das heißt, irgendwie schon. Aber auch wieder nicht. Das ist wirklich schwer zu erklären. Es gibt keine Regeln, aber Codes. Es ist wie im Zauberwald im Märchen. Du kannst durchlaufen und nur den Wald sehen. Dabei machst du eigentlich nichts falsch, und es passiert dir auch nichts. Wenn du aber die Geheimsprache kennst, dann liegt hinter jedem Baum eine Überraschung, eine selbstständige kleine Welt, die du dort nie vermutet hättest. Aber ohne die Geheimsprache kommst du dort nicht hin. Es ist ein Spiel, nichts weiter.«
Ein Spiel? hatte sie gedacht. Und ich, bin ich auch nur ein Spiel, eine kleine Überraschung auf seinem Weg durch Berlin? Sie hatte ihm dann nur noch halb zugehört, als er begann, über die Europäer und Amerikaner herzuziehen, die scharenweise nach Buenos Aires kamen, um Tango zu tanzen. Damián meinte, sie kämen genau aus diesem Grunde, weil sie die Geheimsprache verlernt hatten, weil die Männer und Frauen vor lauter Gleichberechtigung keinen Raum mehr zum Spielen gelassen hatten. Es sei in Europa unmöglich, zu flirten. Hier würde alles ernst genommen. Bei ihnen sei das umgekehrt. Bei ihnen sei alles Theater. Man wisse nie, woran man sei. Der Präsident ein Autorennfahrer, das ganze Land eine Theaterkulisse. Es sei eigentlich gar kein Land, sondern eine Art besiedeltes Wertpapier, eine postmoderne Kolonie, die in Wirklichkeit dem Internationalen Währungsfonds gehöre, also den Deutschen, Franzosen, Amerikanern und Japanern. Die Argentinier wohnten in ihrem eigenen Land zur Miete, und wenn sie abstimmen dürften, dann allenfalls über die Höhe der Raten.

Das hatte sie alles nur mit halbem Ohr gehört und auch gar nicht so recht verstanden. Nur das mit der Geheimsprache war ihr in Erinnerung geblieben. Lutz hatte es gesagt. Claudia hatte es gesagt. Und dann hatte sie es auch noch aus seinem eigenen Mund gehört: Damiáns Tangos enthielten Codes. War das Debakel des letzten Aufführungstages auch darauf zurückzuführen? Hatte er kurzerhand beschlossen, eine seiner unverständlichen privaten Tanzchiffren in die Aufführung einzubauen? Sie hatte nach dem Vorfall oft an die Äußerung von Lutz denken müssen. »Damián tanzt manchmal komisches Zeug.« Das mochte ja sein. Aber wie hatte er das in der Abschlussaufführung tun können? Und auch noch im letzten Akt, am Höhepunkt des Stückes? Die Kritiken waren ausgezeichnet gewesen. Es war sogar davon die Rede, das Gastspiel zu verlängern. Die Produktion hätte sich mit Sicherheit noch eine ganze Weile gut verkauft. Im Frühjahr gab es Festivals in Europa. Alles hätte so schön funktionieren können. Das Stück wäre noch eine Weile in Berlin geblieben und dann auf Tournee gegangen. Sie hätten sich nicht trennen müssen, jedenfalls nicht über eine solch riesige Entfernung. Doch Damián hatte das Stück an einem einzigen Abend zerstört.

11

Die Klimaanlage lief endlich wieder, und das Flugzeug setzte sich allmählich in Bewegung, während sie sich das letzte Rätsel der vergangenen Wochen in Erinnerung rief. Die ganze Aufführung war tadellos gelaufen. Bei *Tanguera* war ihr flau geworden. Nicht nur ihrer Eifersucht wegen, sondern weil die Szene sie wirklich ergriffen hatte und das Drama hier seinen schrecklichen Ausgang nahm. Auch das Publikum schien das gespürt zu haben und honorierte die Szene durch eine sekundenlange Stille, bevor stürmischer Applaus losbrach. Als *Escualo* an die Reihe kam, brannte die Luft. Schon der Musik konnte man sich schwer entziehen, aber was die beiden an jenem Abend aufführten, hätte jedem Ballett-Ensemble Ehre gemacht. Das Publikum reagierte auf die teuflisch schwierige Choreografie mit Ovationen für Lutz und Damián. Giulietta stand neben dem Regiepult auf der Galerie und filmte. Als das

Stück sich dem Ende näherte, hatte Charlie ihr ein Zeichen gemacht und irgendein Wort geflüstert, aber sie hatte es nicht verstanden. Sie ging zu ihm hin, um besser hören zu können, was er sagte, verstand jedoch nur: »Programmänderung«. Sie schüttelte verwirrt den Kopf. Er zuckte mit den Schultern und machte ihr ein Zeichen, wieder an die Kamera zurückzukehren. Bevor sie noch richtig begriffen hatte, was das bedeuten sollte, war es auch schon geschehen. Die letzte Szene begann, die Gruppentänzer nahmen ihre Positionen ein. In ihrer Mitte würden Damián und Nieves, alias Julián und Juliana, ihren Wiedersehens- und Abschiedstango tanzen. Ein letztes Mal würden einige Takte aus *Tanguera* an ihr verlorenes Glück erinnern, dann würde er aus dem Saal stürzen, die Gruppe indessen weiter tanzen, Juliana niedergeschlagen ans Fenster gehen und jählings mit einer Geste des Horrors Juliáns Selbstmord mimisch auf die Bühne bringen. Dann würde alles in grellem weißem Licht erstarren, das sofort in tiefes Rot und dann in völlige Dunkelheit umschlagen würde, begleitet von einem einzigen, klagenden Bandoneonlauf.

Doch kaum hatten die Gruppe und die beiden Solisten ihre Position bezogen, erklang plötzlich eine völlig andere Musik. Giulietta schaute erschrocken Charlie an. Aber der starrte wortlos auf die Bühne.

»Falsches Band«, zischte sie.

Aber er reagierte nicht. Sie stürzte zu ihm hin.

»Charlie, das ist die falsche Musik, verdammt noch mal.«

»Ich hab dir doch gesagt, Programmänderung. Ich kann nichts dafür.«

»Wer hat das Programm geändert?«

»Damián.«

»Wann?«

»Heute.«

»Heute? War heute vielleicht eine Probe?«

»Nein.«

»Das darf doch nicht wahr sein. Was sollen die denn jetzt machen?«

»Schau, sie machen etwas.«

Es war gespenstisch. Das gesamte Ensemble verließ die Bühne. Nieves hatte sich aus Damiáns Umarmung gelöst, war einige Schritte zurückgetreten und starrte ihn hasserfüllt an. Die Musik, flüsternde Streicher und

ein hart angeschlagener Klavierakkord, wurde plötzlich von einer kräftigen und eindringlichen weiblichen Stimme zerschnitten: *Renaceré en Buenos Aires* … Damián begann zu tanzen. Mit einer katzenhaften Bewegung war er bei Nieves, umfasste ihre Taille, hob behutsam ihren rechten Arm, was sie zunächst willenlos geschehen ließ, und glitt mit ihr in die Musik.
Giulietta hatte fassungslos zugeschaut. Was hatte das alles zu bedeuten? Auch Nieves schien verwirrt. Jetzt unterbrach sie eine Drehung, die Damián soeben begonnen hatte, durch einen Stopp neben seinem linken Fuß und schaute herausfordernd zu ihm hinauf. Damián glitt zwischen ihre Beine, schnitt einen Haken, schob ihr Bein beiseite und zwang sie durch einen ausladenden Schritt in die fünfte Position, aus der sie nun gegen seinen Willen nicht herauskommen konnte. Damián öffnete die Figur nach links. Nieves hatte keine Wahl und musste folgen. Doch jetzt war sich Giulietta sicher, dass auf dieser Bühne etwas völlig Unvorhergesehenes geschah. Kaum zwei Schritte weiter schnitt Nieves Damián mit einem völlig der Musik zuwider laufenden Stopp erneut den Weg ab, richtete sich auf wie ein zorniger Schwan, drehte blitzschnell, zwang Damián in eine rückwärts gerichtete Bewegung und blockierte ihn. Es war offensichtlich: sie hatte keine Ahnung, was Damián von ihr wollte. Er improvisierte und schien mit ihr einen privaten Streit auszufechten. Dann, allmählich, begann sie, ihm zu gehorchen. Jedenfalls hatte Giulietta den Eindruck, als füge sie sich ihm. Oder gehörte das alles zu einem Plan? Würden die anderen Paare gleich wieder kommen? War dieser seltsame Abgang und Nieves widerspenstiges Gebaren Teil einer Szenografie, einer Überraschung?
Einige Takte lang schienen sich die beiden in der ergreifenden Musik eingerichtet zu haben. Und was für eine Musik! Es war gerade so, als singe dort jemand um sein Leben. Trotz, Wut, Hoffnung, Abscheu. Alles war darin enthalten. Giulietta verstand kein Wort des Textes bis auf dieses eine, immer wiederkehrende Wort zu Beginn des Refrains, das wie ein Echo noch jetzt in ihr nachklang: *Renaceré*. Wieder und wieder erklang die eindrucksvolle Stimme der Sängerin aus den Lautsprechern, drängender, fordernder, ungeduldig und siegessicher.
Die beiden tanzten, und das Ensemble kehrte nicht zurück. Nieves' und

Damiáns Präsenz waren indessen raumgreifend genug. Sie füllten die Bühne auch alleine aus. Es war ein Phänomen. Wie konnten zwei Menschen solch einen riesigen Bühnenraum bis zum Bersten füllen? Aber genau das taten sie. Und sie sah auch ein, warum. Nieves war ein Bild von einer Frau, und sie lag in den Armen eines Tänzers, dessen magische, katzenartige Bewegungen keines ihrer Geheimnisse unerwidert ließen. Wieder hatte sie einen Anflug von Neid in sich gespürt und eine kurz aufschäumende Welle von Eifersucht. Doch dann waren ihre Sinne vom schockierenden Fortgang der Aufführung überrollt worden.
Damián machte plötzlich einen unerwarteten Ausfallschritt, der Nieves beinahe zu Fall gebracht hätte. Geschickt fing er sie auf, schwänzelte fast entschuldigend um sie herum, während sie offensichtlich bemüht war, die Fassung zu bewahren. Und dann geschah das Unbegreifliche: plötzlich lag Nieves am Boden. Mitten in einer komplizierten Drehung hatte Damián sie einfach losgelassen. Giulietta spürte einen bitteren Geschmack im Mund. Charlie sprang von seinem Sitz auf und hielt sich am Geländer der Galerie fest. Doch Damián tanzte einfach weiter. *Renaceré*, sang die Stimme. Nieves kauerte am Boden und rührte sich nicht.
War ihr Fall Absicht gewesen? Kein Zweifel, die beiden tanzten ein Ballett-Stück, einen modernen Pas de deux. Oder hatte Damián komplett den Verstand verloren? Falls zwischen seinen Bewegungen und der reglos daliegenden Nieves ein choreografischer Zusammenhang bestand, so war dies jedenfalls nicht erkennbar. Aber die beiden schienen dennoch miteinander verbunden zu sein. Damián kam wieder über Nieves zu stehen, zog sie mit einem schnellen Griff auf die Füße und umarmte sie von hinten. Sie riss sich wütend aus seiner Umarmung, wollte zur Seite weglaufen, doch er kam ihr zuvor und stellte sich ihr in den Weg. Selbst wenn das alles improvisiert war, und dessen war sich Giulietta jetzt sicher, so hatte es doch eine gewaltige Ausdruckskraft. Vor allem Nieves' Bewegungen waren derart aus einem Stück, dass selbst ihre Orientierungslosigkeit angesichts von Damiáns unlesbaren tänzerischen Vorgaben noch elegant wirkte. Damián wollte etwas von ihr, aber sie schien keine Ahnung von seiner Absicht zu haben. Er rannte gegen sie an oder wich ihr aus. Er führte sie erneut in einen Grundschritt, doch kaum folgte sie ihm, brach er auch schon wieder aus, ließ sie stehen, drehte

zwei Pirouetten, verfolgte sie erneut, deutete wie zum Hohn einen Tango-Schritt an, brach ihn sofort, erstarrte mit ihr in einer Abschlussfigur, führte sie in die Grundposition, ließ sie stehen und tanzte erneut einige Schritte von ihr weg.
Einen Augenblick lang hatte Giulietta mit Nieves Mitleid empfunden. Damián war auf offener Bühne durchgedreht und drohte, sie abgrundtief zu blamieren. Mein Gott, wenn ihr das jemals passieren würde. Sie würde sofort die Bühne verlassen. Doch Nieves hatte bis zuletzt versucht, ihm tänzerisch zu folgen, hatte alles getan, um die Situation zu retten. Sie hatte mit ihm reagiert, nicht gegen ihn. Damián hatte ihr das Schlimmste zugemutet, was man sich unter Darstellern antun konnte: vor einem vollen Haus aus der Rolle zu fallen. Wie sehr musste sie ihn lieben, um diese Erniedrigung ertragen und diese Provokation aushalten zu können? Und wie sollte das alles enden? Gleich wäre die Musik vorbei. Da verließ auch Nieves die Bühne. Sie ging aufrecht davon. Damián ließ sie gehen. Dann hob er die Arme und präsentierte sich in voller Größe dem Publikum.
»Renaceré! Renaceré! Renaceré!!«, dröhnten die Lautsprecher.
Dann war Stille.

12

Im Zuschauerraum regte sich nichts. Niemand klatschte. Damián stand alleine dort oben und schaute über die Köpfe hinweg zur Galerie hinauf. Hatte er sie angeschaut? Nein. Er war von den Scheinwerfern geblendet. Sein Blick verlor sich im Nichts.
Verhaltener Applaus verdrängte allmählich die peinliche Stille. Damián breitete die Arme aus und verbeugte sich. Aber obwohl der Beifall langsam an Stärke zunahm, erschien kein weiterer Tänzer auf der Bühne. Damián ging nach links, nach rechts, verbeugte sich noch einmal, warf Kusshände ins Publikum und verschwand.
Niemand begriff so recht, warum die anderen Tänzer nicht erscheinen wollten, und so klatschten die Zuschauer nachdrücklicher in die Hände.

»Viva Nieves«, konnte man hier und da hören.

»Bravo Damián«, schrie jemand anderes.

Aber es gab auch Pfiffe.

Die Bühne blieb leer und verdunkelte sich allmählich. Die Vorhänge glitten aufeinander zu, und an den Tischen begannen die ersten verwunderten Gespräche über dieses eigenartige Finale.

Was dann folgte, war ein Albtraum gewesen. Als Giulietta in den Umkleiden im Kellergeschoss eintraf, standen Fabio und Santiago kurz davor, Damián zusammenzuschlagen. Was gesprochen wurde, verstand sie nicht. Alle schrien auf Spanisch durcheinander, mit Ausnahme von Nieves und Damián, die an den entferntesten Ecken der Garderobe auf den Bänken saßen und sich feindselig anstarrten. Damián schwieg hartnäckig zu den Vorwürfen, spie nur einmal einen kurzen spanischen Satz als Antwort auf die lauter und heftiger werdenden Vorwürfe der argentinischen Tänzer aus. Die Berliner Tänzer ignorierte er völlig, und die meisten von ihnen schwiegen ohnehin betreten oder versuchten, das drohende Handgemenge zwischen Fabio, Santiago und Damián abzuwenden. Nieves' Gesicht war kreidebleich und wie zu Stein erstarrt. Als Giulietta den Raum betrat, erhob sie sich und ging direkt auf sie zu. Die anderen Anwesenden hielten verwundert inne und schauten auf Nieves. Sie blieb einen halben Schritt vor Giulietta stehen und gab ihr eine schallende Ohrfeige. Giulietta war so überrascht, dass sie mehrere Sekunden lang wie betäubt dastand, während vor ihren Augen endgültig die Hölle losbrach. Damián ging mit einem lautstarken Fluch auf Nieves los, doch Fabio und Lutz fielen über ihn her und hielten ihn fest. Im gleichen Augenblick trat Santiago zwischen Nieves und Damián, um zu verhindern, dass sie ihm die Augen auskratzte, was sicher geschehen wäre, wenn man sie nicht mit aller Gewalt von seinem Gesicht abgehalten hätte. Damián schrie Nieves an, und diese überzog ihn mit Verwünschungen, deren Sinn auch ohne Spanischkenntnisse verständlich waren. Giulietta hatte angewidert auf dem Absatz kehrtgemacht, war noch mit Charlie zusammengestoßen, der mit dem Produzenten im Schlepptau und seine Unschuld beteuernd die Treppe herunterkam, und war aus dem Theater davongelaufen. Ihr Gesicht brannte, ihr Herz schlug ihr bis zum Hals. Sie hatte nur Hass in sich gespürt. Hass auf

diese Frau. Hass auf Damián. Hass auf sich und darauf, dass sie sich so hasste.
Selbst jetzt, wenn sie nur daran zurückdachte, bekam sie Atemnot vor Zorn. Diese dahergelaufene Tango-Schlampe hatte sie geohrfeigt. Vor allen. Damián hatte Nieves erniedrigt, und das Erste, was dieser vulgären Tussi einfiel, war, sie mit hinunterzuziehen in ihre primitive Tangonuttenwelt aus Netzstrümpfen, zu engen BHs, lasziven Ärschen und Weibern, die sich um Männer prügeln. Wenn das der Boden war, auf dem diese argentinische Scheißkultur beruhte, dann konnte sie ihr gestohlen bleiben! Und Damián dazu!
Doch ihre Verbitterung hatte nicht lange angehalten. Damián war wenig später in ihrer Wohnung aufgetaucht. Er war völlig durcheinander, redete wirres Zeug, weinte sogar, klammerte sich richtiggehend an ihr fest, flehte sie an, ihn nicht zu verlassen, ihm keine Fragen über die heutige Aufführung zu stellen. Er habe das tun müssen, und er werde ihr auch erklären, warum, aber nicht jetzt. Er liebe sie, das dürfe sie niemals vergessen, er habe noch nie einen Menschen so sehr geliebt wie sie. Sie möge verlangen, was sie wolle, nur nicht, sie nicht mehr lieben zu dürfen. Er wolle sein Leben mit ihr verbringen, keine Stunde mehr existieren, bis zu seinem letzten Atemzug, ohne zu wissen, dass sie seine Frau sei.
Doch wo war er jetzt? Warum war er gegangen? Was war zwei Tage später geschehen? Schon während er ihr all diese Dinge gesagt hatte, wusste er bereits, dass er sie ohne eine Erklärung in Berlin zurücklassen würde. Was um alles in der Welt war in dieser letzten Woche mit ihm geschehen? Sie musste es herausfinden. Ihre Kehle schnürte sich zusammen beim Gedanken an diese letzte Nacht am Sonntag nach der Aufführung. Am nächsten Morgen hatte sie ihn zum letzten Mal gesehen. Als er ging, hatte er sie nochmals angefleht, ihm zu vertrauen und seine Liebe zu erwidern. Wie sollte sie seine Liebe nicht erwidern? Er war überall, in ihr, um sie herum. Hätte es etwas geändert, wenn sie versucht hätte, ihm dies zu sagen? Aber wie? An jenem Morgen war sie noch immer verstört und unsicher gewesen. Der Zwischenfall des Vorabends hatte sie geschockt. Aber kein Schock der Welt würde jemals ihre Gefühle für ihn ändern. Hätte sie ihm das sagen sollen? Warum hatte sie das nicht getan?

Stattdessen hatten sie sich für Mittwochabend bei ihr verabredet. Ihr Vater rief sie an jenem Montag fünfmal an, deshalb ließ sie ihr Telefon zurück, als sie am Dienstag mit Aria nach Braunschweig fuhr. Seine Fürsorge hatte sich in den letzten Wochen zu einer regelrechten Telefonüberwachung entwickelt. Laufend wollte er wissen, wie es mit den Vorbereitungen für das Vortanzen in der Deutschen Oper stünde. Er war immer so gewesen, hatte sie immer unterstützt. Doch jetzt wurde ihr das zu viel. Er sollte sie ein wenig in Ruhe lassen, aber das vermochte er nicht. Wenn er erfahren hätte, dass sie Aria beim Umzug nach Braunschweig half, wäre er ausgerastet.
Und dann war die Welt aus den Fugen geraten.
Ihr Vater wie eine Geisel gefesselt auf einem Stuhl in ihrer Wohnung.
Ihre Mutter aufgelöst vor Angst und Sorge um ihn.
Damián ohne eine Erklärung verschwunden.
Schließlich auch noch die Polizei in ihrer Wohnung, wildfremde uniformierte Männer mit ernsten Gesichtern, die sie über Damián ausfragen wollten.
Sie biss sich auf die Lippen. Die Turbinen heulten auf, und das Flugzeug gewann an Geschwindigkeit. Sie spürte die Beschleunigungskräfte an ihrem Körper. Eine zweite Chance, betete sie stumm. Bitte, bitte, gib uns eine zweite Chance.
Dann hob die Maschine ab und stieg in den strahlend blauen Himmel hinauf. Giulietta ließ ihren Tisch hochgeklappt, um zu signalisieren, dass sie kein Frühstück wünschte. Sie faltete ihr Kopfkissen doppelt zusammen und legte es unter ihren Kopf. Bald war sie in einen unruhigen Halbschlaf verfallen, der von herabstürzenden Fahrstühlen und leeren Landschaften heimgesucht wurde.
Ihre Gesichtszüge waren ruhig und entspannt. Eine Strähne fiel aus ihrer Stirn über ihre Lippen und bewegte sich leicht im Rhythmus ihres regelmäßigen Atems. Weit unter ihr schimmerte in blassen Farben der fremde Kontinent. Doch sie sah weder die brasilianische Küste noch die grünen Weideflächen Uruguays, und auch nicht das glitzernde Band des Rio de la Plata.
Das erste Mal seit den letzten fünfzehn Stunden schlief Giulietta tief und fest, und so nahm sie auch nicht wahr, als die Maschine den Kurs

änderte, die rechte Tragfläche sich sanft zur Seite neigte, der Horizont wegkippte wie eine schlecht befestigte Kulisse und der gewaltige Flugzeugrumpf einen Moment lang erzitterte. Nicht einmal das klopfende Geräusch des herausklappenden Fahrwerks vermochte sie zu wecken. Der Landeanflug begann.

2. Teil

¡Loco! ¡Loco! ¡Loco!

¡Loco! ¡Loco! ¡Loco!
cuando anochezca en tu porteña soledad,
por la ribera de tu sábana vendré
con un poema y un trombón a desvelarte el corazón …

Verrückt, verrückt, verrückt,
wenn es Nacht wird in deiner Hafeneinsamkeit
werde ich das Ufer deines Bettlakens hinaufsteigen,
um dir mit einem Gedicht und einer Posaune
das Herz wach zu halten …

Horacio Ferrer
Balada para un Loco

1

Sie fuhr durch eine Geisterstadt.
Je mehr sich der Bus dem Zentrum von Buenos Aires näherte, desto unwirklicher erschien ihr die Szenerie jenseits der getönten Fensterscheiben. Die Straßen waren völlig verlassen. Zehn, vielleicht zwölf Autos hatte sie bisher gezählt, fast ausnahmslos schwarz-gelbe Taxis, die auf der Suche nach Fahrgästen verloren die riesigen Boulevards entlangkrochen. Ein einsamer Jogger schreckte auf dem Gehweg eine Spatzenversammlung auf, die auseinander stob und hinter ihm wieder zur Erde sank. Als sie die Randbezirke auf der hoch gelegten Autobahn durchfuhr, hatte sie erwartet, demnächst in das Menschen- und Verkehrsgewimmel einer Millionenstadt einzutauchen. Doch als die Fahrtstrecke den ersten flüchtigen Blick auf das Zentrum der Stadt erlaubte, die Avenida 9. de Julio und den berühmten Obelisken, hatte Giulietta einen Moment lang geglaubt, noch schlafend und träumend in ihrem Flugzeug zu sitzen. Wie konnte eine so riesige Stadt so leer sein?
Sie war gegen elf Uhr gelandet. Zwanzig Minuten später hatte sie ihren gelben Schalenkoffer auf dem Fließband gefunden, war dann durch die gläserne Schiebetür gegangen und hatte beim Hinausgehen der absurden Versuchung nicht widerstehen können, die Gesichter der dort Wartenden eindringlich zu mustern. Aber das eine Gesicht, das sie suchte, war natürlich nicht darunter. Stattdessen kamen Männer in weißen Hemden und schwarzen Hosen herbeigelaufen, sprachen schnell auf sie ein, griffen nach ihrem Gepäck und warfen ihr vielsprachige Wortstummel entgegen, um ihre Taxi- oder Hoteldienste anzubieten. Sie lehnte mit Bestimmtheit ab, floh aus diesem Bereich, wo Neuankömmlinge und Taxifahrer zusammenprallten, und durchspähte die Ankunftshalle nach einem Geldautomaten. Als sie einen gefunden hatte, betrachtete sie die Wechselkurstabelle und stellte beruhigt fest, dass diese Währung einfach zu berechnen war. Ein Peso entsprach einem US-Dollar. Ihr war unbehaglich zu Mute, als sie die Kreditkarte in den Automaten schob und

den Geheimcode eingab. Wenn das jetzt nicht funktionierte, wäre sie aufgeschmissen. Aber ihre Sorge war unbegründet. Der Apparat spuckte anstandslos 200 Pesos aus.
Der Bus, der sie in die Innenstadt bringen sollte, war spärlich besetzt. Auf dem vorderen Sitz gleich hinter dem Fahrer hatte sich ein asiatisch aussehendes Mädchen niedergelassen. Einige Reihen hinter ihr saß ein Mann von unbestimmbarem Alter mit kurzgeschorenem Haar. Er musterte Giulietta kurz. Seine Augen schienen gereizt zu sein. Jedenfalls blinzelte er und schaute dann aus dem Fenster. Zwei Reihen hinter dem Mann nahm soeben eine ältere Frau mit einem kleinen Kind Platz, und auf gleicher Höhe gegenüber hatte sich ein älteres Touristenpärchen niedergelassen, das sich recht laut auf Englisch unterhielt und dessen Herkunft zweifelsfrei als amerikanisch zu bestimmen war. Der Mann trug Jeans und ein beigefarbenes Hemd, das nur aus Taschen zu bestehen schien, seine mollige Begleiterin steckte ebenfalls in Jeans und in einem T-Shirt, das stolz belegte, dass sie vor vier Jahren ein Bruce-Springsteen-Konzert besucht haben musste. Giulietta setzte sich zwei Sitzreihen hinter sie.
Sie bedauerte jetzt, den Landeanflug verschlafen und überhaupt keinen Blick aus der Vogelperspektive auf ihre neue Umgebung geworfen zu haben. Hier unten wirkte das Land flach und unspektakulär. Die Fahrt ging über eine Landstraße, an Feldern, Wiesen und Bäumen entlang. Irgendwann war eine Autobahn daraus geworden, und wenig später hatten zehn- bis zwölfstöckige Wohnsilobauten die Landschaft überwuchert. Antennenmeere wuchsen aus Flachdächern. Auf nicht wenigen Balkonen gähnten Satellitenschüsseln.
Der Bus rumpelte eine Rampe hinab. Ein unfertiges Autobahnstück mit heraushängenden rostigen Trägerverstrebungen schwebte vor Giuliettas Fenster vorüber. Der Fahrer bog scharf nach rechts, dann nach links. Es ging einige Zeit abwärts. Als sie den Straßenstummel wieder sah, lag er gut und gerne zwanzig Meter über ihrem Kopf. Sie schloss die Augen und hoffte, dass die Rampe, auf der sie entlang fuhr, nicht gleichfalls auf einem ins Nichts hinausragenden Straßenstumpf enden möge. Doch kurz darauf tauchte der Bus in die Straßenschluchten der Innenstadt ein, fuhr an geparkten Autos und geschlossenen Geschäften vorbei, ma-

növrierte weit ausholend um mehrere enge Ecken herum und kam schließlich auf einem von riesigen Bäumen gesäumten Platz zum Stehen. Sie nahm ihr Gepäck entgegen und betrat das Büro des Busunternehmens. Das Mädchen am Empfang sprach sehr gut Französisch, eine Sprache, in der sich Giulietta auch wohler fühlte als im Englischen. Sie fragte, ob man ihr ein erschwingliches Hotelzimmer in der Nähe empfehlen könnte. Zwei Telefonate später war das erledigt, und sie erhielt einen Zettel mit der Adresse, den sie einfach dem Taxifahrer geben sollte. Das Mädchen schaute sie erwartungsvoll an.

»Encore quelque chose?«

»Oui, bon … je cherche un endroit où les gens dansent le tango«, sagte Giulietta.

Das Mädchen schaute sie etwas verunsichert an.

»Des shows?«

»Non, pas ça. Une *Milonga.* Je cherche une *Milonga.*«

»Ah.«

Sie drehte sich lachend zu ihren Kolleginnen um und rief ihnen etwas auf Spanisch zu. Die beiden schauten Giulietta neugierig an und gaben unverständliche Kommentare ab. Sie kam sich vor, als habe sie nach etwas Unanständigem gefragt.

Dann wandte sich das Mädchen ihr wieder zu und erklärte ihr, dass sie nicht wisse, wo es heute eine Milonga gäbe. Aber sie kenne da ein Café in der Innenstadt. Soviel sie gehört habe, würde dort sonntagnachmittags Tango getanzt. Giulietta erhielt einen zweiten Zettel und beeilte sich, aus dem Büro hinauszukommen.

Die Taxifahrt dauerte nur wenige Minuten. Die Stadt war wie ausgestorben. Das Taxi kreuzte den Boulevard mit dem Obelisken, welchen sie schon von der Autobahnrampe aus gesehen hatte, und hielt nach kurzer Zeit vor einem unscheinbaren Haus in einer Straße namens Bartolomé Mitre. Der Taxifahrer ließ es sich nicht nehmen, ihr Gepäck in die Eingangshalle des Hauses hineinzutragen, und wartete sogar, bis der Fahrstuhl heruntergekommen war.

Das Hotel befand sich in der vierten Etage eines Mietshauses, welches, dem Fahrstuhl nach zu schließen, von der Jahrhundertwende stammen musste. Der üppig mit Holz, Marmor, Spiegeln und Schmiedearbeiten verzierte Fahrkorb setzte sich quietschend himmelwärts in Gang und erreichte zwar langsam, aber ohne Anzeichen einer akuten Absturzgefahr sein Ziel im vierten Stock. Ein dicklicher älterer Herr mit Atembeschwerden und stark behaarten Ohrmuscheln öffnete und führte sie durch einen langen, dämmerigen Flur an ein Tischchen. Dort trug er umständlich die Informationen aus ihrem Reisepass in ein kompliziert erscheinendes Formular und zeigte ihr dann die Bad- und Toilettenräume, die man über den Flur im hintern Teil der verzweigten Wohnung erreichen konnte. Danach öffnete er die Tür zu ihrem Zimmer. Er ließ den Schlüssel stecken, murmelte etwas Unverständliches und trottete von dannen. Sie schob ihr Gepäck in den kleinen Raum, schloss die Tür und ließ sich aufs Bett fallen.

Sie verharrte einige Minuten ausgestreckt und versuchte, die Eindrücke aufzunehmen, die auf sie einströmten: die stuckverzierte Zimmerdecke gut und gern fünf Meter über ihrem Kopf, den Kleiderschrank aus weiß gestrichenen Pressspanplatten, das Fischgrätmuster des gewachsten Parketts. Sie lief ans Fenster, öffnete die beiden Türen und trat auf den winzigen Balkon hinaus. Warme Luft umspielte ihr Gesicht und strich über ihre Hände auf der schmiedeeisernen Brüstung. Ein strahlend blauer Himmel wölbte sich über dem Meer aus Häusern, Dächern und Höfen. Irgendwo dort draußen war Damián und wusste nichts von ihr, lief vielleicht keine fünfhundert Meter von ihr entfernt die Straße entlang oder stand ebenfalls am Fenster, schaute in den gleichen Himmel hinauf, roch die gleiche warme Luft. Doch wie sollte sie ihn bloß finden? Was sollte sie überhaupt hier tun?

Und dann war er plötzlich wieder da, völlig ohne Vorwarnung, dieser Schmerz, der ihr die Brust von innen zusammenzog. Sie wankte ins Zimmer zurück, ließ sich auf das Bett sinken und hoffte, dass die Verkrampfung sich lösen würde. Doch stattdessen wurde sie stärker, schnürte ihr die Luft ab, würgte sie, bis ihr ganzer Oberkörper so höllisch zu schmerzen begann, dass sie sich vorbeugen musste. Sie sah ihr Gesicht im Spiegel des Kleiderschranks, ein blasses, verzerrtes, von Tränen überströmtes Gesicht mit zitternden Lippen, die sie vergeblich zusammenzupressen suchte, um das Schluchzen zu unterdrücken. Sie schlug die Hände vor das Gesicht und versuchte, an etwas anderes zu denken. Warum brach das jetzt aus ihr hervor? Weil sie sich nicht mehr bewegte? Weil sie angekommen war und nicht mehr weiter wusste? Sie kramte den Zettel heraus, den das Mädchen an der Busstation ihr gegeben hatte, und starrte auf die Schriftzeichen. *Confitería Ideal. Suipacha 384. 16:00?*

Sie schaute auf ihre Armbanduhr. Sie würde duschen und eine Stunde schlafen. Vielleicht würde er dort sein? Bestimmt würde er dort sein. Sie packte ihren Koffer aus, nahm dann eins der beiden Handtücher vom Bett und machte sich auf den Weg ins Badezimmer. Die Einrichtung erinnerte sie an Bäder, die sie in England gesehen hatte. Der Duschkopf war so groß wie ein Topfdeckel. Das heiße Wasser tat ihr gut. Doch kaum hatte sie die Dusche verlassen, spürte sie eine lähmende Müdigkeit in sich aufsteigen. Sie kehrte in ihr Zimmer zurück und ließ sich aufs Bett fallen. Sie schaffte es gerade noch, den roten Zeiger ihres Reiseweckers auf drei Uhr zu stellen. Dann schlief sie auf der Stelle ein.

2

Als sie wieder zu sich kam, war tiefe Nacht. Das Erste, was sie spürte, war eine furchtbare Trockenheit im Hals. Sie fuhr hoch. Der Wecker stand auf viertel vor drei. Wie war das möglich? Wieso war es dunkel? Sie griff nach ihrer Armbanduhr, deren Zeiger auf viertel vor elf standen. Was war das für ein Lärm? Warum war sie nicht zu Hause? Erst allmählich wurde ihr klar, wo sie sich befand. Ihr Blick irrte durch das kleine Hotelzimmer, das jetzt im hereinfallenden Mondlicht unheimlich wirkte. Sie hatte den verfluchten Wecker nicht auf die örtliche Zeit umgestellt. Viertel vor elf und Dunkelheit. Sie hatte neun Stunden geschlafen. Sie glitt aus dem Bett, stürzte zum Waschbecken in der Ecke und trank direkt aus dem Hahn. Was für eine stickige Hitze! Sie ging zum Fenster und öffnete die beiden Flügel. Warme Luft schlug ihr entgegen und zugleich Straßenlärm. Was sie für Mondlicht gehalten hatte, war eine Neonlaterne, die aus unerfindlichen Gründen einen Teil des schachtartigen Hinterhofes beleuchtete. Verkehrslärm quoll zu ihr herauf. Dieses Hupen und Quietschen musste sie geweckt haben. Und dann, wie ein

Stromstoß, die Erkenntnis, etwas ungeheuer Wichtiges verschlafen zu haben. Das Tangolokal! Sie hatte diesen Termin verpasst! Sie ging verstört einige Schritte auf und ab, bevor sie wieder auf den kleinen Balkon hinaustrat. Diese Stadt war verhext. Heute Mittag war hier alles öde und leer gewesen. Jetzt war bald Mitternacht, und dort unten wälzte sich eine endlose Autolawine durch die Straße. In kurzen Abständen durchschnitten gellende Hupgeräusche das Konzert aus aufheulenden Motoren. Die Umrisse der umliegenden Gebäude zeichneten sich schwarz gegen den Nachthimmel ab. Ein kleiner, dunkler Schatten flog dicht an Giuliettas Gesicht vorbei. Sie zuckte zusammen. Ein Vogel, dachte sie, doch plötzlich war da ein zweiter, dann ein dritter Schatten. Sie huschten völlig lautlos an ihr vorüber, schienen jedoch jedes Mal näher zu kommen. Es dauerte einen Moment, bis sie begriff, dass es Fledermäuse sein mussten. Entsetzt und angeekelt wich sie zurück und schloss das Fenster.
Sie war jetzt hellwach. Den einzigen Anhaltspunkt, Kontakt zu diesen Tangoleuten zu bekommen, hatte sie verschlafen. Wie sollte sie Damián bloß finden? Warum hatte sie keine Adresse von ihm? Warum hatte sie ihn bloß nie nach seiner Adresse gefragt? Sie knipste das Licht an, ging zum Waschbecken und wusch sich das Gesicht. Sollte sie wirklich dort hinausgehen? Mitten in der Nacht, ganz alleine? Vielleicht wären ja noch ein paar Leute in dem Lokal. Dauerten Milongas nicht die ganze Nacht? Aber sie spürte, dass sie Angst hatte. Diese riesige Stadt. Wie waren die Menschen hier? Konnte eine Frau hier nachts allein durch die Straßen gehen? Vorsichtshalber zog sie ein weites Sweatshirt an und steckte sich das Haar zu einem Dutt zurecht. Die Bewegung ließ sie innehalten. Was tat sie bloß hier? Sie sollte in der Staatsoper in der Umkleide sein, ihr Haar hochstecken und in den Trainingssaal an die Stange gehen. Was um alles in der Welt hatte sie in dieser fremden Stadt verloren?
Sie versuchte, sich die Strecke einzuprägen, die das Taxi zurücklegte, doch schon nach wenigen Minuten hatte sie jegliche Orientierung verloren. Plötzlich war da wieder jener riesige Obelisk, den sie heute Morgen schon gesehen hatte. Der gigantische Boulevard, in dessen Mitte er thronte, war nun hinter einer endlosen Autolawine verschwunden. Das

Taxi musste zweimal an einer roten Ampel warten, bis der Boulevard überquert war. Giulietta zählte sechzehn Spuren.
Das war also seine Stadt. Hier war er aufgewachsen, zur Schule gegangen, war an der Hand seiner Mutter durch die Straßen gelaufen, hatte sein erstes Mädchen geküsst. Irgendwo musste seine Schule sein, sein Lieblingscafé. Und in einer dieser Straßen hier im Zentrum hatte er seinen ersten Tangounterricht genommen. Er hatte angedeutet, dass dies alles heimlich hatte geschehen müssen. Der Grund dafür hatte sie interessiert. Aber er hatte vom Thema abgelenkt, nicht weiter darüber sprechen wollen.
»Warum waren deine Eltern denn dagegen, dass du Tango tanzt?«
»Sie wussten es gar nicht.«
»Aber warum hast du es ihnen verheimlicht?«
»Weil sie dagegen waren.«
»Woher willst du das wissen, wenn sie es gar nicht wussten?«
»Der Sohn von Fernando Alsina tanzt nicht Tango. So einfach ist das.«
»Das verstehe ich nicht.«
»Das macht nichts. Die Erklärung ist zu kompliziert.«
»Aber irgendwann haben sie es doch erfahren?«
»Ja.«
»Und dann?«
Er hatte nur mit den Schultern gezuckt, und sie hatte das Gefühl gehabt, die Frage sei ihm unangenehm. Deshalb hatte sie davon abgelassen und über sich gesprochen.
»Ohne meinen Vater wäre ich sicherlich niemals Tänzerin geworden«, sagte sie.
»Das glaube ich nicht.«
»Doch. Meine Mutter hätte es mir verboten.«
»Und? Hättest du gehorcht?«
»Nein. Aber ich hätte wahrscheinlich viel zu spät angefangen.«
»So wie ich.«
»Du? Wieso?«
»Ich werde niemals richtig gut sein. Ich habe zu spät angefangen. Wie du gesagt hast.«
»Unsinn, ich meine … Ballett ist doch nicht Tango.«

»Ach ja?«
»Nein, ich meine … man kann das doch nicht vergleichen.«
Er warf ihr einen kühlen Blick zu. Dann hatte er gelächelt und den Kopf geschüttelt. »Mein Engel, auch die Teufelchen formt man am besten warm.«
Sie hatte ihn nicht verletzen wollen, aber das Gespräch hatte ihn verstimmt zurückgelassen, auch wenn er das zu überspielen suchte. Sie hatte das Thema nicht wieder angeschnitten. Es gab Dinge, über die man mit ihm einfach nicht reden konnte. Oder nur auf seine Weise. Was wusste sie eigentlich über diesen rätselhaften Menschen?
Nichts.

3

Das Taxi hielt in einer dunklen, schmalen Straße. Die rote Digitalanzeige neben dem Rückspiegel zeigte 3.85 an, und Giulietta gab dem Fahrer vier Pesos. Er bedankte sich, stieg sogar aus und öffnete ihr die Tür. Dann wies er auf einen erleuchteten Eingang auf der gegenüberliegenden Straßenseite und verabschiedete sich mit einem unverständlichen Wortschwall, worin sie als einziges das Wörtchen *Ideal* ausmachen konnte.
Sie überquerte die Straße und ging auf den Eingang des Lokals zu. Was immer es war, ein Kaffeehaus, eine Konditorei oder eine Mischung aus beidem, die kümmerliche Beleuchtung verhieß nichts Gutes. Die hohen, schmiedeeisernen Eingangstüren waren weit geöffnet. Giulietta setzte ihren Fuß auf eine ausgetretene Marmorschwelle und betrat einen Vorraum, der wohl als Windfang diente. Links führte eine geschwungene Marmortreppe in das nächste Stockwerk, doch der Zugang war durch eine dunkelrote Samtkordel versperrt. Vor ihr erstreckte sich ein ballsaalgroßes Kaffeehaus, das direkt aus einem Wiener Bezirk zu stammen schien. Gerade einmal drei Tische waren besetzt. An der Theke lehnten vier Kellner in weißem Hemd, schwarzer Weste und Fliege und blickten teilnahmslos um sich. Dem Ganzen haftete etwas Stehengebliebenes an.

Und dann sah sie das Foto. Das Bild hing in Kopfhöhe an einer Pinnwand neben der Treppe, die in den oberen Stock führte. Es war nur eine billige Fotokopie eines Fotos, aber sie erkannte ihn sofort. Das Plakat hing zwischen anderen Werbezetteln der gleichen Machart, die entweder ein Tanzpaar in einer mehr oder weniger aufregenden Pose oder nur die Zeichnung eines Bandoneons zeigten. Darunter waren die Namen der Lehrer mit ihrer Telefonnummer vermerkt. *Damián y Nieves* stand unter dem Foto, das die beiden in einer Drehung zeigte. *Miércoles 17:30-19:00.* Ein dicker Balken war über das Ganze gelegt, worauf zu lesen stand: *En gira en Europa hasta dec 1999.*
Keine Telefonnummer.
Giuliettas Blick eilte über die ganze Pinnwand. Ein gutes Dutzend Tanzpaare boten dort ihre Dienste an. Sie hießen Sergio y Silvia oder Juan y Susana. Manche hatten lediglich mit Hilfe eines Reißnagels ihre Visitenkarte hinterlassen. Sie versprachen zum Teil gar nichts, zum Teil, wie Giulietta sich zusammenreimte, spezifische Kenntnisse oder Techniken. *Aprenda estilo milonguero. Curso especial mujeres. Ochos y giros.* Jemand bot maßgeschneiderte Tangoschuhe an. Eine *Tanguera Japonesa* suchte einen Tanzlehrer im Tausch gegen Englischunterricht.
Especial, dachte sie. Damiáns Stimme ihrer ersten Begegnung klang in ihr nach. »*Espezialist* für Einmaligkeiten. Giulietta Battin. Gibt es nur einmal in Berlin.«
Damián y Nieves. Auf Tournee in Europa.
Keine Telefonnummer.
Sie schrieb sich die Telefonnummern der anderen Tanzpaare auf. Dann entdeckte sie ein separates Blatt, auf dem sämtliche Kurs- und Tanztermine dieses Lokals verzeichnet waren. Sie hatte Glück im Unglück gehabt. Den heutigen Termin hatte sie verschlafen. *Domingos, de 15 a 21 hs, Tango y otros Ritmos*, stand dort. Aber am Dienstag gab es bereits wieder einen Kurs. Sie schrieb sich die Zeiten auf und schaute dann wieder auf das Bild, das ihre Aufmerksamkeit zuerst gefangen hatte. Es musste vor einigen Jahren aufgenommen worden sein. Damián sah schmal und blass aus. Sein Haar war länger. Er wirkte melancholisch und unreif. Seine Bewegung sah männlich aus, der Körper indessen jungenhaft, was eine seltsame Diskrepanz ergab. Nieves hatte sich

dagegen nicht sehr verändert. Das gleiche schöne Gesicht, die gleichen wohlgeformten Schultern. Mehr war hier nicht von ihr zu sehen. Damián musste schon damals etwas Besonderes gehabt haben, dass sie sich für einen offensichtlich so viel jüngeren Tanzpartner entschieden hatte. Er hatte sie systematisch erobert, sich ein halbes Jahr lang vorbereitet. Das war ein Wesenszug an ihm, den sie mochte. Blinde Begeisterung gepaart mit Methode. Und war ihm, als es um sie selbst ging, die Methode nicht gleichgültig gewesen? Hatte er auch nur einen einzigen Tag verstreichen lassen? Ihr Herz krampfte sich zusammen, und sie verdrängte den Gedanken. Den Termin hatte sie verpasst, sie konnte hier nichts mehr tun. Sie warf einen Blick in das fast völlig leere Lokal. Trotz aller Wiener Caféhaus-Pracht war der Anblick deprimierend. Sie war hungrig, aber in dieser gespenstischen Atmosphäre wollte sie sich nicht niederlassen. Sie drehte sich um und stieß fast mit einem alten Mann zusammen, der soeben das Wort an sie richtete.
»Te gusta el tango?«, fragte er und ließ noch zwei weitere Sätze folgen, die sie genauso wenig verstand.
»... I'm sorry ... no Spanish ...«, erwiderte sie verunsichert.
Aber der alte Mann ließ sich nicht beirren. Er zeigte auf die unterschiedlichen Anzeigen an der Pinnwand und gab zu jeder davon einen gestisch unterstrichenen Kommentar ab. Woher er so plötzlich gekommen war, war Giulietta ein Rätsel, bis sie einen Stuhl in einer unbeleuchteten Nische des Windfangs entdeckte, wo er wohl gesessen und sie beobachtet haben musste. Er war kein alter Mann, sondern ein alter Herr. Er trug einen einfachen Anzug, ein weißes Hemd und trotz der Hitze eine Krawatte. Sein Gesicht strahlte Wärme aus, was Giulietta so gut tat, dass sie stehen blieb und ihm zuhörte, obwohl sie kein Wort von seinen weitschweifigen Erklärungen verstand. Sie ließ zu, dass er sie sanft an der Hand nahm, erneut vor die Pinnwand führte und ihr alles erklärte, was dort zu lesen stand. Als er allmählich begriff, dass sie wirklich kein einziges Wort verstand, ging er dazu über, sich vor allem mimisch über die unterschiedlichen Lehrer auszulassen. Seine Augen wurden groß vor Bewunderung oder gerannen zu schmalen Schlitzen der Geringschätzung. Einmal fuhr er sich mit der Hand durch seine wenigen Haarsträh-

nen, die im Zwielicht silbrig glänzten, und schüttelte dann den Kopf, um sie vor einem besonders unfähigen Lehrer zu warnen.
»Vos, de donde sos?«, fragte er dann.
»Sorry?«, antwortete Giulietta bekümmert.
»Vos, de donde … Americana?«
»Ah, no, Germany, Berlin.«
»Ah, alemana. Mateus.«
»What?«
»Lotario Mateus.«
»… Äh, ja, yes, and Beckenbauer«, erwiderte sie hilflos.
»Sí. Sí. Bayan Munitsch.«
Sie hätte den Alten am liebsten umarmt. Er reichte ihr gerade bis zu den Schultern und strahlte sie mit seinen braunen Augen an. Er duftete nach Rasierwasser, hatte gepflegte Hände und die Gesichtszüge eines alten Menschen, der den Verlust der Jahre gegen die Gewissheit seiner Würde eingetauscht hat. Es war eines jener Gesichter, in denen sich trotz des Alters etwas von der Neugier eines Kindes erhalten hatte.
»Sorry«, unterbrach sie den Redeschwall des Mannes, »no speak Spanish. Non capisco niente.« Sie zuckte hilflos mit den Schultern. Er legte den Kopf schief, strahlte sie an, hob die Schultern und sagte nur: »Martes vienes a bailar Tango, no?«
Sie schüttelte den Kopf. Was meinte der Mann nur?
»Tusday … dance … Tango«, brachte er dann hervor.
»Sí«, antwortete sie, »I'll come.« Und dann fügte sie hinzu, indem sie auf sich deutete: »Giulietta.«
»Ah. Que lindo. Yo soy Alfredo. Pregunta por Alfredo. Asi no pagas entrada.«
Sein Daumen und Zeigefinger mimten das universelle Zeichen für Geld, gefolgt von einigen weiteren Gesten, denen sie entnahm, dass sie durch seine Bekanntschaft keinen Eintritt würde bezahlen müssen.
Sie nickte und sagte: »Yes. Alfredo. Gracias.«
Dann wandte sie sich der Pinnwand zu, legte den Finger auf Damiáns Foto und sagte: »Tu connais Damián?«
Er breitete die Arme aus und blickte zum Himmel, gerade so als habe sie ihn gefragt, ob er wisse, dass die Erde rund sei.

»Nieves y el loco. Claro. Pero no están. Están en Europa.«
Er deutete auf den Balken über dem Foto. »Europa«, bekräftigte er dann noch einmal.
»Sí«, erwiderte Giulietta. »I know.« Wie konnte sie ihm nur klar machen, was sie wollte? Sie deutete hintereinander auf die Telefonnummern der anderen Tanzlehrer und dann auf Damiáns und Nieves' kleines Plakat, wo keine Nummer angegeben war. Der alte Mann begriff sofort, zuckte jedoch ratlos mit den Schultern.
»No sé«, sagte er mit allen Anzeichen von Bedauern, »no conozco su número. Pero martes, preguntas por el loco, ya alguién lo sabrá.«
Sie versuchte krampfhaft, einen Sinn aus diesen Worten herauszulesen. Offenbar kannte er Damiáns Telefonnummer nicht. So weit konnte sie ihm folgen. Und *martes* hieß wahrscheinlich Dienstag. Aber der Rest? *Preguntas por elloco*?
»Martes …?«, wiederholte sie unsicher. »Damián … martes?«
»Sí, sí. Martes. El Loco.«
Giulietta schüttelte den Kopf. »El loco no, no«, sagte sie. »Damián!«
Er lachte.
»Sí. Sí. Damián. El Loco.«
El loco, wiederholte sie leise, ratlos, was das wohl bedeuten sollte. Aber gut, sie würde am Dienstag hierher kommen und herausfinden, ob nicht jemand seine Adresse oder Telefonnummer kannte. Dienstag. Zwei ganze lange Tage entfernt.
Sie bedankte sich bei Alfredo. Er wollte sie noch überreden, etwas mit ihm zu trinken, aber sie lehnte dankend ab. Er akzeptierte sofort, wofür sie ihn wieder hätte umarmen mögen. Aber das besorgte er schon selber, küsste sie auf die linke und die rechte Wange und wünschte ihr eine gute Nacht.
»Buenas noches, mi amor, que te vaya bien.«
»Gracias. Buenas noches.«

4

Sie schwebte buchstäblich auf die Straße hinaus und schlenderte die Calle Suipacha hinauf. Die Begegnung hatte ihre Beklemmung gemildert. Sie fühlte sich plötzlich nicht mehr ganz so niedergeschlagen, und fast wäre sie zurückgegangen, um doch ein Glas mit diesem Alfredo zu trinken. Doch plötzlich stand sie auf einem belebten Boulevard, und ihr Blick fiel auf einen hell erleuchteten Telefonladen. Die Versuchung war zu groß. Sie überquerte den Boulevard. Avenida Corrientes, las sie auf einem Schild. Sie lief einige Meter gegen den Verkehrsfluss und betrat den Laden. In einer Ecke lagen Telefonbücher, und einige Augenblicke später flog ihr Blick über endlose Spalten, die alle auf den gleichen Namen lauteten: Alsina. Sieben Seiten lang. Damián Alsinas gab es nicht weniger als vierzehn. Dann fast noch einmal so viele D. Alsinas. Wie hieß sein Vater noch? Fernando. Aber da war es nicht viel anders. Achtmal Fernando Alsina. Dreiundzwanzigmal F. Und wie sollte sie in einer ihr völlig unbekannten Sprache telefonieren? Plötzlich war ihr Finger beim Buchstaben O und blieb bei einem Namen hängen, den es tatsächlich nur einmal gab: Ortmann, K. Sie notierte die Nummer. Konnte sie es wagen, seinen ehemaligen Deutschlehrer anzurufen? Sie legte das Telefonbuch zurück und schaute auf die Uhren über der Theke neben dem Eingang, wo die Uhrzeiten der wichtigsten Zeitzonen angezeigt waren. Frankfurt war auch darunter. Sechs Uhr morgens. In Deutschland begann der Montag. Ihr Vater wäre schon wach, duschte wohl gerade, während ihre Mutter sich noch einmal umgedreht haben würde. Sollte sie anrufen? Ihnen wenigstens ein kurzes Zeichen geben, dass es ihr gut ging? War es fair, sie völlig ohne Nachricht zu lassen?
Kurz entschlossen ging sie zur Theke und meldete ein Gespräch an. Sie erhielt ein Stück Holz mit einer Nummer darauf und begab sich in die entsprechende Kabine. Nach dem zweiten Klingeln hörte sie die Stimme ihres Vaters:
»Giulietta?«
»Ja.«
»Endlich. Liebes. Wo bist du?«
»Es geht mir gut, Papa. Macht euch keine …

»Giulietta?«
Die Stimme ihrer Mutter. Der zweite Apparat im Schlafzimmer.
»Guten Morgen, Mama.«
»Wo bist du? Ist alles in Ordnung?« Anita klang hellwach.
»In Buenos Aires. Mama, Papa, es ist alles in Ordnung. Es tut mir Leid, dass ich euch das angetan habe, aber ich konnte nicht anders. Es geht mir gut. Macht euch keine Sorgen. Ich …«
»Giulietta, hör mir zu …«
Es war die Stimme ihres Vaters.
»Markus, lass sie doch erst einmal ausreden.«
»Giulietta, meide Damián, er ist verrückt und völlig unberechenbar …«
»Markus, du sollst …«
»Halt den Mund, Anita, verdammt noch mal. Giulietta, hörst du mich?«
Tränen traten ihr in die Augen. »Ja«, sagte sie mit belegter Stimme.
»Verstehst du, was ich sage? Du hast dich geirrt. Dieser Mann ist gefährlich. Steig ins nächste Flugzeug und komm zurück. Denk an die Staatsoper. An all die Arbeit, die hier auf dich wartet. Willst du das alles hinschmeißen? Wegen diesem Verrückten?«
»Markus, mein Gott, so lass sie doch erst einmal …«
Sie knallte den Hörer auf die Gabel, kauerte sich in ihrer Kabine auf den kleinen Holzschemel und verbarg das Gesicht in den Händen. Ihr Kopf drohte zu platzen. Plötzlich hatte sie wieder Angst, unsägliche Angst. Sie wusste nicht genau, wovor, vor dieser Stadt, vor ihrer Einsamkeit, ihrer Rat- und Hilflosigkeit. Wo war er bloß? Was sollte sie denn noch tun, um ihn endlich sehen zu dürfen, und sei es nur ein einziges Mal, eine einzige Minute, in der sie sein Gesicht sehen und aus seinem Mund die Worte hören konnte, die sie hören musste, um von ihm Abschied nehmen zu können: ich will dich nicht mehr sehen. Wenigstens das musste er ihr sagen, ihr ins Gesicht sagen. Ich will dich nicht mehr sehen, weil ich dich nicht liebe. Dann würde sie gehen, in ihr altes Leben zurückkehren und irgendwie damit fertig werden. Sie wusste nicht, wie, aber irgendwie würde es gehen. Aber sie musste ihn finden.
Plötzlich klingelte der Telefonapparat über ihr. Sie starrte fassungslos auf das Gerät. Die Nummer, dachte sie erschrocken. Er kann die Nummer zurückverfolgen. Ein unbändiger Hass auf ihren Vater stieg in ihr hoch.

Woher kam das nur so plötzlich? Was geschah mit ihr? Diese Kontrolle, die er über sie ausübte. War das schon immer so gewesen? Warum sagte er ihr nicht die Wahrheit, was sich zwischen ihm und Damián abgespielt hatte? Irgendetwas verbarg er ihr. Damián gefährlich? Niemals. Sie hob den Hörer kurz ab und legte sofort wieder auf. Dann stürmte sie aus der Kabine, bezahlte rasch und verließ den Telefonladen.
Sie ging die Avenida Corrientes hinauf. Es war fast zwei Uhr morgens, die Zahl der Passanten hatte sich merklich verringert, und die wenigen Gestalten, die sich noch auf der Straße herumtrieben, wirkten nicht sehr Vertrauen einflößend. Kurz entschlossen hielt sie ein Taxi an, sprang hinein und reichte dem Fahrer die Visitenkarte mit ihrer Adresse.
Im Fahrstuhl ihres Hotels traf sie auf eine gleichfalls spät heimkehrende Amerikanerin. Die Frau war gesprächig, und so unterhielten sie sich noch fünf Minuten im Flur. Giulietta erzählte, sie sei zu Besuch hier. Die Amerikanerin war wegen eines Kongresses in der Stadt. Morgen flog sie schon in die USA zurück. Sie tauschten ein paar Eindrücke aus und verabschiedeten sich dann.
»It was nice talking to you«, sagte die Frau und gab ihr die Hand. »Enjoy your stay.«
»Danke. Guten Flug für Sie. Und ach, dürfte ich Sie etwas fragen?«
»Aber bitte.«
»Sprechen Sie Spanisch?«
»Ja. Sicher.«
»Könnten Sie mir sagen, was *loco* bedeutet.«
Sie lachte. »Klar. Das ist ein wichtiges Wort hier. Es bedeutet verrückt. *Crazy*.«
Giulietta schaute sie schweigend an.
»War das alles?«
»Ja. Danke. Es tut mir Leid. So eine dumme Frage, nicht wahr?«
»Es gibt keine dummen Fragen. Sie sehen bestürzt aus. Ich hoffe, ich habe nichts Falsches gesagt?«
»Nein, nein. Also. Gute Nacht und gute Heimreise.«
»Alles Gute.«
Sie ging langsam zu ihrem Zimmer, drückte kraftlos die Klinke herunter, schloss die Tür hinter sich und lehnte sich in der Dunkelheit dage-

gen. Noch immer durchschnitt vereinzelt ein Hupgeräusch die Nacht, aber jetzt, gegen halb drei schließlich, schien diese Stadt allmählich Ruhe zu finden. Sie ging ans Fenster, öffnete die beiden Flügel und ließ Luft ins Zimmer herein. Plötzlich beneidete sie die Amerikanerin, die morgen von hier wegfliegen würde.

Dann setzte sie sich auf die Bettkante, starrte in die Dunkelheit und wartete, dass etwas geschehen möge. Aber nichts geschah. Nur das Pochen ihrer Schläfen wurde lauter und lauter. Loco. Loco. Loco.

5

»Sí?«

»Señor Ortmann?«

»Sí? Quién es?«

»Darf ich Deutsch sprechen?«

Pause.

»Ja bitte. Wer spricht dort?«

Korrektes Hochdeutsch. Die Stimme verriet Misstrauen.

»Sie kennen mich nicht. Mein Name ist Giulietta Battin. Aus Berlin.«

Pause.

»Was kann ich für Sie tun?«

»Entschuldigen Sie bitte, dass ich Sie behellige. Es geht um Damián Alsina, einen ehemaligen Schüler von Ihnen. Ich wollte Sie fragen, ob Sie vielleicht wissen, wo ich ihn erreichen kann?«

Sie hatte sich die Sätze hundertmal durch den Kopf gehen lassen, und dennoch klangen sie jetzt falsch, verdächtig.

Pause.

»Woher haben Sie meine Nummer?«

»Aus dem Telefonbuch. Ich bin für ein paar Tage in Buenos Aires, beruflich. Ich hatte bis vor ein paar Jahren eine Brieffreundschaft mit Damián, aber der Kontakt ist eingeschlafen. Seine letzte Adresse und Telefonnummer sind nicht mehr aktuell, und Sie sind der einzige Anhaltspunkt, an den ich mich noch erinnere. Er erwähnte bisweilen seinen Deutschlehrer, Herrn Ortmann, und so habe ich einfach im

Telefonbuch nachgeschaut. Sie kennen doch Damián? ... Damián Alsina?«
Pause.
Sie hörte, dass eine Hand über die Sprechmuschel am anderen Ende der Leitung gelegt wurde. Wie aus endlos weiter Ferne drangen erstickte Laute durch die Leitung, schnell gesprochene spanische Gesprächsfetzen. Im Hintergrund war eine weitere Stimme zu hören. Eine weibliche Stimme. Dann vernahm sie ein Klicken in der Leitung, und die Stimme des Mannes kehrte zurück.
»Wie war Ihr Name?«
»Battin. Giulietta Battin.«
»Und Sie rufen aus Buenos Aires an?«
»Ja. Aus meinem Hotel.«
Eine zweite Person lauschte dort am Telefon. Giulietta konnte ihren Atem hören.
»Entschuldigen Sie«, fuhr sie fort, »ich weiß, dass es etwas ungehörig ist, Sie einfach so anzurufen, ich dachte nur, Sie wissen vielleicht, wo ich ihn erreichen könnte. Es tut mir Leid. Ich bin nur für ein paar Tage hier und dachte, er würde sich vielleicht freuen, mich zu treffen. Aber es ist nicht so wichtig. Verzeihen Sie die Störung.«
»Nein, nein. Warten Sie. Wie heißt Ihr Hotel?«
Sie nannte ihm den Namen.
»Welche Nummer?«
»Meinen Sie die Hausnummer?«
»Nein. Ihre Telefonnummer.«
Sie las die Telefonnummer des Hotels von der Visitenkarte ab.
»Kann ich Sie gleich zurückrufen?«
Giulietta bejahte und legte auf. Sie atmete tief durch und stellte das Telefon auf den Nachttisch zurück.
Sie war seit sechs Uhr wach, hatte wie gelähmt im Bett gelegen, zur Decke gestarrt und überlegt, was sie heute bloß tun sollte. Vor ihrem Fenster lag eine riesige Stadt, die sie erkunden konnte, aber würde sie das Damián näher bringen? Sie musste doch etwas unternehmen können, um seine Adresse ausfindig zu machen. Morgen gab es diese Tanzveranstaltung, wo sie vielleicht jemanden treffen würde, der ihn kannte.

Aber sollte sie heute den ganzen Tag untätig verstreichen lassen? Sie war aufgestanden, hatte das Bett von der Wand gerückt und einige Dehn- und Streckübungen gemacht. Sie spürte die drei Tage Trainingspause sofort, und ein Anflug von Panik durchfuhr sie. Was tat sie nur hier? Eine Woche lang nicht zu tanzen war schon schlimm genug, doch nicht zu trainieren war eine kleine Katastrophe.

Sie hielt sich an der Bettkante fest, ging ins *demi-plié*, hielt den freien Arm in der zweiten Position und drehte den Kopf seitwärts. Der Platz war gerade ausreichend, und wenige Minuten später war sie bereits bei den ersten *battements tendus*. Dies war immer ihre Zuflucht gewesen. In der Regelmäßigkeit dieser Übungen war das Chaos der Welt um sie herum restlos gebannt. Bei jeder Bewegung spürte sie den Widerstand ihrer Muskeln, die Trägheit ihres Bewegungsapparates, der wie schon ungezählte Male zuvor nur allmählich dem Druck ihres Willens nachgab. Sie war süchtig nach diesem Erlebnis. Es machte sie euphorisch, diese Grenze zu überwinden. Sie trainierte wie in Trance, und wenn sie aus dieser Betäubung herauskam, verfügte sie über einen anderen Körper und eine zuversichtlichere Stimmung. Andernfalls hätte sie niemals den Mut aufgebracht, diese Telefonnummer zu wählen.

Jetzt saß sie neben dem Apparat und biss sich nervös auf die Lippen. Das Gespräch war mehr als seltsam verlaufen. Sie hatte gelogen. Aber was hätte sie denn schon als Erklärung vorbringen sollen? Die ganze Geschichte zu erzählen war ausgeschlossen. Es war ohnehin unwahrscheinlich, dass ein ehemaliger Lehrer noch etwas über den Verbleib eines seiner vielen Schüler wusste. Was erhoffte sie sich überhaupt von diesem Anruf? Jemanden in dieser Stadt zu sprechen, der ihre Sprache verstand? Das war schon etwas. Überhaupt mit jemandem zu sprechen. Die Situation wuchs ihr über den Kopf. Sie war noch nie so einsam gewesen.

Das Telefon klingelte.

»Ja!«

»Frau Battin. Könnten Sie heute in der Schule vorbeikommen? So gegen vierzehn Uhr. Wäre Ihnen das recht?«

»Ja, sehr gerne. Sie sind sehr freundlich.«

»Das Schulgebäude ist nicht weit von Ihrem Hotel entfernt. Haben Sie etwas zum Schreiben, ich erkläre Ihnen den Weg.«

Die Stimme, die ihr den Weg erläuterte, war jetzt freundlicher. Das Misstrauen darin war nicht ganz verschwunden, aber offenbar hatte der Mann Interesse daran, sich mit ihr zu treffen, denn die Wegbeschreibung war fast übertrieben detailliert.
»Kommen Sie gegen vierzehn Uhr und sagen Sie am Eingang, dass ich Sie erwarte. Ich werde dann benachrichtigt und hole Sie dort ab. Einverstanden?«
»Ja. Vielen Dank.«
»Sprechen Sie Spanisch?«
»Nein, leider nicht.«
»Gut, dann sagen Sie am Empfang einfach meinen Namen.«
»Das werde ich tun. Danke.«
»Wann haben Sie zum letzten Mal etwas von Damián gehört?«
Die Frage kam völlig überraschend.
»Vor zwei Jahren«, log sie.
Stille.
»Und Sie unterhielten eine Brieffreundschaft? Auf Deutsch?«
»Ja.«
»Hatte er damals die sz-Regel endlich verstanden?«
Sie wurde nervös. Sie wurde das Gefühl nicht los, dass der Mann am anderen Ende der Leitung ihr zutiefst misstraute. Aber dennoch wollte er sich mit ihr treffen. Doch warum begann er jetzt, sie auszufragen?
»Seine Briefe waren fast fehlerlos«, erwiderte sie, »aber ich weiß nicht, wie lange er gebraucht hat, um sie zu verfassen. Haben Sie noch Kontakt zu ihm?«
Stille.
»Nein, das kann man nicht sagen. Aber vielleicht kann ich Ihnen doch behilflich sein. Ich erwarte Sie um zwei im Colegio Nacional. Bitte seien Sie pünktlich.«
Da kam der Lehrer zum Vorschein. Oder vielleicht besser: der deutsche Lehrer. Sie bedankte sich höflich und legte auf. Herr Ortmann aus Bottrop. Wie lange er wohl schon hier lebte?

6

Sie war den ganzen Morgen ziellos herumgelaufen. Nach der sonntäglichen Leere und der mitternächtlichen Überfüllung schien die Stadt heute Morgen zum ersten Mal normal zu sein, ein durchaus erträgliches Chaos aus Autos, Bussen und Fußgängern. Mehrfach sah sie junge Burschen, die große Tabletts mit dampfenden Kaffeetassen zwischen den aufgestauten Fahrzeugen hindurch balancierten, um sie vermutlich in irgendwelchen Büros abzuliefern. Sie musterte die Gesichter der Menschen, ihre Kleidung, ihre Gebärden, konnte sich jedoch nicht entscheiden, ob ihr das alles fremd oder vertraut erscheinen sollte. Wenigstens in diesem Punkt hatte der seltsame Reiseführer Recht behalten. Die Stadt und ihre Einwohner wirkten sehr europäisch. Der einzige Unterschied bestand in schwer fassbaren Kleinigkeiten, die ihr schon an der Kleidung der Menschen auf dem Flughafen von Rio aufgefallen waren. Altmodisch war nicht das richtige Wort. Es schien nur, als ob die Zeit hier etwas widerspenstiger verging. Vielleicht gab es ja auf der Erde auch so etwas wie eine Relativitätstheorie für die Zeit, die eben ein wenig langsamer verging, je weiter von den Macht- und Modezentren entfernt man sich durch ein Jahrzehnt oder ein Jahrhundert hindurch bewegte? Bisweilen verblüffte sie ein Detail an einem Haus, ein Erker oder eine Stuckverzierung, die genauso in Berlin oder Paris vorstellbar gewesen wären. Auch die Marmortische in den Cafés, die Stühle, die Leuchter, die Mokkatassen, alles wirkte so vertraut, als habe man diese Stadt vor vielen Jahren komplett aus Europa hergeschafft und erst allmählich das eine oder andere Originalteil durch lokale Produkte ersetzt.

Lästig waren die Blicke der Männer, die keinerlei Skrupel zu kennen schienen. Was sie ihr sagten, wenn sie aufdringlich ein paar Meter neben ihr her liefen, wusste sie nicht. Aber allein der Tonfall ihrer Bemerkungen sprach Bände. Einer ahmte schmatzend obszöne Küsse nach und ergriff sie sogar am Arm. Sie reagierte sofort und schrie ihn laut auf Deutsch an. Er war so überrascht, dass er auf der Stelle davonging, nicht ohne sich noch zweimal nach ihr umzusehen. Sie hatte eine Weile gebraucht, sich von dem Schreck zu erholen. Die Männer hier waren eine verfluchte Pest.

Sie fuhr mit der Metro ins Zentrum. Ein kleiner Junge ging im Waggon auf und ab und bot Jasminsträußchen feil. Niemand beachtete ihn. Es war eng und heiß. Die Körper kamen sich nah, doch niemanden schien das zu stören. Giulietta tat es instinktiv den anderen Frauen gleich und mied jeglichen Augenkontakt. Sie spürte, wie sie vermessen wurde. Es war nicht zu ändern. Sie hatte getan, was sie konnte, trug die Haare hoch gesteckt, eine Sonnenbrille, eine hoch schließende Bluse, die locker und ohne irgendwelche Abdrücke zu hinterlassen über ihre Brüste fiel, eine weite Sommerhose und sportliche Leinenschuhe. Aber ihr Gesicht und ihren Hals konnte sie schlecht verstecken, und ihre Haltung natürlich erst recht nicht. Sie wusste, dass ihre Haltung auf Männer anziehend wirkte. Selbst bevor sie ihr Gesicht sahen, wurden sie auf sie aufmerksam. Und die wenigsten schauten wieder weg.
Glücklicherweise dauerte die Fahrt nicht lange. Sie beeilte sich, aus dem Untergrund wieder auf die Straße zu kommen, und spazierte in die Altstadt hinein. Die drückende Hitze hatte das Viertel weitgehend leer gefegt. Die wenigen Läden, an denen sie vorüberkam, waren klein und schäbig, die Wohnhäuser heruntergekommen oder eintönig. Überraschend war eine hübsche Kirche, die hinter einem schmiedeeisernen Zaun eine ganze Wohnblockecke schmückte. Dahinter schlossen sich zwei- bis dreistöckige Stadthäuser an, welche früher diesem Viertel vermutlich eine ganz andere Prägung gegeben hatten. Giulietta hielt inne und musterte die verwitterten Fassaden, die hohen Fensterflügel, die schön behauenen Friese unter den abbröckelnden Balkonen und die blinden Stellen der abgefallenen Stuckornamente. Wenn man die richtige Perspektive einnahm, konnte man noch ahnen, wie es hier einmal gewesen sein musste, doch kaum ging man ein paar Schritte weiter, zerstob die hübsche Illusion.
Kurz bevor sie die Avenida Independencia erreichte, begannen Wandbemalungen ihre Aufmerksamkeit zu erregen. Sie hatte die Graffiti-Sprüche auf den Mauern zuvor kaum zur Kenntnis genommen, doch jetzt erschienen auf einmal auch Fotos auf den Wänden. Die meisten zeigten Porträtaufnahmen von jungen Mädchen und Männern. Die Aufnahmen erinnerten an Passfotos. Die Dargestellten wirkten alle recht jung. Manche schauten freundlich in die Kamera. Andere blickten teil-

nahmslos zur Seite weg. Unter den Fotos standen Namen. Auf einem vom Wetter schon ziemlich ausgebleichten Plakat waren Hunderte dieser Fotos so zusammenmontiert, dass der Gesamteindruck einen Totenschädel ergab. Darunter stand in blassroten Lettern: No hay perdón! Giulietta blieb stehen und betrachtete dieses seltsame Plakat. Wer waren diese jungen Menschen? Sie ging näher hin und musterte einige der Gesichter genauer. Die Fotos mussten schon älter sein. Die Haarschnitte, Hemden und Blusen erinnerten ein wenig an die siebziger Jahre. Die jungen Leute sahen aus wie Studenten aus der Zeit der 68er-Bewegung. Rollkragenpullover. Hornbrillen. Pagenkopffrisuren.
Dieser Stadtteil war ihr ein wenig unheimlich, doch zugleich begann er sie zu faszinieren. Der nächste Straßenabschnitt wirkte noch etwas heruntergekommen, doch allmählich bekam das Viertel etwas Pittoreskes. Die Bebauung wurde zwei- oder dreistöckig. Manche der alten Häuser waren renoviert worden. Kleine Restaurants wechselten mit Antiquitätenläden ab, in deren Schaufenstern sich endgültig bestätigte, woher die verfallende Pracht hier rührte. Die meisten Auslagen sahen aus, als stammten sie von einem havarierten Kreuzfahrtschiff wohlhabender Europäer aus den zwanziger Jahren. Da gab es ein Teeservice, Spazierstöcke mit silbernem Handknauf und sogar einen Dudelsack. Von den Hutschachteln und ledernen Schrankkoffern über Lüster und dunkelbraune Holzski bis zu Hutnadeln und französischen Flacons: jeden Gegenstand umschwebte die Aura der alten Welt.
Die Straße mündete auf einen hübschen Platz. Die Stühle und Tische der angrenzenden Cafés waren ins Freie geschafft worden. Doch selbst unter schützenden Sonnenschirmen war die Mittagshitze jetzt unerträglich. Die meisten Tische waren verlassen. Plaza Dorrego, las Giulietta auf einem Schild.
Sie betrat ein Café und bestellte einen Espresso. Die Rückfrage des Kellners verstand sie nicht, daher nickte sie nur zweimal und hoffte, dass sie irgend eine Art von Kaffee bekommen würde. Kurz darauf erschien der Kellner wieder, stellte tatsächlich einen kleinen Kaffee vor sie hin, ging jedoch dann nicht fort, sondern begann, ein ganzes Arsenal von Ergänzungen vor ihr auf dem Tisch abzuladen: zunächst erschien ein kleiner Unterteller mit einem winzigen Croissant und einem Kuchen-

stückchen in Miniaturausführung, dann ein Gläschen mit Schlagsahne, ein weiteres Gläschen mit Orangensaft, ein drittes Gläschen mit Zahnstochern, ein weißes Porzellankännchen mit aufgeschäumter, heißer Milch, ein Streuer mit Zimt, eine weitere Untertasse mit Zucker und Süßstoff, ein letztes Gläschen mit Wasser sowie zwei sorgfältig gefaltete Papierservietten. Giulietta lächelte unsicher, doch der Kellner verzog keine Miene, fand irgendwo auf dem Marmortischchen auch noch Platz für einen kleinen gewölbten Aluminiumständer mit einem herausragenden Dorn, den er gewissenhaft vor sie hinschob, bevor er den Kassenbon darauf aufspießte.

Giulietta betrachtete fasziniert diesen multikulturellen Aufmarsch von Kaffeekultur vor sich auf dem Tisch. Sie kostete den Zimt, schielte auf die Rechnung, die auch nicht höher ausgefallen war als in der Speisekarte für einen Espresso angegeben, ignorierte die Sahne und träufelte behutsam den Milchschaum in die Espressotasse. Was für eine Stadt!

Dass sie sich in San Telmo befand und der Platz vor ihren Augen sonntags einen beliebten Antiquitätenmarkt beherbergte, hatte sie bereits in der U-Bahn nachgelesen. Jetzt entnahm sie ihrem Reiseführer, dass hier außerdem auf der Straße Tango getanzt würde. Wie üblich schloss das Kapitel auf eine negative Note und erwähnte, die Preise für die Antiquitäten seien absurd hoch und das Tango-Spektakel völlig touristisch und eine gute Gelegenheit, seine Geldbörse an Taschendiebe zu verlieren. Sie blätterte zum San-Telmo-Kapitel zurück und erfuhr, dass der etwas heruntergekommene Stadtteil im Herzen von Buenos Aires einstmals bevorzugter Wohnort der wohlhabenden Oberschicht gewesen war. Eine Gelbfieber-Epidemie führte im neunzehnten Jahrhundert zu einer Massenflucht. Wer es sich leisten konnte, übersiedelte in den höher gelegenen, vor Überschwemmungen sicheren Teil von Buenos Aires, der grob dem heutigen Palermo-Viertel entsprach. San Telmo füllte sich mit der nachrückenden proletarischen Bevölkerung aus dem Hafenviertel La Boca. Bis heute war nicht ganz entschieden, was aus diesem zerzausten Stadtteil im Herzen von Buenos Aires einmal werden sollte.

Es war der nächste Absatz, der sie schockte.

»Die Fotos der so genannten Verschwundenen, die in San Telmo immer wieder die Häuserwände zieren, rufen dem Besucher in Erinnerung, dass Argentinien einen traurigen Rekord im Hinblick auf frei herumlaufende Massenmörder und folternde Psychopathen hält. Kaum einer der Handlanger des argentinischen Staatsterrorismus, dem zwischen 1976 und 1983 schätzungsweise dreißigtausend Menschen zum Opfer gefallen sind, ist jemals belangt worden. Nicht wenige der Täter wohnen heute in den Häusern derer, die sie damals im Schutz der Militärdiktatur zunächst erpresst und dann ermordet haben. Überlebende dieser staatlichen Folter- und Konzentrationslager dürfen damit rechnen, ihren ehemaligen Peinigern auf offener Straße zu begegnen. Eine juristische Handhabe gegen sie gibt es seit Präsident Menems Amnestiegesetz nicht mehr. Die Mütter und Großmütter dieser Verschwundenen, die in der Mehrzahl zwischen zwanzig und dreißig Jahre alt waren, gehen bis heute jeden Donnerstagnachmittag auf der Plaza de Mayo vor dem Regierungsgebäude vergeblich im Kreis, um Gerechtigkeit für ihre vom Staat verschleppten, gefolterten und ermordeten Kinder und Enkel zu fordern. Der Volksmund nennt sie liebenswürdigerweise *las locas*, die Verrückten.«

Las locas. El loco.

Giulietta lehnte sich zurück, stützte ihren Kopf gegen die Holztäfelung und fixierte die Rotorblätter des Deckenventilators. Sie wischte sich den Schweiß von der Stirn und machte dem Kellner matt ein Zeichen, dass sie gerne noch ein Glas Wasser hätte. Sie begann, dieses Buch zu hassen. 1976. Da war sie noch nicht einmal geboren gewesen. Sie wusste nicht, warum es hier eine Militärdiktatur gegeben hatte. Recht besehen, wusste sie überhaupt nichts über dieses Land oder sonstige Länder in dieser Region. Brasilien, Chile, Paraguay, Uruguay. Ihre Assoziationen hierzu waren ein diffuses Gemisch aus Reiseeindrücken von Freunden oder Bekannten – und Zeitungsmeldungen, die austauschbar waren. Über Chile stand zur Zeit durch die Verhaftung Pinochets sehr viel in den Zeitungen. Außerdem waren die Exilchilenen in Berlin immer sehr aktiv gewesen. Das war in Form von Flugblättern und soundso vielen Einladungen zu Benefizkonzerten für Menschenrechtsgruppen sogar in die abgeschotteten Räume ihrer Ballett-Schule vorgedrungen. Allende war ihr ein Begriff. Und sie hatte auch einmal einen Film über einen Amerikaner gesehen, dessen Sohn während des Putsches in Chile ermordet

worden war. Jeder kannte diese Bilder des zum Massengefängnis umfunktionierten Fußballstadions in Santiago de Chile. Aber mit Argentinien verband sie keine Eindrücke dieser Art.
Evita. Tango. Maradona.
Das war auch schon alles, was ihr im ersten Moment zu Argentinien einfiel. Ein bekannter Béjart-Tänzer stammte von hier. Lediglich das Bild dieser Mütter mit weißen Kopftüchern, die auf einem Platz im Kreis gehen, dieses Bild hatte sie bereits einmal wahrgenommen. Sie wusste nicht mehr, wann oder wo. Aber es war eines der Bilder, an die sie sich jetzt erinnerte, ein schemenhaftes déjà-vu, wie alle Fernseherinnerungen dieser Art.
Las locas.

7

Am Ende nahm sie ein Taxi zu dieser Schule. Der Wagen hatte glücklicherweise eine Klimaanlage, und sie war froh, nicht völlig verschwitzt vor diesem Herrn Ortmann zu erscheinen. Wie lange würde es wohl dauern, bis ihre Geschichte von der angeblichen Brieffreundschaft mit Damián sie in ein endloses Lügengebäude verstricken würde? Sie hatte sich überhaupt keine Gedanken mehr über ihre kleine Geschichte gemacht, die sie ihm erzählt hatte. Weder darüber, warum sie überhaupt in Buenos Aires war, noch über ihren Kontakt zu Damián. Bevor sie jedoch lange überlegen konnte, hielt der Wagen vor einem beeindruckenden neoklassischen Bau, der sich über einen ganzen Häuserblock erstreckte. Einige Bäume, die davor standen, spendeten wohltuenden Schatten. Offenbar war der Unterricht gerade zu Ende gegangen, denn ein Strom von Schülerinnen und Schülern quoll aus dem Gebäude hervor. Sie war fünf Minuten zu spät. Sie warf nur einen flüchtigen Blick auf die prächtige Fassade und beeilte sich, die Stufen zum Eingang hinaufzugehen. Dann blieb sie aber doch einen Augenblick stehen. Diese Schule hatte eine Eingangshalle, die einem Museum Ehre gemacht hätte. Große Säulen ragten zur Decke empor. Mächtige, von roten Läufern bedeckte Steintreppen führten in die oberen Stockwerke. Bevor

Giulietta jedoch noch einen weiteren Schritt in das Gebäude hinein machen konnte, wurde sie von einem Aufseher neben der Eingangshalle zurückgerufen.

»Aqui no puede entrar.«

»Sorry?«

»Aqui no puede entrar«, wiederholte der Mann und schaute sie unfreundlich an. Dann wies er mit dem Finger nach draußen.

Er saß an einem Holztisch, auf dem einige Kladden herumlagen. In einer Ecke des Tisches klebte eine Telefonliste. Daneben stand ein Telefon. Sie trat an den Tisch heran und sagte nur: »Señor Ortmann, por favor?«

Die Nennung des Namens wirkte. Das Gesicht des Mannes zerfloss augenblicklich zu einem breiten Lächeln, in dem das Bemühen durchschimmerte, seine ruppige Art nachträglich zu dämpfen. Giulietta verstand kein Wort von dem, was er dazu noch erzählte, stellte nur zufrieden fest, dass er eine Nummer wählte und irgendetwas in den Hörer nuschelte.

Keine zwei Minuten später kam ein großer, hagerer Mann die Treppe herunter. Er fixierte sie aus der Ferne, so dass es ihr nicht möglich war ihn zu mustern, ohne seinen forschenden Blick mit einem ebensolchen zu erwidern, was unpassend gewirkt hätte. Daher wartete sie, bis er etwas näher herangekommen war und schaute ihm erst dann erwartungsvoll entgegen.

Jetzt sah sie, dass der Mann nicht hager, sondern klapperdürr war. Sein Gesicht war eingefallen. Unter der Haut seiner breiten Stirn schlängelten sich deutlich sichtbare Adern. Seine ergrauten Haare waren nachlässig frisiert, was einen Eindruck von Zerstreutheit ergeben hätte, wären da nicht diese blauen Augen gewesen, die fast wie zwei Fremdkörper aus seinem eher matt und enttäuscht wirkenden Gesicht herausstrahlten. Der Gegensatz zwischen der Blutarmut des Gesichts, der dünnen Nase und den schmalen Lippen und der Intensität dieser Augen war regelrecht verstörend. Der Rest der Erscheinung steckte in Hosen, Hemd und Jackett, deren farbliche Zusammenstellung zwischen gewagt und misslungen oszillierte oder vielleicht auch das Ergebnis eines übereilten Aufbruchs zur Arbeit war. Aber weitere Beobachtungen konnte sie sich wohl sparen, da Herr Ortmann zweifellos zu der Sorte Menschen ge-

hörte, deren Äußeres so viel über sie aussagte wie die Schranktür eines Tresors über seinen Inhalt.
Er überragte sie fast um einen Kopf, als er vor sie hintrat und ihr die Hand entgegenstreckte.
»Frau Battin? Herzlich willkommen.«
Ob das so gemeint war, schien ihr fraglich. Jedenfalls lächelte der Mann nicht.
»Guten Tag.«
»Gehen wir in mein Büro?«
Er trat sogleich zur Seite und deutete auf die Treppe.
»Es ist ziemlich heiß heute, nicht wahr? Haben Sie gut hergefunden?«
»Ja, danke. Es ist sehr nett von Ihnen, dass Sie sich für mich Zeit nehmen.«
Jetzt gingen sie nebeneinander auf die Treppe zu. Ein paar Schüler grüßten schüchtern den Lehrer und schielten dann neugierig zu ihr ihn.
»Das Schuljahr ist fast zu Ende. Die Prüfungen sind so gut wie abgeschlossen. Sie haben Glück. In einer Woche hätten Sie hier niemanden mehr angetroffen.«
»Ah«, sagte Giulietta überrascht.
»Das Schuljahr geht hier von Februar bis November. Danach ist es zu heiß zum Lernen. Wie lange bleiben Sie in der Stadt?«
»Nur noch ein paar Tage. Ich fliege am Samstag zurück.«
»Nun, da werden Ihnen die richtig schlimmen Tage ja erspart bleiben. Hier geht es hinauf, bitte.«
Die Pracht der Eingangshalle setzte sich auch im ersten Stock fort. Sie durchquerten einen breiten Gang. Hohe Fenster führten auf zwei Innenhöfe hinaus. Einen davon schmückte ein hübscher Steinbrunnen. Bevor sie die Treppe zum nächsten Stock erreichten, kamen sie an einer Bibliothek vorbei. Giulietta konnte im Vorbeigehen nur einen flüchtigen Blick hineinwerfen, doch was sie dort sah, vergrößerte ihr Erstaunen noch. Die deckenhohen, mit Schnitzereien verzierten Bücherregale und die Schreibtische mit geneigter Schreibfläche und grünen Ledereinlagen hätten besser in ein Klosterseminar oder eine Schlossbibliothek gepasst als in ein Gymnasium. Als sie kurz darauf das Lehrerzimmer betrat, wurde ihr endgültig klar, dass diese Schule etwas Außergewöhnliches

sein musste. Das Lehrerzimmer hatte nicht nur die Ausmaße eines Bankettsaals, sondern musste früher auch einmal als solcher gedient haben. Giulietta betrachtete staunend die hohe Stuckdecke und die umlaufende Holzvertäfelung der Wände. Diese schmückten riesige Gemälde, auf denen wilde und bizarre Landschaften dargestellt waren. Ein gewaltiger Tisch mit zwanzig oder dreißig Sesseln beherrschte den Raum. Überall lagen Papiere, Bücher, Fotokopien und sonstige Unterlagen herum. Es gab noch weitere, kleinere Arbeitstische, die allerdings unbesetzt waren. An dem großen Tisch saßen einige Lehrer in ihre Arbeit vertieft. Jedenfalls reagierten sie nicht auf Giuliettas und Herrn Ortmanns Erscheinen. Durch die gegen die Hitze und die Sonneneinstrahlung geschlossenen Fensterläden drang gedämpft Straßenlärm.
Herr Ortmann war Giuliettas Blick auf die Gemälde gefolgt und sagte leise: »Das ist in Patagonien. Eine herrliche Gegend. Fast wie in den Alpen. Und leider fast so weit entfernt. Das heißt, ich übertreibe natürlich.«
Giulietta wusste nicht, was sie erwidern sollte, aber er führte sie bereits durch das Lehrerzimmer hindurch auf einen kleinen Raum zu, bat sie einzutreten, schloss die Tür wieder und signalisierte ihr, auf einem der beiden Sessel Platz zu nehmen. Kaum hatte sie sich gesetzt, bohrten sich wieder diese durchdringenden Augen in sie. Es war nur ein kurzer Moment. War es ihr Äußeres, das diesen Blick verursacht hatte? Aber es war eher so, als suchten die Augen durch ihr Gesicht hindurch in ihr Gehirn zu schauen.
»Leben Sie schon lange in Argentinien?«, fragte Giulietta.
»Ich bin hier geboren. Hat Damián Ihnen das nicht geschrieben?«
»Nein. Er hat nur ein paarmal Ihren Namen erwähnt und dass Sie sein Deutschlehrer seien.«
Er drehte sich um, holte eine Flasche Wasser aus einem kleinen Kühlschrank in der Ecke, nahm zwei Gläser von einem Regal, setzte sich und schenkte die Gläser voll.
»Sie haben sicher auch Durst, nicht wahr?«
»Ja, danke.«
Sie hätte nicht herkommen sollen. Mein Gott, wie peinlich war diese Situation. Der Mann dort hegte aus irgendeinem Grunde Argwohn gegen

sie. Sollte sie ihm einfach die Wahrheit sagen? Aber jetzt wurde Herr Ortmann plötzlich etwas gelöster.
»Meine Eltern sind vor Ausbruch des Zweiten Weltkriegs emigriert«, sagte er. »Sie hatten ein Teppichgeschäft in Bottrop. Meine Mutter war Jüdin. Das Konkurrenzgeschäft am Platz gehörte Deutschen. Nach der Reichskristallnacht stand das Geschäft meiner Eltern nicht mehr. Abgebrannt. Immerhin sind sie noch lebend herausgekommen. Aber diese Geschichten kennen Sie ja sicher aus Schulbüchern.«
War da etwas Spott in seiner Stimme?
»Es ist immer etwas anderes, jemandem zuzuhören, der von diesen Vorgängen direkt betroffen war.«
»Da haben Sie Recht. Sie sagten, Sie kommen aus Berlin?«
»Ja.«
»Hat es sich sehr verändert seit dem Mauerfall?«
»Es ist eine ganz andere Stadt geworden.«
»Besser oder schlechter?«
»Das hängt davon ab, wen Sie fragen.«
»Die Ostdeutschen oder die Westdeutschen?«, fragte er und lächelte zum ersten Mal ein wenig.
Giulietta nippte an ihrem Wasser und sagte dann: »Nein. Die Pessimisten oder die Optimisten. Und die gibt es überall. Kennen Sie Berlin?«
»Nur West-Berlin«, erwiderte er, »ich war 1985 das letzte Mal in Deutschland.«
Er verstummte und richtete wieder diesen irritierenden Blick auf sie.
»Aber sagen Sie«, fuhr er dann fort, »was hat Sie nach Buenos Aires verschlagen?«
Jetzt war es heraus. Sie hatte gewusst, dass diese Frage kommen würde.
»Eine Meisterklasse«, sagte sie schnell. »Am Teatro Colón. Ich bin Ballett-Tänzerin.«
Zum ersten Mal im Verlauf dieses Gesprächs fühlte sich Giulietta nicht mehr in der Defensive. Ortmann schien für einen Augenblick regelrecht verblüfft. Dann huschte ein Anflug von Ungläubigkeit durch sein Mienenspiel, bevor sein eigenartiges Gesicht sich wieder verschloss.
»Sie sind von Berlin nach Buenos Aires geflogen, um Ballett-Unterricht zu nehmen?«

»Es ist nicht irgendein Unterricht. Kennen Sie sich ein wenig mit Ballett aus?«
Ortmann schüttelte den Kopf. »Nein. Leider nicht.«
»Dann wird Ihnen der Name des Lehrers nicht viel sagen. Ich will es mal so ausdrücken: wer das Glück hat, für eine Meisterklasse mit diesem Lehrer zugelassen zu werden, der fliegt zur Not auch von Chicago nach Sydney, um mitmachen zu dürfen. Es war ein Examensgeschenk meiner Eltern. Daher bin ich für zehn Tage hier.«
Mein Gott, hoffentlich prüfte der Mann das alles nicht nach. Sie musste schnell von diesem Thema wegkommen.
»Haben Sie Damián eigentlich einmal tanzen sehen?«, fuhr sie fort.
Es war das zweite Mal, dass der Mann für einen kurzen Augenblick seine Fassung verlor.
»Tanzen?«, fragte er ungläubig. Sein reservierter, misstrauischer Gesichtsausdruck hatte jetzt blankem Erstaunen Platz gemacht. »Wieso tanzen?«
»Damián ist doch Tangotänzer«, erwiderte Giulietta ruhig, nicht ohne eine gewisse Genugtuung darüber zu verspüren, den Mann verunsichert zu haben. Sicher, was sie hier tat, war ungehörig. Sie schwindelte ihm etwas vor. Aber dass Damián Tangotänzer war, entsprach der Wahrheit. Wenigstens das war unumstritten. Der Mann vor ihr auf seinem Sessel schien aus allen Wolken zu fallen. Es war also völlig umsonst gewesen, hierher zu kommen. Er wusste überhaupt nichts über Damián, hatte ihn offenbar seit Jahren nicht mehr gesehen und nicht einmal davon gehört, was aus ihm geworden war. Wie sollte er also wissen, wo sie ihn finden könnte. Aber warum hatte er sie dann überhaupt treffen wollen?
»Wussten Sie das nicht? Das war mit ein Grund, warum ich ihn gerne getroffen hätte«, fuhr sie fort. »Sie wissen also nicht, wo ich ihn erreichen kann?«
Der Mann schüttelte den Kopf. »Nein. Das weiß ich nicht.«
Danach entstand eine unangenehme Pause. Herr Ortmann schien jetzt völlig verwirrt zu sein. Er schaute sie an, als habe sie ihm eine furchtbare Enthüllung gemacht, die er einfach nicht glauben konnte. Die Situation wurde unerträglich. Sie lächelte unsicher, erhob sich und sagte: »Nun denn, das ist schade. Aber trotzdem vielen Dank, dass Sie mich empfangen haben.«

Er schaute sie schweigend an.
»Sie haben sicher viel zu tun«, fuhr sie fort, »und ich muss auch bald ins Theater zurück.« Sie streckte ihm die Hand entgegen. Er stand ebenfalls auf, ging ohne eine Erwiderung an den Schreibtisch, der hinter ihm stand und griff nach einer Akte, die dort auf dem Tisch lag.
»Ich habe in den alten Unterlagen nachgeschaut und die Adresse seiner Eltern herausgesucht«, sagte er. »Sie können Ihnen bestimmt sagen, wo er sich aufhält. Damiáns Vater ist seit den letzten Wahlen ein sehr beschäftigter Mann, aber bestimmt erreichen Sie seine Mutter. Es sind gebildete Leute. Ich denke, Sie können Englisch mit ihnen sprechen. Hier ist die Adresse.«
Er löste einen dieser selbstklebenden gelben Zettel vom Aktendeckel ab und reichte ihn ihr. Sie schaute kurz darauf und steckte ihn ein. »Danke, das ist sehr freundlich von Ihnen.«
»Keine Ursache«, erwiderte er. »Und entschuldigen Sie, dass ich Sie hierfür extra herkommen ließ, aber Ihr Anliegen war doch etwas ungewöhnlich, daher wollte ich mir zunächst ein Bild von Ihnen machen, bevor ich Ihnen diese Adresse gebe. Ich hoffe, Sie haben dafür Verständnis.«
»Sicher«, sagte sie, »ich würde genauso handeln.«
»Wissen Sie, dies ist ein kompliziertes Land …«
»Aha …?«
»… und Familie Alsina ist keine gewöhnliche Familie. Damián ist ein außergewöhnlicher Junge, das heißt, heute ist er ja wohl ein junger Mann. Falls Sie ihn noch treffen sollten, so grüßen Sie ihn bitte von mir.«
»Sicher, das werde ich tun.«
»Tangotänzer, sagten Sie.«
Giulietta nickte. »Das hat er mir jedenfalls geschrieben.«
»Wann hatten Sie denn das letzte Mal Kontakt mit ihm?«
»Im Sommer 1997, also im August oder September, glaube ich.«
Jetzt hielt sie es fast nicht mehr hier aus. Sie spürte einen Kloß im Magen. Es kostete sie einige Mühe, sich zusammenzureißen. Warum log sie diesem Mann etwas vor? Natürlich war er misstrauisch. Sie konnte ja üble Absichten haben. Doch zugleich war sie maßlos enttäuscht über dieses Gespräch. Was hatte sie sich nur davon versprochen?

»Eigenartig«, sagte der Mann. »Wissen Sie, Damián hat die Schule vorzeitig verlassen. Ich habe mich oft gefragt, warum? Er war sehr begabt, müssen Sie wissen. Aber dass er Tänzer geworden sein soll, das überrascht mich doch sehr. Ich meine, er war so völlig das Gegenteil eines … ja, wie soll ich sagen …?«

Er schüttelte verständnislos den Kopf.

»Vielleicht war das ja nur eine Phase«, schlug Giulietta vor und überlegte nur noch, wie sie schnell aus diesem Zimmer herauskommen konnte. Doch Herr Ortmann schien auf einmal ein reges Interesse an diesem Gespräch zu entwickeln. Ohne sich darum zu kümmern, dass sie bereits stand, setzte er sich wieder hin.

»… sehen Sie, ich hatte damals schon von ihm gehört, weil er diesen Astronomiepreis gewonnen hatte.« Er sprach, ohne aufzuschauen, als denke er laut. Dann, nach einer kurzen Pause, blickte er zu ihr auf und fuhr fort: »Sie werden schon gemerkt haben, dass dies hier kein gewöhnliches Gymnasium ist. Es ist eine Eliteschule, in die Sie nicht einmal mit Geld oder Beziehungen hereinkommen. Sie müssen schwierige Prüfungen bestehen, um hier aufgenommen zu werden, und wenn Sie hier Abitur machen, können Sie ohne Aufnahmeprüfung an den Universitäten der Stadt studieren. Aber bitte, setzen Sie sich doch noch für einen Augenblick, oder müssen Sie schon ins Theater zurück?«

Giulietta schaute auf die Uhr, tat so, als rechnete sie, setzte sich dann und sagte: »Etwas Zeit habe ich noch.«

»Damián«, fuhr er fort, »war in der Schule schon bekannt, bevor er zu mir in den Deutschunterricht kam. Der Mathematiklehrer schwärmte von ihm. Es gibt hier eine richtige Sternwarte im Dachgeschoss und immer wieder Schülergruppen, die an internationalen Wettbewerben teilnehmen. 1991 war Damián in solch einer Gruppe. Es ging um die Bewegung der Jupitermonde. Ich kenne mich damit nicht aus, aber die Gruppe gewann den ersten Preis. Vom Mathematiklehrer weiß ich, dass Damián den größten Anteil an der Lösung der schwierigen Gleichungen gehabt hat. Er war ein Musterschüler. Ein Jahr später begann er plötzlich zu fehlen. Zunächst dachte sich niemand etwas dabei. Wir vermuteten, dass er sich langweilte und »libre« werden wollte …«

»Libre?«

»Man muss hier nicht zum Unterricht kommen. Wer will, schreibt sich als … wie sagt man das im Deutschen … Freigänger …«
»Nein.« Giulietta musste lachen. »So nennt man, glaube ich, Gefangene im offenen Strafvollzug.«
»Natürlich. Mein Deutsch ist auch nicht mehr, was es einmal war. Also, Sie verstehen, was ich meine?«
Der Mann war allmählich wie ausgewechselt. Sein Gesicht wirkte plötzlich lebendig. Giulietta hatte keine Erklärung dafür, aber während sie ihm zuhörte, beschlich sie eine Ahnung. Dieser Lehrer schien Damián sehr gemocht zu haben. Würde er sonst so von ihm erzählen, sich an solche Einzelheiten erinnern? Und warum war sein Misstrauen plötzlich wie weggefegt? Warum erzählte er ihr das alles? Erst gegen Ende begriff sie es: der Mann hatte das gleiche Problem wie sie selbst. Damián war ihm ein komplettes Rätsel.
»… er kam einfach nicht mehr zum Unterricht. Nur zu mir kam er noch eine gewisse Zeit. Die anderen Lehrer fragten mich sogar irgendwann, ob ich wüsste, was mit ihm sei. Aber ich hatte keine Ahnung und sah auch keine Veranlassung, mich einzumischen. Schließlich war die Teilnahme am Fach Deutsch freiwillig. Ich weiß nicht einmal, warum er es gelernt hat. Ich vermutete, es war einfach eine intellektuelle Herausforderung für ihn. Sie sagten ja selbst, wie fehlerlos seine Briefe waren. Er ließ alles andere schleifen und lernte nur noch Deutsch. Ich weiß, dass es einen Riesenkrach mit seinen Eltern gab. Danach ging es eine Weile gut, und dann kam er überhaupt nicht mehr, auch nicht zum Deutschunterricht. Ende 1992 erschien er nicht zu den Examina und wurde der Schule verwiesen. Seither habe ich nichts mehr von ihm gehört. Aber das Letzte, was ich erwartet hätte, ist das, was Sie mir heute berichtet haben. Tangotänzer …«
Er schüttelte den Kopf.
»Man weiß einfach nie, was in den Menschen steckt, nicht wahr?«
Giulietta hatte ungläubig zugehört. Mathematik? Astronomie? Musterschüler? Unmöglich, dass sie von der gleichen Person sprachen. Sie hatte stumm zurückgerechnet. 1992. Da war er sechzehn gewesen. Zwei Jahre später hatte er Nieves erobert. Sie konnte sich leicht vorstellen, was es bedeutete, in so kurzer Zeit ein solches tänzerisches Niveau erreicht zu

haben. Kein Wunder, dass er nicht mehr in der Schule aufgetaucht war. Er musste wie ein Verrückter trainiert haben. Er war irgendwie mit diesem Tanz in Kontakt gekommen und hatte eine ganz andere Seite seines Wesens entdeckt. So etwas kam öfter vor. Sie kannte solche Fälle aus dem Ballett. Sogar manche der großen Stars hatten spät begonnen.
»Aber seine Schulfreunde wussten doch bestimmt von seinem neuen Hobby, oder?«
»Offenbar nicht, denn das hätte ich erfahren«, sagte Ortmann und legte die Akte, die er die ganze Zeit auf dem Schoß gehabt hatte, wieder auf den Tisch zurück. »Damián brach nicht nur die Schule ab. Er zog sich völlig zurück. Manche dachten sogar, er wäre in eine andere Stadt gezogen.«
Jetzt war sie sich sicher. Ortmann hatte Damián sehr gemocht. Sein Werdegang beschäftigte ihn noch, obwohl er seit Jahren nichts mehr von ihm gehört hatte.
»Lernen viele Schüler hier Deutsch?«, fragte sie dann.
»Nein, nicht sehr viele. Ich unterrichte das nur, weil es sonst keiner macht. Von der Ausbildung her bin ich Englischlehrer. Das wollen alle hier lernen. Mit Deutsch kann man nicht viel anfangen.«
»Und Damiáns Familie. Hat sie irgendwelche Kontakte nach Deutschland? Ich meine, es ist doch interessant, dass er die Sprache lernen wollte, oder?«
Ortmann schaute sie an. Sein Argwohn war völlig verschwunden, und Giulietta fühlte sich angesichts des Theaters, das sie diesem Menschen vorspielte, zunehmend unwohl. Doch wie konnte sie ihre kleine Notlüge jetzt bereinigen? Würde er dann nicht sofort wieder auf Distanz gehen? Und sie wollte doch noch mehr hören.
»Damiáns Familie ist hier seit Generationen verwurzelt, was bei einem so jungen Land wie Argentinien so viel bedeutet, als ob Sie von Abraham oder den Kelten abstammen. Alsinas gibt es hier wie Mate-Kraut.«
»Ja«, unterbrach sie ihn, »ich habe im Telefonbuch nachgeschaut. Der Name ist ziemlich häufig.«
»Fernando Alsina ist seit den Wahlen Staatssekretär für Wirtschaftsfragen. Wenn Sie die Zeitung aufschlagen, finden Sie wahrscheinlich hier und da ein Foto von ihm. Ihm ist so ziemlich alles im Leben gelungen,

bis auf seinen Sohn … Sie verzeihen, das ist etwas unbeholfen ausgedrückt.«
»Nein, nein«, sagte Giulietta beschwichtigend, »ich verstehe schon, wie Sie das meinen. Damián hat seine Familie durch seine Berufswahl und den Schulabbruch wahrscheinlich sehr enttäuscht. Er hat mir nie etwas davon geschrieben.«
»Ist es sehr indiskret zu fragen, worüber er geschrieben hat?«
»Nein. Ich meine, was schreibt man sich schon in solchen Brieffreundschaften?«
»Ich wusste gar nicht, dass im Zeitalter von E-Mail noch Brieffreundschaften entstehen«, sagte Ortmann und holte die Wasserflasche wieder aus dem Kühlschrank.
»Ja, vermutlich wird das allmählich selten.« Sie würde jetzt gehen müssen. Jeden Moment würde sie sich verraten. Aber Ortmann schenkte ihr das Glas voll und machte keine Anstalten, die Unterhaltung zu beenden.
»Die Alsinas wohnen im Barrio de Pilar. Das ist ein Villenvorort von Buenos Aires, schwierig zu erreichen. Aber sie haben natürlich auch eine Wohnung in der Stadt, in Palermo. Das ist nicht weit von Ihrem Hotel entfernt. Ich habe Ihnen beide Telefonnummern aufgeschrieben. Ich hoffe, sie stimmen noch, denn nach den Wahlen hat Herr Alsina sicher Personenschutz und vielleicht auch neue Telefonnummern bekommen.«
Giulietta unterbrach ihn. »Es ist nicht so wichtig. Wirklich. Ich werde anrufen und …«
»Vielleicht sollte ich das für Sie tun?«
»Das ist nicht notwendig. Ich habe Sie schon genügend belästigt.«
Jetzt schaute er sie an, als bereute er das Gespräch mit ihr. Was war nur mit diesem Mann los? Erst war er distanziert und abweisend gewesen. Dann hatte er plötzlich Vertrauen zu ihr gefasst und war fast ins andere Extrem verfallen. Und jetzt sah er auf einmal sorgenvoll aus, bekümmert.
Mit einem Mal senkte er seine Stimme und sagte: »Frau Battin. Schwören Sie mir, dass Sie mir die Wahrheit gesagt haben? Warum suchen Sie Damián?«
Giulietta wurde blass. Schweiß trat ihr auf die Stirn. Ihr Herz begann zu

klopfen. Was fiel diesem Mann bloß ein? Nein, sie hatte nicht die Wahrheit gesagt, aber sie hatte auch nicht gelogen. Sie suchte Damián aus persönlichen Gründen, die so kompliziert zu erklären waren, dass ihre kleine Notlüge nichts Verwerfliches an sich hatte. Doch der Ton, den die Stimme ihres Gesprächspartners angenommen hatte, war auf einmal bedrohlich, als verdächtige er sie irgendwelcher finsterer Pläne. Sie riss sich zusammen, setzte das unschuldigste Mädchenlächeln auf, zu dem sie im Stande war, errötete sogar ein wenig und sagte: »Weil mir der Junge gefiel, der mir damals diese Briefe geschrieben hat. Aber ich muss jetzt wirklich gehen.«

Sie erhob sich. Auch Ortmann stand auf. Er sah jetzt noch zerknirschter aus als zuvor. »Bitte warten Sie noch einen Augenblick.«

Seine Stimme war nun gerade noch ein Hauch. Er ging sogar zur Tür, schaute kurz hinaus, ob niemand in der Nähe war. Dann drehte er sich wieder zu ihr um und sagte: »Damiáns Verhältnis zu seinen Eltern ist nicht besonders gut. Fernando Alsina ist ein sehr jähzorniger Mensch. Als Damián damals diese Pubertätsprobleme hatte, hat sein Vater große Fehler gemacht. Ich glaube, er ist Schuld daran, dass Damián sich so extrem verhalten hat. Ich kann Ihnen also nicht sagen, wie die Familie auf Ihren Anruf reagieren wird. Soviel ich weiß, haben sie den Kontakt zu Damián sogar abgebrochen. Nur damit Sie vorbereitet sind …«

Giulietta nickte und bewegte sich langsam zur Tür. Sie wollte raus hier. Weg von diesem Mann, der ihr in seiner sich wandelnden Art immer unheimlicher wurde. Irgendetwas stimmte nicht mit ihm. Aber sie verspürte keinerlei Lust, herauszufinden, was es war. Er konnte ihr nicht weiterhelfen. Damiáns Familie interessierte sie nicht. Sie würde ohnehin nicht dort anrufen. Schon der Besuch bei diesem Lehrer war Irrsinn gewesen. Sie würde in den Tangokreisen herumfragen, und wenn sie keinen direkten Kontakt zu im aufnehmen konnte, am Samstag zurückfliegen. Sie hatte nicht genügend Kraft für diese Situation, diese Stadt, diese eigenartigen Menschen.

»Ich danke Ihnen für alles«, sagte sie und streckte ihm die Hand entgegen. »Ich muss nun leider wirklich ins Theater zurück.«

»Ach ja, natürlich. Entschuldigen Sie.«

Das wurde ja immer besser. Jetzt entschuldigte er sich auch noch. Ort-

mann begleitete sie durch das Lehrerzimmer bis zur Tür, blieb dann jedoch nach einem kurzen Händeschütteln auf der Schwelle stehen und sah zu, wie Giulietta die Treppe hinabging. Auf halber Strecke drehte sie sich noch einmal um, betrachtete die hagere Gestalt dort und winkte kurz. Der Mann hob leicht die linke Hand zum Gruß. Er schaute ihr hinterher wie einem Geist, der sich in Luft auflöst.
Giulietta kämpfte mit den Tränen. Warum war hier alles so seltsam? So eigenartig? Jetzt war sie wieder allein. Endlose Stunden lagen vor ihr, ohne konkrete Beschäftigung, ohne Ziel, ohne einen Menschen, mit dem sie sprechen konnte. Sie lief schnell durch die Eingangshalle, ohne einen weiteren Blick auf die prächtige Ausstattung zu werfen. Draußen blendete sie der helle Nachmittag, und die Luft schlug ihr wie ein heißes Tuch ins Gesicht. Der Vorplatz war nun verödet. Nur die allgegenwärtigen Taxis schlichen auf der Calle Bolívar vorbei.
Sie wusste schlechterdings nicht, wohin sie gehen sollte. Sie schlenderte ein paar Schritte die Straße hinauf, überquerte die Calle Yrigoyen und fand sich plötzlich in einem hübschen, an die Kolonialzeit erinnernden Innenhof eines der früheren Regierungsgebäude wieder. Es war der erste Ort in dieser Stadt, der ein wenig dem pittoresken Stereotyp einer lateinamerikanischen Atmosphäre entsprach: weiß gestrichene Wände, Bänke aus dunklem Holz, Blumen und üppige Pflanzen, eine Kapelle. Giulietta setzte sich auf eine der Bänke und blickte ratlos die hohen Mauern hinauf, die den Hof umgrenzten.
Es war alles umsonst. Sie hatte sich geirrt. Damián. El loco. Der Verrückte. Ein Tangotänzer aus solch einer Familie? Er war aus unmöglichen Teilen zusammengesetzt, dieser Mann. Sie musste an Lutz denken, an seine Bemerkungen über Damiáns Besonderheiten und die Anfeindungen, denen er in Buenos Aires ausgesetzt war. Offenbar stammte Damián aus der Oberschicht. Sie versuchte, ihn sich vorzustellen, den jungen, hoch intelligenten Streber, der Mathematikwettbewerbe gewinnt. Das passte überhaupt nicht zusammen. Aber gut, Menschen änderten sich. Doch Damián hatte offenbar eine solch extreme Wandlung durchgemacht, dass sogar seine Eltern sich von ihm distanziert hatten. War so etwas überhaupt vorstellbar? Hatte er womöglich eine gestörte Persönlichkeit? Warum hatte sie sich neben ihm so wunderbar gefühlt,

so eine unbegreiflich tiefe Verbindung zu ihm gespürt? Weil du naiv bist, sagte eine Stimme in ihr. Weil du nie im Leben in dieses Theater in den Hackeschen Höfen hättest gehen sollen. Weil du einem dahergelaufenen Spinner mehr glaubst als deinem eigenen Vater.
Sie sprang auf, um diese Stimme in ihrem Kopf auszuschalten. Wenigstens eine Woche, rief sie innerlich dagegen an. Wenigstens eine Woche bleibe ich und suche ihn. Ich will ihm in die Augen sehen. Ich muss eine Antwort haben. Ein heulender Hupton ließ sie erstarren. Zwanzig Zentimeter vor ihrem Gesicht war eine rote Mauer aus dem Boden gewachsen. Sie schrak zurück und starrte bestürzt auf den Autobus, in den sie fast hineingelaufen wäre. Der Fahrer gestikulierte wütend mit den Händen. Einige Gesichter hinter den Scheiben schauten auf sie herab, müde und verwundert.

Der erste Stock der Confitería Ideal wirkte noch schmuddeliger als das etwas heruntergekommene Erdgeschoss, das Giulietta zwei Tage zuvor erlebt hatte. Zwar war auch hier oben die alte Pracht noch deutlich zu erkennen, die Säulen aus rotem Marmor, die Art-déco-Leuchter, die geschnitzte Holzdecke – aber noch deutlicher waren die Zeichen des Verfalls: die gelbe Nikotinschicht auf den Wänden, die verstaubten Querverstrebungen der Stuhlbeine, die durchgewetzten blassrosa Tischdecken, teilweise mit Brandlöchern und ausgefransten Säumen. An den Wänden schlängelten sich weithin sichtbar Gasleitungen auf Geräte zu, die wie geborstene Röhrenradios aussahen. Tatsächlich handelte es sich um Glühstrümpfe, die vor grau schimmernde Blechreflektoren montiert waren und im Winter offenbar als Heizvorrichtung dienen sollten. Dagegen wirkten die wagenradgroßen Gitterventilatoren mit dem Fabrikationsdatum 1937 geradezu modern. Emailleschildchen an den Wänden wiesen darauf hin, dass man aus Hygienegründen nicht auf den Boden spucken möge, eine Mahnung, die sich glücklicherweise mit den Jahren erübrigt zu haben schien.
Über dem ganzen Tanznachmittag schwebte eine morbide Stimmung.

Der Gesamteindruck – eine Mischung aus Altersheim und Ball der einsamen Herzen – war ernüchternd, wenn nicht niederschmetternd. Die Tanzpaare stolperten bemüht dem komplizierten Rhythmus hinterher, der aus den Lautsprechern schepperte. Sie hielten sich fest umschlungen, um bei den schwierigen, verwackelten Figuren nicht das Gleichgewicht zu verlieren

Giulietta hatte bereits vier Tanzeinladungen abgelehnt und sah nun mit Schrecken einen älteren Herrn mit schiefsitzendem Toupet auf sich zukommen, der unbeeindruckt von den Misserfolgen seiner Vorgänger versuchte, sie auf die Tanzfläche zu bewegen. Sie verneinte freundlich, aber bestimmt, schaute vor sich auf den Tisch und nippte an ihrer Cola. Hatte Damián nicht gesagt, in Argentinien wäre die Aufforderung zum Tanz von einem subtilen Mienenspiel und verborgenen Blickwechseln begleitet, die einem dieses peinliche Körbegeben ersparen sollte? Wo sollte sie eigentlich noch hinschauen, um zu signalisieren, dass sie nicht zu tanzen wünschte? Sie konnte es ja auch gar nicht. Sie beschloss, innerhalb der nächsten fünf Minuten das Weite zu suchen. Es wäre der deprimierende Abschluss eines weiteren Tages in dieser Stadt, der sie keinen Schritt vorangebracht hatte.

Wie sollte sie nur herausfinden, ob es hier jemanden gab, der Damián kannte? Vor ihr im Saal tanzten vermutlich dreißig oder vierzig Paare. War dies eine repräsentative Auswahl der Tangopopulation von Buenos Aires oder war sie hier in einem entfernten Randbezirk dieses unbekannten Kosmos gestrandet? In Berlin hatte sie den Eindruck gehabt, dass es ein Tanz war, der viele junge Anhänger hatte, aber offenbar war dies die Ausnahme. Bemüht, suchende Männerblicke zu vermeiden, musterte sie verstohlen die wenigen Besucher, die in ihrem Alter waren. Einige Tische entfernt, direkt neben der Treppe, die zur Bühne hinaufführte, saßen zwei junge Frauen. Sie hatten beide noch nicht getanzt. Giulietta vermutete, dass sie gleichfalls Touristinnen sein mussten. Gleiches galt wohl für einen jungen Mann, der zwei Tische hinter den beiden Frauen saß. Er war ohne ersichtliche Begleitung. Giulietta hatte ihn bereits tanzen sehen. Vielleicht gab es ja rothaarige Argentinier mit Sommersprossen, aber sie hätte eine Wette darauf abgeschlossen, dass der Mann Amerikaner war. Offenbar tanzte er schon eine Weile, denn

er bewegte sich recht sicher durch das Gewimmel und hatte außerdem die etwas verhaltene, unbestimmte Art der anderen Besucher verinnerlicht. Viele Blicke gingen hin und her, aber zugleich signalisierten nicht wenige Besucher ihre Tanzwünsche unverschlüsselt und direkt. Entweder waren die Sitten und Gebräuche etwas in Fluss geraten, oder dieses Lokal war nicht repräsentativ.
Giulietta blätterte in einer Zeitschrift herum, die sie am Eingang bekommen hatte. *Tangauta* stand auf dem Deckblatt. Offenbar eine Art Reklameheft für Tangolokale. Die Artikel verstand sie nicht, aber die vielen Fotos und Anzeigen sprachen für sich. Wo immer sie hier gestrandet war: es war offensichtlich nur die erste Landzunge eines ganzen Kontinents. Sie stieß auf allerlei Werbeanzeigen anderer Lokale. Während sie hier in der Confitería Ideal saß, konkurrierten zugleich sechs weitere Tanzstätten um die Gunst des Publikums. Als sie umblätterte, fand sie eine Tabelle, welche die laufenden *clases* und *practicas* verzeichnete, was wohl Kurse und Übungstermine sein sollten. Eine weitere Seite listete sämtliche *Milongas* auf, die abendlichen Tanztermine, die nicht weniger zahlreich waren. Giulietta errechnete mit Staunen, dass es zu jedem Zeitpunkt der Woche etwa ein Dutzend unterschiedliche Möglichkeiten gab, sich in irgendeiner Weise mit Tango zu beschäftigen. Richtung Wochenende stieg diese Rate auf das Doppelte an. Sie fand eine Liste der Lokale, die über vier Spalten ging. Das Gleiche galt für die Auflistung der Lehrer. Wenige Sekunden später gefror ihr Blick auf einer Eintragung. Vor einem Lokal names *Cátulo* stand: *Nieves Cabral.* Keine Adresse, aber eine Telefonnummer. *On parle français.* Damián war nirgends erwähnt.
Als sie wieder aufschaute, sah sie plötzlich ein Gesicht, das sie kannte. Der Mann stand links neben dem Eingang. Trotz der Entfernung spürte sie, dass er sie beobachtet hatte. Diese heftig blinzelnden Augen. Es war der Mann aus dem Autobus. Es musste ein Zufall sein. Vermutlich hatte er sie auch wieder erkannt und sich gewundert, dass sie in diesem Lokal verkehrte. Oder hatte er das Gespräch belauscht, das sie mit dem Mädchen in der Busstation geführt hatte? Der Name dieses Cafés war mehrmals gefallen. Jetzt drehte er sich um und lief schnurgerade zum Ausgang. Vielleicht war er einer dieser Männer, die Frauen verfolgen, weil

sie nicht den Mut haben, sie anzusprechen? Sie verwarf den Gedanken sogleich. Sie begann wohl schon Gespenster zu sehen.
In dieses Lokal käme sie ohnehin nicht mehr. Ihr ganzer Plan war Unsinn gewesen. Sollte sie von Tisch zu Tisch gehen und nach Damián fragen? Unmöglich. Sie griff nach ihrer Zeitschrift, legte drei Pesos neben den Kassenbon auf ihren Tisch und wartete auf das Ende der Tanzrunde. Sie würde heute Nacht Lutz anrufen. Warum hatte sie daran noch überhaupt nicht gedacht? Vielleicht kannte er Damiáns Adresse? Oder zumindest jemanden, der ihr helfen könnte, sich hier durchzufinden. Es konnte doch einfach nicht wahr sein, dass es ihr nicht gelingen sollte, ihn zu treffen?
Ihre Stimmung verdüsterte sich zunehmend, während die Tanzpaare an ihr vorbeischwebten. Sie war unaufmerksam, lauschte kaum der Musik, wartete auf das Ende dieser Runde, folgte teilnahmslos den Bewegungen der Beine auf dem Parkettausschnitt in ihrem Blickfeld und überlegte bereits, was sie mit dem Rest dieses Tages nur anfangen sollte. Vielleicht ins Kino gehen oder einen weiteren Mittagsschlaf einlegen, um dieser Hitze zu entkommen?
Und dann war ihr etwas aufgefallen. Keine zwei Meter von ihrem Tisch entfernt hatte eine Frau ihren Partner mit einer schnellen Bewegung mitten in der Drehung gestoppt und dann sein Bein weggehebelt. Das war Damiáns Schritt! Die Schlusssequenz aus der abgewandelten Form von *Primera Junta*, die sie in Claudias Studio beobachtet hatte. Diese Frau tanzte Damiáns *sacada*! Giulietta hob den Kopf und fixierte sie. Doch sie wich gerade zur Seite aus und bewegte sich seitlich an ihrem Partner vorbei, so dass Giulietta ihr Gesicht nicht sehen konnte. Dann schob sich ein weiteres Tanzpaar dazwischen, und als sie endlich einen halbwegs unverstellten Blick auf das Paar erhaschte, war die Entfernung schon recht groß.
Sie war ihr bisher nicht aufgefallen. Doch der Schritt, den sie eben getanzt hatte, machte sie nun für Giulietta zum einzigen hellen Punkt in einem Meer von Düsternis. Sie reckte den Hals, versuchte im Gewimmel der hin und her wogenden Körper die Spur dieser Frau nicht zu verlieren und fieberte dem Augenblick entgegen, da sie wieder auf ihrer Höhe sein würde. Kurzzeitig vermeinte sie, ihre Gestalt am äußersten

Ende der Tanzfläche gesehen zu haben, doch zu viele Paare verstellten die Sicht. Kurz darauf war sie auf Höhe der Bühne erschienen. Ihr Partner hatte Giulietta den Rücken gekehrt und verharrte gerade bewegungslos zwischen zwei anderen Paaren, die ihm den Weg versperrten. Und in dieser kurzen Pause schaute die Frau hoch und fixierte ihren Partner. Giulietta sah ein sonnengebräuntes Gesicht mit hellen Augen. Die Haare der Frau waren kurz und strohblond. Ihre Mundpartie war durch die Schulter des Mannes verdeckt. Aber dafür sah sie ihre linke Hand auf der Schulter des Mannes: eine feingliedrige Hand, mit zwei großen Ringen am Ring- und Mittelfinger. Jetzt fasste sie ihren Tanzpartner enger, ließ ihre Finger auf seinen Nacken wandern und schloss die Augen. Die beiden bewegten sich noch immer nicht vom Fleck, schienen aber seltsamerweise die Einzigen zu sein, die mit der Musik tanzten. Außer einem sanften Wiegen verharrten sie in völliger Ruhe. Und dann glitten sie plötzlich wieder in eine raumgreifende Bewegung, reagierten auf das anschwellende Schnauben des Bandoneons, das aus den Lautsprechern fauchte. Nach wenigen Augenblicken waren sie schon wieder an ihr vorbei. Doch jetzt hatte Giulietta einen guten Blick auf die beiden erhaschen können. Die Frau hielt ihre Augen geschlossen. Ihr Oberkörper war fest mit der Brust ihres Tanzpartners verschmolzen, während ihr Unterkörper und ihre Beine fast übernatürlich weit von den seinen entfernt waren, so dass der Gesamteindruck des Paares an ein umgedrehtes »V« erinnerte. Sie waren ein Körper mit vier Beinen. Nur manchmal, während kleiner Pausen, wenn der Tanzfluss durch das Gedrängel ins Stocken geriet, hob die Frau ein wenig ihren linken Arm, streckte ihn wie zum Atemholen in den Raum über der Schulter ihres Tanzpartners hinaus und ließ ihn dann sanft wieder in die Umarmung zurückgleiten. Die Geste hatte etwas Aktives und Passives zugleich, wie ein selbstverursachtes Fallen. Was immer es war, die Frau genoss es in vollen Zügen.

Sie trug helle Leinenhosen und eine dünne weiße Bluse, unter der sich die Umrisse ihres BHs abzeichneten. Ihr Körper war schlank und mädchenhaft. Ihre Bewegungen waren indessen sehr genau und gut kontrolliert. Aber sie tanzte weder den Stil der argentinischen Tänzerinnen, die Giulietta in Berlin gesehen hatte, noch schien sie eine klassische Ausbil-

dung gehabt zu haben. Sie tanzte erheblich besser als die meisten hier, doch eine Tänzerin war sie mit Sicherheit nicht. Aber all das war völlig gleichgültig. Sie musste bei Damián Unterricht genommen haben. Oder zumindest war dies sehr wahrscheinlich, es sei denn, Damiáns eigentümliche Schrittkombinationen hatten schon das Stadium erreicht, wo sie ihrerseits kopiert und weitergegeben wurden.
Giulietta beschloss, wenigstens diesen einen Versuch zu wagen. Hoffentlich konnte die Frau etwas Englisch oder Französisch. Sie würde sie auf diesen Schritt hin ansprechen. Das war wenigstens ein halbwegs natürlicher Anknüpfungspunkt.
Indessen kam ihr diesmal der Zufall zu Hilfe. Als die Pausenmelodie erklang, standen die beiden keine drei Meter von ihrem Tisch entfernt. Sie lösten sich aus ihrer Umarmung und wechselten ein paar Worte. Der Mann verbeugte sich leicht, schien sich für den Tanz zu bedanken und führte die Frau an den Rand der Tanzfläche direkt in die Nähe von Giuliettas Tisch. Sie hörte noch ein »... enjoyed it very much, thank you« aus ihrem Mund, das der Mann mit einem Lächeln erwiderte, bevor er sich umdrehte und in entgegengesetzter Richtung davonging. Offenbar gehörten die beiden überhaupt nicht zusammen. Was für ein seltsamer Tanz dies doch war. Solch eine Intimität zwischen Fremden. Die Frau ging an Giuliettas Tisch vorüber, und ihre Blicke trafen sich kurz. Da erhob sie sich und sagte schnell: »Excuse me, can I ask you something?«
Die Frau blieb stehen. »Sure. Why not.«
Ihr Englisch klang perfekt. Aber es war kein britisches Englisch. Und amerikanisch hörte es sich auch nicht an. Giulietta kratzte ihre Englischkenntnisse zusammen und versuchte zu erklären, was sie wissen wollte.
»... I've watched you dance ... you have a very nice style.«
»Thank you«, sagte die Frau und errötete leicht.
»Ich tanze selbst noch nicht«, fuhr Giulietta fort, »aber ich möchte es bald lernen. Es gibt so viele Lehrer. Wenn ich eine Tänzerin sehe, deren Stil mir gefällt, frage ich immer, bei wem sie Unterricht genommen hat.«
Das Englisch war etwas holperig, aber im Großen und Ganzen war die Botschaft wohl angekommen. Die Frau schaute sie erstaunt an. Dann sagte sie: »Danke für das Kompliment. Woher kommst du?«

»Aus Deutschland.«
»Aha.«
Giulietta spürte, dass sie gemustert wurde. War ihr Anliegen seltsam? Sie standen noch immer, die Tanzfläche leerte sich zusehends und allerorten flammten Feuerzeuge auf.
»Zum ersten Mal in Buenos Aires?«, fragte die Frau.
Giulietta bejahte.
Der Mann mit dem Toupet, der sich zuvor schon Giulietta genähert hatte, kam herangeschlichen und sagte etwas auf Spanisch. Die Frau schüttelte den Kopf und antwortete in der gleichen Sprache. Er verzog enttäuscht das Gesicht und trottete weiter.
»Ich muss unbedingt eine Zigarette rauchen. Komm doch an unseren Tisch, dann unterhalten wir uns ein wenig.«
Unseren Tisch?
»Ah gut, danke. Ich will mich nur kurz frisch machen«, erwiderte sie.
»Wir sitzen dort hinten rechts.« Sie deutete auf den Beginn der Stuhlreihe, die sich direkt an das Revier der männlichen Stammgäste anschloss. »Bis gleich. Wie heißt du?«
Giulietta nannte ihren Namen. »And you?«
»Lindsey.«
»Aus Amerika?«
»Kanada. Montreal.«
»Dann sprechen Sie Französisch«, sagte Giulietta erleichtert und wechselte ins Französische, wobei sie das unbestimmte *you* durch die Höflichkeitsform ersetzte.
»Oui, bien sûr.«
»Das ist sehr viel einfacher für mich.«
»Für mich auch. Aber nur, wenn du mich nicht siezt. A tout de suite, Giulietta.«
Der Klang ihres Namens aus einem fremden Mund tat ihr wohl. Lindsey ging davon, und nicht wenige Blicke folgten ihr.
Giulietta brachte ihr Haar in Ordnung. Sie wusch sich die Hände, benetzte sich das Gesicht mit Wasser, trocknete sich vorsichtig ab und reparierte danach ein wenig ihr Make-up. Gleichzeitig versuchte sie, ihre Gedanken zu ordnen. Doch vor allem wich sie dem Blick der Person

vor ihr im Spiegel aus, die ihr lauter Fragen zu stellen schien. Es waren immer die gleichen Fragen. Was tust du hier eigentlich? Kein Mann ist so etwas wert! Und irgendetwas in ihr gab immer die gleiche Antwort: Ich kann mich nicht so geirrt haben.

9

Lindsey winkte ihr aus der Ferne zu, als sie in den Ballsaal zurückkehrte, und Giulietta steuerte direkt auf ihren Tisch zu.

»Ich hoffe, ich habe niemanden vertrieben?«, fragte sie, bevor sie sich setzte, mit einem Blick auf ein zweites Päckchen Zigaretten nebst Feuerzeug, das neben dem Aschenbecher lag.

»Rachel tanzt«, erwiderte Lindsey, ohne zu erklären, wer Rachel war. »Rauchst du?«

Sie hielt ihr die Schachtel hin.

»Nein, danke.«

Giulietta nahm Platz.

»Bist du ganz alleine hier?«, fragte Lindsey.

Sie hatte mit der Frage gerechnet und beschlossen, bei ihrer Ballett-Version zu bleiben. Wenn man schon log, so war es einfacher, die gleiche Geschichte mehrfach zu benutzen.

»Ich bin Ballett-Tänzerin und wegen einer Meisterklasse hier. Aber ich habe in Berlin schon Tango gesehen und war neugierig auf das Original.«

»Original?«

Lindsey verzog die Mundwinkel. »Hier? In der Confitería?«

Die Sache mit der Meisterklasse schien sie viel weniger zu verwundern als Giuliettas Annahme, sie habe hier echten Tango gesehen.

»Eher originell als original würde ich sagen.«

Giulietta wusste nicht, was sie darauf erwidern sollte. Wie zur Bestätigung vollführte ein vorübertanzendes Paar eine Drehung, die aussah, als versuche der Mann die Rückenwirbel seiner Partnerin auszurenken. Der Mann hatte den linken Fuß der Frau gestoppt und wollte diesen nun mit seinem rechten Fuß um die Achse der Frau herumschieben, was aber nicht funktionierte, da die Frau offenbar das ausgestreckte Bein als Standbein benutzte, was dazu führte, dass sie durch die Initiative des Mannes fast stürzte. Mit einigem Glück gelang es den beiden, ihr Gleichgewicht wieder zu finden. Lindsey beugte sich zu ihr hin, zog ihre linke Augenbraue hoch und deutete mit den Augen auf das davontanzende Pärchen. Dann drückte sie ihre Zigarette aus, blies dabei den Rauch mit leicht abgewandtem Kopf in den Raum hinaus und griff schließlich nach einem halb vollen Glas Wasser vor sich auf dem Tisch, das sie mit zwei Zügen leerte.

»Ich komme fast nie hierher«, sagte sie. »Heute ist eine Ausnahme, weil ich um die Ecke eine Verabredung hatte, die nicht geklappt hat.«

Giulietta erinnerte sich an Damiáns Theorie über Verabredungen.

»Das Tanzniveau ist nicht gut. Wenn du einen Kurs machen möchtest, dann bloß nicht hier.«

Lindseys Französisch war nicht so ganz einfach zu verstehen. Außerdem erschwerte der Umgebungslärm die Verständigung. Giulietta fragte sie, welche Lehrer und Lokale sie denn empfehlen könnte, verstand jedoch die Antwort nicht.

»... Almagro«, wiederholte Lindsey dann, indem sie sich über den Tisch beugte und ihren Mund gegen den Lärm von der Tanzfläche abschirmte. »Heute Abend solltest du ins Almagro gehen, wenn du Zeit hast.«

»Almagro?«, wiederholte Giulietta. Sie holte die Zeitschrift aus ihrer Handtasche und suchte die Seite mit den Adressen. Lindsey beugte sich mit ihr über die Seiten.

»Hier«, sagte sie, und zeigte mit dem Finger auf die Spalte unter Dienstag, »Almagro. Das ist in der Calle Medrano, 522.«

Giulietta überflog die restlichen Namen in der gleichen Spalte. Es standen noch sieben weitere Lokale dort. Eins war sogar unterstrichen.

»Und was ist mit den anderen Adressen?«, fragte sie.

»Dort ist wohl auch irgendetwas, aber am Dienstag geht man ins Almagro, das ist einfach so. Das weiß jeder. Jedenfalls zur Zeit.«

»Und was ist mit Mittwoch und Donnerstag?«

»Mittwoch *La Viruta*. Donnerstag *Niño Bien*«, kam die Antwort. Lindsey kramte einen Kugelschreiber aus ihrer Handtasche und begann, die entsprechenden Lokale in Giuliettas Zeitschrift einzukringeln. »Vor zehn

Jahren musste man die Milongas noch mit der Lupe suchen«, sagte sie währenddessen. »Als ich hier ankam, wusste kein Mensch, wo sich die Leute zum Tanzen trafen. Das war damals ein versprengter kleiner Haufen von Leuten, die zur Zeit von Perón jung gewesen sind. Die trafen sich in irgendwelchen Hinterhöfen weiß Gott wo. Seit ein paar Jahren ist es umgekehrt. Jetzt gibt es von allem zu viel. Zu viele junge Leute. Zu viele Touristen. Die Szene ist regelrecht explodiert. Jede Woche macht ein neues Lokal auf, und jeder arbeitslose Tänzer mit einem argentinischen Pass verkauft sich als Tangolehrer. Kein Mensch findet sich mehr zurecht.«

Giulietta stutzte. »Zu viele junge Leute?«

Lindsey korrigierte sich. »Hier nicht. Hier tanzen die Fossile.«

»Und du bist schon zehn Jahre hier?«

»Nein, nicht am Stück. Aber ich bin vor zehn Jahren zum ersten Mal für ein paar Monate hier gewesen.«

»Und warum?«

»Um Tango zu lernen.«

»Du bist also Tänzerin?«

»Nein.« Sie lächelte und zog bedauernd die Schultern hoch. »Leider nicht. Ich bin Soziologin. Ich unterrichte an der Universität von Montreal. Ich bin für ein Forschungsjahr hier.«

»Und was erforschst du?«

Sie wies auf die Tanzfläche. »Tango.«

Die Antwort war ebenso einfach wie verblüffend. Giulietta schwieg einen Augenblick lang und versuchte, ihre Gedanken zu ordnen. Lindsey fuhr inzwischen damit fort, die Eintragungen in dieser Zeitschrift einzukringeln. Eine Soziologieprofessorin, die Tango studierte? Die Verbindung erschien ihr völlig abwegig. Aber die Frau war ihr sympathisch.

Die Kanadierin schob Giulietta das Heft hin und steckte ihren Kuli wieder ein. »Am Mittwoch gehst du am besten ins *La Viruta*. Ich weiß nicht, wer dort gerade unterrichtet, aber im Allgemeinen sind es gute Leute. Die *práctica* ist um neun. Danach ist *milonga*.«

»Und was heißt das Sternchen neben dem Namen?«

»Steinboden, also keine Schuhe mit Ledersohlen mitbringen. Donnerstag gehst du am besten erst in die *Galería del Tango*. Die steht hier nicht drin, aber ich habe dir die Adresse unten an den Rand geschrieben. Donnerstagabends gehen zur Zeit alle ins *Niño Bien*. Aber nicht vor zwei Uhr morgens, da ist es zu voll.«

Giulietta versuchte sich die Einzelheiten zu merken, gab es jedoch bald auf angesichts der Vielzahl von Hinweisen, die Lindsey herunterspulte wie eine komplizierte Wegbeschreibung. Irgendwann nannte sie ein paar Namen von bekannten Tänzern, die offenbar an bestimmten Tagen an bestimmten Orten auftauchten, was wiederum eine wohl gehütete Insiderinformation zu sein schien. Je länger sie Lindseys Ausführungen folgte, desto mehr bekam Giulietta den Eindruck, dass sie am äußersten Rand einer unsichtbaren Parallelwelt angekommen war. Die Bewegung der Tangotänzer durch die unterschiedlichen Tanzlokalitäten von Buenos Aires glich der komplexen Wanderung von rätselhaften, unerforschten Nachttieren in einem Urwald. Nach einem geheimnisvollen Gesetz, das niemandem so recht bekannt zu sein schien, bildeten sich kurzzeitig Muster heraus, die jedoch jederzeit wieder verschwinden konnten. Es konnte offenbar viele Gründe dafür geben, dass bestimmte Grüppchen oder einzelne Tänzerinnen und Tänzer von heute auf morgen hier oder dort auftauchten. Ein Streit um eine Frau. Tänzerische oder persönliche Rivalitäten, was so ziemlich auf das Gleiche herauskam. Ein berühmter Tango-Ansager oder ein beliebtes Orchester, das von einem anderen Lokal abgeworben wurde, vermochte eine ganze Anhängerschar umzusiedeln. Und natürlich gab es auch immer die Avantgardisten, die stets nur dorthin gingen, wo sonst niemand war, bis sich auch dies zu einem Trend ausgeweitet hatte. Es waren schwer lesbare Strömungen, Signale jenseits der Wahrnehmung von Uneingeweihten.

»Das ist zwar ziemlich kompliziert, aber so ist es nun mal«, schloss Lindsey ihre Ausführungen. »Ich habe damals Wochen gebraucht, um das herauszufinden. Am Montag bricht das *Re-Fa-Si* aus allen Nähten, am Dienstag treibt sich dort keine Maus herum. Im Club *Gricel* musst du wissen, dass am Freitag die alten Paare, am Samstag die jungen und am Sonntag meist überhaupt niemand auftaucht, es sei denn, Omar richtet eine Geburtstagsparty aus. Schau, hier, *La Argentina, Salon Sur, Italia Unita, Salon Canning* … und die fünfzig oder sechzig anderen, die haben alle

ihre ganz besondere Zeit, zu der sich ihre ganz besondere Klientel versammelt.«
»Omar?«, fragte Giulietta. »Ist das ein Lehrer?«
»Bei den Lehrern wird es erst recht schwierig. Ja, Omar unterrichtet. Wie zahllose andere auch.«
Jetzt konnte sie endlich ihrer eigentlichen Frage näher kommen. »Und bei wem hast du Unterricht genommen?«
Die Namen, die Lindsey nannte, sagten ihr nichts. Aber jetzt hielt sie es nicht länger aus. Sie musste die Frage einfach loswerden.
»In Berlin habe ich eine Aufführung von einem jungen Tänzer gesehen, der mir sehr gut gefallen hat. Ein gewisser Damián Alsina.«
»Ah. El Loco. Das ist nicht unbedingt etwas für Anfänger. Aber er ist hervorragend. Bis vor kurzem hat er mit Nieves unterrichtet. Aber die beiden haben sich getrennt.«
Nieves! Das war eine Sackgasse. Ihre Telefonnummer stand in diesem Heft, aber selbst wenn sie schon zurückgekehrt war, würde ihr das nicht weiterhelfen. Sie konnte unmöglich bei Nieves anrufen und fragen, wo sie Damián finden könnte.
»Hast du bei ihm Unterricht gehabt?«
»Ja. Letztes Jahr.«
Natürlich hatte sie bei ihm gelernt. Sonst hätte sie diesen Schritt nicht getanzt.
»Ich habe gehört, er sei ziemlich gut. Weißt du, wo er unterrichtet?«
»In der Casa Azúl. Im Zentrum. Aber zur Zeit ist er in Europa. Er kommt erst kurz vor Weihnachten zurück.«
Casa Azúl. Giulietta sagte sich den Namen stumm dreimal vor, um sicherzugehen, dass sie ihn nicht vergessen würde. Dann wurden sie plötzlich unterbrochen. Giulietta hatte fragen wollen, warum Damián hier von allen als »el loco« bezeichnet wurde. Doch die Musik setzte aus, die Pausenmelodie klimperte aus den Lautsprechern, und auf einmal saß Rachel am Tisch, eine etwas füllige, dunkelblonde, stark schwitzende und nach Luft schnappende Amerikanerin aus Ohio, die nach einer kurzen Begrüßung lang und breit darlegen musste, welche Meriten und Defekte ihr letzter Tanzpartner gehabt hatte. Giulietta hörte schweigend dem englisch geführten Gespräch zwischen Lindsey und Rachel zu, das

mehr und mehr zu einer Fachsimpelei über Tangothemen geriet und für Giulietta weitgehend unverständlich war. Zu allem Überfluss stand Lindsey plötzlich auch noch auf und begab sich mit einem älteren Herrn, den sie offenbar kannte, auf die Tanzfläche, so dass Rachel ihre Aufmerksamkeit samt Zigarettenrauch Giulietta zuwandte. Die Konversation erstarb indessen bald, da Giulietta keine interessanten Bemerkungen zu Tangofragen anzubieten hatte. Rachel verschwand schließlich an die Bar, nicht ohne das obligate »Nice to meet you«, das unpassender nicht hätte sein können, da ja alle Versuche, sich zu begegnen, offensichtlichst gescheitert waren. Giulietta saß wie zuvor alleine an ihrem Tisch und folgte dem Schauspiel auf dem mittlerweile restlos überfüllten Parkett.

Es war sechs Uhr. Nach Lindseys Auskunft hatte es keinen Sinn, vor Mitternacht in diesem *Almagro* zu erscheinen. Wenn Damián in der Stadt war und wenn er ausgehen würde, so wäre das Almagro nach Lindseys Ausführungen der Ort, wo er wahrscheinlich auftauchen würde. Sie blickte auf die von Kugelschreiberkringeln gespickte Seite in ihrer Zeitschrift. Das war ihre Landkarte für die nächsten Tage und Nächte, der Stadtplan von Buenos Aires, nach dem sich jene Welt bewegte, in der Damián sich aufhielt. Hier waren die Orte verzeichnet, an denen er früher oder später vorüberkommen würde. Sie hatte noch ein paar weitere Anhaltspunkte gewonnen. Eine *Casa Azúl* war im Adressenverzeichnis unter Tucumán 844 genannt. Die Straße war keine drei Blocks von hier entfernt, und mittlerweile hatte sie auch gelernt, dass bei den in Ost-West-Richtung verlaufenden Straßen die Hausnummern im Zentrum bei Null begannen und allmählich zunahmen, so dass die *Casa Azúl* nur 844 Meter vom Stadtzentrum entfernt und damit auf gleicher Höhe mit ihr liegen musste. *Casa Azúl*. Ausruhen im Hotel. Essen gehen. Almagro. Lutz anrufen. So etwa lag dieser Abend vor ihr. Und dann, ganz unerwartet, geschah etwas Merkwürdiges.

Plötzlich änderte sich die Musik. Ein melancholischer Bandoneonton schwebte mit einem Mal über dem Ballsaal und ließ die Paare in ihren Bewegungen langsamer, bedächtiger werden. Kurzzeitig erschien es Giulietta sogar, als sei die Beleuchtung ein wenig dunkler geworden. Aber das musste Einbildung sein. Und dann war da auf einmal diese

Stimme, diese helle, sanfte, klagende Frauenstimme, die sich wie Abenddämmerung hinter den lang gezogenen, wundervollen Tönen des Bandoneons auszubreiten schien: *Lourds, soudain semblent lourds les draps, le velours de ton lit ...* Giulietta lauschte. *Schwer, plötzlich schwer scheinen die Laken, der Samt deines Bettes ...* Der französische Text, die wundervolle Stimme in Verbindung mit dem magischen, undefinierbaren Klang dieses Instruments versetzte sie in eine Stimmung, für die sie weder Worte noch Erklärungen hatte. Sie hatte nur plötzlich das unbändige Bedürfnis, zu diesen Versen und zu dieser Melodie zu tanzen. Es war ein ähnliches Gefühl wie damals, als sie im Foyer des Theaters in den Hackeschen Höfen das Stück gehört hatte, zu dem Damián und Lutz ihre Choreografie geübt hatten. Diese Musik berührte etwas in ihr, das sie noch nie gespürt hatte. Es war eine ganz andere Sehnsucht nach Bewegung darin enthalten, eine Bewegung zu zweit, wie es sie im Ballett überhaupt nicht gab. Ihre Kunst erschien ihr mit einem Mal seelenlos im Vergleich zu diesen ineinander versunkenen Körpern. Sie betrachtete die Hände der Männer, schwere, abgearbeitete Hände, die sanft auf den Rücken der Damen ruhten. Sie sah die geschlossenen Augen der Frauen, das sanfte Wiegen des einen und das gemessene, gemeinsame Schreiten eines anderen Paares. Lag es an der Musik, welche die Bewegung der Paare verlangsamt hatte? Oder an ihrer nun wieder schärfer empfundenen Einsamkeit, die ihre Wahrnehmung so völlig verändert hatte? Oder an den Versen dieses verfluchten Liedes, die wie das Verdikt ihres eigenen Schicksals in ihrer Seele widerhallten. *Kurz, kurz scheint plötzlich die Zeit, der Countdown einer Nacht, wenn ich selbst unsere Liebe vergesse. Kurz, kurz scheint die Zeit, da deine Finger meine Lebenslinie entlangstreichen.*
Wie auf ein einziges Zeichen hin war alles wieder da, der Schmerz in ihrer Brust, dieses Ziehen und Stechen, das zugleich nirgends und überall war. Aber aus irgendeinem Grund hatte sie sich unter Kontrolle. Sie würde hier nicht weinen. Der Schmerz war der gleiche, unverändert der gleiche. Aber in dieser Umgebung fühlte er sich anders an, inmitten der Menschen, die für die Dauer eines Tangos ihre Einsamkeit miteinander teilten. Sie sah plötzlich keine richtige oder falsche Bewegung mehr, sondern einfach Menschen, die zusammengekommen waren, um einer unaussprechlichen Sehnsucht Ausdruck zu verleihen. Und in diesem

Augenblick wünschte sie sich nichts inständiger, als daran teilhaben zu können, an der Brust irgendeines Mannes durch diese Musik und diese Verse hindurchtanzen zu dürfen. *J'oublie, J'oublie,* sang die Stimme, während das Lied sich seinem Ende zu neigte.
Ein kleiner Trost. Aber immerhin.
Vergessen. Vergessen.

10

Mathematik? Tango?
Wenn sie genauer darüber nachdachte, so gab es sehr wohl einen Berührungspunkt zwischen den beiden Damiáns.
Sie war auf dem Heimweg, schlenderte gedankenversunken die Calle Bartolomé Mitre hinauf und erinnerte sich an einen Sonntagnachmittag im Oktober.
Die Benesh Notation!
Damián war fasziniert gewesen. Ein paar Wochen vor der Aufführung entdeckte er das Buch auf ihrem Schreibtisch. Sie wusste nicht mehr, warum sie es dort hingelegt hatte. Sie schaute manchmal hinein, um das Wenige, das sie darüber wusste, nicht ganz zu vergessen. Vielleicht würde sie eines Tages selbst choreografieren, und dann wäre es nützlich, über das Benesh-System Bescheid zu wissen. Aber sie war weit davon entfernt, zu tief in die Materie einzusteigen. Sie erkannte die Nützlichkeit dieser Aufschreibetechnik, hegte ihr gegenüber jedoch auch ein gewisses Misstrauen.
Damián war vom ersten Moment an wie elektrisiert. Er wollte überhaupt nicht mehr von diesem Thema lassen und stellte ihr endlos viele Fragen. Dabei kannte sie sich gar nicht besonders gut damit aus. Giulietta hatte sich das Lehrbuch aus Neugier besorgt und nicht in der Absicht, das komplizierte Aufschreibesystem für Körperbewegungen tatsächlich zu lernen. Wie die Choreologin der Staatsoper es fertig brachte, die Einstudierungen zu notieren, war ihr ohnehin ein Rätsel. Sie hatte einmal einen ganzen Vormittag lang neben ihr gesessen und zugeschaut, wie sie das fünfzeilige Liniensystem mit Strichen und Punkten füllte. Anhand

dieser Notizen konnte sie später jede Bewegung rekonstruieren, und dies genauer als eine Videoaufzeichnung.
Damián hatte stundenlang in dem Buch gelesen und dann sogar ansatzweise versucht, Tangofiguren in der Benesh-Technik aufzuschreiben.
»Wunderbar, nicht wahr?«, sagte er irgendwann, »die Körperlinien entsprechen genau den Notenlinien. Exakt fünf: Kopf. Schulter. Taille. Knie. Boden. Lernt man dieses System in der Ballett-Schule?«
Sie hatte verneint. In der achten Klasse waren sie ein paar Stunden lang damit gequält worden, nur damit sie wenigstens einmal davon gehört hatten. Ihre Klassenkameradinnen meinten, das Ganze habe so viel mit Tanz zu tun wie das Periodensystem in einem Chemiebuch mit der Natur.
»Das ist etwas für Choreografen, nicht für Tänzer«, antwortete Giulietta.
Damián war anderer Auffassung gewesen. Er meinte, jeder Tänzer müsse seine Choreografien aufschreiben. Wenn es so ein Benesh-System für Tango gäbe, wären nicht zwei Drittel der Geschichte dieses Tanzes unwiederbringlich verloren. Kein Mensch wüsste genau, wie man um 1910 oder 1920 getanzt habe. Tango sei so etwas wie eine nur mündlich überlieferte Literatur, die immer Gefahr lief, verfälscht und vergessen zu werden. »Schau doch, wie genau man alles erfassen kann, jede Bewegung, sogar die Stellung der Finger an den Händen.«
Er betrachtete fasziniert die Symbole auf dem Papier.

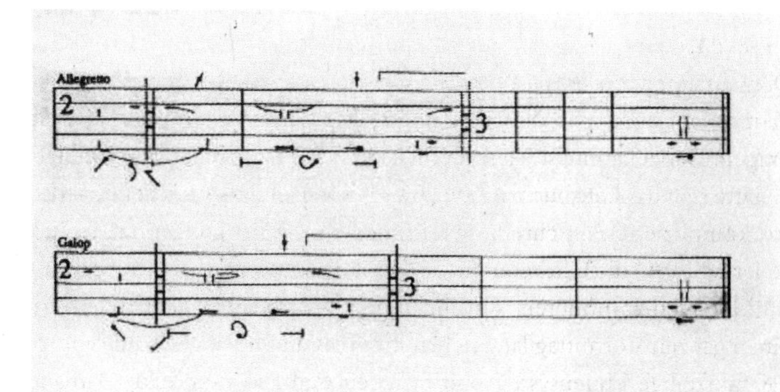

»Wie muss man das lesen?«, fragte er dann.
»Man sieht alles von hinten, zum Zuschauerraum hin.«
»Und welcher Schritt ist das? Kannst du das erkennen?«
Giulietta musterte das Blatt. *»Petit pas de basque en tournant«,* sagte sie dann.
»Woran siehst du das?«
»Na ja, fünfte Position, der rechte Fuß ist vorne ...«, sie strich mit ihrem Zeigefinger die Linien entlang ..., *»demi-plié,* leichtes Heben der Arme zur zweiten Position vor Einsetzen der eigentlichen Bewegung.«
»Wo sind die Arme?«, fragte er.
»Hier, zwischen der dritten und vierten Linie.« Sie zeigte ihm die Stelle auf dem Blatt. »Dann geht der rechte Fuß nach vorne, *croisé,* und beschreibt einen Halbkreis, *en dehors.* Der linke Fuß bleibt im *plié.*«
»Faszinierend.«
»Mit einem Video geht es schneller«, entgegnete Giulietta.
Damián widersprach. »Sicher. Aber auf einem Video sieht man eben nicht alles. Außerdem weiß man nie, ob die Aufführung an jenem Tag richtig war. Wie oft lässt man einen Schritt oder eine Bewegung aus. Mit einem Video kann man keine Tänze choreografieren. Schallplatten oder CDs ersetzen ja auch keine Noten und Partituren. Man sieht viele Dinge erst, wenn man sie aufschreibt, weil Aufschreiben mehr ist als das Erfassen einer Erinnerung. Es zeigt dir die Struktur von einem Werk. Die innere Logik.«
»Aber die Musik ist nicht in der Partitur enthalten«, hielt Giulietta ihm entgegen. Sie fand die Aufführungspraxis viel wichtiger als die Partituren. Jede Generation müsse sich ihr Repertoire neu erfinden, auch wenn man Bibliotheken mit aufgeschriebenen Tänzen füllen würde. Der Impuls für Tanz käme aus dem Leben, dem Erleben, nicht aus Partituren. Literatur könne man außerdem mit Musik und Tanz nicht vergleichen. Wieso?, erwiderte er. Tanz sei schließlich auch eine Sprache, eine abstrakte Symbolsprache. Nein, meinte Giulietta. Tanz sei für sie eher eine Ausdrucksform, eine Art Musik des Körpers.
»Aber Musik ist doch auch abstrakt. Reine Mathematik. Denke nur an Chopins Partituren. Das Druckmuster der Noten ist fast noch unglaublicher als der Klang, den sie hervorrufen, wenn man sie spielt.«

»Das mag ja sein. Aber ich höre und tanze keine Mathematik, sondern Musik.«
»Weil du sie nicht hören willst.«
»Weil ich *was* nicht hören will?«
»Die Mathematik. Ich meine: die Beziehungen zwischen den Wertigkeiten, den Harmonien. Alles ist Mathematik. Wenn die Kräfte, die das Weltall steuern, Töne erzeugen könnten, würden wir das als Musik wahrnehmen. Bestimmt. Schau dir doch einmal eine Fuge an.«
Sie lachte ihn aus. »Eben. Ich schaue nicht, sondern ich höre. Bei einer Fuge denke ich an Wasser oder Wind oder Regen oder weiß der Himmel woran, aber sicher nicht an Quarten und Quinten. Und sollte ich anfangen, an Mathematik zu denken, dann schalte ich sofort die Musik ab.«
Er runzelte die Stirn und zog sie dann zu sich auf die Couch. »So meine ich das doch nicht«, flüsterte er ihr ins Ohr.
»So, wie meinst du es denn«, hauchte sie zurück und knabberte an seinem Ohrläppchen. Er kicherte, lehnte sich zurück und bettete ihren Kopf auf seine angewinkelten Knie. Dann küsste er sie und sagte: »Meine Tangos soll man lesen können wie eine Sprache.«
»Was für eine Sprache?«
»Meine Sprache. Nicht so ausgefeilt wie das Benesh-System, aber was ich zu sagen habe, kann man auch in zwanzig oder fünfzig Jahren noch entziffern, wenn man will.«
Sie richtete sich auf, legte ihre Stirn gegen die seine und begann, sein Hemd aufzuknöpfen. »Ich möchte dich aber viel lieber jetzt gleich entziffern«, sagte sie leise und fuhr mit ihrer Hand durch die entstandene Öffnung, »und nicht erst in fünfzig Jahren.«
Sie knöpfte sein Hemd auf, streifte es ihm ab und küsste seine Schulter.
»Also, was steht in deinen Tangos, hmm?«
»Ich liebe Giulietta.«
»Nein, ich meine wirklich.«
»Ich schreibe immer nur deinen Namen aufs Parkett. Schau …«
Er stand auf, machte ein paar Schritte. Dann hielt er inne und sagte: »Ein G und ein I wie *giro a la izquierda*«, und vollzog eine Linksdrehung. Giulietta kauerte auf der Couch und schaute ihm verliebt zu, wie er die Buchstaben ihres Namens in Tanzfiguren umsetzte … »ein U holen wir

uns aus einem *voleo* und dann ein L und I wie *lapiz a la izquierda*«. Damián schnitt mit dem angewinkelten Bein einen Haken nach links und vollführte dann mit demselben Bein eine tastende, kreisförmige Bewegung auf dem Boden. Sie sah das Spiel seiner Muskeln unter seiner Haut, die kontrollierte Ruhe seines nackten Oberkörpers über den katzenhaft dahingleitenden Beinen, die nun dazu übergingen, eine tänzerische Entsprechung für ein E und ein doppeltes T zu suchen. Er hielt kurz inne, überlegte und sagte dann: »*enrosque* und zwei *taconeos*.« Er drehte so schnell, dass seine Beine kurzzeitig über Kreuz standen, löste die Überkreuzung durch einen kreisförmigen Ausfallschritt, schlug dann wie ein Flamencotänzer mit der Ferse zweimal hintereinander auf den Boden, glitt in eine Rechtsdrehung und kam in der Grundposition zum Stehen.

»Und jetzt der Abschluss für das schönste Wesen der Welt: ein A wie in *abanico*«, und er tanzte die Figur, eine komplizierte Drehung, die das Bild eines Fächers auf den Boden zeichnete. Dann wiederholte er die ganze Sequenz, und Giulietta sprang von der Couch, klatschte in die Hände, umarmte ihn dann und beförderte ihn mit sanften Stößen auf die Couch zurück, um dort mit ihren Lippen und Fingerspitzen ein ganz anderes Alphabet auszukosten.

Die Erinnerung ließ sie auf der Straße innehalten.

Lutz' Bemerkung: *Damián tanzt komisches Zeug. Deshalb hassen sie ihn so.*

Wenn sie nur dieses Videoband dabei hätte, die Aufzeichnung der letzten Aufführung in Berlin. Hatte er da auch etwas auf das Parkett geschrieben?

Tango und Mathematik.

11

Es war fast Mitternacht, als sie an der bezeichneten Adresse aus dem Taxi stieg. Während der Fahrer nach Wechselgeld suchte, musterte Giulietta das Gebäude. Ein Sperrgitter war halb zur Seite geschoben. Durch die Glastüren ein paar Meter dahinter konnte sie eine spärlich erleuchtete Eingangshalle erkennen. Das Gebäude sah aus wie ein Sport- oder Jugendzentrum. Sie nahm das Wechselgeld und stieg aus dem kühlen Taxi in die dampfende Nachthitze hinaus. In der Eingangshalle saß ein Mann neben einer Tür hinter einem Tisch. Vor ihm stand ein gefalteter Karton mit der Filzstiftaufschrift: 5 Pesos. Daneben lagen Reklamezettel für Tango-Lehrer, Tango-Kurse, Tango-Schuhe. Sie legte einen Geldschein auf den Tisch und erhielt ein grünes Billett. Die Tür öffnete sich, Musik schwappte in den Vorraum, und ein zweiter Mann erschien, nahm ihr das Billett wieder ab und fragte sie irgendetwas. Irgendwo zwischen den unverständlichen Worten erkannte sie einen Laut, der wie »Reservierung« klang. Sie schüttelte den Kopf. Der Mann trat zur Seite und bedeutete ihr, einzutreten.

Es dauerte ein paar Momente, bis sich ihre Augen an die spärliche Beleuchtung gewöhnt hatten. Das Lokal war nicht sehr groß und hoffnungslos überfüllt. Zwei Reihen Tische und Stühle grenzten die quadratische Tanzfläche nach allen Seiten hin ab. Die eng umschlungenen Paare dort waren so dicht gedrängt, dass sie mehr standen, als sich bewegten. Die Luft war stickig, die Musik laut. Giulietta kannte hier niemanden. Am liebsten wäre sie umgekehrt. Doch jemand kannte sie.

Sie sah eine Hand, die ihr zuzuwinken schien. Lindsey. Giulietta bahnte sich einen Weg zwischen den Tischen hindurch. Lindsey war aufgestanden und hieß sie mit einem Küsschen auf die Wangen willkommen. An ihrem Tisch saßen zwei ältere, beleibte Männer, die sich nun ebenfalls erhoben, als Leo und Chicho vorstellten und sie auf die gleiche Weise begrüßten. Lindsey sagte irgendetwas auf Spanisch zu den beiden und wechselte dann ins Französische. »Ich habe ihnen nur erklärt, dass du kein Spanisch kannst. Leo hat eben gemeint, du solltest besser ›Sonnenaufgang‹ heißen, und er hat dich gefragt, was du trinken möchtest.« Giulietta schielte verunsichert zu Leo hinüber, aber der lächelte sie nur an und entblößte dabei eine Zahnreihe, die eher an eine Sonnenfinsternis denken ließ. Chicho kaute derweil auf einem Zahnstocher und hatte seine Aufmerksamkeit bereits wieder der Tanzfläche zugewandt.

»Keine Angst«, fuhr Lindsey fort, »die beiden sind völlig harmlos. Ich kenne sie schon ewig. Wie wär's mit einem Weißwein?«

Ohne ihre Antwort abzuwarten, gab sie die Bestellung weiter und Leo winkte den Kellner heran. Giulietta war noch damit beschäftigt, sich in dieser Situation einzurichten. In Berlin wäre es ihr im Traum nicht eingefallen, sich mit Typen wie diesem Leo oder Chicho an einen Tisch zu setzen. Lindsey schien ihre Gedanken erraten zu haben.

»Du bist hier so sicher oder unsicher wie auf dem Schoß deines Großvaters. Wirklich. Irgendwann versuchen sie's zwar alle, aber wenn du nicht willst, passiert auch nichts. Und Komplimente bedeuten überhaupt nichts. Heute hat mir einer nachgerufen, er wäre gerne der Sattel meines Fahrrades. Das ist nur Blödsinn. Im Grunde muss man sie bedauern. Manche Männer sind sogar heimlich hier.«

»Wieso heimlich?«

Lindsey beugte sich näher zu ihr hin, um nicht so stark gegen die Musik anschreien zu müssen.

»Weil ihre Frauen zu Hause hocken und natürlich nicht wissen dürfen, dass ihre Männer sich an den jungen Mädchen den Bauch wärmen. Chicho wäre letzte Woche fast aufgeflogen. Er hat immer die Ausrede, er würde den Hund ausführen. Seine Frau muss ein bisschen doof sein, aber bisher hat sie wohl akzeptiert, dass er dienstagnachts von halb zwölf bis halb drei den Hund ausführt. Letzte Woche ist das arme Vieh leider im Auto verreckt, weil Chicho vergessen hat, das Fenster einen Spalt geöffnet zu lassen. Er musste dann auch noch einmal über den toten Hund drüberfahren, damit es wie ein wirklicher Unfall aussah.«

Giulietta schaute Lindsey ungläubig an, fixierte dann den Mann auf der anderen Seite des Tisches und versuchte sich die Szene vorzustellen. Der Kellner kam und stellte zwei Gläser Weißwein auf dem Tisch ab. Sie tranken, Leo lächelte sie an, Chicho beobachtete die Tanzpaare und Lindsey zündete sich eine Zigarette an.

Giulietta musterte ihre nähere Umgebung. Sie spürte, dass sie beobachtet wurde, nicht nur von Männern, sondern insbesondere von den Frauen dieser Männer, die offensichtlich herausfinden wollten, was ihre Begleiter vorübergehend von ihnen abgelenkt hatte. Giulietta erwiderte keinen der Blicke, sondern durchspähte den Raum nach einer Gestalt, einer Körperhaltung, einer Bewegung, die sie auch in diesem Gewimmel aus tanzenden Leibern sofort erkennen würde. Aber Damián war nirgends zu sehen.

»Eine ganz andere Atmosphäre hier, nicht wahr«, sagte Lindsey. »Im Augenblick ist es noch etwas zu voll. Aber gegen zwei, halb drei wird es besser.«
»Kennst du die Tänzer hier alle?«, fragte Giulietta.
»Die meisten schon. Siehst du den kleinen untersetzten Mann dort hinten mit der gestreiften Weste?«
»Den mit der jungen Tänzerin mit dem bauchfreien Top?«
»Ja. Das ist Hector Goyechea. Einer der Bekanntesten. Er macht nachher eine kleine Vorführung. Das ist hier so üblich. Er hat auch eine kommerzielle Show unten im Zentrum, aber das ist albernes Zeug für die Touristen. Die besten Sachen zeigen die nur, wenn sie unter sich sind.«
Hector!, dachte sie. Damiáns Lehrer. Aber Lindsey sprach schon weiter.
»Das Mädchen, mit dem er da tanzt, ist Estela, die Nichte von Hector Orezzolli. Auch so eine Legende. Der Partner von Claudio Segovia.«
»Tut mir Leid. Nie gehört«, sagte Giulietta.
»Das ist immer so. Die eigentlichen Genies hinter der Tango-Renaissance kennt kaum jemand. Aber ohne die Tango-Argentino-Show von Claudio Segovia und Hector Orezzolli wäre dieser Saal heute leer, und in Europa und Amerika wäre das Verhältnis zwischen den Geschlechtern noch trostloser, als es ohnehin schon ist.«
»Was meinst du denn damit?«, fragte Giulietta verwundert.
»Nun ja, es ist doch seltsam, oder? Vierzig Jahre lang konnte man mit dieser Musik und diesem Tanz keinen Hund hinterm Ofen hervorlocken. Und plötzlich, mitten in der emotionalen und sexuellen Eiszeit der achtziger Jahre, kommen zwei schwule Theatergenies daher, bringen den Tango auf die Bühne, und sofort breitet sich ausgerechnet in Europa und Nordamerika das Tangofieber aus. *Der* Machotanz in den Hochburgen des Feminismus. Das muss einem doch zu denken geben.«
»Und darüber schreibst du?«
Lindsey nickte. »Unter anderem. Aber mich interessieren vor allem die Blicke. Hier schaue ich am liebsten nur zu. Siehst du das Mädchen dort am dritten Tisch von links? Die mit dem schwarzen Kleid und den Spaghettiträgern?« Giulietta hatte die Frau bereits bemerkt. Sie war bildschön, saß in Begleitung zweier weiterer Frauen an einem Tisch direkt an der Tanzfläche und schien sich nicht im Geringsten für das zu

interessieren, was um sie herum vor sich ging. Sie wechselte bisweilen ein Wort mit einer ihrer Begleiterinnen, nippte im Übrigen an ihrer Cola, rauchte und wirkte im Grunde gelangweilt. Offenbar hatte sie keinerlei Interesse daran, zu tanzen.
Lindsey fuhr fort. »Chicho versucht schon den ganzen Abend, an sie heranzukommen, aber sie ignoriert ihn genauso wie alle anderen. Ich weiß nicht, auf wen sie wartet, aber … aha, jetzt pass auf. Die Pause. Vielleicht versucht es jemand.«
Die Pausenmelodie erklang, dann setzte die Musik aus. Die Tanzfläche leerte sich. Aus dem Lautsprecher erklang die Stimme des Discjockeys.
»Was erzählt der Mann eigentlich?«, fragte Giulietta.
»Alles Mögliche. Wer heute Abend da ist. Wer heute Abend nicht da ist. Was am Wochenende stattfinden wird. Welche Musik als Nächstes gespielt wird …«
Während Lindsey sprach, musterte sie gleichzeitig aufmerksam die Gesichter der anderen Gäste. Plötzlich unterbrach sie ihre Rede und flüsterte: »An der Stirnseite, der Typ mit dem weißen Hemd und der grauen Weste, siehst du ihn?«
Der Mann war nicht zu übersehen. Er hatte sich gerade erhoben und bewegte sich langsam in Richtung Bar.
»Er versucht es auch schon länger. Bevor du kamst, hat er vor ihrem Tisch jede Menge kompliziertes Zeug getanzt. Er ist ziemlich gut. Jetzt platziert er sich bestimmt, um von ihr gesehen zu werden. Aber sie schaut einfach nicht hin. Also wechselt er den Standort.«
Giulietta musterte den Mann und schaute dann zu der Frau mit dem schwarzen Kleid. Jetzt bemerkte sie, dass die Frau aus den Augenwinkeln kurze Blicke in ihre Umgebung warf und durchaus registrierte, was sich um sie herum abspielte. Doch ihre Körperhaltung war abweisend. Ihr Beine waren übereinander geschlagen, ihr Oberkörper von der Tanzfläche weggedreht und ihren Begleiterinnen zugewandt.
»Das Ganze ist ziemlich schwierig«, flüsterte Lindsey. »Wenn er zu direkt vorgeht, holt er sich vielleicht eine Abfuhr. Wenn er zu lange wartet, kommt ihm möglicherweise ein anderer zuvor. Ah, jetzt setzt er sich in ihrem Blickfeld hin. Wahrscheinlich wartet er nachher auf das letzte Stück der *tanda*.«

»Tanda?«, fragte Giulietta.
»Das sind die Musikabschnitte. Drei oder vier Tangos, dann eine Pause. Das nennt man eine *tanda*. Am Ende der *tanda* trennt man sich. Das ist eine feste Regel. Das ist notwendig, damit man ohne peinliche Erklärung wieder zu tanzen aufhören kann. Die schöne Unnahbare hat noch nicht getanzt. Der Mann dort, der sich ihr nähert, weiß also nicht, wie sie tanzt. Wenn er sie zu Beginn der *tanda* auffordert, kann das sehr peinlich werden, denn drei oder vier Tangos mit einem zu ungleichen Partner sind eine Qual. Ich wette, er wird ihr erst beim letzten Stück der nächsten *tanda* ein klares Zeichen geben. Deshalb ist es wichtig, dass die Musikstücke angekündigt werden. Einen Troilo oder einen Salgan tanzt man anders als einen Pugliese. Daher muss man wissen, welches das letzte Stück ist.«
Giulietta schaute fasziniert auf die kleine Szene, die sich vor ihren Augen zu entwickeln begann. Hatten sich die schöne Frau und der unbekannte Mann subtil verständigt? Oder bildete Lindsey sich das nur ein? Der Mann saß nun in unmittelbarer Nähe der Frau auf einem Stuhl am Rand der Tanzfläche und plauderte mit einem anderen Mann neben sich. Die Frau sprach mit ihren Freundinnen. Es gab für Giulietta kein ersichtliches Anzeichen einer Kommunikation zwischen den beiden. Die Tanzfläche war noch immer leer, Gläser klirrten, Stimmengewirr erfüllte den Raum. Noch immer kamen neue Gäste durch die Eingangstür herein. Dann erklang wieder die Stimme des Discjockeys aus den Lautsprechern, und fast zeitgleich setzte die Musik ein. Lindsey übersetzte: »Vier Stücke. Ein Di Sarli. Zwei Salgans und dann Troilo: Quejas de Bandoneon. Nein, mein Gott. Diese blöden Touristen.«
Giulietta hatte es auch gesehen. Ein anderer Mann hatte sich direkt vor dem Tisch der unbekannten Schönen aufgebaut und sie zum Tanzen aufgefordert. Die Frau hatte nur kurz energisch den Kopf geschüttelt und sich sofort abgewandt.
»So geht es also nicht«, sagte Giulietta und betrachtete mit einer Mischung aus Mitleid und Amüsement den abgewiesenen Bewerber.
»Nein, allerdings«, sagte Lindsey. »Aber die lernen das einfach nicht. Die kommen hierher und denken, sie müssten nur ein paar Schritte lernen.

Aber dass eine ganze Kultur damit zusammenhängt, das kapieren sie nicht.«

»Aber warum ist das denn alles so kompliziert?«

»Es ist nicht komplizierter als Tischsitten oder Umgangsformen, die eben nicht überall gleich sind.«

»Ein wenig umständlich ist es aber schon, findest du nicht?«, fragte Giulietta verwirrt.

Lindsey schüttelte den Kopf. »Umständlich und kompliziert ist es bei uns, wo keine allgemein verbindlichen Rituale mehr existieren. Ohne Rituale kann es keine Begegnung von Fremden geben. Totale Freiheit macht unfrei.«

Lindsey lächelte plötzlich und drückte endlich ihre Zigarette aus. »Entschuldigst du mich«, sagte sie dann und erhob sich. Giulietta begriff erst nicht, was geschehen war. Wie aus dem Nichts stand plötzlich ein Mann neben Lindsey und führte sie auf die Tanzfläche. Offenbar hatte sie die ganze Zeit über nebenher noch eine Unterhaltung geführt, von der Giulietta nichts bemerkt hatte. Jetzt standen die beiden am Rand der Tanzfläche voreinander, berührten sich jedoch noch nicht. Sie wechselten ein paar Worte, der Mann beugte sich ein wenig zu ihr hin, um sie besser zu verstehen. Es dauerte fast eine Minute, bevor sie allmählich in eine Umarmung hineinglitten und sich dem Bewegungsstrom der anderen Tänzer überließen.

Giulietta lehnte sich zurück, trank von dem schlechten und bereits lauwarmen Weißwein, unterdrückte eine Grimasse, da Leo sie gerade anschaute, und stellte das Glas wieder auf dem Tisch ab. Sie erwiderte Leos freundliches Lächeln und beobachtete dann die Tanzpaare. Die meisten Frauen hatten die Augen geschlossen und hingen wie schlafend an der Brust ihrer Tanzpartner. Deren Gesichtsausdruck verriet indessen äußerste Konzentration, da sie sich einen Weg durch das Gewimmel suchen mussten, ohne die kostbare Fracht in ihren Armen irgendwo anzustoßen. Es gab weniger Rempeleien und Zusammenstöße als heute Nachmittag in der Confitería Ideal, obwohl hier mehr Menschen auf engerem Raum versammelt waren. Irgendwie brachten die Männer es fertig, zu drehen, zu gehen, die Richtung zu wechseln und auch noch überraschende Tanzfiguren einzubauen, ohne die anderen Tänzer zu

behindern, die natürlich auch um einen interessanten und abwechslungsreichen Tanz bemüht waren. Es war heiß und stickig, trotz der Klimaanlage. Zigarettenqualm vermischte sich mit unterschiedlichsten Parfümdüften. Erstaunlich, dass man keinen Schweiß roch. Damián hatte erzählt, dass er während einer *Milonga* zweimal das Hemd wechselte, und nur der liebe Gott wusste, wie viele Parfümflaschen an solch einem Abend geleert wurden.
Sie schaute zur Tür, wo immer mehr Gäste in den Raum hineinströmten. Sie musterte jedes Gesicht, so weit sie das aus der Entfernung konnte, aber Damián war nicht dabei. Allein an seinem Gang hätte sie ihn sofort erkannt. Aber er war nicht hier, weder dort am Eingang, wo die Neuankömmlinge sich umschauten, sich begrüßten und umarmten, noch auf der Tanzfläche, die jetzt so voll gepackt war wie ein Stadtbus am Feierabend. Wie machten die das bloß, auf solch engem Raum zu tanzen?
Und plötzlich spürte sie einen Blick auf sich ruhen. Zwei Augen, die sie hasserfüllt anblickten. Giulietta fuhr zusammen. Nieves!

12

Sie stand keine drei Meter von ihr entfernt an der Wandtäfelung. Sie trug eine dünne Seidenjacke über ihrem Abendkleid und war offenbar gerade erst in das Lokal gekommen. Giulietta starrte Nieves an. Und Nieves starrte zurück. Dann wurde sie von irgendwelchen Leuten abgelenkt, die sie begrüßen wollten. Es schien hier kaum jemanden zu geben, den sie nicht kannte. Umarmungen, Küsschen, hier und da ein Schwätzchen. Giulietta versuchte, sich wieder auf die Tanzfläche zu konzentrieren, aber sie fühlte sich dabei wie von einem Raubtier belauert. Sie spürte genau, dass Nieves sie aufs Schärfste beobachtete. Immer wieder kam ihr eisiger Blick auf ihr zu ruhen. Sie versuchte, nicht in die Richtung der verhassten Frau zu schauen. Doch erst als die Musik aussetzte und Lindsey zurückkam, drehte Nieves sich um und begann im Weggehen ein Gespräch mit einem Mann.
»Uff, mein Gott, ist das voll. Man kann sich kaum bewegen.« Lindsey

zog ein Taschentuch aus der Tasche und wischte sich das Gesicht ab. »Das ist wegen Hector. Sonst wäre es nie so voll.«
Der Ansager begann wieder, allerlei Ankündigungen zu machen. Plötzlich wurde geklatscht.
»Was sagt er?«, fragte Giulietta.
»Er begrüßt besondere Gäste. Die Neotango-Gruppe ist aus Berlin zurück. Stimmt, du hast die Show ja gesehen, oder? Er sagt, sie hätten einen großen Erfolg gehabt.«
»Und Damián. Was sagt er über Damián?«
Lindsey zuckte mit den Schultern. Doch jetzt erklang sein Name gut hörbar aus den Lautsprechern. Lindsey nickte aufgeregt. »Ah ja, jetzt erwähnt er ihn gerade, die großartige Show unter der Regie von Damián, el loco, der noch in Berlin geblieben ist, um den Deutschen den Tango beizubringen ...«
»... aber das stimmt doch überhaupt nicht«, entfuhr es Giulietta.
»Was stimmt nicht?« Lindsey zog eine Zigarette aus ihrem Päckchen und suchte auf dem Tisch nach ihrem Feuerzeug.
»Damián. Er ist überhaupt nicht in Berlin. Er ist hier. In Buenos Aires.«
Lindsey stutzte. »Aha. Nun ja, Félix weiß auch nicht immer alles so genau.«
»Félix?«
Sie hatte das Feuerzeug gefunden.
»Der Ansager. Félix Picherna. Du kennst Damián wohl näher, oder?«
Lindsey spitzte die Lippen und schaute Giulietta herausfordernd an, während sie die Zigarette zum Anzünden an den Mund führte. Giulietta hatte plötzlich Tränen in den Augen. Lindsey erschrak. Doch bevor sie noch reagieren konnte, war Giulietta aufgesprungen und bahnte sich mit gesenktem Kopf einen Weg durch die eng stehenden Menschen.
Lindsey ließ ihre Zigarette fallen und folgte ihr. Aber erst im Vorraum der Toiletten holte sie sie ein. Giulietta stand ratlos dort und schaute irritiert auf die Auslagen der Toilettenfrau, die hier einen richtigen kleinen Laden auf einem Klapptisch unterhielt.
»Hab ich etwas Falsches gesagt ...«, begann Lindsey.
Giulietta schüttelte stumm den Kopf. Alles war so verrückt. Was um

alles in der Welt hatte sie sich nur von dieser Reise versprochen? Warum war sie nicht in Berlin geblieben, hatte diese Enttäuschung geschluckt und ihr Leben in Angriff genommen? Jetzt stand sie hier im Toilettenvorraum einer verqualmten Tangokneipe in Buenos Aires, völlig einsam und allein, der Sprache nicht mächtig, mit dieser furchtbaren Traurigkeit. Draußen wartete dieses Biest von Nieves auf sie, und Lindsey, die sie kaum kannte, wollte sie trösten. Aber was sollte sie ihr denn schon sagen? Die Toilettenfrau schaute zu ihr auf und ließ die Hand über ihrem Warensortiment kreisen: Zigaretten, Kaugummi, Parfümproben, Kondome, Haargel, Schnürsenkel. Der Anblick war so niederschmetternd, dass es schon fast wieder komisch wirkte. Die uralten Kacheln, die stickige Luft, die Glühbirne an der Decke und darunter diese arme alte Frau mit ihren fünfeinhalb Habseligkeiten und ihrem Toilettenladen.

Giulietta drehte sich zu Lindsey um und wischte sich die Tränen aus dem Gesicht.

»Nein. Es ist nichts. Es ist alles zu kompliziert. Entschuldige.«

Lindsey legte den Arm um sie. »Wie wär's mit einem Mate. Bei mir. Hm? Kennst du Mate überhaupt? Schmeckt schrecklich. Aber man muss das getrunken haben.«

Die Zärtlichkeit der Frau tat ihr wohl. Aber zugleich wollte sie ihre Stärke zurückgewinnen. Sie war so schwach, so labil. Beim kleinsten Anlass gingen die Gefühle mit ihr durch. Das konnte nicht so weitergehen. Draußen erklang plötzlich brausender Applaus.

»Danke, das ist nett von dir«, sagte Giulietta.

»Komm«, sagte Lindsey und hakte sich bei ihr unter. »Wir schauen uns noch schnell Hector an, und dann fahren wir zu mir, einverstanden?«

Ohne eine Antwort abzuwarten, zog sie Giulietta mit ins Lokal hinaus, wo soeben Hector und seine Partnerin in der Mitte des leer gefegten Parketts zu tanzen begonnen hatten. Es war nicht daran zu denken, an ihren Tisch zurückzugelangen, und so betrachteten sie das Schauspiel eng aneinander gepresst an der Wand stehend. »Schau gut zu«, flüsterte Lindsey ihr noch ins Ohr, »so etwas sieht man nicht oft. Hector und Blanca. Das Stück ist von Pugliese. La Yumba.«

Giulietta war schon nach den ersten Takten und Schritten wie verhext von der kombinierten Kraft dieser Musik und der Bewegung, die sie in dem Tanzpaar entfesselte. Und noch ein anderer, unheimlicher Gedanke durchfuhr sie, während sie Hector Goyechea, Damiáns Lehrer, tanzen sah: Damián hatte gerade einmal die Oberfläche dieser Kunst gekratzt und war ihr dann ausgewichen. Was Hector hier vorführte, war ungleich gewaltiger. Der Mann war alt. Der Mann war nicht schön. Sein Körper war alles andere als der eines Tänzers. Und dennoch ... welch erdverbundene, ruppige Eleganz! Welch grobschlächtige Kraft in den Bewegungen, und zugleich solch eine Behutsamkeit, mit der diese Kraft die Frau zu umgarnen suchte. Als wollte eine rohe Eisenhand ein Küken streicheln! Die Musik tat das Übrige. La Yumba. Eine Sequenz hart angeschlagener Bandoneonakkorde, als treibe ein Dampfhammer vibrierende Tonpflöcke in die träge Luft hinein. Und Hector vermochte diese Wucht aufzunehmen. Die Schöne und das Biest, dachte Giulietta. Doch das Biest war viel schöner als die Schöne und hatte seine Erlösung längst hinter sich. Giulietta reckte den Hals und heftete ihren Blick auf Hectors Beine. Alles geschah dort. An einer Stelle tanzte er Primera Junta, aber nicht Damiáns Fassung. Und jetzt sah sie auch, dass dieser Schritt ursprünglich aus einem Guss war. Mann und Frau spielten klar definierte Rollen, aber sie wirkten natürlich, harmonisch. Damiáns Fassung, die sie in Berlin gesehen hatte, brach die Figur an zwei Stellen. Man konnte sie nicht improvisieren. Man musste vorher eine Absprache treffen, sonst stürzte man. Hier war das nicht der Fall. Der Ablauf war völlig natürlich. Und auch die anderen Bewegungen des Paares wirkten wahrhaftiger als Damiáns Stil. Wann immer Blanca Gefahr lief, aus der Bewegung zu geraten, war Hector da, sie aufzufangen, die Energie des Paares aufrechtzuerhalten. Es war wundervoll anzusehen. Sie vertraute ihm blind, und er ließ sie niemals im Stich. Dafür gab sie ihm Raum für immer gewagtere Figuren, für immer schönere Augenblicke. Er schlug vor; sie war frei, zu folgen. Und es entstand Schönheit.

13

»Der Mann führt und denkt«, sagte Lindsey. »Die Frau verführt und lenkt.«
Sie reichte Giulietta einen ausgehöhlten Kürbis, aus dem ein silbernes Trinkröhrchen herausragte.
»So ist es und nicht anders«, fügte sie dann hinzu. »Vergiss alles, was du über Tango zu wissen glaubst. Es ist alles falsch.«
Giulietta nahm das seltsame Trinkgefäß entgegen.
»Und wenn du die Argentinier fragst, erfährst du erst recht nichts. Erst haben sie den Tango unterdrückt, bis es in Europa plötzlich Mode wurde, Tango zu tanzen. Dann haben sie ihn wieder importiert und brüsten sich damit, obwohl er ihnen zugleich peinlich ist. Und jetzt passiert das Gleiche wieder. Dieses Land ist schizophren, musst du wissen. Hier gibt es mehr Psychoanalytiker als in New York. Bist du schon Metro gefahren?«
Giulietta beäugte skeptisch den heißen Sud in der ausgehöhlten Frucht und versuchte gleichzeitig, sich auf Lindseys komplizierte Reden einen Reim zu machen. Die Frau faszinierte sie. Aber wovon sprach sie bloß?
»Ja. Klar bin ich Metro gefahren«, antwortete sie und saugte vorsichtig an dem silbernen Trinkröhrchen. Das Getränk schmeckte nach gar nichts. »Wieso?«
»Wegen der Zeitungsstände. Hier kann man in der Metro die gesammelten Werke von Sigmund Freud am Kiosk kaufen. Freud und Lacan am Zeitungskiosk, zwischen Automagazinen und Sexheftchen. Die Leute kommen vom Therapeuten und kaufen sich auf dem Heimweg die Bücher, die sie dort auf dem Schreibtisch gesehen haben.«
»Wer ist Lacong?«
»Lacan. So eine Art Einstein der Psychoanalyse. Weltberühmt, und kein Mensch weiß so recht, was er eigentlich gesagt hat. Mate schmeckt dir wohl nicht, oder?«
»Wie aufgebrühtes Gras«, sagte Giulietta.
»Ist es ja auch«, erwiderte Lindsey. »Was anderes gibt es hier auch nicht. Die importieren ja alles. Typisch argentinische Dinge kannst du an einer Hand abzählen. Rindfleisch. Tango. Mate-Kraut. Und *dulce de leche*.«

»Was ist denn das?«

»So eine Art gesüßte Kondensmilch. Hier. Du musst mehr Zucker reinmachen.«

Giulietta tat wie ihr befohlen, und danach schmeckte der Sud wie warmes Zuckerwasser. Sie reichte Lindsey den Kürbis zurück und blickte sich im Zimmer um. Die Einrichtung war spartanisch. Auf einem Schreibtisch stand ein aufgeklappter tragbarer Computer, der sich vergeblich dagegen wehrte, von Bücherstapeln und Fotokopien erdrückt zu werden. Ein Bett gab es nicht. Nur ein Matratzenlager. Alle Wände waren dunkelrot gestrichen und von oben bis unten mit Fotos, Postern, Konzertplakaten und allen möglichen Notizzetteln gespickt. Neben dem Matratzenlager stand ein Aluminiumgestänge, das von einer zeltartigen Bespannung umhüllt war. Offenbar der Kleiderschrank. Dazwischen behauptete sich ein Regal mit akut einsturzgefährdeten Stapeln aus Videokassetten sowie ein Fernseher mit eingebautem Videorecorder. Die Leuchtanzeige stand auf 00:00 und blinkte.

Auf der Herfahrt war in der halben Stadt der Strom ausgefallen. Als sie nach San Telmo eingebogen waren, herrschte völlige Finsternis. Das Taxi war die Straße hinabgeschlichen, um ein paar Ecken gebogen und hatte vor einem Haus mit vergitterten Fenstern gehalten. Über ihren Köpfen war der Verkehrslärm von einem Autobahnzubringer zu hören gewesen. Nachdem Lindsey nacheinander vier separate Schlösser aufgeschlossen hatte, waren sie durch einen dunklen Innenhof gelaufen und am Ende in diesem Zimmer gelandet. Kurz darauf hatte der Videorecorder zu blinken begonnen. Der Strom war wieder da, aber Lindsey beließ es bei Kerzenbeleuchtung.

»Warum kommst du denn immer wieder hierher, wenn du Argentinien so furchtbar findest?«, fragte Giulietta.

Lindsey zuckte mit den Schultern. »Ich weiß es nicht«, sagte sie. »Das ist ja das Verrückte. Alle hier jammern, das Leben sei furchtbar hart, nichts funktioniere, aber wenn man einmal ein paar Monate hier verbracht hat, kommt man immer wieder. Es gibt sogar ein paar Tangos über das Thema: *Volver, Sur, Siempre se vuelve a Buenos Aires …*«

»Was heißt das?«

»Immer das Gleiche. *Volver* heißt einfach *zurückkehren. Sur* bedeutet *Sü-*

den, womit die Vorstadt gemeint ist. *Man kehrt immer nach Buenos Aires zurück* … es ist, als ob einen diese Stadt von innen tätowiert. Es ist schwer zu erklären. Plötzlich passt man nirgendwo anders mehr hin.«
Giulietta stand auf, nahm eine der Kerzen vom Tisch und betrachtete die Bilder an den Wänden. Sie spürte Lindseys Blick auf ihrem Körper. Die Einladung hierher war offenbar nicht ganz interesselos.
»Wie wär's mit Rotwein?«, fragte Lindsey. »Ich habe eine gute Flasche. Aus Mendoza. Das ist so was wie Bordeaux. Willst du?«
»Hmm, ich weiß nicht so recht. Es ist ja schon ziemlich spät, findest du nicht? Was sind das für Aufnahmen?«
Lindsey machte sich an einem Schrank zu schaffen, grub zwischen Kleiderbündeln eine Weinflasche aus und fand irgendwo auf dem Schreibtisch einen Korkenzieher.
»Für meine Arbeit. Über *milongas*. Ich dokumentiere die alten *milongas*, weil es die in zehn Jahren nicht mehr geben wird.«
Giulietta griff nach einer der beiden Kerzen und beleuchtete die Fotos damit. Es waren fast nur tanzende Paare darauf zu sehen, vornehmlich alte Menschen in enger Umarmung, den Blick ins Nichts gerichtet. Lindsey trat neben sie. Giulietta roch ihr Parfüm und die Ausdünstungen von Zigarettenrauch.
»Ich fotografiere nur die Alten. Die Gespenster.« Und dann, nach einer Pause, fügte sie hinzu: »Damián wirst du hier nicht finden.«
Giulietta fuhr herum und starrte sie an. Aber Lindsey hielt ihrem Blick stand und sagte nur: »Du hattest etwas mit ihm, und deshalb bist du hier, nicht wahr?«
Giulietta schaute wieder auf die Fotos, sagte aber nichts.
»Geht mich ja auch nichts an. Sorry.«
Giulietta setzte sich wieder auf eins der Sitzkissen und stellte die Kerze auf den Tisch. Lindsey zog den Korken aus der Weinflasche, beugte sich zu ihr herunter und goss ohne zu fragen zwei Gläser voll. Ein Träger ihres Oberteils rutschte herunter, und der durchhängende Saum entblößte ihre Brüste. Giulietta senkte die Augen und blickte vor sich auf den Tisch.
»Sieht man mir schon an, dass ich ihn suche?«
»Dir nicht«, erwiderte Lindsey und grinste. »Aber Nieves.«

»Dir entgeht wirklich nichts, oder?«
»Kommt darauf an. Aber wenn eine der besten Tangotänzerinnen aus Buenos Aires ein völlig unbekanntes Ballett-Mädchen aus Berlin mit Blicken durchbohrt, dann fällt mir das auf.«
»War es so deutlich?«
Lindsey fischte eine Zigarette aus der Schachtel und hielt die Spitze in die Kerzenflamme.
»Ich würde an deiner Stelle nicht in ihre Nähe kommen«, erwiderte sie. »Ich meine, ich weiß ja nicht, was zwischen euch war, aber die Tango-Welt ist so klein und durchschaubar, dass man nicht viel Fantasie braucht, um solche Zeichen zu lesen.«
»Wenn sie so klein ist, warum weiß dann kein Mensch, wo Damián wohnt?«
Lindsey zuckte mit den Schultern. »Als er und Nieves sich im Frühjahr getrennt haben, war das wochenlang Stadtgespräch. Bis dahin haben sie zusammengewohnt. Dann kam diese Sache mit Berlin. Damián hat den Auftrag durch eine üble Intrige bekommen, hinter Hectors Rücken. Ich dachte, seine Trennung von Nieves hing auch damit zusammen, denn sie ist gut mit Hector befreundet. Aber wenn ich dich so anschaue, verstehe ich so einiges. Wegen dir hat er also Himmel und Erde in Bewegung gesetzt, um nach Berlin zu kommen …«
»… was soll denn das heißen?«, unterbrach sie. »Nein, nein. Wir haben uns in Berlin kennen gelernt. Von was für einer Intrige sprichst du?«
Lindsey hob ihr Glas und prostete Giulietta zu. »Sollten wir nicht erst einmal anstoßen? Chin chin.« Giulietta erwiderte die Geste und trank. Als sie wieder aufschaute, spürte sie Lindseys Blick auf ihrem Dekolleté. Die Kanadierin schob ihr Kleid über ihre Beine hinauf und machte es sich auf dem Sitzkissen gemütlich.
»Damián und Nieves hatten für September und Oktober eigentlich schon Engagements in Brasilien zugesagt. Im März kam dieses Angebot aus Berlin. Damián interessierte das zunächst nicht. Also nahm Hector die Sache an. Du weißt, dass die beiden sich nicht besonders mögen?«
Giulietta nickte.
»Hector begann, eine Gruppe für Berlin zusammenzustellen. Doch als er

Ende März den Vertrag unterschreiben wollte, zog der Produzent plötzlich sein Angebot zurück. Die Sache sei geplatzt. Zwei Wochen später sprach sich herum, dass Damián den Auftrag bekommen hatte. Er wollte plötzlich unbedingt dieses Engagement haben. Er hat den Produzenten so lange bearbeitet, bis dieser ihm den Job noch einmal anbot. Du kannst dir ja vorstellen, was da los war. Alle fanden das schäbig. Es war so schlimm, dass Damián überhaupt keine Tänzer für die Show fand. Er wurde regelrecht boykottiert. Und das heißt hier etwas, wo jede Menge arbeitslose Tänzer von der Hand in den Mund leben. Nieves hat ihm eine riesige Szene gemacht. Sie waren wohl schon getrennt oder dabei, sich zu trennen, was auch immer. Aber sie tanzten damals noch zusammen. Kein Mensch verstand, warum Damián plötzlich nach Berlin wollte. Brasilien war viel interessanter, auch finanziell. Und dann diese Bösartigkeit Hector gegenüber.«

Giulietta runzelte die Stirn.

»Woher weißt du das denn so genau?«

»Hier spricht sich alles herum. Damián hat Hector um die Hälfte unterboten. Er überzeugte den Produzenten, er könne die Show größtenteils mit Tänzern aus Berlin bestücken. Damián würde einfach zwei Monate früher kommen und die Leute trainieren. Die Tänzer müssten dafür eben ein wenig Kursgebühr bezahlen, das heißt, Damián verdiente sogar doppelt.«

»Und das hat funktioniert?«

»Klar. Nach Kursen mit Damián lecken sich die Leute in Europa die Finger. Und mit ihm aufzutreten ist für Amateure erst recht eine große Sache. Der Produzent fand diesen Vorschlag genial, denn das ganze Projekt wurde dadurch erheblich billiger. Nieves ging nach Brasilien, Damián nach Berlin, um Tänzer zu finden und zu proben. Europäische Tangotänzer auf einer Bühne mit Damián! Das war natürlich kompletter Schwachsinn. *Ridicule.*«

Das Gespräch mit Lutz fiel ihr wieder ein. Hatte er nicht eine andere Erklärung dafür gehabt, dass die Show ursprünglich mit Tänzern aus Berlin aufgeführt werden sollte?

»Aber Nieves kam am Ende doch auch nach Berlin«, entgegnete Giulietta.

Lindsey schlug nur viel sagend die Augen nieder und warf ihr ein Küsschen zu. »Wundert dich das?« Sie schnippte mit den Fingern.
Giulietta ignorierte die Ironie und erwiderte: »Ein Tänzer aus Berlin hat mir erzählt, Damián habe deshalb europäische Tänzer genommen, weil es in dem Stück auch um Homosexualität ging.«
»Ach ja?«
»Angeblich würde kein Argentinier so etwas tanzen wollen.«
»Das ist ja eine interessante Theorie. Und warum ist das Stück dann hier schon x-mal getanzt worden?«
Giulietta zuckte mit den Schultern. »Keine Ahnung. Ich habe das ja nur gehört.«
Lindsey zog die Augenbrauen hoch. »Manche der größten Tango-Figuren waren schwul. Angefangen bei Carlos Gardel. Wieso hat der eigentlich nie geheiratet?«
Der Name dieses Sängers schien wirklich wichtig zu sein.
»Hat er das nicht?«
»Nein. Hat er nicht. Komisch, oder? Einer der größten Tango- und angeblich auch Weiberhelden des zwanzigsten Jahrhunderts, und nicht einmal eine Freundin.«
»Sein ganzes Leben lang nicht?«
»Er starb jung, wie es sich für einen Mythos gehört, auf der Höhe seines Ruhms bei einem Flugzeugunglück. Sein bester Freund hat fünfzig Jahre später auf seinem Sterbebett in einem Interview bekannt, dass Carlito es lieber mit Männern machte. Das war natürlich ein Schock für die Nation. Das Fernsehinterview wurde unterbrochen. Zwei Wochen später wurde die Sendung wiederholt, aber der alte Mann hatte offenbar nicht so ganz verstanden, was er denn nun sagen sollte, und wiederholte einfach das Gleiche noch einmal. Vor der dritten Wiederholung starb er dann leider. Aber vermutlich war das für alle das Beste. Dabei sieht ja ein Blinder, dass Tango eine durch und durch schwule Kulturform ist.«
Giulietta verschluckte sich fast. »Wie bitte?«
»Klar. Ursprünglich war es ohnehin ein reiner Männertanz. Wusstest du das nicht?«
»So?«
»Um 1880, als dieser Tanz entstand, herrschte in Buenos Aires totaler

Frauenmangel. Die typische Situation bei Massenimmigration. Das führte natürlich zu einem riesigen Wettrennen um die Gunst der wenigen verfügbaren Weibchen. Tango war eine Form dieses Wettrennens. Gute Tänzer haben mehr Chancen bei Frauen. Die besten Tänzer sind von Natur aus natürlich die Schwarzen, von denen es ja hier jede Menge gab. Die hatten ihre eigene Musik und Tänze. Candombe. Das schimmert im Tango alles noch durch. Die weißen Männer konnten nicht konkurrieren. Außerdem wollten sie sich natürlich mit den Schwarzen nicht auf eine Stufe stellen. Also machten sie sich über sie lustig, karikierten sie. So entstand vermutlich die Ur-Form des Tango. Der Frauenmangel führte aber die Männer auch mehr zusammen. Sie warteten gemeinsam vor den Bordellen, bis sie an der Reihe waren, und wenn sie nicht soffen, rauchten, sich verprügelten oder von ihrer verlorenen Heimat jammerten, sangen und tanzten sie Tango zusammen. Warum, glaubst du, war Tango verboten? Doch nicht, weil der Tanz sexy war. Überhaupt nicht. Dann hätte man ja auch andere Tänze verbieten müssen. Kein Tanz hat jemals in der westlichen Welt solch eine leidenschaftliche Ablehnung und irrationale Ängste ausgelöst wie Tango. Und warum? Doch nicht, weil es dabei den Weibern an die Röcke geht.«

»Warum denn sonst?«

»Weil Tango die herkömmliche weiße Männerrolle unterminiert. Der Mann wird weiblich. Er hockt sich hin und jammert und schluchzt wie ein Weibsbild. Hör dir mal die Texte an. In acht von zehn Tangos sitzt der Mann besoffen in der Kneipe und heult seiner Frau hinterher. Kein besonders überzeugendes Bild vom alles kontrollierenden Macho, oder? In den dreißiger Jahren schrieb ein Typ einen Hetzartikel über den Tango, worin das schon genau zum Ausdruck kommt. Und warum wird Tango ausgerechnet in den achtziger Jahren des zwanzigsten Jahrhunderts wieder belebt? Keine Idee?«

Giulietta schüttelte fasziniert den Kopf. Was Lindsey da zusammenspann, klang zugleich völlig absurd und irgendwie interessant.

»Wegen des Feminismus natürlich. Plötzlich ist die Frau wieder rar geworden. Sie gewinnt gegen Ende des Jahrhunderts im Geschlechterkrieg endlich mal wieder kurz die Oberhand und kastriert das Männchen. Sie geht arbeiten, kriegt allein ihre Kinder, wehrt sich gegen unerwünschten Sex und so weiter. Und die Männer entdecken den Tango. Ausgerechnet zu diesem Zeitpunkt. Ist doch komisch, vor allem, wenn man bedenkt, in welcher sozialen Schicht dieser Prozess jetzt abläuft. Um die Jahrhundertwende spielt sich dieses Drama in der Arbeiterklasse ab. Frauenmangel führt zur Verweiblichung des Mannes. Hundert Jahre später wiederholt sich das Gleiche in der herrschenden Klasse, der Feminismus domestiziert das Männchen. Wer tanzt denn heute in Europa und Amerika Tango? Ausgerechnet die Intellektuellen. Die Yuppies. Ist doch seltsam, oder? Aber ich wollte dir eigentlich keinen Vortrag halten. Nur das mit den Schwulen im Tango kann ich natürlich nicht so stehen lassen.«

Sie griff nach ihrem Weinglas. Giulietta war sprachlos. Aber der Gedanke hatte für sie etwas Bestechendes. »Aber bei Tango geht es doch um Verführung ...«

»Quatsch!«, unterbrach Lindsey sie unwirsch. »Das sind bürgerliche Konzepte. Wo der Tango herkommt, da werden Frauen nicht verführt, sondern genommen. Und Schluss. Dieses Milieu kannst du dir gar nicht vorstellen. Das Gaucho-Milieu, und dann die Gauner und Zuhälter. Es ist eine totale Männerwelt, und wie alle Männerwelten latent schwul. Aber das darf natürlich nie sichtbar werden. Und wie kompensiert man diese unterdrückten Triebe? Man erniedrigt Frauen, nimmt sie sich einfach, um den Machokult zu bestätigen. In den dreißiger Jahren hat dieser Tango-Hasser in seinem Artikel sogar geschrieben, wer länger als zehn Minuten am Tag an eine Frau denke, sei schwul.«

»Das verstehe ich nicht.«

»Natürlich verstehst du das nicht. Wir sind alle Bürgerkinder. Echte Männlichkeit ist im Bürgertum ebenso tabu wie echte Weiblichkeit. Warum hat Rodolfo Valentino in den Tangofilmen aus Hollywood eine Peitsche in der Hand?«

»Hat er das?«

»Na klar. Daher stammt doch der ganze stereotype Unsinn über Tango. Der Mann peitscht die Frau zu Boden. Aber nicht, weil sie seine Männlichkeit bedroht. Sondern weil sie sein Schwulsein entlarvt.«

Giulietta verstand überhaupt nichts mehr. Aber Lindseys wirre Ideen trafen einen Punkt. Die Atmosphäre in diesen Milongas, die sie bisher

erlebt hatte, war tatsächlich ein wenig merkwürdig. Absolut nicht schwul, für ihre Begriffe. Aber durchaus schwülstig.
»Und darüber schreibst du?«, fragte sie.
»Klar. Von Damián habe ich übrigens viel über diese ganzen unterdrückten Facetten des Tangos gelernt.«
»Wieso unterdrückt?«
»Hier in Argentinien gibt es von allen Dingen zwei Versionen. Die offizielle, das ist immer eine freche, lächerliche Lüge, und die wahre, die keiner hören will. Im Tango ist das genauso. Es gibt die Legende vom Cowboy, vom Gaucho, der in die Stadt kommt und zum Compadrito mutiert. Das stimmt schon. Aber es fehlt etwas ganz Wichtiges. So wie in den Cowboyfilmen in Hollywood. Da kommt auch selten ein Schwarzer vor. Im Tango ist es ähnlich. Im Grunde ist es verrückt, aber es ist die Wahrheit. Der Ursprung des Tangos ist schwul und schwarz. Wenn du das einem Argentinier erzählst, dann bekommst du echte Schwierigkeiten. Aber Damián hat das auch interessiert. Es gab da einen tollen Zwischenfall vor ein paar Jahren im Almagro ...«
»Du meinst diese seltsame Aufführung, wo Damián sich als Schwarzer verkleidet hat?«
»Ach, du weißt davon?«
»Ja, eine Frau in Berlin hat mir davon erzählt. Hast du das auch gesehen?«
»Es war sagenhaft. *Le tout* Buenos Aires an Silvester im Almagro. Hector will seinen neuen Wunderschüler vorführen, den er seit sechs Monaten mit seiner besten Tänzerin trainiert. Und Damián kommt mit schwarz gefärbtem Gesicht und Perücke auf die Bühne.«
»Aber warum hat er das getan?«
»Um seinen Standpunkt darzulegen; um Hector zu ärgern. Ich weiß es nicht genau.«
»Was für einen Standpunkt?«
»Ich weiß nicht viel über Damián, aber er ist keiner der üblichen Typen in diesem Milieu. Irgendetwas treibt ihn. Dieser Auftritt im Almagro war irre. Hör zu: um 1770 lebten in Argentinien um die zwanzig bis dreißig Prozent Schwarze, vor allem Sklaven. Sie waren überall und haben sich natürlich zum Teil mit der eingewanderten europäischen

Bevölkerung durchmischt. Wenn du einen Argentinier fragst, wo die ganzen Schwarzen geblieben sind, dann bekommst du immer die gleiche Antwort: die sind alle nach Uruguay.«
Sie zog die Mundwinkel herunter, um die Idiotie dieses Gedankens mimisch zu unterstreichen.
»Das muss man sich mal vorstellen: so um 1850 steigen die alle auf ein Schiffchen und schippern nach Montevideo hinüber, oder wie? Das ist natürlich Quatsch. Die meisten wurden auf Plantagen und in Kriegen gegen die Ureinwohner oder Nachbarländer verschlissen. Aber natürlich ist der jahrhundertelange Kontakt noch sichtbar. Schau dir die Gesichter auf den Straßen hier an. Das deutlichste Zeichen ist, dass *Negro* hier eine Beleidigung ist, es sei denn, man nennt sich unter Freunden scherzhaft so. Argentinier wollen Europäer sein, und die meisten sind es auch irgendwo. Aber dieses Land ist nicht europäisch. Die Kultur ist voll von den Spuren einer ganz anderen Vergangenheit, die systematisch verdrängt wird. Im Tango ist diese ganze Ambivalenz gegenwärtig. Man will ihn männlich, weiß, urban, modern: bürgerlich. Aber die älteste überlieferte Zeichnung eines Tango tanzenden Paares zeigt zwei Schwarze. Das Wort selbst kommt wohl aus Äthiopien. Tangú, was einen bestimmten Rhythmus bezeichnet, der im Candombe vorkommt.«
»Und wieso sollte das für Hector ein Problem sein?«
»Für Hector ist alles ein Problem, was an sein Image rührt. Du hast ihn ja gesehen. Hast du bemerkt, wie indianisch er aussieht?«
Hectors Äußeres war ihr durchaus aufgefallen. Sein Körperbau war klein und gedrungen, sein Kopf indessen fast ein wenig zu groß. Er hatte buschige Augenbrauen und tief liegende, eng an der Nasenwurzel liegende Augen. Seine Hautfarbe war schwer zu bestimmen, ein wenig wie die von Zigeunern. »Nun ja, besonders hübsch ist er nicht, aber wenn du mich fragst, dann war er heute Abend der schönste Mann im Lokal.«
»Sicher. Das macht sein Tanz. Hector ist ein Genie. Aber vergiss nicht, er kommt von ganz unten, aus diesem diffusen Gürtel um Buenos Aires herum, wo sich alles miteinander vermischt und wo man normalerweise keine Chance bekommt, ins Zentrum vorzustoßen. Er hat es geschafft. Durch Tango. Aber er ist und bleibt ein *morocho*, ein Dunkelhäutiger. Er unterrichtet in der ganzen Welt, in New York. Tokio. Was weiß ich.

Aber dennoch. Soviel ich weiß, kann er nicht einmal lesen und schreiben. Aufsteiger aus den Slums werden nicht immer Rassisten, aber sie wollen nicht unbedingt an ihre armselige Herkunft erinnert werden. Sie wollen Weiße sein, Europäer, so wie Michael Jackson mit seinen bescheuerten Nasenoperationen ...«

»Und Damiáns Auftritt hat Hector beleidigt.«

»Allerdings. Er hat Damián danach nie wieder unterrichtet.«

»Aber warum hat Damián das getan?«

»Das versuche ich dir ja schon die ganze Zeit klar zu machen. Damián spinnt. Er provoziert alle, die mit ihm in Kontakt kommen. Vielleicht hatten sie eine Meinungsverschiedenheit über Stilfragen. Und Damián hat sich eine originelle Form einfallen lassen, Hector bloßzustellen. Jeder wusste, dass Damián bei ihm trainierte. Das war eine kleine Sensation, er tanzte gerade mal zwei Jahre und hatte plötzlich Nieves zur Partnerin.«

»Er ist wohl sehr begabt.«

»Du hast ihn ja in Berlin gesehen. Wie war die Show eigentlich?«

»Großartig«, sagte Giulietta und griff nach dem Päckchen Zigaretten auf dem Tisch. »Darf ich?«

14

Sie zündete sich umständlich eine Zigarette an und machte ein paar Züge, ohne zu inhalieren.

»Damián hat die Aufführung komplett ruiniert und Nieves bis auf die Knochen blamiert.« Sie schilderte den letzten Akt der Show, die ausgetauschte Musik, das peinliche Ende. Lindsey war überhaupt nicht erstaunt.

»Siehst du. Immer wieder solches Zeug. Daher hat er ja auch seinen Spitznamen. *El loco*. Welche Musik war es denn?«

»Ich weiß es nicht«, sagte Giulietta und drückte die Zigarette wieder aus. »Es war ein Lied, ein sehr ergreifendes Lied, von einer Frau gesungen. Ich erinnere mich nur an ein Wort im Refrain, das immer wieder vorkam: Renaceré.«

Lindsey stand auf und zog einen Schuhkarton unter dem Fernsehgerät hervor. Dann war kurz das klappernde Geräusch von gegeneinander schlagenden CD-Gehäusen zu hören. »Hier. Es ist das erste Stück. *Preludio para el año 3001.*«
Giulietta betrachtete das Bild auf der CD, eine Frau in schwarzem Tüll mit über dem Kopf verschränkten Armen auf einem rot gepolsterten Barocksessel. Warum war diese Tangowelt nur so ordinär?
Lindsey hatte mittlerweile die CD aufgelegt, und die Musik begann. Giulietta legte das Heftchen zur Seite und lauschte. »Renaceré en Buenos Aires ...« begann es. Die Melodie war so eindringlich, dass Giulietta auch ohne die Erinnerung an jenen letzten Abend in Berlin davon ergriffen gewesen wäre. Doch die Verbindung von beidem machte das Zuhören jetzt unerträglich. Nach dem ersten Refrain, diesem schaurigen, verzweifelt-hoffnungsvollen Aufschrei »Renaceré«, erhob sie sich und schaltete die Musik ab.
Lindsey schaute sie verwundert an, sagte aber nichts.
Giulietta trank einen Schluck Wein. »Was heißt eigentlich: ›Renaceré‹?«, fragte sie dann.
»Ich werde wieder geboren«, antwortete Lindsey.
»Und wer spricht da?«
»Horacio Ferrer. Ein Tango-Poet. Aber das Lied handelt nur scheinbar von Tango.«
»So. Und wovon handelt es wirklich?«
Anstatt zu antworten, nahm Lindsey ihr das Heftchen aus der Hand und hielt es neben die Kerze. Dann begann sie zu lesen.

Wieder geboren in Buenos Aires, an einem Juninachmittag,
mit dieser gewaltigen Lust zu lieben und zu leben;
werde ich unweigerlich wieder geboren, im Jahre 3001,
an irgendeinem Herbstsonntag an der Plaza San Martin.

Streunende Hunde werden meinen Schatten anbellen.
Mit meinem bescheidenen Gepäck kehre ich aus dem Jenseits zurück.
Und knie nieder an meinem schmutzigen und schönen
Rio de la Plata

und kratze mir aus Schlamm und Salz ein neues unermüdliches
Herz zusammen.

Sie schaute vom Text auf, aber Giulietta blickte versonnen in die Flamme der Kerze und hörte zu. Lindsey fuhr mit ihrer improvisierten Übersetzung ins Französische fort:

Drei Schuhputzer, drei Clowns und drei Zauberer werden da sein,
meine ewigen Kumpane, und sie werden rufen: Nur Mut, Ché!
Werde geboren! Los, Junge, mach' schon, Bruder, es ist ein hartes
Geschäft, aber eine gute Sache zu sterben und wiederzukehren.

Renaceré, renaceré, renaceré ... Ich werde wieder geboren,
und eine gewaltige, außerirdische Stimme wird mir
jene uralte und schmerzvolle Kraft des Glaubens verleihen
um zurückzukehren, zu glauben, zu kämpfen.

Hinter dem Ohr werde ich eine Nelke
von einem anderen Planeten tragen,
denn selbst wenn niemand jemals wieder geboren wurde, ich kann es!
Mein Buenos Aires, dreißigstes Jahrhundert, wirst schon sehen.

Renaceré, renaceré, renaceré ...

Lindsey machte ein Pause. Giulietta hatte die Augen geschlossen. Sie war nun doch wieder in Berlin, im Theater in den Hackeschen Höfen. Warum hatte Damián dieses Lied gewählt, um Nieves zu blamieren? An jenem Abend war alles Mögliche geschehen, aber keine Wiedergeburt. Im Gegenteil. Damián hatte innerhalb von fünf Minuten die Arbeit von drei Monaten vernichtet. Dann öffnete sie die Augen wieder. »Ist das Lied zu Ende?«, fragte sie.
Lindsey schüttelte den Kopf, atmete durch und las weiter.

Wieder geboren aus den Dingen, die ich so sehr liebte,
und die Hausgeister werden flüstern: er ist zurück ...

ich werde die Erinnerung Deiner schweigenden Augen küssen,
um das halb fertige Gedicht zu Ende zu schreiben.

Aus dem Obst eines geschäftigen Marktes werde ich auferstehen,
aus dem schmutzigen Nachtlied eines romantischen Cafés,
aus dem eisernen Untergrund der U-Bahn-Strecke
Plaza de Mayo – Saturn,
aus einem Arbeiteraufstand im Süden kehre ich zurück.

Du wirst schon sehen, im Jahr 3001
komme ich wieder, mit den Jungs und Mädchen,
die es niemals gab und geben wird,
und wir werden die Erde segnen,
unsere Erde, und – das schwöre ich Dir –
wir werden in Buenos Aires neu beginnen.

Renaceré, renaceré, renaceré …

Lindsey ließ ihre Hand sinken. Es war völlig still im Zimmer. Ganz entfernt hörte man das Rauschen der Autobahn. Eine der Kerzen knisterte kurz, die Flamme zuckte zweimal und richtete sich dann wieder zu ihrer vollen Größe auf.
»Das ist wundervoll«, flüsterte Giulietta.
Die Kanadierin schaute sie irritiert an. »Wundervoll? Was findest du daran wundervoll?«
»Die Bilder. Zum Beispiel diese Stelle, wo jemand am Fluss niederkniet und sich aus Schlamm und Salz ein neues Herz zusammenkratzt. Das ist eindrucksvoll, irgendwie unheimlich und zugleich schön.«
Lindsey schaute sie mitleidig an. Giulietta fühlte sich verunsichert.
»Was schaust du denn so komisch?«
»Du hast überhaupt keine Ahnung von Argentinien, nicht wahr?«, sagte Lindsey leise.
»Was meinst du damit?«
»Du weißt überhaupt nicht, wo du dich hier befindest.«
Giulietta wurde innerlich steif. Wenn sie etwas nicht leiden konnte,

dann diese überhebliche Rätselsprache. Diese Frau war auch eigenartig. Von einem Moment zum anderen wechselte sie völlig die Stimmung. Anstatt etwas zu sagen, griff sie endlich nach dem Heftchen, das Lindsey ihr noch immer hinhielt. Sie spürte, wie Lindsey flüchtig ihre Hand umfasste. Fingerspitzen fuhren zärtlich ihren Handballen entlang und verharrten kurz um die Spitze ihres Daumens gelegt. Sie zog irritiert ihre Hand zurück.

»Du weißt, wo ich ihn finden könnte, nicht wahr?«

Lindsey schaute sie herausfordernd an. Dann nickte sie kurz und zuckte sogleich mit den Schultern.

»Und?«

Ihr Gesichtsausdruck wurde ein wenig abweisend. Sie setzte sich in den Schneidersitz und angelte eine neue Zigarette aus dem Päckchen. »Giulietta. Damián ist verrückt. Komplett verrückt.«

»Das mag sein. Aber ich muss ihn sprechen.«

»Liebe macht blind.«

»Hass macht noch blinder.«

»Was meinst du damit?«

»Damián. Warum hassen ihn alle so sehr? Es will mir nicht in den Kopf.«

»Weil er spinnt. Und weil er rücksichtslos ist. Er hat irgendein Problem und lässt es an seiner Umgebung aus. Ich kenne eure Geschichte nicht, aber die Tatsache, dass du um die halbe Welt gereist bist, um ihn zu suchen ...«

Giuliettas Gesichtsausdruck ließ sie verstummen. Lindsey biss sich auf die Lippen, griff dann erneut nach Giuliettas Hand und drückte sie diesmal freundschaftlich. Doch Giulietta wollte diese Berührung nicht. Sie machte sich frei, winkelte ihre Knie an und blickte nervös zur Decke.

»Es tut mir Leid«, sagte Lindsey.

Giulietta schüttelte den Kopf und schaute ihr dann direkt ins Gesicht.

»Weißt du, wie das ist, wenn man plötzlich vor einem Menschen steht, von dem man alles zu wissen glaubt, ohne dass man auch nur ein Wort mit ihm gewechselt hat?«

Lindsey senkte ihren Blick und spielte mit ihrer Zigarette. Aber Giulietta redete einfach weiter.
»Kennst du das, wenn du jemandem begegnest, und mit einem Schlag wird es still in dir? Ich meine ruhig, ganz ruhig?«
Lindsey schaute stur in den Aschenbecher. Einen Augenblick lang schwiegen sie nun beide. Die Kerze flackerte wieder. Der schrille Hupton eine Autoalarmanlage erklang einige Sekunden lang. Dann wurde es wieder still.
»Ich weiß noch, wie ich zum ersten Mal neben Damián in Berlin durch die Straßen gegangen bin. Weißt du, wie ich mich gefühlt habe? Ich war gar nicht neben ihm. Ich war in ihm. Ich habe eine Nacht mit ihm verbracht und bin in seiner Haut erwacht. Und jetzt erzählt mir jeder, den ich treffe, der Mann, der dieses Gefühl in mir ausgelöst hat, sei verrückt. Das mag ja sein. Aber dann bin ich es auch. Verstehst du das?«
Lindsey goss Wein nach und schob Giulietta ihr Glas hin. Dann erhob sie sich und begann in dem Stapel Videokassetten herumzusuchen. Als sie das gewünschte Band gefunden hatte, schaltete sie das Fernsehgerät ein und spulte das Band vor. Tanzpaare zappelten in Schwarzweiß über den Bildschirm. Plötzlich schaltete Lindsey auf normale Geschwindigkeit und drückte die Pausentaste.
»Das ist eine Aufnahme von 1995«, sagte Lindsey. »Schau dir mal an, was er da treibt.«
Im ersten Augenblick war es ein Schock. Er sah aus wie auf dem Foto, das sie an der Pinnwand der Confitería Ideal gesehen hatte. Er trug das Haar bereits lang und zu einem Pferdeschwanz gebunden. Seine Bewegungen waren schon sehr präzise, aber über allem, was er tat, schwebte eine Hauch von Jugend und Leichtsinn, etwas Spielerisches, das umso mehr zur Geltung kam, als Nieves bereits die Frau war, die sie auch heute war.
Giulietta konnte auf einmal ermessen, was es für sie bedeutet haben musste, mit diesem begabten Kindskopf zu tanzen. Und bei allem Talent musste dieser Kindskopf sie mit seinen verrückten Ideen bis zur Weißglut gereizt haben. Giulietta hatte mittlerweile genug Tango gesehen, um erkennen zu können, dass Damián laufend Dinge tat, die Nieves aus dem Konzept brachten. Sie tanzten einige Sequenzen tadellos, und

plötzlich fügte Damián eine Bewegung ein, die den natürlichen Fluss der Bewegung unterbrach.
»Woher hast du diese Aufnahme?«, fragte Giulietta.
»Ich sammle alles, was ich kriegen kann. Das hier ist ein Mitschnitt einer Trainingsstunde. Es gibt hier Leute, die nichts anderes machen, als andere Profipaare auszuspionieren. Aber siehst du, was er da für ein Zeug macht. Warum macht er das?«
Nieves stieß Damián soeben wütend von sich und lief zur Seite weg. Die Aufnahme war ohne Ton, was das Ganze noch unheimlicher machte. Dann gab es einen Schnitt, und plötzlich war die Sequenz noch einmal zu sehen. Diesmal mit Ton. Offenbar hatten die beiden sich in der Zwischenzeit irgendwie geeinigt, denn diesmal war Nieves auf Damiáns merkwürdigen Ausfallschritt vorbereitet und tanzte ihn souverän mit, auch wenn man ihrem Gesichtsausdruck anmerkte, dass sie mit diesem Stil ihre Schwierigkeiten hatte.
Die Musik war rätselhaft. Hektisch. Schrill. Gehetzt. Wie die Tonspur einer Verfolgungsjagd in einem Film aus den siebziger Jahren.
»Was ist das für eine Musik?«, fragte Giulietta.
»Tres minutos con la realidad.«
»Was heißt das?«
»Drei Minuten mit der Wirklichkeit. Von Piazzolla.«
»Seltsamer Titel.«
»Ja. Genauso seltsam wie die Choreografie. Es wirkt einfach nicht wie Tango, findest du nicht?«, sagte Lindsey. »Warum an dieser Stelle ein *abanico*? Ich verstehe das einfach nicht. Niemand versteht es. Außer ihm selber, er spinnt einfach.«
»Weißt du, wie alle diese Schritte heißen?«, fragte Giulietta.
»Klar.«
»Kannst du noch einmal zurückspulen.«
»Zum Anfang?«
»Ja.«
Sie betrachteten den ganzen Mitschnitt, was fast zehn Minuten dauerte. Es gab laufend Unterbrechungen. Doch am Ende war eine Choreografie entstanden, auch wenn Nieves sie offenbar nicht mochte.
»Es sind sieben Brüche«, sagte Giulietta schließlich.

»Was meinst du damit?«
»Spulst du noch mal zurück bitte?«
Lindsey schaute sie verwundert an, aber Giuliettas Augen glänzten plötzlich vor Aufregung.
»Hier. Warte. Das ist der erste Bruch. Siehst du das?«
»Ja. Und?«, fragte Lindsey.
»Was geschieht hier? Ich meine mit den Figuren. Welcher Schritt ist hier das Problem?«
»Damián will einen *lapiz* einbauen. Das geht aber hier nicht so einfach. Nieves muss die Drehung verlangsamen, sonst kommt er nicht hinterher.«
»Also ein L«, sagte Giulietta. »Er braucht ein L.«
»Was sagst du da?«
»Warte. Mach weiter.«
Lindsey drückte die Starttaste. Die Bilder flimmerten vorüber. Die beiden sahen großartig aus. Damián begann eine komplizierte Drehung. Plötzlich blieb Nieves abrupt stehen und schrie ihn an. Dann stieß sie ihn von sich und lief zornig von ihm weg.
»Hier. Was geschieht da?«
Sie mussten auf Zeitlupe schalten, um den Schritt erkennen zu können.
»Aha. Schau her. Eine *americana*. Ziemlich selten.«
»Diese Folge heißt *americana*?«
»Ja.«
»Warum will Nieves das hier nicht tanzen?«
»Weil es zu viel ist. Kein Mensch baut in einen *molinete* eine *americana* ein. Die Bewegung wird zu gedrängt. Warum macht er das bloß?«
»Weil er ein A braucht.«
»Sag mal, machst du dich über mich lustig? Ein L. Ein A. Was soll denn das.«
Giulietta nahm ihr die Fernbedienung aus der Hand und drückte die Starttaste.
»Mathematik«, sagte sie. »Du wirst gleich sehen. Es ist wirklich verrückt, aber ganz anders, als du glaubst. Schau! Da! Schon wieder ein Problem.«
»Medialuna.«
»Also M.«

»LAM?«
»Wir sind noch nicht fertig.«
Kurz darauf waren sie fertig. Giuliettas Gesicht war nun vor Aufregung voll roter Flecke. Lindsey starrte fassungslos auf den Zettel vor sich auf dem Tisch. Sieben Buchstaben, die wie von Geisterhand aus Damiáns Tango herausgefallen waren.

LAMBARE

»Was zum Teufel …«
Giulietta spulte das Band zurück und schaute sich die Sequenz noch einmal an. Lindsey starrte wie gebannt auf den Bildschirm. Sie schien die Brüche noch einmal zu kontrollieren, denn bisweilen schielte sie auf Giuliettas Zettel. Aber es stimmte. Was immer auf diesem Zettel stand: es waren exakt die Brüche in Damiáns Choreografie.
Giulietta drückte die Pausentaste, und das Paar auf dem Bildschirm gefror. Lindsey konnte den Blick nicht von diesem flirrenden Bild auf der Mattscheibe nehmen, brachte jedoch kein Wort heraus.
»Loco?«, fragte Giulietta.

15

Es war halb drei Uhr morgens, als sie ins Hotel zurückkehrte. Sie dachte an Lindsey, an die eindeutige Berührung. Eigentlich hatte sie gedacht, ein Problem mit einem Mann zu haben. Aber selbst mit den Frauen lief es nicht gut hier. Nieves hatte sie im Almagro angestarrt, als wollte sie ihr die Augen auskratzen. Lindsey war nett zu ihr, weil sie mit ihr ins Bett wollte. Und nun trat eine dritte Frau in ihr Leben, deren Motive völlig im Dunkeln lagen.
Die Nachricht war auf feines Papier geschrieben und nicht auf einen der Zettel, die man an der Rezeption bekam. Als sie die Unterschrift las, wurde ihr kurzzeitig schwindlig. Wie hatte diese Frau sie gefunden? Woher wusste sie, in welchem Hotel sie wohnte? Sie überflog die Zeilen mehrmals, bis ihr die einzig logische Möglichkeit in den Sinn kam, die den Namen der Unterzeichnerin mit ihr verband. Ortmann!

Dear Miss Battin,
Sie sind eine Freundin unseres Sohnes Damián,
und daher wäre es eine Ehre und Freude für mich,
Ihre Bekanntschaft machen zu dürfen.
Bitte rufen Sie mich an, so weit es Ihre Zeit erlaubt.
Hochachtungsvoll
Maria Dolores Alsina

Sie ging in ihr Zimmer und setzte sich aufs Bett. Dieser komische Deutschlehrer! Es gab keine andere Möglichkeit. Er hatte bei den Alsinas angerufen, von ihrem Besuch in der Schule erzählt und ihre Hoteladresse weitergegeben. Nun gut, schließlich hatte sie sich nach Damián erkundigt. Aber das Ganze war dennoch eigenartig. Sie hatte Ortmann doch gesagt, sie würde selbst mit Damiáns Familie Kontakt aufnehmen. Sie las die Notiz erneut, und allmählich wuchs ihr Erstaunen. Warum rief die Frau nicht einfach an? Oder hatte sie es schon versucht?
Dem Nachtportier entwand sie mühselig die Information, dass die gleiche Frau mehrmals nach ihr gefragt und gegen 23:00 Uhr diese Nachricht für sie abgegeben hatte. Gegen 0:30 sei außerdem ein Telefonanruf für sie angekommen, doch die Anruferin, auch diesmal eine Frau, habe keine Nachricht hinterlassen.
»Fue la misma«, sagte der Mann und deutete auf den Brief in Giuliettas Hand. »Same lady.« Seine rechte Hand hielt einen imaginären Telefonhörer ans Ohr.
In ihr Zimmer zurückgekehrt, kramte sie den gelben Zettel aus ihrer Handtasche hervor, auf dem Ortmann Adresse und Telefonnummer der Alsinas vermerkt hatte, und klebte ihn auf Frau Alsinas Brief. Aber die Nummern waren unterschiedlich. Wahrscheinlich besaß die Frau ein Mobiltelefon.
Warum wollte sie mit ihr sprechen? Warum so dringend? Giulietta stand auf und trat vor den Spiegel. Mein Gott, wie sah sie überhaupt aus? In ihrem rechten Auge war ein Äderchen geplatzt. Das war mit Sicherheit die Zigarette bei Lindsey gewesen. Sie vertrug keine Zigaretten, und schon gar nicht, wenn sie untergewichtig war wie jetzt, seit drei Tagen nicht vernünftig geschlafen hatte, fast ständig unter Herzklopfen litt und

dann auch noch Alkohol trank. Sie legte ihre Stirn gegen den Spiegel, schloss kurz die Augen und genoss das kühle Glas auf ihrer Haut. Dann trat sie wieder einen Schritt zurück, schaute das übermüdete, verängstigte Mädchen im Spiegel an und warf ihr einen grimmigen Blick zu. Das war nicht sie. Sie atmete tief ein und richtete sich auf. Das sah schon etwas anders aus. Bereits die zwei tiefen Atemzüge hatten etwas verändert. Sie reckte ihren Hals, konzentrierte sich auf ihre Schultern, ihren Rücken und verblieb in der ersten Position. Dann ließ sie ihren Oberkörper leicht nach vorne fallen, hob den linken Arm und glitt in eine elegante Verbeugung. Irgendetwas in ihr übernahm die Kontrolle über ihren Körper, und während in ihrem Kopf Namen und Fragen einander ablösten, befreiten die Bewegungen sie allmählich von der inneren Anspannung.

Dann saß sie auf dem Bett, rieb sich den Schweiß von der Stirn und war nun wieder völlig wach. Dienstag, dachte sie. Noch vier Tage. Das Ultimatum der Ballett-Direktorin war mit Sicherheit endgültig. Wenn sie am nächsten Montag nicht zum Training erscheinen würde, wäre sie entlassen. Am Samstag musste sie zurückfliegen, auch wenn sie Damián bis dahin nicht gefunden hatte. Das Herzklopfen kehrte zurück. Sie hätte eigentlich schlafen sollen. Aber in ihrem Kopf war zu viel Unruhe entstanden.

Lambare?

Damián tanzt komisches Zeug.

El loco.

Ein ungutes Gefühl beschlich sie. Sie zog ihre Schuhe wieder an und ging zu einem großen Hotel auf der Avenida Santa Fé, in dessen Lobby ein Kreditkartentelefon hing. Lutz antwortete nach dem dritten Klingeln.

Er war von ihrem Anruf völlig überrascht.

»Du bist tatsächlich …?«

»… in Buenos Aires, ja.«

»Wahnsinn.«

»Lutz, hast du Damiáns Adresse?«

Pause.

»Du bist echt in Buenos Aires? Das ist kein Witz?«

»Ja. Bitte. Ich habe nicht viel Zeit. Weißt du, wo Damián wohnt?«
»Ihr seid also nicht zusammen gefahren?«, sagte er mit einem Ton von Überraschung in der Stimme.
Giulietta stutzte.
»Wovon redest du?«
Lutz zog die Nase hinauf.
»Also, du bringst mich da in eine schwierige Lage.«
»Wieso?«
»Die Sache ist … du bist schon die Zweite, die mich danach fragt.«
»Und? Wer sonst noch?«
Aber sie wusste die Antwort schon, bevor er sie ausgesprochen hatte.
»Dein Vater.«
Pause.
»Mein Vater … was hat mein Vater damit zu tun?«
»Na ja, er war hier und wollte Damiáns Adresse von mir haben.«
»Wann?«
»Am Samstag.«
»Und? Was hast du ihm gesagt?«
»Dass ich es nicht weiß. Beziehungsweise, dass er bis vor einem Jahr bei Nieves gewohnt hat, und das ist die einzige Adresse, die ich von ihm kenne. Dein Vater hat sie jetzt allerdings auch. Habe ich etwas falsch gemacht?«
Giuliettas Magen zog sich zusammen. Was fiel ihm nur ein? Konnte er sie nicht ein einziges Mal im Leben mit einem Problem, das nur sie etwas anging, alleine lassen?
»Was hat er dir erzählt? Warum ist er überhaupt zu dir gekommen?« Sie hatte Mühe, nicht loszuschreien.
»Er stand am Samstagmorgen hier auf der Matte. Er sagte, du wärst Hals über Kopf mit Damián nach Buenos Aires gefahren, und sie hätten nicht einmal eine Adresse, wo sie dich erreichen könnten. Giulietta, deine Alten machen sich Sorgen, das ist alles. Ruf sie doch mal an.«
Wusste Lutz überhaupt, was nach der Aufführung in Berlin alles geschehen war?
»Was hast du ihm sonst noch gesagt?« Sie bemühte sich, ruhig zu bleiben, aber der scharfe Ton in ihrer Stimme war wohl unüberhörbar.

»Er war höchstens zehn Minuten hier. Sag mal, ist irgendetwas nicht in Ordnung?«
»Hör zu«, sagte sie, »kennst du nicht irgendjemanden, der vielleicht weiß, wo ich Damián finden kann? Ich meine, jeder hier kennt ihn, aber kein Mensch weiß, wo er wohnt. Das kann doch einfach nicht wahr sein, verdammt noch mal!«
»Ja, sollte man meinen. Aber diese Tango-Leute kennen sich meistens nur mit Spitznamen und tun geheimnisvoll. Warst du schon im Almagro oder im ReFaSi?«
»Almagro, ja, aber er war nicht da.«
»Du musst die Leute fragen. Irgendjemand wird schon wissen, wo er steckt. Frag nach *el loco*. Die meisten kennen ihn nur unter diesem Namen.«
»Danke für den Tipp.«
Pause.
»Tut mir Leid … aber warte, ich könnte Claudia fragen.«
»Claudia?«
»Aus dem Studio in Steglitz. Vielleicht hat sie seine Adresse.«
»Könntest du das bitte machen? Jetzt gleich. Ich rufe dich in fünf Minuten noch mal an, ja?«
»Okay. Gib mir 'ne halbe Stunde.«
»Danke.«
Sie legte auf.
Innerlich schäumte sie vor Wut. Aber was konnte Lutz dafür? Immerhin hatte sie halbwegs die Kontrolle behalten. Sie zog wütend die Kreditkarte durch das Lesegerät und wählte erneut. Bis sie ihre Mutter endlich am Telefon hatte, vergingen fast fünf Minuten. Sie ertrug mühsam und genervt Mozarts Kleine Nachtmusik, hörte das Knacken und Rauschen verschiedener Weiterleitungsversuche und hatte mehr Zeit als genug, darüber nachzudenken, was um alles in der Welt ihren Vater bewogen haben konnte, Lutz aufzusuchen. Er kannte ihn doch überhaupt nicht. Aber das war typisch für ihn. Wenn ihr Vater etwas wollte, dann bekam er es. Das war sozusagen sein Beruf. Und offenbar wollte er das Gleiche wie sie selber: Damiáns Adresse. Und das wiederum konnte nur eines bedeuten.

Ihr Mutter bestätigte es bereits mit dem ersten Satz, der auf ihre Begrüßung folgte.
»Giulietta, hör zu: Papa fliegt heute nach Buenos Aires.«
»Was …? Warum …?«
»Er … wir haben Angst um dich. Er will mit dir sprechen. Er hat gesagt, wenn du anrufst, soll ich dir sagen, dass er kommt. Hast du etwas zu schreiben? Ich gebe dir die Adresse von seinem Hotel.«
Sie ließ sich auf die gepolsterte Sitzbank sinken und versuchte, ihre Fassung zu bewahren.
»Giulietta, bist du noch da?«
»Ja … aber Mama, … ich kann nicht …«
Woher kam das: dieser Abscheu?
»Ich will ihn nicht sehen!«
»Hör zu, mein Kind, ich vertraue dir. Ich weiß, dass du so etwas nie getan hättest, wenn du nicht fest davon überzeugt wärst, dass es notwendig ist. Aber du musst uns auch ein wenig vertrauen, ja? Dein Vater will mit dir sprechen. Er wird dir einiges erklären. Melde dich bitte bei ihm, wenn er angekommen ist. Versprichst du mir das?«
»… aber Mama, … ich will nicht mit ihm sprechen, solange ich nicht mit Damián geredet habe … und ich kann ihn nicht finden … er ist einfach verschwunden … was hat Papa denn gesagt, verdammt noch mal … warum dieses ganze Theater?«
»Giulietta, hör zu, Papa hat Fehler gemacht. Aber jetzt komm ihm etwas entgegen, ja? Ich bin sicher, dass sich alles klären wird. Hast du etwas zu schreiben?«
»Ja«, log sie. Ihr Vater in Buenos Aires. In weniger als vierundzwanzig Stunden. Sie musste Damián finden. Heute noch. Wieso flog ihr Vater um die halbe Welt, um ihr etwas zu erklären, das er ihr mit Sicherheit auch am Telefon sagen könnte? Warum hatte er ihr das nicht letzte Woche gesagt?
Ihr Vater. Frau Alsina. El loco.
»Hast du's?«
»Ja.«
»Er kommt um elf Uhr dreißig Ortszeit an, am Donnerstag. Er fliegt heute Abend von Paris, ich sehe ihn vorher nicht mehr, aber ich sage

ihm, dass du angerufen hast und dich bei ihm im Hotel melden wirst, ja?«
Da war es wieder: Dieses ungute Gefühl. Ihr schlechtes Gewissen. Aber vor allem verspürte sie Wut. Warum folgte er ihr hierher? Das war doch nicht normal.

Claudia wusste auch nicht mehr als alle anderen. Die Telefon- und Faxnummer, die sie Lutz durchgegeben hatte, kannte Giulietta mittlerweile auswendig.
»Trotzdem danke.«
»Kein Problem«, sagte Lutz. »Wie findest du Buenos Aires?«
»Heiß.«
»Aha. Nun ja.«
»Lutz, sagt dir das Wort *Lambare* irgendetwas?«
»Lambada?«
»Nein. LAMBARE.«
»Ist das nicht dieses Dschungelkrankenhaus von Albert Schweitzer?«
»Nein, das heißt Lambarene. Ich meine Lambare. Ist das ein Tango?«
»Nie gehört. Wieso?«
»Nur so. Hör zu. Mir ist noch etwas eingefallen. Charlie hat doch sicher die Videoaufnahme vom letzten Aufführungstag von *Julián y Juliana*, oder?«
»Ich denke schon. Ja, wieso?«
»Könntest du mir eine Kopie schicken?«
»Eine Kopie vom Mitschnitt der letzten Aufführung?«
»Ja.«
»Nach Buenos Aires?«
»Lutz, musst du immer alles wiederholen, was ich sage? Ja. Ich brauche das Video vom letzten Aufführungstag. Und bitte per Express. Ich gebe dir das Geld, wenn ich zurück bin. Kann ich mich darauf verlassen?«
Sie hörte ihn schnaufen. Was sie nicht hörte, konnte sie sich vorstellen: seine gerunzelte Stirn und die stummen Gedanken: Zicke!
»Also gut. Gibst du mir deine Adresse?«
Als sie aufgelegt hatte, blieb sie noch einige Minuten untätig auf der gepolsterten Bank der Telefonkabine sitzen und schaute über den

Marmorboden des weitläufigen Foyers. Auf dem Heimweg durchdachte sie die neue Situation, so weit ihre Müdigkeit das zuließ. Sie hatte sich geirrt. Sie hatte sehr viel weniger Zeit, als sie geglaubt hatte. Bereits am Donnerstag wäre ihr Vater in der Stadt. Sie musste Damián vorher finden. Aber wie? Und dann war da noch Frau Alsina. Die Nachricht auf ihrem Nachttisch war innerhalb der letzten Stunde nicht weniger rätselhaft geworden.

… bitte rufen Sie mich an, soweit es Ihre Zeit erlaubt.
Hochachtungsvoll
Maria Dolores Alsina

Es war ihr letzter Gedanke, bevor sie einschlief.
Auch diese Frau hatte es eilig.

16

Die Idee war ihr beim Frühstück gekommen. Sie saß in einem Eckcafé neben ihrem Hotel und blätterte in der Tangozeitschrift. Sie musterte Lindseys Unterstreichungen und blieb immer wieder an der Annonce der *Casa Azúl* hängen. Heute würde Nieves dort unterrichten. Sie verbrachte fünf Minuten damit, ein Zuckertütchen in kleine Stücke zu reißen, behielt dabei jedoch ständig diese Anzeige im Auge. Es war der einfachste und direkteste Weg. Ihr Magen rebellierte schon jetzt gegen die Vorstellung, diese Frau zu treffen. Aber es gab keine andere Lösung. Sie musste dort hingehen.

Als sie zwei Stunden später die geschwungene Steintreppe zum Tanzsaal der *Casa Azúl* hochstieg, hatte sie in ihrem Hotelzimmer ein halbes Morgentraining hinter sich gebracht. Sie fürchtete diese Begegnung und reagierte darauf, wie sie es gelernt hatte: durch aufrechte Haltung. Ihre Knie waren weich und ihr Magen schmerzte, als sie den Tanzsaal betrat, aber keiner der Anwesenden hätte davon etwas bemerkt. Außerdem kümmerte sich zunächst niemand um sie.

Giulietta hatte nicht den Eindruck, dass es eine feste Gruppe war. Die

Kursteilnehmer schienen sich gegenseitig nicht zu kennen. Die umlaufende Stuhlreihe war noch spärlich von Männern und Frauen unterschiedlichsten Alters besetzt. Manche zogen gerade ihre Tanzschuhe an, andere warteten bereits fertig umgezogen auf den Beginn der Stunde. Bis auf zwei Pärchen saßen alle allein auf ihren Stühlen und wahrten dabei deutlichen Abstand voneinander. Giulietta setzte sich ans äußerste Ende der linken Stuhlreihe und begann, ihre Straßenschuhe gegen hochhackige Pumps auszutauschen. Allmählich kamen noch mehr Leute, und es bildeten sich kleine Grüppchen. Giulietta hörte französische und amerikanische Gesprächsfetzen, und zu ihrem Erstaunen sprach auch jemand Deutsch: ein unbeholfen aussehender bärtiger Mann mit einem karierten Flanellhemd, viel zu engen Jeans und auffallenden, blitzblank polierten Tango-Stiefeln. Soeben erklärte er einer kleinen rothaarigen Frau neben ihm: »… das musst du hier spüren. Sonst geht das nicht. Nicht mit den Händen führen, sondern mit der Brust.« Dabei schlug er sich mit der Innenfläche seiner linken Hand ans Brustbein und deutete eine nicht besonders tänzerische Bewegung mit dem Oberkörper an.

Nieves war nirgends zu sehen.

Am Ende des Raumes saß eine ältere Frau an einem kleinen Tisch. Sie drehte an den Knöpfen eines Kassettenrecorders herum. Bei ihr bezahlte man offenbar die fünf Pesos Kursgebühr. Giulietta tat es den anderen gleich, ging zu ihr hin und reichte ihr das Geld. Die Frau musterte sie freundlich und wechselte mühelos ins Französische, als sie bemerkte, dass Giulietta kein Spanisch verstand: »Je suis Marta. Bist du das erste Mal hier?«

»Ja.« Sie nannte ihren Namen.

»C'est beau. Italiana?«

»Nein. Aber aus Europa.«

»Ah. Bist du alleine oder hast du einen Partner?«

»Ich bin alleine. Aber eigentlich wollte ich erst einmal zuschauen.«

»Das geht nicht, mi amor. Aber setz dich nur wieder. Es kommt schon jemand für dich.«

Damit wandte sie sich wieder dem Gerät und seinen zahlreichen Knöpfen und Schaltern zu. Giulietta nahm wieder Platz. Marta fand endlich

die richtige Taste, und die Musik begann zu spielen. Der deutschsprachige Mann mit den auffallenden Schuhen war einer der Ersten, der sich mit seiner rothaarigen Partnerin auf dem Parkett in Pose brachte und loslegte. Der Anblick beruhigte Giulietta. Erstens gehörten die beiden offensichtlich zusammen. Und zweitens würde sie sich hier zumindest tänzerisch nicht lächerlich machen. Sie erinnerte sich zwar nicht mehr so richtig an den Grundschritt, den ihr Damián ja einmal gezeigt hatte, aber selbst im Vollrausch und mit Reißnägeln in den Schuhen würde sie nicht so aussehen wie diese beiden dort. Die anderen Paare, die nun allmählich auf die Tanzfläche gingen, tanzten einfach und ruhig. Die restlichen Teilnehmer blieben sitzen und schienen es vorzuziehen, auf den Beginn des Kurses zu warten.
Dann erschien Nieves. Giulietta richtete sich unwillkürlich auf, als sie den Raum betrat. Die Argentinierin entdeckte sie sofort, verzog jedoch keine Miene. Sie ging, hier und da ein Küsschen verteilend, auf den Tisch am Ende des Raumes zu. Sie war offenbar schon im Gebäude gewesen. Sie hielt einen Plausch mit Marta, warf manchmal einen flüchtigen Blick auf die tanzenden Kursbesucher und schaute dabei kein einziges Mal in Giuliettas Richtung.
Plötzlich durchfuhr Giulietta der Gedanke, dass Damián hier auftauchen könnte. Außerdem war sie sich auf einmal fast sicher, den größten Teil der Erklärung für Damiáns eigenartiges Verhalten direkt vor sich zu sehen. Sie spürte noch immer eine massive Abneigung gegenüber Nieves, aber sie war zweifellos eine hervorragende und außerdem bildschöne Tänzerin. Damián musste verrückt sein, die Arbeit mit ihr aufzugeben. Vielleicht hatte er mit ihr in Berlin nur einen privaten Streit ausgefochten, aber sie im Grunde nie verlassen wollen. Die beiden waren auf einer ganz anderen Ebene miteinander verbunden, als sie es jemals sein könnte: durch ihre Kunst und ihre gemeinsame Kultur. Giulietta wäre hier immer nur ein Fremdling. Damián hatte sie nur benutzt, um sich von etwas zu befreien, dessen er kurzfristig überdrüssig gewesen war. Aber im Grunde gehörte er zu Nieves, zu dieser Frau dort, die den Kopf nach hinten warf, ihre schönen Beine durchdrückte und lässig ihren attraktiven Körper unter ihrem hautengen schwarzen Kleid zur Geltung brachte, ohne auch nur einen Augenblick lang den Eindruck

entstehen zu lassen, es interessiere sie nicht im Geringsten, ob ihr dabei jemand zuschaute.
Aber Damián erschien nicht. Nieves unterrichtete allein und begann die Stunde ohne einen Partner. Sie klatschte in die Hände, und alle Anwesenden stellten sich in zwei Reihen vor ihr auf. Giulietta überlegte fieberhaft, was sie nun tun sollte, doch es gab jetzt kein Zurück mehr. Nieves hatte sie gesehen und vollständig ignoriert. Das Spiel war eröffnet. Giulietta erhob sich und suchte sich einen freien Platz in der hinteren Reihe. Dann trafen sich ihre Augen. Kurz nur, aber ohne Mehrdeutigkeiten. Sie hielten beide den Blick einige Sekunden lang aufeinander gerichtet und schauten dann fast gleichzeitig weg. Nieves hob den Arm, schnippte mit den Fingern einen Takt, drehte sich dann um und gab eine einfache Schrittfolge vor. Die Gruppe setzte sich in Bewegung. Giulietta hatte keinerlei Mühe, zu folgen. Sie schaute zunächst so wenig wie möglich auf Nieves und orientierte sich im Wandspiegel an den anderen Frauen. Die Musik war stark rhythmisiert, und Giulietta bemerkte schnell, dass es in der Übung offensichtlich darum ging, zwischen Melodie- und Rhythmuslinie unterscheiden zu lernen. Die Bewegungen dazu erfolgten zunächst auf der Stelle, dann gab Nieves jeweils zwei Seitwärtsschritte nach links und rechts vor, und die Übung wurde allmählich komplexer. Die meisten Kursteilnehmer gerieten zunehmend aus dem Takt. Nieves betrachtete geringschätzig die Bemühungen der Kursbesucher und signalisierte durch markanter werdendes Schnippen mit den Fingern die für Ungeübte nur schwer hörbaren unterschiedlichen Rhythmen.
Dann drehte sie sich um, ging durch die Reihen und begann zu korrigieren. Die Musik spielte, der Saal war erfüllt vom Getrappel der aufsetzenden Schuhe, die Gruppe der Tänzer wogte mehr oder minder einheitlich hin und her, und dazwischen bog Nieves einen Arm gerade, zog ein paar Schultern hoch oder half jemandem, den Takt zu finden. Als sie an Giulietta vorbeikam, blieb sie kurz stehen und vermaß sie ausdruckslos von oben bis unten.
Giulietta fühlte sich an die schlimmsten Augenblicke ihrer Ballett-Ausbildung erinnert. Gegen ihren Willen wanderte ihre Aufmerksamkeit immer öfter zu Nieves. Je länger diese Aufwärmübung dauerte,

desto tiefer fühlte sie sich durch die Situation erniedrigt. Jeder Blick, den Nieves ihr zuwarf, wirkte wie Spott und Hohn. Was um alles in der Welt war ihr bloß eingefallen, hierher zu kommen? Wer war sie denn? Eine von Damiáns schnellen Eroberungen, die nicht begreifen wollte, dass sie nur eine kurze Nummer für ihn gewesen war. Mein Gott, und sie flog ihm sogar noch hinterher und war sich nicht zu schade, vor Nieves' Augen herumzuturnen, um den durchgebrannten Liebhaber wieder zu finden. Giulietta schluckte mehrfach, ohne ihre Konzentration zu unterbrechen. Magensäure brannte in ihrer Kehle. Aber das kannte sie alles. Nieves war im Grunde nur eine abstrakte Idee: sie war die Ballett-Lehrerin, die sie wochenlang fertig machte. Sie war das gnadenlose Publikum, die tausend Augen, die begierig auf den ersten Fehler, die erste Schwäche warteten. Sie war die Verkörperung der anderen Tänzerinnen eines jeglichen Ensembles, der Neiderinnen, der Konkurrenz. Und sie war nichts Geringeres und nichts Banaleres als der schlimmste Feind eines jeden Menschen, der etwas will: Angst. Angst vor dem Versagen, dem Irrtum, dem Scheitern. Aber nicht für sie. Nicht Giulietta! Was immer geschah: sie würde weitermachen! Sie würde Damián finden, und sei es nur, um ihm noch ein einziges Mal ins Gesicht zu schauen.
Als die Aufwärmübung nach einer halben Stunde vorüber war, winkte Nieves ein junges Mädchen heran und begann, eine recht komplizierte Schrittfolge mit ihr zu tanzen. Sie wiederholte die Sequenz mehrfach und zerlegte die Bewegung dann in ihre einzelnen Elemente. Dann erklärte sie den Männern, wie die Figur zu führen war. Nieves den Männerpart tanzen zu sehen war eine Augenweide. Giulietta sah ihre Abneigung dieser Frau gegenüber mehr und mehr dahinschwinden. Nieves hatte sie geohrfeigt. Diese Frau hasste sie. Aber Giulietta fühlte sich zunehmend von ihr eingenommen. Sie wollte Nieves nicht zur Feindin haben. Diese Frau besaß eine besondere Ausdruckskraft, die über ihre technischen Fähigkeiten weit hinausging. Nieves verfügte über etwas Absolutes, das ihr selbst noch fehlte. Giulietta konnte gar nicht anders, als diese Absolutheit zu respektieren und verstohlen zu bewundern.
Die Musik setzte wieder ein, und es bildeten sich Paare. Giulietta schaute sich um. Ein junger Mann kam auf sie zu. Doch bevor er sie erreichte, trat plötzlich Nieves dazwischen und führte ihn mit einer anderen Frau

zusammen. Giulietta trat verunsichert an den Rand der Tanzfläche zurück und schaute zu, wie Nieves allmählich die Paare bildete. Als alle versorgt waren, stand Giulietta als Einzige allein. Die Paare begannen zu tanzen. Giulietta setzte sich und wusste nicht, wo sie hinschauen sollte. Sie faltete nervös die Hände und atmete tief. Das Sodbrennen wurde wieder schlimmer. Ihre Schläfen pochten. Sie schluckte und starrte ratlos auf das Parkett. Dann stand plötzlich Nieves vor ihr und streckte ihr die Hand entgegen.
»On danse?«
Ohne ihre Antwort abzuwarten, zog sie Giulietta behutsam hoch, ergriff ihre rechte Hand, legte Giuliettas Arm auf ihre Schulter und umfasste ihre Taille. Die plötzliche Nähe brachte sie noch mehr durcheinander. Der Duft von ihrem Parfüm stieg ihr in die Nase. Sie spürte die sanfte, aber zugleich feste Berührung von Nieves' rechter Hand auf ihrem Rücken. Giulietta schaute instinktiv nach unten, aber Nieves reagierte sofort: »Nicht nach unten schauen. Mehr ins plié.«
Giulietta hob den Kopf. Sie war größer als Nieves, aber dennoch hatte sie das Gefühl, die Frau blicke auf sie herab.
»Bei fünf kreuzen«, sagte sie plötzlich.
»Ah …?«
Nieves hielt in der Bewegung inne und begann noch einmal von vorne.
»Im Tango gibt es acht Positionen. Schau, bei eins stehst du parallel, zwei ist zur Seite, drei nach hinten. Bei fünf kreuzen. Sechs bis acht schließen. So.«
Sie tanzten die Positionen ein paarmal hintereinander, dann erklärte Nieves ihr die eben gezeigte Figur und an welchen Positionen die Schrittfolgen ansetzten. Nach einigen Versuchen glückte die Bewegung halbwegs. Nieves' Führung war eine Mischung aus sanften Signalen ihrer Hand auf Giuliettas Rücken und einer unsichtbaren Kraft, die ihr Oberkörper ausstrahlte. Außerdem spürte sie immer wieder kurze Berührungen an ihren Beinen, die ihr eindeutige Richtungssignale gaben. Einmal zauderte Giulietta kurz, unterbrach die Bewegung und stieß gegen Nieves. Dabei streiften sich ihre Wangen. Als die Musik zu Ende war, ließ Nieves sie plötzlich los. Giulietta war verwirrt. Sie lächelte unsicher. Nieves betrachtete sie kühl.

Dann sagte sie: »Tango liegt dir nicht.«
Der Ton ihrer Stimme war hart und abweisend. Giulietta wich ein wenig zurück, erwiderte jedoch nichts.
»Warum bist du gekommen? Willst du eine Entschuldigung? Die Ohrfeige galt Damián. Du warst im Weg.« Sie sagte das ohne eine Spur von Bedauern.
Erst jetzt begriff Giulietta allmählich, was hier geschah. Es war vergeblich. Mein Gott. Wie dumm sie gewesen war. Es war eine Mischung aus Trotz und Verzweiflung, die den Satz über ihre Lippen kommen ließ.
»Kannst du mir bitte sagen, wo ich ihn finden kann. Ich muss ihn sprechen.«
Nieves' Gesichtsausdruck wurde feindselig. Das nächste Stück begann. Die anderen Paare hatten ihre Übung unterbrochen und schauten zu ihnen herüber. Nieves machte ihnen ein Zeichen, weiterzutanzen. Dann ergriff sie Giulietta barsch am Arm und zog sie an den Rand der Tanzfläche. Einen Augenblick lang fürchtete Giulietta ernsthaft, sie würde wieder handgreiflich werden. Aber Nieves ließ sie sogleich los und gewann ihre Beherrschung zurück.
»Damián ist mir scheißegal«, sagte sie gepresst. »Du brauchst dir nichts einzubilden. Wie lange hat er's bei dir ausgehalten? Drei Wochen? Vier? Er steigt auf alles drauf, das so aussieht wie du.«
Giulietta schloss kurz die Augen. Dann setzte sie sich und begann ihre Schuhe auszuziehen. Nieves schaute nervös um sich und bemerkte die neugierigen und irritierten Blicke der anderen. Sie konnten nicht gehört haben, was sie gesagt hatte. Aber sie hatten Giuliettas Reaktion gesehen. Nieves setzte sich neben sie. »Meinst du, ich bin eifersüchtig auf seine Bettgeschichten? Da hätte ich ja viel zu tun.«
Giulietta schwieg und zog ihre Straßenschuhe an. Dann erhob sie sich, doch Nieves versperrte ihr den Weg. »Weißt du überhaupt, mit wem du es zu tun hast?«, flüsterte sie. »Damián ist nicht normal. Er ist krank. Verstehst du. Krank.«
»Ich weiß.«
»Was weißt du? Du weißt gar nichts.«
»Ich möchte jetzt bitte gehen.«
Nieves starrte sie an, machte jedoch keine Anstalten, sie vorbeizulassen.

Giulietta sah ihr jetzt direkt in die Augen. Wenn hier jemand krank war, dann diese Frau. Nein, alles war krank hier. Nieves. Ortmann. Damián. Dieses Land war ein Land von Wahnsinnigen. Von Verrückten. El loco. Las locas. Was hatte diese Amerikanerin in ihrem Hotel vor ein paar Tagen noch gesagt. Ein wichtiges Wort ist das hier: verrückt.
Plötzlich ergriff Nieves ihre Hand. Giulietta war völlig überrumpelt. Sie erschrak über die Berührung, aber sie war viel zu überrascht, um sich zu wehren. Nieves ging voran und führte sie an der Hand aus dem Tanzsaal hinaus auf den Treppenabsatz. Dann schloss sie die Tür hinter sich. Giulietta wurde bleich. Sie wollte weglaufen, aber Nieves versperrte ihr den Weg zur Treppe. Diese Frau war nicht zurechnungsfähig. Jede falsche Bewegung würde sie reizen und möglicherweise zu einer unkontrollierbaren Handlung hinreißen. Giulietta bekam Angst. Mit dieser Situation konnte sie nicht umgehen. Nieves war stärker als sie. Sie spürte noch den harten Griff ihrer Finger auf ihrem Unterarm. Sie wird mich wieder schlagen, dachte sie panisch. Was sollte sie nur tun? Womit sollte sie sich bloß verteidigen? Mit ihrem Rucksack vielleicht, den sie in der Hand trug? Was für eine lächerliche Situation.
Nieves kam auf sie zu, blieb jedoch einige Schritte vor ihr stehen und verschränkte erneut die Arme: »Jetzt hör mir mal gut zu, ja«, begann sie. »Du hast keine Ahnung, worauf du dich hier eingelassen hast. Damián und seine ganzen Scheißgeschichten stehen mir hier.« Sie mimte einen Handkantenschlag gegen ihre Kehle. »Fahr nach Hause. Oder komm jedenfalls nicht zu mir. Ich habe keine Ahnung, wo er ist. Jedenfalls nicht bei mir. Und ich habe seit Monaten nichts mehr mit ihm zu tun, verstehst du.«
Nieves bebte vor Erregung, aber sie hatte sich einigermaßen unter Kontrolle. Sie würde sie nicht angreifen. Giulietta würde später darüber nachdenken, ob es der Gedanke an Damián war, der sie so aufbrachte, oder die Tatsache, dass Giulietta sie mit ihrem Erscheinen hier offenbar maßlos provoziert hatte. Gegenwärtig wollte sie nur weg hier, raus aus diesem Gebäude, außer Hörweite von Nieves' Wortschwall, der sich über sie ergoss.
»Er ist ein verfluchter Zombie. Er zerstört jeden, der sich ihm nähern will. Weil er selber zerstört ist. Er ist schon lange tot und ernährt sich

von allem und jedem, der ihm zu nahe kommt. Und alle sind schuld an seiner Misere, bloß er selber nicht, dieser verfluchte *hijo de puta*. Da hast du deinen Damián mit seiner Scheißkindheit, Adoptionstrauma und was sonst noch für lächerlichem Psychodreck, den er über alles und jeden ausleert, als ob er der einzige Mensch auf der Welt wäre, der Probleme hat. *Hijo de la mierda. Huerfano de la putisima mierda.* Wenn jeder *orphelin* so herumspinnen würde wie er …«
Giulietta konnte kaum folgen. Sie redet überhaupt nicht mit mir, dachte sie. Es ist wie in Berlin. Ich stehe schon wieder im Weg und kassiere die Ohrfeigen, die für Damián bestimmt sind. Wie sehr musste Nieves ihn hassen. Mein Gott! Sie hörte überhaupt nicht mehr auf. Giulietta hatte zunehmend Mühe, das mit spanischen Schimpfwörtern durchsetzte Französisch zu verstehen. Wovon redete sie überhaupt. Orphelin? Adoption? Damián war offenbar Waise. Die Alsinas seine Adoptiveltern. Was hatte denn das nun mit der ganzen Situation zu tun? Was sollte sie damit anfangen? Nieves unterbrach ihr Geschrei einen Augenblick, und Giulietta hob die Hand: »Stopp!«
Nieves hielt inne, dann trat sie einen Schritt zur Seite und machte den Weg zur Treppe frei. Die spanischen Wörter, die ihr dabei aus dem Mund quollen, ergaben vermutlich ein vollständiges Lexikon der Geschlechtsteile und Ausscheidungsorgane des menschlichen Körpers. Giulietta wartete noch einen Augenblick, bis diese verbale Kloake wieder zu versiegen begann. Dann ging sie einfach an ihr vorbei und die Treppe hinab. Das Scheusal schien sich ausgekotzt zu haben. Eine Tür fiel krachend ins Schloss. Die letzten Stufen nahm sie im Laufschritt und rannte auf die Straße hinaus.

Pablo ließ sie herein.
Tagsüber sah das Haus sehr viel freundlicher aus. Die Ausmaße dieses Anwesens hatte sie gestern Nacht durch den Stromausfall überhaupt nicht richtig wahrgenommen. Jetzt sah sie, dass der Innenhof prächtig bepflanzt war. Handtuchgroße Blätter ragten aus verwachsenen Bü-

schen, deren Namen Giulietta nicht kannte. Sie hatte schon einmal einen Bananenbaum in einem botanischen Garten gesehen, aber das Zeug hier sah anders aus. Doch im Grunde war ihr völlig egal, was hier wuchs. Sie wollte Lindsey sprechen. Und Lindsey war nicht da. Pablo, ein junger, gut aussehender Bursche, von dem sie bereits durch Lindsey wusste, dass er die Zimmer dieses Hauses wochenweise an Tango-Touristen untervermietete, bestand jedoch darauf, sie möge hereinkommen und wenigstens einen Mate trinken. Es sei doch viel zu heiß, um draußen in der Stadt herumzulaufen.

Sie nahm das Angebot an, bat jedoch statt Mate um einen Saft. Vielleicht würde Lindsey ja gleich zurückkommen? Pablo wusste nicht, wo sie war. Er wusste nie, wo seine Mieter sich herumtrieben. Sie schliefen üblicherweise bis mittags um zwölf. Dann frühstückten sie bis um zwei und übten anschließend im Garten ihre neu gelernten Tango-Schritte. Danach besuchten sie ihre Kurse, fuhren dann in diese oder jene *practica*, gingen Abendessen und tauchten kurz nach Mitternacht in der jeweils aktuellen *milonga* auf. Vor fünf Uhr morgens kamen sie nie zurück. Warum heute alle schon um drei verschwunden waren, wusste er nicht.

»Tanzt du auch Tango?«, fragte er sie.

Giulietta schüttelte den Kopf und trank ihr Glas Apfelsaft leer, das Pablo ihr hingestellt hatte. »Nein. Überhaupt nicht. Ich mache hier Urlaub.«

Pablo schaute sie skeptisch an, verfolgte die Frage jedoch nicht weiter.

»Und du bist aus Berlin. Hat Lindsey mir erzählt.«

»Ja. Du hast hier Gäste aus der ganzen Welt, oder?«

Pablo grinste. »*Tango sells.* Japan. USA. Holland. Deutschland. Türkei. Israel. Was noch fehlt, sind Eskimos und Vietnamesen. Aber das kommt auch noch. Ich muss bald anbauen.«

»Japan? Tango? Verrückt!«

»Ja. Völlig verrückt. Aber soll dort sehr populär sein. Noch ein Schluck?« Er goss ihr nach, ohne die Antwort abzuwarten.

»Und du, auch ein *Tanguero*?«

»Do you think I'm crazy?« Er prustete los.

Sie schaute ihn an und dachte: No. Maybe not you. But everybody else.

Pablo war blond. Er hatte ein hübsches Gesicht, aber das Schönste an ihm war, dass er ihr keinerlei Avancen machte. Er war nur freundlich zu ihr, ohne das geringste Anzeichen von irgendwelchen Hintergedanken. Nach dem sexuellen Dauerfeuer der letzten Tage auf den Straßen von Buenos Aires machte sie das fast ein wenig misstrauisch. Vielleicht hatte er eine ähnliche Orientierung wie Lindsey.

Sie plauderten eine Weile. Dann klingelte das Telefon. Pablo ging dran und begann ein Gespräch auf Spanisch. Giulietta hörte, dass ihr Name fiel. Dann reichte Pablo ihr den Hörer.

»Giulietta?«

Es war Lindseys Stimme.

»Toll, dass du gekommen bist. Ich bin in einer Stunde da. Pablo soll dir mein Zimmer aufschließen. Du musst das sehen. Die Kassette ist noch im Videorecorder. Du hast da etwas Sagenhaftes entdeckt, weißt du das?«

»Lindsey, ich fliege nach Hause. Ich werde morgen umbuchen.«

Es wurde kurz still in der Leitung.

»Warte bitte auf mich, ja? Ich muss unbedingt mit dir reden. Und es tut mir Leid wegen gestern. Du bist nur so … zum Anbeißen eben. Ich war betrunken. Wird nicht mehr vorkommen, okay? Ehrenwort. Aber bitte warte auf mich. Versprochen? Gibst du mir noch mal Pablo?«

Fünf Minuten später stand sie allein in Lindseys Zimmer. Warum sie es überhaupt abschloss? Man hätte einen Metalldetektor gebraucht, um hier Wertsachen zu finden. Sie balancierte über Kissen, CD-Hüllen, Zeitschriften, überquellende Aschenbecher und zerknitterte Kleidungsstücke hinweg auf das Fernsehgerät zu und drückte auf den Einschaltknopf. Dann suchte sie eine gute Weile die Fernbedienung und fand sie schließlich hinter der Matratze. Das Zählwerk des Recorders stand bei 87 Minuten, und sie spulte aufs Geratewohl zurück. Bei 40 schaltete sie auf *play* und drückte *fast forward.* Szenen aus Tanzlokalen flimmerten vorüber. Einige Sequenzen waren in der Confitería Ideal aufgenommen. Die anderen Orte kannte sie nicht. Dann gab es einen kurzen Bildausfall, und bei Minute 57 begann eine Kamerafahrt durch einen großen, hellen Raum, der wie ein Tanzsaal des Barock aussah. Sie drückte auf *play*, und die Wiedergabe wurde normal. Die Kamera schlich durch den Raum und erfasste eine Person. Giulietta kniff angewidert die Augen zusammen. Es war Nieves. Sie stand vor einem großen Bogenfenster, hatte ein Bein hochgezogen und nestelte an den Lederriemen ihrer Schuhe herum. Ein wackliger Kameraschwenk brachte Damián ins Bild. Er strich sich gerade mit beiden Händen die Haare aus dem Gesicht und band sie mit einem Gummiband hinter seinem Kopf fest. Er wirkte älter als auf dem Band, das sie gestern Abend gesehen hatte. Damián schaute hoch und blickte direkt in die Kamera. Giulietta drückte auf *pause* und ging vor dem Gerät in die Hocke. Warum tust du das?, fragte sie sich. Warum schaust du dir das noch an? Ich fliege morgen. Ich kann nicht mehr.

Sie strich mit ihrem Finger über die Mattscheibe, wo sie eine feine Spur im Staub hinterließ, hinter der Damiáns grobkörniges Bild klarer durchschien. Dann griff sie nach einem benutzten T-Shirt, das am Boden lag, und reinigte das Glas vollständig. Die dunkelblonden, flaumigen Härchen auf ihrem Unterarm richteten sich auf. Es knisterte. Sie drückte wieder auf *play*. Damián lächelte sie an, und die elektrische Ladung schien nun unter ihrer Haut entlangzufließen. Ihr Blick wanderte auf die Hülle der Kassette, die auf dem Fernsehgerät lag: März 1997. Die andere Aufnahme war von 1995 gewesen. Zwei Jahre. Er war gereift.

Ihr Mund wurde trocken, als sie die beiden tanzen sah. Sie suchte nach dem Lautstärkeregler. Doch als sie ihn gefunden und hochgedreht hatte, hörte sie nur Rauschen. Was für ein Schwachkopf filmte Tanz ohne Ton? Die Choreografie war diesmal aus einem Guss. Es gab keine Unterbrechung. Falls hier auch irgendwelche Brüche oder Besonderheiten enthalten waren, so konnte Giulietta das nicht feststellen. Der einzige Indikator wäre vielleicht Nieves' Gesicht gewesen. Manchmal verzog sie den Mund oder runzelte die Stirn. Aber vielleicht war dies nur Ausdruck ihrer Konzentration. Außerdem konnte Giulietta dieses Gesicht nicht mehr ertragen. Die Nummer endete auf eine spektakuläre Schlussfigur. Nieves ging vor Damián in die Knie und gefror in einer sowohl unterwürfigen wie auch schamhaften Pose. Sie schaute zur Seite weg und wirkte plötzlich so zerbrechlich und sensibel wie ein junges Mädchen. Giulietta drückte wütend auf *stop*. Zum Kotzen, diese Fassade.

Sie stand auf, und dabei entdeckte sie einen Stapel vollgekritzelter Papierbögen auf Lindseys Schreibtisch. Ihre Weingläser von gestern Abend standen daneben, das von Giulietta noch immer halb gefüllt. Sie nahm

die Bögen zur Hand und blätterte darin. Das wollte sie ihr also zeigen. Sie las die untereinander geschriebenen Wörter. Manchmal waren es vier oder fünf, einmal sogar acht, ein anderes Mal nur drei. Lindsey hatte letzte Nacht offenbar noch eine ganze Weile lang Videomitschnitte analysiert. Die ersten Buchstaben der untereinander geschriebenen Worte waren eingerahmt, aber die Buchstabenfolge ergab meist nur rätselhafte Kombinationen. Enrosque. Sentada. Molinete. Americana. Giulietta setzte die Anfangsbuchstaben zusammen. ESMA? Eine andere Wortgruppe ergab LAPIZ. Schon wieder. Aber *lapiz* war doch selbst eine Figur? Enrosque. Sacada. Medialuna. Abanico. Noch einmal ESMA?
Auf dem nächsten Blatt fand sie eine ganze Reihe Wortgruppen, die überhaupt keine Bedeutung ergaben. Lindsey hatte offenbar herumgerätselt. Überall Streichungen, Umstellungen und jede Menge sinnlose Kürzel. ORV. IKSIY. PYENSTE. Giulietta schaute ratlos auf die Zeichen und Striche. Mein Gott, sie hatte anscheinend in Lindsey die Wissenschaftlerin geweckt. Damiáns Ticks mussten ihr den Schlaf geraubt haben. Giulietta blätterte um, und der Anblick der Seite verschlug ihr den Atem: überall Zahlen. Sie waren in Spalten untereinander gesetzt. Am Rand des Blattes entdeckte sie Notizen, die Lindsey in aller Eile hingekritzelt hatte. *Système séquentiel*, las sie. Daneben stand: *Système additionnel*. Giulietta wurde nicht schlau aus dem Wirrwarr von Zahlen und Zeichen, aber offensichtlich hatte die Kanadierin aus dem ganzen Zahlensalat Begriffe abgeleitet. 21-2-25-2-16-28-13-26-2, las sie. Daneben stand: *paraluisa*. Drei Ausrufungszeichen.
Sie ließ die Blätter sinken und schaute auf die von Bildern und Fotos übersäten Wände. Lindsey war unordentlich und chaotisch. Aber das lag wohl daran, dass ihr ständig so viele Dinge im Kopf herumgingen. Ihre Außenwelt konnte mit ihrer Innenwelt nicht Schritt halten. Dieses Zimmer sah aus wie die direkte Fortsetzung ihrer von krausen Gedanken überquellenden Seele. Sie hatte Damiáns Code gesucht. Aber hatte sie ihn auch gefunden? Giulietta schaute erneut auf die Zahlenreihen. Wie funktionierte das alles bloß? Wie hatte Lindsey das nur fertig gebracht? Entsprachen die Zahlen Buchstaben des Alphabets? Sie konnte der Versuchung nicht widerstehen und setzte die erste Zahlenreihe in Buchstaben um. Aber sie kam nicht weit. Der einundzwanzigste Buch-

stabe des Alphabets war doch ein U und kein P. Der zweite ein B. Nach Lindseys System entsprach die Nummer zwei jedoch einem A. Außerdem dürfte es eigentlich keine Zahl 28 geben. Sie schaute erneut die rätselhafte Tabelle an, die Lindsey zusammengestückelt hatte, konnte jedoch nicht erkennen, wie die unterschiedlichen Spalten zusammenhingen.

ABC	Figures	Positions		Positions	
		2–8 (sans 1-9-11-19-2)		2-8 (sans 1- 9-11-12-19-22-23-32-33)	
a-1	Abanico, Americana	A-2	0-2	A-2	0-2
b-2	Barrida	B-3	0-3	B-3	0-3
c-3	Calesita, Cunita	C-4	0-4	C-4	0-4
d-4	Doblar, Dibujar	D-5	0-5	D-5	0-5
e-5	Enrosque	E-6	0-6	E-6	0-6
f-6	Firulete	F-7	0-7	F-7	0-7
g-7	Gancho	G-8	0-8	G-8	0-8
h-8	Hesitacion	H-10	1-0	H-10	1-0

Die Tabelle füllte mehrere Seiten. Bis zur zweiten Spalte konnte Giulietta folgen. Die Anfangsbuchstaben der einzelnen Figuren dienten offenbar als bewegliche Lettern in Damiáns rätselhaftem Tangoalphabet. Doch wie kam es zu den Zahlen in den nächsten Spalten? Wie funktionierte der Rückschluss von den Zahlen auf die Buchstaben? Und was um alles in der Welt sollte das am Ende bedeuten? Doch wohl nur, dass zutraf, was alle sagten: Damián war nicht ganz richtig im Kopf. Er tanzte überhaupt nicht, sondern schrieb wirre Formeln aufs Parkett, die wahrscheinlich nur für ihn einen Sinn ergaben. Wer tat denn so etwas? Giulietta wusste aus dem Musikunterricht, dass manche Komponisten des Barock so verfuhren. Sie schmuggelten kabbalistische Botschaften in ihre Kompositionen. Sie hatte das damals interessiert zur Kenntnis genommen, dann aber schlechterdings albern gefunden. Im modernen Tanztheater gab es auch solche Strömungen mit Posen und Chiffren, deren Hintergründigkeiten man ohne weitschweifige Erklärung überhaupt nicht verstehen konnte. Sie hatte dafür nichts übrig. Schönheit, vor allem im Tanz, war für sie eine Sache der Klarheit. Choreografische Kopfgeburten waren ihr zuwider. Jemand hatte ihr einmal begeistert eine Passage aus *Finnegan's Wake* vorgelesen und verkündet, genauso, wie Joyce geschrieben habe, müsse man Ballett machen. Sie kaufte sich das Buch sogar und versuchte zu verstehen, was daran so toll sein sollte. Es las sich wie ein vom Tisch gefallenes Scrabble-Spiel. Sie las zehn Seiten und benutzte die kryptische Schwarte schließlich als Blumenständer, um ihrer Azalee am Fenster einen besseren Lichteinfall zu verschaffen.

Lindseys Zimmer begann sie zu deprimieren. Sie ging wieder in den Garten hinaus und setzte sich im Schatten auf einen Liegestuhl. In der Entfernung rauschte die Autobahn, aber eigentlich war es ganz idyllisch hier. Alle Zimmer waren ebenerdig um diesen halb gefliesten, halb begrünten Hof gruppiert. Am Ende des Gebäudes befand sich die große, gemütliche Wohnküche, in der sie vorhin noch mit Pablo Apfelsaft getrunken hatte. Daneben gab es zwei geräumige Bäder. An der Mauer zum nächsten Gebäude thronte ein riesiger Grill, aus keinem argentinischen Haus wegzudenken. Giulietta legte die Beine hoch und schloss die Augen. Ein leichter Wind strich über ihre Haut und spielte mit ihren Haarsträhnen. Dann hatte sie plötzlich das Gefühl, eine riesige Tür falle über ihr lautlos ins Schloss.

Als sie die Augen wieder öffnete, saß Lindsey neben ihr und lächelte sie an.

»Gut geschlafen?«

Sie fuhr hoch. Ihr Kleid war schweißnass. Ihre Zunge pelzig.

»Keine Panik. Du bist zwar noch immer am Ende der Welt, aber noch nicht von ihrer Kante gefallen.«

»Wie spät ist es?«
»Halb sieben. Ich habe etwas länger gebraucht.«
Sie hatte fast zwei Stunden geschlafen.
»Ich habe wohl immer noch Jetlag.«
»Klar. Die Seele geht zu Fuß. Kaffee?«
Giulietta nickte. Dann, nach einem Blick auf ihr Kleid, fragte sie: »Meinst du, ich kann kurz duschen?«
»Sicher. Alles leer. Keiner da. Du hast die Wahl.«
Lindsey stand auf, verschwand kurz in ihrem Zimmer und kehrte mit einem Handtuch und einem zwar verknitterten, aber sauberen T-Shirt nebst Shorts zurück. Sie legte ihr die Sachen einfach auf die Beine und ging in die Küche.
Giulietta duschte kalt. Das Handtuch roch nach Zigarettenrauch. Das T-Shirt und die Shorts ebenso, aber ihr Kleid war zu verschwitzt. Sie überwand sich und zog Lindseys Sachen an. Dann wusch sie ihr Kleid mit Shampoo durch, wrang es aus, so gut sie konnte, hängte es auf einen Bügel, den sie im Vorraum der Dusche gefunden hatte, und trug es in den Garten hinaus. In der Abendsonne würde das Kleid schnell trocknen. Die Hitze hatte auch Vorteile.
Lindsey saß am Küchentisch, hatte die Beine hochgelegt und blies sich kühle Luft in den Ausschnitt. Sie schob ihr den Zucker hin. Ein Becher mit Milchkaffee stand bereits da.
»Gut, dass du geschlafen hast«, fuhr sie dann fort. »Heute Nacht wird es spät.«
»Ah ja.«
»Willst du Damián noch sehen, bevor du nach Hause fliegst?«
Giulietta schaute von ihrem Becher auf und sagte nach einer Pause: »Ich war heute bei Nieves.«
Lindsey zog die Augenbrauen hoch. »Und hast kein blaues Auge?«
»Diese Frau ist furchtbar vulgär. Ich verstehe ja, dass sie mich nicht mag. Aber so etwas habe ich noch nicht erlebt.«
Sie schilderte, wie die Tanzstunde verlaufen war, Nieves' hysterisches Geschrei auf dem Treppenabsatz. »Offenbar ist Damián ein Adoptivkind oder so etwas, und Nieves meint wohl, er sei deshalb nicht ganz richtig im Kopf. Es war wirklich schlimm.«

Lindsey Gesicht fiel in sich zusammen. Ihr Mund stand halb offen. Dann sagte sie leise: »Fuck.«
»Hmm. So kann man es auch ausdrücken.«
Lindsey starrte sie an und schüttelte den Kopf. Manchmal war diese Frau ein wenig unheimlich. Jetzt rieb sie sich das Gesicht mit den Händen ab, räusperte sich und sagte: »Mut hast du ja, das muss man sagen. Aber warum willst du jetzt aufgeben? Damián kommt heute Abend möglicherweise ins *Sunderland*. Ich habe mit ein paar Leuten gesprochen, die seine Gewohnheiten kennen.«
»*Sunderland?* Was ist das?«
»Ein Club. Normalerweise geht man dort nur samstags hin. Es ist einer der ältesten Clubs der Stadt. Ziemlich weit draußen. Lauter Fossile. Heute hat Nestor Geburtstag. Nestor del Campo. Der Mann ist über achtzig. Damián liebt ihn über alles. Als er zu tanzen anfing, bevor er überhaupt den ersten Schritt gelernt hat, saß er monatelang im *Sunderland* und schaute den Alten zu. Nestor hat irgendwann Gefallen an ihm gefunden und ihm seine Geschichten erzählt. Der Mann ist eine wandelnde Tangoenzyklopädie. Wenn Damián in Buenos Aires ist, kommt er bestimmt.«
Giulietta schaute entschlusslos vor sich hin. Sie wusste nicht mehr, was sie tun sollte. Der Gedanke, ihn zu sehen, erfüllte sie mit ebenso viel Verlangen wie Furcht. Heute vor einer Woche hatte sie ihren Vater in ihrer Wohnung gefunden. Ihre letzte Begegnung mit Damián lag neun Tage zurück. Nur neun Tage? Es kam ihr vor, als sei das alles in einem anderen Leben geschehen. Berlin. Die Staatsoper. Ihr Ausflug nach Weimar. Die Vorstellung war absurd. Plötzlich hatte sie das Bedürfnis, Lindsey alles zu erzählen und die ganze Geschichte einfach loszuwerden. Diese Frau konnte rätselhafte Codes lösen. Vielleicht verstand sie ja auch etwas von den Menschen. Aber sie widerstand der Versuchung. Wozu? Morgen käme ihr Vater. Das Beste wäre, ihn aufzusuchen, ihn anzuhören und nach Hause zu fliegen. Vielleicht hatte er ja eine Erklärung. Bestimmt. Ihr Vater hatte noch immer für alles eine Erklärung gehabt. Ihr Blick fiel auf die Papiere.
»Du hast Damiáns Geheimnis gelüftet, nicht wahr?«, sagte Giulietta und wies auf die Bögen.

Lindsey griff nach den Papieren und schob sie dann Giulietta hin. »Ich habe bis heute Morgen gebraucht, das zu entschlüsseln. Ich habe so etwas noch nie gesehen. Aber es gibt keinen Zweifel. Er hat überhaupt keinen richtigen Stil. Er tanzt Chiffren.«
»Klar tanzt er Chiffren. Das habe ich dir ja gleich gesagt. Er hat es mir in Berlin sogar vorgemacht. Allerdings verstehe ich das mit den Zahlen nicht.«
Lindsey suchte das Blatt mit der Tabelle. »Ich habe nur ein paar Aufnahmen von ihm. Acht, um genau zu sein. Aber es deckt einige Jahre ab. 1995–1998. Was wir gestern angeschaut haben, funktioniert nur bis 1996. Ich habe drei oder vier Stücke analysiert, die er nach 1996 gemacht hat, aber es kommt nur Unsinn heraus. Er hat den Code verändert. Und ich weiß auch, warum.«
»Ach ja?«
»Offenbar wollte er ganze Sätze schreiben. Das geht nicht mit den Figurennamen. Die Choreografien würden viel zu lang.«
»Vielleicht waren manche Kombinationen auch einfach untanzbar«, warf Giulietta ein.
»Vielleicht. Irgendwann fängt er jedenfalls damit an, mit Positionen zu arbeiten. Er überspringt Positionen und baut daraus ein Alphabet.«
»Was für Positionen?«
»Es gibt acht Positionen im Tango, die immer gleich bleiben: die Positionen des Grundschritts. Es ist das Skelett, aus dem alle Figuren herauswachsen und zu dem alle Bewegungen auch wieder zurückkehren müssen. Manche Tänzer merken sich schwierige Figuren anhand der Positionen.«
»Kann ich mir so nicht vorstellen«, sagte Giulietta.
»Nein. Klar. Weil du die Schritte nicht kennst. Aber so funktioniert sein System. Damián wollte aus irgendeinem Grund Wörter tanzen. Erst hat er das mit den Anfangsbuchstaben der Figurennamen versucht. Dann war ihm das zu beschränkt, und er hat aus den Zahlen der Positionen von 1 bis 8 ein richtiges Alphabet gemacht.«
»Und woher willst du das wissen?«
»Weil es funktioniert. Im Grunde ist das ganz einfach. Erst muss man wissen, woran man die bedeutungstragenden Teile erkennt. Wie bei jeder Sprache ist ja nicht alles gleich wichtig.«

»Das verstehe ich nicht.«
»Das ist wie in der Linguistik. Als die Missionare in Afrika die Sprachen der Eingeborenen studieren wollten, sind sie genauso verfahren. Sie hatten ja keinerlei Anhaltspunkte, keine Wörterbücher, Grammatik, Behelfssprachen. Nichts. Blieb nur die Phonem-Analyse. Das ist universell und funktioniert immer. Schau. Was steht hier?« Lindsey nahm ein Blatt und schrieb ein Wort auf.
»Hat«, sagte Giulietta.
»Genau. Was man auf dem Kopf trägt. Und jetzt?«
Sie schrieb noch ein Wort.
»Haat.«
»Uhm. Und jetzt?«
»Haaaat.«
»Und an was denkst du, wenn du den Laut ›Haaaat‹ hörst?«
»An jemanden, der schlecht Englisch spricht oder auf dem Markt Hüte ausschreit.«
»Eben. Aber du denkst immer noch an den Begriff ›hat‹, nicht wahr?«
»Ja. Und?«
»Obwohl wir den Vokal extrem verlängert haben, ändert sich der Sinn für dich nicht. Es hört sich nur an, als ob jemand aus North Carolina versucht, ›hat‹ zu sagen. Wenn wir aber einen anderen Vokal wählen, dann ist sofort ein neues Wort da. Schau. Was steht jetzt hier?«
»Hot«, las Giulietta. Dann musste sie kichern. Das Ganze war wirklich zu komisch. Lindsey schaute sie streng an.
»Etwas Disziplin bitte. Schau, drei AAAs ändern nichts. Aber ein A, das zu einem O wird, ändert jede Menge. Sogar die Wortklasse. Ein Substantiv wird zum Adjektiv. Also haben wir für Englisch schon eine erste Regel gefunden: Vokaldehnung ist im Englischen nicht phonemisch. In jeder Sprache funktioniert das anders. Denk nur an Chinesisch. Da sind die Laute L und R nicht phonemisch. Jede Sprache hat phonemische Regeln. Das ist die wichtigste Grundunterscheidung, um überhaupt etwas verstehen zu können. Sinnhaftes von Sinnlosem trennen.«
Giulietta tat es jetzt Leid, gelacht zu haben. Es war ja schon interessant, was Lindsey da erzählte. Aber was hatte das alles mit Damiáns Tangos zu tun?

»Entschuldige, aber das klingt alles tatsächlich wie Chinesisch für mich.«
»Ist es aber nicht. Damián tanzt bisweilen komische Schritte. Das ist bekannt. Aber auch Hector tanzt Figuren, die nur er tanzt. Genauso wie alle anderen Tänzer auch ihre stilistischen Eigenheiten haben. Aber das sind nur unterschiedliche Dialekte der gleichen Sprache. Es sind Stile. Damián hingegen hat eine eigene Sprache.«
Giulietta schaute fasziniert Lindsey an. Diese Frau war wirklich bemerkenswert. Sie erklärte ihr diese abstrusen Theorien mit der gleichen Selbstverständlichkeit, als wäre es ein Kochrezept. Sie stützte das Kinn auf und lauschte aufmerksam.
»Man bemerkt es an den Brüchen und den Wiederholungen. Das gibt es nur bei ihm. Es ist ganz eigenartig. Aber daran kann ich ablesen, wie sein Code funktioniert.«
»Du meinst, welche Bewegungen ›phonemisch‹ sind«, fügte Giulietta hinzu.
»Genau. Und vor allem, welche das nicht sind. Ich habe ziemlich lange gebraucht, aber wenn man es einmal gefunden hat, ist es einfach. Damián hat der herkömmlichen Tango-Sprache eine zweite unterlegt: das Alphabet. Das Ergebnis gleicht den Gemälden von Arcimboldo. Man kann sich überhaupt nicht entscheiden, ob man Obst und Gemüse sieht oder ein Gesicht. Ein typisches *trompe-l'œil*. Damiáns Tangos sind auch ein *trompe l'œil*. Schau her. Diese Nummernfolge: 21-2-25-2-16-28-13-26-2. Das ergibt *Paraluisa*.«
»Wieso?«, widersprach Giulietta. »Ich habe das nachgerechnet. Das geht nicht auf.«
»Doch«, sagte Lindsey. »Du musst bedenken, dass nicht alle Positionen möglich sind, und die unmöglichen weglassen, dann kommst du genau zu dieser Lösung. Nimm das a. Das ist der erste Buchstabe im Alphabet. Bei Damián ist es aber die Zwei. Das ist logisch. Eine Eins kann man nicht tanzen. Er müsste auf der Stelle stehen. Also codiert er das a numerisch als zwei. Von Position 1 geht er auf 3. Das ist kein normaler Schritt. Man geht nicht von eins nach drei. Aber er tut das. Und warum? Weil die Differenz zwei beträgt. Das ist sein a. Dadurch verschiebt sich natürlich die nachfolgende Kette. B ist der zweite Buchstabe des Alphabets. Aber die Zwei ist schon durch das a besetzt. Also wird b durch die Drei

codiert sein, c durch die Vier und so weiter. Dazwischen fallen natürlich noch andere Kombinationen weg. Es gibt ja nur acht Positionen. Spätestens beim neunten Buchstaben muss er sich etwas Neues einfallen lassen. Ich habe ewig lang herumprobiert. Die einfachste Lösung, auf die ich gekommen bin, ist die, die du hier in Spalte drei siehst. Und wenn ich das anwende, kommt *paraluisa* heraus.«
»Und was soll das heißen?«, frage Giulietta verwundert.
»*Para Luisa. Für Luisa.* Keine Ahnung. Es liest sich wie ein Widmung für ein Mädchen oder ein Frau. Vielleicht seine Schwester?«
»Damián hat keine Schwester.«
»Nun, irgendeine Frau eben, die ihm 1997 etwas bedeutet hat.«
»Und was soll dieser ganze Hokuspokus?« Giulietta war plötzlich genervt. Sie schob die Blätter wütend von sich weg und stand vom Tisch auf. »Ich fliege morgen heim. Das interessiert mich alles nicht.«
Lindsey schaute sie mitleidig an. Dann schob sie ihr den Packen Papier hin, beugte sich über den Tisch und umkringelte mehrfach eine weitere Nummernfolge und die dazugehörige Transkription.
»Herbst 1998«, sagte sie. »Getanzt im Parakultural.«
Giulietta schaute widerwillig auf das Blatt und betrachtete kurz die Zahlen und die darunter stehenden Buchstaben. *Nosoyalsina* stand da.
»Ich kann das nicht lesen.«
Lindsey fügte Striche ein.
no / soy / alsina, stand jetzt auf dem Papier.
»Und? Was heißt das?«
»Das heißt genau das, was Nieves dir heute gesagt hat: ich bin kein Alsina.«
»Und?, wen interessiert …«
Aber die Frage blieb ihr im Hals stecken. Lindsey lehnte sich zurück und kramte eine frische Packung Zigaretten aus ihrer Handtasche. Giulietta stützte die Ellbogen auf, ließ ihren Kopf auf die Hände sinken und starrte auf das Papier vor sich auf dem Tisch.
»Aber wenn … ich meine … warum so geheimnisvoll … das ist doch keine Schande … wie viele adoptierte Kinder gibt es?«
Lindsey zog an ihrer Zigarette und schaute sie durch den Rauch hindurch an.
»Viele«, sagte sie schließlich. »Mehr als man glaubt.«

19

Die Frau saß im Halbdunkel des kleinen Foyers in einem Sessel und erhob sich lautlos, als Giulietta das Hotel betrat.

»Miss Battin?«

Giulietta blieb erschrocken stehen. »Sorry …«, stammelte sie.

Die Frau kam zwei Schritte auf sie zu. »Maria Alsina«, sagte sie. »Nice to meet you.«

Giulietta errötete. Was um alles in der Welt geschah hier eigentlich? Diese Frau? Warum war sie hier? Wie lange mochte sie hier gewartet haben?

»Es tut mir Leid, wenn ich Sie erschreckt habe. Das war nicht meine Absicht.«

Sie blieb einfach stehen und schaute sie neugierig an. Giulietta wusste nicht, was sie tun sollte. Sie in ihr Zimmer bitten? Auf sie zugehen? Ihr die Hand schütteln? Aber war es nicht an ihr, sich zu erklären?

Die peinliche Pause dauerte einige Augenblicke. Vielleicht war Damiáns Mutter genauso verrückt wie ihr Sohn? Aber es war ja offenbar gar nicht ihr Sohn, wie sich mittlerweile herausgestellt hatte. Giulietta entdeckte auch keine Spur von Damián in dem Gesicht vor ihr. Die Frau sah italienisch aus. Sie war sicher einmal schön gewesen. Jetzt war sie es nicht mehr. Sie wirkte streng mit ihrer hohen Stirn, über der sich dünnes schwarzes Haar eng an die Kopfhaut gepresst zu beiden Seiten teilte, so dass die Scheitellinie weißlich sichtbar war. Um die braunen Augen herum lagen viele Falten, die unter den Lidern bereits erste Anzeichen erkennen ließen, sich zu Tränensäcken auszubeulen. Die schöne Nase und die sorgfältig geschminkten Lippen schienen noch aus einer anderen Zeit zu stammen, vermochten die frühe Alterung, die aus den Augen sprach, jedoch nicht zu dämpfen. Leicht eingefallene Schläfen und hervortretende Wangenknochen unterstrichen diese Tendenz. Sie trug lärmenden Goldschmuck, der ihr nicht gut stand. Filigranes Silber hätte besser zu ihrer hellen Haut und den pechschwarzen Haaren gepasst, dachte Giulietta überflüssigerweise. Aber warum fiel ihr das überhaupt auf? Das Unpassendste war doch wohl, dass sie überhaupt hier erschienen war.

»Sie wundern sich bestimmt, dass ich Sie aufsuche«, begann sie und nahm ihre Handtasche in die andere Hand. »Es ist sogar fast ein wenig ungehörig, nicht wahr? Ich will Sie nicht lange belästigen.«
»Hat Herr Ortmann Sie benachrichtigt?«, fragte Giulietta schüchtern, nur um überhaupt etwas zu sagen.
Sie schaute kurz zu Boden und fixierte sie dann erneut.
»Ich will es kurz machen, Frau Battin. Sie sind seit sechs Jahren das erste Lebenszeichen, das ich von meinem Sohn habe ...«
Giulietta setzte zu einer Erwiderung an, und Frau Alsina unterbrach sich sofort. Aber die Worte blieben ihr einfach im Hals stecken. Sie blickte hilflos um sich, peinlich berührt durch die Situation, die ihr allmählich über den Kopf wuchs. Gab es um diesen Mann herum denn nichts als verstörte Menschen?
Frau Alsina sah, dass sie nichts erwiderte, und nahm ihre Rede wieder auf: »... und daher habe ich es nicht fertig gebracht, länger zu warten und zu riskieren, Sie zu verpassen. Sie müssen freilich nicht mit mir sprechen. Es ist mir sehr schwer gefallen, Sie aufzusuchen, und bitte nehmen Sie die Ungehörigkeit als Maßstab meiner Verzweiflung.«
»... nein, nein ... ich meine ... natürlich bin ich überrascht, aber ...«
Giulietta ließ den Satz resigniert in der Luft hängen, ging zwei Schritte auf die Frau zu und schüttelte ihre Hand. »Ich hätte mich bei Ihnen gemeldet. Ich habe Ihre Nachricht erhalten. Sollten wir uns vielleicht irgendwo treffen ... später meine ich, heute Abend oder morgen?«
Aufschub, dachte sie. Aufschub war immer ein Weg.
»Mein Wagen steht unten. Wir könnten eine Kleinigkeit zusammen essen, wenn Sie Zeit hätten?«
Wenn sie Zeit hätte? Natürlich hatte sie Zeit. Aber warum schien Frau Alsina keine zu haben? Warum diese Eile? Giulietta schaute auf die Uhr. Sie wusste ohnehin, dass es halb acht Uhr abends war. Ihre Verabredung mit Lindsey war um halb zwölf. Die Tangoparty begann wie üblich nicht vor Mitternacht. Sie wollte überlegen. Sie wollte die Kontrolle über die Situation behalten, die ihr zunehmend entglitt. Welche Situation überhaupt?
»Schön«, sagte sie. »Ich muss mich nur kurz fertig machen.«
»Danke. Ich warte unten im Wagen auf Sie.«

Frau Alsina verschwand im Treppenhaus. Giulietta lief ans Fenster am Ende des Flurs und schaute auf die Straße hinab. Noch bevor die Frau aus der Tür trat, fuhr eine silbergraue Limousine vor. Ein uniformierter Fahrer stieg aus und öffnete die hintere Tür. Frau Alsina verschwand in dem Wagen. Der Fahrer ging um das Fahrzeug herum, stieg wieder ein und schaltete die Warnblinklichter an.

Giulietta eilte in ihr Zimmer und streifte das noch immer ein wenig feuchte Kleid ab. Sie überlegte kurz und entschied sich für Jeans und T-Shirt. Allerdings zog sie ihren Eyeliner nach und legte ein wenig Rouge auf. Am liebsten hätte sie eine Maske aufgesetzt.

Das Wageninnere war eiskalt und Giulietta fröstelte, kaum dass sie eingestiegen war.

Frau Alsina bemerkte ihre Gänsehaut und rief dem Fahrer etwas zu. Im Übrigen sagte sie nur: »Wir fahren nicht sehr weit. Danke, dass Sie gekommen sind.«

Fünf Minuten später hielt der Wagen an einem kleinen Park. Sie stiegen aus und spazierten an einigen Restaurants vorbei, die den Park säumten. Es herrschte nicht viel Betrieb, aber Frau Alsina verwendete besondere Mühe darauf, einen etwas abgeschiedenen Tisch zu finden.

»Dieser Stadtteil heißt La Recoleta«, sagte sie. »Sind Sie schon einmal hier gewesen?«

»Nein. Leider nicht. Eine hübsche Gegend.«

»Haben Sie schon viel besichtigt?«

Was sollte sie bloß sagen? Sie hatte überhaupt nichts besichtigt und auch keinerlei Lust dazu.

»Nein«, erwiderte sie ehrlich und schob dann ihre kleine Notlüge hinterher. »Ich bin beruflich hier.«

Der Kellner brachte die Speisekarte. Allein der Gedanke an Essen war Giulietta zuwider. Ganz gleichgültig, welche katastrophalen Folgen diese Reise nach Buenos Aires für ihre Ballett-Karriere haben würde – immerhin würde sie hier nicht zunehmen. Im Gegenteil. Sie musste aufpassen, nicht ins andere Extrem zu verfallen. Sie schielte verstohlen auf Frau Alsinas Gesicht, als würde dort jeden Augenblick eine Erklärung für dieses eigenartige Treffen sichtbar werden. Aber das Einzige, was sie dort sah, waren Müdigkeit und Resignation. Jetzt, bei Tageslicht, sah sie

neben den Falten auch noch Pigmentflecke unter der sorgfältig aufgetragenen Schminke durchscheinen.
»Ich möchte nur einen Tomatensaft«, sagte Giulietta schließlich.
Die Frau nickte, bestellte für sich einen Orangensaft und reichte dem Kellner die Speisekarten zurück. Ein Mobiltelefon klingelte. Frau Alsina führte ein kurzes Gespräch, das ihrerseits aus den emotionslos gesprochenen Worten »Sí«, »No«, »No«, »Sí« bestand. Dann verstaute sie den Apparat in ihrer Handtasche und begann unvermittelt zu reden. Die ersten Sätze richtete sie dabei noch an die Tischdecke. Erst allmählich schaute sie auf und suchte Giuliettas Augen.
»Damián ist nicht mein wirklicher Sohn. Er hat im Alter von fünfzehn Jahren erfahren, dass wir, also mein Mann und ich, nicht seine wirklichen Eltern sind. Damián ist ein Waisenkind. Er wurde im September des Jahres 1976 in der Nähe einer der vielen Hüttensiedlungen am Stadtrand in einem Hauseingang gefunden. Er war höchstens eine Woche alt.«
Der Kellner kam und stellte die Getränke auf den Tisch. Giulietta spielte mit ihrem Glas, trank jedoch nicht. Die Frau vor ihr strahlte plötzlich eine seltsame Ruhe aus, als habe sie beschlossen, eine Beichte abzulegen, und spürte nun nach den ersten, stockenden Ansätzen eine gewisse Befreiung.
»Wir haben Damián seine wahre Herkunft zu lange verschwiegen. Das war falsch, aber wir haben uns damals für diese Vorgehensweise entschieden. Es ist auch für Adoptiveltern nach einer gewissen Zeit nicht einfach, sich einzugestehen, dass das Kind, welches man aufgenommen und zu lieben begonnen hat, nicht das eigene sein soll. Wir wollten warten, bis Damián reif genug war, zu begreifen, und zugleich noch Kind genug, um wirklich vergessen zu können. Diesen Moment haben wir verpasst. Vielleicht gibt es diesen Moment auch gar nicht. Damián erfuhr erst im Alter von fünfzehn Jahren, dass wir nicht seine wirklichen Eltern sind. Sie werden sich vorstellen können, was für ein Schock das für ihn war.«
Giulietta nickte.
»Fünfzehn ist ohnehin kein leichtes Alter für einen Jungen. Mein Mann ist kein einfacher Mensch, und es gab in dieser Zeit zwischen ihm und

Damián viele Auseinandersetzungen, was wohl zwischen Vater und Sohn durchaus normal ist. Ausgerechnet bei einem dieser Streits ist es dann herausgekommen. Ich könnte Ihnen diese Szene noch heute in allen Einzelheiten schildern. Ich erlebe sie seither fast jede Nacht und sehe Damián wie vom Donner gerührt in unserem Wohnzimmer stehen. Es ist unverzeihlich, was mein Mann ihm damals angetan hat, nur um in einem dummen Streit die Oberhand zu behalten. Aber man kann so viel bereuen, wie man möchte, es macht die Dinge nicht ungeschehen.«

Sie unterbrach sich kurz. Ihre Stimme war bisher normal und ruhig gewesen. Jetzt wurde sie ein wenig leiser.

»Die darauf folgenden eineinhalb Jahre waren schrecklich. Für uns alle. Wir haben alles versucht, unseren Fehler wieder gutzumachen. Aber es war hoffnungslos. Als Damián plötzlich einfach auszog, war ich daher zunächst erleichtert. Ich konnte weder das Schweigen noch das Geschrei länger ertragen. Und außer Schweigen und Geschrei gab es nach diesem Zwischenfall nichts mehr. Ich bilde mir ein, ich hätte ihn zurückgewinnen können. Aber zwischen Damián und meinem Mann war alles zerstört. Sie hassten sich. Mein Mann ist sicher nicht ganz unschuldig daran, dass die Situation eskalierte. Aber Damián wusste auch genau, wie er ihn reizen und quälen konnte. Und das tat er auch. Erbarmungslos. Mein Mann ist aufbrausend und jähzornig. Aber er ist kein schlechter Mensch. Und er hat Damián geliebt. Auf seine Weise. Das weiß ich genau. Er hat dem Jungen etwas Furchtbares angetan, doch Damián hat es ihm hundertfach heimgezahlt.«

Frau Alsina machte eine Pause und schaute betreten zur Seite. Giulietta spielte nervös mit ihrem Glas, und obwohl es ihr unpassend erschien, trank sie schließlich einen Schluck Tomatensaft. Gar nichts zu tun und einfach schweigend dazusitzen wäre noch merkwürdiger gewesen.

»Ich habe alles versucht, die Verbindung zu ihm aufrechtzuerhalten«, fuhr Frau Alsina fort. »Anfangs gelang es mir noch, ihn ausfindig zu machen. Er hatte sich ja in diese Tangotänzerin verliebt und manche seiner alten Schulfreunde wussten zumindest gerüchteweise, wo er sich herumtrieb. Als er jedoch wegen der verpassten Examina der Schule verwiesen wurde, zog mein Mann die Konsequenz und betrachtete

Damián als verloren. Er verbot mir jeglichen Kontakt zu ihm und löschte ihn aus unserem Leben.«

Sie unterbrach sich erneut, räusperte sich, nahm ihre Rede jedoch nicht sogleich wieder auf. Giulietta konnte plötzlich ermessen, wie schwer es dieser Frau fallen musste, so mit ihr zu sprechen. Mit ihr, einer völlig Unbekannten, die der Zufall in diese Stadt gespült hatte wie eine Planke von einem vor langer Zeit gesunkenen Schiff, auf dem ihr Adoptivsohn verschollen war. Aber Giulietta war ja selbst nicht viel mehr als eine sprachlose Erinnerung an ihn. Nieves' Hasstiraden schossen ihr durch den Kopf. Wie hatte sie ihn genannt? Zombie! Giulietta hatte fast zwei Monate mit ihm verbracht. Aber was bedeutete das jetzt schon? All diese Erinnerungen erschienen ihr längst gespenstisch. Sie konnte dieser Frau hier nicht helfen. Was sollte sie ihr denn erzählen? Dass ihr Adoptivsohn ein großer Tanzstar und Egomane geworden war, dem nichts Besseres einfiel, als seine Verstörung an seine Umgebung weiterzureichen? Außerdem wollte sie die Notlüge, die sie Ortmann aufgetischt hatte, nicht preisgeben. Doch Frau Alsinas nächster Satz erzwang genau dies.

»Sie sind ihm begegnet, nicht wahr?«, fragte sie mit belegter Stimme.

Sollte sie lügen? Die Frau tat ihr Leid. Ihr sekundenlanges Zögern, bevor sie eine Antwort gefunden hatte, reichte ohnehin aus, um sie zu entlarven. Sie trat die Flucht nach vorne an und sagte: »Wir haben uns in Berlin kennen gelernt und nach einem großen Missverständnis wieder getrennt. All dies einem Fremden wie Herrn Ortmann erklären zu müssen war mir unangenehm und erschien mir außerdem überflüssig.«

Frau Alsina lächelte kurz. »Je älter ich werde, je sicherer wird mein Gespür für das Verhalten von Frauen … ganz im Gegensatz zu den Männern, die mir heute noch rätselhafter sind als damals, als ich in Ihrem Alter war. Giulietta … wenn ich Sie so nennen darf …?«

»Aber ja, sicher …«

»… als ich Sie vorhin im Hotel sah, hatte ich zwei Gedanken. Den ersten haben Sie soeben bestätigt. Für den zweiten gibt es wohl keine einfache Erklärung. Oder warum sollte Damián eine außergewöhnlich schöne und charmante Frau, wie Sie es sind, eines Missverständnisses wegen verlassen?«

Giulietta presste die Lippen zusammen und versuchte, die Kontrolle über dieses Gespräch und ihre Gefühle zu behalten, was ihr jedoch nicht so recht gelingen wollte. Diese Frau wollte alles über Damián erfahren. Und das Kompliment sollte ihr die Zunge lösen. Gleichzeitig wusste Frau Alsina mehr über Damián als jeder andere Mensch, den sie jemals zu treffen hoffen konnte. Und diese Frau kam ausgerechnet zu ihr. Als hätten sie beide jeweils die Hälfte einer Landkarte, die zu einem Schatz führt. In wenigen Stunden würde sie ihn vielleicht treffen. Vielleicht aber auch nicht. Und sie wusste nicht einmal mehr, ob sie das überhaupt noch wollte. Sie wehrte sich gegen die Einsicht, aber es stimmte: Sie hatte auf einmal Angst, ihm zu begegnen. Jedoch die Versuchung, gefahrlos und auf Umwegen in seine Nähe zu kommen, war zu groß.
»Es war kein Missverständnis«, begann sie und erzählte in knappen Zügen die Geschichte ihrer Begegnung. Warum Damián nach Berlin gekommen war und durch welchen Zufall sie sich getroffen hatten. Von der verpatzten Aufführung und dem Zwischenfall mit ihrem Vater erwähnte sie nichts. »Er hat mich wegen Nieves verlassen«, schloss sie und wunderte sich sogleich, wie logisch das klang, wenngleich sie selbst nicht so recht daran glaubte. »Vielleicht treffe ich ihn noch, bevor ich abreise. Aber es wird an der Situation zwischen uns nichts ändern. Ich bin nicht allein seinetwegen hier.« Erst als sie das gesagt hatte, wurde ihr klar, dass dies zutraf. Sie war Damián gefolgt. Aber im Grunde suchte sie hier noch etwas anderes. Für einen kurzen Augenblick hatte sie plötzlich sogar den Eindruck, als sei ihre Suche nach Damián vielleicht nur zweitrangig. Das Bild ihres Vaters schoss ihr durch den Kopf, dieses absurde, unerträgliche Bild, wie sie ihn in ihrer Wohnung gefunden hatte: auf einen Stuhl gefesselt, geknebelt, hilflos und zugleich bedrohlich für sie. Warum bedrohlich?
Frau Alsina unterbrach ihre Gedanken. »Darf ich Sie etwas fragen?«
»Bitte. Fragen Sie.«
»Hat er Ihnen irgendetwas von uns erzählt? Ich meine, hat er über uns gesprochen, in irgendeiner Form?«
»Nein. Das hat er nicht.«
Täuschte sie sich, oder huschte da ein Schatten von Erleichterung über Frau Alsinas Gesicht?

»Ich kann Ihren Kummer nachempfinden«, sagte Giulietta. »Aber Damián hat seinen Weg gefunden. Ich weiß nicht, ob Sie das tröstet. Er ist ein großartiger Tänzer. Ohne Sie wäre er das wahrscheinlich nicht geworden. Ich bin sicher, dass er Ihnen dafür in irgendeinem Winkel seines Herzens dankbar ist, auch wenn er es Ihnen vielleicht nicht zeigen kann. Er hat mich für eine kurze Zeit sehr glücklich gemacht. Und dann sehr unglücklich. Aber das ist nichts Außergewöhnliches. Früher oder später tut das jeder von uns. Ich kann Ihnen nicht helfen, Frau Alsina. Ich verstehe, was Sie bewegt, aber … ich muss jetzt gehen.«
»Warten Sie, ich lasse den Wagen kommen und bringe Sie ins Hotel zurück.«
Sie hatte bereits ihr Mobiltelefon in der Hand und drückte auf den Tasten herum. Aber Giulietta lehnte zunächst freundlich und schließlich bestimmt ab. Sie wollte gehen, ihren Körper spüren, durch Straßen spazieren, die sie an nichts erinnerten. Diese würgende Traurigkeit war plötzlich wieder da. Sein Gesicht über ihr; die ersten Stunden am ersten Abend ihrer Begegnung; der Augenblick, als sie ihm die Tür geöffnet hatte. Sie wollte nur noch weg. Weg von dieser Frau, aus diesem Restaurant. Sie hatte plötzlich Sehnsucht nach Tangomusik, freute sich fast darauf, bald in einer *milonga* zu sitzen, den Paaren beim Tanzen zuzuschauen und zu vergessen. Sie wollte jenes Lied wieder hören, diese rauchige, französische Stimme. *Lourd, soudain semble lourd* … Wenigstens ein Geheimnis hatte sie auf ihrer Reise gelüftet: sie verstand jetzt, aus welchem Stoff diese Musik bestand. Diese bewohnbare Traurigkeit. Diese Musik vermochte es, sie für Augenblicke mit der totalen Unmöglichkeit sämtlicher ihrer Wünsche zu versöhnen.
Sie nahm kaum noch richtig wahr, dass Frau Alsina einen Notizblock aus der Tasche zog und eine Telefonnummer aufschrieb. »Es ist die Nummer in unserem Landhaus. Wir sind ab morgen Abend nicht mehr in der Stadt, und dort draußen funktioniert das Funktelefon nicht. Bitte rufen Sie mich an, bevor sie nach Hause fliegen, und sagen Sie mir, ob Sie Damián getroffen haben. Oder geben Sie ihm diese Nummer, falls Sie ihn treffen. Er soll mich unbedingt anrufen. Unbedingt. Würden Sie das für mich tun?« Giulietta nahm das Stück Papier entgegen und nickte. Sie betrachtete kurz die Notiz. Es war das gleiche edle Papier, das

sie gestern an der Tür zu ihrem Hotelzimmer gefunden hatte. Giulietta versprach anzurufen, verabschiedete sich dann schnell und schlug die Wegrichtung zu ihrem Hotel ein. Was ging sie das alles an? Sie würde nachher in den *Club Sunderland* fahren. Dies wäre ihre letzte Unternehmung. Morgen kam ihr Vater. Sie würde zu ihm gehen, mit ihm reden und dann mit ihm nach Berlin zurückfliegen. Das Ziehen in ihrer Kehle, der furchtbare Druck auf ihrer Brust, die Schlieren vor ihren Augen – das würde vergehen. Mein Gott, sie war neunzehn Jahre alt. Sie hatte ihre erste große Liebe erlebt. Und das Wesen einer jeden ersten großen Liebe war, dass sie nicht überdauerte, dass sie verging, ohne jemals wirklich zu vergehen. Es war die Vertreibung aus dem Paradies, die notwendig war, um ein Mensch zu werden.

Das Paradies war unbewohnbar.

20

Die Taxifahrt dauerte fast eine halbe Stunde. Lindsey saß vorne und unterhielt sich mit dem Fahrer, während Giulietta erfolglos versuchte, die Orientierung zu behalten. Sie fuhren durch Seitenstraßen, dann ein Stück auf einem breiten Boulevard, kreuzten im Schritttempo einige Bahngleise und rumpelten dann im Zickzackkurs durch allmählich leerer und dunkler werdende Gassen, deren Schlaglöcher dem Fahrer offensichtlich einzeln bekannt waren, so zielsicher steuerte er dazwischen hindurch. An einer Kreuzung gab er Lindsey eine Karte mit einer Telefonnummer für ein Funktaxi, ein sicheres Anzeichen dafür, dass es hier oben nicht ratsam war, einfach auf der Straße herumzulaufen und zu versuchen, ein Taxi anzuhalten. Die Gehsteige waren unbeleuchtet und völlig verlassen.

Kurz darauf hielten sie vor einem Gebäude, das entfernte Ähnlichkeit mit einer Sportgaststätte aufwies. *Club Sunderland* stand in blauer Neonschrift auf der Frontseite zu lesen. Lindsey bezahlte, stieg aus und öffnete Giulietta die Tür. Sie lösten zwei Eintrittskarten zu je drei Pesos. Herren mussten das Doppelte bezahlen, wie Giulietta amüsiert feststellte. Dann gingen sie einen gekachelten Gang entlang. Sie reichten dem Kontrol-

leur ihre roten Tickets, der sie auf den allgegenwärtigen Dorn auf seinem Tisch spießte, gingen an einem speckigen Vorhang entlang und betraten schließlich den Ballsaal.
Giulietta blieb unwillkürlich stehen. Das hier war also einer der traditionsreichsten Tango-Clubs von Buenos Aires. Das Lokal sah eher aus wie eine Montagehalle, in der tagsüber Flugzeuge oder Busse zusammenmontiert wurden. Unter einem gewaltigen Wellblechdach, das sich über einem Gewirr von rostigen Verstrebungen wölbte, hingen Scheinwerfer, welche die Tanzfläche flutlichtartig ausleuchteten. Auf halber Höhe zog sich ein wulstiges Lüftungsrohr die Wände entlang. In unregelmäßigen Abständen gähnte ein Loch darin. Rostige Aufhängungen an den Lochrändern zeugten von abgebrochenen Lamellen. Über dem Rohr waren in staubüberzogenen Drahtkäfigen Domino-Ventilatoren angebracht, deren Rotorblätter allerdings stillstanden.
Giulietta musterte die Tafeln an den Wänden, wo in verwischter Kreideschrift die Ergebnisse irgendwelcher Spielbegegnungen verzeichnet waren. Auf dem Steinboden der Tanzfläche, die von Tischen umgrenzt war, zeichneten sich Strafstoßellipsen ab. Offenbar wurden hier tagsüber keine Turbinen zusammengeschraubt, sondern Basketball gespielt.
Ein Kellner erschien und geleitete sie zu einem Tisch.
»Was trinkst du?«, fragte Lindsey, nachdem sie Platz genommen hatten.
Sie wandte sich dem Kellner zu, einem kleinen, untersetzten Mann mit ernstem Gesicht und tief heruntergezogenen Mundwinkeln, und formulierte so gut sie konnte: »Agua sin gas, por favor.« Der Mann nickte.
Lindsey bestellte ein Bier, warf ihre Zigarettenschachtel auf den Tisch und zog den Aschenbecher heran.
Es war bereits nach Mitternacht, aber die Halle füllte sich erst jetzt allmählich. Die Akustik war grauenvoll, was allerdings niemanden zu stören schien. Die ganze Szenerie rief ein seltsames Gefühl in Giulietta hervor. In seiner ganzen armseligen Improvisiertheit haftete diesem Ort etwas Magisches an. Sie beobachtete die Leute, die an den Nachbartischen Platz nahmen. Es waren durchweg alte, einfach wirkende Menschen. Sie begrüßten sich liebevoll, per Küsschen und Umarmung, selbst die Männer. Lindsey war Giuliettas Blick gefolgt und sagte jetzt: »Wie in einem Altenheim, nicht wahr?«

»Ich glaube nicht, dass ich alleine hierher kommen würde«, erwiderte sie.
»Das sind eben die dreißig verlorenen Jahre. Es fehlt dem Tango eine ganze Generation. Das Gros ist unter dreißig oder über sechzig.«
Der Kellner kam heran und jonglierte auf einem runden Blechtablett drei Dosen Quilmes-Bier, drei Plastikflaschen mit Wasser sowie einen Sektkühler mit einer Flasche Champagner, der für den Nachbartisch bestimmt war. Lindsey wechselte ein paar Worte mit dem Mann, während er ihre Getränke ablud, doch das Einzige, was sie immer wieder aus den Gesprächsfetzen heraushörte, war jenes allgegenwärtige *mira vos*.
»Was heißt eigentlich *mira vos*? Man hört das überall.«
»Eigentlich nichts. So viel wie *So so, schau an*.«
»Wieso *vos*? Ist das so etwas wie *vous*? Siezen die sich hier alle?«
»Man sagt hier nicht *tu*, sondern *vos*. Das ist eben so. Anstelle von *tu eres* sagen sie hier *vos sos*. Buenos Aires Pidginspanisch. Wie dieses *Che*.«
»Und was heißt *Che*?«
»Alles und nichts. He, Mann oder so. Aber das Wort gibts nur hier. Im Grunde ist alles, was von hier kommt, ein Che.«
»Che Guevara.«
»Ja. Der auch. Ich habe da so eine Theorie. Du musst dir vorstellen, wie es in La Boca unten am Hafen zuging, als diese ganzen Einwanderer ankamen. Da wird dann ganz schnell eine Sprache hergestellt. Nehmen wir mal an, ein Pole irrt durch die Gassen und sucht ein Mädchen, das er vielleicht auf dem Schiff gesehen hat. Sie ist natürlich Italienerin. Die meisten hier haben italienische Vorfahren. Nennen wir sie Maria. Der Pole fragt sich durch mit seinen drei Brocken Spanisch. *Donde Maria?*, sagt er. Wo ist Maria? Schulterzucken. *Non c' è*, antworten ihm die Italiener und feixen. Das merkt sich der Pole. *Maria* und der Laut *tsche* hängen irgendwie zusammen. An der nächsten Ecke jongliert er mit seiner neuen Information herum. Maria *tsche*? *Tsche* Maria? Die Italiener machen sich lustig über ihn. *Hey, che,* wie geht's denn so, *che*. Der Partikel beginnt sein Eigenleben, bis er alles und jeden bezeichnen kann. Wie läuft's denn so, Che? Typisch argentinisch. Eine kleine Erinnerung an die Zeit, als noch jeder jeden gesucht hat.«

»Ist das wirklich so gewesen?«
»Keine Ahnung. Was ist hier schon wirklich. Ein Land wie das hier ist eine Dauererfindung. Es ist, wie wenn man ein paar tausend Koffer ausschüttet, den Inhalt durcheinandermischt und dann neu packt. Unmöglich, genau zu sagen, was einmal wem gehört hat. Wie im Tango. Sobald du versuchst, den Ursprung von etwas zu finden, wirst du wahnsinnig. Es gibt immer nur Spuren. Und Spuren von Spuren.«
Giulietta musterte nervös jeden neuen Gast, der zwischen den Vorhängen am Eingang erschien, nippte an ihrem Wasser und beneidete Lindsey darum, dass sie die Zeit mit Rauchen füllen konnte. Sie war plötzlich überzeugt, dass Damián hier nicht auftauchen würde. Es wäre, nach allem, was geschehen war, zu einfach gewesen. Die unheilvolle Ahnung, die sie gestern Nacht heimgesucht hatte, war wieder da. Die Begegnung mit Frau Alsina hatte das noch verstärkt. Auch mit dieser Frau stimmte etwas nicht. Warum um alles in der Welt hatte sie sie aufgesucht? Damián lebte in Buenos Aires. Er war ein bekannter Tänzer. Seine Mutter hätte längst versuchen können, wieder Kontakt mit ihm aufzunehmen. Warum auf diese Art und Weise? Warum jetzt? Sie hatte, während sie auf Lindsey wartete, auf dem Balkon gesessen und den Zettel mit der Telefonnummer angestarrt. Sie hielt ihn gegen das Licht und betrachtete das Wasserzeichen. MDA. Und im Nachhinein war es ihr aufgefallen: das Telefongespräch.
Sí. No. No. Sí.
Keine Begrüßung. Kein Name. Es war ein unerwarteter Anruf einer bekannten Person gewesen. Und dieser Anruf hatte bei Frau Alsina etwas ausgelöst. Giulietta erkannte es erst jetzt. Der Klang ihrer Stimme. Die Knappheit ihrer Erwiderungen.
Sí. No. No. Sí.
Die Frau hatte Angst gehabt.

21

Die Stimme des Ansagers riss sie aus ihren Gedanken. Lindsey hörte amüsiert zu und übersetzte hier und da die wichtigsten Meldungen, was heute Abend alles gefeiert wurde, wer gekommen war, wer fehlte und was es bei der späteren Verlosung zu gewinnen gab (ein silbernes Tablett). Lindsey war in ihrem Element.

»Merkst du den Unterschied zu gestern?«

»Na ja, die Leute sind älter und das Licht ist grell.«

»Nein, ich meine die Kleidung der Männer. Gestern waren auch ältere Leute da, aber sie waren sportlich gekleidet. Heute nicht. Hier nicht.«

»Na und?«

»Eben. Das hat einen Grund. Das hier ist ein anderer Salon. Andere Regeln. Die Männer kommen mit ihren Frauen, also machen sie sich richtig chic. Ins Almagro schleichen sie heimlich, da können sie sich nicht so sehr herausputzen. Im *Italia Unita* gibt es sogar eine Art Umkleideraum. Die Frauen kommen im Yoga-Dress oder mit Aerobic-Strümpfen und haben Tanzkleid und Schuhe in der Tasche dabei.«

»Und warum der Umstand?«

»Wegen der Ehemänner.«

»Die lieben hier wirklich Geheimnistuerei, nicht wahr?«

»So würde ich es nicht nennen. Diskretion eher. Man schützt sich und den anderen vor Peinlichkeiten, vor Bloßstellungen. Stell dir vor, was vor ein paar Wochen passiert ist!«

Sie rückte näher an Giulietta heran, um nicht so sehr gegen die Musik anschreien zu müssen. »Es ist Mittwochnachmittag, halb fünf. Der Tanzsaal im *Italia Unita* platzt aus allen Nähten. Es waren vielleicht zweihundert Leute da, Jung und Alt, bunt gemischt. Plötzlich tauchte ein Fernsehteam von *Solo Tango* auf.«

»Solo Tango?«

»Das ist ein Fernsehprogramm. Die berichten Tag und Nacht über alle möglichen Dinge, die mit Tango zusammenhängen, also Feste, Konzerte, Shows, Musik und so weiter. Kaum war das Fernsehteam in Stellung gegangen, betrat kein Mensch mehr die Tanzfläche. Ich war mit einer Freundin da, und so ganz alleine wollten wir natürlich auch nicht tanzen. Es stellte sich heraus, dass viele Leute unter keinen Umständen gefilmt werden wollten, weil sie Angst hatten, dass sie am Abend oder am nächsten Tag im Fernsehen gesehen werden könnten. Die Fernsehleute waren sauer. Also boten sie an, nur im vorderen Teil des Saales zu fil-

men, und wer ein Problem habe, könne ja im hinteren Teil tanzen. Weißt du, wie viele Paare vorne getanzt haben?«
Giulietta schüttelte den Kopf.
»Drei!«
Sie unterbrach sich und senkte die Stimme: »... schau, das ist Nestor.«
Giulietta schaute auf die Tanzfläche. Sie hatte den Eindruck, der Mann führe keine Frau, sondern eine hauchdünne Porzellanvase übers Parkett, so behutsam waren seine Bewegungen. Sie betrachtete kurz sein Gesicht, den ins Nirgendwo gerichteten Blick, die vor Konzentration in tiefe Falten gelegte Stirn. Ohne zu wissen, warum, fühlte sie auf einmal einen unerklärlichen Widerwillen gegen die Umgebung hier, gegen diese Menschen und ihre melancholischen Rituale. Lindsey mochte ihr auch noch die letzte versteckte Bedeutung der Tango-Kultur erklären; es war einfach nicht ihr Lebensgefühl. Es erstickte sie. Es war wie ein Atemholen im luftleeren Raum. Diese Musik mit ihren ewigen, nie eingelösten Versprechungen. Die Umarmungen, die keine waren, Berührungen, die niemals etwas anderes zu fassen bekamen als eine gleichermaßen unerfüllte Sehnsucht. Die Körper hingen alle aneinander wie Schiffbrüchige an einem Balken, der rat- und richtungslos im Meer trieb. Sie fühlte plötzlich eine gewaltige Abneigung gegen die trostlosen Bandoneonläufe, die klagenden Geigen, den Jammergesang und den typisch erstickten Schlussakkord, der stets wie ein letztes Wimmern klang, wie ein resigniertes Jawort, das man beim Einatmen spricht.
Lindsey redete unaufhörlich, machte sie auf Dinge aufmerksam, die ihr niemals aufgefallen wären. Aber je mehr die Kanadierin versuchte, ihr die Augen für das zu öffnen, was sich vor ihrem Tisch abspielte, umso weniger vermochte Giulietta wirklich davon wahrzunehmen. Etwas war plötzlich in ihr abgerissen. Es war nicht mehr da. Sie hatte das Gefühl, zu träumen und zu wissen, dass sie träumte: Lindseys Redeschwall, die Musik, die Fellinesken Figuren auf dem grauen Steinboden, die Lichterkette darüber, die Reklamefahne der Pizzeria *Nuevo Fenix* am anderen Saalende; die hochgezogenen Basketballkörbe und darunter einsame Damen an ihren Tischen, Großmütter eigentlich, die vielleicht in der Hoffnung gekommen waren, wenigstens für einen Tanz, wenigstens einen Augenblick lang eine ferne Erinnerung leben zu dürfen. Und

gleichermaßen die Männer, die am Saalrand entlangschlichen, die Augen chamäleonartig auf der Suche nach einem suchenden Blick und zugleich jedem dieser Blicke ausweichend.
Und plötzlich hatte Lindsey sie bestürzt angestarrt. Giulietta reagierte nicht gleich. Sie war noch immer in dieser eigenartigen Stimmung gefangen. Sie gehörte hier nicht her. Nichts, aber auch gar nichts hier hatte mit ihrem wirklichen Leben zu tun. Und eben weil sie gar nicht wirklich hier war, erkannte sie die Überraschung, den Schreck und schließlich den Schock in Lindseys Augen zu spät, um mit eigenen Augen zu sehen, was sie nun nur noch durch den verstörten Gesichtsausdruck der Kanadierin erraten konnte. Wo hatte sie soeben noch hingeschaut? Zum Eingang. Dort war ihr Blick haften geblieben und dann direkt zu ihr gewandert. Sie hatte Lindseys Bestürzung gesehen. Aber sie war von ihren eigenen Gedanken zu sehr abgelenkt, um sofort die einzig logische Verbindung herzustellen. Und als ihr dies schließlich gelang und sie nach einem schier endlosen Augenblick den Kopf wandte und zum Eingang blickte, da sah sie eine Gestalt zwischen den Vorhängen verschwinden. Sie sah nur den Rücken der Person, doch auch ohne Lindseys Reaktion hätte sie ihn allein an seiner Bewegung sofort erkannt. Es gab keinen Zweifel, wer dort soeben den Tanzsaal betreten und sofort wieder verlassen hatte. Und auch dies war der Bewegung zu entnehmen: diese Umkehr war abrupt und endgültig.
»... Giulietta, das war ... wieso ...«, stammelte Lindsey, nervös lächelnd, noch immer fassungslos. Giulietta sprang auf. Dort an der Tür war soeben Damián erschienen. Sie musste sich das innerlich vorsagen, um überhaupt weitergehen zu können. Sie eilte quer über die Tanzfläche zwischen den tanzenden Paaren hindurch auf den Eingang zu. Sie ignorierte die missbilligenden Blicke, die ihr folgten. Kurzzeitig hörte sie nicht einmal mehr die Musik. Sie spürte nur eine seltsame Mischung aus Übelkeit und Hass. Er war dort. Am Eingang. Er hatte sie gesehen. Und er hatte auf der Stelle kehrtgemacht.
Etwa so weit war sie mit ihren Überlegungen gekommen, als sie die erste Tischreihe erreicht hatte. Jetzt begann der Eingang zu verschwimmen. Sie wischte sich die Augen, aber die brannten. Sie erreichte den Eingang, schlug die schmierige Decke zur Seite und stürmte in die

Vorhalle. Sie stieß mit einem hereinkommenden Paar zusammen, entschuldigte sich mit einem atemlosen *perdón* und wurde durch eine soeben zufallende Tür zu ihrer Rechten abgelenkt. Hätte sie ihn sonst noch erreicht? Sie riss die Tür auf, ging einige Schritte in den dahinter befindlichen Gang hinein und fand sich plötzlich einem Mann in weißer Schürze gegenüber, der ein Tablett mit Teigtaschen aus einem Kühlschrank zog. Er schaute sie an, lächelte und machte Anstalten, das Wort an sie zu richten. Giulietta machte kehrt, lief wieder in die Vorhalle zurück und von dort direkt auf die Straße hinaus. Sie spähte in die Dunkelheit. Sie vermeinte, Schritte zu hören. Ein Taxi hielt vor ihr und entließ zwei Männer und eine Frau. Die Straße war wie ausgestorben. Kein Laut. Nur die gedämpfte Musik aus dem Inneren der Wellblechhalle. Dann vernahm sie das scharrende Geräusch eines Anlassers. Es war nicht weit entfernt, aber zu weit, um die Richtung genau angeben zu können. Kam das Geräusch von rechts, von links? Sie ging ein paar Schritte den Gehsteig entlang. Aber sie hatte sich geirrt. Als sie sich vom Motorengeräusch in ihrem Rücken überrascht umdrehte, sah sie nur noch ein Paar roter Rücklichter, die sich rasch entfernten.
Lindsey fand sie auf dem Gehsteig stehend. Giulietta war wie versteinert. Sie weigerte sich, das Lokal überhaupt noch einmal zu betreten. Sie bestand darauf, draußen zu warten, bis Lindsey ihre Jacken und Handtaschen geholt haben würde, ein Taxi bestellt war und sie von hier fortbrachte. Sie fühlte sich schmutzig. Wie ein Stück Abfall. Sie wollte nur eines: so schnell wie möglich weg aus diesem Land. Zurück in ihr wirkliches Leben.
Lindsey nahm neben ihr auf dem Rücksitz des Wagens Platz. Giulietta starrte aus dem Fenster und sagte kein Wort. Lindsey ergriff ihre Hand. Sie ließ es geschehen. Sie spürte nichts. Und sie hörte nichts. Lindsey redete auf sie ein. Aber so war diese Frau eben nun mal. Sie redete immer. Giuliettas Kleid klebte an ihrem Körper. Das Taxi ließ kein Schlagloch aus, und einmal stießen sie mit dem Kopf gegen das glücklicherweise gepolsterte Dach des alten Renault. Ein Lastwagen sollte mir auf den Kopf fallen, dachte Giulietta grimmig. Eine verfluchte Idiotin bin ich gewesen, einem Irren hinterherzulaufen. Sie spürte regelrecht, wie sich aus ihrem Kopf ein Schacht in ihr Herz fraß. Sie ließ es zu, denn nur durch

einen Schacht würde sie aus diesem Loch heraussteigen. Vielleicht wäre danach nichts mehr so wie vorher. Aber irgendwann würde sie nur noch darüber lachen. Über ihre Naivität. Ihren Starrsinn. Jetzt noch nicht. Jetzt war da ein Riss, an den sie sich gewöhnen musste. Dieses verdammte feige Schwein.

»… es waren zwei Männer da«, hörte sie Lindsey neben sich sagen.

Giulietta fuhr herum und sagte nur: »Hör auf. Ich will nichts mehr hören, verstehst du. Nichts.«

Lindsey ignorierte sie. »Als du so plötzlich aus dem Saal gestürmt bist, sind dir zwei Männer gefolgt. Sie saßen direkt hinter uns. Ich habe keine Ahnung, wer sie sind, aber ich schwöre dir, sie sind dir nachgegangen.«

»Es ist mir egal, verstehst du? Egal. Es gibt keine Erklärung, die das wieder gutmacht, was dieser Hund mir angetan hat. Ortmann hat es gesagt. Nieves. Du. Alle. Damián ist irre. Schluss jetzt. Kein weiteres Wort. Sonst steige ich aus.«

Lindsey verstummte, ließ ihre Hand los, presste sich so weit wie möglich von Giulietta entfernt in ihre Ecke und starrte sie feindselig an. Giulietta erwiderte ihren Blick so lange, bis die Kanadierin schließlich wegschaute. Der Taxifahrer fragte irgendetwas, und Lindsey zischte ein paar spanische Sätze, in denen irgendwo Bartolomé Mitre und der Name von Giuliettas Hotel vorkamen. Die nächsten zehn Minuten fuhren sie in eisigem Schweigen durch die nächtlichen Straßen. Giulietta schaute kein einziges Mal zu Lindsey hinüber. Erst als das Taxi vor ihrem Hotel hielt, drehte sie sich wieder zu ihr um. Doch sie sah nur ihren Hinterkopf. Giulietta stieg aus und knallte die Tür zu. Das Taxi fuhr los. Sie ging auf das Portal des Hauses zu und suchte nach dem Schlüssel. Dann sah sie, dass das Taxi wieder anhielt. Lindsey stieg aus und kam auf sie zu. Sie schaute zur Erde, vermied direkten Blickkontakt, bis sie direkt vor ihr stand. Dann blickte sie auf, zog die Augenbrauen hoch und streckte ihr schließlich die Hand entgegen.

»Sorry«, sagte sie. »Wenn du morgen nach Hause fliegst, will ich dir wenigstens noch mal die Hand geschüttelt haben. Du warst eine Bereicherung. Viel Glück. Okay?«

Giulietta wurde mit einem Mal der erstaunliche Umstand bewusst, dass sie Lindsey erst gestern kennen gelernt hatte. Gestern? Ihr Zeitgefühl war völlig verschoben. Das Gespräch mit Ortmann schien Wochen her zu sein. Wo lag Berlin? Die Staatsoper?

»Ich war unfair zu dir, tut mir Leid«, antwortete sie. »Ich hoffe, wir sehen uns einmal wieder, wenn ich normal bin ... ich meine, wenn das alles vorüber ist.«

Lindsey wollte etwas erwidern, verkniff sich jedoch eine Antwort. Stattdessen holte sie ein Stück Papier und einen Kugelschreiber aus ihrer Handtasche und bat Giulietta um ihre Berliner Adresse. Während sie schrieb, lief Lindsey zu dem wartenden Taxi und sprach kurz mit dem Fahrer. Der stellte den Motor ab und schaltete den Warnblinker ein. Lindsey kam zurück, reichte Giulietta eine Karte mit ihrer Adresse und nahm Giuliettas Zettel entgegen.

»Du fliegst wirklich morgen?«, fragte sie dann.

»Ja. Ich werde es jedenfalls versuchen ... Nieves hat wohl Recht. Tango liegt mir nicht. Und Tangotänzer erst recht nicht.«

Sie versuchte zu lächeln, aber es gelang ihr nicht besonders gut.

»Aber ich würde trotzdem gerne dein Buch lesen, wenn es fertig ist.«

»Versprochen. Ich schicke es dir.«

Sie griff erneut nach Giuliettas Hand, drückte sie und umarmte sie schließlich kurz und fest.

»Da waren zwei Männer, sagtest du? Was für Männer?«

Lindsey schüttelte den Kopf. »Nein, das war Einbildung.«

»Einbildung.«

»Ja ... vielleicht sehe ich dich mal tanzen, im Ballett meine ich?«

»Ja. Vielleicht.«

»Gute Reise.«

»Danke. Auch für den Mate und so ...«

Lindsey ging ein paar Schritte rückwärts, steckte die Hände in die Taschen ihrer Jacke, legte den Kopf schief und warf ihr noch einen Kuss zu. Dann drehte sie sich um und verschwand in ihrem Taxi, ohne sich noch einmal umzublicken. Giulietta schaute dem Wagen hinterher, bis er um die nächste Ecke gebogen war. Dann entriegelte sie das Portal, trat durch den Eingang und lehnte sich erschöpft von innen gegen die Eisentür. Sie schloss die Augen und sah Damiáns Gestalt an dem dunkelbraunen Vor-

hang vorbeihuschen. Und sie sah zwei Männer, die sich erhoben, um ihm zu folgen.
Einbildung?
Als sie den Schlüssel zu ihrem Zimmer entgegennahm, reichte ihr der Portier einen wattierten Umschlag. FedEx, stand darauf. Sie hatte gar nicht mehr daran gedacht. Sie riss den Umschlag auf und zog eine Videokassette heraus. Dann suchte sie nach einer Nachricht von Lutz, fand jedoch keine. Sie steckte die Kassette in ihre Handtasche und reichte dem Portier den leeren Umschlag zurück.
»Basura?«, fragte er und machte eine wegwerfende Handbewegung.
»Basura«, erwiderte sie müde und fühlte sich in dieser neuen Vokabel bestens aufgehoben.
Müll.

22

In jener Nacht kam der Wind.
Es war kein Wind, wie sie ihn kannte. Dieser Wind sprach. Und was er sagte, war unheimlich. Er fuhr zwischen den Häuserschluchten hindurch wie die Tatze eines Raubtiers. Nur das Tier selber war nicht sichtbar. Aber man spürte seine Gegenwart, weit entfernt, irgendwo dort unten im endlosen, menschenleeren Süden. Das war kein Wind wie in den Märchen, kein lustig aufgeblasenes Wolkengesicht, das Blätter oder Schmetterlinge vor sich hertreibt. Dieser Wind war seelenlos und böse. Er schnitt, keuchte, zerrte, fauchte, rasselte und war mit nichts zu versöhnen, das sich ihm in den Weg stellte. Die ganze Nacht klapperte das Fenster unter wütenden Schlägen. Einmal pfiff und donnerte es gleichzeitig so heftig, dass Giulietta sich in der sicheren Erwartung von zersplitterndem Fensterglas unter die Bettdecke flüchtete. Dann lag sie stundenlang wach, jedem neuen Windstoß wie einer körperlichen Züchtigung entgegenbangend, unfähig, Schlaf zu finden.
Sie saß zusammengekauert an die Wand gelehnt, die Zehen in das verschwitzte Laken gekrallt. Irgendwo dort draußen schlug ein losgerissenes Kabel gegen ein Rohr. Oder knallte ein Fensterladen gegen eine

Hausmauer. Oder nagelte ein Dämon alle Uhrzeiger der Stadt mit lauten Hammerschlägen auf ihrem Zifferblatt fest. Denn die Zeit verging nicht. Es wollte nicht Morgen werden. Und dazwischen fauchte dieser Wind vom Rand der Erde durch diese Stadt am Ende der Welt.

Die Erinnerung spielte ihr immer die gleichen Bilder vor, aber sie ergaben keinen Sinn. Damiáns Gestalt dort am Eingang war ein Schock gewesen. Nicht nur, weil er davonlief, kaum dass er sie gesehen hatte. Das war jetzt nur noch ein weiteres Rätsel. Ein verfluchtes Rätsel, das sie bald nichts mehr anging. Damit würde sie schon irgendwann fertig werden. Der Schock war gewesen, was der Zwischenfall in ihr ausgelöst hatte. Sie war diesem Mann verfallen wie am ersten Tag ihrer Begegnung. Sie war ihm gegenüber völlig hilf- und wehrlos. Was hatte er nur, das sie immer wieder zu ihm hinzog? Sie empfand eine solche Sehnsucht, ein so starkes Verlangen nach ihm. Doch es war eine Empfindung, die sie nicht begriff und die sich überhaupt nicht in dem erschöpfte, was sie als Mann und Frau verbunden haben mochte. Es war etwas ganz anderes. Sie konnte in sich hineinhören, so viel sie wollte, sie fand keine Erklärung dafür. Was war nur an ihm, das sie bis hierher gebracht hatte, in die winddurchtobte, melancholische Hauptstadt aller Traurigkeit? Was war in der halb verfallenen Wellblechhalle geschehen, als sie aufgesprungen war, um das Rätsel einzufangen, das sie um den Verstand zu bringen drohte?

Endlich begann das Gewitter, das der grässliche Wind die halbe Nacht hindurch angekündigt hatte. Eine Regenwand bäumte sich vor dem Fenster auf, der flüssige Schweif des davoneilenden Monstrums aus dem Süden. Giulietta öffnete die Balkontür, lauschte dem niedergehenden Regen und sog gierig die kühle, frische Nachtluft ein. Regen. Was für ein herrliches Wunder war Regen!

Um halb fünf Uhr morgens hatte sie das letzte Mal auf die Uhr geschaut. Als sie wieder zu sich kam, war heller Tag. Sie staunte wie schon am ersten Tag über das Arsenal von Tellern und Tässchen, die im Eckcafé für ein simples Frühstück auf ihrem Tisch erschienen, bezahlte schließlich an der Theke, da der Kellner auch nach dreimaligem Winken keine Zeit gefunden hatte, an ihren Tisch zu kommen, und hätte andernfalls das Foto in der Zeitung wahrscheinlich gar nicht gesehen. *El Clarin* lag ne-

ben einer Reihe von silbernen Zuckerdosen auf dem Tresen und berichtete in großen Lettern von einem Treffen zwischen Vertretern des internationalen Währungsfonds und der argentinischen Regierung. Das Foto sah aus wie bei solchen Anlässen üblich: Herren in dunklen Anzügen, die sich in irgendeinem Saal zu Gesprächen versammeln. Im Vordergrund zwei Männer, die sich die Hände schütteln und in die Kamera lächeln. Daneben und dahinter ein Tross von Begleitern, deren Namen zum Teil unter dem Foto genannt waren. Es war einer dieser Namen, der ihr ins Auge sprang: Fernando Alsina, Staatssekretär für Wirtschaftsfragen.
Sie griff nach der Zeitung. Sein Name stand an dritter Stelle. Also war er die zweite Person neben dem Präsidenten. Sie betrachtete den Mann. Er lachte nicht. Er schaute auch nicht in die Kamera, sondern eher in sich selbst hinein. Er stand sehr aufrecht. Seine beträchtliche Leibesfülle unterstrich noch die Autorität, die er allein durch seine Haltung ausdrückte. Er überragte die anderen Anwesenden nicht, aber nahm dennoch überdurchschnittlich viel Raum auf dem Foto ein. Seine breite Stirn glänzte ein wenig. Dunkler Anzug mit goldenen Knöpfen. Hellblaues Hemd. Dunkelrote Krawatte mit beigen Punkten. Ein Rest von Haaren verlief sich in einem schwarzen Haarkranz um den mächtigen Schädel. Giulietta blätterte um und suchte nach weiteren Bildern. Auf Seite zwei und drei fand sie Statistiken über die Auslandsverschuldung, Tilgungsdiagramme, ein Foto des amerikanischen Präsidenten mit einer Überschrift, die sie nicht enträtseln konnte. Außerdem eine Karikatur, die sie ebenso wenig verstand. Von Fernando Alsina gab es kein weiteres Foto.
Sie suchte den nächstbesten Kiosk auf und kaufte alle Tageszeitungen, deren sie habhaft werden konnte. *Pagina 12* und *La Nación* hatten das gleiche Foto in Schwarzweiß gedruckt. In den anderen Blättern gab es keine Gruppenbilder. Fernando Alsina war nicht abgebildet.
Sie riss die Seiten aus *El Clarin* und *Pagina 12* heraus, warf den Rest weg und steckte die Ausschnitte ein. Dann machte sie sich auf den Weg ins Zentrum. Ihr Vater müsste schon eingetroffen sein. Wenn nicht, würde sie in der Lobby seines Hotels auf ihn warten. Sie hatte hier nichts mehr verloren. Sie hatte keine Ahnung, was sie ihrem Vater sagen sollte. Sie konnte nicht erklären, warum sie das alles getan hatte, aber ebenso we-

nig würde sie sich dafür rechtfertigen. Es war notwendig gewesen. Ein Irrsinn vielleicht. Aber ein notwendiger. Sie lief das erste Mal mit einem leichten Gefühl von Befreiung durch die Straßen. Ein Druck war von ihr abgefallen. Sie war durch einen Irrgarten gegangen und hatte zwar den Ausgang nicht gefunden, dafür jedoch den Irrgarten zum Verschwinden gebracht. Er war kleiner geworden, so klein, dass sie ihn in sich aufnehmen und aufbewahren konnte, ohne von ihm gefangen zu sein. Sie würde ihn mit sich herumtragen, vielleicht für immer; aber die Straße vor ihr war wieder offen.
Herr Alsina war hier ein sehr wichtiger Mann. Frau Alsina suchte sie auf, um mit ihrem Adoptivsohn in Kontakt zu kommen. Damián fiel in Berlin aus heiterem Himmel über ihren Vater her und versteckte sich nun vor ihr. Und ihr Vater landete heute Morgen in Buenos Aires, um sie zurückzuholen. Das war völlig absurd. Genauso absurd wie Damiáns Tangoalphabet, so verrückt wie Lindseys Tangotheorien. Was hatte sie in diesem Wirrwarr verloren? Sie konnte diese bizarren Vorkommnisse nicht deuten. Das führte alles ins Nichts. Sie brauchte jetzt Klarheit. Ordnung. Sie wollte ins Ballett zurück. So schnell wie möglich. Damiáns Kindheitstrauma ließ ihn wirre Zeichen erfinden, in denen er sich bespiegelte. Und was kam dabei heraus? Das Zerrbild eines Tanzes, der dieser symbolischen Aufladung überhaupt nicht bedurfte. Im Gegenteil. Das Magische daran war doch, dass hinter der ganzen artifiziellen Grundstimmung und den komplizierten Codes ein Stück Natur durchschimmerte. Etwas Simples, Archaisches, Unmittelbares. Mann und Frau in klaren Rollen. In ihrer ewigen Isolation und Einsamkeit zum Paar vereinigt. Warum mehr sagen wollen als dies? Es war ja recht besehen nicht einmal etwas Erotisches an diesem Tanz. Schon eher etwas Religiöses. Ein Gebet zu zweit. Ernst und Sammlung stand in den Gesichtern geschrieben, die sie in den letzten Tagen beobachtet hatte. Es waren Körper in höchster Konzentration, die Stirn in Falten gelegt, alle Aufmerksamkeit auf den Partner gerichtet. Und dann war es Kunst. Höchste Konzentration, die Selbstvergessenheit erzeugte. Keine Bedeutung, sondern reiner Ausdruck.
Damián war kein Künstler. Er war ein Blender. Ein Manierist. Ein Narzist. Kein Wunder, dass Hector ihn hinausgeworfen hatte. Hectors

Auftritt im Almagro war etwas ganz anderes gewesen. Zugleich gewaltiger und bescheidener, erfüllt von der Würde der Beschränkung auf das Wesentliche. Ausdruck, aber eben kein Ausdruckstanz mit Chiffren und bedeutungsschwangeren Posen. Insofern hatte dieser ganze Irrsinn ihr etwas gezeigt: Sie wusste jetzt, in welche Richtung sie gehen würde. Sie hatte vielleicht nichts über Damián erfahren und nur Widersprüchliches über Tango. Aber sie wusste jetzt mehr über sich selbst und warum sie klassisches Ballett so sehr liebte: wegen der Freiheit, die aus der Beschränkung erwächst, dem Widerstand gegen die Auflösung. Wegen des Verzichts auf eine Bedeutung und der Verneigung vor dem Sinn.

23

Sie erreichte die Plaza San Martin, erkannte die Bushaltestelle wieder, wo sie vor einigen Tagen das erste Mal den Fuß in diese Stadt gesetzt hatte. Mit seinen riesigen Fabelbäumen wirkte der Platz noch immer ein wenig verwunschen. Der blauviolette Schimmer auf den blühenden Zweigen der Jacarandás setzte sich auch auf den geparkten Autos, den Straßen und Gehsteigen fort. Das Hotel befand sich auf der anderen Seite des Platzes. Der Rezeptionist fand den Namen nicht gleich, und sie musste ihn zweimal buchstabieren.
»Four hundred and three«, sagte er dann, »checked in twenty minutes ago.«
Er zeigte ihr, wo die Telefone standen, und nach dem dritten Klingeln hörte sie seine Stimme:
»Giulietta? Liebes.«
»Hallo, Papa.«
»Wo bist du?«
»Hier unten. In der Lobby.«
»Ich komme sofort.«
Sie schlenderte durch die klimatisierte Empfangshalle. Ein prächtiges Hotel. Marmorböden. Dicke, schallschluckende rote Teppiche. Die Gäste Geschäftsreisende mit Aktenkoffern aus Leder und Hemden mit

Manschettenknöpfen. Einige Männer warfen ihr eindeutige Blicke zu, vermaßen ohne Skrupel ihren Körper und zögerten auch nicht, ihr eigenes Urteil anhand der Miene anderer Männer zu überprüfen.

Warum hatte er sie nicht hinaufgebeten? Warum ließ er sie hier unten warten?

Woher dieses Misstrauen bei ihr?

Sie setzte sich in einen allein stehenden Sessel am Fenster, was jedoch auch nicht verhinderte, dass kurz darauf ein Mann vor sie hintrat und zunächst auf Spanisch und dann auf Englisch fragte, ob sie auf jemanden wartete. Ja, erwiderte sie, auf ihren Ehemann. Oh, sorry. Das bräuchte ihm nicht Leid zu tun, es sei denn, er bliebe hier stehen, dann vermutlich schon. Aber er blieb nicht stehen, sondern trat sofort den Rückzug an. Es war immer wieder rätselhaft. Worauf reagierten diese Typen nur? Was hatte sie nur getan, um diese Anmache herauszufordern? Sie konnte nicht einmal zu den Fahrstühlen schauen, um zu sehen, ob ihr Vater dort erschien, ohne zu riskieren, angestarrt zu werden.

Daher überraschte er sie am Ende.

»Giulietta«, sagte er leise, griff nach ihrer Hand und zog sie aus dem Sessel hoch. Sein plötzliches Erscheinen erschreckte sie. Es war so unwirklich. Ihr Vater hier. Die kurze, fast schüchterne Umarmung tat ihr trotz allem gut. Sie roch sein Aftershave, spürte die Feuchtigkeit seiner frisch geduschten Haare. Sie brachte kein Wort heraus, schaute immer wieder wie eine befangene Fünfzehnjährige zu Boden. Es war ihr Vater, der das Wort führte, Markus Battin, zugleich vertraut und fremd. Hier, in dieser Umgebung? Die Strapaze des Fluges stand ihm ins Gesicht geschrieben. Das Weiße in seinen Augen war von ein paar roten Äderchen durchzogen, und sein normalerweise hellwacher Blick wirkte ein wenig müde. Überhaupt war da ein Zug um seine Augen, eine gewisse Unsicherheit. Das hatte er ihr gegenüber nicht oft gezeigt. Nur Anita. Anita konnte das auslösen, in seltenen Momenten, wenn sie ihn in einer Diskussion scharf zurechtwies, weil er an eine ihrer allerheiligsten Überzeugungen rührte.

Er fragte, ob sie hungrig oder durstig sei, und sie gingen in die Hotelbar, um einen Kaffee zu trinken. Eigentlich hätte sie sagen sollen, dass es ihr Leid tat, dass er extra hergekommen war, aber der Satz kam ihr nicht

über die Lippen. Sie vermochte überhaupt nichts zu sagen oder klar zu denken. Sie befand, es sei Sache ihres Vaters, diese Situation zu erklären. Er redete über den Flug, über Berlin, über Anita und darüber, dass sie sich Sorgen um sie gemacht hätten. Das sah sie auch so. Er war nervös. Aber dann fiel ihr wieder ein, was in den letzten Tagen alles geschehen war, und noch bevor sie richtig Platz genommen hatten, ignorierte sie seine Frage nach ihrem Befinden und erwiderte:
»Papa, warum bist du gekommen?«
»Weil ich mit dir reden muss«, sagte er
»Aber dafür extra hierher fliegen … ich meine, das ist doch …«
»… genauso irrsinnig wie deine Abreise letzte Woche? Ich habe mir furchtbare Sorgen gemacht.«
Giulietta nickte dem soeben erschienenen Kellner zu und sagte: »Un café y un agua sin gas, por favor.«
»Hast du etwas erreicht?«, fuhr ihr Vater fort. »… ich meine, hast du ihn getroffen?«
»Bist du deshalb hier? Suchst du ihn? Willst du ihn doch anzeigen?«
»Nein«, erwiderte er. Sein Gesicht wurde ernst. »Meine Meinung über diesen Mann ändert sich nicht. Er ist verrückt. Aber ich bin dir eine Erklärung schuldig. Ich habe dir nicht alles erzählt, was an diesem Abend vorgefallen ist.«
»Und? Was ist vorgefallen?«
»Er hat dir also nichts gesagt? Nichts?«
Giulietta versuchte, die Gedanken ihres Vaters zu ergründen. War es Einbildung, oder warum hatte sie den Eindruck, dass dieses Gespräch genauso wie die Gespräche vor einer Woche verlaufen würde, gleich im Anschluss an diesen aberwitzigen Vorfall. Sie musterte sein Gesicht, die hellen, graugrünen Augen, die sie von ihm geerbt hatte. Ihre Freundin Aria meinte immer, er sähe gut aus, aber ein wenig brutal. Ihr Vater hatte kein brutales Gesicht. Es war nur markant geschnitten und wirkte rau. Wegen der Pickelnarben auf der Wange. Dem miserablen Essen im Arbeiter- und Bauernstaat habe er das zu verdanken, pflegte er zu sagen, dem ganzen Gift, das die Kombinate auf die Äcker gespült hätten, um das Plansoll zu erfüllen. Seltsamerweise ließen ihn diese Furchen und Hautunreinheiten jünger aussehen, als er war. Aber vielleicht lag das

auch an seinem vollen Haar, dem die Umweltgifte der ehemaligen DDR offenbar nicht geschadet hatten.

»Ich treffe ihn heute Abend«, log sie und fixierte ihn. Aber da war nichts. Keine Reaktion. Er blieb völlig ruhig, ausdruckslos.

»Wann?«, fragte er.

»Um sieben.«

»Und wo?«

Sie schüttelte den Kopf. »Ich will ihn alleine treffen. Das ist eine Sache zwischen ihm und mir.«

»Giulietta, der Mann ist unberechenbar. Er hat Wahnvorstellungen. Warum begreifst du das nicht?« Er griff nach ihrer Hand. Aber sie zog sie zurück. Im gleichen Moment kam der Kellner mit ihren Getränken. Ihr Vater verstummte, während die Bestellung auf ihrem Tisch abgeladen wurde. Dann fuhr er fort:

»Warum vertraust du mir nicht?«

»Weil du mir nicht die Wahrheit sagst. Was ist in Berlin vorgefallen? Warum hat Damián dich angegriffen?«

»Er hat überreagiert. Sein Temperament ist mit ihm durchgegangen. Und ich … nun ja, ich habe ihn vielleicht auch ein wenig provoziert.«

»Provoziert. Du? Wieso?«

»An jenem Dienstagabend bin ich aus eigenem Antrieb in deine Wohnung gefahren. Er … er hat mich nicht angerufen. Ich habe das nur der Polizei erzählt, weil ich … weil ich ihnen eben irgendetwas erzählen musste. Ich hatte dich den ganzen Tag nicht erreicht und mir Sorgen gemacht, weil dein Telefon ausgeschaltet war …«

Giulietta schüttete Milch in ihren Kaffee und rührte mit dem Löffel darin herum. Er unterbrach sich.

»Ich höre dir zu«, sagte sie und legte den Löffel zur Seite.

Aber ihre Ruhe war gespielt. Ihr Herz raste. Sie hatte Angst vor diesem Geständnis, das ihrem Vater offensichtlich nur mit großer Mühe über die Lippen kam. Sie hatten niemals darüber gesprochen. Sie war ausgezogen. Er hatte die Wohnung bezahlt. Das war alles. Sie war ihm aus dem Weg gegangen. Ihr Umgang war steif und unangenehm geworden, und das hatte bei ihr ein schlechtes Gewissen ausgelöst. Sie wusste, was er zu sagen versuchte, und sie wusste ebenso, dass er das nicht konnte.

Auch sie wäre dazu nicht in der Lage gewesen. Sie wollte genauso wenig an diesen Punkt rühren. Es war nie etwas zwischen ihnen vorgefallen. Aber was besagte das schon. Die Spannung, die unaussprechliche, schleichende Angst war immer da gewesen. Etwas zwischen ihnen war nicht normal. Auch jetzt nicht. Sie hatte eine Macht über ihn, die sie nicht wollte, vor der es ihr ekelte. Er konnte sich beherrschen, so viel er wollte, sie spürte es trotzdem. Es war immer da. Wenn er sie anschaute. *Wie* er sie anschaute. Und jetzt sollten sie darüber sprechen, hier, in Buenos Aires?

»Als ich durch den Hof ging, war Licht in deiner Wohnung. Ich war froh und klingelte gleich unten. Aber es kam keine Antwort. Also ging ich hinauf, klingelte noch mal, und als noch immer keine Reaktion kam, schloss ich die Tür auf.«

»Und er war da.«

»Ja.«

»Und?«

»Er saß auf der Couch.« Er machte eine Pause und fügte dann hinzu: »Nackt. Ich meine, er hatte wohl gerade geduscht … da war ein Handtuch, er hatte nasse Haare … er muss dich erwartet haben.«

Sie spürte einen Stich im Magen. Dann errötete sie leicht und verwünschte sich dafür. Natürlich hatte er sie nicht erwartet. Sie hatte gesagt, sie käme erst am Mittwoch zurück. Er war in ihrer Wohnung gewesen, hatte geduscht, die Klingel nicht gehört oder vielleicht doch. Jedenfalls hatte er nicht geöffnet. Sie hatten keine gemeinsamen Bekannten. Er kannte ihre Freunde nicht. Also reagierte er nicht. Als er den Schlüssel im Schloss hörte, muss er gedacht haben, sie sei früher als geplant zurückgekommen, hatte sich auf die Couch gesetzt … und dann war ihr Vater …

»Du kannst dir vorstellen, dass ich ganz schön erschrocken bin.«

»Was fällt dir ein, einfach in meine Wohnung einzudringen«, fragte sie scharf.

Er schaute sie verblüfft an. »Sag mal, spinnst du?«

»Nein. Das ist genau der Punkt, Papa. Ich hätte genauso gut mit Damián auf dieser Couch liegen können. Und dann? Gehst du auch bei deinen Bekannten in die Wohnung hinein, nur weil Licht brennt und keiner auf dein Klingeln reagiert?«

»So ein absurder Vergleich.« Er wurde blass und leckte sich nervös die Lippen. »Schließlich war Damián bei dir eingedrungen und nicht ich …«
»Damián konnte kommen und gehen, wie er wollte. Das war seit Wochen so und mein ausdrücklicher Wunsch. Für dich galt das nicht. Niemals. Das weißt du genau. Und du weißt auch, warum.«
Wo kam das alles bloß her? Diese Verachtung. Dieser Abscheu. Sie musste sich unbedingt beherrschen. Aber etwas reizte sie von einem auf den anderen Augenblick aufs Äußerste. Warum hatte sie das bloß früher nie gesehen, nie gespürt? Diese unsichtbaren Tentakel, die überall aus ihm herauswuchsen. Er hatte sie jahrelang unterstützt, verteidigt, gefördert und dabei in eine ferngelenkte Puppe verwandelt. Alles an ihm war Kontrolle. Nur deshalb war ihr wahrscheinlich das Schlimmste erspart geblieben: weil sein manisches Kontrollbedürfnis sogar über dieses Begehren dominierte, das ihr so zuwider war und das in seiner Gegenwart niemals ganz verschwand, selbst dann nicht, wenn ihre Mutter dabei war. Aber sie musste einen klaren Kopf behalten. Hier liefen mehrere Dinge durcheinander. Das war ihr Fehler gewesen. Es gab gar keine wirkliche Verknüpfung zwischen diesen Ereignissen. Es war völliger Unsinn gewesen, nach Buenos Aires zu fahren. Sie und ihr Vater, das war eine Sache. Damiáns durchgedrehtes Leben hatte nichts damit zu tun. Es gab nur diese eine, zufällige Begegnung der beiden an jenem Dienstagabend in ihrer Wohnung. Ihr Vater hatte unter Hochspannung gestanden, weil er sie einen Tag lang nicht erreichen konnte. Weil sie heimlich nach Braunschweig gefahren war. Weil sie sich seiner Kontrolle entzogen hatte. Und Damián? Weiß der Himmel, was in ihm vorgegangen war. Warum war er in ihrer Wohnung gewesen? Ein schlechtes Gewissen? Reue über den verpatzten Auftritt? Oder wollte er nur allein sein? Ihre Nähe spüren? Der Gedanke schnürte ihr den Hals zu. Auf jeden Fall war er sicher auch nicht ganz bei sich gewesen. Und diese beiden Spannungen hatten sich entladen. In ihrer Wohnung. Das war alles. Sie würde jetzt zuhören, jede Einzelheit aus ihm herausholen. Aber sie ahnte längst, was sich dort abgespielt haben musste.
Ihre heftige Reaktion hatte ihrem Vater kurz die Sprache verschlagen. Er trank einen Schluck Kaffee und mied ihre Augen.

»Ich habe ein paar schwierige Tage hinter mir«, sagte Giulietta ruhig. »Zum Teil bin ich selbst schuld daran. Dafür mache ich dir auch keine Vorwürfe. Aber ich verlange, dass du mich endlich als erwachsenen Menschen behandelst. Warum hast du mir in Berlin nicht erzählt, was wirklich gewesen ist? Warum?«

Er hob abwehrend die Hände. »Ich sehe es ja ein. Das war falsch. Aber lass mich doch vielleicht erst einmal ausreden.«

Seine kräftigen Unterarme fielen ihr auf. Er war ein hervorragender Tennisspieler. Sein körperlicher Zustand war überhaupt erstaunlich. Ein Ausbund an Gesundheit. Im Gegensatz zu ihr, mit ihren ewigen Magenkrämpfen, Sodbrennen, Verspannungen und Verstauchungen. Mittwochs war immer Wiegetag gewesen. Also hatten sie alle ab Sonntag gefastet und ab Mittwoch gefressen. Sie spürte den Rhythmus noch immer. Auch wenn sie versuchte, normal zu essen. Normal? Was war bei ihr schon normal? Unregelmäßige Regelblutungen und Fußknöchel, die aussahen, als habe jemand darauf herumgehämmert.

»Er stand sofort auf, verschwand im Bad und kam kurz darauf angekleidet wieder heraus. Ich fragte ihn, wo du seist. Er gab mir eine ziemlich patzige Antwort. Das hat mich wütend gemacht. Ich war eben schon den ganzen Tag in Sorge, und dann finde ich anstelle von dir diesen Typen vor. Nun ja, ein Wort gab das andere, und plötzlich fiel er über mich her, überwältigte mich und band mich auf einen Stuhl. Er ist einfach ausgerastet, und als es einmal passiert war, wusste er wohl nicht, wie er das wieder rückgängig machen sollte.«

»Was hast du ihm gesagt?«

»Das weiß ich nicht mehr genau. Ich weiß nur noch, was er gesagt hat. Er sagte ›Du suchst wohl deine Kleine, was?‹.«

»Er hat dich geduzt?«

»Ja. Er wollte mich provozieren. Darauf folgten ein paar obszöne Bemerkungen, die ich jetzt nicht wiedergeben will. Er wurde aggressiv, erging sich in irgendwelchen abstrusen Behauptungen über dekadente Europäer und, na ja, was soll man dazu schon sagen.«

Giulietta hatte Mühe zuzuhören, aber sie riss sich zusammen. Sie musste da jetzt durch. Sie war zwischen zwei kranke Männer geraten.

»Du kennst mich ja. Wenn mich jemand provoziert, werde ich unange-

nehm. Und dann ist er einfach ausgerastet und auf mich losgegangen. Wie ein Verrückter. Er hat mich festgebunden und mir die halbe Nacht wirres Zeug erzählt. Insofern stimmt es, was ich der Polizei gesagt habe.«
Giulietta schaute zur Seite. Ihr Vater fügte noch irgendetwas hinzu, aber sie hörte vorübergehend nichts. Sie wollte alles wissen, Einzelheiten. Aber gleichzeitig wurde ihr fast übel angesichts der Vorstellung dessen, was sich zwischen den beiden abgespielt hatte. Warum so? Warum diese Inszenierung? Ihr Vater in ihrem Zimmer auf einem Stuhl festgebunden wie eine Geisel? Damit sie ihn so finden würde. War das nicht gegen sie gerichtet? Wie ein Ausspucken vor ihren Füßen? Dieses chauvinistische Arschloch! Deshalb lief er vor ihr weg wie vor einer Pestkranken. Wahrscheinlich glaubte er, ein Teil der perversen Neigung ihres Vaters habe auf sie abgefärbt, habe ihre Reinheit beschmutzt. Dieses miese kleine Latinoarschloch.
»Was hast du ihm gesagt?«, fragte sie erneut.
»Er hat mich beleidigt und beschimpft …«
»DU, was hast DU IHM gesagt?«
Er erschrak über ihre heftige Reaktion, schwieg und schaute zur Seite.
»Du hast ihm gesagt, er soll die Finger von mir lassen, nicht wahr?«
Er nickte.
»Hast du ihn bedroht?«
Er zuckte mit den Schultern. »Nicht direkt, aber ein wenig, ja.«
»Warum? Warum tust du so etwas?«
»Ich weiß, dass das falsch war.«
»FALSCH. Verdammt noch mal …«
»… es war die Situation. Er hat mich provoziert …«
Sie drehte die Augen zum Himmel. »Und wie oft wird sich diese Situation noch wiederholen. Jedes Mal, wenn ich einen Mann kennen lerne? Du bist ja so krank. Du brauchst einen Psychiater, verdammt …«
Er spielte mit seiner Kaffeetasse und schüttelte den Kopf. Wie rede ich nur mit ihm, dachte sie verwundert. Was war das für ein Gespräch? Sie war überfordert. Es war ihr peinlich, ihren Vater so zerknirscht zu sehen. Sie konnten über dieses Thema nicht sprechen. Das ging einfach nicht. Sie hasste ihn für seine Schwäche. Selbst seine Rechtfertigungen wirkten matt und halbherzig.

Der Rezeptionist trat plötzlich an ihren Tisch. »Señor Battin, disculpe pero hay una llamada para Usted. Cábina ocho.«
Ihr Vater schaute auf, schüttelte den Kopf und sagte: »Excuse me?«
Der Rezeptionist wiederholte sein Anliegen auf Englisch. »There is a call for you in phone booth number 8.«
Er erhob sich. »Das ist sicher Anita. Ich bin gleich wieder da, ja?«
Giulietta nickte.
Der Rezeptionist war bereits vorgegangen, und Giulietta schaute ihrem Vater hinterher. Sie schlug die Beine übereinander und versuchte, ihre Gedanken zu ordnen. So hatte sich das also abgespielt. Ein Eifersuchtsdrama. Ihr Vater hatte ihm gedroht, und Damián war durchgedreht. Aber wieso? Wegen seiner eigenen komplizierten Geschichte? In diesem Menschen war so viel Hass aufgestaut. Wahrscheinlich bedurfte es keines besonderen Grundes, um ihn hervorbrechen zu lassen. Doch warum richtete er sich gegen sie? Warum dieser völlige, totale Rückzug?
Sie beobachtete ihren Vater am Telefon. Er hatte ihr den Rücken zugekehrt und schrieb irgendetwas auf. Und dann lief die Szene plötzlich noch einmal vor ihren Augen ab: das überraschte Gesicht des Rezeptionisten. Warum auf einmal Englisch, schien er gedacht zu haben. Warum versteht der Mann mich auf einmal nicht mehr?
Sie begann zu schwitzen. Warum plötzlich Englisch?
Das konnte nur eines bedeuten.
Ihr Vater sprach Spanisch.

24

Ihr erster Impuls war, aufzustehen und davonzulaufen. Aber dazu hatte sie nicht die Kraft. Sie war zu erschöpft. Es gab zu viele Dinge, die sie nicht begriff. Als ihr Vater an den Tisch zurückkehrte, lächelte er sie an und meinte, Mama lasse sie grüßen. Sie erwiderte nichts und spielte mit ihrem leeren Glas. Er machte ein paar Versuche, an das Gespräch von eben anzuknüpfen, aber die Unterhaltung kam nicht mehr in Gang.

»Ich will jetzt nicht über diese Sache reden«, sagte sie schließlich. »Wann ist dein Rückflug?«
»Offen«, sagte er nach einem kurzen Zögern.
»Dann können wir zusammen zurückfliegen.«
Er schaute sie verwundert an.
»Mein Rückflug ist am Samstag«, fuhr sie fort, »ich muss heute noch bestätigen.«
Damit hatte er offenbar überhaupt nicht gerechnet. Keine Diskussion. Kein Widerstand. Aber was hatte er sich eigentlich vorgestellt? Dass sie wochenlang in dieser Stadt herumirren würde?
»Wenn du mir dein Ticket gibst, erledige ich das«, sagte er vorsichtig.
Sie holte einen Umschlag aus der Handtasche und reichte ihn ihm.
»Du bist doch sicher müde, oder?«, fragte sie dann. »Soll nicht lieber ich das für dich machen?«
»Nein, nein. Lass nur.« Er schaute den Umschlag an, holte das Ticket heraus und betrachtete es, als habe er noch nie ein Flugticket gesehen.
»Was ist dir lieber, Fensterplatz oder Gang?«
»Fenster«, sagte sie bestimmt. »Wenn Plätze frei sind.«
»Wo wohnst du eigentlich?«
»Nicht weit von hier. Ich rufe dich heute Abend an, ja?« Sie stand auf.
Er schaute sie verdutzt an.
»Heute Abend …? Ach so, deine Verabredung.«
Er erhob sich, wollte sie umarmen, registrierte, dass sie zurückwich, und unterließ die Geste.
»In Ordnung«, sagte er. »Essen wir später zusammen?«
»Ich weiß noch nicht, wie lange das Treffen mit ihm dauern wird.«
»Hier isst man spät. Wie im Süden.«
Woher wusste er das? »Ach ja. Du kennst die Sitten hier?«
Sein Blick wurde ernst. Dann bekam er kurz etwas Flehendes, bevor er resigniert fragte: »Giulietta, warum bist du so eigenartig?«
»Ich rufe dich an«, erwiderte sie abwehrend.
Er war irritiert, aber er beherrschte sich. »Also gut. Wie du willst. Sei bitte vorsichtig, ja?«
»Sicher. Bis später.«

Sie drehte sich um und ging schnell davon. Sie spürte seinen Blick in ihrem Rücken, schaute jedoch nicht zurück. Sie hatte keine Ahnung, was sie jetzt tun sollte. Aber sie ertrug seine Gegenwart nicht. Sie hielt ein Taxi an, stieg hinein und nannte Lindseys Adresse.
Was nun wohl in seinem Kopf vorging? Er war über den Atlantik geflogen, um sie zurückzuholen. Und nach einer Tasse Kaffee und einem Gespräch voller Ungereimtheiten hatte sie eingewilligt. Ein gehöriger Aufwand für solch einen leichten Sieg. Warum war er gekommen? Was steckte wirklich dahinter? Ihr Vater kannte sie doch. Sie wäre von selbst zurückgekommen. Er wusste doch, was Ballett ihr bedeutete. Hatte es dieses Treffens am Ende der Welt bedurft, um ihre komplizierte Geschichte zu besprechen? Hätte das nicht auch in Berlin geschehen können?
Warum tat er so, als verstehe er kein Spanisch? Warum verstand er Spanisch? Sie starrte auf den schwarzen Lederbezug des Vordersitzes, heftete ihre Augen auf den Ausweis des Taxifahrers, der dort hing. Sie las den Namen des Mannes, sein Geburtsdatum, die Nummer der Lizenz. Was wusste sie eigentlich über ihren Vater? Sein Leben in der DDR? Hatte er dort in der Schule Spanisch gelernt und einfach nie davon erzählt? Sie waren nie nach Spanien in Urlaub gefahren. Immer nur nach Italien, Anita wegen. Einmal Griechenland, einmal Jugoslawien, als es noch existierte. Sonst immer Italien. Ihr Vater war 1976 aus der DDR herausgekauft worden. Da war er neunundzwanzig Jahre alt gewesen. Über seine Kindheit und Jugend wusste sie nichts. Er sprach nicht darüber, und niemand in der Familie machte ihm dafür einen Vorwurf. In Wirklichkeit interessierte sich auch kaum jemand für Einzelheiten. Das Thema war für alle unangenehm. Anita hatte einige Male insistiert und herausfinden wollen, aus was für einer Familie er eigentlich stamme. Aber er hatte nie etwas erzählt. »Kommunisten«, sagte er nur. »Geistesgestörte. Und Feiglinge.« Offenbar war er der einzige Andersdenkende in seinem Umfeld gewesen. Wahrscheinlich hatte er also in der Schule Spanisch gelernt. Doch warum verbarg er das vor ihr?
Das Taxi rumpelte die Calle Cochabamba hinauf, vorbei an heruntergekommenen, rissigen Häuserfassaden, ockerfarbenen, verwitterten Hauswänden, abbröckelnden Simsen und verrosteten Balkongittern.

Ein heißer Wind blies durch das Fenster hinein. Es roch abwechselnd nach Abgasen und gebratenem Fleisch. Man würde diese Stadt auch mit geschlossenen Augen sofort erkennen.
Als sie vor Lindseys Haus ankam, traten gerade zwei Frauen und zwei Männer aus dem Eingang. Giulietta bezahlte schnell und erreichte die Tür noch, bevor der Letzte der vier sie zuzog. Sie erklärte rasch auf Englisch, dass sie zu Lindsey wolle, was das Misstrauen in den Gesichtern der vier allerdings nicht minderte. Ein kurzer Wortwechsel zwischen dem jüngeren Paar signalisierte ihr, dass hier Tangotänzer aus Bayern vor ihr standen, und sie erklärte ihr Anliegen noch einmal auf Deutsch. Jetzt verschwand das Misstrauen. Stattdessen machte sich eine gewisse Enttäuschung in den Gesichtern breit, als fühlten die vier sich unangenehm davon berührt, in diesem gottverlassenen Winkel von San Telmo eine Deutsche zu treffen. Giulietta benutzte den kurzen Augenblick der Überraschung, um durch die Tür in den Innenhof zu gelangen.
Lindseys Zimmertür war angelehnt, aber auf Giuliettas Klopfen gab es keine Reaktion. Sie ging in die Küche. Dort standen halb leere Kaffeetassen auf dem Tisch, doch es war niemand zu sehen. Pablos Geigenkoffer stand nicht neben der Eckbank, ein sicheres Anzeichen dafür, dass auch er ausgegangen war. Sie kehrte zu Lindseys Zimmer zurück, öffnete die Tür ein wenig und spähte hinein. Das übliche Chaos. Nur das Bett war noch zerwühlter als sonst. Ihr Blick fiel auf die Stapel Videokassetten und die Notizblätter. Der Bogen, den Lindsey gestern in der Küche voll geschrieben hatte, lag auf dem Schreibtisch. *Lambare. Esma. Lapiz* las sie. Und darunter *nosoyalsina, paraluisa.* Sie stand unschlüssig einige Augenblicke davor. Dann zog sie kurz entschlossen die Videokassette, die Lutz ihr aus Berlin geschickt hatte, aus ihrer Handtasche, legte sie gut sichtbar auf den Tisch und schrieb eine kurze Nachricht. Schließlich steckte sie das Blatt mit den seltsamen Wörtern und Zeichen ein und verließ das Haus.
Sie hielt ein Taxi an und nannte die Adresse ihres Hotels. Ihre Stimmung verdüsterte sich zunehmend. Es musste die Musik im Radio sein, ein melancholischer Tango, einer von den Tausenden, deren Titel sie nie kennen würde. Sie fuhr sich mit den Händen durchs Gesicht, massierte ihre Schläfen und versuchte, sich zu beruhigen. Was war schon an

ihm? Wie viele gut aussehende, charmante Männer gab es. Laufend kam ein neuer dazu, der sich um sie bemühte. Nur eine Frage der Zeit, bis einer auftauchen würde, um sie von ihrer lähmenden Schwermut zu befreien. Dieser Kummer war wie ein Loch in ihr, ein toter Fleck in ihrer Lunge, ein Vakuum in ihrem Unterleib, das in ihren ganzen Körper ausstrahlte und sie an nichts anderes denken ließ als an seine Hände, seine Lippen, seine Augen und den Klang seiner Stimme. Warum ging das nicht weg? Wie war es möglich, dass sie so auf ihn fixiert war? Jetzt noch. Nach allem, was geschehen war? Warum interessierte sie keiner der Blicke, die andere Männer ihr hinterherschickten? Allein der Gedanke, einen anderen Mann zu berühren, verursachte ihr Übelkeit. Und das machte sie wütend und verzweifelt. Warum war dies so? Was war denn nur so besonders an ihm? Sein Aussehen vielleicht? Nein, das war es nicht gewesen. Sie hatte sich zunächst gar nicht in sein Äußeres verliebt, sondern in seinen Tanz, in seine Bewegung. Doch war das eine vielleicht vom anderen zu trennen? *How can we know the dancer from the dance?* Der Satz stand in der Umkleide der Ballett-Schule an der Wand über den Kleiderhaken. Irgendjemand hatte diese seltsame Frage vor Jahren mit Filzstift auf den Putz geschrieben. Eine weibliche Schrift. Die Zeile stammte offenbar aus einem Gedicht. W. B. Yeats, stand darunter. Giulietta hatte diesen Satz immer gemocht, auch wenn sie nicht genau wusste, warum. Jetzt, während sich das Taxi die Avenida 9. de Julio hinabquälte, Stoßstange an Stoßstange im Feierabendverkehr, an Grünstreifen vorbei, auf denen Obdachlose ihre Wäsche an den Bäumen zum Trocknen aufgehängt hatten, spürte sie auf einmal, dass es eine rhetorische Frage war. Das Fragezeichen am Ende war ironisch gemeint. *We cannot know the dancer from the dance!* Das war der eigentliche Sinn dieses Satzes. Ein Tänzer und sein Tanz waren unauflöslich miteinander verbunden, untrennbar eins. Ohne den Tänzer konnte es den Tanz nicht geben und umgekehrt. Man wüsste gar nichts davon. Die banale Einsicht erschien ihr plötzlich geheimnisvoll. Damián war diese besondere Art, Tango zu tanzen. Er war darin aufgehoben. Aber was war er? Wie konnte sie das bloß herausfinden? Nur über seinen Tanz. Seine Chiffren. Doch sie waren ihr versperrt. Sie verstand sie nicht. Niemand verstand sie.

Niemand?
Sie faltete das Blatt auf, das sie bei Lindsey eingesteckt hatte, und betrachtete die Zeichen, welche die Kanadierin aus den Choreografien der Jahre 1997 und 1998 herausanalysiert hatte. *Lambare. Esma. Lapiz*? Was sollte das bloß bedeuten? *Lapiz*? Daran erinnerte sie sich noch. Das war eine Tangofigur. Aber welchen Sinn hatte es, Wörter zu tanzen?
Das Taxi hielt an einer roten Ampel. Sie erkannte die Straßenmündung der Calle Bartolomé Mitre wieder. In ein paar Minuten wäre sie in ihrem Hotel. War es ihre Verzweiflung oder hatte das Wort sich einfach so aus ihr herausgeschlichen wie ein letzter Hilferuf, ein sinnloser Aufschrei gegen ihre Machtlosigkeit?
Sie sagte einfach laut: »Lambare.«
Der Fahrer drehte sich um und schaute sie neugierig an.
»Calle Lambaré?«, fragte er.

25

»Calle Lambaré?«, wiederholte Giulietta verblüfft.
Dann lachte sie verwirrt. War sie in ein Märchen geraten? Mutabor. Sesam öffne dich. Kalif Storch und Ali Baba.
Eine Straße! Es war eine verdammte Straße!
Hinter ihnen wurde gehupt. Der Fahrer lenkte den Wagen an den Straßenrand. Dann drehte er sich wieder zu ihr um. »Estas segura. No quieres ir a Bartolomé Mitre?«
Sie verstand nur Bartolomé Mitre und schüttelte den Kopf. »No. Lambaré«, stammelte sie. »Por favor. Lambaré.«
Er zuckte mit den Schultern, setzte den Blinker und fädelte sich in den Verkehrsstrom ein. Giulietta kauerte auf ihrem Sitz und versuchte, ihre Nervosität unter Kontrolle zu halten. Eine Straße!! Eine verfluchte Straße. Warum hatte Lindsey ihr das nicht gesagt? Oder wusste sie das vielleicht gar nicht? War *Esma* vielleicht ein Nachname, oder ein Hinweis auf eine Adresse oder auf ein Gebäude oder einen Club? Sie würde es gleich herausfinden, wenn sie diese Straße erreicht hätte. Sie zog ihren Stadtplan aus der Handtasche und fand die Straße mühelos im Index. Sie

lag etwa zwanzig Blocks nördlich ihres Hotels. Sie würden die Calle Cordoba hinauffahren und direkt daraufstoßen. Es war eine relativ kurze Straße. Nur sieben Blocks lang. Siebenhundert Meter. Mein Gott, sie könnte zur Not jeden einzelnen Hauseingang überprüfen. Aber sollte sie das tun? Was erwartete sie sich bloß davon? Warum baute Damián einen Straßennamen in einen Tango ein?
Zehn Minuten später hatten sie das Viertel erreicht. Almagro, stand in ihrem Stadtplan. Daher der Name dieses Tango-Clubs, wo sie vorgestern gewesen war. Er lag auch hier in der Nähe. Sollte Damián keinen Steinwurf von diesem Club entfernt seine Wohnung haben? Das Taxi fuhr wieder rechts heran, und der Fahrer drehte sich nach ihr um.
»Aqui?«, fragte er.
Giulietta schwieg und schaute angestrengt aus dem Fenster. Aber was gab es da schon zu sehen. Eine Wäscherei. Einen Video-Shop. Die üblichen Imbissbuden, Lotteriestände, Elektroläden, Kioske. Was hatte sie bloß erwartet? Sie zögerte. Sollte sie aussteigen? Zu Fuß gehen? Gab es vielleicht irgendwo ein Schild mit dem Aufdruck Esma? Das Taxameter stand auf neun Pesos. Der Fahrer schaute sie noch immer erwartungsvoll an. Er wird mich für verrückt halten, dachte sie. Vielleicht war sie es auch so langsam. Verrückt. Loco. Doch was hatte sie denn schon zu verlieren außer der Illusion, dass Damiáns rätselhafte Chiffren sie vielleicht zu ihm führen könnten. Sie schaute auf ihren Notizblock, als habe sie dort eine Adresse notiert, blickte dann dem Fahrer in die Augen und sagte: »Esma. I am looking for Esma.«
Die Reaktion war bemerkenswert. Erst verzog er den Mund, als habe er gerade auf ein Senfkorn gebissen. Er drehte die Augen zum Himmel und schlug plötzlich mit der Hand gegen das Lenkrad. Dann spuckte er einen Satz aus: »A la mierda!«
Den Rest verstand sie nicht. Der Mann drehte sich fluchend um und legte krachend den Gang ein. Er fuhr scharf an. Die Reifen quietschten kurz und übertönten kurzzeitig den unverständlichen spanischen Wortschwall. Einen Augenblick lang hatte sie Angst gehabt. Aber immerhin fuhr der Mann, auch wenn sie keine Ahnung hatte, wohin.
Damiáns Chiffren waren überhaupt kein Geheimnis. Es waren Orte in Buenos Aires. Letzterer offensichtlich ein nicht sehr beliebter. Oder wie

sollte sie die seltsame Reaktion des Taxifahrers interpretieren? Einige Augenblicke lang spürte sie ein Hochgefühl. Sie fühlte sich Damián näher. Sie hatte eine Spur gefunden, auch wenn die erste Station nichts ergeben hatte. Eine Straße. Sie könnte nachher zurückkommen und schauen, ob sie nicht irgendeinen Anhaltspunkt fand. Doch diese Stimmung hielt nicht lange an. Sie steckten wieder im Verkehr fest, der Taxifahrer fluchte noch immer leise vor sich hin und schaute wiederholt in den Rückspiegel. Sein Gesichtsausdruck wandelte sich allmählich von abweisend zu finster. Wenn sie nur diese Sprache sprechen könnte!

Die rote Digitalanzeige neben dem Rückspiegel stieg auf achtzehn, auf neunzehn, auf zwanzig Pesos. Was immer Esma war, es befand sich ziemlich weit draußen. Sie hatte restlos die Orientierung verloren. Die Straße war mittlerweile sechsspurig und schlängelte sich durch ein Stadtgebiet, das bereits erste Anzeichen von Industriebebauung aufwies. Zuvor waren sie noch an einem Golfplatz vorbeigekommen, doch jetzt wurde die Umgebung ungemütlich. Der finstere Blick des Fahrers, der immer wieder durch den Rückspiegel auf sie zuflog, verstärkte die düsteren Eindrücke links und rechts der Straße noch. Der Verkehr war völlig chaotisch. Von allen Seiten strömten Fahrzeuge auf diese Straße, die allmählich die Ausmaße einer richtigen Autobahn annahm. Wo fuhr der Mann sie nur hin?

Bei siebenundzwanzig Pesos hielt der Wagen endlich. Die Art und Weise, wie er zum Stehen kam, signalisierte unmissverständlich, dass der Fahrer sie aus dem Wagen heraushaben wollte. Er bellte irgendetwas und klopfte mit dem Finger auf den rotglimmenden Fahrpreis. Giulietta gab ihm dreißig Pesos und beeilte sich, den Wagen zu verlassen. Sie kam nicht einmal mehr dazu, die Tür zu schließen. Sie war kaum ausgestiegen, da fuhr das Taxi so schnell an, dass die Tür durch den Ruck von selber ins Schloss fiel.

Giulietta schickte dem Wagen einen stillen Fluch hinterher. Dann schaute sie sich um. Die Gegend war nun wieder etwas feiner geworden. Die gegenüberliegende Straßenseite war von eleganten Appartementhäusern gesäumt. Sie ließ ihren Blick über die Fassaden gleiten, drehte sich dann um und musterte ihre unmittelbare Umgebung. Hinter ihr er-

streckte sich ein weitläufiger Gebäudekomplex in einer parkartigen Anlage. Warum der Taxifahrer sie hier abgesetzt hatte, konnte sie sich nicht erklären. Fußgänger gab es keine. Nur Tausende von Autos, die knatternd und qualmend an ihr vorüberfuhren. Sie hätte ohnehin niemanden mehr etwas fragen wollen. Die Reaktion des Taxifahrers steckte ihr noch in den Gliedern. Der Park mit den Pavillons neben ihr sah nicht sehr viel versprechend aus. Sie beschloss, auf der anderen Straßenseite an den Gebäuden entlangzugehen. Vielleicht fand sich dort ein Hinweis auf Damiáns Rätselwörter. Möglicherweise hieß dieser Stadtteil so?
In einiger Entfernung sah sie eine Fußgängerampel. Sie schulterte ihre Handtasche und machte sich auf den Weg. Ein Straßenschild brachte sie auf den Gedanken, im Stadtplan nachzuschauen, wo sie sich überhaupt befand. Sie war im achttausender Block der Avenida del Libertador gelandet. Laut Stadtplan bedeutete das, dass sie schon fast an der Stadtgrenze angekommen war. Sie musterte die Eintragungen und versuchte, die Straßennamen der näheren Umgebung zu entziffern. Ruiz Huidobro. Correa. Ramallo. Das Areal mit den Pavillons direkt neben ihr war als Escuela de Mecanica de la Armada verzeichnet. Sie ging ein paar Schritte weiter. In der Entfernung sah sie ein paar Uniformierte zwischen den Gebäuden verschwinden. Die argentinische Fahne flatterte im Wind. Dann erkannte sie hier und da Wachposten. Offenbar handelte es sich um eine Kaserne.
Wenige Augenblicke später hatte sie das Rätsel gelöst. E.S.M.A., las sie auf einem Messingschild, das neben dem Haupteingang zu diesem Gebäudekomplex an der Mauer angebracht war. Escuela de Mecanica de la Armada. Giulietta stand ratlos vor diesem Schild. Hinter ihr wälzte sich der Verkehr aus der Stadt hinaus. Abgase hüllten sie ein. Eine leichte Übelkeit überfiel sie. Sie holte ein Taschentuch hervor, hielt es sich schützend vor den Mund und setzte ihren Weg fort. Ihr wurde übel, und als sie die Ampel endlich erreicht hatte, kamen auch noch stechende Kopfschmerzen dazu. Sie überquerte die Straße, betrat ein Café, bestellte Wasser und trank gierig ein ganzes Glas leer. Dann wartete sie, bis ihre Schwäche sich ein wenig gelegt hatte. Die Kopfschmerzen ließen ein wenig nach. Nur die Übelkeit blieb. Sie saß dort, den Kopf gegen die Holzvertäfelung gelehnt, die Augen halb geschlossen. Ein Satz von

Lindsey ging ihr durch den Kopf. Man muss Sinnhaftes von Sinnlosem trennen. Aber war bei Damián nicht alles sinnlos? Er war verrückt, eingeschlossen in seine eigene, rätselhafte Welt. Allein. Allein. Das Wort fand ein unheimliches Echo in ihr. Wasser. Sie musste sich das Gesicht waschen.
Der Eingang zu den Toiletten befand sich neben der Bar. Sie schaffte es gerade noch in den Waschraum, bevor ein Schwächeanfall sie fast in die Knie gehen ließ. Sie stützte sich am mittleren Waschbecken auf und sah im Spiegel, dass ihr Gesicht aschfahl und von Schweißperlen überzogen war. Ob sie einen Hitzschlag hatte? Übelkeit und Kopfschmerzen. Nein. Das war ihr Magen. Wahrscheinlich das fremde Essen. Sie beugte sich über das Waschbecken und begann damit, sich das Gesicht zu waschen. Das kalte Wasser tat ihr gut. Dann schoss plötzlich bittere Galle durch ihre Kehle, und sie erbrach sich. Sie atmete schwer, würgte noch einmal und schloss die Augen, um den übel riechenden Brei nicht sehen zu müssen, der sich in das Waschbecken ergoss. Sie atmete schwer, wartete, ob ihre Verkrampfung nachlassen würde, spürte jedoch, dass sie andauern würde, und half schließlich nach, indem sie ihren Zeigefinger tief in den Hals steckte. Wie früher, dachte sie noch, wie früher zu Wochenbeginn.
Sie verbrachte fast eine halbe Stunde in der Toilette. Noch Monate später erinnerte sie sich an alle Einzelheiten des Raumes, die Farbe der Kacheln, die Form der Waschbecken, das flackernde Licht der Neonröhre an der Decke. Sie erinnerte sich daran, weil sie diesen Raum in der Überzeugung betreten hatte, dass ihre Suche zu Ende war, dass es auf ihre Fragen keine Antwort gab. Deshalb hatte sie sich übergeben. Deshalb hatte ihr Körper sich gereinigt. Sie hatte sich damit abgefunden. Endgültig. Sie wusste es noch nicht. Aber ihr Körper wusste es.
Und dann, mitten in dieser letzten Reinigung, die den Wahnsinn der letzten Wochen von ihr nehmen sollte, war für den Bruchteil einer Sekunde die Tür zum Toilettenraum aufgegangen. Sie hatte kaum aufgeblickt. Nur unmerklich aus den Augenwinkeln zur Tür geschaut, um zu sehen, wer da soeben den Raum betrat. Aber niemand betrat den Raum. Es war nur jemand gekommen, der nachsehen wollte, wo sie so lange blieb. Seltsamerweise erschrak sie nicht gleich. Diese Erscheinung

war so unwirklich. Erst Sekunden später begann sie plötzlich zu zittern, als sie erkennen musste, dass sie seit ihrer Ankunft in Buenos Aires keinen Schritt getan hatte, ohne von einem Mann verfolgt zu werden, der sich nun offenbar nicht einmal mehr besondere Mühe gab, seine Nachstellungen diskret zu halten. Es war der Mann aus dem Flughafenbus. Der Mann mit den blinzelnden Augen, der sie in der Confitería Ideal beobachtet hatte.

Ihr langes Verweilen im Waschraum dieses Cafés hatte ihn offenbar verunsichert. Nein. Verunsicherung war kein Begriff, der zu diesem Gesicht passte. Verärgerung und Überdruss hatte sie auf diesem Gesicht gesehen. Gepaart mit einem kurzen Erschrecken darüber, dass sie aufgeschaut und dieses Gesicht wieder erkannt hatte, wie damals in der Confitería Ideal. Sie bekam solche Angst, dass sie losschrie, so gellend, dass die Tür sich sofort wieder schloss. Wenige Augenblicke später riss der Besitzer des Cafés die Tür auf. Sie stammelte etwas auf Englisch, entschuldigte sich, zeigte auf ihren Bauch und sagte zweimal »Taxi«. Ihr Verfolger war wie vom Erdboden verschluckt. Das Taxi kam, sie stieg ein und fuhr ins Zentrum zurück. Sie schaute ängstlich aus dem Heckfenster auf die hinter ihr fahrenden Wagen. Sie war sich sicher, dass er sie noch immer verfolgte. Kein Mensch hätte ahnen können, dass sie heute hier an die Stadtgrenze fahren würde, um eine Kaserne anzustarren. Der Mann war auf Schritt und Tritt hinter ihr her. Aber warum nur? Wer war er?

Als sie ihr Hotel betrat, zitterte sie noch immer vor Angst. Keinen Schritt wollte sie mehr alleine gehen. Sie rief ihren Vater an, der glücklicherweise in seinem Zimmer war, und bat ihn, ihr in seinem Hotel ein Zimmer zu reservieren. Sie wollte in seiner Nähe sein. Sie wollte seinen Schutz. Er schlug vor, sie abzuholen. Sie willigte ein und nannte ihm ihre Adresse. Was mit Damián sei? Mit ihrer Verabredung? Geplatzt, log sie. Damián. Was interessierte sie jetzt noch Damián. Sie wollte nur noch weg von hier. Zwanzig Minuten später hatte sie gepackt. Sie bezahlte ihre Rechnung und wartete. Als er geklingelt hatte, fuhr sie ein letztes Mal mit dem schmiedeeisernen Fahrstuhl ins Erdgeschoss. Das Treppenhaus erinnerte sie jetzt ein wenig an die alten Mietshäuser in Charlottenburg. Nur lagen hier keine Läufer auf dem Marmor. Man sah

nur noch die Messingringe an den Stufen, welche wohl einst die Arretierstangen gehalten hatten. Alles in dieser Stadt war kaputt oder am Zusammenbrechen.
Sie hatte hier nichts mehr verloren.

26

Ihre Haut spannte, obwohl sie sich am Morgen zweimal mit Salbe eingerieben hatte. Der Flughafenbus schnaufte soeben die Rampe hinauf, von welcher sie bei ihrer Ankunft den ersten Blick auf diese Stadt geworfen hatte. Aber der Gedanke erfüllte sie mit keinerlei Wehmut oder Bedauern. Sie spürte Erleichterung. In den Straßen dort unten war sie herumgeirrt. Wozu eigentlich? Sie drückte etwas Salbe in ihre Handfläche und rieb erneut ihre Stirn und Wangen ein.
Der Ausflug ins Tigre-Delta hatte ihr einen Sonnenbrand beschert. Ihr Vater hatte darauf bestanden. Hätten sie den ganzen Freitag in der Stadt herumsitzen sollen? Am Ende genoss sie die Bootsfahrt den Rio de la Plata hinauf und den anschließenden Spaziergang durch die malerischen Gässchen der verträumten Vorstadt, vorbei an Häusern im Kolonialstil, die wegen der Hochwassergefahr zumeist auf Stelzen gebaut waren. Sie waren am Rio Lujan entlangspaziert, der hier in den Rio de la Plata mündete. Das Delta strahlte einen leicht morbiden Reiz aus. Auf der gegenüberliegenden Uferseite lagen verrostende Hochseefischkutter in der Sonne. Die gewaltigen Metallrümpfe leuchteten grell orangebraun in der Mittagshitze, als stünden sie kurz davor, in Flammen aufzugehen. Vom Fluss zog ein übler Geruch herauf.
Hier draußen hatten offenbar auch die Engländer gewirkt. Die Uferpromenade hieß Paseo Victoria und verfügte sogar über eine knallrote, original Londoner Telefonzelle. Ruderboote, die auch auf der Themse vorstellbar gewesen wären, glitten auf dem Fluss vorbei. Die Rasenflächen am Ufer waren gepflegt. Nur das Restaurant, in dem sie zu Mittag aßen, hieß Don Ramon, und das Essen war glücklicherweise nicht englisch. Ihr Vater aß Steak Mariposa, einen Fleischbatzen, aufgeschnitten wie ein Schmetterling, und sie eine Portion Tintenfisch. In der Ferne

hörte man das Tingeltangel eines Vergnügungsparks, der einen daran erinnerte, dass auch hier draußen die Wildnis keine Wildnis war.
Der Tag in der Natur war dennoch eine Erholung gewesen. Sie sprachen wenig und vermieden alle Fragen, die unausgesprochen im Raum schwebten. Am Nachmittag fuhren sie mit der Küstenbahn zurück, gönnten sich eine Siesta und waren danach beide so müde, dass sie beschlossen, im Hotel zu Abend zu essen und früh zu Bett zu gehen. Giulietta hatte noch einmal bei Lindsey angerufen, aber sie war nicht zu Hause. Vermutlich war sie bereits wieder in irgendeiner Tango-Bar unterwegs. Das Heft mit ihren ganzen Unterstreichungen besaß Giulietta noch. *Torquato Tasso* war am Freitag eingekringelt. Mit Orchester. Los Reyes del Tango. Gegen zwei Uhr morgens. Das Lokal war sogar gleich bei Lindsey um die Ecke. Zehn Taximinuten von Giuliettas Hotel entfernt.
Aber sie war nicht mehr hingegangen. Von Tango hatte sie genug. Jetzt starrte sie aus dem Fenster auf das diffus werdende Häusermeer. Antennen und Satellitenschüsseln dominierten das Bild. Es war elf Uhr morgens. Ein strahlender Tag. Vierunddreißig Grad hatte sie irgendwo auf einer Anzeige gelesen. Hochsommer am vierten Dezember. Die Welt stand auf dem Kopf. Nicht ihre Welt.
Die Erinnerung an diesen unbekannten Verfolger spukte noch immer in ihr herum. Den ganzen gestrigen Tag hatte sie immer wieder aufmerksam in ihre Umgebung gespäht, ihn aber nirgends ausmachen können. Am Morgen, auf dem Weg zur Busstation, die nur zwei Wegminuten vom Hotel entfernt war, hatte sie Herzklopfen gehabt. Sie fühlte sich beobachtet. Aber das musste Einbildung sein. Als sie im Bus saß und durch das Fenster die Plaza San Martin betrachtete, vermeinte sie plötzlich, das Profil des Mannes in einem an der Ampel stehenden Wagen erkannt zu haben. Aber der Wagen fuhr an und verschwand im Kreisverkehr, ohne dass sie einen richtigen Blick auf den Fahrer hätte werfen können. Fast hätte sie aufgeschrien, als ein Fahrgast an ihr vorüberkam, dessen Profil sie an den Fremden erinnerte. Und da war ihr klar geworden, dass sie kurz davorstand, hysterisch zu werden.
Sie schielte kurz zu ihrem Vater hinüber. Er studierte die Flugtickets. Irgendwie hatte er es fertig gebracht, sie beide in die gleiche Maschine zu

buchen, obwohl sie gar nicht mit der gleichen Fluggesellschaft geflogen waren. Angeblich war jetzt alles in Ordnung, auch wenn er am Flughafen noch etwas nachbezahlen musste.
Der Bus war spärlich besetzt. Giulietta zählte acht Fahrgäste. Es gab überhaupt viel Platz in diesem Land. Man musste nur aus der verfluchten Stadt heraus. Die letzten Häuser verschwanden, und dahinter dehnte sich plötzlich das flache Land kilometerweit ins Nichts. Darüber hing ein leerer Himmel. Aber die Leere war eigentlich noch schlimmer als das Chaos und Gedränge in der Stadt. Recht besehen war hier alles schrecklich!
Es dauerte fast eine Stunde, bis ihr Vater die Umbuchungsformalitäten am Flughafen erledigt hatte. Giulietta schlenderte unterdessen in der Abflughalle umher. Sie vermisste ihre Mutter und freute sich darauf, sie wieder zu sehen. Sie hatte ein starkes Bedürfnis danach, mit ihr zu sprechen. Ganz in ihrem Inneren machte sie ihr Vorwürfe. War sie nicht für das ganze Unheil mit verantwortlich? Hätte sie nicht längst sehen müssen, was sich da angebahnt hatte? War sie vielleicht blind gewesen? Oder eifersüchtig? Hatte sie sich bewusst herausgehalten, um sie zu quälen? Oder wagte sie nicht, ihrem Mann gegenüber Stellung zu beziehen? Was für eine Beziehung hatten ihre Eltern überhaupt zueinander?
Sie kaufte nichts, ließ sich auf einer der Wartebänke nieder und schaute ihrem Vater zu, der noch immer mit einem Angestellten der Fluggesellschaft verhandelte. Dann unterschrieb er etwas und bekam endlich die Bordkarten. Er drehte sich um, winkte ihr zu und lachte zufrieden.
»Mein Gott, die sind ja noch bürokratischer als wir«, sagte er, als er herangekommen war. »Hältst du bitte mal.«
Er reichte ihr die Reisedokumente und seine Aktentasche und verschwand. Giulietta nahm wieder Platz. Wann flogen sie eigentlich? Sie öffnete eins der beiden Kuverts, in denen allerlei Papiere steckten. Sie zog sie heraus. Ein gefaltetes Blatt enthielt die Reiseroute. Buenos Aires – Rio de Janeiro – Paris – Berlin. Er hatte sie auf Air France umgebucht. Paris, dachte sie. Das klang wie ein fremder Stern. Sie musterte die Bordkarte. Battin, M., Mr. 8B. Sie hatte seinen Umschlag erwischt. Hinter der Bordkarte spürte sie ein weiteres Dokument. Sie drehte die Karte um, aber es war nur ein Zettel, auf den ihr Vater irgendetwas

notiert hatte. Jetzt sah sie auch, was. Es war die Telefonnummer der Air France in Buenos Aires. Und noch eine Notiz, die sie nicht entziffern konnte. Ein Straßenname oder so etwas. Aber was war nur mit diesem Zettel? Sie betrachtete ihn genauer. Plötzlich hatte sie das Gefühl, zu fallen. Sie spürte einen bitteren Geschmack auf der Zunge. Dieser Zettel. Sie schaute in Richtung der Toiletten, aber ihr Vater war noch nicht wieder zum Vorschein gekommen. Giulietta spürte, wie ihr der Schweiß aus den Achselhöhlen seitlich über den Körper hinablief. Sie schaute noch einmal zur Toilettentür, versicherte sich, dass er nicht gerade herauskam, und hielt mit einer raschen Bewegung den Zettel gegen das Licht. Das Wasserzeichen war gut sichtbar. Große, geschwungene Lettern. MDA. Maria Dolores Alsina. Ihr Vater hatte Frau Alsina getroffen!

Sie packte die Dokumente zögernd wieder ein, setzte sich aufrecht hin, schloss die Augen und atmete mehrmals tief durch. Sie durfte jetzt nicht handeln. Nicht gleich. Sie zwang sich, an nichts zu denken, obwohl ihr eine Flut von Gedanken durch den Kopf schossen. Ruhe, sagte sie sich. Ordnung. Aber da war keine Ordnung. Sie spürte den Kloß in ihrer Kehle, den Druck auf ihrer Brust, den beginnenden Krampf in ihrem Magen. Aber sie ließ es nicht zu. Atme! befahl sie sich. Eine Sache musste sie tun. Die eine, richtige Sache. Und sie wusste genau, was sie tun würde. Und dafür musste sie ihre Beherrschung wieder finden. Jetzt gleich. Bevor dieser hinterhältige Lügner, der sich ihr Vater nannte, aus der Toilette herauskam. Hasse ihn nicht jetzt. Nicht jetzt gleich. Dafür blieb noch genug Zeit. Sie durfte sich nichts anmerken lassen. Er würde das kleinste Anzeichen bemerken, ausgekocht und hinterhältig wie er war. Sie durfte jetzt gar nicht nachdenken. Sie musste handeln.

»Alles klar?«, fragte er.

Sie lächelte ihn an, reichte ihm die Dokumente und erhob sich.

»Gehen wir?«

»Wie viel Zeit haben wir noch?«, erwiderte sie.

Er schaute auf die Uhr. »Vierzig Minuten.«

»Ich möchte noch einmal telefonieren. Willst du schon vorgehen?«

Er schaute sie überrascht an.

»Lindsey, eine Freundin«, ergänzte sie. »Ich will mich noch von ihr verabschieden. Ich habe sie gestern nicht mehr erreicht. Dauert nicht lange.«

Er setzte sich auf die Bank. »Gut. Ich warte hier.«

Sie reichte ihm die Reisedokumente und durchspähte die Halle nach einer Telefonzelle.

»Neben den Toiletten sind Kabinen«, sagte er aufmunternd. »Hast du noch Geld?«

»Hm. Bis gleich.«

Sie fand die Kabinen problemlos. Nach dem dritten Klingeln hatte sie Pablo am Apparat.

»Giulietta. How are you?«

»Fine. Is Lindsey there?«

»Sie schläft noch. Soll ich sie wecken?«

»Ja. Bitte.«

Der Vorgang nahm fast fünf Minuten in Anspruch. In der Ferne hörte sie Vogelgezwitscher. Sie schloss die Augen und verbrachte die Zeit in Pablos Wohnküche, den Blick auf den Garten gerichtet, die Liegestühle, den fremdartigen Strauch mit den riesigen Blättern.

»Giulietta?«

»Bonjour.«

»Wo bist du?«

»Am Flughafen.«

»Ah. Ich dachte du wärst gestern geflogen!«

»Nein. Desolée. Ich bin noch hier, aber nicht mehr lange.«

»So meine ich das doch nicht. Schön, dass du anrufst.«

»Ich wollte sagen, … es war so komisch am Donnerstagabend.«

»Vergiss es. Geht's dir besser?«

»Hast du die Kassette gefunden?«, fragte Giulietta.

»Ja, habe ich.«

»Und? Was hat er in Berlin getanzt? Hast du es herausgefunden?«

Lindsey zögerte kurz. Dann sagte sie: »Er hat das Lied getanzt.«

»Renaceré?«

»Ja. Renaceré. Die Darbietung ist ein einziges Desaster. Arme Nieves.«

»Warum tut er das?«

»Ich habe keine Ahnung.«

Giulietta schwieg einen Augenblick. Lindsey spürte ihr Zögern und fuhr fort: »Giulietta, ich glaube, du tust genau das Richtige.«
»Lindsey, ich wollte dich etwas fragen.«
»Schieß los.«
»Was heißt ESMA?«
Pause.
»Lindsey. Ich bin dort gewesen. Ich war in der Calle Lambaré. Und ich war an dieser Kaserne.«
»Mon Dieu, mais ...«
»Warum hast du mir vor ein paar Tagen nicht gesagt, dass du wusstest, was diese Begriffe bedeuten?«
»Ich? Ich wusste überhaupt nichts. Ich meine, was sagst du, Lambaré ist eine Straße? Nie davon gehört.«
»Aber ESMA. Das sagte dir doch etwas, oder?«
Pause.
»Lindsey?«
»Ja. Natürlich, verdammt noch mal. Jeder hier weiß, was ESMA bedeutet.«
»Warum hast du es mir dann nicht gesagt?«
Lindsey schnaufte laut, sagte aber nichts.
»Und?«
»Willst du eine Geschichtsstunde von mir haben?«
»Warum bist du so aggressiv?«
»Ich bin nicht aggressiv. Aber stell dir einmal vor, ich käme dich in Berlin besuchen, wir fahren nach Polen, kommen zufällig an einem Schild vorbei, auf dem Auschwitz geschrieben steht, und ich fragte dich: Giulietta, was ist Auschwitz? Was würdest du da von mir denken, he?«
Auschwitz?
»Aber ... ich verstehe nicht ...« stammelte sie. »Wieso ... ich meine ...«
»Eben«, unterbrach sie Lindsey. »Du verstehst hier gar nichts. Weil du nichts über dieses Land weißt. Fahr nach Hause, Giulietta. Ich mag dich sehr, wirklich. Aber hier hast du nichts verlor...«
Sie knallte den Hörer auf die Gabel und blieb sekundenlang mit geschlossenen Augen stehen. Dreimal verfluchte arrogante Zicke. Sie wartete noch eine Minute, bis sie sich halbwegs wieder gefangen hatte,

ging mit finsterer Miene an die Kasse, knallte einen Peso auf die Ablage und kehrte in die Eingangshalle zurück.

27

Ihr Vater betrachtete sie verwundert, als sie zurückkam, war jedoch klug genug, nicht weiter nachzufragen, warum sie so gereizt aussah.

»Gate 4. Dort drüben«, sagte er nur und wies in die entsprechende Richtung. Sollte sie ihn fragen, was er am Donnerstag gemacht hatte? Sie bewegten sich auf die Kontrollstelle zu, vor der sich bereits eine Schlange gebildet hatte. Sie stellten ihre Taschen auf das Fließband der Röntgenmaschine, ihr Vater legte Schlüssel, Kleingeld und Mobiltelefon in eine Plastikschale und ging ohne ein Piepsen auszulösen durch den Metalldetektorbogen.

Giulietta folgte, noch immer mit leicht gerötetem Kopf und eisigem Blick. Sie nahm ihre Sachen vom Band und bewegte sich langsam auf die Passkontrolle zu. Ihr Vater ging ein paar Schritte vor ihr her. Dann drehte er sich kurz zu ihr um, blieb stehen, lächelte sie an und wartete, bis sie herangekommen war. Als er bemerkte, dass ihre Miene sich nicht änderte, zog er kurz die Augenbrauen hoch, sagte jedoch nichts, sondern schaute wieder nach vorne.

Vor der Passkontrolle staute sich der Strom der Reisenden ein wenig. Giulietta blickte über die Köpfe der Wartenden hinweg und beobachtete die Vorgehensweise der Zollbeamten, wie sie die Pässe und die Bordkarten entgegennahmen, die Dokumente musterten, den Einreisestempel suchten, den Ausreisestempel daneben anbrachten und die Personen weiterwinkten. Wenn sie hier hindurch wäre, gäbe es kein Zurück mehr. Sie biss sich nervös auf die Lippen. Noch sechs Passagiere vor ihnen. Plötzlich war da noch ein Gedanke, der sie unschlüssig verharren ließ: die Staatsoper. Wenn sie jetzt nicht einstieg, wäre sie die Stelle los. Nur noch ein paar Schritte geradeaus, und alles wäre in Ordnung. Morgen um diese Zeit wäre sie in Berlin und am Montag im Trainingssaal. Verdiana und Nussknacker. Eine Woche hatte die Direktorin ihr zugestanden. Dass das Ultimatum endgültig war, wusste sie. Sie bräuchte sich

dort erst gar nicht mehr blicken zu lassen, wenn sie am Montag nicht zurück wäre.
Noch vier Passagiere. Sie schaute hinter sich, an dem Röntgengerät vorbei in die Eingangshalle. War dort nicht jemand, der sie beobachtete? Ein bärtiger Mann? Nein. Sie stand wirklich kurz davor, verrückt zu werden. Sie schaute wieder nach vorne, auf ihren Vater. Aber ihr Blick gehorchte ihr nicht. Ihr Augen wanderten über ihn hinweg und sahen nur Einzelheiten: eine schlecht rasierte Stelle an seinem Kinn, den herrischen Adamsapfel, die unschönen Lippen, den kantigen Unterkiefer mit den leicht geröteten Unreinheiten der Haut. Doch vor allem sah sie seine Fürsorglichkeit. Diese für sie jetzt unerträgliche Mischung aus Zufriedenheit, Selbstsicherheit und Kontrolle. Sie ertrug es kaum, ihn anzuschauen. Zwölf Stunden neben ihm im Flugzeug sitzen? Undenkbar.
Noch zwei Passagiere. Giulietta drehte sich erneut um. Der bärtige Mann war nicht mehr zu sehen. Sie ging einen Schritt nach vorne und schaute zu, wie der Zollbeamte den Pass des Fluggastes vor ihrem Vater abstempelte. Dann war er an der Reihe. Er legte seine Dokumente auf die Ablage und nahm Haltung an. Wie formell er dabei wirkte. Fast wie ein Soldat. Der Zollbeamte blätterte in seinem Pass herum und suchte den Einreisestempel. Dann stutzte er und sagte etwas auf Spanisch. Ihr Vater schüttelte den Kopf und sagte: »Sorry …?«
Giulietta unterbrach ihn. »Papa, hältst du bitte kurz meine Tasche.«
Der Zollbeamte wiederholte seine Frage auf Spanisch.
Dann geschah alles ganz schnell. Ihr Vater drehte sich zu ihr um und war gleichzeitig abgelenkt durch die Frage des Zollbeamten. »English please, no Spanish«, erwiderte er genervt und nahm mechanisch Giuliettas Tasche entgegen. »Was ist denn?«
»Toilette«, sagte sie. »Ich komme gleich.«
»When did you arrive?«, fragte der Zollbeamte jetzt, während Giulietta den ersten Schritt rückwärts Richtung Empfangshalle machte.
»What?« Er blickte wieder zu Giulietta, dann auf den Zollbeamten, der seinen Pass in der Hand hatte.
»Äh, why, Thursday.«
»On business?«, hörte Giulietta noch, dann war sie außer Hörweite.
Ihr Vater drehte sich verunsichert zu ihr um. Sie machte ihm ein Zei-

chen, dass sie gleich nachkommen würde, und ging dann rasch an dem Röntgenapparat vorbei. Ihr Herz schlug bis zum Hals. Was tat sie hier eigentlich? Wenn sie diesen Flug verpasste, war alles zu Ende. Sie schaute noch einmal zur Passkontrolle. Das Gespräch dort war noch in vollem Gang. Ihr Vater deutete auf irgendetwas in seinem Dokument. Gab es ein Problem? Wohl kaum. Sonst wäre er ja gar nicht ins Land gekommen. Sie musste eine Entscheidung treffen. Sofort. Nach Buenos Aires zurückfahren oder nicht? Lindsey müsste ihr helfen. Ihr Koffer war weg, bereits auf dem Weg nach Europa. Ihre Handtasche hatte ihr Vater. Sie besaß lediglich ihren Pass, ein gleich verfallenes Flugticket, die Kreditkarte ihrer Mutter und die Kleider, die sie auf dem Leib trug. Zurück in diese schreckliche Stadt. Wegen ihm?
Ihr Vater hing noch immer an der Kontrolle fest. Gleich würde der Beamte den Ausreisestempel anbringen, und dann war er bereits nicht mehr in diesem Land. Selbst wenn er wollte, käme er nicht mehr zurück. Sie sah ihn von hinten. Dann schien das Problem plötzlich gelöst zu sein. Er drehte sich zur Eingangshalle um. Doch sie hatte sich mittlerweile so platziert, dass er sie schwerlich sehen konnte. Der Zollbeamte winkte ihn ungeduldig weiter. Er zögerte noch, runzelte verärgert die Stirn und blickte suchend um sich. Aber dann musste er den Weg freigeben. Andere Fluggäste drängten nach und schoben ihn weiter. Giulietta schaute hilflos zur Decke. Was sollte sie bloß tun?
Geld. Sie brauchte Geld. Sie suchte einen Automaten und steckte die Kreditkarte hinein. Wie vor einer Woche. Sie schob die Scheine in ihre Hosentasche und drehte sich um. Dann kehrte sie in die Mitte der Halle zurück und bewegte sich auf die Toiletten zu. Doch auf halber Strecke blieb sie stehen, schaute unschlüssig um sich und kaute nervös an ihrem Daumennagel. Sie erwog, Lindsey noch einmal anzurufen. Doch sollte sie ihre Entscheidung davon abhängig machen, ob die Kanadierin sich dazu herabließ, ihr einige Dinge zu erklären, über die sie nicht Bescheid wusste? Esma? Auschwitz? Die Reaktion des Taxifahrers. Was sollte das alles mit Damiáns Tango zu tun haben? Und mit ihrem Vater …? Gab es doch eine Verbindung zwischen all diesen Dingen? Sie ging zum Ausgang. Die Türen glitten zur Seite, und im nächsten Augenblick umschloss sie die geballte Mittagshitze.

Alles, was danach geschehen war, durchzog noch Monate später wie ein undeutlich aufgenommener Schwarzweißfilm ihre Erinnerung. Sie hatte nach links geschaut, zu den Taxis, die dort ankamen und Fluggäste abluden. Sie würde einfach ein Taxi nehmen und in die Stadt zurückfahren, direkt zu Lindseys Wohnung. Aus dem Augenwinkel hatte sie zu ihrer Rechten eine rasche Bewegung wahrgenommen, sich aber nicht darum gekümmert. An ihrem äußersten Blickrand war etwas geschehen, aber sie hatte die Taxis im Auge gehabt. Erst auf halber Strecke war ihr aufgefallen, dass von der Seite etwas auf sie zukam, etwas, das sich schnell bewegte. Sie verlangsamte unwillkürlich ihren Schritt, um nicht mit der Person, die sie noch für einen eiligen Reisenden hielt, zusammenzustoßen. Doch die Person änderte sogleich die Richtung und kam nun direkt auf sie zu. Erst jetzt riss sie jäh den Kopf herum, zuckte wie von einem Hieb getroffen zusammen und schaute fassungslos auf das Gesicht vor ihren Augen. Und noch bevor sie einen Laut des Erschreckens über die Lippen brachte, war dieses Gesicht bis auf Armeslänge an sie herangekommen, spürte sie einen harten Griff an ihrem Unterarm und hörte eine vor unterdrücktem Zorn sich fast überschlagende Stimme: »Was zum Teufel tust du? Warum fliegst du nicht nach Hause?«

Sie starrte ihn an.

Damián!

Doch wie um alles in der Welt sah er aus? Er zog sie wie ein ungehöriges Mädchen einige Meter in Richtung Flughafenhalle. Giulietta war völlig unfähig, irgendetwas zu tun. Sie spürte ein Rauschen in den Ohren. Alles verlangsamte sich. Sie stolperte und wäre fast gestürzt, wenn er sie nicht aufgefangen hätte. Damián hielt inne, schaute sie an. »Du musst hier weg«, sagte er atemlos. »Geh. Geh nach Berlin. Ich flehe dich an!« Dann begann sie zu zittern. Ihre Lippen bebten. Plötzlich krallte sie sich an seinen Haaren fest. Sie wollte ihm wehtun, ihn ohrfeigen. Er fing ihre Hände ab und hielt sie fest. Sie sah ihn kaum richtig durch die Tränen, die ihr in die Augen schossen. Sie keuchte. Doch sie brachte kein Wort heraus. Sie versuchte, sich loszureißen. Doch auf einmal umarmte er sie so fest, dass ihr fast die Luft wegblieb. Wie er roch? Er stank nach Benzin. Ein scharfer Schweißgeruch stieg aus seinen Achselhöhlen auf. Das Einzige, das sie sofort wieder erkannte, war seine Haut, das Gefühl ihrer Wange an der seinen, und erst allmählich andere Einzelheiten, die keinen Namen hatten.

»Wo ist dein Vater?«, fragte er plötzlich.

Sie machte eine Handbewegung in Richtung Eingangshalle.

»Schnell«, sagte er. »Komm.«

Sie hatte keine Ahnung, was sie tat. Sie hatte überhaupt keine Kontrolle mehr. Sie ging im Laufschritt neben ihm her, und als er zu laufen begann, lief sie einfach mit. Damián drehte sich mehrfach um. Sie blickte auch einmal hinter sich, sah jedoch niemanden.

Sie liefen eine enge Wendeltreppe hinauf und eilten im dritten Stock zwischen geparkten Autos hindurch. Damián rannte auf einen staubigen und zerbeulten roten Peugeot zu, zwängte sich hinter das Lenkrad, öffnete die Beifahrertür und ließ sie einsteigen. Sie saß kaum, da drehte Damián den Motor hoch, legte den Gang ein und schoss mit quietschenden Reifen aus der Parklücke. Er fuhr auf die Sperre zu, zog ein Parkticket und einen Geldschein aus der Hemdentasche und reichte beides dem Wärter. »'ta bien, anda«, stieß er ungeduldig hervor. Die Schranke glitt hinauf. Giulietta starrte verstört vor sich hin. Damián gab Gas.

»Schnall dich bitte an«, sagte er.

Sie schüttelte stumm den Kopf.

»SCHNALL DICH AN«, schrie er.

Sie fuhr zusammen und tat, was er sagte.

»Und hör auf zu heulen, ja?«, sagte er gereizt.

Sie presste die Lippen aufeinander. Ihr Kopf funktionierte nicht mehr. Sie hatte den Eindruck, sich dabei zuzuschauen, Giulietta zu sein. Ein jämmerliches Schauspiel. Diesen Mann hatte sie eine Woche lang gesucht. Warum bloß? Wo kam er plötzlich her?

Damián fuhr in halsbrecherischem Tempo die Straße entlang. Giulietta brachte kein Wort heraus. Teils aus Angst vor dieser Geschwindigkeit, teils aus Furcht vor seinen völlig unberechenbaren Reaktionen. Sie

wusste nicht einmal, was für eine Frage sie zuerst hätte stellen sollen. Was fragte man einen Irren? Warum ging sie überhaupt mit ihm?
Sie bogen auf eine Landstraße und schließlich auf Sandpisten ab, die durch allerlei düstere Ansammlungen von Häusern führten, von denen sie beim besten Willen nicht hätte angeben können, ob sie zu einem Dorf, einer Stadt, einem Stadtteil oder einer Halluzination gehörten. Damián konzentrierte sich auf das Fahren und sah kein einziges Mal zu ihr hin. Er wich Schlaglöchern aus, hupte Hunde und Katzen von der Fahrbahn, kurvte durch halb verfallene Viertel, die allmählich wieder ein wenig wie Außenbezirke der Hauptstadt aussahen. Zweimal klingelte ein Mobiltelefon, und Damián redete in rasend schnellem Spanisch auf irgendjemanden ein.
Einmal las sie auf einem zerbeulten Emailleschild einen Straßennamen. Avenida Perón. Einstöckige Häuser, von denen kaum eines zu Ende gebaut war, säumten die Straße. Windschiefe Läden behaupteten sich zwischen Abfallmulden. An einem Gleisübergang war Damián gezwungen, Schritttempo zu fahren. Zwischen den Gleisen hatte sich ein Getränkeverkäufer niedergelassen. Daneben wucherte ein unfertiges Bahnwärterhäuschen aus dem morastigen Boden. Halb abgerissene Wahlplakate flatterten im Wind. Ein kleiner Junge turnte in dem Häuschen herum und hangelte sich an Eisenträgern entlang, die aus dem Beton ragten.
»Wohin bringst du mich?«
»In Sicherheit.«
»Bin ich in Gefahr?«
»Nein. Mit mir nicht.«
»Mit wem dann.«
»Mit dir selber.«
Sie schaute ihn von der Seite an. Er erwiderte ihren Blick kurz. Er sah furchtbar aus. Er war unrasiert, was ihn regelrecht entstellte. Sein Haar war fettig. Seine Augen blutunterlaufen und von einem ungesunden Glanz erfüllt. Stand er unter Drogen? Er sah aus wie ein Clochard. Er trug ein kariertes Flanellhemd und eine zerrissene, speckige Baumwollhose. Seine nackten Füße waren schmutzig und steckten in Plastiksandalen. Wer war dieser Mensch?
Auf einmal waren sie auf einer Art Autobahn, fuhren jedoch nur ein paar

hundert Meter, rollten dann eine Rampe hinab und befanden sich endlich in einem Bezirk, der dem Stadtbild von Buenos Aires entsprach. Damián fuhr um einige Ecken herum und steuerte dann auf eine Einfahrt zu, die in eine Tiefgarage führte. Er parkte den Wagen und befahl ihr, auszusteigen.

Sie betraten einen Lift und fuhren in den siebzehnten Stock. Benzin- und Schweißgeruch stiegen ihr wieder in die Nase. Sie standen einander gegenüber, aber Giulietta schaute beklommen zu Boden. Er machte keine Anstalten, sich zu erklären. Er atmete hörbar. Er war nervös. Panisch nervös. Außerdem schien er müde zu sein. Er gähnte mehrfach. Und er schwieg.

So weit sie das erkennen konnte, bestand die Wohnung aus einem einzigen Zimmer. Marta Guitierrez, hatte sie auf dem Türschild gelesen. Nicht seine Wohnung? Neben der Eingangstür führte ein Gang zu einer kleinen Küche, und rechts davon gab es eine geschlossene Tür mit einem Milchglasfenster, die vermutlich zu einem Bad gehörte. Damián verschloss sorgfältig die Eingangstür, verriegelte alle beiden Schlösser und hängte eine Kette vor. Giulietta war mitten im Zimmer stehen geblieben und schaute ihn erwartungsvoll an.

»Setz dich doch«, sagte er ruhig. »Hast du Durst?«

Sie nickte. Er verschwand in der Küche und kehrte mit einer Flasche Wasser und einem Glas zurück.

»Hier. Im Kühlschrank ist Eis. Ich komme gleich.«

Damit ließ er sie stehen und verschwand im Badezimmer.

Giulietta setzte sich und musterte den weitgehend leeren Raum. Die Wände waren völlig kahl. Eine Glühbirne hing ohne Lampenschirm von der Decke. In der Ecke neben dem Fenster lagen ein Koffer und eine Reisetasche, beide halb offen und mit herausquellenden Kleidungsstücken. Auf der Reisetasche sah sie einige wattierte braune Umschläge. Sie musterte die dunkelblaue Couch daneben und das braune Parkett zu ihren Füßen. Das Geräusch von fließendem Wasser drang unter der Badezimmertür durch. Sie ging auf das Fenster zu, das die ganze Breite des Zimmers einnahm. Man konnte von hier einen großen Teil der Stadt überblicken. Sie erkannte jedoch nichts wieder. Häuser. Parks. Boulevards. Sie hatte keine Ahnung, wo sie sich befand.

Sie setzte sich auf die Couch, öffnete die Wasserflasche und trank. Hundertmal hatte sie sich diese Begegnung vorgestellt. An jedem erdenklichen Ort. Aber nicht so. Nicht hier. Hinter dieser Tür war Damián? Was war am Flughafen geschehen? Warum war er dort gewesen? Warum hatte er sie beobachtet? Sie ging in die Küche, schaute sich kurz um, fand sie ebenso leer und unbenutzt wie den Rest der Wohnung und kehrte ins Wohnzimmer zurück. Ihr Blick fiel wieder auf die Umschläge. Es klebten deutsche Briefmarken darauf. Die Adresse kannte sie mittlerweile. Es war Nieves' Adresse. An Herrn Damián Alsina c/o Cabral. Jufre 1342. Buenos Aires. Capital Federal. Argentina. Sie beugte sich herunter und versuchte, den Absender zu entziffern. Dr. P. Jahn und Partner. Rechtsanwälte. Fasanenstraße 37. Auf einer der Briefmarken war das Datum des Poststempels lesbar: 4. März 1999.
Jetzt hörte sie das Rauschen der Dusche. Die Versuchung war groß, aber sie rührte die Umschläge nicht an. Sie würde die Erklärungen gleich aus seinem Mund hören. Warum korrespondierte er mit einem Anwalt in Berlin? März 1999.
Sie nahm wieder auf der Couch Platz. Trotz der Hitze waren ihre Hände eiskalt. Sie durchspähte den Raum nach einem Telefon. Aber es gab keines. Die Dusche rauschte. Draußen war der Himmel weiß geworden. Das Licht wirkte nun schmutzig. Sie dachte an ihren Vater am Flughafen. Würde er fliegen? Ohne sie? Was um alles in der Welt war nur in den letzten zwei Wochen geschehen? Wie war sie in diese Situation geraten?
März 1999. Das Gespräch mit Lindsey fiel ihr ein. »Plötzlich wollte er unbedingt diesen Auftrag in Berlin haben.« Sie betrachtete erneut die braunen Umschläge, rührte sie jedoch nicht an. Dann erstarb das Duschgeräusch. Giulietta fröstelte immer mehr. Sie zog ihre Strickjacke fester über ihrem dünnen Sommerkleid zusammen und betrachtete die Gänsehaut auf ihren Beinen. Dann streifte sie ihre Sandalen ab, winkelte ihre Beine unter sich an und wartete, dass er aus dem Bad kommen würde.

29

Seine Haare waren nass nach hinten gekämmt. Er trug einen weißen Bademantel. Ihn plötzlich rasiert zu sehen war fast genauso erschreckend wie zuvor mit Bart. An zwei Stellen am Hals blutete er leicht. Er wirkte plötzlich schüchtern. Er mied ihren Blick, legte sein Kleiderbündel neben der Badezimmertür auf den Boden, ging dann in die Küche und kehrte mit einem Glas Wasser zurück. Die ganze Zeit über ließ sie ihn nicht aus den Augen. Als er sich schließlich neben ihr auf die Couch setzte, griff sie nach seiner Hand. Sie spürte, dass er sie zurückziehen wollte, es dann aber doch nicht tat. Er trank und schaute sie gleichzeitig an. An zwei Stellen hatte der Kragen des Bademantels bereits die leicht blutenden Rasierwunden gestreift und sich ein wenig rot gefärbt. Sie beugte sich vor und arrangierte den Kragen mit zwei Handgriffen so, dass er außer Gefahr war.

Damián ließ sie gewähren. Dann setzte er sein Glas auf dem Schenkel ab und schaute auf ihre Hand. Sie sah, dass er abgenommen hatte. Seine Wangenknochen stachen hervor. Auf seinen Zähnen waren Nikotinflecken zu sehen.

»Wohnst du hier?«, fragte sie schließlich, um das peinliche Schweigen durch irgendeinen belanglosen Satz zu brechen.

»Nein. Nicht direkt.«

»Seit wann weißt du, dass ich hier bin?«

Er zuckte mit den Schultern, sagte jedoch nichts.

»Ich habe das Gefühl, dass mich jeder Mensch hier belügt. Jeder. Du auch, nicht wahr?«

Er schwieg, spielte mit seinem Glas und schaute verlegen zur Seite.

Sie zog ihre Hand zurück und hüllte sich fester in ihre Jacke.

»Ist dir kalt?«, fragte er.

»Ja.«

Er griff unter die Couch, öffnete eine Schublade, zog eine Decke hervor und legte sie ihr um die Schultern.

»Ist es wegen ihr, wegen Nieves?«, fragte sie.

Sie wusste, dass das nicht sein konnte. Aber so war ein Anfang gemacht. Reden. Sie musste endlich reden.

»Ich hätte nie gedacht, dass du hierher kommen würdest«, sagte er. »Niemals.«
Was hatte das mit ihrer Frage zu tun? Sie wartete noch einen Moment, aber als er keine Anstalten machte weiterzusprechen, fuhr sie einfach mit ihren Fragen fort. »Damián, was ist in Berlin passiert? Zwischen dir und meinem Vater?«
»Ein Missverständnis.«
Sie nickte leicht mit dem Kopf und schnippte dann kurz mit dem Finger. »Aha …«
Etwas in ihr geriet plötzlich in Bewegung. Sie spürte eine so gewaltige Aggression gegen ihn, dass sie der Versuchung widerstehen musste, ihr Glas in seinem Gesicht zu zerschmettern. Sie stellte es behutsam auf dem Boden ab. »Einfach so. Ein Missverständnis. Bindest du immer Leute auf Stühlen fest, mit denen du ein Missverständnis hast?«
Er zuckte wieder mit den Schultern. »Kommt auf das Missverständnis an.«
Ihre Bewegung war so schnell, dass er keine Chance hatte. Ihre Hand traf seine Wange mit einem knallenden Geräusch. Sein Kopf flog zur Seite, aber noch bevor er Zeit hatte zu reagieren, flog ihre linke Hand nach vorne und traf seine andere Wange. Vielleicht war es auch der laute Heulton, mit dem sie auf ihn losging, der ihn kurzzeitig gelähmt hatte.
»Ich kann all diese Scheißlügen nicht mehr hören«, schrie sie und trommelte auf seine Arme ein, die er endlich schützend gegen ihren Angriff erhoben hatte. Er war rücklings von der Couch auf den Boden gerutscht und hatte zunächst keine Möglichkeit, sich von ihr zu befreien. Doch am schlimmsten war ihr Gesicht. Es war vor Zorn und Verzweiflung völlig verzerrt.
»Warum tust du mir das an, he? Was … was habe ich dir denn getan, du mieses Arschloch?«
Ihre Stimme überschlug sich. Ihr Haar hatte sich gelöst und fiel ihr ins Gesicht. Damián gelang es endlich, sich umzudrehen und sich zur Seite wegzurollen. Sie verlor das Gleichgewicht, fiel neben ihm hin, richtete sich jedoch schneller wieder auf als er.
»Rühr mich nicht an!«, schrie sie und wich an die Wand zurück.
Die Warnung war unnötig. Damián machte keinerlei Anstalten, ihren

Angriff zu erwidern. Er lag benommen auf der Seite und schaute sie finster an. Durch den Fall war sein Bademantel auseinander geglitten, und er beeilte sich, seine Blöße zu bedecken. Dann fuhr er sich mit der Hand über die Wangen und lehnte sich schließlich gegen die Couch. Giulietta stand zitternd an die Wand gelehnt und starrte auf ihn herab, selbst geschockt über das, was sie gerade getan hatte. Doch sie bereute es nicht.
»Ich gebe dir fünf Minuten, dich zu erklären, du Scheißkerl«, sagte sie dann. »Deine ganze Tango-Scheiße interessiert mich einen Dreck. Und deine Kindheit oder was auch immer dich versaut hat, ist mir auch egal. Verstehst du. Scheißegal. Ich bin kein Therapeut. Du hast mich so beschissen, wie noch nie jemand in meinem Leben. Und ich will wissen, warum. Ich will wissen, was du mit meinem Vater gemacht hast. Und erzähle mir nichts von irgendwelchen Neurosen oder sonst was. Du bist ein schlauer Bursche. Das weiß ich von Ortmann.«
Die Nennung des Namens ließ ihn die Stirn runzeln.
»Und wegen irgendetwas tickst du nicht mehr ganz richtig. Das weiß ich auch.«
Jetzt brach wieder ihre Stimme. Sie bekam kaum Luft. Jeder Satz war wie ein Würgen, ein Versuch, zwischen Schluchzern und Atemholen verständliche Wörter in diesen Kopf dort unten hineinzuhämmern, damit er endlich eine Antwort geben würde.
»Ich will nichts hören von deinem beschissenen Adoptivvater oder deiner neurotischen Mutter, ja. Ich will DICH hören. Warum bist DU so ZU MIR? Warum tust DU MIR das alles an, verdammt noch mal?«
Er hob die Hand, um sie zu unterbrechen, aber sie konnte plötzlich nicht mehr aufhören. Die Worte sprudelten nur so aus ihr heraus. All die unvollendeten Gedanken der letzten zehn Tage, ihre Fragen, Vermutungen, ins Nichts führenden Überlegungen quollen aus ihrem Mund. Sie wollte das alles nicht mehr haben. Er sollte es jetzt nehmen. Er. Der da, der für das alles verantwortlich war. Sie ging langsam in die Knie, redete und schluchzte jedoch weiter. Sie hielt sich die Hände an den Kopf, aber der Redestrom versiegte einfach nicht. Er lauschte stumm, schaute sie an, die Backen knallrot von den Schlägen, die sie ihm zugefügt hatte, die Augen voller Furcht und Zärtlichkeit. Zärtlichkeit? Warum schaute er sie so an? Warum zum Teufel sagte er nichts?

»Rede doch endlich«, wimmerte sie immer wieder. »Bitte, bitte, sag etwas, Damián.«
Die letzte Silbe war wie ein kleiner Aufschrei. Er nahm seinen Kopf in beide Hände und schüttelte ihn. »Ich kann nicht«, flüsterte er. »Nicht jetzt. Nicht hier.«
»Wann dann?«, schrie sie. »Wo? Und was überhaupt?«
Er schüttelte wieder den Kopf.
»Morgen«, sagte er dann. »Nicht jetzt. Nicht heute. Ich kann nicht.«
»Wenn du mir nicht antwortest, dann gehe ich. Verstehst du?«
Sie kroch auf Händen und Füßen auf ihn zu.
»Mach das nicht. Lass mich nicht so hängen, verdammt noch mal.«
Sie zog an seinem Bademantel wie an einem Stück toten Fell. Er hob die Hand und strich über ihr Haar. Sie fegte seinen Arm zur Seite und wich zurück. Dann, mit einem schnellen Griff, zog sie die Decke von der Couch, kauerte sich wieder gegen die Wand, vermummte sich in die Decke und starrte ihn feindselig an. Was geschah nur mit ihr? Was richtete dieser Mann in ihr an? Geh jetzt sofort, sagte sie sich. Er ist gestört, komplett gestört. Aber das stimmte jetzt nicht mehr. Vorhin am Flughafen, im Auto, auf der Fahrt hierher, da hätte sie ihren Kopf verwettet, dass Damián verrückt geworden war. Aber jetzt, so wie er auf dem Boden vor der Couch saß, schmal und müde, seine ganze Erscheinung zusammengesunken und von allem Zauber beraubt durch wer weiß welchen Kummer, wie konnte sie ihn für verrückt halten, ihn hassen?
Dann begann er zu weinen. Stumm. Lautlos. Ohne Scheu. Ohne Vorbehalt. Er schaute sie an, wie er sie immer angeschaut hatte. In Berlin, in ihren schönsten Nächten. Sie wehrte sich dagegen, hielt ihren finsteren Blick aufrecht. Aber sie wusste, dass sie machtlos dagegen war. Sie liebte ihn. Sie war verrückt. Nicht er. Nach allem, was er getan hatte, nach all den Lügen, dem Misstrauen, den Verstellungen ... denn was sonst war es denn gewesen.
»Warum bist du weggelaufen ... vorgestern ... du ... warum?«
Keine Antwort. Nur sein tränenüberströmtes Gesicht und Augenlider, die sich kurz schlossen, wie um einen kurzen Schmerz zu ertragen.
»Warum rechtfertigst du dich nicht wenigstens? ... Komm, sag doch,

was dir nicht passt. Kann ich nicht wenigstens erfahren, warum in Gottes Namen du vor mir weggelaufen bist? Wenigstens das? Ist das so schwer?«
Er schüttelte stumm den Kopf und schlug die Hände vors Gesicht. Sie wartete. Hin- und hergerissen zwischen dem Bedürfnis, ihn anzubrüllen und ihn in die Arme zu nehmen, verharrte sie reglos gegen die Wand gelehnt und musterte die geringfügigste seiner Bewegungen. Die Minuten vergingen still. Sie hörte ihren eigenen Atem. Ihre Stirn begann zu schmerzen. Sie unternahm eine bewusste Anstrengung, die Furchen dort zu glätten, und stellte dabei fest, dass ihr ganzes Gesicht völlig verkrampft war. Sie entspannte ihren zusammengepressten Kiefer und spürte einen ziehenden Schmerz in ihren Backenzähnen. Noch eine Minute würde sie warten. Nicht länger. Die Erinnerung an ihren Vater schoss ihr durch den Kopf. Vielleicht hatte er doch Recht gehabt? Wollte er sie nur davor bewahren, ihr ganzes Leben zu verpfuschen wegen diesem armen Menschen da vor ihr?
Damián rührte sich nicht. Als sie sich erhob, raschelte die Decke. Erst dieses Geräusch ließ ihn aufschauen. Mit zwei Handgriffen fixierte sie ihr gelöstes Haar. Sie schaute zu ihm herab und wartete noch einen Augenblick. Worauf? Auf ein Wort, ein Zeichen, einen Hinweis? Aber da war nichts. Nur dieses ausdrucksleere Gesicht.
Sie ging zur Tür und zog die Kette zurück. Dann drehte sie nacheinander die zwei Schlösser auf und griff nach der Klinke. In diesem Augenblick spürte sie, wie sich seine Arme um ihren Körper legten. Er stand hinter ihr, hielt sie fest gegen sich gepresst. Sie spürte seinen Atem auf ihrem Hals, seine Lippen auf ihrem Nacken. Sie erstarrte. Dann machte sie zwei schroffe Bewegungen, vermochte sich jedoch nicht zu befreien. Er hielt sich an ihr fest.
»Lass mich los«, sagte sie leise. Er reagierte nicht, umschloss sie nur fester. Sie spürte seine Erektion. »Damián. Bitte lass mich los«, wiederholte sie. Seine bisher geschlossenen Lippen auf ihrem Nacken öffneten sich, und sie spürte die Feuchtigkeit seiner Zunge auf ihrer Haut. Dann floss diese Empfindung über ihren Hals und Nacken, und sie knickte leicht ein, als sich seine Zähne behutsam in ihre Haut gruben. Sie versuchte erneut, Spielraum zu bekommen, doch er ließ ihr keine Bewegungsfreiheit. Stattdessen fuhren plötzlich seine Hände an ihr hinauf und rissen ihre

Bluse auf. »Nein«, sagte sie mit belegter Stimme und schaute verstört an sich herab auf ihre Brüste und die beiden Hände, die sich soeben über sie legten. Die Berührung machte sie hilflos. Sie schloss die Augen. Sie konnte sich nicht dagegen wehren. Jetzt nicht. Ihr Verlangen nach ihm war so groß, dass er überhaupt keine Mühe hatte, ihren halbherzigen Widerstand zu brechen. Während seine rechte Hand ihre Brüste streichelte, wanderte seine linke langsam ihren Körper hinab. Ihre Beine glitten wie von selbst auseinander, um seine Liebkosungen zu empfangen. Ihr Körper erkannte seine Berührungen mit einer Intensität wieder, als habe er wochenlang danach gehungert. Nichts zwischen ihnen war wie früher, außer dieser völligen Vertrautheit ihrer Körper. Sie schaute an sich herab und spürte, wie ihre Weichheit und Empfangsbereitschaft seine Erektion steigerte. Sie presste ihr Gesäß gegen seinen Schoß, und dann spürte sie ihn. Seine Hände gaben sie frei und umfassten ihre Hüfte. Sie stützte sich gegen die Tür und überließ sich seinen Bewegungen.

Seine Energie hatte sich im ersten Anlauf recht schnell erschöpft. Seine Bewegungen wurden langsamer. Sie waren auf den Boden gesunken, und irgendwie war es ihm gelungen, sie auf sich zu ziehen, ohne sie zu verlassen. Er hatte sie angeschaut, während sie auf ihm sitzend die angenehmste Position für ihre Erfüllung zu suchen begann. Er fixierte sie während der ganzen Zeit, da sie in allmählich eindringlicher werdenden Bewegungen ihre Lust steigerte. Als die Erlösung kam, schloss sie die Augen, ließ die wundervolle Anspannung durch ihren Unterkörper pulsieren, öffnete leicht den Mund und gab sich begleitet von genussvollen Atemzügen ihren Empfindungen hin.

Als sie die Augen wieder öffnete, schaute er sie noch immer an. Es war völlig still. Keiner sprach ein Wort. Die Sprachlosigkeit dieser Vereinigung hatte etwas Erlösendes. Er küsste sie sanft, zog sie an sich und bettete ihren Kopf an seine Brust. Wie lange mochten sie da gelegen haben? Sie wusste es später nicht mehr. Ihre Erinnerungen an diesen Nachmittag und Abend waren diffus. Nur ihr Körper erinnerte sich an jede Einzelheit. Sie hatten sich wieder und wieder geliebt, bis zur völligen Erschöpfung. Einmal hatte sie Angst bekommen, Angst vor ihrer eigenen Lust, von ihm verletzt, von ihm misshandelt zu werden. Die Grenze dessen, was sie mit ihm erleben wollte, verschob sich in Giuliettas Fantasie in Bereiche, vor denen ihr Verstand ängstlich zurückwich. Sie hätte es geschehen lassen. Ja, wenn sie sich recht besann, hatte sie ihn sogar gebeten fortzufahren, nicht aufzuhören. Doch er hatte innegehalten, irgendwann die Grenze, die sie fast überschritten hätten, nicht noch einmal mehr aufgesucht und stattdessen die ursprüngliche Zärtlichkeit wieder gesucht. Das war schon spät in der Nacht gewesen. Ihr Körper fühlte sich zerschmettert an. Sie lag eng an ihn geschmiegt auf der mittlerweile ausgeklappten Couch unter der wärmenden Decke und lauschte seinen Atemzügen. Sie spürte, wie seine Brust sich hob und senkte, vernahm seinen Herzschlag und verfiel in einen tiefen Schlummer.

30

Sie erwachte allein. Der Platz neben ihr war leer und kalt. Sie tastete im Halbdunkel nach ihrer Armbanduhr, die irgendwo auf dem Boden liegen musste. Vier Uhr dreißig. Sie lauschte in die Stille. »Damián?«, sagte sie einmal. Aber es kam keine Antwort. Sie legte sich wieder hin, verkroch sich unter der Decke als befürchte sie ein Echo. Sie roch nach ihm. Er war überall auf ihr und in ihr. Wo war er nur hingegangen? Um diese Zeit. Würde er gleich zurückkommen? Warum hatte sie ihn nicht gehört?

Sie fuhr hoch und stellte benommen fest, dass sie noch einmal eingeschlafen war. Aber sie war noch immer alleine hier. Ein erster Lichtstreifen erschien draußen vor dem Fenster. Und im Zwielicht des beginnenden Tages erkannte sie auch, dass alles, was sie bisher erlebt hatte, noch gar nicht das Schlimmste gewesen war: der Koffer und die Reisetasche waren verschwunden. An ihrer Stelle lag der weiße Bademantel zusammengeknüllt auf dem Boden. Sie glitt aus dem Bett und suchte nach einem Lichtschalter. Die Glühbirne an der Decke warf ein kaltes Licht auf den unwirtlichen Raum. Im Bad waren keinerlei Gegenstände von ihm zurückgeblieben, mit Ausnahme eines gebrauchten Einwegrasierers und eines Handtuchs, das über den Wannenrand geworfen war. Sie kehrte zur Couch zurück, ließ sich darauf nieder, starrte auf ihre zum Teil zer-

rissenen, auf dem Boden verstreut herumliegenden Kleidungsstücke. Welch eine bedrückende Stille!
Sie trat ans Fenster und blickte über die Stadt. Die ersten Sonnenstrahlen legten hier und da einen goldenen Glanz auf die Dächer und Fassaden. Am Horizont schimmerte das glitzernde Band des Rio de la Plata. Sie schob das Fenster zur Seite, trat auf die winzige Terrasse hinaus und schaute in die Tiefe. Die Balustrade war sehr hoch, und sie musste sich strecken, um überhaupt hinunterschauen zu können. Sie roch die warme Luft, das unbestimmbare, samtige Aroma dieser Stadt. Ein Sonnenstrahl warf einen gelben Fleck neben ihr auf die Mauer, und sie hielt ihre Hand darauf, erfreut über die Wärme, die sie dabei spürte. Dann kehrte sie in das Zimmer zurück und suchte ihre Sachen zusammen. Es war vorbei. Nichts war erklärt, aber jetzt war alles zu Ende. Ein diffuses Gemisch aus Gedanken und Erwägungen staute sich in ihrem Kopf zusammen. Während sie ihre Kleider zurechtlegte, überlegte sie, wie sie mit der halb zerissenen Bluse durch die Stadt gelangen und wohin sie überhaupt gehen sollte. Sie duschte heiß, ließ die Badewanne voll laufen, lag dann rücklings im heißen Wasser, hielt den Kopf fast gänzlich untergetaucht und hörte auf das Rauschen in ihren Ohren.
Erst als sie vor dem Spiegel stand und ihre nassen Haare auskämmte, sah sie, was er getan hatte. Sie dachte zunächst, die Strähnen hätten sich zerzaust. Sie ließ den Kamm mehrmals an der gleichen Stelle durch ihr Haar gleiten, aber es gab keinen Zweifel: es fehlte eine Locke. Nein, keine Locke. Ein ganzer Haarstrang war abgeschnitten. Es dauerte einen Augenblick, bis sie begriff. Er hatte ihr im Schlaf diesen Strang Haare abgeschnitten! Sie wich vom Waschbecken zurück und ließ den Kamm fallen. Dann war sie mit zwei Sätzen im Zimmer, zog hastig ihre Kleider an, arrangierte ihre Bluse und Strickjacke, so weit es eben ging, und verließ, so schnell sie konnte, die Wohnung. Es dauerte eine Ewigkeit, bis der Fahrstuhl kam. Das Haus war totenstill. Sie begegnete niemandem, weder im Fahrstuhl noch in der Eingangshalle.
Sie hatte keine Ahnung, in welche Richtung sie gehen musste, um ein Taxi zu bekommen. Die Straßen waren wie ausgestorben. Es war Sonntag. Der Tag ohne Menschen. Dennoch dauerte es nicht lange, bis einer

der unzähligen gelb-schwarzen Wagen sie gefunden hatte. Diese Taxis waren wie Wespen, dachte sie noch. Sie fanden jegliche Nahrung.
Sie nannte dem Fahrer das Hotel ihres Vaters. Wenn er nicht abgeflogen war, so würde sie ihn dort antreffen. Auf halber Strecke änderte sie jedoch ihre Absicht und nannte Lindseys Adresse. Die sonntägliche Leere der Stadt rief ihr den Tag ihrer Ankunft in Erinnerung. Seltsamerweise schienen die Erinnerungen an den Sonntag der vergangenen Woche klarer und gegenwärtiger als das, was draußen an ihr vorübertrieb. Nichts von dem, was sie sah, berührte sie wirklich. Ihre Empfindungen und Eindrücke waren taub. Als erlebte sie alles nur gedämpft durch eine Membrane. Sie sah vereinzelt einen Jogger und hier und da einen Blumenverkäufer, der seine Ware um einen grün gestrichenen Wellblechkiosk arrangierte. An einer Straßenecke saß ein kleiner Junge auf einem Hocker und bündelte Jasminblüten zu kleinen Sträußen. Tango und Jasmin. Allgegenwärtig in dieser Stadt.
Wo war er bloß hingegangen? Warum hatte er sie am Flughafen abgepasst? Warum diese Nacht? Warum? Warum? Sie spielte nervös mit ihrer verkürzten Haarsträhne und stellte sich vor, wie seine Hand über ihrem schlafenden Gesicht geschwebt haben musste, eine Schere in den Fingern. Eine Schere? Sie hatte keine Schere gesehen. Trug er eine Schere mit sich herum? Ein Messer? Ein Messer, nur wenige Zentimeter von ihrem schlafenden Gesicht entfernt. Wie hatte sie so tief schlafen können?
Dann stand sie vor Lindseys Haustür und wagte nicht, zu klingeln. Sie ließ sich auf dem gegenüberliegenden Bordstein nieder, genoss die Sonnenstrahlen, die von Minute zu Minute intensiver wurden, betrachtete jede Einzelheit der heruntergekommenen Straße von San Telmo und fühlte trotz allem plötzlich eine gewisse Verbundenheit mit dem Ort. Sie verstand die Stadt nicht, auch nicht ihre Bewohner und ihre komplizierten Geschichten. Und recht besehen verstand sie auch diese Musik nicht wirklich. Tango? Sie hätte nicht sagen können, was das war. Aber angesichts der armseligen Straße vor ihr fielen ihr jetzt Melodien ein, die sie gehört hatte, und sie klangen plötzlich anders. Die Morgensonne, der Geruch der Luft, die kaputten Fassaden, die herunterhängenden Stromleitungen, das Gespensterheer der ineinander verkrallten Gestalten in

den schummerigen Bars – all die gegenwärtigen und vergangenen Eindrücke gaben auf einmal einen anderen Resonanzboden für die Musik ab. Sie würde keine Zeit mehr haben, herauszufinden, woraus er bestand. Vielleicht war das auch gar nicht möglich. Aber sie hörte Tango plötzlich anders. Sie hörte Tango, ohne dass ein einziges Instrument erklingen musste. Wie hatte Lindsay gesagt? Diese Stadt tätowiert einen von innen. Sie dachte an die Zeile in jenem Lied, das Damián in Berlin für seinen letzten Tango gewählt hatte: … *und knie nieder an meinen schmutzigen und schönen Rio de la Plata und kratze mir aus Schlamm und Salz ein neues unermüdliches Herz zusammen* … Sie hatte kein neues Herz. Aber etwas in ihr hatte sich unwiderruflich verändert. Auch wenn sie nicht hätte sagen können, was.

31

Sie beschloss, dass es zu früh war, Lindsey zu wecken, und spazierte die Calle Cochabamba bis zu der Stelle hinauf, wo sie die Calle Defensa kreuzte. In der Entfernung sah man vor hier schon die Marktstände der Plaza Dorrego. Die meisten Stände waren um diese frühe Uhrzeit noch zugedeckt. Die Händler standen in kleinen Grüppchen beieinander, ließen ausgehöhlte Kürbisse herumgehen, aus denen sie abwechselnd ihren Mate saugten. Giulietta schlenderte zwischen den Ständen durch, kaufte ein billiges weißes T-Shirt, das sie sogleich überzog, um ihre zerrissene Bluse nicht länger mit der Hand zusammenhalten zu müssen, und steuerte dann auf das einzige Café zu, das bereits geöffnet hatte. Sie bestellte Kaffee und die drei obligaten *Medialunas*, tauchte die Halbmond-Hörnchen in das dampfende Getränk ein und beobachtete versonnen, wie der Flohmarkt sich ganz allmählich zu beleben begann. Sie hatte alle Zeit der Welt. Heute war der fünfte Dezember. Sie hatte ihr Leben gegen eine Mauer gefahren. Irgendwie würde es schon weitergehen. Sie dachte an ihren Geburtstag. In zwei Wochen würde sie zwanzig Jahre alt.

Die Stunden vergingen. Sie trank noch einen Kaffee. Der Platz füllte sich allmählich mit Touristen. Die ersten Tanzpaare tauchten auf und gaben ihre Tango-Nummern zum Besten. Obwohl manche der Tanzpaare ganz passabel zusammen aussahen, wirkten alle Darbietungen ordinär und geheimnislos. Das Publikum störte sich nicht daran und honorierte die Vorführungen mit lebhaftem Applaus. Giulietta konnte dem Spektakel nicht viel abgewinnen, blieb aber dennoch sitzen, denn es berührte sie, mit anzusehen, wie trotz der grotesken Entstellung in dieser Art von Touristentango noch etwas von dem hindurchschimmerte, was einmal der ursprüngliche Antrieb dieses Tanzes gewesen sein musste: die unerfüllbare Sehnsucht nach dem anderen. Und so etwas taugte nun mal nicht für die Bühne. Es hatte etwas Obszönes, etwas Skandalöses. Nicht der Tanz selbst, der ja nur dieser Sehnsucht Ausdruck verlieh. Eine Sehnsucht war nie obszön. Obszön waren die Betrachter, die Zuschauer. Es war der Blick der Ausgeschlossenen, derjenigen, die durch ihre voyeuristische Erwartungshaltung aus etwas Natürlichem etwas Exotisches machten, es mit ihrer Geilheit aufluden und dadurch zerstörten. Es war der Blick des angeblich Zivilisierten auf den so genannten Wilden, des Herrschers auf die Kolonie, des Europäers auf den Rest der Welt.

Der Blick des Publikums auf den Tänzer.

Sie dachte an Damián, wie er sich vor einigen Jahren das Gesicht schwarz gefärbt hatte, bevor er auf die Bühne ging. Sie wunderte sich selbst darüber, dass ihr die Erinnerung ein Lächeln abrang. War dies nicht ein wunderbares Bild für den Umstand, dass im Tango selbst die Verstellung verstellt worden war, in dieser Musik, die unablässig vor sich selbst auf der Flucht zu sein schien, in gehetzten Synkopen und jaulenden Läufen. Und wenn es stimmte, was Lindsey gesagt hatte, dass bereits der erste Tango, der jemals getanzt wurde, eine Travestie gewesen war, der Versuch der Weißen, wie die Schwarzen zu sein, ohne schwarz zu sein, ein Raub und eine Verfälschung, damit niemand den Ursprung erkennen möge, war es da nicht rührend mit anzusehen, wie sich die Enkel der Räuber im Kitsch ihrer eigenen Projektion bespiegelten, völlig blind für die wenigen Stellen, wo der falsche Lack abgeblättert war und der Zauber des Originals durchschimmerte?

Lindsey. Ob sie jetzt allmählich aufgestanden sein würde? Es war halb zwölf. Dann streifte ihr Blick das Fernsehgerät, das über der Bar von der

Decke hing. Der Ton war heruntergedreht, und sie hätte ohnehin kein Wort verstanden. Aber die Bilder!
Sie erstarrte. Die Meldung bestand aus vier Schnitten. Die erste Sequenz zeigte Fernando Alsina umringt von Journalisten, das Gesicht ernst, sehr ernst. Sein Kopf verschwand bisweilen hinter Mikrofonen und Kameras. Er beantwortete Fragen. Dann wandte er sich abrupt ab.
Schnitt.
Ein Journalist stand unter einem unfertigen Autobahnstück. Hinter ihm stiegen schwarze Rauchwolken auf. Man hörte Sirenen und sah das Blitzen von Blaulicht. Der Journalist deutete in die Höhe und die Kamera fuhr langsam an einem Betonpfeiler nach oben, um am oberen Ende einen unfertigen Straßenstummel mit einigen herausragenden Eisenträgern zu zeigen. Die Kamera verweilte jedoch nicht lange dort, sondern glitt in schneller Fahrt wieder hinab und erfasste ein schwelendes Autowrack, das offensichtlich von dieser unfertigen Rampe herabgestürzt und in Brand geraten war. Starker Wind trieb schwarzen Qualm direkt auf die Kamera zu. Die Stimme des Journalisten wurde unterbrochen.
Schnitt.
Großaufnahme von Frau Alsina, die soeben in ein Auto einstieg, das sogleich losfuhr.
Schnitt.
Ein Nachrichtensprecher erschien und sprach einige Sätze. Dazwischen wurde noch einmal kurz Fernando Alsina eingeblendet, der sich von den Mikrofonen und Kameras abwandte. Dann wechselte das Hintergrundbild.
Schnitt.
Großflächige Überschwemmungen.
Giulietta lief los. Sie drängelte sich zwischen den Flohmarktbesuchern durch, erreichte die Calle Defensa, rannte unter der Autobahnbrücke entlang und wäre an der Kreuzung zur Calle Cochabamba fast gestürzt. Die Hitze machte ihr zu schaffen. Und der Gestank. Alles hier stank. Die Abgase. Der Müll. Was um Gottes willen war geschehen? Die Alsinas in den Nachrichten? Ein verbranntes Auto? Heute Morgen?
Damián?
Sie klingelte und klopfte gleichzeitig gegen die Tür mit den vielen

Schlössern. Das Bild des schwelenden Autos. Gestern am Flughafen. Der Benzingeruch in seinem Wagen. An ihm. El loco.
»LINDSEY!« Sie schrie jetzt.
Endlich hörte sie ein Geräusch an der Innenseite der Tür. »Bitte nicht. Bitte nicht das«, flüsterte sie still, die Hände zusammengekrallt, während ein Bolzen nach dem anderen geräuschvoll zurückglitt.
»Giulietta?«
Sie sah es gleich an ihrem Gesichtsausdruck. Es war wahr. Lindsey fiel ihr um den Hals, hielt sie fest. »Giulietta. Mein Gott. Woher kommst du … es ist grauenvoll«, stammelte sie.
Giulietta sank auf die Türschwelle. Ihre Beine versagten ihr den Dienst. Sie schloss die Augen. Aber das war das Schlimmste. Weil die Bilder der letzten Nacht wiederkehrten. Sofort wiederkehrten. Sie riss die Augen wieder auf und schaute Lindsey an, die neben ihr in die Hocke gegangen war, den Arm um ihre Schulter gelegt.
»Im Fernsehen …«, stammelte Giulietta zwischen Schluchzern. »… ist das wahr. Ist er …«
Sie nickte. »Ich habe es nicht gesehen. Pablo hat es gesehen. Er hat …« Aber sie beendete den Satz nicht, sondern nahm sie einfach in die Arme. »Du armes Mädchen«, sagte sie leise. »Es tut mir so Leid.«
Aber ihre Worte gingen unter in einem kurzen, furchtbaren Schrei.
Einige Mitbewohner des Hauses näherten sich erschrocken.
»Nein …«, hörten sie sie rufen. »Nein. Nein. NEIN …«
Pablo kam herbeigeeilt. Doch auf ein Zeichen von Lindsey blieb er auf der Treppe stehen und hielt schließlich die anderen davon ab, der von Weinkrämpfen geschüttelten Frau in Lindseys Armen zu nahe zu kommen.

3. Teil

Renaceré

Aun cortando los árboles
no van a parar la primavera

Auch wenn sie alle Bäume fällen,
werden sie den Frühling nicht aufhalten

*Inschrift am Colegio Nacional de
Buenos Aires*

1

»Viviane will dich sprechen.«
Giulietta fuhr herum. Theresa Sloboda stand hinter ihr.
»Träumst du?«, fragte die Choreologin der Deutschen Oper und zog die Augenbrauen hoch.
Giulietta schüttelte den Kopf.
»Geh nachher hoch ins Büro, ja?«
Sie nickte. Dann blickte sie rasch um sich, um sicherzugehen, dass niemand etwas gehört hatte. Aber die anderen waren entweder damit beschäftigt, Sprünge zu üben, oder schauten Nadia zu, der Solistin der zweiten Besetzung, die noch immer Schwierigkeiten mit den *voleos* hatte.
Giulietta hielt sich abseits und schaute aus dem Fenster. Über kahlen Baumkronen hing ein schmutziger Berliner Februarhimmel.
Am zwölften Januar hatte sie in der Deutschen Oper vorgetanzt und war angenommen worden. Das war vier Wochen her. Sie war für die Tango-Suite engagiert worden, wenn auch nur für die zweite Besetzung. Doch mittlerweile sah es so aus, als solle sie in die erste. Giulietta hatte keine Ahnung, was die Ballett-Direktorin von ihr wollte. Aber ein Termin bei Viviane Dubry war in jedem Fall unangenehm. Entweder stimmte etwas nicht mit ihr, dann würde sie sich Kritik anhören müssen. Oder es ging um die Frage der endgültigen Besetzung. Sicher war nur, dass zumindest eine Tänzerin des Ensembles der Deutschen Oper sie nach dem heutigen Tage noch mehr hassen würde, als sie das ohnehin schon tat. Woher diese Antipathie kam, wusste sie nicht. Aber sie hatte sie vom ersten Tag an gespürt. Enska Hakunen, die Finnin, hasste sie. Die Antipathie beruhte durchaus auf Gegenseitigkeit. Nur hatte Enska den Vorteil, diesem Ensemble schon seit zwei Jahren anzugehören.
Heert van Driesschen, der niederländische Gast-Regisseur, kannte das Ensemble der Deutschen Oper nicht und ließ sich Zeit mit seinen Entscheidungen. Er war bekannt dafür, Rollen allein nach Leistung und nicht nach Hierarchie zu besetzen. Natürlich bekam Marina Francis, die

erste Kammertänzerin, das Solo in *Libertango*, dem zweiten Teil des Stückes. Doch in der Gruppe wurde noch immer umgestellt.

Unangenehm war nur, wie Heert die Umstellungen regelrecht vor dem versammelten Ensemble zelebrierte. Giulietta hatte es heute am eigenen Leib erfahren, als Van Driesschen sie plötzlich zu sich winkte. Maggie Cowler, die Repetitorin vom London City Ballet, stand neben ihm. Außerdem Theresa Sloboda, die in ihre Aufzeichnungen blaufarbige Korrekturen eintrug.

»Wieso machst du nicht, was ich sage?«, fragte er Giulietta barsch.

Sie wurde rot.

Theresa schaute ihn überrascht an. Maggie verschränkte die Arme vor der Brust und sagte nichts.

»Stimmen meine Schritte nicht?«, stotterte Giulietta.

»Doch. Das ist aber auch schon alles.«

Dann lächelte er. »He, das ist keine Kritik. Wo hast du das her? Diese Bewegung aus der Vierteldrehung in die Vierte?«

Der Mann war gar nicht böse auf sie. Er war nur genervt, dass er nicht verstand, was sie anders machte als die anderen.

»Kannst du mal eben den Anfang von Teil zwei wiederholen.«

Giulietta ging ein paar Schritte rückwärts und begann die Schrittfolge: *Chassé, dégagé, ronde de jambe, adagio … pirouette* zu einer langen vierten Position. Sie fühlte sich unwohl. Sie bemerkte die neugierigen Blicke der anderen Tänzerinnen. Warum ließ er ausgerechnet sie diesen Schritt vormachen? würden sie sich fragen. Warum sie, diese Neue? Warum nicht ich?

»Hier. Stopp.« Van Driesschen kam auf sie zu. »Hast du das, Theresa, was steht in deinen Notizen?«

»Genau das, was sie gemacht hat. Du bist nur etwas monoton, Giulietta. Als hättest du ein Brett über dem Kopf.«

»Genau!«, rief van Driesschen. »Das ist es. Warum sieht das besser aus?«

Maggie verzog das Gesicht. »Wieso besser aussehen. Es ist falsch.«

»Die Notierung sagt …«, warf Theresa ein.

Aber van Driesschen unterbrach sie. »Nix Notierung. Hier, Giulietta, mach das noch mal. Tam … dara tam tam … tam … ja, genau … seht ihr …«

Sie wiederholte die Bewegung und hielt dann inne. Die Situation war ihr peinlich. Sie hatte nicht aufgepasst. Natürlich konnte sie aus einer *pirouette* in eine lange vierte Position gehen, ohne dabei die Höhe zu verändern. Aber das war keine Ballett-Attitüde. Es war Tango. Und was sie hier tanzen sollte, war kein Tango, sondern ein Tango-Ballett. Sie hatte sich nicht konzentriert. Wie so oft in den letzten Wochen. Alles um sie herum verschwand hinter dieser Musik, in diesen Erinnerungen.
»Nein. Nicht so«, rief er jetzt. »So wie vorher.«
Sie begann die Sequenz erneut und fühlte eine gewisse Genugtuung. Diese ganze Choreografie war zerrissen. Sie hatte nur zwei Takte lang das *en dehors* gebrochen und dafür das Grüblerische, Introvertierte der Musik zugelassen, und die Wirkung war sofort sichtbar gewesen.
»Woher hast du diese Idee?«, fragte Heert. »Wie kommst du darauf?«
Giulietta zuckte mit den Schultern.
Maggie Cowler sah überhaupt nicht zufrieden aus.
»Heert, du weichst vom Original ab«, sagte sie.
»Original, Original. Ich mag diese Bewegung. Hol die anderen. Ich will das in der Gruppe sehen. LES ENFANTS …«
Van Driesschen ließ beide Versionen tanzen. Das Auf und Ab der Köpfe zwischen den Positionen erzeugte eine Oberflächlichkeit in der Bewegung, die in krassem Gegensatz zur Musik stand. Die Korrektur änderte das schlagartig. Die verhaltene Ruhe der Seitwärtsbewegung gab dem ganzen Bild plötzlich Spannung. Der Vorfall trug Giulietta jede Menge Argwohn ein. Die finster dreinblickende, nägelkauende Enska am Rand des Saales war nur der sichtbarste Ausdruck davon.
»Du kannst das nicht machen«, sagte Maggie.
»Warum?«
»Weil es falsch ist. Was das Mädchen tanzt, hat nichts mit Ballett zu tun. Theresa, was steht in den Notizen?«
»Sie hat Recht, Heert.«
Er unterbrach sie unwirsch. »Darüber reden wir nachher.«

2

Tage. Wochen.

Die Welt war nach jenem fünften Dezember nicht stehen geblieben. Aber Giulietta hatte kein rechtes Zeitmaß mehr. Sie konnte sich die nachfolgenden Ereignisse in Erinnerung rufen, spürte jedoch nichts dabei. Sie hatte stundenlang wie betäubt in Lindseys Zimmer gelegen. Wie in einem Traum war irgendwann ihr Vater dort aufgetaucht, völlig aufgelöst vor Sorge und dann so erleichtert, sie unversehrt wieder gefunden zu haben, dass er ihr keinerlei Vorwürfe machte. Wie er sie gefunden hatte, wusste sie nicht mehr. Hatte sie Lindsey gesagt, in welchem Hotel er möglicherweise anzutreffen war? Dann der Rückflug, ihre Mutter am Flughafen, ein Tag, ein Abend und eine Nacht in Zehlendorf in ihrem alten Zuhause, in ihrem ehemaligen Kinderzimmer mit dem Poster von Nurejew und Margot Fonteyn. Ihre Eltern schlichen um sie herum, brachten jedoch keinerlei Einwände vor, als sie am nächsten Tag darauf bestand, in ihre Wohnung zurückzukehren. Sie wollte allein sein.

Irgendwie ging diese Jahreszeit mit ihren verfluchten Feiertagen vorüber. Sie übte in einem Studio in Charlottenburg, und vertrieb ihre düsteren Gedanken mit Pilates-Training. Da sie ohnehin um sechs Uhr aufwachte, begann sie den Tag mit zwanzig Bahnen im Spreewaldbad und war bereits fertig, bevor die ersten Studenten zum Duschen erschienen. An ihrem Geburtstag luden Aria und Xenia sie zum Abendessen in ein neu eröffnetes französisches Restaurant am Lausitzer Platz ein. Um sie herum tafelte das neue Berlin. Man hörte süddeutsche Akzente und Gespräche über Aktien und Börsengänge. Giulietta verschwieg, was in Buenos Aires geschehen war, und weder Xenia noch Aria fragten genauer nach. Giuliettas Männergeschichten waren noch nie sehr ergiebig gewesen. Später schleppten sie sie durch irgendwelche Clubs, wo sie bis drei Uhr morgens herumhingen. Giulietta beobachtete, was um sie herum geschah, wie durch einen Nebel. Immer wieder glitt sie in Gedanken ins Almagro, sah sich in der Confitería Ideal, während vor ihren Augen hoch gewachsene, teuer gekleidete Männer mit eleganten jungen Frauen plauderten. Ohne sich erinnern zu können, wie es gekommen war, fand sie sich irgendwann im Gespräch mit einem dieser

Männer wieder. Er hieß Arne, war aus Düsseldorf und erklärte ihr eine halbe Stunde lang, warum Berlin das Zentrum für Internet Web Design sei. Er schlug vor zu tanzen, und als sie dies ablehnte, brachte er ihr unaufgefordert ein Glas Champagner, das sie zur Hälfte trank. Kurz darauf fragte er, ob sie nicht Lust hätte, mit zu ihm zu kommen. Sie schüttelte den Kopf, machte ihren Freundinnen ein Zeichen und bestellte sich ein Taxi.

Später im Bett biss sie ihren Handknöchel blutig.

3

Im Nachhinein erschien ihr alles, was ihr Vater getan hatte, logisch und nachvollziehbar. Er hatte sich wie ein eifersüchtiger Liebhaber verhalten. Aber viel mehr konnte sie ihm nicht vorwerfen. Er hatte sich Sorgen um sie gemacht und deshalb noch von Berlin aus Damiáns Eltern ausfindig gemacht.

»Und dann hast du sie angerufen?«

»Ja.«

»Wann?«

»Am Samstag.«

»Mit wem hast du gesprochen?«

»Mit Herrn Alsina.«

»Und was hast du ihm gesagt?«

»Dass wir beunruhigt waren, weil du einfach Hals über Kopf nach Argentinien geflogen warst und wir keine Ahnung hatten, wie wir dich erreichen konnten. Ich bat sie, Damián auszurichten, dass du auf dem Weg seist.«

»Hast du Herrn Alsina alles erzählt?«

»Nein.«

»Was hast du ihm gesagt?«

»Dass ihr euch hier getroffen habt, dass es einen Streit gab und du ihm hinterhergereist bist, ohne uns irgendetwas gesagt zu haben. Sie waren sehr verständnisvoll.«

»Und wann hast du Frau Alsina getroffen?«

»Am Donnerstag.«
»Warum?«
»Ich habe mir furchtbare Sorgen gemacht. Du wolltest Damián am Abend treffen. Ich hatte Angst um dich. Verstehst du das nicht?«
Frau Alsina hatte nicht erwähnt, dass ihr Vater aus Berlin angerufen hatte. Warum hatte sie ihr das verschwiegen?
»Und wieso kannst du Spanisch?«
»Kann ich gar nicht. Nur ein paar Brocken. Aus der Schulzeit.«
Aus der Schulzeit. Als Markus Battin noch Markus Loess hieß.
»Warum hast du damals nach der Übersiedlung eigentlich deinen Namen geändert?«
»Das haben viele getan, die in meiner Situation waren. Man konnte nie wissen, ob man verfolgt wurde und ob die es sich nicht noch mal anders überlegen würden.«
»Die?«
»Horch und Guck. Die Stasi.«
»Aber du warst doch im Westen. Freigekauft.«
»Na und? Es wurden doch immer wieder Leute entführt. Die Stasi war überall. Auch im Westen.«
»Und warum Battin?«
Er antwortete nicht.
»Papa. Warum hast du dich Battin genannt?«
»Was? Ach so. Der Nachname, meinst du. Ich weiß nicht mehr genau. Das ist so lange her. Die legen dir da irgendwelche Listen vor. Ich habe einfach etwas ausgewählt, das nichts mit mir zu tun hat. Es klang so neutral.«
Neutral.

4

Manchmal wachte sie nachts auf und hörte die Stille. Sie konnte arbeiten und trainieren, so viel sie wollte, sie fand keinen Schlaf. Sie verbrachte einen ganzen Sonntag damit, ihre Möbel umzustellen und Bilder umzuhängen. Sie sortierte Kleidungsstücke aus, die sie an ihn erinnerten, brachte sie zum Stoffcontainer und ging dann stundenlang in Berlin spazieren. Drei Tage vor dem Vortanztermin an der Deutschen Oper fand sie einen Paketschein in ihrem Briefkasten. Sie öffnete das Päckchen in der U-Bahn.

Buenos Aires, 28. Dezember 1999

Chère Giulietta,

ich sitze zwischen gepackten Kisten. Mein Zimmer ist leergeräumt, alle Fotos sind von den Wänden verschwunden. In einer Ecke habe ich die Möbel gegeneinander geschoben, in einer anderen stehen meine Koffer und Kisten. Neben mir auf dem Schreibtisch liegen einige Dinge, die ich beim Aufräumen gefunden habe, ein paar Zeitungsausschnitte, die von Damiáns Unfall berichten. Es steht nicht viel darin, was Du nicht schon wüsstest. Wenn Du sie nicht haben willst, dann wirf sie weg. Ich habe es nicht gekonnt. Außerdem habe ich die Blätter noch, die wir damals voll geschrieben haben. Erinnerst Du Dich? Als wir erst den Mate und dann die Flasche Mendoza getrunken haben? Ich würde Dich jetzt gerne in den Arm nehmen. Bitte versteh das nicht falsch. Ich weiß, dass Du noch leidest. Denn ich muss dauernd an Dich denken.
Anbei Deine Videokassette. Die anderen beiden Bänder enthalten einen Zusammenschnitt aller Aufnahmen, die ich in meiner Sammlung von ihm gefunden habe. Du wirst Dir das jetzt nicht anschauen können. Aber irgendwann freust Du Dich vielleicht, die Aufnahmen zu haben. Möglicherweise sehen wir uns niemals wieder. Daher schicke ich Dir die Bänder, auch auf die Gefahr hin, taktlos zu erscheinen.
Seit jenem Sonntagmorgen vor drei Wochen bin ich kein einziges Mal aus diesem Haus gegangen, ohne Dein entsetztes Gesicht vor mir zu sehen. Ich weiß nicht, was mich mehr erschreckt hat: Pablos Mitteilung am Morgen, dass Damián tödlich verunglückt war, oder Dein Erscheinen eine halbe Stunde später, Deine Stimme dort am Eingang.
Es gibt hier seltsame Gerüchte um Damiáns Unfall. Was an jenem Sonntagmorgen im Dezember geschehen ist, weiß niemand genau. Du bist die Letzte, die ihn lebend gesehen hat. Manche Leute behaupten, es sei kein Unfall gewesen. Allerdings gibt es für diese ungeheuerliche

Vermutung keinerlei Anhaltspunkte. Die Unfallstelle wurde genau untersucht. Alles weist auf einen Unfall hin – oder auf einen Selbstmord.
Ich wünschte, ich hätte anderes zu berichten, aber ich wollte Dir diese Informationen nicht vorenthalten.
Einen Trost habe ich nicht.
Für ein Zeichen, und sei es noch so geringfügig, dass Du diesen Brief bekommen hast, wäre ich Dir dankbar.

Ich umarme Dich in Gedanken
Lindsey

Ihre Handschrift war nicht leicht zu entziffern. Sie betrachtete die Zeitungsausschnitte, die Fotos des ausgebrannten Autos, die Unfallskizzen. Die Bilder berührten sie nicht wirklich. Im Gegenteil. Die fremde Sprache, die unverständlichen Bildunterschriften und die anderen vermischten Meldungen auf der gleichen Seite rückten das alles in endlose Ferne. Nur als sie seinen Namen las, spürte sie einen Stich im Herzen. Sie nahm eines der drei Bänder aus dem Karton. II, 1998 stand auf dem Rücken des Schubers. Wie konnte Lindsey glauben, dass sie sich das jemals anschauen würde?

Viviane betrachtete sie genervt, als sie im Büro erschien.
»Bitte, nehmen Sie Platz«, sagte sie in einem Tonfall, der das genaue Gegenteil auszudrücken schien.
Dann wischte sie sich die schwarzen, strähnigen Haare aus dem Gesicht, ließ sich auf ihren Bürostuhl fallen und richtete folgenden unglaublichen Satz an sie:
»Heert will, dass Sie an Stelle von Marina das Solo in *Libertango* tanzen.«
Das war natürlich völlig verrückt.
Im Nebenraum begann jemand, Schreibmaschine zu schreiben.
»Warum sind Heert und Marina dann nicht hier?«, fragte Giulietta.
»Das ist genau der Punkt«, sagte Viviane und rieb sich die Augen, als

würde das Problem dadurch verschwinden. »Sie können sich vorstellen, was das bedeutet. Für mich. Für Sie. Trauen Sie sich das zu?«
Giulietta schaute auf den Schreibtisch. Fax-Fahnen, Programmhefte, unsortierte Post.
»Nein«, sagte sie dann.
Viviane lehnte sich zurück und kaute an ihrem Kuli. »Ich will ganz ehrlich zu Ihnen sein. Ich habe vor ein paar Tagen mit Frau Ballestieri zu Mittag gegessen.«
Der Name der Balettdirektorin der Staatsoper ließ Giulietta innerlich steif werden. Sie hatte sich im Dezember telefonisch bei ihr zurückgemeldet, sich entschuldigt und von sich aus auf ihre Hospitanz verzichtet. Sie hatte ihre Seite der Abmachung nicht eingehalten und war statt einer fast zwei Wochen weggeblieben. Aber sie trug auch die Konsequenzen.
»Von ihr werden sie nicht viel Gutes über mich gehört haben.«
»Sie irren sich. Es tut ihr Leid, dass Sie gegangen sind. Ich habe natürlich nachgefragt, und sie hat mir gesagt, warum sie Sie entlassen musste.«
Sie schwieg einen Augenblick.
»Kann ich mich auf Sie verlassen, Giulietta? Sie sind jetzt Ensemblemitglied der Deutschen Oper. Das hier ist kein Praktikum, verstehen wir uns?«
»Ja. Sie haben mein Wort.«
Viviane Dubry, ehemalige Étoile-Tänzerin der Pariser Oper, sprach so mit ihr.
»Jetzt zum Stück. Heert will, dass Sie an Stelle von Marina das Solo in *Libertango* tanzen. Haben Sie dafür eine Erklärung?«
»Nein.«
»Als Debütantin gegen eine erste Solistin ausgetauscht zu werden kann Ihnen das Leben hier im Haus zur Hölle machen. Ich wäre bereit, mit Marina zu sprechen, aber ich kann nichts garantieren. Sie müssen selbst wissen, ob sie sich darauf einlassen wollen.«
»Nein«, erwiderte Giulietta nachdrücklich. »Marina tanzt zehnmal besser als ich. Ich will die Rolle nicht.«
»Sind Sie sicher?«
»Ja.«

»Warum? Heert sagt, sie wären die Einzige, die diese Musik wirklich kapiert.«
»Das ist nicht wahr. Ich verstehe nichts davon.«
Viviane stand auf, ging um den Tisch herum und schloss die Tür, die das Büro mit dem Sekretariat verband. Das Geklapper der Schreibmaschine erstarb vollständig.
»Sie haben in den Proben eine Bewegung gemacht, die ihm aufgefallen ist, nicht wahr?«
»Ja. Ich war unaufmerksam.«
»Daraufhin hat er die Sequenz für die ganze Gruppe geändert.«
Giulietta schaute zu Boden und sagte nichts.
»Wissen Sie, was das bedeutet?«
Sie schüttelte den Kopf.
»Sie wissen, von wem das Stück ist, nicht wahr?«
»Natürlich. John Beckmann.«
»Und Sie wissen auch, dass er nicht mehr am Leben ist.«
»Ja.«
»Das London City Ballet wacht über die Aufführungsrechte an der Choreografie. Maggie Cowler kontrolliert die Aufführungen. Wir dürfen an den Stücken nicht einmal eine Fingerkrümmung ändern. Deshalb ist Maggie Cowler hier. Jetzt haben Sie Heert mit Ihrem Tango-Stil einen Floh ins Ohr gesetzt. Und wissen Sie, was das Beste ist?«
»Nein.«
»Heert hat Maggie einfach umgangen und Beckmanns Lebensgefährten angerufen, der die Rechte geerbt hat. Er hat die Änderung genehmigt.«
»Das wusste ich nicht.«
»Aber wie kamen Sie auf die Idee?«
»Wegen der Musik. Ich habe eine Tango-Bewegung gemacht. Das ist alles … kann ich jetzt bitte gehen?«
»Sie tanzen Tango?«
»Nein.«
»Aber Sie sagen, Sie hätten eine Tango-Bewegung gemacht. Das heißt, Sie kennen sich damit ein wenig aus, oder?«
»Nein.«

»Giulietta, warum wollen Sie das Solo nicht tanzen?«
»Das ist meine Sache.«
»In der Tat.«
Viviane Dubry kehrte zu ihrem Stuhl zurück und setzte sich langsam. »Ihretwegen habe ich gestern einen Choreografen und eine Repetitorin davon abhalten müssen, ihre Zusammenarbeit hinzuschmeißen. Maggie Cowler hat die Aufgabe, über dieses Stück zu wachen, und Heert hat kein Recht, John Beckmanns Stück einfach zu verändern, schon gar nicht hinter Maggies Rücken. Heert hat gute Beziehungen zu Beckmanns Erben, sonst wäre er damit nicht durchgekommen. Aber was er getan hat, ist Maggie gegenüber nicht gerade fair, finden Sie nicht auch?«
Maggie! Diese frustrierte Ballett-Bürokratin!
Giulietta nickte stumm.
»Ich will nur, dass Ihnen klar wird, dass es hier Regeln gibt. Sie sollen während der Proben nicht improvisieren. Das provoziert manche Leute. Wenn Sie an Stelle von Marina das Solo tanzen, dann haben Sie außer Maggie auch noch Marina auf dem Hals. Ich rate Ihnen also, das mit Bestimmtheit abzulehnen. Auch wenn Heert Sie fragen sollte. Verstehen wir uns?«
»Ja.«
»Und keine weiteren Tango-Schritte.«
»Nein. Es tut mir Leid. Ich werde mich zusammenreißen.«
Giulietta ertrug dieses Gespräch nicht länger. Vielleicht sollte sie ganz aus diesem Projekt aussteigen. Diese verfluchte Musik. Was hatte diese Musik überhaupt in der Oper verloren? Im Ballett?
»Kann ich jetzt bitte gehen?«
Statt einer Antwort traf sie der Blick dieser Frau. Viviane musterte sie neugierig. Es schien, als habe sie noch viele Fragen, aber nach einem kurzen Moment nickte sie nur wortlos und wies ihr mit der rechten Hand die Tür.

6

Die Proben für Tango-Suite erschienen ihr als eine regelrechte Durchhalteprüfung. Diese Musik hatte hier nichts verloren. Beckmann mochte von Piazzolla beeindruckt gewesen sein, aber er hatte nichts von dieser Musik begriffen. Die Figuren passten einfach nicht dazu.
Sie studierte den Probenplan für die vier Teile.

I.	Tres minutos con la realidad	(Gruppe)
II.	Libertango	(Gruppe mit Solo)
	Novitango	(Solo)
III.	Cite Tango	(Zwei Paare)
	Michelangelo '70	(Gruppe)
IV.	Mumuki	(Gruppe mit Solo)

Sie war für eine Gruppenrolle in Teil eins und vier vorgesehen. Bei den Proben für die Solopartien des zweiten Teils stand sie mit den anderen am Saalrand und schaute Marina Francis zu. Die Australierin war ausgezeichnet. Giulietta bewunderte sie grenzenlos. Aber Heert quälte sie dennoch. Er wollte sie in eine Richtung drängen, die ihr nicht lag.
»Nimm diese Grazilität raus«, rief er immer wieder. »Schwerer! Tiefer!« Er mimte die Bewegung, wie er sie sich vorstellte. Marina war genervt. Es war völlig unüblich, dass sie so lange brauchte, um eine Stimmung zu treffen. Aber Heert war unerbittlich. Er unterbrach sie laufend. Es war offensichtlich, worauf er es abgesehen hatte, und am dritten Tag kam es zu einem Eklat. Marina schrie ihn an und verließ wutschnaubend den Probenraum. Heert warf seinen Notizblock in die Ecke und folgte ihr. Zwanzig Minuten später kam er alleine zurück. Giulietta schwante Übles.
»Zweite Besetzung für *Libertango* und *Novitango*«, brüllte er. »Soloprobe. Erst Nadia. Dann Giulietta. Los. Aufstellung.«
Die Ankündigung wirkte wie eine elektrisches Gewitter. Giulietta als Solistin in der zweiten Besetzung! Sie spürte die Blicke von allen Seiten. Was war das schon, versuchte sie sich einzureden. Ersatzrolle in der zweiten? Sie würde ohnehin nie eingesetzt, es sei denn, es gäbe eine

Grippewelle, von der sie dann ausgerechnet verschont bliebe. Aber es war ein Zeichen. Maggie Cowler verließ demonstrativ den Saal. Giulietta erfuhr zwei Tage später vom Physiotherapeuten, dass sie direkt zu Viviane gelaufen war und was sie ihr noch im Flur zugerufen hatte: »He's just obsessed with her.«

Theresa starrte entgeistert Heert an. Giulietta fühlte sich, als führe man sie nackt auf einen Marktplatz. Als sie Nadia tanzen sah, begriff sie außerdem, dass die ganze Sache ein abgekartetes Spiel war. Heert ließ Nadia einfach durchtanzen und korrigierte sie kaum. Es gehörte nicht viel dazu, zu erraten, worum es an diesem Nachmittag ging: Marina auszuhebeln und einen Weg zu finden, Giulietta in die Solorolle zu drücken. Sie wusste überhaupt nicht, wohin sie noch schauen sollte. Theresa warf ihr einen schwer deutbaren Blick zu. Wusste sie etwas von Heerts Plänen? Natürlich wusste sie das. Sie war über alles informiert, was hinter den Kulissen lief. Das Ensemble selbst war ein blankliegender Nerv, der alles registrierte, sogar Dinge, die gar nicht da waren, sondern nur in den Köpfen spukten.

Sie wollte diese Rolle nicht. Nicht das Solo und schon gar nicht diese exponierte Stellung. Sie fühlte sich leer, einsam, schwach. Sie hatte keine Kraft für Gemeinheiten, denen sie unweigerlich ausgesetzt wäre, wenn sie so kometenhaft nach oben schoss. Ihre Haut war aus Papier. Die leiseste Berührung, und sie würde reißen. Was sie allein zusammenhielt, war der Tanz. Die Ordnung. Die Disziplin. Die völlige Hingabe an diese vorgegebenen Bewegungen. Sie hatte keine eigenen. Kein Ziel. Kein Begehren. Und wie konnte es sein, dass sie in eben dieser Verfassung plötzlich etwas zu sagen, etwas zu zeigen haben sollte? Was sah Heert in ihrem Stil? Sie fühlte sich so leer, so ausdruckslos. Doch sie spürte, dass ihre Art, *Libertango* zu tanzen, eine besondere Stimmung im Probensaal entstehen ließ. Sie sah es in den Gesichtern der Tänzer, wenn sie auf sie zuging und vor ihnen Aufstellung nahm. Sie dachte an Hector, wenn sie die ersten Takte hörte. Welch ein Abgrund zwischen der drückenden, hitzigen Atmosphäre, welche diese Musik in ihrer Erinnerung heraufbeschwor, und dem fast filigranen Bewegungsgeflecht, dem sie hier folgen sollte! Sie konnte nicht anders. Die Choreografie war falsch. Die weit ausholende Bewegung mit abgespreiztem Bein zu

einem schrillen Bandoneonlauf glich dem Versuch, mit einer Feder zu trommeln. Sie konnte gar nicht anders, als die Luftigkeit herauszunehmen und die Extrovertiertheit der Bewegungen zu dämpfen. Es gab keinen Jubel in ihren Gesten. Wie auch! Woher denn! Aus dieser Musik etwa? Dieses Tango-Stück war zutiefst ambivalent, ein eisiges Feuer. Marina hatte es auf einer Ebene der Leidenschaftlichkeit versucht. Nadia spielte die Unterkühlte, Kontrollierte. Aber beides war unvollständig.
Giulietta war wie in Trance, als sie die Schlusspassage erreicht hatte, jenen eigenartigen, gespreizt schreitenden Gang, vorbei an den Männern, an allen Männern. Sie hatte das Gefühl, in *Libertango* das ganze Spektrum dieses Tanzes durchmessen zu haben, die Melancholie der Einsamen, Verlassenen, gepanzert mit dem lässigen, verächtlichen Lächeln einer Hure.
Als sie fertig war, herrschte einige Sekunden Stille. Dann hörte man von der Eingangstür her Händeklatschen.
Marina Francis applaudierte.

7

Dr. P. Jahn und Partner. Rechtsanwälte. Fasanenstraße 37.
Sie war schon mehrmals an dem Haus vorbeigegangen, ohne den Mut aufzubringen, hineinzugehen. Wonach sollte sie fragen? Nach ihm? Nach seinem Anliegen? Mit welchem Recht? Man würde sie abweisen. Verständlicherweise.
Sie stieg die breite Treppe zum dritten Stock empor und musterte das Türschild, bevor sie klingelte: Dr. P. Jahn, Dr. K.-H. Neumann, N. Kannenberg. Rechtsanwälte.
Eine Frau öffnete. Giulietta trug rasch ihr Anliegen vor.
»Ihre Kanzlei arbeitet für einen Bekannten von mir«, begann sie. »Ich möchte gerne eine Aussage machen.«
»Haben Sie einen Termin?«
»Nein.«
»Wissen Sie, wer den Fall bearbeitet?«

»Nein.«
Die Frau runzelte die Stirn, bat sie jedoch herein und führte sie in ein geräumiges Büro. Giulietta nahm ihr gegenüber an einem riesigen Schreibtisch Platz. Das Telefon klingelte. »Entschuldigen Sie bitte einen Augenblick«, sagte die Sekretärin und griff nach dem Hörer.
Giulietta ließ ihren Blick durch den Raum wandern. Sämtliche Wände waren bis zur Decke mit Bücherregalen zugestellt. Ein regelrechtes Archiv. Die Einrichtung war altertümlich. Es roch sogar etwas muffig.
»Wie heißt Ihr Bekannter?«, fragte die Frau, als sie zu Ende telefoniert hatte.
»Alsina. Damián Alsina.«
»Und wissen Sie, um was es sich handelt. Strafsache? Kindschaft? Asyl?«
»Nein. Das weiß ich nicht.«
»Nun denn. Dann schauen wir mal.«
Ein Computer hatte immerhin seinen Weg in diese Juristengruft gefunden. »Aha. Hier haben wir's schon. Das macht Herr Kannenberg. Der ist heute bei Gericht. Möchten Sie einen Termin machen?«
»Ja. Bitte.« Sie versuchte einen Blick auf den Bildschirm zu werfen, aber es gelang ihr nicht.
»Wie ist Ihr Name bitte?«
»Battin. Giulietta Battin.«
»Herr Kannenberg macht seine Termine nach telefonischer Rücksprache. Sie können Ihre Telefonnummer hinterlassen, er wird Sie dann zurückrufen. Er ist sehr beschäftigt. Probieren Sie es also ruhig selber einmal, falls er sich in den nächsten Tagen nicht meldet. Hier ist seine Durchwahl.«
Giulietta schrieb die Telefonnummer auf einen Zettel.
»Können Sie mir sagen, wie es mit der Sache steht?«, fragte sie unsicher.
»Ich kann Ihnen gar nichts sagen. Sie müssen sich schriftlich oder fernmündlich an Herrn Kannenberg wenden. Mehr kann ich nicht für Sie tun. Ich begleite Sie hinaus.«

Sie fuhr nach Zehlendorf und aß mit ihrer Mutter zu Abend. Ihr Vater war nicht da. Mittwoch. Tennis. Sonst wäre sie auch nicht hingefahren.
»Ist die Abrechnung der Kreditkarte schon gekommen?«, fragte sie irgendwann.
»Giulietta, vergiss es, ja?«
»Nein. Ich bezahle das. Punkt.«
»Reden wir später darüber.«
»Wie über alles? … später?«
Anita Battin legte ihr Besteck auf den Teller und tupfte sich den Mund ab. »Willst du mit mir reden? Bitte!«
Sie schaute ihrer Mutter ins Gesicht. »Warum hast du mir nicht geholfen?«
»Was meinst du damit?«
»ER. Dein MANN. Warum hast du ihm nicht gesagt, er soll mich in Ruhe lassen? Du musst das doch gemerkt haben.«
Der Unwille, es auszusprechen, auf beiden Seiten, war wie mit Händen greifbar.
»Papa begehrt mich als Frau«, sagte sie schnell.
Anitas Antwort schockierte sie. »Und du? Was ist mit dir?«
»Sag mal … spinnst du?« Giulietta stand vom Tisch auf und ging ein paar Schritte ins Zimmer hinein.
»Siehst du, wie absurd solch ein Gedanke ist«, hörte sie die Stimme ihrer Mutter hinter sich. »Er war auf diesen Argentinier eifersüchtig, aber nicht so, wie du denkst. Dein Vater liebt dich sehr und will, dass du Karriere machst. Den Rest bildest du dir ein.«
Sie drehte sich nicht um. Andernfalls hätte sie losgeschrien.

9

Sie war in ihr Zimmer gegangen, um einige Gegenstände zu holen, die sie plötzlich vermisste. Einen Stofflöwen. Eine Kiste mit alten Schulheften. Das Nurejew-Fonteyn-Poster. Dann suchte sie auf dem Dach-

boden einen Karton mit Winterkleidung, die sie im vergangenen Jahr ausrangiert und hier verstaut hatte. Jetzt hatte sie auf einmal Sehnsucht nach diesen alten Kleidern. Sie hatte den Karton längst gefunden, blieb jedoch zwischen dem angesammelten Gerümpel stehen und betrachtete einen Schrank neben dem Kamin. Ihre Mutter telefonierte. Sie hörte ihre Stimme durch das Treppenhaus. Sie wusste, dass ihr Vater dort Dinge aufbewahrte, die er nicht mehr brauchte, jedoch nicht wegwerfen wollte. Es war sein Schrank. Der Schlüssel steckte. Aber es befand sich nichts Nennenswertes darin. Drei Sommeranzüge, in Plastiksäcke gegen Staub verpackt. Fachliteratur über Bergbauwesen. Das hatte er einmal studiert, in den sechziger Jahren. Offenbar hatte er nach seiner Übersiedlung versucht, sich auf den westdeutschen Stand zu bringen. Die Zeitschriften waren von 1978. Aber in Westberlin hatte man keine Verwendung für seine Bergbaukenntnisse gehabt. Er war Sicherheitsexperte geworden und arbeitete mittlerweile für die nach Berlin umziehende Regierung. Weil er so gut systematisch denken konnte. Geheimnisträger. Keine schlechte Karriere für einen von drüben. Sie hatte nie etwas von seiner beruflichen Situation gespürt. Sicherheitsdienste waren eine Welt für sich. Er erzählte nichts darüber. Giuliettas Welt war seine wahre Leidenschaft. Behauptete er jedenfalls. Ballett. Musik. Hohe Gefühle. Ein Ausgleich für die Berufswelt, in der er sich bewegte. Wer die An- und Abfahrtswege der Kanzlerlimousine kannte, war nicht irgendwer. So jemand stand unter besonderer Kontrolle. Kontrolle. Die eigentliche Leidenschaft ihres Vaters. Alles und jeden steuern.
Sie fand nichts, das über sein früheres Leben Aufschluss gab. Markus Loess. Sie überlegte kurz, wie sie mit diesem Namen klar käme. Giulietta Loess. Warum er sich wohl Battin genannt hatte?
Sie fragte ihre Mutter, als sie den Stadtring entlangfuhren. Das ICC lag vor ihnen wie ein gestrandetes Raumschiff.
»Ich glaube, das hängt irgendwie mit seinen Vorfahren zusammen.«
»Wo wurde er eigentlich geboren?«
»In einem kleinen Dorf in der Nähe von Rostock.«
»Weißt du, wie es heißt?«
»Irgendwas mit -hagen oder so.«
»Bei Rostock sagst du?«

»Ja. Schau doch im Atlas nach. Vielleicht fällt es mir wieder ein, wenn ich den Namen höre.«
Anita knipste das Licht an und deutete auf die Ablage unter dem Armaturenbrett.
Giulietta zog den Autoatlas hervor und suchte Rostock im Index. Als sie es auf der Karte lokalisiert hatte, sah sie, dass östlich davon tatsächlich fast alle Dörfer auf -hagen endeten. Sie begann zu lesen: »Volkenshagen, Cordshagen, Billenhagen, Willershagen, ...«
Sie las noch fast ein Dutzend weitere Namen vor, bis Anita plötzlich ›stopp‹ sagte. »Das ist es. Albertshagen.«
»Bist du sicher?«
»Ja. Ich hatte mal einen Jugendfreund, der Albert hieß.«
Giulietta schaute den winzigen Flecken auf der Karte an. Noch kleinere Dörfer gab es nicht.
»Bist du schon mal dort gewesen?«, fragte Giulietta.
»Nein. Wieso?«
»Na ja, so halt. Ist Papa dort nie hingefahren? Nach der Wende, meine ich.«
»Du weißt doch, wie er diese DDR gehasst hat. Warum sollte er dort hinfahren?«
»Und du? Hat es dich nie interessiert, zu sehen, wo er aufgewachsen ist?«
Ihre Mutter zog die Augenbrauen hoch. »Er will darüber nicht sprechen. Also frage ich ihn auch nicht danach.«
»Und ... findest du das normal?«
»Was meinst du mit normal?«
Giulietta warf den Atlas ins Handschuhfach zurück. »Mama! Kannst du mir nicht ein einziges Mal eine klare Antwort geben?«
»Bitte keine Theaterallüren, ja?«
»Verdammt noch mal. Was ist bloß mit dir los? Was habe ich dir denn getan?«
Ihre Mutter fuhr rechts heran und kuppelte aus. »Das will ich dir gerne sagen, meine Liebe. Seit zehn Jahren dreht sich in unserer Familie alles um dich. Giulietta hinten, Giulietta vorne. Ballett, Ballett, Ballett. Du und dein Vater. Und kaum ist eure Symbiose gestört, kommst du zu mir gerannt. Ach ja, da ist ja auch noch Mama ...«

»Du hast mir nur immer alles verboten.«
»Ich habe dir überhaupt nichts verboten. Ich habe an deinen Verstand appelliert.«
»Du verstehst überhaupt nichts von mir.«
»Dann frage mich gefälligst nicht nach Erklärungen.«
Ihre Mutter schaute sie kühl an. Woher kam diese scharfe Reaktion?
»Warum sprichst du so mit mir?«
Jetzt machte sie den Motor aus und drehte sich vollständig zu ihr herum.
»Weil du große Schwierigkeiten hast, zu erkennen, dass du nicht das Zentrum der Welt bist. Und diese absurde Behauptung über Papa. Was bildest du dir eigentlich ein? Weißt du, welche Ängste wir ausgestanden haben wegen dieser Argentiniensache? Es ist sehr traurig, was in Buenos Aires geschehen ist. Dieser junge Mann tut mir Leid. Aber er hat offenbar deine Sinne verwirrt. Ich kenne dich überhaupt nicht wieder.«
Sie wusste nicht, was sie entgegnen sollte.

10

Sie saß bis drei Uhr morgens auf ihrer Couch. Regen schlug gegen die Scheiben. Die Berliner Variante. Horizontalregen. Von vier Teelichten brannten noch drei. Vor ihr auf dem Tisch lagen unberührt die Videokassetten, die Lindsey geschickt hatte. Und Lindseys Brief, den sie erneut gelesen hatte.
Erstaunlich, wie einfach manche Dinge waren, wenn man sie kurzerhand tat. Die Auskunft brauchte keine Minute, um den Namen zu finden.
»Albertshagen. Kreis Werta?«
»In der Nähe von Rostock«, erwiderte sie.
»Das ist die einzige Eintragung, die ich habe. Loess, sagten Sie? Mit Doppel-ss.«
»Ja.«
»Loess, Konrad?«
»Ja, bitte.«

Es knackte in der Leitung. Dann erklang die Computerstimme mit der Nummer. Es war unglaublich, aber wahr.
Offenbar hatte sie dort Familie.

11

Manchmal blieb sie länger und tanzte *Escualo*.
Sie wartete, bis die anderen gegangen waren, kehrte dann in den Trainingssaal zurück, legte das Stück auf und ließ sich in die Musik hineinfallen. Den ganzen Tag lang musste sie sich zurückhalten, den stilisierten Ballett-Bewegungen folgen, die so wenig mit dieser Musik zu tun hatten. Der Zorn, die Wut, die unterschwellige Gewalt war mit Händen greifbar, und sie sollte sich mit Arabesken und Glissades dazwischen hindurchschlängeln?
Sie mochte das Ballett nicht. Im Grunde hatte es keinen Sinn, Ballett und Tango verbinden zu wollen. Jedenfalls nicht so. Luft und Erde. Der Gegensatz war zu groß. Beckmann hatte diese Musik falsch auf die Bühne gebracht. Sie musste an einen Satz von Lindsey denken, während sie, die Augen geschlossen, im Probensaal stand und den ersten Takten von *Escualo* lauschte: »Der Tango hat sich dreißig Jahre lang gegen Piazzolla gewehrt. Das Volk wollte ihn nicht. Er wurde sogar auf der Straße angespuckt. Und Piazzolla hat das Volk aus dem Tango verbannt: den Sänger und den Tänzer.«
Wie alle Beobachtungen Lindseys war auch diese verworren. Aber ein Teil davon war richtig. Was Piazzollas Musik mit dem Ballett gemeinsam hatte, war die Verbannung des Volkes, die Entfernung vom Ursprung, die riesige Distanz von der volkstümlichen Kultur, wo beide einmal ihren Ausgang genommen hatten. Beides war elitär, doch an völlig entgegengesetzten Polen. Wie sollte man da eine Brücke schlagen?
Ob Damián das auch gespürt hatte? Sie tanzte seine Schritte. Juliáns Schritte. Die Solosequenzen aus dem Pas de deux, den er mit Lutz einstudiert hatte. Wenn sie die Augen schloss, sah sie die Szene klar vor sich. Mit diesen Bewegungen hatte er sie damals verhext. Sie wusste jetzt, warum. Weil es jener andere Pol war, die Gegenwelt zum Ballett

auf gleichem Niveau. Jetzt richtete sie sich darin ein. Sie wollte Damián spüren, ohne diese Schmerzen, ohne diese Taubheit. Sie erinnerte sich an seine Worte während jener Nacht nach dem Schwanensee. Sie schloss die Augen und stellte sich vor, der Boden sei ein Magnet und ihre Füße aus Eisen. Sie hielt ihre Knie und Oberschenkel geschlossen. Ihr Oberkörper war aufrecht und ruhig, ihre Brüste stolz betont. Dann begann sie, die ersten Bewegungen nachzuvollziehen, den schleichenden Gang, das katzenartige Gehen. Sie verbrachte Stunden mit diesem Stück. Sie improvisierte Übergänge zwischen Damiáns Solopartien, was es ihr gestattete, das ganze Stück alleine zu tanzen. Sie arbeitete sich in Trance und führte einen stummen Dialog mit ihm. Zuweilen half ihr das. Sie fühlte sich ihm nah.

Dann gab es Tage, da sie es vor Niedergeschlagenheit keine Minute länger im Opernhaus aushielt, nach den Proben nach Hause eilte und sich im Bett vergrub. Sie war so verzweifelt, dass sie sogar eines der Videobänder auflegte. Vielleicht könnte sie ihn auf diese Weise vergessen. Sie schaute sich *Escualo* auf dem Band an, das Lutz für sie kopiert und nach Argentinien geschickt hatte. Aber sie ertrug den Anblick nicht lange. Sie saß auf dem Boden vor dem Fernsehgerät und weinte hemmungslos. Sie musste damit fertig werden. Warum hatte er sie so gemein behandelt? Warum war er ohne ein Wort gegangen? Nach solch einer Nacht? Weil er ein armer, verstörter Mensch war! Sie zwang sich, hinzuschauen. Dann riss sie sich zusammen und schob eine der anderen Kassetten in das Gerät.

I-1995 las sie auf dem Schuber, während die ersten Bilder über die Mattscheibe huschten. Eine seiner ersten Arbeiten mit Nieves. Lindsey hatte einen Zettel dazugelegt und darauf die Auftrittstermine und -örtlichkeiten vermerkt. *Salon Canning*. Es war eine verwackelte Amateuraufnahme, vermutlich von irgendjemandem aus dem Publikum aufgenommen. Bei manchen Kameraschwenks sah man die dichten Reihen der Zuschauer, die um die Tanzfläche herumstanden. Es war eine ähnliche Atmosphäre, wie sie sie im Almagro erlebt hatte, als Hector und Blanca aufgetreten waren. Es war keine Show, sondern eine Einlage während eines ganz normalen Tanzabends. Nieves und Damián stellten sich als Paar vor.

Aber was für eine Choreografie!
Sie starrte gebannt auf die verwirrende Vielzahl von Figuren, die Damián und Nieves in einem atemberaubenden Tempo herunterspulten. Dann betrachtete sie ihn, sein Gesicht, die Präzision seiner Bewegungen. Allmählich gelang es ihr, ihre Gefühle etwas zu kontrollieren und nicht den Tänzer, sondern den Tanz zu betrachten. Es sah fast so aus, als tanze er nicht mit Nieves, sondern als sei da noch etwas Drittes, etwas Unsichtbares, Bedrohliches, etwas zutiefst Hassenswertes. Damián verfolgte Nieves, schnitt unablässig kontrapunktische Brechungen durch ihre Bewegungen, aber es schien ihm gar nicht um sie zu gehen. Er wirkte verbissen, wie besessen von einem Gedanken, einer unheilvollen Energie, die keinen Ausgang fand. Das Ende war noch seltsamer. Anstatt in einer gemeinsamen Pose zu verharren, liefen die beiden nach entgegengesetzten Seiten auseinander.
Sie spulte zurück und betrachtete das Stück erneut. Ob er damals auch schon Wörter getanzt hatte? Sie nahm Lindseys Blätter zur Hand und betrachtete die Liste mit den Figurennamen. Dann stellte sie das Videogerät auf Zeitlupe. Sie schluckte, als die Kamera Damiáns Gesicht abtastete, wie er ernst über Nieves Schulter hinweg zu Boden blickte und dann mit der ersten Bewegung einen seltsamen Schritt folgen ließ. *Lapiz*, notierte Giulietta.
Sie musste nach ungewöhnlichen Figuren suchen. Das war sein ursprünglicher Code gewesen. Die ersten Buchstaben der Figuren. Weder die Eröffnung noch der Schluss waren normal, das wusste sie jetzt schon. Man beendete einen Tango nicht getrennt. Lindsey hatte das einmal erwähnt und dabei den Begriff genannt. Man endete nie *separados*. Unten auf ihr Blatt schrieb sie: *separados*. Falls es in Damiáns erstem Tango ein Wort gab, so begann es mit L und endete mit S. Und dazwischen?
Sie schaute sich das Stück zweimal an. Beim zweiten Mal konzentrierte sie sich auf Nieves, auf ihre Reaktionen. Aber das ergab keinen Anhaltspunkt. Ihr Gesichtsausdruck war undurchdringlich. Sie spulte zurück und betrachtete die Sequenz ein drittes Mal. Sie fragte sich, wie er überhaupt auf den Gedanken gekommen sein mochte, die Figuren nach einem Buchstabenmuster zu ordnen. 1995. Da war er gerade einmal neunzehn gewesen. Sie wusste mittlerweile genug über diesen Tanz, um

ermessen zu können, in welch atemberaubender Geschwindigkeit Damián sich dieses Niveau erarbeitet hatte. Er musste wie ein Besessener trainiert haben, methodisch, strukturiert. Um den Überblick über die ganzen Figuren und Variationen nicht zu verlieren, musste er früh begonnen haben, sie aufzuschreiben. Tango und Mathematik. Das entsprach seinem Wesen. Vielleicht hatte er zunächst nur mit der Möglichkeit gespielt, die Zeichen für den Tanz mit Zeichen aus seinem Leben zu überblenden. Oder war der Prozess unbewusst verlaufen? Waren ihm die Figurenverkettungen so in Fleisch und Blut übergegangen, dass er ein Wort denken und unvermittelt eine mögliche tänzerische Entsprechung dabei sehen konnte? War so etwas denkbar?
Plötzlich nahm eine Gebärde ihre Aufmerksamkeit gefangen. Warum fiel ihr das jetzt erst auf? Sie spulte zurück und begann noch einmal von vorne. Die beiden nahmen Aufstellung. Und dann geschah es zum ersten Mal. Damián hob leicht den Kopf und schaute Nieves kurz in die Augen. Unmittelbar darauf tanzte er einen *lapiz* und fiel in eine rückwärts gerichtete Eröffnung. Dann folgten die unglaublichsten Variationen ohne einen einzigen Blickkontakt. Bis zu einer bestimmten Stelle. All diese Drehungen, Haken und komplizierten Tempiwechsel tanzten sie sozusagen blind, ohne sich ein einziges Mal anzuschauen. Aber dann kam es erneut zu einem flüchtigen Augenkontakt. Es schien, als müsste Damián diesen warnenden Blick an Nieves richten, um sicherzugehen, dass sie ihn nicht missverstand. Doch warum an dieser Stelle? Was geschah hier? Sie spulte noch einmal zurück und ließ die Passage langsam durchlaufen, Bild für Bild. Sie vollzogen eine Drehung. Nieves' rechtes Bein flog, von Damiáns linkem Oberschenkel weggeschoben, nach hinten und kam dort zur Ruhe. Sie stand, er machte Anstalten, den rechten Fuß gegen ihren linken zu setzen, und hierbei geschah es. Er hob den Kopf und fixierte sie, kurz, aber eindringlich. Sie suchte gleichfalls seine Augen, und in der Zeitlupe erkannte Giulietta jetzt auch, dass Nieves ihr Gewicht auf ihr rechtes Bein nach hinten verlagern wollte. Damiáns Blick stoppte dies. Und sogleich sah sie auch, warum. Er tanzte eine schwierige Verzierung. Sie musste die Stelle mehrmals in Zeitlupe durchlaufen lassen, bis sie den eleganten, in Normalzeit kaum sichtbaren, raffinierten Bewegungsablauf in seine Bestandteile zerlegt hatte. Es

war eine Acht, gefolgt von einer Eindrehung. Es war offensichtlich, dass der Schritt hier nicht hergehörte. Nieves war nicht darauf vorbereitet, und daher hatte Damián sie per Blickkontakt gewarnt. Acht und Eindrehung. Sie nahm Lindseys Liste zur Hand und schaute die spanischen Entsprechungen nach. *Ocho* und *Enrosque.*
Sie ließ das Blatt fallen, als sei es plötzlich heiß geworden. *Lapiz. Ocho. Enrosque.* Das konnte nicht sein. Sie griff nach dem Schuber, warf ihn dann sogleich wieder weg. Die Jahreszahl! Das war unmöglich. 1995? Vor fünf Jahren. Wie sollte das …? Ihre Kopfhaut zog sich zusammen. Erst im zweiten Anlauf begriff sie das eigentlich Ungeheuerliche daran. Das Band lief noch immer. Die letzten Sekunden dieses Tanzes flimmerten auf dem Bildschirm vor ihr. Sie wusste, dass Damián Nieves noch einmal anschauen würde, am Ende, vor der Trennung. Und so geschah es. Der letzte Takt erklang. Nieves verharrte vor ihm im Kreuz, in der fünften Position. Er schaute ihr einmal kurz in die Augen, drehte sie zur Seite weg und entließ sie, während er sich gleichfalls abwandte.
Lapiz. Ocho. Enrosque. L … O … E … und schließlich die Trennung. *Separados.*
Loess.
Die Entdeckung traf sie jetzt mit voller Wucht. Woher kannte er diesen Namen? 1995. Vier Jahre, bevor sie sich begegnet waren. Und dieser Name … niemand kannte ihn. Außer ihr selbst und ihrer Mutter. Woher hatte Damián …? Ein dumpfer Schmerz begann in ihrem Kopf zu hämmern. Sie schaltete das Fernsehgerät aus. Ein kleiner weißer Punkt blieb auf der dunkelgrünen Mattscheibe zurück, ein winziges Lichtloch in ihrem aschfahlen Gesicht, das sich dort spiegelte.

12

»Giulietta? Mein Gott, weißt du, wie viel Uhr es ist?«
»Ich brauche deine Hilfe. Lutz, ich flehe dich an.«
Ihre Stimme überschlug sich. Sie hatte es zwölfmal klingeln lassen, bis er endlich abnahm.
»Hat das bis morgen Zeit?«

»Ja. Morgen früh. Ich muss nach Rostock fahren, und du musst mich begleiten.«
»Nach Rostock? Wieso? Was soll ich in Rostock?«
»Es hängt … mit Damián zusammen.«
Damián. Sie wusste, dass er ihr helfen würde, und sei es nur, um zu erfahren, was in Buenos Aires geschehen war. Er hatte sie seit ihrer Rückkehr mehrfach angerufen, aber sie war nicht in der Lage gewesen, ihm alles zu erzählen. In ein paar Wochen, hatte sie gesagt, wenn sich das alles etwas gesetzt hat.
»Lutz, ich kann dort nicht alleine hinfahren. Ich brauche einen Begleiter. Einen Mann. Ich erkläre es dir morgen, ja?«
Am nächsten Tag saß er verschlafen neben ihr im Auto, während sie über die A 19 Richtung Norden fuhren. Es war Mittwoch. Vor der Abfahrt hatte sie in der Oper angerufen und sich für einen Tag krankgemeldet. Ein Tag. Das musste zu verschmerzen sein. Sie dachte an das Gespräch mit Viviane Dubry. Wenn sie nachkontrollierte, bei ihr zu Hause anrief …? Eine Magenverstimmung. Sie hatte den Tag bei ihren Eltern in Zehlendorf verbracht. Das würde schon durchgehen.
Lutz war bereits auf dem Berliner Ring eingenickt. Hinter dem Plauer See begann Nieselregen. Giulietta starrte durch die Scheibe auf die schwarz glänzende Fahrbahn. Die Straße war nagelneu. Links und rechts erstreckte sich Heidelandschaft, die allmählich durch dunkelbraune Felder abgelöst wurde. Riesige Flächen, nur am Horizont von dünnen Baumgruppen begrenzt und hier und da ein paar Häuser und Höfe. Die Gegend war ihr ein wenig unheimlich. Sie schaute Lutz an, sein schlafendes Gesicht. Mit seinem Stoppelhaarschnitt und der Lederjacke sah er fast gefährlich aus. Doch vor allem beruhigte sie seine ein Meter neunzig hohe athletische Figur. Er sollte nur im Hintergrund bleiben, wenn sie sich durchfragte. Konrad Loess. In Albertshagen. Ein Verwandter ihres Vaters. Vielleicht ein Bruder. Wie würde er reagieren? Was war das für ein Mensch?
In ihrem Kopf gingen immer die gleichen Gedanken hin und her. War das alles Einbildung und Zufall, oder wusste Damián schon von der Existenz ihres Vaters, noch bevor sie sich begegnet waren? Doch wie sollte das möglich sein? Woher sollte er den Namen Loess gekannt

haben? Als ihr Vater so hieß, war Damián noch gar nicht geboren. Ihr Vater lebte damals in der DDR, saß sogar im Gefängnis, weil er Probleme mit dem Regime hatte. Wie sollte es hier eine Verbindung geben?

Ihren Vater zu fragen war ausgeschlossen. Aber sie würde es herausfinden. Er verbarg ihr etwas. Sein ganzes Verhalten nach dem Vorfall im November war nicht normal gewesen. Warum war er nach Buenos Aires gekommen? Was hatte Damián mit ihm zu schaffen gehabt? Was steckte wirklich hinter dieser Entführung?

Frag deinen Vater. Er weiß alles.

Aber er sagte nichts.

Sein Kontakt mit den Alsinas. Kannte er diese Familie vielleicht aus irgendeinem Grunde von früher? Warum hatte Damián ihr keinerlei Antwort geben wollen? Warum schwieg er bis zum Schluss? Er musste doch gewusst haben, warum er in Berlin so extrem reagiert hatte? Und der Briefumschlag. Anwälte in Berlin. Das ergab alles keinen Sinn. Sie musste diese Familie Loess finden. Wer, um alles in der Welt, war ihr Vater wirklich?

»Gut geschlafen?«

Lutz rekelte sich. »Hmm. Wo sind wir denn?«

»Noch vierzig Kilometer.«

Er versuchte, die Beine auszustrecken. »Wo fahren wir eigentlich hin?«

»In ein Dorf außerhalb von Rostock.«

Er warf ihr einen verständnislosen Blick zu. »Findest du nicht, dass du mir wenigstens erklären könntest, was ich hier soll?«

Sie lächelte ihn an. »Mich beschützen.«

»Vor den braunen Horden?«

Sie runzelte die Stirn. »Quatsch. Du redest schon wie mein Vater.«

Er rieb sich die Augen und musterte die Umgebung. Dann atmete er hörbar aus und sagte: »Ist doch wahr. Kaum ist der rote Deckel weg, kommt braune Soße raus.«

»Übertreibe nicht. Das machen die, um Aufmerksamkeit zu erregen«, erwiderte sie.

Sie setzte den Blinker und steuerte auf eine Raststättenausfahrt zu.

»Willst du ein bisschen fahren?«, sagte sie. »Ich erkläre dir den Weg, ja?«

Ohne eine Antwort abzuwarten stieg sie aus und verschwand in Richtung Toiletten. Als sie zurückkehrte, wechselten sie die Plätze. Giulietta vertiefte sich in die Karte.
Pinnow. Kobrow. Goritz. Zarnewanz. Gnewitz. Wo diese Namen bloß herstammten? Das Bild in den Dörfern, die sie passierten, war stets das gleiche: neue Autos und alte, verfallene Häuser. Die Gegend schien menschenleer. Albertshagen lag laut Karte zwischen Reckhorst und Wandorf. Sie fuhren die Strecke dreimal hin und her und bogen schließlich in die einzig existierende unbeschilderte Abzweigung ein. Zwei Kilometer weiter passierten sie den Ortseingang Albertshagen.
Mehr als zehn Häuser waren es nicht. Ein geschlossener Gasthof. Ein kleiner Lebensmittelladen. Immerhin eine dieser modernen, violettgrauen Telefonzellen, die wie ein Fremdkörper am Straßenrand stand. Sie bat ihn anzuhalten, stieg aus, ging in die Telefonzelle und suchte im Telefonbuch die Adresse heraus. Es war nicht schwierig. Es war die gleiche Telefonnummer, die sie auch von der Auskunft bekommen hatte. Sie stieg wieder ins Auto ein und reichte Lutz einen Zettel.
»Das ist die Adresse. Könntest du in dem Laden nachfragen, wo das ist?«
Lutz nahm die Notiz und stieg aus. Sein Anblick hatte wirklich etwas Beruhigendes für sie. Sie schaute ihm hinterher, wie er die Tür zu dem Lebensmittelgeschäft aufstieß. Eine Minute später war er wieder da. »Es ist gleich da vorne. Die erste Straße links, und dann zweihundert Meter. Ein Bauernhof.«
Er startete den Motor. Zwei Minuten später standen sie vor dem Anwesen. Hier war ihr Vater aufgewachsen? In diesem vergessenen Winkel? Giulietta spürte Beklemmung. Wie sollte sie jetzt vorgehen? Einfach an die Tür klopfen? Hier wohnte Konrad Loess. Sie schaute in den grauen Himmel, betrachtete kurz das vom Nieselregen gekräuselte Wasser in den zahlreichen Pfützen, welche die Auffahrt zum Hauptgebäude des Hofes säumten. Sie konnten hier nicht stehen bleiben, das war klar. Ein Auto mit Berliner Kennzeichen in diesem vergessenen Flecken würde sofort Aufmerksamkeit erregen. Im Erdgeschoss des Hauses brannte Licht. Ein Vorhang bewegte sich. Man hatte sie bemerkt. Lutz schaute sie neugierig an.
»Und jetzt?«

Giulietta atmete durch. »Warte bitte hier, ja. Ich komme gleich wieder.«
Er kuppelte aus, schaltete den Motor ab und zog die Handbremse an. »Irgendwelche Zeichen?«, fragte er scherzhaft. »Weißer Rauch, flackerndes Licht, oder soll ich in zehn Minuten die Polizei rufen?«
»Nein.« Sie ergriff seinen Arm und versuchte zu lächeln. Aber sie war zu nervös. »Ich komme gleich zurück. Danke Lutz, wirklich. Du hilfst mir sehr.«
Sie stieg aus und ging die Auffahrt hinauf. Bevor sie die Haustür erreicht hatte, ging diese plötzlich auf, und eine riesige Dogge kam mit angelegten Ohren auf sie zugelaufen. Giulietta gefror in der Bewegung. Hinter sich hörte sie die Autotür, und im gleichen Augenblick erklang ein scharfer Befehl: »Tex! Zurück!« Der Hund stoppte, stellte die Ohren auf, ließ dann den Kopf hängen und machte kehrt. Giulietta drehte sich um und sah Lutz am Wagen stehen, die Lederjacke halb ausgezogen und zum Teil schon um den linken Unterarm gewickelt, in der rechten Hand den Feuerlöscher.
Der Hund verschwand im Haus. Im Türrahmen war ein Mann erschienen und schaute sie misstrauisch an. Giulietta ging auf ihn zu. Sie hatte bis zu diesem Augenblick nicht gewusst, wie sie sich bei dieser Begegnung verhalten sollte. Doch jetzt hatte sie keine Zweifel mehr, dass sie einen Verwandten ihres Vaters vor sich hatte. Die Ähnlichkeit war frappierend. Noch bevor sie nah genug herangekommen war, um das Gesicht dieses Menschen genau mustern zu können, wusste sie, dass sie an der richtigen Adresse war. Der Mann vor ihr musste ihr Onkel sein.
Sie trat direkt vor ihn hin und streckte die Hand aus. »Guten Tag. Herr Loess? Ich heiße Giulietta. Ich bin die Tochter von Markus Loess … Ihrem Bruder, nicht wahr?«
Der Mann starrte sie an wie einen Geist. Dann sagte er nur ein Wort.
»… Markus …?«
»Dürfte ich Sie einen Moment sprechen?«

13

Zwei Stunden später saßen sie noch immer am Esstisch der engen Stube. Lutz hatte es sich in einem Sessel in der Nähe des Kamins bequem gemacht und döste vor sich hin. Eine Weile lang hatte er unaufmerksam das Gespräch verfolgt, war dann jedoch angesichts der wohligen Wärme eingeschlummert. Die Dogge lag zu seinen Füßen und zuckte nur manchmal mit den Ohren.
Giulietta und Konrad Loess saßen sich am Esstisch gegenüber. Die Unterhaltung war ins Stocken geraten. Konrad Loess schenkte ihr Kaffee nach und zog eine Zigarette aus dem Päckchen auf dem Tisch. Im Aschenbecher lagen bereits acht Kippen, aber er machte keine Anstalten, ihn auszuleeren.
Dann wiederholte er den Satz, den er schon mehrfach voller Erstaunen ausgesprochen hatte: »Dass er dir davon nie erzählt hat …«
Giulietta musterte ihn, das runde Gesicht, die untersetzte Figur, den speckigen Overall, die abgearbeiteten Hände mit den schmutzstarrenden Fingernägeln. Aber die Ähnlichkeit mit ihrem Vater war unübersehbar. Die gleiche von Jugendakne verwüstete Haut. Die hellen Augen, der quadratische Unterkiefer. Und die vollen Haare.
»Weißt du«, sagte er jetzt, »der Markus hat das mit den Eltern nie verkraftet. Danach ist er irgendwie böse geworden, richtig böse, aber es war nicht seine Schuld.«
»Wie alt war er denn, als das geschah?«, fragte Giulietta.
»Dreizehn oder vierzehn. 1960 war das. Im März. Da kamen die Werbetrupps aus Rostock. Drei oder vier Mann, die gingen von Hof zu Hof und haben die Leute zur Unterschrift gezwungen. Zwangskollektivierung. Mein Vater hat sich bis zum Schluss geweigert. Der Markus war wie versteinert, als das losging mit dieser Großraumwirtschaft. Er wollte ja ursprünglich auch einmal Bauer werden. Ich habe ihn in den Tagen damals am Weiher auf der Bank sitzen sehen. Hat geheult wie ein Schlosshund. Er ist viel sensibler als ich, weißt du. Ich habe mir nie etwas vorgemacht. Er schon. Aber ich war auch ein ganzes Stück älter.«
»Und dann?«
»Dann haben sie zu Vater gesagt, wenn du nicht unterschreibst, zäunen

wir alles ein und mauern die Kamine zu. Die konnten ja machen, was sie wollten.«
Giulietta versuchte sich ihren Vater vorzustellen, als kleinen Jungen, weinend auf einer Bank an einem Weiher. Aber es gelang ihr nicht.
»Aber das Schlimmste war, als sie das Vieh abholten. Ein Bauer und sein Vieh ... das versteht ein Städter gar nicht. Die Pferde, die Kühe, alles ab in die LPG. Die bekamen dort nur noch Dreck zu fressen. Das konnte man gar nicht mit ansehen. Dann ging das mit meiner Mutter los. Magenkrebs. Drei Monate später war sie tot. Vater hat das nicht verkraftet. Im April '61 hat er sich aufgehängt.«
Er machte eine Pause und fügte hinzu. »Markus hat ihn gefunden. Danach war nichts mehr mit ihm anzufangen. Hat er dir das nie erzählt?«
Giulietta schüttelte den Kopf. »Nein.«
»Ich habe ihn später im leeren Stall beim Holzspalten beobachtet. Er schlug auf die Scheite ein wie ein Irrer. Ich fragte ihn, was er da mache. Köpfe spalten, erwiderte er. Kommunistenköpfe. Er war ein wenig durchgedreht. War nichts mehr mit ihm anzufangen. Ist er immer noch so verschlossen?«
»Nein. Eigentlich nicht.«
»Was macht er denn beruflich?«
»Er arbeitet in Berlin für einen Sicherheitsdienst. Ist er dann auffällig geworden wegen seiner Einstellung? Ich meine, ist er deshalb ins Gefängnis gekommen?«
Konrad Loess runzelte die Stirn. »Gefängnis? Wie kommst du denn darauf? Das ist ja das Verrückte. Er ist in die Partei gegangen. Kein Mensch hat das verstanden. Ausgerechnet Markus, der allen Kommunisten den Schädel spalten wollte. Ist einer der Schlimmsten hier gewesen. Später natürlich erst. Da war er schon zwanzig oder so, bei der NVA.«
»NVA?«
»Militärdienst. Mich hat er immer in Ruhe gelassen. Ich weiß auch nicht, warum. Familienbande vielleicht. Ich konnte ihm auch immer meine Meinung sagen, wenn er wieder jemanden denunziert und fertig gemacht hatte. Er hat aber einfach weitergemacht, ist aufgestiegen. Alle hier hatten Angst vor ihm. Vater hätte sich geirrt, sagte er. Ein Reaktio-

när sei er gewesen. Es war schlimm. Aber so bekam er, was er wollte: Freiberg. Waren alle froh, als er endlich weg war.«
»Freiberg?«
»Er wollte nach Freiberg, auf die Bergakademie. So etwas hatte natürlich einen Preis. Das Parteibuch, mit allem, was dazu gehört. Er hat den Preis bezahlt. Mit Zins und Zinseszins. Sonst hätten die ihn doch nie nach Kuba geschickt.«
Giulietta starrte den Mann an. »Kuba … wieso Kuba?«
»Markus war mehrmals in Kuba. Erst 1972. Dann nochmals 1975. Es gab diese Kooperationsabkommen mit den Kubanern. Die hatten ja Kupfer- und Nickelminen. Es waren immer so an die dreihundert Ingenieure von uns dort. Manchmal frage ich mich, ob er die ganze Sache nicht von Anfang bis Ende geplant hat. Um sich zu rächen, verstehst du? Die ganzen Jahre zuvor war er einer der schärfsten Hunde in der Partei, der jeden hochgehen ließ, der nicht hundertprozentig auf Linie war. Markus Loess. Das war nicht irgendeiner. Und dann lässt er sich ins Ausland anheuern und haut ab.«
»Abhauen? Wieso abhauen? Ist er denn nicht freigekauft worden?«
Konrad Loess verzog den Mund. Dann schaute er Giulietta an und griff sich an die Stirn. »Eigentlich verrückt, nicht wahr, dass du meine Nichte bist?«
»Ja.« Sie lächelte unsicher.
»Sonst könnte ich dir das alles ja gar nicht erzählen. Aber Verwandtschaft? Weiß er überhaupt, dass du hier bist?«
Sie trank einen Schluck Kaffee, bevor sie antwortete. »Nein.«
Er schaute sie prüfend an, dann senkte er die Augen und drückte seine Zigarette aus.
»Ach, was solls! Du bist seine Tochter und hast ja wohl ein Recht, das zu erfahren. Ich schulde ihm nichts, das kann ich dir sagen.«
Er schüttete sich Kaffee nach und angelte umständlich einen Würfelzucker aus dem aufgerissenen Päckchen auf dem Tisch. »Markus war ein Fuchs. Bei ihm war nichts normal. Ledige kamen nie länger als ein Jahr raus. Aber ihn haben sie gleich für zwei Jahre geschickt. 1972 bis 1974. Dann kam er zurück, blieb ein Jahr an der Universität in Freiberg und fuhr 1975 schon wieder, angeblich für zwei weitere Jahre.«

»Nach Kuba?«
»Ja.«
»Er sprach also Spanisch?«
»Natürlich. Alle Auslandskader lernten die Sprache ihres Einsatzortes. Er verbrachte mehrere Monate am Fremdspracheninstitut in Plau am See. Ich habe ihn dann nur noch einmal gesehen, im Herbst 1974. Da war er gerade vier Monate zurück, aber es war schon abzusehen, dass er wieder hinüberfahren würde. Wir hatten uns nicht viel zu sagen. Diesmal besuchte er das Grab der Eltern. Im Übrigen war er unverändert.«
»Und über Kuba erzählte er nichts? Was er dort tat? Wie er dort lebte?«
»Nein. Nicht viel. Heiß sei es. Und schmutzig. Das war alles.«
»Und dann?«
»Dann verschwand er. Weihnachten 1975 kam die Stasi hier an und stellte alles auf den Kopf. So erfuhren wir, dass er abgehauen war. In Gander.«
»Gander?«
»Das kannst du nicht wissen. Ist zu lange her. Wie alt bist du eigentlich, wenn ich fragen darf?«
»Zwanzig. Ich bin 1979 geboren.«
Er schaute zur Decke, als helfe ihm das beim Nachdenken.
»Neufundland«, sagte er dann. »Die Interflug-Maschinen mussten in Gander zwischenlanden. Das war zwischen Kuba und Ost-Berlin die einzige Möglichkeit, sich abzusetzen. Ist so gut wie nie vorgekommen. Die Auslandskader hatten ja alles. Reisen, Gehalt und Zulage, Privilegien. Außerdem mussten die meisten Frau und Kind in der DDR zurücklassen oder waren anderweitig erpressbar. Von den zweitausend Ingenieuren, die über die Jahre in Kuba waren, sind nur drei abgehauen. Daran kannst du ermessen, wer überhaupt rauskam. Deshalb muss Markus in der Partei auch ziemlich dick aufgetragen haben, sonst hätten die ihn nicht so lange weggelassen. Ich will nicht wissen, was das für einen Krach gegeben hat. Auch für Markus war das riskant. Es hätte mich nicht gewundert, wenn sie ihm die Stasi hinterhergeschickt hätten, um ihn zu liquidieren. Entschuldige, ich will dich nicht erschrecken, aber das ist ja auch alles lange her und längst vorbei.«
Giulietta war bleich geworden. Sie schaute hilflos im Zimmer umher

und bemerkte, dass Lutz wieder erwacht war und ihnen zuhörte. Aber sie konnte ihn ja wohl schlecht hinausschicken. Dann würde er es eben erfahren. Es war nicht mehr zu ändern.

»Er hat seinen Namen geändert«, sagte sie. »Ich denke, er wusste, wie man sich versteckt.«

Loess zuckte mit den Schultern. »Gewiss. Ein schlauer Junge war er ja schon immer.«

»Wann ist er denn geflohen?«

»Irgendwann vor dem 22. Dezember 1975. Denn da ist die Stasi hier aufgetaucht und hat uns in die Zange genommen. Wahrscheinlich ist er auf dem Heimflug an Weihnachten abgehauen. Bestimmt war es so.«

»Und seither hat niemand mehr etwas von ihm gehört?«

Er lachte. »Mein liebes Kind. Das wäre ja wohl Selbstmord gewesen, wenn er sich hier gemeldet hätte. Du hast das nicht mehr erlebt, wie das früher hier war. Mit jemandem verwandt zu sein, der Republikflucht begangen hat, war ja schon schlimm genug. Aber von so einem Post zu bekommen … undenkbar.«

Sie nickte.

»Wie heißt er denn heute?«

Giulietta zögerte einen Augenblick. Aber dann kam sie sich schäbig vor. Ihr Onkel hatte ihr alles erzählt. Warum sollte sie ihm etwas verheimlichen.

»Battin«, sagte sie. »Markus Battin.«

»Battin?«, erwiderte er verwundert. »Battin … ausgerechnet.«

Er schaute vor sich auf den Tisch und schüttelte den Kopf.

»So was aber auch«, murmelte er. Dann holte er einen Gegenstand aus der Innentasche seiner Cordjacke. Es war eine Taschenuhr. Er ließ den Deckel aufspringen. Eine hübsche, heitere Melodie erklang. Er legte die Uhr vor Giulietta auf den Tisch. Sie sah alt und kostbar aus. Der aufgeklappte Innendeckel war offenbar aus Silber. Aber die Innenseite war dunkel angelaufen. Eine geschwungene Gravur war darauf angebracht. Giulietta versuchte sie zu entziffern, aber es gelang ihr nicht. Dann fiel ihr Blick auf das Zifferblatt. Ihre Hand zuckte unwillkürlich, als sie die fein emaillierte Inschrift darauf las. *Battin. Joaillier & Horloger. Lyon.* Sie schaute verblüfft Konrad Loess an. Der zuckte mit den Schultern.

»Die Uhr ist seit ewigen Zeiten Familienbesitz. Keiner weiß, wie sie zu uns gekommen ist.«
Giulietta betrachtete erneut das Zifferblatt mit der für sie mysteriösen Aufschrift. Ihr Nachname ging auf einen französischen Juwelier zurück?
»Und was bedeutet die Gravur?«
»Ich weiß es nicht. Angeblich ist es Französisch.«
Giulietta versuchte erneut, die Buchstaben zu entziffern, aber sie waren zu verschnörkelt und der Untergrund zu stark oxidiert.
»Wahrscheinlich ist die Uhr mit Napoleon hier in die Gegend gekommen«, sagte ihr Onkel.
Er verstummte und hörte der Musik zu, bis sie nach einem hellen Dreiklang erstarb.
»So ganz hat Markus uns dann wohl doch nicht vergessen, nicht wahr?«
Giulietta wusste nicht, was sie sagen sollte. Der Mann wirkte auf einmal traurig. Sie mied seinen Blick, spürte jedoch, dass sie etwas sagen musste, um die drückende Stille zu lösen.
»Bestimmt nicht«, sagte sie. »Er trägt die Uhr ja sozusagen bei sich … in seinem Namen, der ihn täglich erinnert.«
Konrad Loess griff nach einer Zigarette und zündete sie an. »Da hast du Recht«, sagte er und blies den Rauch an die Decke. »Stimmt wohl, was man so sagt«, fügte er dann hinzu. »Nur wer sich erinnert, kann vergessen.«
Er schaute nachdenklich vor sich auf den Tisch. Dann beugte er sich zur Seite und hustete. Giulietta schwieg. Der Satz trieb ihr Tränen in die Augen, und sie wandte sich ab.

14

Während der Rückfahrt sprachen sie kaum. Lutz saß am Steuer. Giulietta schaute aus dem Fenster, nahm jedoch kaum Notiz von den Dingen, die sie dort sah. Sie war zugleich aufgewühlt und niedergeschlagen. Sie fühlte sich hintergangen und hatte im selben Augenblick ein schlechtes Gewissen. Hatte sie das Recht, in der Vergangenheit ihres Vaters herumzuschnüffeln? Stand ihr ein Urteil über ihn zu? Wusste sie

überhaupt, was er durchgemacht hatte? Warum er so geworden war? Wie war es möglich, dass ihre Mutter nichts von all diesen Dingen wusste? Hatte sie überhaupt eine Ahnung davon, mit wem sie verheiratet war? Erzählten sich Ehepaare nicht ihre letzten Geheimnisse, oder waren das nur romantische Ideen? Sie würde zunächst ihre Mutter fragen. Vorsichtig, ohne etwas preiszugeben. Unvorstellbar, ihren Vater gleich damit zu konfrontieren. Wie würde er reagieren? Und hatte dieser ganze Ausflug sie ihrer Grundfrage näher gebracht? Wo fügte sich Damián in das Bild? Ihr Vater war in Kuba gewesen. Das letzte Mal 1975. Im Dezember 1975 war er abgehauen. Natürlich hatte er das verschwiegen, genauso wie den Rest seiner traurigen Biografie. Er leugnete alles, was damit zusammenhing. Seine Spanischkenntnisse waren nur ein Beispiel dafür. Er wollte um alles in der Welt verhindern, dass jemand etwas über seine Vergangenheit erfuhr. War das nicht sein gutes Recht? War seine Angst nicht begründet?
Sie drehte die Fensterscheibe ein Stück herunter und ließ kalte Luft über ihr Gesicht streichen.
»Ich fahre zu mir, einverstanden?«, unterbrach Lutz ihre Grübeleien.
»Was? Nein. Ich meine, wie spät ist es?«
»Halb sieben.«
»Hast du keinen Hunger? Komm, ich lade dich ein, ja?«
Die Suche nach einem Parkplatz schwemmte sie in die Neue Schönhauser Straße. Giulietta überließ Lutz die Entscheidung, wo sie essen würden. Der Stil des Restaurants, das er auswählte, war zwar nicht so ganz nach ihrem Geschmack, aber nach den Stunden im Auto und den tristen Eindrücken aus der Provinz Mecklenburg wirkte die unterkühlte Atmosphäre durchaus erlösend.
»Verrückt, das mit meinem Vater, nicht wahr?«, sagte Giulietta, als das Essen gekommen war.
»Hmm. Und warum diese Aktion? Ich meine, warum bist du ausgerechnet heute da hochgefahren.«
»Ich wollte das endlich wissen.«
Lutz rollte eine Stück Lachs auf seine Gabel und schob einen Stängel Dill dazwischen, bevor er beides in den Mund steckte. Er kaute zweimal, schluckte und sagte dann:

»Und warum diese Eile?«
»Es gab einen Auslöser. Aber das ist kompliziert. Tausend Dank jedenfalls, dass du mitgekommen bist.«
»Keine Ursache.« Er wölbte die Lippen, als sei er mit seiner eigenen Antwort unzufrieden, beließ es dann jedoch dabei und wechselte das Thema. »Wie läuft's an der Oper?«
»Gut. Das Stück ist nicht mein Fall, aber ich komme offenbar gut an.« Sie schilderte die Vorfälle der letzten Wochen.
»Das ist ja unglaublich.« Lutz' Augen blitzten aufgeregt. »Heert van Driesschen hat sich deinetwegen mit Maggie Cowler angelegt?«
»Kennst du sie?«
»Klar. Sie kommt immer, wenn ein Beckmann-Stück gemacht wird. Ich mag sie, aber sie ist ziemlich pedantisch.«
»Allerdings.«
»Und?«
»Nichts und. Ich soll an Stelle von Marina Francis das Solo tanzen. Sie kommt mit dem Tango nicht klar.«
Lutz legte sein Besteck hin. »Ist das dein Ernst?«
Giulietta spürte zum ersten Mal Stolz in sich aufsteigen. Wo war sie eigentlich mit ihren Gedanken? Vor lauter Kummer war sie drauf und dran, eine großartige Chance zu verspielen. Vor vier Monaten war sie Hospitantin gewesen. Jetzt sollte sie ein Solo tanzen, das auch noch auf ihren Stil zugeschnitten war.
Sie erwähnte den Zwischenfall während der Proben und Marinas Reaktion.
»Marina ist großartig«, sagte Lutz. »Das ist typisch für sie. Mensch, Giulietta, das ist die Chance für dich. Wann ist die Premiere? Das will ich sehen.«
Sie errötete. »Am neunten März. Morgen in einer Woche.«
Er schnalzte mit der Zunge, beugte sich spontan über den Tisch zu ihr und drückte ihr einen Kuss auf die Stirn.
»Wahnsinn«, sagte er dann. »An deiner Stelle würde ich schweben.«
Sein Enthusiasmus wirkte ansteckend.
»Eben nicht«, sagte sie lachend und prostete ihm zu, »das passt nicht zum Tango.«

Sie ging zur Toilette und lauschte beim Händewaschen dem Meeresrauschen, das aus den Deckenlautsprechern ertönte. Was für ein Tag! Lutz hatte Recht. Es war die Chance ihres Lebens. Plötzlich wollte sie nur noch zurück in die Oper. Auf die Bühne. Das war ihre Welt. Dort lagen jetzt ihre Prioritäten. Alles andere konnte warten. Sie sprang die Stufen hinauf und steuerte auf ihren Tisch zu. Das Wahrzeichen des Restaurants im Hof war nun beleuchtet und durch die Scheiben sichtbar: ein schwarzer Rabe aus Holz, so groß wie ein Auto. Lutz musterte ihn auch gerade, als sie zurückkam.
»Komisches Vieh, nicht wahr?«, sagte er.
»Widerlich. Gehen wir?«
Sie fuhr ihn nach Schöneberg, und es war fast zehn Uhr abends, als sie ihre Wohnung betrat. Der Anrufbeantworter blinkte. Drei Nachrichten. Zwei stammten von Viviane Dubry. Sie hörte das Band ab und sank dabei langsam auf die Couch. Dann spulte sie zurück, lauschte erneut und fühlte, wie ihre Arme und Beine schwer wie Blei wurden.
Eingang der Nachricht 11:23: »Giulietta. Ich höre, Sie sind heute krank. Würden Sie mich bitte dennoch umgehend zurückrufen. Danke.«
Eingang der Nachricht 17:14: »Giulietta. Ich erreiche Sie weder bei Ihren Eltern noch bei sich zu Hause. Ich erwarte Sie morgen früh um neun Uhr bei mir im Büro zu einer Aussprache.«
Eingang der Nachricht 20:03: »Frau Battin. Hier spricht Nikolaus Kannenberg. Ich habe erst heute von Ihrem Besuch erfahren. Bitte rufen Sie mich so bald wie möglich an. Danke.«
Ende der Nachrichten.

Heert van Driesschen stand mit verschränkten Armen am Fenster und blickte sie finster an, als sie das Büro betrat. Viviane war entweder noch nicht da oder im Haus unterwegs. Im Sessel in der Ecke saß Theresa Sloboda.
»Hallo, Giulietta«, sagte sie sanft.
»Hallo, Theresa. Hallo, Heert.«

Heerts Gesichtsausdruck veränderte sich nicht. Er kam direkt zur Sache.
»Shit, Giulietta. Why did you screw this up?«
Sie sank auf den Sessel vor dem Schreibtisch und schaute hilflos vor sich hin.
»Heert ...«, hörte sie Theresas Stimme.
»Fuck it«, zischte er und drehte sich um. »Die wollen deine Haut, und du gibst ihnen auch noch das Messer ...«
»Es ... es tut mir Leid ... ich ...«
Sie hatte sich ein Dutzend Ausreden überlegt, aber es gab keine, die überzeugte. Sie hatte einen unverzeihlichen Fehler begangen. Bevor sie Heert gegenüber zu einer Erklärung ansetzen konnte, ging die Tür auf, und Viviane und Maggie Cowler kamen herein.
»Ah, schau an, Giulietta«, sagte Viviane. »Wieder da?«
Maggies Gesicht sprach Bände, aber sie hielt den Mund. Viviane führte den Prozess.
Ihre Stimme war schneidend. Das ist keine Aussprache, dachte Giulietta panisch, sondern eine Hinrichtung. Sie wird mich entlassen. Deshalb war Heert hier. Deshalb war er stinksauer. Vermutlich nicht einmal wegen ihr. Er verlor sein Spiel gegen Maggie. Das war das Problem. Ihr Stil. Ihr eigener Wille. Ihre Unzuverlässigkeit. Alles sprach gegen sie. Und jetzt hatte sie den Strick für ihre Hinrichtung geliefert. Es war vorbei. Alles bäumte sich in ihr auf. Diese Riesenchance! Es gab nicht viele. Das wusste sie. Vielleicht gab es nur diese.
Sie erhob sich, schulterte ihre Tasche und warf einen Blick in die Runde. Alle blickten sie erstaunt an, und noch bevor Viviane sie zurechtweisen konnte, sagte sie: »Ich habe einen Fehler gemacht. Ich bezahle dafür. Aber eines will ich wissen: Wer hat mich verpfiffen?«
Einige Sekunden herrschte völlige Stille. Sie hatte blind zugeschlagen und getroffen. Heert runzelte die Stirn und blickte Viviane an. Viviane setzte sich.
»Bitte, Giulietta, nehmen Sie wieder Platz.«
Sie kam der Aufforderung nach.
»Wo waren Sie gestern?«
»In Rostock.«
»Warum?«

Sie blickte unsicher in die Runde. Was sollte sie nur sagen. Sie konnte doch unmöglich diese ganze Geschichte erzählen. »Wegen meinem Vater.«
»Was ist mit Ihrem Vater?«
»Er ist ... er hat ... ich habe seit Jahren Probleme mit ihm. Quälende Probleme. Vorgestern Abend habe ich erfahren, warum. Die Person, die mir Auskunft geben konnte, wohnt in Rostock. Daher bin ich sofort hingefahren.«
Stille. Maggie Cowler prustete los. »I can't believe it ...«
Viviane unterbrach sie barsch. »MAGGIE.«
Sie verstummte. Heert schaute Giulietta neugierig an, sagte aber nichts. Theresa kaute an ihrem Daumennagel.
»Können Sie uns etwas mehr darüber erzählen, oder wollen Sie das lieber für sich behalten?«
Giulietta biss sich auf die Lippen. »Enska war es, nicht wahr?«, sagte sie dann. »Sie hat mich angeschwärzt, oder?«
»Darüber sprechen wir nachher.«
»Wer war außer mir noch krank in den letzten Wochen? Wurde dort auch angerufen?«
»Giulietta, ich warne Sie.«
Giuliettas Kopf war rot angelaufen. Sie schwitzte. Ihre Brust hob und senkte sich, ohne dass sie das kontrollieren konnte. Maggie Cowler starrte sie hasserfüllt an.
»Stimmt das, Viviane?«, meldete sich jetzt Heert.
»Ich sagte, darüber reden wir nachher. Giulietta, wollen Sie noch etwas zu Ihrem Ausflug nach Rostock sagen oder nicht?«
»Das kann doch nicht wahr sein«, rief der Holländer jetzt. »Enska, diese Null, hat sie verpfiffen. Und du reagierst auf solche Gemeinheiten auch noch. Mensch, Viviane. Sind wir denn hier beim Zirkus?«
Viviane blieb ruhig, aber ein gefährlicher Unterton schlich sich in ihre Stimme. »Heert. Maggie. Theresa. Geht ihr bitte raus, ja?«
Als sie alleine waren, kam Viviane direkt zur Sache. »Wie stellen Sie sich das vor? Wollen Sie bei jedem privaten Problem das Ensemble hängen lassen? Ich kann keine Tänzerin brauchen, die nicht hundertfünfzigprozentig bei der Sache ist. Verstehen Sie das nicht?«

Giulietta schwieg. Sie wollte sich rechtfertigen, aber alle Sätze, die sie sich in ihrem Kopf zurechtlegte, klangen gleichermaßen hohl. Sie hatte sich in einer Ausnahmesituation befunden? Aber das interessierte hier niemanden. Und um sich verständlich zu machen, hätte sie zu viel erklären müssen.
»Erst verbauen Sie sich den Weg an der Staatsoper. Und jetzt fangen Sie hier genauso an …«
»Das sieht nur so aus«, erwiderte sie leise.
»Wie bitte?«
»Es ist nicht das Gleiche.«
»Ach ja. Und wieso?«
»… ich … ich kann Ihnen das nicht besser erklären. Aber es ist vorbei, endgültig vorbei. Das weiß ich … Vertrauen Sie mir noch einmal … lassen Sie mich das Solo tanzen, und Sie werden sehen.«
Viviane lehnte sich zurück und betrachtete sie mit einer Mischung aus Neugier und Unverständnis. Giulietta schaute ihr direkt in die Augen und versuchte sich vorzustellen, was in ihrem Kopf vorgehen musste. Sie spürte, dass alles an einem seidenen Faden hing. Was sie getan hatte, war unerhört. Zweimal kurz hintereinander gegen die Regeln verstoßen und sich dabei erwischen lassen. Viviane hatte kaum eine Wahl. Sie musste so reagieren. Sie war Ballett-Direktorin. Aber sie war auch Tänzerin gewesen. Eine der ganz großen. Und wenn Giulietta auch noch nicht wusste, woher das kam, was sie seit einigen Wochen in sich spürte, so war sie sich doch der Tatsache bewusst, dass es etwas Seltenes war. Sie würde diesem Stück etwas Besonderes geben, und Viviane sträubte sich, das fallen zu lassen.
»Enska hasst mich.«
»Das tut nichts zur Sache.«
»Ich denke schon. Auch andere Tänzerinnen fehlen bisweilen.«
»Das weiß ich selbst. Aber sie haben nicht Ihre Vorgeschichte.«
Giulietta hielt ihrem prüfenden Blick stand und sagte: »Sie haben mein Wort.«
»Das haben Sie mir schon einmal gegeben.«
»Bitte …«
Viviane stand auf und trat ans Fenster. Eine Minute verging. Eine endlo-

se Minute. Dann drehte sie sich zu ihr um. »Eine Chance gebe ich Ihnen noch. Aber ich schwöre Ihnen, das ist Ihre letzte.«

16

Kannenberg empfing sie in seinem Büro. Im Gegensatz zum Empfangszimmer war dieser Raum hell und modern eingerichtet. Eine beträchtliche Unordnung, die auf dem von Dokumenten überquellenden Schreibtisch ihren Ausgang nahm, dominierte das Erscheinungsbild. Mit einer Ausnahme: Nikolaus Kannenberg selbst, der hinter dem Schreibtisch auf einem dieser Therapiestühle ohne Rückenlehne saß. Er vermittelte den Eindruck, dass er ohne langes Suchen jedes gewünschte Dokument in den übereinander gestapelten Ordnern und Kladden finden würde.

Giulietta hatte ihn am Morgen angerufen, noch vor ihrem Gespräch mit Viviane. Jetzt war es fast acht Uhr abends. Sie war vom Training erschöpft. Doch zugleich brannte sie vor Neugier auf diese Begegnung, vor allem deshalb, weil der Anwalt sie gedrängt hatte, noch am gleichen Abend zu ihm zu kommen.

Der Mann war groß und wirkte durch seine Vollglatze älter, als er wahrscheinlich war. Seine Bewegungen erinnerten Giulietta ein wenig an einen Basketballspieler, zugleich tapsig und drahtig, als wüsste er in Ermangelung eines Balls nicht so recht, wohin mit seinen langen Armen. Er nahm auffallend oft seine runde Hornbrille ab, um sie mit einem Tuch zu putzen, das er in der Brusttasche seines Hemdes aufbewahrte. Seine Stimme war sanft. Fast zu sanft für ihren Geschmack.

»Es ist nett von Ihnen, dass Sie heute noch gekommen sind«, begann er.

»Ich habe ohnehin bis um sieben gearbeitet«, erwiderte sie.

»Sie sind aus Berlin?«

»Ja.«

»Studentin?«

»Nein. Ich arbeite an der der Deutschen Oper. Ich bin Tänzerin.«

Sein Gesicht hellte sich auf. »Ballett-Tänzerin?«

»Ja.«

»Das ist ja großartig. Wie war noch Ihr Name?«
»Battin. Giulietta Battin.«
»Habe ich Sie schon im Programmheft gesehen? Nein, warten Sie. *Blumenfest von Genzano*. Vor Weihnachten. Oder?«
»Nein. Ich bin ganz neu im Ensemble. Ich habe erst vor einem halben Jahr die Schule abgeschlossen.«
»Dann kennen Sie Marina Francis?«
»Ja. Natürlich.«
»Großartige Frau, nicht wahr? Ich habe sie in *Romeo und Julia* gesehen. Fantastisch.«
»Ich werde es ihr ausrichten. Das wird sie freuen.«
Er musterte sie kurz, richtete sich dann auf seinem seltsamen Stuhl auf und legte die Fingerspitzen aneinander.
»Nun, Frau Battin, Sie haben sich nach Damián Alsina erkundigt. Dürfte ich fragen, warum?«
»Ich war gut mit Herrn Alsina befreundet. Kurz vor seinem tödlichen Unfall habe ich erfahren, dass er …«
»Tödlich verunglückt?«, fragte er alarmiert. »Wann?«
»Am 5. Dezember letzten Jahres. In Buenos Aires.«
Sie schilderte in groben Zügen die Unfallumstände. Der Mann schien schockiert, kontrollierte sich jedoch.
»Das kann doch nicht … das ist ja schrecklich!« Er blickte vor sich auf den Tisch und schob einige Papiere hin und her. »Waren Sie enger mit ihm befreundet … ich meine …«
»Ja«, beantwortete Giulietta den unausgesprochenen Teil der Frage. Der Mann war ein wenig eigenartig, aber er flößte ihr Vertrauen ein. Und wenn sie etwas von ihm erfahren wollte, musste sie ihm entgegenkommen. Sie öffnete ihre Handtasche und holte die Zeitungsausschnitte hervor, die Lindsey ihr geschickt hatte. »Können Sie Spanisch?«
Er nickte.
»Hier. Bitte.«
Er betrachtete die Überschriften und überflog die Artikel. »Und Sie waren in Buenos Aires, als der Unfall geschah?«
Sie nickte.
»Sie wussten gar nichts davon?«, fragte sie.

»Nein.« Er legte die Fingerkuppen wieder aneinander und stützte die Ellbogen auf den Tisch. Dann atmete er tief durch und betrachtete die Unfallfotos.
»Das ist ja furchtbar …«, sagte er ernst. »Ich frage mich schon seit geraumer Zeit, warum ich nichts von ihm höre …« Er verstummte, griff dann nach dem Telefon, überlegte es sich jedoch anders und legte den Hörer wieder auf die Gabel zurück. Dann stand er auf.
»Entschuldigen Sie mich bitte einen Augenblick. Ich bin gleich zurück. Oder haben Sie es eilig?«
»Nein. Ich habe Zeit. Bitte, wenn Sie ungestört telefonieren möchten, warte ich gerne draußen.«
»Nein, machen Sie es sich gemütlich. Es dauert nicht lange.« Damit verschwand er mit den Zeitungsausschnitten im Nebenzimmer und schloss hinter sich die Tür.

17

Giulietta ließ ihren Blick über den Berg von Akten und Büchern streifen. Sie ging an den Regalen entlang und studierte die Titel. Human Rights Watch. Amnesty-International-Jahresberichte. Lateinamerika-Nachrichten. UN-Summary Reports. Neben der Tür hing eine Pinnwand mit Zeitungsausschnitten, Fotos und Notizzetteln. Auf einem der Fotos war Herr Kannenberg neben einer älteren Frau zu sehen. Die Frau trug ein weißes Halstuch und lachte in die Kamera. Im Hintergrund erkannte Giulietta das Kongressgebäude von Buenos Aires. Herr Kannenberg schaute gerade zur Seite. Dann entdeckte sie das gleiche Foto in einem Zeitungsausschnitt, der ebenfalls an der Pinnwand hing. Sie überflog den Artikel und las die Bildunterschrift: Hebe Bonafini, Präsidentin der Madres de la Plaza de Mayo mit Nikolaus Kannenberg, Berlin. Der Artikel berichtete von einem Arbeitsbesuch des Anwalts im Zusammenhang mit einer Initiative der Deutschen Juristenvereinigung, das Schicksal der während der Militärdiktatur in Argentinien verschwundenen Deutschen und deutschstämmigen Argentinier zu klären. Daneben hing eine Liste mit Namen. Jeckel, Kegler-Krug, Kramer,

Lüdden, Möller, Ortmann … Ortmann? Sie las die ganze Eintragung. Ortmann, Federico. Geboren am 24. 04. 1960. Schüler. War das Ortmanns Sohn? Ein Verschwundener? Sie las jetzt die ganze Liste. Die meisten Opfer waren um 1955 geboren. Sie überflog die spärlichen Eintragungen neben den Namen. Studentin, Arbeiter, Mediziner, Lehrerin für Taubstumme, Schülerin, Arbeiter. Alle waren zwischen 1976 und 1979 verschwunden. An letzter Stelle stand: Käsemann, Elisabeth: ermordet am 24. 05. 1977.
Sie setzte sich wieder hin. Sie spürte ein flaues Gefühl im Magen. Die deutschen Verschwundenen? Sie verstand überhaupt nichts mehr. Was hatte Deutschland mit der Militärdiktatur in Argentinien zu tun? Ihre ganzen Mutmaßungen der letzten vierundzwanzig Stunden wurden durch diesen neuen Aspekt nur noch weiter verwirrt. Sie nahm wieder Platz und überlegte. Damián hatte diesen Anwalt mit irgendeiner Sache beauftragt. Doch würde er ihr darüber Auskunft geben?
Sie versuchte, klar zu denken, doch von welcher Seite auch immer sie die Gesamtsituation betrachtete, verirrte sie sich sofort in unklaren Theorien. Was hatte Damián wirklich in Berlin gesucht? Warum hatte er ihr das nie gesagt? Hing vielleicht doch alles mit ihrem Vater zusammen? Hatte sich Konrad Loess geirrt? War ihr Vater gar nicht in Kuba, sondern in Argentinien gewesen? War die DDR möglicherweise in den Militärputsch in Argentinien verstrickt? Waren deshalb dort Deutsche verschwunden? Westdeutsche? Oder war ihr Vater von Kuba zunächst nach Argentinien gegangen?
Sie verwarf den Gedanken. Solch ein Unsinn. Ihre Fantasie ging mit ihr durch. Die Amerikaner hatten den Putsch in Chile inszeniert. Das wusste jeder. Um die Ausbreitung des Kommunismus zu verhindern. Aber Argentinien? Giulietta gab auf. Sie hatte keine Ahnung von diesem Land. Noch immer nicht. Sie verstand überhaupt nicht, was dort geschehen war. Warum ließ eine Militärregierung Zivilisten ermorden, darunter Schülerinnen und Fabrikarbeiter? Es war absurd, einfach absurd.
Kannenberg kehrte zurück und reichte ihr die Zeitungsausschnitte. Er hatte sich Kopien gemacht, die er jetzt neben sich ablegte. »Laut diesen Zeitungsberichten hat Damián Alsina Selbstmord begangen.« Die Stim-

me des Anwalts war noch leiser geworden. »Wann haben Sie ihn zuletzt gesehen?«
»Einige Stunden vor dem Unfall«, erwiderte sie.
»Könnten Sie mir das etwas genauer schildern?«
»Das kann ich, Herr Kannenberg. Deshalb bin ich gekommen. Aber meinen Sie nicht, Sie sollten mir erklären, warum Herr Alsina bei Ihnen gewesen ist? Ich meine, wozu braucht ein argentinischer Tangotänzer einen Rechtsanwalt in Berlin?«
»Das kann ich Ihnen leider nicht sagen.«
»Aber Sie erwarten von mir, dass ich Ihnen alles über Herrn Alsina erzähle?«
Ihre Antwort irritierte ihn offenbar, aber er bemühte sich, das zu überspielen.
»Es würde uns und auch der Sache von Herrn Alsina unter Umständen sehr helfen, wenn Sie das täten. Aber natürlich sollten Sie das nur aus freien Stücken tun.«
Giulietta sank auf ihren Stuhl zurück. »Sie bearbeiten mehrere ähnliche Fälle, nicht wahr? Ich habe Ihr Foto dort an der Pinnwand gesehen … und die Liste der verschwundenen Deutschen. Was hatte Deutschland mit der Diktatur in Argentinien zu tun?«
»Mehr als Sie glauben. Aber das ist eine komplizierte Geschichte. Ich vertrete einige deutsche Familien, deren Kinder während der Militärdiktatur verschleppt und ermordet wurden. Aber ich kann wirklich nicht darüber sprechen. Bitte verstehen Sie das, Frau Battin. Es würde mir dennoch sehr helfen, wenn Sie mir erzählen würden, was sich vor Damián Alsinas Selbstmord in Buenos Aires abgespielt hat. Haben Sie dort längere Zeit mit ihm verbracht? Wissen Sie, mit wem er Kontakt hatte?«
»Nein. Ich traf ihn am Tag vor dem Unfall unter recht eigenartigen Umständen am Flughafen.«
»Was für Umstände?«
Sie wusste, dass es nicht klug war, so direkt zu fragen, aber sie konnte sich nicht zurückhalten.
»Warum können Sie mir nicht sagen, was Damián von Ihnen wollte? Er hat die Verbindung zu Ihnen abgebrochen. Sie wurden nicht einmal

über seinen Unfall informiert. Woher weiß ich, dass es in seinem Interesse ist, dass Sie erfahren, was sich in Buenos Aires zugetragen hat?«
Der Anwalt schüttelte den Kopf und erhob sich. »Es tut mir Leid, Frau Battin. Ich habe Verständnis für Ihre Neugier. Aber ich denke, es ist besser, wir beenden dieses Gespräch. Ich begleite Sie hinaus.«
Giulietta blieb sitzen und schaute ihn an. Der Mann musste so reagieren. Er kannte sie ja nicht. Aber hier irgendwo lag die Antwort auf alles. Oder zumindest der Teil davon, den sie brauchte, um sich den Rest zusammenzureimen. Auch Kannenberg fehlten offenbar Informationen. Warum hatte er sie sonst so dringend gebeten, sich mit ihm zu treffen? Ob sie etwas wusste, das ihn interessieren könnte? Sie hatte nur eine einzige Information anzubieten. Aber sie musste es riskieren.
»Ich war gekommen, um eine Aussage zu machen«, sagte sie. »Möchten Sie nicht wenigstens erfahren, worüber?«
»Nicht unter diesen Umständen.« Er war bereits an der Tür.
»Auch nicht, wenn ich Ihnen sage, wo Sie Markus Loess finden können?«
Kannenberg drehte sich langsam zu ihr um und wollte etwas bemerken. Aber er öffnete nur kurz den Mund und schloss ihn dann wieder.
Giulietta stand auf. Plötzlich bekam sie Angst vor ihrer eigenen Dreistigkeit. Worauf hatte sie sich nur eingelassen? Wo endete diese Geschichte nur? Der Anwalt war so perplex, dass er erst reagierte, als sie bereits an ihm vorbei und im Vorzimmer war. Er hob die Hand. »Einen Augenblick bitte«, sagte er ernst und ging zwei Schritte auf sie zu. »Wer sind Sie?«
Aber sie antwortete ihm nicht und stürzte zur Ausgangstür.
Während sie die Treppe hinabeilte, wurde ihr Atem schwerer. Sie bekämpfte die Schockwellen, die durch ihren Körper liefen. Ein furchtbares Gewicht lastete auf ihren Lungen. Großer Gott, dann war es wahr!
Damián hatte ihren Vater gesucht!
Deshalb war er nach Berlin gekommen!
Aber warum nur?
Warum?

18

In der darauf folgenden Nacht schlief sie kaum.
Erst während des Trainings am Freitag gab es Augenblicke, in denen sie alles vergaß. Die Stimmung war zugleich nervös und gelöst. Der Aufführungstermin rückte heran. Die Tänzerinnen und Tänzer veschmolzen allmählich zu einem wirklichen Ensemble. Die Rollen waren verteilt. Jetzt ging es wirklich um das Stück. Viviane Dubry schaute sich den ersten Durchlauf an und nickte Giulietta nach dem Solo anerkennend zu. Heert strahlte und bat Giulietta, nach den Proben noch dazubleiben, da er etwas mit ihr besprechen wollte.
Ihre Bedrückung wich indessen nicht von ihr. Oft stand sie während der Proben nur unbeteiligt am Rand und nahm kaum wahr, was um sie herum geschah. Nur als sich während der Mittagspause Marina Francis zu ihr setzte und mit ihr plaudern wollte, taute sie ein wenig auf. Giulietta bewunderte die Australierin vorbehaltlos. Ihr Verhalten nach der Auseinandersetzung mit Heert, ihr Applaus für die junge Konkurrentin, hatte außerdem gezeigt, dass sie ein großartiger Mensch war. Es tat Giulietta gut, dass Marina keinen Groll gegen sie hegte und sogar ein wenig ihre Nähe suchte. Ein paar Tische weiter saß Enska und starrte zu ihnen herüber.
Es war bereits halb acht, als der Probensaal sich allmählich leerte. Im Flur drängelte sich die von der Maske zurückkehrende Gruppe, die an jenem Abend *Cinderella* tanzte. Heert kam den Flur entlang und saugte mit einem Strohhalm Coca-Cola aus einem Pappbecher. Er nickte ihr zu, sie betraten den Probensaal, und er schloss die Tür.
»Du hast dich schon umgezogen?«, fragte er irritiert. Dann fing er an, über Piazzollas Musik zu sprechen. Er wollte von ihr wissen, was sie darüber dachte. Sie konnte dazu nichts sagen.
»Ich habe dich vor ein paar Tagen gesehen, wie du *Escualo* getanzt hast«, sagte er dann. »Woher kennst du das Stück?«
Sie war verlegen, zeichnete mit den Zehenspitzen einen Kreis auf den Boden. »Ein Freund hat es mir vorgespielt«, sagte sie schnell.
»Tanzt du es mir noch einmal vor?«, fragte er.
»Jetzt gleich?«

»Warum nicht? Oder bist du müde?«
Sie zuckte mit den Schultern. »Es ist eine Improvisation«, sagte sie.
»Eben deshalb«, erwiderte er.
Sie zögerte. Heert betrachtete sie neugierig. »Erklär mir diese Musik.«
Sie schaute ihn verwundert an.
»Nein, ich meine es ernst. Ich habe dieses Tango-Stück schon x-mal gemacht, aber wenn ich dich dazu tanzen sehe, ist es etwas ganz anderes.«
Sie errötete und blickte zu Boden.
»Sei nicht albern, Giulietta. Woher kommt das? Wer hat dir das gezeigt?«
»Es ist einfach ein Gefühl«, sagte sie. »Ich kann es nicht erklären.«
Sie ging in die Garderobe, um sich umzuziehen. Als sie zurückkam, erklangen bereits die ersten Takte des Stückes. Heert setzte die CD an den Anfang zurück, und Giulietta begann. Sie lief mit weit ausholenden Schritten durch den Raum. Sie war Damián.
Der Holländer ging in die Knie und verfolgte gebannt ihren Tanz. Sie spürte, dass sie Macht über ihn hatte. Er war wie verhext von ihren Bewegungen und irritiert, dass er die Quelle ihrer Ausdruckskraft nicht begriff. Sie fühlte, dass er die Erklärung für das Besondere ihres Stils in den Bewegungen suchte, in einer anderen Armhaltung, einer leichten Verzögerung beim Voranschreiten, einem weniger herausgestellten Becken. Aber das war es nicht allein. Es war nur der äußerliche Niederschlag von etwas ganz anderem, von ihrem unübersetzbaren Gespräch mit Damián. Und sie wusste, dass keiner der Beckmann-Tangos an diese Improvisation heranreichte. Sie drehte auf der Stelle, ihre Füße strichen aneinander vorbei. Nichts war geöffnet. Sie ruhte in sich. Sie hatte nichts Besonderes vorzuzeigen. Nur ihre Einsamkeit. Ihre Trauer. Ihre Verzweiflung. Und dennoch …
Heert sagte nichts, als sie fertig war. Giulietta atmete schwer, ihre Brust hob und senkte sich, sie hatte die Hände in die Hüften gestemmt und blickte an ihm vorbei auf die Stereoanlage, wo das nächste Stück zu spielen begonnen hatte. Heert setzte die CD zurück und versuchte nun selbst, den Anfang von *Escualo* zu tanzen. Er bat sie, ihm die Eröffnung zu zeigen, Schritt für Schritt. Sie tat es. Sie zeigte ihm, was er falsch machte.

»Es ist kein Stolz in der Bewegung«, sagte sie. »Es ist etwas Schleppendes, Schweres, eine Art Niedergeschlagenheit.«
Sie erzählte ihm von der Stimmung in den Milongas von Buenos Aires. Von der Freudlosigkeit, von der stillen Verzweiflung in den Gesichtern.
»Ich verstehe das nicht«, erwiderte er genervt. »Wie kommst du darauf? Tango ist Leidenschaft, Temperament, Wollust. Der erste Tanz, bei dem Mann und Frau sich öffentlich umarmten.«
»Das schon«, erwiderte sie. »Aber es ist auch die erste Umarmung, die folgenlos bleibt.«
Sie verstummte und schaute zur Seite. Dann fügte sie hinzu: »Tango entsteht aus Verzweiflung und endet darin. Es ist die Vorbereitung all dessen, das nie geschieht, eine Erinnerung an etwas, das niemals war.«
Heert sah sie erstaunt an. Giulietta wich seinem Blick aus. Die peinliche Stille erschien ihr endlos.
»Was hast du eigentlich in Buenos Aires gemacht?«, fragte er endlich.
»Ich will darüber nicht sprechen.«
Sie setzte sich auf den Boden und begann, die Bänder ihrer Schuhe zu lösen.
Heert setzte sich neben sie und sagte: »Weißt du, was du da eben getanzt hast?«
Sie schüttelte den Kopf.
»Giuliettango.«
Sie erwiderte nichts.
»Es ist wirklich ein Jammer, dass John das nicht sehen kann«, fuhr er fort.
Das Kompliment war ihr peinlich.
»Kanntest du ihn gut?«
»Ja. Das kann man sagen. Tango-Suite war sein ehrgeizigstes Stück. Er war besessen davon. Er hat mir nächtelang davon erzählt. Von Piazzolla. Von diesem Horror in Argentinien, und dass er daraus ein Stück machen wollte.«
Giulietta zuckte innerlich zusammen. Aber die Frage kam wie von selbst aus ihrem Mund. »Was meinst du damit?«
»Wenn ich dich tanzen sehe, dann denke ich immer, ich höre John von Argentinien erzählen. Von der Gewalt, dem Terror. Es ist in der Musik. Aber die anderen Tänzer spüren das nicht. Man sieht es nur bei dir.«

Giulietta erhob sich. Heert schaute zu ihr auf. Dann stand er ebenfalls auf und sagte: »Trinken wir noch etwas in der Kantine? Oder hast du's eilig?«
Gewalt. Terror. Argentinien.
Die Worte lösten ein unheimliches Echo in ihr aus.
»Ich dusche nur schnell. Bis gleich.«
»Was trinkst du?«
»Apfelsaft.«

19

Bevor sie die Kantine betrat, rief sie ihren Anrufbeantworter an. Es war eine Nachricht von Kannenberg auf dem Band. Der Anwalt bat dringend um Rückruf, auch falls es spät sein sollte.
Er antwortete nach dem zweiten Klingeln.
»Kannenberg.«
»Hier ist Giulietta Battin.«
»Ah, Frau Battin, ich bin froh, dass Sie anrufen.«
Seine Stimme verriet Befangenheit. Offenbar hatte ihn das Ende ihrer letzten Begegnung verunsichert.
»Es tut mir Leid«, begann sie, »wie ich reagiert habe, aber …«
Er unterbrach sie. »Ich verstehe Sie«, sagte er. »Frau Battin, ich wollte Sie bitten, noch einmal vorbeizukommen. Könnten wir uns morgen treffen?«
Sie zögerte. »Die nächsten Tage wird es schwierig. Ich habe Proben.«
»Auch samstags?«
»Ja.«
»Es wird nicht lange dauern. Morgen Abend? Zwanzig Uhr?«
Sie wurde nervös. Allein der Gedanke, wieder diesem Anwalt gegenüberzusitzen, seine Fragen beantworten zu müssen, erfüllte sie mit Unbehagen. Warum wollte Kannenberg nun doch mit ihr sprechen? Wegen Markus Loess? Eine unheilvolle, unfassliche Vorahnung beschlich sie.
»Ich werde da sein«, sagte sie rasch. Dann legte sie auf und betrat die Kantine.

20

Heert erhob sich, als sie an seinen Tisch trat. Es war für Giulietta seltsam, mit ihm alleine zu sein. Er schien das zu spüren und sprach die Situation sofort an.

»Ich hoffe, es ist dir nicht unangenehm, ein Glas mit mir zu trinken«, sagte er freundlich.

Sie legte ihren Mantel ab.

»Es ist mir nicht unangenehm«, sagte sie dann. »Danke für den Saft.«

»Deinen Ruf habe ich ohnehin schon ruiniert«, sagte er scherzhaft. »Hast du Hunger?«

Sie goss ihr Glas voll. »Nein. Überhaupt nicht.«

Sie trank. Er musterte sie.

»Wie gefällt dir Berlin?«, fragte sie dann.

»Bis auf die Bürokratie in der Deutschen Oper: großartig.«

»Woher kommst du eigentlich?«

»Aus Nijmegen.«

Heerts holländischer Akzent schimmerte bei diesem Wort durch. Sonst sprach er ein lupenreines Hochdeutsch. Er trank einen Schluck Bier, und Giulietta überlegte, worüber sie eigentlich reden sollten. Aber Heert sprach schon wieder.

»Ich habe Tango-Suite schon dreiundzwanzigmal einstudiert«, sagte er. »Ich dachte, ich kenne jedes Detail. Aber man lernt nie aus.«

»Ist das Stück so alt?«

»John hat es 1978 geschrieben. Für einen argentinischen Freund, einen Tänzer, der während der Militärdiktatur ermordet wurde.«

Giulietta runzelte die Stirn. »Ermordet? Von wem?«

»Von der Regierung. Wie Tausende andere auch.«

Giulietta schwieg ein Augenblick. Sie dachte an die Liste in Kannenbergs Büro.

»Ich verstehe das einfach nicht«, sagte sie dann. »Was war denn nur los in diesem Land?«

»Krieg«, sagte Heert trocken. »Nur dass die eine Seite unbewaffnet war.«

»Welche Seite?«

»Gewerkschafter. Journalisten. Studenten. Bürger eben, die an den unerträglichen sozialen Missständen etwas ändern wollten.«
»Und John Beckmanns Freund wurde auch deshalb ermordet?«
»Er wurde mit verbotener kommunistischer Literatur erwischt.«
Giulietta schüttelte ungläubig den Kopf. »Ermordet … wegen einem Buch?«
Giulietta konnte es nicht fassen.
»Er war auf dem Nachhauseweg und geriet mit dem Bus in eine Militärkontrolle. Alle Fahrgäste mussten aussteigen. Die Soldaten stellten den Bus auf den Kopf und fanden eine Plastiktüte mit verbotenen Büchern. Marx. Engels. Freud. Reich. Was man eben damals so gelesen hat.«
»Und wieso trug jemand diese Bücher mit sich herum, wenn sie verboten waren?«
»Eben weil sie verboten waren, musste man sie aus dem Haus schaffen. Manche Leute verbrannten ihre Bücher. Andere vergruben sie irgendwo.«
»Und was geschah dann?«
»Die Soldaten wollten wissen, wem die Tüte gehörte. Als sich niemand meldete, drohten sie, einen Fahrgast nach dem anderen zu erschießen, sollte der Besitzer der Tüte sich nicht melden. Sie zwangen den Fahrer in die Knie und richteten einen Gewehrlauf auf sein Genick. Der Mann begann vor Angst zu schluchzen. Daraufhin trat eine junge Frau vor und sagte, es sei ihre Tüte. Wahrscheinlich war sie Studentin. Sie wurde sofort verhaftet. Dann wurden die anderen Fahrgäste durchsucht. John Beckmanns Freund muss auch irgendetwas dabeigehabt haben, das sie misstrauisch gemacht hat. Er wurde ebenfalls verhaftet und ist nie wieder aufgetaucht. Verschwunden.«
»Diese Diktatur war völlig durchgedreht. Sogar *Der Kleine Prinz* stand auf dem Index.«
»Was …?«
»Ja. Das galt als subversiv. In Argentinien wurden Leute ermordet, weil sie eine Brille trugen oder weil sie im Adressbuch einer Person standen, die eine Brille trug. Es sind Leute verschwunden, weil jemand während der Folter ihren Namen herausgebrüllt hatte, nur damit die Folter endlich aufhörte. Die Situation vor dem Putsch 1976 war schlimm. Das

Land stand am Rande eines Bürgerkriegs. Aber was danach kam, davon kann man sich überhaupt keine rechte Vorstellung machen. Beckmann hat das alles mitverfolgt. Dieser Tänzer war ein sehr guter Freund von ihm. Sein Verschwinden hat ihn furchtbar getroffen. Wir waren alle fassungslos und erkannten auf einmal, was dort drüben vor sich ging. Wir haben Protestmärsche organisiert. Briefe geschrieben. Aber es war wie verhext. Niemand wollte etwas gegen diese Massaker unternehmen. Heute ist das alles längst vergessen. Deshalb versteht ja auch niemand die politische Botschaft von Beckmanns Stück. Die Gruppenszene am Anfang ... diese Musik ... ich muss dabei immer an dieses Mädchen denken und an den Busfahrer. Ich inszeniere das vor vollen Häusern, aber kein Kritiker hat auch nur den Schimmer einer Ahnung, was da getanzt wird. Und die Tänzer erst recht nicht. Ihr seid ja alle so jung. Ihr habt das nicht erlebt.«

Giulietta unterbrach ihn: »Warum erklärst du es uns dann nicht? Damit wir endlich einmal eine Ahnung haben?«

Heert machte eine wegwerfende Handbewegung. »Das habe ich früher gemacht. Aber das ist vorbei. Giulietta. Ich bin in einer anderen Zeit groß geworden. Ich war auch Tänzer, ja. Aber wir wollten eine bessere Welt und nicht nur ein besseres Engagement. Und heute? Heute macht man sich ja lächerlich, wenn man Kunst und Politik verbinden will. Für die meisten von euch bin ich doch ein verkrachter Achtundsechziger.«

»Dann erzähle es doch wenigstens mir. Ich würde wirklich gerne wissen, warum Beckmann dieses Stück gemacht hat.«

Er schaute sie skeptisch an. »Weißt du ein wenig über die Rückkehr Peróns nach Argentinien Bescheid?«

»Nein. Tut mir Leid.«

Er trank einen Schluck Bier und überlegte einen Augenblick. Dann schüttelte er den Kopf, als habe er es sich anders überlegt, sprach dann aber doch weiter.

»Perón kam 1943 durch einen Putsch an die Macht ...«, begann er, »... und nutzte die Gewerkschaften, um im Volk Rückhalt zu gewinnen. Er trat als sozialistischer Wohltäter auf, richtete Ferienkolonien für Arbeiter ein, verschenkte Nähmaschinen an Arbeiterfamilien und so weiter. Gleichzeitig baute er einen Polizei- und Spitzelstaat auf und unterdrückte jede Opposition. Er schuf eigentlich schon die Voraussetzungen für die späteren Terrorregime. 1955 wurde er entmachtet und floh nach Spanien ins Exil. In Argentinien löste eine Militärregierung die andere ab, aber keine konnte letztlich die inneren Widersprüche des Landes lösen.«

»Welche Widersprüche?«

»Die Immergleichen. Arm und Reich. Es gibt keine funktionierende Demokratie und daher auch keine halbwegs gerechte Verteilung. Argentinien ist eine Art Kolonie. Und dass es so bleibt, dafür sorgt das Ausland.«

»Welches Ausland?«

»Die USA, Frankreich, England, Deutschland, die Industrienationen eben. Das Muster ist immer gleich: man kauft die Eliten und erhält dafür das Recht, hemmungslos die Bevölkerung und das Land zu plündern. Wenn die Bevölkerung sich wehrt, dann liefert man den Eliten die Waffen, um die Bevölkerung in Schach zu halten.«

»Das klingt mir zu simpel«, sagte Giulietta.

Heert war irritiert. Aber er fing sich. »Giulietta, die Ungerechtigkeit in diesem Land ist so himmelschreiend, dass sogar die nicht gerade fortschrittlich eingestellte katholische Kirche dagegen zu protestieren begann, freilich ohne viel Erfolg. In den siebziger Jahren war ja überhaupt keine vernünftige politische Diskussion möglich. In Lateinamerika herrschte Krieg.«

»Das hast du vorhin schon gesagt. Wie meinst du das?«

»Jede Forderung nach sozialer Gerechtigkeit wurde von den Industriestaaten sofort als kommunistische Unterwanderung gebrandmarkt. Die USA und im Schlepptau die europäischen Staaten betrachteten jede soziale Bewegung in Lateinamerika als kommunistischen Umsturzversuch. Die Amerikaner wollten natürlich kein zweites Vietnam erleben. Also änderten sie ihre Strategie. Anstatt Truppen zu schicken, schickten sie Militärberater und inszenierten Staatsstreiche. Low Intensity Warfare nannte man das. Gezielter Terror gegen alles, das irgendwie links aussah. Du darfst die geopolitische Situation nicht vergessen. Der Kalte Krieg hatte sämtliche Gehirne vernebelt. Das war ja in Deutschland auch nicht viel anders. Wann bist du geboren?«

»1979.«
»Ja. Das hast du alles nicht erlebt. Die siebziger Jahre. Alles war polarisiert. Es gab ja nur zwei Lager. Ost und West. Was auch nur den Anschein von Kommunismus hatte, war damals des Teufels.«
Er unterbrach sich und massierte sich kurz die Schläfen. Giulietta wunderte sich über den Holländer. Sie hatte ihn ganz falsch eingeschätzt. Aber bevor sie weiterdenken konnte, fuhr er schon fort.
»1973 gewann ein Peronist die Wahlen in Argentinien und leitete die Rückkehr Peróns ein. Perón wurde vom Volk wie ein Heiliger verehrt. Alle identifizierten sich mit ihm, die Linken, die Rechten und natürlich die Armen. Noch bevor Perón im Land eintraf, kam es am Flughafen zu Schießereien zwischen den verschiedenen politischen Gruppen. Es gab zweihundert Tote. Das Flugzeug musste auf einem anderen Flughafen landen. Nur damit du einen Eindruck von der Situation bekommst. Perón schlug sich auf die Seite des rechten Flügels. Die Linke fühlte sich verraten und antwortete mit Terroranschlägen. Perón ließ seinen Geheimdienst gewähren, die berüchtigte Triple A. Hast du davon schon gehört?«
»Nein.«
»Alianza Anticomunista Argentina. Das waren staatliche Killerkommandos. Die Triple A operierte zwar unter staatlichem Schutz, aber letztendlich waren ihre Methoden genauso terroristisch wie die der Terroristen, die sie bekämpfen sollten. Plötzlich gingen Todeslisten in der Stadt herum. Verfasser unbekannt. Die Presse druckte das auch noch. Die Betroffenen, meist Gewerkschaftsführer, Journalisten, Professoren oder Juristen konnten in der Zeitung lesen, dass sie zum Abschuss freigegeben waren, und hatten die Wahl, Hals über Kopf das Land zu verlassen oder entführt und umgebracht zu werden.«
»Und dabei kam es zu diesen grässlichen Morden, und es verschwanden Unschuldige.«
»Nein. Das kam erst später. Wir sind noch in der normalen Zeit, so weit man dort überhaupt von Normalität sprechen kann. Es herrschte ein unerklärter Bürgerkrieg zwischen staatlichen und oppositionellen Terrorgruppen. 1974 starb Perón. Isabelita, seine dritte Frau, politisch völlig unfähig und hoffnungslos überfordert, trat die Präsidentschaftsnachfolge

an. Allmählich machte sich die innenpolitische Krise auch wirtschaftlich bemerkbar. Die Inflation stieg auf 700 Prozent. Im Vorjahr hatte sowohl in Chile als auch in Uruguay das Militär die Macht übernommen. Paraguay wurde schon seit Jahren von Stroessner diktatorisch regiert. In Brasilien war ebenfalls das Militär an der Macht. Es war nur eine Frage der Zeit, bis Argentinien fallen würde. Am 24. März 1976 wurde Isabelita verhaftet und abgesetzt. Dann begann der so genannte schmutzige Krieg.«

Er machte eine Pause, räusperte sich und trank einen Schluck von seinem Bier. Sie saßen völlig allein in der überheizten Kantine. Jemand musste die große Stahltür zur Hinterbühne geöffnet haben, denn aus der Ferne hörte man plötzlich gedämpft einige Takte aus *Cinderella*. Es dauerte nur einen kurzen Augenblick, aber Heerts Schilderungen wirkten dadurch noch unheimlicher.

»In einer beispiellosen, hoch organisierten Gewaltorgie wurden innerhalb von drei Jahren fünfundzwanzig- bis dreißigtausend Menschen entführt, gefoltert, ermordet und entweder in Massengräbern verscharrt oder aus Flugzeugen ins Meer geworfen. Leute wie du und ich. Sogar Jugendliche und Kinder sind verschwunden.«

Heert unterbrach sich erneut. Giulietta hatte schon seit geraumer Zeit reglos auf den Boden gestarrt.

»Noch einen Saft?«, fragte er.

Sie nickte. Er verschwand kurz, legte bei seiner Rückkehr ein Päckchen Erdnüsse auf den Tisch und riss es auf.

»Du wunderst dich bestimmt, dass ich über all diese Dinge überhaupt nicht Bescheid weiß, nicht wahr?«, sagte sie matt.

»Nein. Überhaupt nicht. Wenn du hier jemanden fragst, was ihm beim Datum 1978 und Argentinien einfällt, dann wirst du in neun von zehn Fällen hören: Argentinien wird Fußballweltmeister. Dass zum gleichen Zeitpunkt Tausende von unschuldigen Menschen in über Buenos Aires verstreuten Konzentrationslagern saßen und gefoltert wurden, interessiert keinen. Auch damals nicht, obwohl es bekannt war. Frankreich war wenigstens anständig genug, die Spiele zu boykottieren. Den anderen Ländern war es gleichgültig, in Sichtweite von Konzentrationslagern Fußball zu spielen. Das ist eben diese sklavische Hörigkeit gegenüber der

amerikanischen Außenpolitik. Wenn die Sowjetunion in Afghanistan einmarschiert, boykottiert man die Olympiade. Aber eine pathologisch grausame Militärdiktatur taugt durchaus für Fußballfreundschaftsspiele und als Gastgeber für Weltmeisterschaften. Nein, Giulietta, ich wundere mich überhaupt nicht, dass du das nicht weißt.«
Er fixierte sie. Dann fügte er hinzu: »Was mich wundert, ist, dass du das so tanzen kannst.«
Sie wich seinem Blick aus. Heert angelte sich ein paar Erdnüsse und wartete. Dann fragte er: »Hast du die Choreografie von *Escualo* gemacht?«
Sie schüttelte den Kopf.
»Wer dann?«
»Warum willst du das wissen?«
Er zuckte mit den Schultern.
»Weil es genial ist. Weil es genau das ist, was John gesucht hat. Aber er hat keine endgültige Form für seinen Zorn und seinen Schmerz gefunden. Tango-Suite ist das Äußerste für ihn gewesen, drei Minuten mit der Wirklichkeit eben. Das Maximum dessen, was man aushalten kann, wenn man die Wirklichkeit ernst nimmt. *Escualo* ist mehr. Es ist alles drin. Die Gewalt dieser Zeit. Die Verzweiflung. Das Höllengelächter derer, die zuschauen und nichts tun. Doch das Stück wächst über die Zeit hinaus, finde ich. Wer immer es gemacht hat, muss diese Zeit erlebt und überlebt haben.«
Giulietta schüttelte den Kopf.
»Die Choreografie stammt von einem argentinischen Tangotänzer, der sich letztes Jahr in Buenos Aires das Leben genommen hat.«
Heert war überrascht von dieser plötzlichen Offenbarung und schaute betreten auf den Tisch.
»Er war nicht viel älter als ich«, fügte sie hinzu. Dann erhob sie sich und ergriff seine Hand. »Danke für das Gespräch … ich muss jetzt gehen.«
Er nickte stumm.

21

Das Training am Samstag verlief ohne Zwischenfälle. Heert war dennoch gereizt. Vielleicht lag es daran, dass Maggie Cowler den letzten Tag ihrer Anwesenheit dazu nutzte, ihm noch einmal gehörig auf die Nerven zu fallen. Es kam so weit, dass Heert während des Durchlaufs am Nachmittag einfach verschwand und Maggie mit Theresa und der Gruppe allein ließ. Giulietta absolvierte ihre beiden Soli, nutzte jedoch Heerts Abwesenheit und tanzte die strittigen Passagen weniger markant. Maggie wäre am Abend der Aufführung ohnehin nicht mehr da. Warum sie noch provozieren? Giulietta absolvierte *Libertango* mehr oder minder so, wie Beckmann es geschrieben hatte, und dämpfte die Tango-Elemente auf ein Minimum. Bei jedem Schritt fühlte sie die Diskrepanz zwischen der Musik und den Bewegungen stärker. Sie spürte wohl, was mit den Tanzfiguren gemeint war, aber sie waren wie für eine schwerelose Welt geschrieben.
Nicht ihre Welt.

22

Es schneite ein wenig, als sie in die Fasanenstraße einbog.
Sie stieg die geschwungene Treppe in den dritten Stock hinauf und klingelte erst, nachdem sie ihren Schal und ihre Mütze abgenommen hatte.
Kannenberg öffnete, half ihr aus dem Mantel und hing ihn umständlich auf einen Bügel. Er war offensichtlich nicht sehr geübt darin.
Dann saß sie wieder auf dem gleichen Stuhl wie schon zwei Tage zuvor. Kannenberg servierte Tee, der neben dem Computer auf einem Holztablett stand. Seine jetzt sehr zuvorkommende Art hatte fast etwas Rührendes. Er war überaus freundlich, erkundigte sich nach ihrer Arbeit und schien bemüht, den eigentlichen Anlass ihres heutigen Treffens zunächst zu ignorieren. Und als er endlich auf Damián zu sprechen kam, tat er dies auf einem Umweg.
»Haben Sie Damián Alsina durch das Tanzen kennen gelernt?«

»Ja und nein.« Sie schilderte in knappen Zügen ihre Begegnung mit Damián im *Chamäleon.*
»Schade. Er hat mir nicht gesagt, dass er hier auftritt. Das hätte ich mir gerne angeschaut.«
»Wann hat er sich denn das erste Mal bei Ihnen gemeldet?«
»Im Januar letzten Jahres.«
»Und warum?«
Er schwieg einen Augenblick lang. Offenbar widerstrebte es ihm noch immer, ihr Einzelheiten preiszugeben.
»Herr Kannenberg, ich bin vor zwei Tagen zu Ihnen gekommen, um Ihnen zu sagen, was ich weiß. Aber ich werde das nur tun, wenn Sie mir helfen, eine Erklärung für Damiáns Selbstmord zu finden.«
Der Anwalt schaute sie bekümmert an. »Laut Strafgesetzbuch nennt man das Erpressung«, sagte er.
Giuliettas Blick verfinsterte sich. Es war sinnlos. Warum nur? Gab es denn in alle Richtungen immer nur Geheimnisse und Dinge, die niemand wissen durfte? Sie öffnete ihre Handtasche und holte ihren Personalausweis hervor.
»Mein Freund hat sich das Leben genommen …«, stammelte sie, »… und ich will wissen, warum.« Sie schaute ihn flehend an. »Verstehen Sie das nicht?«
Kannenberg blickte betreten zu Boden.
»Bitte helfen Sie mir. Hier ist mein Ausweis. Ich unterschreibe jede Schweigeverpflichtung. Aber bitte sagen Sie mir, warum Damián sich umgebracht hat. Sie wissen es doch, oder? Bitte …«
»Ich weiß nicht, warum er sich das Leben genommen hat«, erwiderte er. »Aber gut, ich werde Ihnen einige Dinge erklären. Aber Sie müssen diese Informationen für sich behalten, versprechen Sie mir das?«
Giulietta nickte.
»Und dann sagen Sie mir, wo sich Markus Loess aufhält?«
Sie zögerte. Was um alles in der Welt hatte Damián mit ihrem Vater zu tun? Wo war die Verbindung? Sie musste es wissen.
»Ja«, sagte sie leise. »Ich verspreche es Ihnen.«
»Also gut. Fangen wir an.«
Er drückte auf einen Knopf an seinem Tischtelefon, drehte den

Schirm seiner Schreibtischlampe etwas nach unten und schenkte sich Tee nach.
»Sie wissen ein wenig über die jüngste argentinische Geschichte?«
»Die Militärdiktatur? Ja, ein wenig.«
Er lehnte sich zurück, nahm seine Brille ab und putzte sie. »Und Sie wissen auch, dass Damián Alsina ein Adoptivkind ist?«
»Ja. Ein Findelkind.«
»Findelkind? Hat er Ihnen das erzählt?«
»Nein. Seine Mutter.«
»Sie kennen seine Mutter?«
»Kennen ist zu viel gesagt. Aber ich habe sie in Buenos Aires getroffen.« Sie schilderte das Gespräch mit Frau Alsina. »Sie sagte mir, dass Damián in einem Hausflur gefunden wurde.«
Kannenberg erwiderte nichts. Stattdessen schrieb er etwas auf einen Notizblock, der vor ihm lag. Seine Handschrift war sehr deutlich. Giulietta konnte leicht entziffern, was er geschrieben hatte: M. D. Alsina – Baby – Hausflur?
»Frau Alsina hat Sie ihn Ihrem Hotel aufgesucht, sagten Sie?«
»Ja.«
»Woher wusste sie denn, dass Sie in Buenos Aires waren?«
Giulietta stutzte. Dann erinnerte sie sich. »Von Herrn Ortmann, Damiáns altem Deutschlehrer im Colegio Nacional.« Sie erzählte ihm von ihrem Gespräch mit Ortmann.
Kannenberg war sichtlich erstaunt. »Und Sie meinen, Ortmann hat auf eigene Initiative Frau Alsina informiert, dass Sie in Buenos Aires sind und Damián suchen?«
»Ja. Ich habe sie sogar gefragt und sie hat es bestätigt.«
Kannenbergs Gesichtsausdruck war ernst geworden. Er runzelte die Stirn und schüttelte kurz den Kopf. »Das ist unmöglich«, sagte er dann.
»Warum?«, fragte Giulietta verunsichert.
»Das werden Sie gleich selbst sehen. Aber eins nach dem anderen.«
Der Name *Ortmann* erschien auf seinem Block.
»Damián Alsina wurde vermutlich im September des Jahres 1976 in der Escuela Mecanica de la Armada, abgekürzt ESMA, in Buenos Aires geboren. Seine Mutter hieß Luisa Echevery. Sie war damals vierund-

zwanzig Jahre alt und seit sieben oder acht Wochen in der ESMA gefangen.«
Bei der Erwähnung dieses Namens zuckte sie zusammen. ESMA. Der furchtbare Nachmittag war ihr noch gut in Erinnerung.
»Das Wort habe ich schon mehrfach gehört«, sagte sie leise. »Das ist eine Kaserne in Buenos Aires, nicht wahr?«
»Die ESMA war eine der schlimmsten Folterkammern der argentinischen Militärdiktatur. Es sind dort schätzungsweise sechstausend Menschen verschwunden. Argentinien darf sich rühmen, im Katalog der entsetzlichsten Teufeleien, die das zwanzigste Jahrhundert hervorgebracht hat, ein eigenes Kapitel beigesteuert zu haben: *los desaparecidos*, die Verschwundenen. Damián Alsina ist das Kind einer Verschwundenen.«
Er lehnte sich zurück und musterte sie. Giulietta schluckte, hielt jedoch seinem Blick stand. Was hatte Lindsey gesagt? Auschwitz.
»Soll ich weitersprechen?«, fragte er.
»Ja. Bitte.«
»Luisa Echevery, Damiáns Mutter, wurde am 24. Juli 1976 im Zentrum von Buenos Aires an einer Bushaltestelle von Männern in Zivil gewaltsam in ein Auto gezerrt und entführt. Ihr ›Verschwinden‹ ist dokumentiert, da einige Zeugen ihre Hilferufe hörten. Frau Echevery schrie so lange ihren Namen, bis sie durch mehrere Faustschläge ins Gesicht zum Schweigen gebracht worden war.«
»Weiß man, warum sie verhaftet wurde?«
»Weil sie Gewerkschaftsmitglied war. Frau Echevery war zum Zeitpunkt ihrer Verhaftung hochschwanger und wurde daher nur ›schonend‹ gefoltert, da die Kinder der Gefangenen als eine Art Staatsgut behandelt wurden und nach Möglichkeit überleben sollten. Die Umstände der Geburt dieses Kindes sprengen jegliche Vorstellungskraft, und ich erspare Ihnen die Einzelheiten. Es kam irgendwann im September zur Welt. Die Geburtsurkunden wurden von Amts wegen gefälscht, um spätere Nachforschungen zu behindern, daher ist das genaue Datum unbekannt. Von Frau Echevery fehlt seither jede Spur.«
Kannenberg machte eine Pause. Dann fuhr er fort: »Es gibt einige hundert bekannt gewordene Fälle von verschleppten jungen Frauen, die in den Folterlagern der argentinischen Militärdiktatur gezwungen wurden,

ihre Kinder auszutragen. Die Neugeborenen wurden an Angehörige des Militärs, der Polizei oder diesen Kreisen nahe stehende Personen verkauft. Die Mütter wurden ermordet. Es handelte sich dabei nicht um Einzelfälle, sondern um ein ›Programm zur Reinigung des Volkskörpers von subversiven Elementen‹, wie die argentinischen Militärs das intern begründeten.«

Der Anwalt unterbrach sich erneut und betrachtete Giuliettas Gesicht, das blass geworden war.

»Sind Sie sicher, dass Sie das alles hören möchten?«

»Ja. Bitte. Ich möchte alles wissen.«

Er räusperte sich und fuhr fort.

»Eine Mitgefangene namens Haydée Ghibaudo hat Luisa Echevery nach der Geburt ihres Kindes noch für einige Stunden versorgt, bevor sie ›verlegt‹ wurde. Luisa beschwor jene Haydée, ihr Kind zu suchen, falls sie jemals lebend aus dieser Hölle hinausgelangen würde. Luisa wusste, dass ihr Baby ein Junge war und nannte ihn Julián …«

Giuliettas Magen verkrampfte sich. Julián und Juliana! No soy Alsina! Alles lief hier zusammen.

»… außerdem gab sie Haydée eine Adresse in Corrientes, wo sie weitere Informationen über ihre Familienangehörigen erhalten würde. Dann wurde Luisa abgeholt. Man hatte ihr während der Geburt zwar die Handschellen nicht abgenommen, dafür aber auf eine Augenbinde verzichtet, so dass sie sowohl die Hebamme, den Arzt als auch einige Militärs, die bei der Niederkunft anwesend waren, gesehen hatte. Luisa wusste, dass dies einem Todesurteil gleichkam und sie das Lager nicht mehr lebend verlassen würde.«

Giuliettas Gedanken schweiften ab. Sie hatte Mühe, das alles zu verarbeiten. Handschellen. Augenbinde.

»Haydée Ghibaudo überlebte das Lager. Sie wurde 1980 entlassen. Julián Echevery, alias Damián Alsina, wäre ohne Frau Ghibaudos unermüdliche Suche niemals gefunden worden. Sie fuhr nach Corrientes und ging zu der Adresse, die Luisa ihr genannt hatte. Haydée Ghibaudo traf auf ein altes, halb irregewordenes Weiblein, deren Ehemann, beide Brüder sowie die Söhne und die Tochter ›verschwunden‹ waren. Es war Luisas Mutter. Ihre ganze Familie war ausgelöscht worden. Ihr Mann war bereits während der Unruhen der Tabakarbeiter in den späten sechziger Jahren ermordet worden, weil er einen Streik organisiert hatte. Die Söhne, gleichfalls Gewerkschafter, wurden Anfang der siebziger Jahre von Unbekannten verschleppt und nie wieder gefunden. Luisa floh damals nach Buenos Aires und tauchte erst nach dem Putsch im März 1976 wieder für einige Tage in Corrientes bei ihrer Mutter auf. Danach verschwand auch sie. Die alte Frau gab Haydée Ghibaudo am Ende ein paar Fotos von Luisa und ihren Brüdern sowie die Aufnahme eines Mannes, die Luisa bei ihrem letzten Besuch mit einigen Papieren bei ihrer Mutter hinterlegt hatte.«

»Wann ist das alles geschehen?«, fragte Giulietta.

»Die sozialen Unruhen, die der Diktatur vorausgingen, haben schon in den sechziger Jahren begonnen. Sehen Sie, der Nordosten der Provinz Corrientes ist ein vergessener Weltteil. Es ist ein rechtsfreier Raum, eine danteske Hölle aus Armut, Behördenwillkür und unvorstellbarer Gewalt gegen alle und jeden, der auch nur ein Minimum an den grausigen Zuständen dort ändern möchte. Die Bewohner sind rechtlose Sklaven im eigenen Land. Wie das ja in vielen Ländern Lateinamerikas der Fall ist.«

Damiáns Formulierung kam ihr in den Sinn: ein besiedeltes Wertpapier.

»Aber wie hat diese Frau Damián wieder gefunden, wenn es überhaupt keine Dokumente oder Spuren gab?«

»Es gab ja Dokumente. Die waren zwar gefälscht, aber auch gefälschte Dokumente enthalten Spuren. Die Militärdiktatur in Argentinien war geradezu fanatisch bürokratisch. Nach dem Ende der Diktatur wurde bald bekannt, welche Ärzte mit den Militärs kollaboriert und die falschen Geburtsurkunden ausgestellt hatten. So konnte man den Kreis der möglichen Fälle auf die Kinder eingrenzen, deren Geburtsurkunden von Ärzten unterschrieben waren, die in den Folterlagern gearbeitet hatten. Das war natürlich nur ein Indiz von vielen. Bis diese Kinder gefunden werden, vergehen oft Jahre. Bisher sind etwa sechshundert Fälle aktenkundig. Doch nur ein paar Dutzend Kinder sind tatsächlich gefunden worden. Man muss Tausende von Hinweisen verfolgen, und all dies heimlich, denn die ›Eltern‹ tun natürlich alles, um Nachforschungen zu behindern.«

»Aber Haydée fand ihn?«

»Ja. An einem Februarmorgen des Jahres 1992 wartete sie vor dem Colegio Nacional de Buenos Aires mit dem Foto von Luisas Brüdern in der Tasche auf Damián Alsina. Sie konfrontierte ihn ohne Umschweife mit der Tatsache, dass er nicht Damián Alsina sei, sondern Julián Echevery, und zeigte ihm das Foto seiner Mutter und seiner beiden Onkel.«

Giulietta war fassungslos. »Einfach ... einfach so? Ohne Vorbereitung?«

Kannenberg zuckte mit den Schultern. »Ja. Es hört sich unglaublich an. Aber wie soll man solch eine Botschaft langsam überbringen. Es ist wohl in jedem Fall ein Schock, oder?«

»Und wie hat er darauf reagiert?«

»Damián ließ Haydée einfach stehen. Am nächsten Tag wartete sie erneut auf ihn. So ging das einige Tage. Er wollte nicht mit ihr sprechen. Am Ende der Woche sagte er ihr, sie solle sich zum Teufel scheren. Sie gab ihm ihre Telefonnummer und bot ihm an, sie anzurufen, wenn er Fragen habe. Vier Monate später suchte er sie auf. Natürlich hatte diese Begegnung ihm keine Ruhe gelassen. Er erfuhr, was in der ESMA mit seiner Mutter geschehen war und dass sein Adoptivvater, Fernando Alsina, sehr gute Kontakte zu den Folterkammern des Regimes gehabt haben musste, um sich dort ein Kind besorgen zu können.«

Er trank einen Schluck Tee und musterte sie. Giulietta wich seinem Blick aus. Ihr Herz schlug wie rasend. Was für ein Abgrund!

»Fernando Alsina hat seinen bemerkenswerten Aufstieg während der Diktatur begonnen und es später verstanden, alle Spuren seiner zwielichtigen Geschäfte mit den Massenmördern in Uniform sorgfältig zu verwischen. Seine Karriere ging auch später steil nach oben, sowohl unter der Regierung Alfonsin als auch unter Menem. Die einzige Spur, die er nicht verwischen kann, ist Damián.«

»Was meinen Sie damit?«, fragte sie verzagt.

»Die Verbrechen der Militärdiktatur sind per Präsidentendekret heute alle verjährt. Die Opfer des staatlichen Terrors haben seit Menems Generalamnestie keinerlei juristische Handhabe mehr gegen ihre Folterer oder die Mörder ihrer Angehörigen. Das einzige Verbrechen, das man bei dieser Amnestie damals vergaß, war Kindesraub. Haydée wollte Damián dazu bringen, seine wahre Identität offiziell feststellen zu lassen.

1992 ist in Buenos Aires auf Druck der Menschenrechtsgruppen ein Amt für solche Fälle eingerichtet worden, eine Stelle mit dem absurd klingenden Namen ›Nationale Kommission für das Recht auf Identität‹. Luisas Mutter sollte nach Buenos Aires kommen, um gemeinsam mit Damián einen genetischen Verwandtschaftstest vorzunehmen. Im Krankenhaus Durand gibt es ein Labor, wo solche Untersuchungen durchgeführt werden. Haydée versprach Damián, dass all dies unter völliger Geheimhaltung geschehen würde. Das Verfahren gegen seinen Adoptivvater würde von Amts wegen eröffnet, und er selbst würde unter dem Schutz des Untersekretariats für Menschenrechte lediglich als Zeuge auftreten. Aber Damián wollte das nicht.«

»Und warum?«

»Ich denke, er war durch die neue Situation völlig überfordert. Er war gerade einmal fünfzehn Jahre alt. Außerdem wird er Angst gehabt haben. Fernando Alsina ist ein mächtiger Mann. Ein Prozess wegen Kindesraub hätte ihn gesellschaftlich und politisch vernichtet. Damián hatte mit Recht Angst vor ihm. Deshalb brach er den Kontakt zu Haydée ab und verweigerte sich auch den Gruppen, die sich um die Aufklärung dieser Fälle kümmern.«

Und begann, Tango zu tanzen, vollendete Giulietta stumm den Satz des Anwalts. Deshalb hatte er die Schule verlassen, sein fiktives Leben vorsichtig abgestreift, ohne irgendeinen Verdacht über seine Beweggründe entstehen zu lassen. Plötzlich sah sie eine rätselhafte Verbindung. Warum fiel ihr das jetzt erst auf? Das Verhalten ihres Vaters! Damiáns Verhalten! Wie ähnlich sie einander waren, richtige Meister der Verstellung. Ihr Vater hatte jahrelang den Superkommunisten gespielt, um eine Gelegenheit zu finden, aus diesem Regime abzuhauen. Damián hatte den schwer erziehbaren Jugendlichen und schließlich den halb durchgedrehten Tangotänzer abgegeben, um sich vor seinem Adoptivvater zu schützen. Sie waren wesensverwandt. Das Wort setzte ein furchtbares Echo in ihrem Kopf in Gang, aber bevor sie noch überlegen konnte, sprach Kannenberg schon weiter.

»Sein Adoptivvater interessierte ihn überhaupt nicht«, sagte er. »Was ihn interessierte, war sein wirklicher Vater. Deshalb ist er zu mir gekommen.«

»… zu Ihnen, warum … ich verstehe nicht.«
Er nahm seine Tasse zur Hand und trank, bevor er fortfuhr. »Es weist einiges darauf hin, dass Damián Alsinas leiblicher Vater ein Deutscher war, den Luisa Echevery in Kuba getroffen hat.«
Giulietta spürte, wie ihr heiß wurde. Sie griff nach der Teetasse und trank rasch einen Schluck, um ihre Erregung zu verbergen. »Gibt es dafür Beweise?«
Kannenberg schaute sie aufmerksam an. Ahnte der Mann etwas?
»Ja. Luisa Echevery verbrachte 1975 mehrere Monate in Kuba. Nach ihrer Rückkehr hinterlegte sie bei einem Besuch in Corrientes bei ihrer Mutter das Foto eines Mannes. Sie hat auf der Rückseite seinen Namen vermerkt. Wenn die Angabe stimmt, so handelt es sich um einen gewissen Markus Loess, einen ostdeutschen Bergbauingenieur, der sich nach unseren bisherigen Erkenntnissen am 21. Dezember 1975 auf dem Heimflug von Kuba nach Ost-Berlin in Gander den kanadischen Behörden gestellt und um politisches Asyl gebeten hat.«
Giulietta griff noch einmal nach der Tasse. Der Anwalt bemerkte, dass sie zitterte.
»Ist Ihnen nicht gut?«
»Nein, nein … ich meine, doch. Aber woher will Damián das alles gewusst haben?«
Kannenbergs Blick war noch eindringlicher geworden. Dann lehnte er sich vor, nahm seine Brille ab und putzte sie ruhig.
»Markus Loess war offenbar ein Informant und hat in der Geheimdienstbürokratie Spuren hinterlassen. Vermutlich ist er vom amerikanischen Geheimdienst angeworben worden. Es wimmelte damals in Kuba von südamerikanischen Oppositionellen jeglicher Couleur. Entsprechend groß war das Interesse der Geheimdienste, die Namen der Leute zu bekommen, die sich in Kuba aufhielten. Wir wissen noch nichts Genaues über Markus Loess, weil die Gauckbehörde seine Akte noch nicht gefunden hat. Aber wir haben die Akte aus Lambaré.«
Das Porzellan klirrte, als Giulietta die Tasse abstellte. Lambaré!
»Was ist Lambaré?«, fragte sie leise.
»Ein Vorort von Asunción, der Hauptstadt von Paraguay. Es war jahrelang die Schaltzentrale für die Vorbereitung der Staatsstreiche in Süd-

amerika und auch für Mordkomplotte gegen unliebsame Politiker und Oppositionelle. Das Projekt hieß Operation Condor. Der amerikanische Geheimdienst sammelte Informationen und leitete sie an die lateinamerikanischen Diktaturen weiter. Brasilien, Uruguay, Paraguay, Chile und Argentinien waren eine unentrinnbare Falle geworden. Aber es gab auch Operationen im Ausland. Sogar in Washington, Rom und Madrid wurden Exilpolitiker ermordet. Die Attentate wurden linken oder rechten Terroristen in die Schuhe geschoben. Tatsächlich wurden sie innerhalb der Operation Condor geplant und ausgeführt. Als Stroessner 1989 gestürzt wurde, blieb offenbar keine Zeit mehr, das Archiv zu vernichten. 1992 wurde es entdeckt, und seither wird es ausgewertet. Sieben Tonnen Papier, die gesammelten Gräueltaten der südamerikanischen Diktaturen nebst den Tipps und Anweisungen ihres Hauptinformationslieferanten, der CIA. Markus Loess wurde in Gander erst von den Kanadiern und dann von amerikanischen Geheimdienstbeamten verhört. Eine Abschrift des Protokolls dieser Verhöre ist in Lambaré gefunden worden.«

»Aber wie ... ich meine, wie hat man ...«

»Durch eine Liste. Das Protokoll enthielt eine Liste von Personen, die Herr Loess in Kuba getroffen hat. Zweiundvierzig Namen ... auch der von Luisa Echevery.«

Giulietta brauchte einen Augenblick, bis ihr die Bedeutung der letzten Äußerung klar geworden war.

»Sie meinen, Markus Loess hat Luisa Echevery an den argentinischen Geheimdienst verraten.«

»Nein, an den amerikanischen. Wir haben keine Informationen darüber, ob Herrn Loess klar war, welche Konsequenzen seine Aussage haben würde. Von der Operation Condor wusste damals kein Mensch. Nicht einmal Jimmy Carter. Es war das Werk von am Rande der Legalität operierenden Geheimdienstbürokraten, die die Welt gegen die kommunistische Verschwörung schützen wollten. Loess war mit Sicherheit nur ein kleiner Fisch, ein unzufriedener DDR-Auslandskader, den man mit Geld und dem Versprechen eines westdeutschen Passes leicht kaufen konnte. Seine Spur verliert sich in Gander. Im Innenministerium gibt es keine Akte Loess. Das heißt, er war kein wirklicher Agent und ist auch später nicht geheimdienstlich tätig gewesen. Wahrscheinlich hat er einfach seinen Namen geändert. Bei DDR-Flüchtlingen wurden diesbezüglich keine Eintragungen vorgenommen, um etwaige Verfolgung durch die Staatssicherheit zu verhindern. Deshalb können wir ihn nur über die Gauckbehörde finden … es sei denn, Sie sagen mir, was aus Herrn Loess geworden ist.«

Sie schloss die Augen. Da war dieser Moment gewesen, ein weit zurückliegender Augenblick: jener Sonntagabend im Oktober nach ihrem ersten Wochenende mit Damián. Ihr Vater war überraschend gekommen. Es hatte sie gestört, enorm gestört. Und dann war da diese Gebärde gewesen, die sie sich noch jetzt in Erinnerung rufen konnte, weil sie dafür ein Gedächtnis hatte. Sie war Tänzerin. Sie hatte einen Blick für Gebärden. Ihr Vater stand dort im Raum, den Rücken zu ihr gekehrt, und vollzog eine suchende Bewegung. Und sie hatte plötzlich den Eindruck gehabt, er sei jemand anderes. Nein, sie hatte sich eingebildet, sie erkenne etwas wieder, das hier nicht hergehörte. Als spreche ein vertrauter Mensch plötzlich einen einzigen Satz mit völlig veränderter Stimme. Jetzt sah sie, was dieses unheimliche Gefühl ausgelöst hatte: diese suchende Bewegung ihres Vaters. Sie erinnerte sie an … Damián. Auch er bewegte sich so, denn … sie spürte ein Würgen im Hals … Damián … er war …

Der Anwalt musste zweimal nachfragen, bis er den tränenerstickten Worten des Mädchens vor ihm auf dem Stuhl entnommen hatte, was sie ihm sagen wollte. Als er es endlich verstanden hatte, brachte er vor Verblüffung kein Wort mehr heraus.

Dann senkte er den Kopf und betrachtete hilflos seine Hände.

»… großer Gott«, flüsterte er.

23

Sie steht in ihrem Badezimmer vor dem Spiegel und betrachtet ihr Gesicht. Diese Lippen hat er geküsst. Unwissend zunächst, wie sie, doch am Ende im vollen Bewusstsein der Ungeheuerlichkeit.

Sie sieht ihn vor sich, nackt, den Mann, den sie begehrt hat wie keinen Mann jemals zuvor. Damián. Ihr Halbbruder. Sie formt das Wort noch

immer wie betäubt in ihrem Mund. Da sind diese Berührungen während der letzten Nacht in Buenos Aires. Sie spürt sie noch immer. Und zugleich empfindet sie Stolz und Scham. Wer wäre jemals so geliebt worden? Er weinte und schwieg. Seine Halbschwester, die er entkleidet und liebkost, die einzig mögliche Geste in diesem Gewirr aus Lügen und Verrat, gefolgt von einer Irrfahrt ins Nichts?
Die Scham. Die Schande.
Auch davon ist etwas in diesem Gesicht, das sie jetzt erkundet. In der letzten Stunde vor dem Morgengrauen, im Badezimmer vor dem Spiegel, die Augen dunkel umschattet, die schmalrasierten Brauen, die leicht eingefallenen Wangen, ihre Lippen, trocken und aufgesprungen. Ihre Sinne sind taub. Da ist niemand, mit dem sie sprechen könnte. Sie ist allein. Ganz allein. Es ist gerade so, als sei sie über Nacht zur Waise geworden. Wie er. Wie Damián. Sie hebt die Hand und streicht über ihr Gesicht im Spiegel. Sein Gesicht. Sie sind sich gleich. Wo hat sie diese zwanzig Jahre gelebt? Ihr Vater eine Maske. Und ihre Mutter? Wie kann sie damit gelebt haben? Mit diesem halbierten Mann?
Auf dem Schreibtisch liegt Briefpapier. Nicht einmal eine passende Anrede ist ihr eingefallen. Lieber Papa? Liebe Mama? Sie hat keine Worte. Sie sieht den fünfzehnjährigen Damián vor seiner Schule in Buenos Aires, wie er aus dem Mund einer fremden Frau erfährt, dass er nicht der ist, der er zu sein glaubt. Sie weiß jetzt, was er gefühlt haben muss. Jene Stummheit, die am Ende aller Überlegungen steht. Und er begann zu tanzen. Ihr Halbbruder. Gewiss.
Sie stützt sich auf das Waschbecken und atmet tief. Die Unausweichlichkeit der Ereignisse der letzten Monate erfüllt sie immer wieder mit Staunen. Und stets ist es ihr Vater, der die Wahl hat, das Unheil aufzuhalten, und es nicht tut. Frag deinen Vater. Er weiß alles. Sie ahnt jetzt, was in jener Nacht zwischen Damián und ihrem Vater vorgefallen sein muss. Er hat ihm ein Angebot gemacht. Sag deiner Tochter, was du getan hast. Nur ihretwegen verschone ich dich.
Aber ihr Vater zog es vor, sie anzulügen. Vermutlich aus Feigheit. Wie ihm gegenübertreten? Was soll sie ihm bloß sagen? Aber seltsamerweise verweilen ihre Gedanken kaum bei ihm. Sie weiß, dass sie ihn für immer verloren hat. Wie sollte sie ihm jemals verzeihen?

Warum war Damián nach Europa gekommen? Was war sein Motiv gewesen? Wollte er seinen Vater finden? Oder den Menschen, der für das Schicksal seiner Mutter verantwortlich war? Wollte er Luisa rächen? Und begegnet war er ausgerechnet ihr.

Zufall?

Sie ruft sich jenen Freitag in Erinnerung, als sie die Treppe zum Probensaal hinaufgestiegen war. Sie war der Musik gefolgt. Diese Musik hatte sie zusammengeführt.

Tango.

Zufall.

Renaceré.

Sie geht ins Zimmer zurück und setzt sich auf die Couch. Ein erster Schimmer Morgendämmerung taucht die Umgebung in kühles Zwielicht. Nieselregen. Das Geräusch von Autoreifen auf nassem Asphalt. Sie betrachtet das Telefon, das Briefpapier auf dem Schreibtisch, dann wieder ratlos ihre Hände. Sie trinkt längst kalt gewordenen Pfefferminztee und wundert sich, dass ihre Kehle hartnäckig trocken bleibt.

Sie sucht einen Weg in den wirren Kopf ihres Vaters hinein und findet keinen. Sie möchte ihm gegenübertreten, ihm alles ins Gesicht sagen. Warum hast du diese Frau verraten? Was hatte sie dir getan? Zweiundvierzig Namen. Das war der Preis für seine Freiheit gewesen. Zweiundvierzig Menschen. Wer waren die anderen? Hatte er sie alle gekannt? Waren sie wegen seiner Aussage später in ihren Heimatländern verhaftet und umgebracht worden? Musste er das nicht gewusst haben? Der Junge auf der Bank am Weiher, der hemmungslos weint, als man die Tiere holt. Der Kommunistenhasser. Der scharfe Hund der Partei. Markus Battin. Wo ist dein Sohn?

Der Anwalt hat ihr ein Bild von Luisa gezeigt. Lockige schwarze Haare. Ein hübsches Gesicht. Vierundzwanzig Jahre war sie damals alt. Mitglied der Lehrergewerkschaft. Sie hatte Alphabetisierungsprogramme in den Slums von Buenos Aires organisiert. Was sie im November und Dezember 1975 in Kuba tat, ist unklar. Sie kehrt im Januar 1976 nach Argentinien zurück und verbringt einige Wochen in Corrientes. Warum behält sie das Kind? Warum kehrt sie nach dem Putsch nach Buenos Aires zurück, anstatt sich in Corrientes zu verstecken? Luisa hat keine Ahnung, dass der Mann, mit dem sie eine Affäre hatte, sie verraten hat. Sie weiß, dass alle Schulen und Universitäten observiert werden, aber sie rechnet nicht damit, zu den Gesuchten zu gehören. Sie hat nichts Illegales getan, abgesehen davon, mit vielen Dingen nicht einverstanden zu sein. Und da ist dieses Kind, das in ihr heranwächst. Die ersten Verhaftungswellen hätten sie warnen müssen. Aber ihr Instinkt war getrübt.

24

Sie hörte das Telefon erst nach dem dritten Klingeln. Sie schaute benommen auf. Das Tageslicht hinter den Fenstern hatte jetzt die für die Jahreszeit übliche Grautönung erreicht. Sie griff zum Hörer und vernahm die Stimme ihrer Mutter.

»Giulietta. Ein Glück, dass ich dich noch erreiche!«

Im Hintergrund klassische Musik. Sonntagmorgen in Zehlendorf.

»Willst du heute Abend nicht zum Essen kommen? Nach den Proben.«

Sie antwortete einsilbig, suchte Ausflüchte, doch ihre Mutter war noch nie sehr empfänglich für Zwischentöne gewesen. »Hollrichs kommen auch. Du magst sie doch? Sie haben nach dir gefragt. Wann ist eigentlich die Premiere?«

Sie sagte es ihr. Zum vierten Mal. Sie würde es sich wieder nicht merken.

»Du denkst doch an Freikarten für uns, oder?«

Ja. Natürlich dachte sie daran. Rätselhaft war nur, dass ihre Mutter sie darauf ansprach. Vielleicht lag es daran, dass sie jetzt in der Oper tanzte. Das war immerhin ein akzeptabler Ort. Keine Schulaufführung. Und auch kein Kurzauftritt in irgendeiner Operette.

»Ich habe Papa schon vier Karten schicken lassen. Hat er dir das nicht gesagt?«

»Nein. Das Erste, was ich höre.«

»Vielleicht sprichst du mal mit ihm.«

Der aggressive Ton war bewusst gewählt, aber ihre Mutter reagierte nicht darauf.

»Acht Uhr, ja? Viel Erfolg bei den Proben.«

Als ob sie das auch nur im Geringsten interessierte. Sie legte auf. Abendessen mit ihren Eltern und Hollrichs. Unmöglich! Ihre Mutter überspielte die Missstimmung, die seit jener Auseinandersetzung im Auto zwischen ihnen herrschte. Vielleicht daher die Einladung? Pikanterweise im Beisein von Freunden. Ein Versöhnungsangebot. Die erfolgreiche Tochter vorführen. Normalität. Hollrichs kannte sie, seit sie laufen konnte. Ludwig Hollrich war Papas Chef, ein selbstgefälliger Preuße, der sich unwiderstehlich fand. Als die Mauer fiel, verkaufte er an der Friedrichstraße aus Jux Bananen an die »Ost-Affen«, wie er das nannte. Das hatten die beiden gemeinsam: diese fast schon irrationale Verachtung für den Osten.

Noch vier Tage bis zur Premiere. Es würde ihr nicht schwer fallen, eine Ausrede zu finden. Erschöpfung von den Proben. Kostümtermine. Extradurchläufe, die oft kurzfristig anberaumt wurden. Bis zur Premiere konnte sie eine Begegnung vermeiden. Aber dann?

Allmählich wurde ihr die unerträgliche Situation in ihrer ganzen Tragweite bewusst. Sie konnte ihrem Vater nicht mehr gegenübertreten. Sie würde aufhören, seine Tochter zu sein. Immer wieder stiegen die Bilder ihrer Nächte mit Damián in ihrer Erinnerung hoch. Sie konnte damit nicht umgehen. Es gelang ihr nicht, ein klares Gefühl dazu zu entwickeln. Sie ertappte sich dabei, dass ihr Körper sich wie bei einer unangenehmen Berührung zusammenzog. Sie hatten sich nie zuvor gesehen, waren wie zwei Fremde, als sie sich begegneten. Ihre Liebe war wahrhaftig. Und dennoch unnatürlich.

Die Scham.

25

»Warum bist du gestern nicht gekommen?«

Seine Stimme klang eigenartig. Sie war erst seit wenigen Minuten wach.

»Späte Probe«, log sie. »Ich war zu erschöpft.«

»Hättest du nicht wenigstens anrufen können?«

Allein die Stimme war ihr zuwider. Sie versuchte sich zu beherrschen, aber die Bemühung, Entschuldigungen für ihn zu finden, schlug in nur

noch größeren Widerwillen gegen ihn um. Sie suchte nach einem Satz, der ihn von einer Sekunde zur nächsten seiner ganzen Lügen entkleiden, ihm keinen Raum zu einer Erwiderung lassen würde. Und gleichzeitig hatte sie Angst davor. Mein Gott, ihr Vater. Nein, nicht ihr Vater. Markus Loess. Der Mann, der Luisa auf dem Gewissen hatte. Und in gewisser Hinsicht auch Damián. Hätte er ihr die Wahrheit gesagt. Hätte er eine Geste in seine Richtung gemacht. Doch selbst jetzt spielte er noch den Unwissenden. Warum hatte Damián sich das Leben genommen? Ihretwegen? Vielleicht sogar seinetwegen?
Sie brachte das Gespräch irgendwie zu Ende und floh aus der Wohnung. Sie saß mit klopfendem Herzen in der U-Bahn, umgeben von schlecht gelaunten Menschen. Die meisten hatten die Köpfe im Sportteil der Montagszeitung vergraben.
Als sie die Treppe zum Probensaal hinaufging, kam sie an der Druckerei vorbei. Sie blieb stehen, ging schließlich hinein und wechselte ein paar Worte mit einem der Angestellten. Er gab ihr ein leeres Blatt, sie schrieb etwas darauf und reichte es ihm.
»Schaffen Sie das noch bis Donnerstag?«, fragte sie nervös.
Der Mann nickte. »Klar. Kein Problem. Wir drucken erst am Mittwoch.«
Giulietta verließ erleichtert den Raum.
Doch sofort kehrte ihre Unruhe zurück. Drei Tage. Spätestens am Abend der Premiere würde sie ihn sehen müssen. Ihre Eltern würden es sich nicht nehmen lassen, hinter die Bühne zu kommen. Ihr erster großer Auftritt. In einem der besten Häuser. Sie hörte ihren Vater buchstäblich vor seinen Kollegen prahlen. Seine Giulietta. Seine Tochter. Alle würden es wissen. Giulietta Battin tanzt an Stelle von Marina Francis das Tango-Solo des Ballett-Abends. Es wäre auch sein Triumph. Vor den Kollegen, die kommen wollten. Vor ihrer Mutter, die jahrelang kein anerkennendes Wort für ihre Arbeit gefunden hatte. Sie würde aus der Reihe der Tänzerinnen hervortreten und ein Individuum sein. Keine der Nymphen in Trikot und Tutu, die aus der Ferne alle gleich aussahen, zwischen denen die Blicke umherirrten, ohne sich jemals irgendwo länger aufzuhalten. Sie würde die Blicke von zweitausend Besuchern für die Dauer eines Tangos auf sich lenken, und jeder würde wissen, wer sie war.

Wer sie war?
Der Gedanke ließ sie schaudern. Doch zugleich gab er ihr Kraft. Sie absolvierte die Probe ohne einen Fehler. Sie beherrschte jedes Detail der komplizierten Choreografie. Ihr Körper gehorchte ihr. Sie spürte Anerkennung von Seiten der Kolleginnen. Man akzeptierte, dass sie diesem Stück etwas Besonderes gab. Heert korrigierte sie überhaupt nicht mehr, sondern betrachtete mit stummer Begeisterung das Ergebnis seiner Arbeit. Er veränderte die Aufstellung im Schlussbild, platzierte Giulietta etwas weiter hinten in der Gruppe, versteckte sie ein wenig, um sie erst im Finale wieder nach vorne zu holen. Die letzten zwei Minuten gehörten ihr ganz.
Nach der Mittagspause war Bühnenprobe. Zum ersten Mal spürte sie die riesigen Ausmaße des Zuschauerraums. Sie wusste, dass man während der Aufführung vor lauter Scheinwerfern kaum etwas davon wahrnahm. Doch schon die leeren Sessel hatten eine überwältigende Wirkung. Offensichtlich auch auf eine Gruppentänzerin, die sich im ersten Teil den Knöchel verstauchte. Heert beschwor die anderen, sich zu konzentrieren und nicht zu übertreiben. Nervosität und Aufgeregtheit waren mit Händen greifbar. Das Stück stand. Die Musik, hinreißend sowohl in den Fortissimi als auch in den Piani, berührte auch noch nach dem soundsovielten Mal. Eine Musik, die an Orten wie diesem selten zu hören war. Diese Musik, die ihr immer mehr zu schaffen machte, je näher der Aufführungstermin rückte.

26

Am Dienstagmorgen rief Kannenberg an und bat sie noch einmal in sein Büro. Als sie ihm am Abend gegenübersaß, fragte er sie nach ihrer Zusammenkunft mit Frau Alsina. Giulietta erzählte von der Nachricht in ihrem Hotel. Als der Name Ortmann fiel, war Kannenberg hellhörig geworden.
»Sie meinen also wirklich, Ortmann habe Frau Alsina benachrichtigt?«
»Ja.«
Sie erzählte ihm erneut von ihrem seltsamen Besuch bei dem Lehrer.

Dann deutete sie auf die Liste neben der Tür. »Warum steht sein Name eigentlich dort?«
»Weil sein Sohn zu den deutschstämmigen Opfern der argentinischen Militärdiktatur zählt.«
»Ortmanns Sohn?«
»Ja.«
»... aber warum?«
Kannenberg zuckte mit den Schultern. »Mit dieser Frage kommen Sie in dieser Angelegenheit nicht sehr weit. Es gibt kein einfaches *warum*. Es gibt nur ein wer, ein was und ein wann. Tomas Ortmann wurde im Juni 1976 mit fünf anderen Schülern verhaftet und ist seither verschwunden. Wir klagen im Auftrag der Familie gegen die Bundesrepublik Deutschland wegen unterlassener Hilfeleistung.«
Giulietta runzelte fragend die Stirn.
»Tomas Ortmann hatte neben der argentinischen auch die deutsche Staatsbürgerschaft. Die Botschaft wäre verpflichtet gewesen, sich für die inhaftierten deutschen Staatsbürger einzusetzen. Das hat sie überhaupt nicht oder nur sehr zögerlich getan.«
»Sie meinen, die deutsche Regierung hat diese Diktatur unterstützt?«
Kannenberg schaute sie mitleidig an. »Frau Battin. Deutschland exportiert vor allem Automobile, Waffen und Kernkraftwerke. Keine Menschenrechte. Um die Beziehungen zur neuen argentinischen Regierung nicht zu stören, hat man damals mehr getan, als nur die Augen zu verschließen. Es hört sich zwar zynisch an, aber was die deutsch-argentinischen Beziehungen während der Militärdiktatur betrifft, so wog damals ein verkauftes Auto mehr als ein Menschenleben.«
Er räusperte sich, schien kurz zu überlegen, ob er weiterreden sollte.
»Vor dem Putsch hat es in Buenos Aires ein Treffen zwischen den Botschaftern einiger westlicher Staaten und den Offizieren, die den Staatsstreich vorbereiteten, gegeben. Bei diesem Treffen soll es zu einer Absprache gekommen sein. Die Militärs versprachen, kein Blutbad wie in Chile anzurichten. Dafür wurden großzügige Umschuldungsverhandlungen in Aussicht gestellt. Eine so lautende Pressemeldung wurde zwar dementiert, aber ihr Inhalt bewahrheitete sich alsbald. Die Militärregierung hatte unter anderem die Aufgabe, von ausländischen Kreditgebern

diktierte drastische Wirtschaftsmaßnahmen gegen den Widerstand von Gewerkschaften und breiten Teilen der Bevölkerung durchzusetzen. So etwas geht nicht auf verfassungsmäßigem Wege. Es war offenkundig, dass derartige Einschnitte nur unter der Suspendierung demokratischer Rechte und massiver Verletzung von Menschenrechten zu erreichen sein würden. Sprich: rascher, allumfassender Terror. 1982 ist ein Dokument aufgetaucht, aus dem hervorgeht, dass bereits im Jahre 1975 per Abstimmung innerhalb der Streitkräfte das Verschwindenlassen als Haupt-Repressionsmethode beschlossen wurde. Die Wirtschaftsbeziehungen zwischen Deutschland und Argentinien intensivierten sich nach dem Putsch enorm. Mit keinem anderen Land der Dritten Welt hat Deutschland in diesem Zeitraum solch glänzende Geschäfte gemacht. Die Deckungsbeschränkung bei Bundesbürgschaften für Ausfuhrgeschäfte nach Argentinien wurde nach dem Putsch sofort aufgehoben.«
Giulietta hörte zu und begriff immer weniger. »Was heißt das?«, fragte sie matt.
»Die BRD war der Hauptwaffenlieferant dieser Militärdiktatur. Bei Rüstungsgeschäften geht es um enorme Summen, und daher gibt es hohe finanzielle Risiken. Wechselkursschwankungen, mögliche Zahlungsunfähigkeit des Kunden und so weiter. Damit die deutsche Industrie dieses Risiko nicht alleine tragen muss, springt der Staat ein. Mit so genannten Hermes-Bürgschaften, Steuergeldern also.«
Sie schüttelte stumm den Kopf. Das ging alles über ihren Verstand. Sie hatte den Eindruck, als sei ihr Leben mit einer riesigen, anonymen Maschine in Berührung gekommen, deren Ausmaße sie überhaupt nicht überschauen konnte. Sie konnte damit nicht umgehen. Sie war Ballett-Tänzerin. Was hatte sie mit Waffengeschäften zu tun? Und dennoch. Sie wollte über diese Dinge Bescheid wissen. Und Kannenberg schien vorübergehend vergessen zu haben, warum sie überhaupt vor ihm saß. Er redete und redete.
»In Buenos Aires wurden unter anderem auch deutsche Staatsbürger auf offener Straße entführt, monatelang ohne jeglichen Haftbefehl gefangen gehalten und mit an Sicherheit grenzender Wahrscheinlichkeit ermordet. Das Auswärtige Amt reagierte mit freundlichen Anfragen, die von argentinischer Seite stets gleich beantwortet wurden: der Bürger oder

die Bürgerin XY sei in Argentinien nicht bekannt. In einem Fall hat eine französische Gefangene, die durch das rasche und bestimmte Handeln der französischen Regierung freikam, ausgesagt, sie habe mehrere der vermissten Deutschen in einem der Gefängnisse gesehen. Nur durch großen Druck war Bonn dazu zu bewegen, diese Person überhaupt anzuhören. Danach geschah nichts. Für das Auswärtige Amt war in Argentinien durch den Putsch eine kommunistische Revolution verhindert worden. Die gegenwärtigen Opfer mussten daher notwendigerweise linke Terroristen sein. Entsprechend reagierte der Staat. Mit stillschweigendem Einverständnis und Verharmlosung. Die Asylquote für Argentinien wurde entsprechend klein gehalten, aber selbst das war nur symbolisch, denn wer erst einmal in einem der Gefängnisse verschwunden war, konnte ohnehin keinen Asylantrag mehr stellen. Die Leute wurden willkürlich verhaftet, systematisch gefoltert und fast immer ermordet. Zum Vergleich: für Vietnamflüchtlinge wurden im selben Zeitraum zehntausend Asylplätze bereitgestellt. Das ist nur logisch. Vietnamflüchtlinge galten als Opfer des Kommunismus. Nur damit Sie die Zusammenhänge sehen.«
Er unterbrach sich und schien sich jetzt erst zu erinnern, worüber er eigentlich mit ihr sprechen wollte. »Meinen Sie, Ihr Vater wäre bereit, eine Aussage zu machen?«
»Was für eine Aussage?«
»Über das Verhör damals in Gander. Für meine amerikanischen Kollegen wären diese Informationen sehr wertvoll.«
Sie überlegte nicht lange. »Niemals. Er wird alles leugnen.«
Kannenberg kam auf einen anderen Punkt zu sprechen.
»Ich wollte noch einmal auf Frau Alsina zurückkommen.«
Giulietta nickte stumm, schloss dann aber eine Frage an. »Diese Nachforschungen. Ihre Klage. Was soll das alles nützen?«
»Wir wollen erreichen, dass in den bekannten und dokumentierten Fällen Strafverfahren wegen Mordes eröffnet werden. So wie es andere Staaten längst getan haben. Schweden, Spanien, Frankreich. Was die argentinischen Opfer betrifft, so sind wir machtlos. Das Amnestiegesetz schützt die Täter. Aber die Verbrechen gegen deutsche Staatsbürger sind nicht verjährt. Und indirekt hilft es auch den argentinischen Opfern,

wenn wir von außen wenigstens für unsere Leute Gerechtigkeit fordern. Und für die Zukunft. Die Schurkenstaaten, mit denen wir Handel treiben, werden ja nicht weniger.«
Sie wollte mehr wissen, aber Kannenberg kehrte zu Frau Alsina zurück. Sie verstand diese Wendung des Gesprächs zunächst nicht.
»Ich frage mich, wie Frau Alsina Sie gefunden hat«, sagte er.
»Durch Ortmann. Er hat sie benachrichtigt, nachdem ich ihn besucht hatte.«
»Eben. Das ist sehr unwahrscheinlich.«
»Aber Frau Alsina hat es mir selbst gesagt.«
»Hat sie das?«
Giulietta überlegte. Sie erinnerte sich nicht genau. Die Begegnung in diesem Hotel war eigenartig genug.
»Ich glaube jedenfalls.«
»Warum hätte er das tun sollen?«
»Ich … ich weiß es nicht.«
»Eben. Er hatte überhaupt keinen Grund dazu. Gerade jemand wie Ortmann, der genau weiß, wer Fernando Alsina ist. Hat er Sie nicht eher vor der Familie gewarnt?«
Ortmann war ihr so rätselhaft erschienen. Nichts an dem Mann war klar gewesen.
»Das ist schon möglich. Aber worauf wollen Sie hinaus?«
»Frau Alsina hat Sie in Ihrem Hotel aufgesucht. Also stellt sich die Frage, wie Frau Alsina wissen konnte, dass Sie überhaupt in Buenos Aires waren, nicht wahr? Ortmann scheidet meiner Meinung nach als Informant aus. Woher hatte sie also Ihre Hoteladresse?«
Giulietta beschlich ein unangenehmes Gefühl. Wie viele Wendungen sollte diese Geschichte noch nehmen?
»Was wollte Frau Alsina von Ihnen?«, fragte der Anwalt jetzt.
»Sie suchte Damián.«
»Erinnern Sie sich, was sie sonst noch gesagt hat?«
»Nein. Aber warten Sie … jetzt erinnere ich mich. Mein Vater hat von Berlin aus mit den Alsinas Kontakt aufgenommen. Vielleicht hat er … aber nein, das kann auch nicht sein.«
»Was kann nicht sein?«

»Ich meine, meine Eltern wussten ja auch nicht, in welchem Hotel ich war.«
»Wissen Sie, wann sich Ihr Vater mit der Familie in Verbindung gesetzt hat?«
»Ja. Am Samstag nach meiner Abreise. Ich bin am 26. November nach Zürich geflogen. Das war ein Freitag. Und am Samstag weiter nach Buenos Aires.«
»Und wann sind Sie angekommen?«
»Am Sonntagmorgen, dem 28. November.«
Kannenberg schrieb sich das Datum auf, bevor er die nächste Frage anschloss.
»Hatten Sie den Eindruck, dass Ihnen in Buenos Aires jemand gefolgt ist?«
»... wieso ... wie kommen Sie darauf?«
»Es stimmt also? Sie wurden verfolgt?«
Sie dachte an die verschiedenen Orte dieser unheimlichen Begegnungen. Am Flughafen. In der Confitería Ideal ... selbst dort oben, in der Nähe der ESMA.
»... ich glaube ja. Aber woher wissen Sie ...«
»Ich weiß nichts Genaues. Noch nicht, Frau Battin. Ich versuche nur, einen logischen Ablauf der Vorgänge zu rekonstruieren. Wer ist Ihnen gefolgt?«
»Ein Mann.«
»Immer der gleiche Mann?«
Ihr schauderte bei dem Gedanken, dass es ja durchaus mehrere gewesen sein konnten. Andere, von denen sie keine Notiz genommen hatte. Sie hatte das verdrängt. Der Schock über Damiáns Unfall überschattete ihre ganzen Erinnerungen.
»Ich habe nur einen bemerkt.«
»Können Sie diesen Mann beschreiben?«
»Groß, stämmig gebaut. Kurzrasiertes, dunkelbraunes Kopfhaar. Eckige Gesichtszüge. Schmale, eng stehende Augen.«
»Würden Sie den Mann wieder erkennen?«
»Ich denke schon.«
Kannenberg notierte.

»Wo ist er Ihnen zuerst aufgefallen?«
»Im Flughafenbus.«
»Und warum haben Sie ihn bemerkt?«
»Es waren nicht viele Leute in diesem Bus. Er hat mich angeschaut. Das war mir unangenehm. Er sieht einem Freund von mir ähnlich. Vielleicht deshalb.«
Ihre Hände verkrampften sich. Kannenberg fragte weiter. »Wo ist Ihnen dieser Mann sonst noch begegnet?«
Sie schilderte ihm die Orte. Er fragte wieder nach dem Datum. Er notierte sich alles. Dann zog er einen Umschlag aus einer Akte und schüttete den Inhalt auf dem Schreibtisch aus. Es waren Fotoaufnahmen. Von Gebäuden. Von Menschen. Von Dokumenten. Bevor sie wusste, wie ihr geschah, sah sie das Gesicht dieses Mannes vor sich. Sie starrte ungläubig auf das Foto. Kannenberg genügte ein Blick in ihr Gesicht, um zu wissen, dass es der Mann war, den sie beschrieben hatte.
»... woher ... wer ist dieser Mensch?«, brachte sie stoßweise heraus.
»Pedro Arquizo. Der Mann hat mehrere Gesichtsoperationen hinter sich und einige Kilo zugenommen. Außerdem trinkt er und ist daher etwas aufgedunsen. So hat er ausgesehen, als er in der ESMA gearbeitet hat, also vor etwa fünfundzwanzig Jahren.«
Ein weiteres Foto erschien vor ihr auf dem Tisch. Ein völlig fremder Mann schaute sie an. Schwarzes, volles Haar, dunkle Augen, eine fein geschnittene Nase und volle Lippen. Unmöglich, dass dies der gleiche Mensch sein sollte.«
»Der Mann ist in Frankreich wegen Mordes zu mehrfach lebenslänglich verurteilt. Schweden sucht ihn auch. Außerhalb von Argentinien würde er sofort verhaftet, aber im Land selbst kann ihm auf Grund des Amnestiegesetzes nichts geschehen.«
»Was hat er getan?«
»Folter. Entführung. Mord. Erpressung. Vor allem war er an der Entführung und Ermordung einer schwedischen Touristin und einer Französin beteiligt.«
Sie schaute die beiden Fotos an.
»Er trägt helle Kontaktlinsen«, sagte der Anwalt trocken, »deshalb blinzelt er stark.«

Sie schob die Bilder von sich.
»Ich kann mir nicht vorstellen, dass das die gleiche Person sein soll. Und wenn dem so sein sollte, dann muss es sich in jedem Fall um einen Irrtum handeln. Warum sollte dieser Mensch mich verfolgt haben?«
»Weil er für Fernando Alsina arbeitet«, antwortete Kannenberg.
Dann zögerte er einen Augenblick, bevor er die nächste Ungeheuerlichkeit aussprach.
»Und vermutlich, weil er gehofft hat, dass Sie ihn zu Damián führen.«

27

Sie hörte apathisch die Nachrichten ab, die sich auf dem Anrufbeantworter angesammelt hatten, und beschloss, nicht mehr ans Telefon zu gehen. Ihr Vater hatte viermal angerufen. Gegen elf Uhr abends meldete sich Lutz. Die Botschaft, die er auf das Band sprach, war nicht ungewöhnlich. Nur seine Stimme klang ein wenig sonderbar. Er erkundigte sich nach den Proben und gratulierte ihr noch einmal zu ihrem Erfolg. Sie war versucht, den Hörer abzunehmen, ließ es jedoch bleiben. Er versprach, am Donnerstag zu kommen, und wünschte ihr viel Glück. Dann verstummte er, zögerte jedoch, bevor er einige Sekunden später auflegte.
Das letzte Gespräch mit Kannenberg hatte sie noch immer nicht zur Ruhe kommen lassen. Je länger sie über die Mutmaßungen des Anwalts nachdachte, desto zwingender erschien ihr die Logik der Vorgänge. Solange Damián unauffällig in seiner Tangowelt lebte, verschwendete Fernando Alsina kaum einen Gedanken an seinen missratenen Adoptivsohn. Doch der Vorfall in Berlin hatte eine ganze Kette von Reaktionen in Gang gesetzt. Der alte Alsina musste sich bedroht gefühlt haben, nachdem er durch ihren Vater von der Sache in Berlin erfahren hatte. Zumindest musste er versucht haben herauszufinden, ob Damián gegen ihn vorgehen wollte. Deshalb war sie beschattet worden. Sie war ein Lockvogel gewesen.
Was wäre geschehen, wenn dieser Pedro Arquizo Damián gefunden hätte? War Damián ihr deshalb ausgewichen? Konnte er sich ihr gar

nicht nähern, weil er gemerkt hatte, dass dieser Arquizo immer in ihrer Nähe war? Wollte der alte Alsina Damián beseitigen lassen? War Damiáns Unfall gar kein Unfall gewesen?
Sie zermarterte sich den Kopf über jeden einzelnen Tag in Buenos Aires. Zu welchem Zeitpunkt konnte Damián erfahren haben, dass sie in der Stadt war? Vermutlich am Dienstag, nachdem sie Nieves im Almagro begegnet war. War Arquizo auch im Almagro gewesen? War er ihr auch zu Lindsey gefolgt? Am nächsten Tag hatte sie den irrsinnigen Plan gefasst, Nieves um Hilfe zu bitten. Ob Nieves Damián von dieser Begegnung erzählt hatte? Gab es in dieser Woche überhaupt einen Kontakt zwischen den beiden? Was hatte Damián während dieser Woche eigentlich gemacht? Wo lebte er? In der leeren Wohnung, wo sie sich zuletzt getroffen hatten?
Sunderland, dachte sie dann. Arquizo musste ihr bis in diesen weit abgelegenen Vorstadtclub gefolgt sein, in der Annahme, Damián dort zu finden. Lindseys Bemerkung, zwei Männer seien ihr gefolgt. Ob Damián sie in seinem Schreck überhaupt gesehen hatte? Vermutlich nicht. Oder vielleicht doch? Oder sollte Arquizo Damián möglicherweise nur finden, weil sein Adoptivvater mit ihm sprechen wollte? Und war Damián wieder nur durchgedreht, wie in Berlin?
Damiáns Handlungen. So rätselhaft wie seine Tangos. Aber sein Tanz war ihr jetzt vertraut. Sie schaute sich den Mitschnitt der letzten Aufführung in Berlin an. *Renaceré*. Sie lauschte dem Text des Liedes, entdeckte plötzlich eine ganz andere Bedeutungsebene. Während die letzte Strophe erklang, sah sie plötzlich diese mit Fotos plakatierte Hauswand von San Telmo wieder vor sich:

Du wirst schon sehen, im Jahr 3001
kehr ich zurück mit den Jungs und Mädchen,
die es niemals gab und geben wird …

Welchen anderen Titel als diesen hätte er wählen sollen? Er tanzte seine Wiedergeburt, indem er zugleich die Maske seines jahrelangen Schweigens zerstörte: Tango. Es sollte sein letzter Tanz sein. Das Ende von Damián Alsina. Erst jetzt erkannte sie die Verzweiflung, die in dieser Befreiung mitschwang. Er, den es niemals gab und geben wird. Julián Echevery. Das geraubte Kind, ihr Geliebter und Halbbruder. Er war an einem Endpunkt angelangt. Er hatte seinen Vater gefunden. Und im gleichen Augenblick hatte er sie verloren. Wohin jetzt noch mit seiner Rache, seiner Liebe? Er war allein auf der Bühne, hob die Arme und präsentierte sich dem verständnislosen Publikum. Julián Echevery, der er nicht sein durfte. Damián Alsina, der er nicht sein wollte. Seine getanzte Absage an eine verhexte Welt.

28

Das Bild verließ sie bis zur Premiere nicht mehr.
Als sie zwei Stunden vor dem Auftritt von einem Spaziergang zurückkam, wartete Lutz am Bühneneingang auf sie. Sie freute sich, ihn zu sehen, und umarmte ihn herzlich. Er bestand darauf, sie zur Maske zu begleiten, da er der festen Überzeugung war, dass er ihr Glück brachte.
»Wie kommst du darauf?«, fragte sie lachend und spürte zugleich die ersten Anzeichen von Lampenfieber in sich aufsteigen.
»Ein untrügliches Gefühl. In welcher Umkleide bist du?«
»Na, na. Solche Neugier. Das ist geheim.«
Er schaute aufmerksam einem Tänzer hinterher, der im Flur an ihnen vorbeikam.
»Seine Umkleide interessiert dich wahrscheinlich ohnehin mehr als meine, oder?«, fragte sie spöttisch.
Er zog viel sagend die Augenbrauen hoch. Dann begrüßte er zwei Tänzerinnen, die er offenbar gut kannte. Giulietta ließ die drei auf dem Gang zurück, betrat ihren Umkleideraum und deponierte ihre Tasche auf dem Stuhl vor ihrem Schminktisch. Die anderen fünf Tische waren noch unbesetzt. Kurz darauf betrat ausgerechnet Enska den Raum, legte wortlos ihre Tasche ab und verschwand wieder. Dann hörte sie die Stimme von Lutz an der Tür.
»Gehn wir noch einen Kaffee trinken?«, fragte er. »Du bist viel zu früh.«
Sie folgte ihm in die Kantine. Es war nicht viel Betrieb. Sie setzten sich etwas abseits.

Lutz musterte sie. Seine Augen glänzten.
»Warum schaust du mich so an?«, fragte sie nervös.
»Ich finde es einfach toll, was heute Abend hier geschieht. Mensch, Giulietta. Dein erstes Solo. Was machst du anschließend?«
Die Frage traf sie völlig unvorbereitet. Anschließend? Sie hatte keine Ahnung. Sie zuckte mit den Schultern, und ihr Gesichtsausdruck spiegelte ihre Ratlosigkeit wider.
Lutz knuffte sie freundschaftlich.
»Schlafen«, sagte sie. »Ausruhen.«
»Keine Party?«
»Doch. Bei Viviane. Vielleicht gehe ich kurz hin. Willst du mitkommen?«
Er schüttelte den Kopf. »Nein. Ich kann nicht. Ich muss nachher gleich nach Hause. Besuch von einem alten Freund.«
Er hörte einfach nicht auf, sie anzustrahlen, als sei er derjenige, der heute Abend ein Solo tanzen durfte. Zwei Kolleginnen betraten die Kantine und winkten kurz zu ihnen herüber. Eine machte mimisch ein Zeichen. In fünfzehn Minuten zur Maske.
Giuliettas Nervosität nahm zu. »Was machst du gegen das Lampenfieber?«, fragte sie ihn.
»Schreien«, sagte er.
»Jedes Mal?«
»Eine halbe Stunde vorher. Kurz und laut. Danach ist alles gut.«
Sie schaute auf ihre Kaffeetasse und schob sie von sich.
Lutz ergriff ihre rechte Hand und drückte sie freundschaftlich. »Das hilft auch«, sagte er, »du wirst großartig sein, ich bin sicher.«
»Danke.« Sie genoss die Berührung und den Zuspruch. »... auch dafür, dass du letzte Woche mitgekommen bist.«
»Keine Ursache. Hat Spaß gemacht. Ich wollte schon immer mal nach Rostock.«
Sie schnitt ihm eine Grimasse.
»Weißt du eigentlich, was das Besondere an deinem Gesicht ist«, fragte er dann.
Sie schüttelte den Kopf.
»Deine Augenlider. Die unteren meine ich. Sie sind waagrecht. Das ist

sehr selten, musst du wissen. Du siehst bezaubernd aus, Giulietta. Eigentlich schade, dass du eine Frau bist.«
Sie zog ihre Hand zurück. Sie spürte einen Stich im Herzen.
»Charmeur … aber toll, dass du gekommen bist«, sagte sie matt, »… ich fühle mich so leer, so allein …«
Er legte den Kopf schief und schaute ihr aufmunternd in die Augen. Sie konnte nicht anders, als zu lächeln.
»Wie war das für dich, mit Damián zu tanzen?«, fragte sie. »Warst du in ihn verliebt?«
»Ein wenig vielleicht. Aber er mochte keine Männer.«
»Fehlt er dir nicht?«
Lutz wich ihrem Blick aus und sagte nichts.
»Weißt du, woran ich oft denken muss?«
Er hob den Kopf wieder und betrachtete sie ernst.
»An diese Mütter und Großmütter, die ihre Kinder und Enkel suchen. Du bist doch in Buenos Aires gewesen. Hast du sie nicht gesehen? Diese Mütter, die auf diesem Platz herumlaufen, seit über zwanzig Jahren. Weißt du, wie man sie dort nennt?«
Er nickte. »Las Locas.«
»Las Locas … weil sie Gerechtigkeit für ihre ermordeten Kinder fordern.« Sie verstummte kurz und fügte dann hinzu: »Und weißt du, was ich mich frage? Da sind die Mütter … und die Großmütter … aber wo zum Teufel sind die Väter?«

29

Auf dem Rückweg zur Umkleide durchquerte sie den Innenhof zwischen der Kantine und dem Intendanzgebäude. Die beiden Gestalten am Hoftor sah sie erst, als es bereits zu spät war.
»Giulietta. Liebes.«
Die Stimme schnitt ihr fast den Atem ab. Ehe sie sich versah, stand ihr Vater neben ihr, legte den Arm um ihre Schulter und drängte sie sanft in die Richtung, in die sie ohnehin gehen wollte. Ihre Mutter verhandelte noch mit dem Pförtner. Wortfetzen trieben herüber, während er bereits

die Tür zum Gebäude aufdrückte. Ihr Vater stellte ununterbrochen Fragen. Ob sie sich schon warm gemacht hatte? Warum sie bei der Kälte durch den Hof ging und nicht über die Brücke? Dann rief er in herrischem Ton nach seiner Frau. Ihre Mutter löste sich aus dem Lichtschein des Pförtnerhäuschens und kam auf sie zu. »Anita, wo bleibst du denn. Giulietta muss zur Maske.«

Sie betraten den Vorraum des Treppenhauses. Ihre Eltern waren herausgeputzt wie für eine Galavorstellung. In ihrem Trikot und den Schläppchen fühlte sie sich unbedeutend und fast schäbig neben ihnen. Für einen kurzen Augenblick hatte sie den Eindruck, alles müsste wie früher sein. Ihr Vater redete unentwegt. Seine Aufregung hatte eine paradoxe Wirkung auf sie: sie wurde ruhiger. Ihre Mutter zog das Programmheft aus ihrer Handtasche und wollte wissen, an welcher Stelle sie welche Rolle tanzen würde.

»Mein Gott, Anita, wir sitzen in Reihe drei, aus der Entfernung wirst du ja wohl deine eigene Tochter wieder erkennen.«

»Erst kommen die Strawinsky-Variationen«, sagte Giulietta. »Da tanze ich nicht mit. Dann ist Pause. Tango-Suite ist danach dran. Es sind vier Teile. Ich tanze das Solo in Teil zwei, und in Teil vier bin ich erst in der Gruppe und dann am Schluss noch einmal allein.«

Ihre Mutter betrachtete irritiert den Besetzungszettel. »Aber wo stehst du denn? Ich finde dich einfach nicht.«

Aus den oberen Stockwerken ertönte ein Klingelzeichen. »Ich muss jetzt wirklich los.«

Ihr Vater drückte sie noch einmal an sich, während ihre Mutter noch immer den Zettel studierte. Giulietta ertrug die Umarmung mit geschlossenen Augen und ging dann schnell zwei Schritte die Treppe hoch.

»Markus, ich kann ihren Namen nicht finden«, sagte ihre Mutter jetzt. »Giulietta, wo stehst du denn?«

»Bei *Libertango*, Mama. Über den Namen der Gruppentänzer.«

Ihr Vater drehte sich um und wollte nach dem Programmheft greifen. Giulietta stieg noch eine Stufe höher. In diesem Augenblick las ihre Mutter den Namen und schaute verständnislos zu ihr hinauf.

»Aber hier steht jemand anderes, Giulietta. Die haben deinen Namen

verwechselt. Hier steht nirgendwo dein Name. Hier steht Juliana Echevery.«
Ihr Vater erstarrte in der Bewegung.
Er schaute nicht zu ihr auf.
Giulietta fixierte ihre Mutter.
»Aber das ist mein Name, Mama.«
Ihr Vater hob langsam den Kopf und warf ihr einen vernichtenden Blick zu. Dann ergriff er ihre Mutter am Arm und wollte sie zur Tür ziehen.
»Ein Pseudonym, Anita, ein Künstlername. Komm, Giulietta muss sich fertig machen.«
Er drängelte sie weiter, aber Anita blieb störrisch stehen.
»Was soll denn das?«, fragte sie. »So ein Unsinn. Wie sollen denn unsere Freunde jetzt wissen, welche Rolle du tanzt? Warum brauchst du denn plötzlich einen anderen Namen?«
Giulietta musterte ihren Vater. Aber er schaute zur Seite weg.
Sie spürte regelrecht, wie er fieberhaft überlegte.
»Papa hat ja auch mehrere Namen, nicht wahr, Papa?«
Jetzt fuhr er herum. »Halt den Mund, Giulietta!«
Der Ton seiner Stimme erschreckte Anita mehr als Giulietta, die von der Treppe auf ihn herabblickte. Anita schaute von einem zum anderen.
»Kann mir jemand erklären, was hier los ist?«, fragte sie verwundert.
»Papa kann dir alles erklären, Mama. Frag ihn nur, wo sein Sohn ist.«
Die nachfolgende Stille hatte etwas Unheilvolles.
Ihr Vater atmete laut hörbar aus und schüttelte heftig den Kopf, während Anita jetzt Giulietta anstarrte, als habe sie den Verstand verloren.
Dann betrachtete sie ihren Mann. »Markus, wovon redet sie?«
Er ignorierte sie, war mit einem Satz die beiden Stufen der Treppe hinauf und baute sich vor ihr auf. Die plötzliche Nähe erschreckte sie, aber sie hatte keine Angst mehr vor ihm.
Es war alles wahr. Dieser Mann war ein Fremder für sie.
»Was … was fällt dir ein«, zischte er sie an.
Sie ging einen Schritt rückwärts und überragte ihn nun wieder.
Sie wollte etwas erwidern, doch Anitas zornige Stimme kam ihr zuvor.
»Markus … verdammt noch mal, was geht hier vor?«

Dann ertönte wieder die Klingel.
Giulietta ging noch zwei Schritte rückwärts und betrachtete stumm ihre beiden Eltern.
Dann drehte sie sich um und eilte die Treppe hinauf.

30

Sie starrte auf den Monitor, der den Zuschauerraum überwachte. Sie konnte gut erkennen, wo sie saßen. Reihe drei. In der Mitte. Sie ließen sich nichts anmerken, begrüßten Hollrichs, die soeben eintrafen. Ein weiteres Ehepaar wurde durchgelassen und nahm neben ihnen Platz. Vermutlich noch ein Kollege ihres Vaters. Ihre Mutter schaute bisweilen wie abwesend vor sich hin. Ihr Vater ließ keinerlei Regung erkennen. Dann ihre Mutter, die Frau Hollrich das Programm erläuterte. Sie wies auf eine Stelle im Besetzungsblatt und erklärte ihr etwas, das sie mimisch mit Achselzucken und Kopfschütteln kommentierte. Frau Hollrich machte eine lässige Handbewegung. Ihr Vater hatte inzwischen die Videokamera entdeckt und blickte einige Sekunden lang ausdruckslos direkt in die Linse.

31

Giulietta kehrte in den Gang zurück und traf auf Marina Francis, die soeben aus der Umkleide kam. Giulietta ging bis zum Bühneneingang neben ihr her und suchte sich dann einen Platz in den Kulissen. Die sechs Paare, welche die Strawinsky-Variationen tanzten, waren bereits auf der Bühne. Die letzten Minuten hinter geschlossenem Vorhang. Dann der tiefe Glockenklang, der den Beginn der Vorstellung ankündigte. Es wurde still. Die Paare nahmen ihre Positionen ein. Das leise Zischen der Nebelmaschine vermischte sich mit den ersten Takten der Musik. Die Bühne war in dunkelblaues Licht getaucht. Dann strich ein leichter Windzug durch den Kunstnebel. Der Vorhang war offen. Mit dem Einsatz der Celli begann der Tanz.

Giulietta betrachtete Marina und fühlte eine unerträgliche Nervosität in sich aufsteigen. Welche Sicherheit sie ausstrahlte! Sie konnte den Blick nicht von ihr nehmen. Sie würde niemals so tanzen können. Heert hatte einen Fehler gemacht, sie nicht für das Tango-Solo zu besetzen. Möglich, dass Marina für Tango zu elegant, zu weich war. Aber Ballett war nun einmal nicht Tango. Das Publikum würde Giuliettas Stil nicht verstehen. Marina Francis. Das verstand man. Giulietta würde schwer erscheinen, unbeholfen, plump. Wie sollte sie nach Marina die Bühne betreten?
Der Beifall war berauschend. Vier Vorhänge. Marina musste mehrmals an den Bühnenrand. Ihre Verehrer waren da und warfen Blumen. Während der Pause herrschte Hochstimmung. Giulietta zog sich vor dem allgemeinen Durcheinander in den dritten Stock zurück und verbrachte einige Minuten allein im dunklen Probensaal. In zwanzig Minuten war es so weit. Sie schloss die Augen und atmete gleichmäßig. Sie wollte leer werden, alles vergessen, aber es gelang ihr nicht. Die Eindrücke der letzten Monate suchten sie heim. Stimmen. Gerüche. Bilder. Sie dachte an Lindsey. An ihr Hotelzimmer in Buenos Aires. Und immer wieder das ausgebrannte Autowrack. Sie schrie. Einmal. Dann noch einmal. Kurz und laut.
Als sie zur Hinterbühne zurückkehrte, nahmen die ersten Paare gerade Aufstellung. Heert winkte sie zu sich heran und fragte sie, ob alles in Ordnung sei. Giulietta nickte stumm. Marina trat hinzu und wünschte ihr Glück. Giulietta sagte ihr, sie sei großartig gewesen. Heert flüsterte ihr noch etwas ins Ohr, aber sie verstand es nicht. Ein Techniker machte ihnen ein Zeichen, und Heert zog sie weiter in die Seitenbühne hinaus, während sich die letzten Paare auf der Bühne einfanden. Der Gong ertönte. In zwei Minuten würde der Vorhang aufgehen.
Heert blieb stehen und wiederholte, was er eben gesagt hatte. »Wenn du Musik hörst, dann tanzt du, ja?«
Sie schaute ihn verständnislos an. »Natürlich«, sagte sie dann, »was soll ich denn sonst tun.«
»Enttäusche mich nicht, Giulietta. Ja?«
Sie verstand überhaupt nicht, was er wollte. »Willst du mich nervös machen?«, fragte sie gereizt.

»Tanze zur Musik. Hörst du?«
Sie nickte verwirrt und ging dann auf ihre Warteposition. Das Licht erlosch, und es verblieb nur ein Rotschimmer. Die Tänzerinnen trugen dunkle Trikots und Netzstrümpfe, die Tänzer schwarze Hosen und eng anliegende Tops aus Lederimitation. Während der Vorhang sich hob, verstummten die letzten Gespräche im Zuschauerraum. Das Bild war ungewohnt, und es vergingen einige Sekunden, bevor die noch ungewohntere Musik einsetzte. *Tres minutos con la realidad*. Drei Minuten mit der Wirklichkeit. Die Paare setzten sich in Bewegung. Nach einigen Minuten die ersten Hustgeräusche im Publikum. Giulietta beobachtete Enska. Sie tanzte tadellos. Auch die anderen waren perfekt synchron und machten genau das, was sie wochenlang geprobt hatten. Aber die winzigen Signale aus dem Publikum, der Mangel an Konzentration, die Unruhe hier und da sprachen eine klare Sprache: das Stück war nicht leicht zugänglich. Die Musik war zu fremd, die Darbietung berührte das Publikum nicht. Kein Vergleich zu den Strawinsky-Variationen und der gespannten Stille während der Aufführung. Der Saal war unruhig. Noch nicht ablehnend oder frostig, aber gleichgültig. Viviane stand neben Heert und kaute an den Fingernägeln. Theresa Sloboda saß daneben auf einem Hocker und zwinkerte Giulietta zu, als sie ihren Blick bemerkte. Maggie Cowler war Gott sei Dank schon vor vier Tagen nach Wien abgereist.
Der Augenblick ihres Einsatzes rückte näher. Plötzlich war alles um sie herum leer. Eine Spannung fiel von ihr ab. *Libertango* begann …

32

Lutz erzählte ihr später, sie habe das Haus völlig überrascht. Der Eröffnungsteil sei nicht schlecht gewesen. Aber während die Musik unter Volldampf dahinrauschte, wurden die Tänzer darin regelrecht hin- und hergeblasen. Man sah ein filigranes Gewirr aus Armen und Beinen, die der komplizierten Melodielinie folgten. Aber nirgendwo gab es eine Gegenbewegung für die unterschwellige Gewalttätigkeit dieser Musik. Ihr Erscheinen kehrte das um. Das Bild auf der Bühne bekam plötzlich

eine Struktur. Er habe sofort begriffen, warum Heert um alles in der Welt gerade sie für das Solo haben wollte. Sie bündele all das, was die anderen Tänzer entweder nicht hörten oder nicht umzusetzen verstanden. Während des ersten Teils sei man als Zuschauer verloren gewesen. Ein Gewimmel von anmutigen Gesten und Gebärden, während man instinktiv nach einer optischen Entsprechung des verstörenden Elements dieser Musik suchte. Mit ihrem Erscheinen war das plötzlich vorhanden. Man konnte gar nicht anders, als sich diesen langsamen, schleppenden Bewegungen zu überlassen, während die Musik um sie herum tobte. Sie brachte Ruhe und Tiefe auf die Bühne. Das Haus wurde still. Totenstill. Giulietta selbst erinnerte sich an die ersten Minuten ihres Auftritts überhaupt nicht. Die Hitze der Scheinwerfer war das Letzte, das sie wahrnahm. Danach war alles wie ein Rausch gewesen. Ihr Körper und die rätselhafte Verbundenheit mit dieser Musik. Sie spürte die hellen, melodiösen Stellen, beachtete sie jedoch nicht und folgte stattdessen den dunklen, schrägen Spuren, den gehetzten Bassläufen, dem Keuchen des Bandoneons. Sie hörte die Klappen der Ventile und das Atemholen des Balges, das raue Schaben dieses unbeschreiblichen Tones. Die Musik lockte sie und wies sie ab. Ihr Körper war eins mit dem Instrument. Es spielte mit ihr, hob sie hoch, um sie dann sogleich gegen den Boden zu pressen. Es öffnete sie weit für eine Umarmung mit der tröstlichen Violine, um ihr im nächsten Augenblick den versprochenen Trost sofort mit einem verräterischen Grollen zu entziehen.
Sie sah weder das versteinerte Gesicht ihres Vaters noch die gelösten Züge ihrer Mutter, die ihr völlig selbstvergessen zuschaute. Sie nahm überhaupt nichts wahr. Sie beendete das Solo, hielt einen Augenblick inne, die Arme *allongé* in der vierten Position, und begann den Abgang:
chassé, dégagé, ronde de jambe
chassé coupé en tournant, bourrée
chassé coupé en tournant, bourrée
chassé coupé en tournant, bourrée …
Dann hörte sie vereinzelt Beifall. Einige Bravo!-Rufe ertönten, während andere Zuschauer durch Zischlaute Ruhe für den Fortgang der Aufführung forderten. Viviane kam auf sie zugeeilt und brachte ihr ein Handtuch.

»Großartig, Giulietta«, flüsterte sie. »Ganz hervorragend. Bist du okay?« Vor lauter Aufregung duzte sie sie plötzlich.
Sie nickte, atmete schwer und schaute sich um. Theresa machte ihr aus der Ferne ein Zeichen mit der Hand. Daumen nach oben. Heert war nirgends zu sehen. Zwei Tänzerinnen der Strawinsky-Gruppe gratulierten ihr mimisch.
Jetzt hatte sie etwa acht Minuten bis zum nächsten Einsatz. Sie überprüfte ihre Schuhe, streckte und dehnte sich. Und dann begriff sie. Spontaner Applaus! Für sie! Sie schloss die Augen und lauschte. *Cite Tango*. Der dritte Teil. Keine Geräusche aus dem Publikum. Keine Unruhe. Der Funke war übergesprungen. Das Stück trug jetzt. Wo war Heert nur hingegangen? Seine Reaktion hätte ihr jetzt etwas bedeutet. Und sie war ihm dankbar. Dies war ihr Stück. Wenn nur Damián … sie verbot sich den Gedanken, aber die Erinnerung hätte sie jetzt beinahe aus der Fassung gebracht. Diese Musik, wie sollte sie jemals diese Musik ertragen können? Sie lauschte ergriffen den ersten Takten von *Michelangelo '70*. Sie liebte dieses Stück. Das Gehetzte, Fiebernde, Schwirrende. Es war aus dem gleichen Stoff gemacht wie *Escualo*. Sie schloss die Augen und wartete ungeduldig auf das klirrende Fauchen am Ende.
Und dann war es so weit. Der Gitarrenlauf von *Mumuki* erklang. Die Violine setzte ein. Ihr Partner erschien neben ihr und nahm sie bei der Hand. Sie liefen zu ihrer Position und begannen den Schlussteil. Diesmal waren alle ihre Sinne geöffnet, als sie sich aus der Paarformation löste und für das Abschluss-Solo in der Bühnenmitte Aufstellung nahm. Sie spürte die Intensität der Blicke. Man hatte auf sie gewartet. Sie wurde wieder erkannt. Lutz hatte es später immer wieder so beschrieben. Sie war das Kraftzentrum, welches das ganze Bild zusammenhielt. Die Herrscherin über diese Klangwelt. Seine Sitznachbarn hätten sich vorgebeugt, als sie zurückkam. Und dann dieses grandiose Schlussbild: die acht Tänzerpaare glitten versetzt auseinander und erweckten den Eindruck eines sich öffnenden Bandoneonbalges. Giulietta stand in der Mitte und fügte Drehung an Drehung, während der Bandoneonton langsam ausklang. Die Gruppe erstarrte in der Bewegung. Jetzt hörte man nur noch die Violine, ein eisiges Flageolett. Giulietta tanzte von Paar zu Paar. Nun wurde das Bild verständlich. Sie verkörperte die Musik, wel-

che die Paare zueinander geführt hatte. Diese Gemeinschaft wurde nun wieder aufgelöst. Die Tänzerinnen und Tänzer trennten sich allmählich und füllten die Bühne in der größtmöglichen Entfernung voneinander. Giulietta kehrte in die Mitte zurück und tanzte wie festgenagelt auf der Stelle, vom Frauenschritt in den Männerschritt wechselnd. Giuliettas Schlussposition war androgyn: Armhaltung des Mannes, Beinhaltung der Frau, das Gesicht erschrocken abgewandt. Und mit dem Schlussakkord, diesem klagenden, sirenenartig verzerrten Glissando der Geige, drehten sich alle Gruppentänzer zu ihr hin und streckten suchend den Arm nach ihr aus.
Weißes Licht. Dann völlige Dunkelheit.
Vorhang.

33

Die Länge der anschließenden Stille war ein Maß für den darauf folgenden Beifallssturm. Manche Zuschauer warteten erst gar nicht den zweiten Vorhang ab, sondern applaudierten sofort stehend. Beim zweiten Vorhang stand das ganze Haus. Die sechzehn Tänzerinnen und Tänzer gingen abwechselnd nach vorne. Am Schluss Giulietta. Der Beifall erschlug sie. Sie schaute wie geblendet über diese Menschenmasse, die ihr Glückwünsche und Hochrufe entgegenschleuderte. Darauf war sie nicht vorbereitet. Tränen schossen ihr in die Augen. Sie schaute zu ihren Eltern. Ihre Mutter stand dort und applaudierte mit hoch erhobenen Händen. Der Sitz neben ihr war leer. Aber daran konnte sie jetzt nicht denken. Sie versuchte, ihrer Mutter ein Lächeln zu schenken, aber ihr Gesicht gehorchte ihr nicht. Zwei Reihen hinter ihrer Mutter winkte ihr eine Frau zu und klatschte hingerissen. Frau Ballestieri! Giulietta trat in die Reihe zurück und ging mit der Gruppe gemeinsam an den Orchestergraben vor. Vier weitere Vorhänge folgten. Und stets zerfloss der rhythmische Beifall bei Giuliettas Verbeugung zu einem tosenden Meer aus Applaus, Bravo!- und Zugabe!-Rufen. Zwei weitere Vorhänge brachten noch immer keine Erschöpfung. Beim fünften Vorhang war Heert auf der Bühne erschienen und wurde nun gleichermaßen be-

klatscht. Beim siebten Vorhang hob er plötzlich die Arme und wartete geduldig so lange, bis Ruhe eingekehrt war. Die Zuschauer blieben verwundert stehen. Manche nahmen erwartungsvoll wieder Platz. Eine Zugabe? Wohl kaum. Eher eine Ansprache?
Heert drehte sich kurz zu seinem Ensemble um. Die Tänzerinnen und Tänzer standen in einer Reihe. Mit geröteten Gesichtern und glücklich über ihren Erfolg. Was hatte er vor? Viviane. Wahrscheinlich würde er jetzt Viviane holen.
Aber stattdessen gab er plötzlich ein Zeichen in Richtung Tonregie und verließ die Bühne. Im gleichen Augenblick erklangen die ersten Takte von *Escualo*.
Wie hatte er ihr das nur antun können? Giulietta schaute verwirrt um sich. Die Gruppe machte einige Schritte nach hinten und überließ ihr die Bühne.
Seine Warnung zu Beginn der Aufführung! Wenn du Musik hörst, dann tanzt du. Enttäusche mich nicht. Er wollte, dass sie *Escualo* tanzte? Aber das konnte sie doch nicht. Nicht hier. Nicht jetzt. Es war ihr Gespräch mit Damián, das keinen etwas anging.
Doch sie konnte Heert nicht hängen lassen. Ihm verdankte sie diesen Abend. Diesen grandiosen Erfolg. Sie war ein Nichts. Ein Niemand. Nur er hatte etwas Besonderes in ihr gesehen. Und das wollte er zeigen. Das konnte sie ihm nicht abschlagen.
Und vielleicht war es auch das Allerbeste. Dieses Gespräch mit ihm, mit ihrem Halbbruder, mit ihrem Geliebten. Vielleicht sollte es hier sein Ende haben, auf dieser Bühne. Ein letztes Mal sein Gesicht sehen, wie es sich in ihre Erinnerung eingegraben hatte damals, im *Chamäleon*. Seine Bewegungen, in die sie sich sofort verliebt hatte. Sie waren jetzt ein Teil von ihr. Der katzenhafte Gang, die heimtückische Zartheit seiner Drehungen, das Suchende, Grüblerische, Verzweifelte seiner Tempiwechsel. All das würde ihr von ihm bleiben. Und dessen brauchte sie sich auch nicht zu schämen, hier in diesem Theater, vor zweitausend Leuten, die vermutlich ihre Tränen sahen, während sie die Figuren dieser unmöglichen Liebe auf das Parkett zeichnete. Figuren, die alle seinen Namen trugen, auch wenn da keiner war, der das hätte lesen können. Es würde ihr Abschied sein, ihr Tango für Damián.

Doch was sie nicht ertrug, war der Beifall. Sie sah kaum etwas durch ihre verweinten Augen, als sie sich am Ende zur Verbeugung erheben wollte. Und dann verlor sie völlig die Kontrolle. Sie begann zu schluchzen. Sie versuchte sich zusammenzureißen, aber was da aus ihr hervorbrach, ließ sich nicht bändigen. Sie schlug die Hände vors Gesicht und rannte zur Seite weg. Heert fing sie auf. Er war fassungslos.
»Giulietta, was ist denn? Hör doch den Applaus.«
Viviane trat hinzu. Dann Theresa. Im Nu war sie von einem Dutzend Menschen umringt, die ihr gratulieren wollten. Und noch immer verging der Beifall nicht. »Giulietta, bitte, reiß dich zusammen. Du musst noch einmal hinaus«, sagte Viviane. Aber sie schüttelte den Kopf. Gleich würde sie ersticken. Sie konnte nicht mehr. Sie bahnte sich einen Weg durch die Umstehenden und stolperte auf den Bühnenausgang zu. Sie vernahm noch Heerts Stimme: »Die Gruppe … los, noch einmal Verbeugung und dann Vorhang. Schnell.« Dann hörte sie die schwere Eisentür hinter sich zufallen und war endlich draußen. Zwei Techniker schauten sie erstaunt an, als sie tränenüberströmt an ihnen vorbeilief. Es kümmerte sie nicht. Nichts mehr kümmerte sie. Nur weg hier.
Sie riss die Tür zu ihrer Umkleide auf und prallte hart mit ihm zusammen. Er musste direkt hinter der Tür gewartet haben. Sie schrie auf und wich vor ihm zurück. »Was willst du?«, schrie sie. »Was hast du hier verloren? Das ist meine Umkleide. Verstehst du? Raus hier!«
Ihr Vater hob beschwichtigend beide Hände und kam langsam auf sie zu. »Giulietta, lass uns in aller Ruhe miteinander reden, du bist völlig durcheinander …«
»ICH, ich bin überhaupt nicht durcheinander … nicht mehr!!« Sie verschluckte sich. Was war nur mit ihrem Gesicht los. Sie erhaschte in einem der Spiegel einen Blick auf sich. Ihre Augen waren verschmiert, die Schminke hoffnungslos zerlaufen. Ihr Hals zuckte. Vor Wut. Vor Verzweiflung.
»… ich bin deine Tochter nicht mehr, verstehst du … du Lügner, du verfluchter Lügner … wo ist Damián … was hast du getan …« Weiter kam sie nicht. Gleich würde sie ersticken. Ihr Vater kam immer noch auf sie zu, aber langsamer, noch bedächtiger, als nähere er sich einem tollwütigen Haustier. »Giulietta, bleib ganz ruhig! Es gibt für alles eine

Erklärung. Wir fahren jetzt erst einmal nach Hause, und dann reden wir über alles …«
Sie starrte ihn an. Warum half ihr denn niemand? Wo waren denn die anderen? Sie blickte gehetzt um sich. Jemand hatte einen kleinen Blumenstrauß an ihrem Platz deponiert. Jasminblüten. Ein Briefumschlag war auch dabei. Lutz?, dachte sie überflüssigerweise.
»Bleib stehen. Bleib wo du bist«, sagte sie drohend.
Er hielt inne. Die beiden Techniker waren an der Tür erschienen.
»Jibt's Probleme, Mädel?«, fragte der eine und war mit zwei Schritten neben ihrem Vater. »Wer sind 'n Sie? Wat machen Sie hier?«
»Hören Sie, das ist meine Tochter, und ich habe …«
»Bitte bringen Sie den Mann weg«, sagte Giulietta und ging zu ihrem Stuhl.
Der andere Techniker baute sich vor Battin auf und versperrte ihm den Weg zu ihr.
»Also, haste jehört. Autojrammstunde is erst morgen wieder. Jehn wa.«
Battin lächelte. »Hören Sie, das ist ein Missverständnis. Das hier ist meine Tochter …«
»Ja, ja. Un ick bin der Kusäng vom Bürgermeister. Komm Alter, da jeht's raus.«
»Giulietta!«
Aber sie reagierte nicht. Sie schaute die Blumen an. Und den Briefumschlag.
Dann war sie allein. Sie hörte Schritte, die sich entfernten, und dann das Geräusch einer zuschlagenden Tür. Sie nahm den Briefumschlag und roch an den Blumen. Lutz. Es konnte nur von ihm sein. Sie nahm ein Tuch, wischte sich die Augen trocken und griff nach einer Nagelfeile. Jasminduft stieg ihr in die Nase. Sommerduft. Sie schnitt das Kuvert auf und suchte nach einer Grußkarte. Aber der Umschlag enthielt keine Nachricht. Es lag etwas darin. Sie ließ die Hand in den Umschlag hineingleiten und zog sie erschrocken wieder zurück. Sie hatte etwas berührt, etwas Pelziges. Sie drehte den Umschlag herum und schüttete seinen Inhalt auf dem Tisch vor sich aus.
Wer um alles in der Welt schickte ihr eine Haarlocke …?
Dann der Schock. Eine Haarlocke! Sie griff erneut nach dem Umschlag

und suchte nach einer Nachricht. Aber nirgends stand etwas geschrieben. Sie riss das Kuvert entzwei. Nichts! Sie lehnte sich zurück und betrachtete verstört die Blumen. Jasmin. Lutz? Seine Stimme am Telefon. Die Gesprächsfetzen ihrer Unterhaltung heute Abend ... *weil ich Dir Glück bringe ... was machst du anschließend?* Ihr Herz begann wie wild zu schlagen. Wie ...? Sie starrte erneut auf die Haarlocke. Das war *ihr* Haar. Was hatte Lutz gesagt? Warum wollte er nicht zu Vivianes Party kommen? *Ich muss nachher gleich nach Hause. Besuch von einem alten Freund.*
Sie sprang so plötzlich auf, dass ihr Stuhl krachend gegen die Wand flog. Sie schlug die Hände vors Gesicht. Aber das konnte doch nicht ... wie sollte ...? Sie ging einige Schritte in Richtung Tür, kehrte dann wieder zu ihrem Platz zurück und riss hastig den Jasminblütenstrauß auseinander. Aber da war nichts. Kein Hinweis. Keine Botschaft. Nur Blüten und Blätter. Und ihre Haarlocke. Großer Gott!
Die Tür ging auf. Kolleginnen kamen schwatzend herein. Plötzlich war alles um sie herum voller Menschen. Giulietta griff nach ihrem Mantel. Es war unmöglich. Aber niemand außer ihm ... wie um alles in der Welt? ... war er am Leben ... war er hier gewesen? ... heute Abend? ... mit Lutz?
»Giulietta.« Heerts Stimme. »Wo willst du hin?«
»Ich muss weg, es ist furchtbar dringend.«
»In Ballett-Schuhen?«
Sie schaute an sich herunter und begann in rasender Eile die Bänder aufzunesteln. Heert ging vor ihr in die Hocke und ergriff sie bei den Schultern.
»Was ist denn nur los mit dir? Du warst großartig. Die Leute klatschen immer noch.«
»Ich kann jetzt nicht reden, Heert. Ich ...«
Jetzt lachte sie plötzlich. Es war ein hysterisches Lachen. Tränen rollten ihr noch immer aus den Augenwinkeln.
»... ich erkläre es dir ein anderes Mal ... aber danke ... für alles.«
Er begriff überhaupt nichts.
»Hör zu, ich kenne das«, sagte er.
Sie lachte ihn erneut an.
»Nein, das kennst du nicht. Aber das macht nichts.«

Sie hatte die Bänder noch immer nicht aufgeknotet. Sie zog heftig daran herum, riss sich dann die Ballett-Schuhe von den Füßen und warf sie in die Ecke. Bevor Heert noch etwas erwidern konnte, hatte sie Turnschuhe an und war auf dem Weg zur Tür.

34

Sie war durch die Kantine geeilt und hatte die Oper durch den Osteingang verlassen. Niemand bemerkte sie. Berlin war ihr niemals schöner erschienen. Der Nieselregen. Die Kälte. Die grauen Fassaden. Der schwarz glänzende Asphalt. Aus dem Fenster ihres Taxis sah sie im Vorbeifahren, wie die Besucher aus der Oper strömten. Der Platz vor dem Haupteingang war schwarz von Menschen. Es gab Gedrängel vor den Schaukästen. Sie wusste, wo die drei Probenfotos von ihr hingen. Juliana Echevery. Eine Menschentraube von Neugierigen hatte sich davor gebildet.

Aber was bedeutete dieser Erfolg schon gegen das, was sie in ihrer Hand trug? Sie hielt ihre Haarlocke fest umklammert, als würde sie sich sonst jeden Augenblick in Luft auflösen – und damit auch die absurde Hoffnung, die sie in sich barg. Doch wie sollte das möglich sein …? War Lutz deshalb so aufgeregt gewesen? War Damián hier? War er am Leben?

Gedächtniskirche. Wittenbergplatz. In fünf Minuten wäre sie bei ihm. War er in der Oper gewesen? Hatte er sie vielleicht sogar tanzen sehen? Oder hatte sie etwas missverstanden? Gab es eine Sitte, von der sie nichts wusste? Schenkte man Tänzerinnen Haarlocken als Glücksbringer? Wie konnte er am Leben sein? Doch dieses Zeichen … es war ihr Haar … das war kein Zufall, konnte kein Zufall sein … wie sollte sie ihm begegnen?

Sie sprang aus dem Taxi, wartete weder auf das Wechselgeld noch schloss sie die Tür. Sie sah, dass in Lutz' Wohnung Licht brannte. Jemand stand am Fenster und schaute zu ihr herab. Dann verschwand die Person. Der Türöffner begann zu summen, ohne dass sie den Eingang erreicht oder überhaupt geklingelt hatte. Als sie den Hausflur betrat, ging das Treppenhauslicht an.

Ihr Herz klopfte bis zum Hals. Sie wollte seinen Namen rufen. Aber ihre Kehle war wie zugeschnürt. Sie nahm jeweils zwei Stufen auf einmal und hörte, wie ihr von oben Schritte entgegenkamen. Dann sah sie seine Hand auf dem Handlauf. Und im nächsten Augenblick die ganze Gestalt. Er blieb stehen. Sie schaute zu ihm auf. Damián. Sie wollte etwas sagen, aber sie konnte nicht. Er streckte die Hand nach ihr aus, sprang die restlichen Stufen zu ihr herunter und umarmte sie.

Sie hielt ihn fest. Stumm. Fassungslos. Minuten vergingen. Die Treppenhausbeleuchtung erlosch. Doch noch immer bewegten sie sich nicht. Ein schmaler Lichtschimmer erhellte zwei Stockwerke weiter oben den Treppenabsatz, und von dort hörte man gedämpft Musik. Er löste sich von ihr, küsste ihre Stirn, strich über ihr Haar, nahm sie an der Hand und führte sie durch die Dunkelheit langsam nach oben.

Die Tür stand offen. Damián ging voran, ließ sie eintreten und schloss dann behutsam die Tür. Noch immer hatten sie kein Wort gesprochen. Er half ihr aus dem Mantel, hängte ihn an einen Haken neben der Eingangstür und zog sie ins Wohnzimmer.

Der Großteil des Raumes wurde von einem Kachelofen und einem Flügel in Anspruch genommen. Eine einzelne weiße Kerze brannte auf dem Instrument. Daneben stand eine Ledercouch, davor ein Glastisch. Riesige Fotos von New York schmückten die Wand dahinter. Der Kachelofen knackte. Lutz war nirgends zu sehen.

Damián stand mit den Händen in den Taschen im Raum und schaute ihr zu, wie sie zaghaft auf dem Sofa Platz nahm. Sie war plötzlich befangen. Damián sah verändert aus. Er trug die Haare kurz. Der Pferdeschwanz war verschwunden. Seine Kleidung war ungewohnt. Hose und Jackett. Ein weißes Leinenhemd. Braune Halbschuhe aus geflochtenem Leder. Ihre Blicke trafen sich. Er versuchte zu lächeln, aber sie spürte, dass er genauso unsicher war wie sie.

Sie erhob sich, ging zu ihm hin und berührte sein Gesicht. Er schloss die Augen und schmiegte seine Wange an ihre Handfläche. Ihr Halbbruder. Ihr Geliebter. Die Worte schossen wie Stromstöße durch ihren Kopf. Aber sie konnte nicht anders.

»Damián«, sagte sie plötzlich. »Wer war in diesem Auto?«

Sie flüsterte unwillkürlich, als gehörte sich die Frage nicht.

Er öffnete die Augen und lächelte sie an. Bevor er noch etwas sagen konnte, presste sie ihre Lippen auf seinen Mund und küsste ihn stürmisch. Er erwiderte ihren Kuss und umarmte sie fester.

»Ich weiß es nicht«, sagte er dann, als ihre Wange an seiner Schulter ruhte. »Der Mann war bereits vier Tage tot und lag seit zwei Nächten in benzingetränkte Tücher eingewickelt in einer Garage. Die Familie bekam dreitausend Dollar. Davon kann sie eine Weile leben.«

Sie wollte sich aufrichten. Aber er zog sie nur noch fester an sich.

»Die medizinische Fakultät zahlt erheblich weniger für eine Leiche«, fügte er hinzu. »Ich wäre anders nicht lebend aus Argentinien herausgekommen. Selbst jetzt ist es noch riskant. Aber wenn ich vorsichtig bin, wird man keinen Verdacht schöpfen und mich vergessen.«

Giulietta sagte nichts. Sein Geruch. Die Wärme seines Körpers. Der Klang seiner Stimme. Sie spürte ein unbändiges Verlangen nach ihm. Aber das durfte doch nicht sein.

»Hast du etwas Wasser hier?«, fragte sie unvermittelt.

»Ja. Natürlich. Entschuldige, du musst ja völlig erschöpft sein. Ich hole sofort welches.«

Doch bevor er sich umdrehen konnte, um in die Küche zu gehen, umarmte sie ihn wieder. Sie standen minutenlang bewegungslos da. Sie hatte zahllose Fragen. Aber die Antwort war immer die gleiche: er lebte. Nur das zählte. Sie hatten Zeit. Alles andere würde sich finden. Sie spürte seine Hände auf ihrem Rücken und schmiegte ihre Wange an seine Schulter. Sie schloss die Augen und lauschte seinem Atem, spürte seinen Herzschlag. Er strich über ihr Haar, streichelte ihre Wange und zog sie fester an sich. Die Musik endete. Das CD-Gerät schaltete sich mit einem kurzen Summen ab. Dann herrschte völlige Stille.

35

Nach einer Weile löste er sich aus ihrer Umarmung, ging in die Küche und kehrte mit einer Flasche Wasser und einem Glas zurück. Giulietta hatte auf dem Sofa Platz genommen. Als er das Glas zu füllen begann, sagte sie: »Damián. Ich weiß alles.«

Er schaute sie kurz an, erwiderte jedoch nichts.
»Ich bin bei Kannenberg gewesen«, fuhr sie fort.
Er ließ sich neben ihr auf der Couch nieder und reichte ihr das Glas. Dann streichelte er ihr Haar und flüsterte: »Du bist eine wundervolle Tänzerin, Juliana Echevery. Ich liebe dich.«
Sie lächelte und hob das Glas an ihre Lippen. Während sie trank, begann er zu erzählen, stockend zunächst, doch dann wie von der Notwendigkeit getrieben, endlich alles loszuwerden, alles mit ihr zu teilen. Er rief ihr jenen Mittwochabend in Erinnerung, als er mit ihr bei ihren Eltern zum Abendessen eingeladen war und ihren Vater zum ersten Mal gesehen hatte. Wie oft hatte er sich diesen Moment vorgestellt, wenn er ihm endlich gegenüberstehen würde – dem Mann auf dem Foto; dem Mann, der seine Mutter verraten hatte. Jahrelang hatte er ihn gesucht. Doch dieser Teufel hatte einen Schutzengel namens Giulietta.
»Nach jenem Essen war ich wie betäubt. Das Ungeheuer war dein Vater. Du und ich … Geschwister. Die Welt war völlig verrückt geworden. Was sollte das für einen Sinn haben? Danach war nichts mehr wie vorher. Ich hasste alles, was ich die letzten acht Jahre getan hatte, mich von einer Lüge zur nächsten zu hangeln. Aus Angst. Aus Feigheit. Alles kam mir plötzlich lächerlich vor. Mein Tango-Alphabet. Diese Tango-Welt, die nichts mit mir zu tun hatte, die ich mir übergestülpt hatte wie eine dritte Maske über die zweite. Doch das Schlimmste war … dass wir … ich meine … du und ich … das war unmöglich geworden. Ja, das war das Schlimmste. Das hatten mir meine Rachegelüste eingebracht. Es war nicht meine Schuld. Und dennoch fühlte ich mich schuldig. Ich verstehe es selbst nicht. Ich wollte es dir sagen, aber ich konnte nicht. *Er* sollte es tun. Wenigstens das. Ich hatte keine Ahnung, wie ich es anstellen sollte. Ich buchte meinen Flug auf das erstmögliche Datum nach der Aufführung um. Ich sagte Nieves, dass nach dieser Show endgültig Schluss sei. Sie ist völlig durchgedreht. Deshalb habe ich am Sonntag die Musik geändert. Ich wollte alles zerstören, was mich an diese Welt band, mich unwiderruflich befreien. Vom Tango. Von Nieves. Das ist mir gelungen. Aber es war keine Wiedergeburt. Wer war ich denn jetzt noch? Nicht mehr El Loco, aber noch immer die Kreatur der Mörder meiner Mutter: Damián Alsina. Ich wollte dir alles sagen, aber ich konnte nicht.

Ich schämte mich. Ich wollte nicht, dass wir aufhören, uns zu lieben. Der Himmel hat dir eine Schwester geschenkt, sagte ich mir, ein wundervolles Mädchen. Sei doch zufrieden. Vergiss ihren Vater. Was geschehen ist, ist geschehen. Es ist nicht mehr zu ändern. Hör auf, schlauer sein zu wollen als das Schicksal. Verzeih und lebe dein Leben. Aber ich konnte nicht. Alles war wie verhext. Als du am Dienstag weggefahren bist, bin ich den ganzen Tag durch die Stadt geirrt. Sollte ich einfach abreisen? Ich fuhr in deine Wohnung und versuchte, dir einen Brief zu schreiben. Dann tauchte ausgerechnet dein Vater auf. Er stand plötzlich im Zimmer. Ich hatte ihn gar nicht kommen hören ... er stand da wie ein böser Geist aus einer Flasche. Und dann fing er an, mich zu beleidigen. Ich solle die Finger von dir lassen und so weiter. Und dann habe ich die Nerven verloren ...«
Er trank einen Schluck Wasser. Giulietta legte ihren Kopf auf seine Knie und zog ihre Beine auf die Couch hoch. Er streichelte ihr Haar, während er weitersprach.
»... ich ließ ihn so zurück, weil ich nicht mehr weiter wusste. Du würdest ihn finden, und er würde dir alles erklären. So dachte ich jedenfalls. Ich hätte es nicht gekonnt. Selbst die ersten Tage in Buenos Aires war ich noch wie betäubt. Ich wusste nicht, wohin. Und dann begann der Horror ...«
»... Arquizo«, sagte sie.
Er nickte. »Ich wohnte bei Nieves. Sie kamen am Samstag. Zu dritt. Sie warteten bereits seit zwei Stunden in der Wohnung auf mich. Der Concierge warnte mich, und so bin ich natürlich gar nicht mehr hinaufgegangen. Ich wartete gegenüber in einem Café. Am Abend fuhr Arquizo mit einem zweiten Mann weg. Der dritte war oben geblieben. Es war offensichtlich, dass Alsina sehr nervös war. Ich rief ihn an und fragte ihn, warum er mir seine Wachhunde auf den Hals geschickt hatte. Er sagte, er wolle mich sehen. Ich erwiderte, die Einladung klinge aber nicht sehr freundlich. Ob er möglicherweise einen Anruf aus Berlin bekommen habe? Ich kenne ihn zu gut. Seine Nerven lagen blank. Ich hatte befürchtet, dass dein Vater dir nicht die Wahrheit sagen würde. Aber ich hatte niemals damit gerechnet, dass er meinen Adoptivvater anrufen würde. Er muss ihm gehörige Angst eingejagt haben,

denn sonst hätte mein Adoptivvater nicht so schnell reagiert. Aber ich hatte auch die Wahlen nicht mitbekommen. Die neue Regierung. Ich war ja in Berlin, als gewählt wurde. Er war so weit oben. Das Letzte, was er jetzt brauchen konnte, war eine Anzeige wegen Kindesraub. Er legte auf. Damit war alles klar. Er würde nicht ruhen, bis er mich unschädlich gemacht hatte. Deshalb ging ich zu Haydée und bat sie um Hilfe.«

»Die Frau, die dich gefunden hat?«

»Ja. Sie hat die entsprechenden Kontakte und kennt die Methoden dieser Verbrecher. Sie machte mir klar, dass ich ›sterben‹ musste. Der Autounfall war ihre Idee. Es gab keinen anderen Weg. Ich musste noch einmal verschwinden, um existieren zu können. In Spanien würde man mir Asyl gewähren. Es gibt dort einen mutigen Richter, der sich für Leute wie mich einsetzt. Aber ich musste zunächst lebend aus Argentinien herauskommen. Jede Stunde zählte. Sie besorgte die Leiche und kümmerte sich darum, dass meine Verfolger verfolgt wurden. So wussten wir immer, wo sie waren und was sie taten. Und dann hörte ich plötzlich, dass Arquizo ein junges Mädchen beschattete, das am Flughafen angekommen war ...«

Sie richtete sich auf. »Du wusstest von Anfang an, dass ich da war?«

Er nickte. »Ich konnte nichts tun. Es war zu gefährlich. Sie waren laufend in deiner Nähe. Drei Mann. Haydée beschwor mich, jetzt auf keinen Fall ein Risiko einzugehen, sondern die Sache erst hinter mich zu bringen. Danach war Zeit genug. Es wäre ja auch so fast schief gegangen. Im Sunderland ...«

»Du meinst wirklich, sie hätten ...«

»Ja. Sicher. Das Letzte, was ich an jenem Abend gehört hatte, war, dass du mit meiner Mutter gesprochen hattest und dann ins Hotel zurückgekehrt warst. Haydées Leute wussten nicht, dass ich ins Sunderland fahren wollte, und ich habe mich auch nicht mehr bei ihnen gemeldet. Kein Mensch kennt diesen Club. Ich dachte, ich wäre dort so sicher wie in jedem beliebigen Versteck.«

Er nahm ihre Hand und küsste ihre Fingerspitzen. Dann schüttelte er kurz den Kopf.

»... wie hast du dort nur hingefunden?«

Giuliettas Gesicht verfinsterte sich in Anbetracht des monströsen Plans, den ihr Vater hinter ihrem Rücken in Gang gesetzt hatte. Sie erkannte mit Schaudern, wie er wirklich dachte. Wie lange er wohl gebraucht hatte, bis er die wichtigsten Informationen zusammen hatte, die es ihm erlaubten, solch eine teuflische Falle zu ersinnen? Wie man konspirative Operationen organisiert, hatte er im Spitzelstaat DDR ja offensichtlich gelernt. Er hatte Fernando Alsina ausfindig gemacht und sich schnell zusammengereimt, dass Damiáns Adoptivvater politisch viel zu verlieren hatte, wenn man ihm damit drohte, ein wohl gehütetes Geheimnis aus der dunklen Vergangenheit der Diktatur zu enthüllen. Ein Telefonanruf dürfte genügt haben, um den alten Alsina in Alarmbereitschaft zu versetzen. Der Plan war von geradezu diabolischer Eleganz. Damián konnte sich ihr nicht nähern. Sie selbst war unter ständiger Beobachtung und zugleich ein Lockvogel für Damián. Und um ein Haar hätte sie Damián unwissentlich in die Falle gelockt.

»Arquizo hätte mich auf der Stelle erschossen«, fuhr Damián fort. »Der Mann ist ein Tier. Ich bin sicher, dass Dolores Alsina dich deshalb aufgesucht hat. Sie hatte Angst um mich. Sie kennt die Rangliste der Leute, die für Alsina die Drecksarbeit erledigen. Arquizo bedeutete das Ende. Exekution. Ich denke, sie wollte mich warnen. Sie muss gehofft haben, dass du vielleicht doch wissen könntest, wo ich war. Sie hatte ja keine Ahnung, dass ich über alle ihre Bewegungen Bescheid wusste. Ich frage mich, wie der Alte darauf reagiert hat.«

»Aber warum hat sie mir nicht die Wahrheit gesagt, wenn sie dir wirklich helfen wollte?«

Damián verzog das Gesicht.

»Dazu hat sie viel zu viel Angst vor ihrem Mann. Sie wollte mir nicht helfen. Nicht wirklich. Dafür ist es außerdem viel zu spät. Maria Dolores Alsina weiß genau, wo ich herkomme. Sie ist Teil dieses Systems.«

Sie schüttelte den Kopf. »Ich kann mir das alles gar nicht vorstellen.«

»Weil du keine Ahnung von diesem Land hast. Das organisierte Verbrechen ist bei uns eine Staatsform. Es ist keine Episode, wenn ein Land straflos Tausende seiner Bürger abschlachten lässt und danach ein Gesetz erlässt, das solche Verbrechen auch noch legitimiert. Es ist der extreme Ausdruck der Normalität, die dort herrscht. Gewalt. Gegen unsere Re-

gierungen gibt es keinen Schutz. Und vor gewissen Leuten erst recht nicht.«
Seine Augen blitzten zornig. Dann besann er sich und sprach ruhig weiter.
»Alles war bis ins letzte Detail geplant. Am Sonntagmorgen würde das präparierte Auto mit der Leiche von dem unfertigen Autobahnstück auf den Paseo Colón stürzen und in Flammen aufgehen. Zum gleichen Zeitpunkt wäre ich bereits auf dem Landweg nach Uruguay unterwegs. Alles war vorbereitet. Dann hörte ich am Samstag, dass du mit deinem Vater auf dem Weg zum Flughafen warst und dass Alsinas Leute die Verfolgung aufgegeben hatten. Ich weiß auch nicht, was da mit mir geschah. Der fingierte Unfall und die Flucht konnten auch schief gehen. War all den Leuten zu trauen, die Haydée engagiert hatte? War hier nicht jeder käuflich? Oder einer von ihnen? Also beschloss ich, zum Flughafen zu fahren. Ich … ich wollte dich noch einmal sehen, sicher sein, dass du auf dem Heimflug warst und vielleicht gar nicht erfahren würdest, dass ich am nächsten Tag … Ich habe dich die ganze Zeit beobachtet. In der Halle, in der Telefonzelle, an der Passkontrolle … und dann bist du plötzlich umgekehrt … das war Wahnsinn … warum kehrt sie um, dachte ich, warum fliegt sie nicht, weg von hier, in Sicherheit … doch als du vor mir standest, als ich deine Augen sah, dich spürte … da konnte ich nicht anders. Ich wollte noch einmal diesen Traum erleben, Giulietta, diesen Traum, dein Mann sein zu dürfen … es war völlig verrückt, ich weiß … unverantwortlich … aber ich konnte nicht anders. Vielleicht hatte ich noch zwölf Stunden zu leben. Vielleicht würde alles schief gehen. Aber ich wollte dir noch einmal gesagt haben … gezeigt haben, was du mir bedeutest … bevor ich dein Bruder wurde, wollte ich noch einmal dein Mann sein.«
Während er sprach, waren ihr Tränen in die Augen getreten. Sie hob ihre Hand und berührte mit ihrem Zeigefinger sanft seine Lippen. Dann zeichnete sie sein Gesicht nach, fuhr über seine Augenbrauen, streichelte seine Wange und ließ ihre Hand über seinen Hinterkopf und in sein Haar gleiten.
»Aber du bist doch mein Mann …«, sagte sie leise.
Die verschmierte Schminke warf noch immer dunkle Schatten um ihre

Augen. Aber sie sah plötzlich glücklich aus. Sie beugte sich vor und küsste ihn. Zaghaft zunächst, doch dann mit wachsendem Verlangen. Er spürte ihren Atem, ihre Zunge zwischen seinen halb geöffneten Lippen, und dann erwiderte er ihren Kuss, zog sie an sich und umarmte sie fest. Seine Hände suchten ihren Körper, und ihr Körper gab sich ihm hin. Dann hielt er inne, löste sich von ihr und schaute sie an.

»Giulietta … was tun wir?«

Sie küsste ihn erneut.

»Ich weiß es nicht«, sagte sie. Dann legte sie ihren Kopf wieder an seine Brust und fragte: »Wo wirst du hingehen? Was willst du tun?«

»Ich wohne in Madrid. Ich werde studieren. Ich will lernen.«

»Und das Tanzen?«

Er schüttelte den Kopf. »Das ist vorbei. Das war nicht ich.«

Sie richtete sich wieder auf und schaute ihm in die Augen. Wie anders er aussah. Und doch war er es. Sie wollte ihm widersprechen, doch er kam ihr zuvor.

»Ich habe dich heute Abend gesehen, Giulietta. Es war wundervoll. Deine Kunst. Das bist du. Du bist vollständig. Ich war immer nur ein Blender, ein Verrückter, der in ein Loch gestarrt hat. Ich sollte für die Welt nicht existieren, und die Welt existierte nicht für mich. Meine Tangos, das waren meine drei Minuten Wirklichkeit. Aber ich will ganz werden. Ich will leben. Nein, kein Tango mehr für mich.«

Sie ergriff seine Hand und erhob sich.

»Nur ein letzter … mit mir …?«

Er schaute sie verblüfft an.

»Bitte, Damián, nur einen …«

Sie erhob sich, ging ohne den Blick von ihm zu nehmen zur Stereoanlage und begann, die CD-Sammlung zu durchsuchen. Nach einigen Augenblicken trat Damián hinter sie und umarmte sie. Sie brauchte eine Weile, aber schließlich fand sie, was sie suchte. Sie öffnete das Abspielgerät, legte eine CD ein, wählte den Titel aus und drückte auf den Startknopf. Dann drehte sie sich zu ihm herum.

»Ich komme mit dir nach Madrid«, sagte sie.

Damián erwiderte nichts. Er schaute sie nur an. Die ersten Takte der Musik erklangen. Es war das Geigen-Arpeggio von *Tanguera.*

»Drei Minuten?«, flüsterte sie.

Er nahm sie sanft in die Arme, wartete, bis sie ihr Gleichgewicht gefunden hatte, eröffnete mit einem weit ausholenden Schritt zur Seite und verharrte dort bewegungslos bis zum Einsetzen der Klarinette. Ihre Wangen fanden zueinander, und sie schloss die Augen, als sie seine Worte vernahm, die er nah an ihrem Ohr flüsterte: »Drei Minuten, amor mío … für ein ganzes Leben.«

Epilog

Sie hatte sich bewusst dafür entschieden, mit dem Zug zu reisen. Sie brauchte die Zeit, um sich auf dieses Wiedersehen vorzubereiten. Sie war mit dem Nachtzug von Berlin nach Paris gefahren und hatte nach einem kurzen Frühstück am Gare d'Austerlitz den Anschlusszug nach Madrid genommen. Jetzt lag bereits die spanische Grenze hinter ihr, aber ihre Gedanken hingen noch immer in Berlin fest. Sie dachte an ihre letzten Gespräche mit Markus und an die Begegnung mit Konrad Loess noch am Vorabend ihrer Abreise. Sogar diesen Anwalt hatte sie besucht. Aber das waren alles nur Vorbereitungen gewesen. Vorbereitungen auf eine Begegnung, die sie mit Beklemmung herbeisehnte.
Anita schaute aus dem Fenster auf die Landschaft in der Abenddämmerung. Grüne Flächen, am Horizont in Hügel übergehend. Mai. Frühling. Die letzten sechs Wochen hatten sie völlig erschöpft. Sie war bei eineinhalb Päckchen Zigaretten pro Tag angelangt und begann, sich für diese verfluchte Angewohnheit zu hassen.
Als Giulietta sich nach der grandiosen Premiere nicht bei ihnen meldete, hatte sie sich zunächst nichts dabei gedacht. Markus sprach den ganzen Abend kein Wort und rief ungezählte Male in ihrer Wohnung an. Auf den seltsamen Zwischenfall vor der Aufführung ging er mit keinem Wort ein, und zunächst hatte sie ihn auch nicht mehr gefragt. Sie wollte zuerst mit Giulietta darüber reden.
Aber Giulietta verschwand einfach.
Sie hörten den ganzen Freitag nichts von ihr und erfuhren erst durch die Ballett-Direktorin der Deutschen Oper, was geschehen war. Frau Dubry rief am Freitag gegen sieben Uhr an und teilte ihnen wutschnaubend und zornbebend mit, dass Giulietta per Fax fristlos und mit sofortiger Wirkung gekündigt habe. Man möge Giulietta ausrichten, die Kündigung sei unwiderruflich angenommen. Die Frau war außer sich und fügte hinzu, in ihrem ganzen Leben sei sie noch nie künstlerisch so überrascht und zugleich menschlich so tief enttäuscht worden. Bevor Anita etwas erwidern konnte, hatte die Frau aufgelegt.

Drei überschwängliche Kritiken aus den großen Tageszeitungen lagen noch auf dem Wohnzimmertisch.
Das Wochenende war entsetzlich gewesen. Sie fuhren nach dem schockierenden Anruf unverzüglich zu Giuliettas Wohnung und erkannten sofort die Spuren eines überstürzten Aufbruchs. Der Anblick löste bei ihnen beiden eine Art *déjà-vu* aus, als sei diese Wohnung erneut Schauplatz eines unheimlichen Amoklaufs geworden. Und dann war Markus zusammengebrochen. Er sank auf die Couch und stammelte wirres Zeug vor sich hin, das sich erst allmählich zu einer Erklärung ordnete.
Anita hatte Mühe gehabt, zu verstehen. Erst ganz langsam begriff sie die Zusammenhänge und dann unmittelbar das ganze Ausmaß der Zerstörung, die sein Verhalten in Giulietta angerichtet haben musste. Hoffte er ernsthaft, sie würde ihm all das irgendwann einmal verzeihen können? Seine wahrscheinliche Mitschuld am Tod Damiáns? Ihres Geliebten? Ihres Halbbruders? Es lief ihr kalt den Rücken hinab, wenn sie daran dachte, was Giulietta durchgemacht haben musste. Wie wenig er doch in Wirklichkeit über seine Tochter wusste. Seine geliebte Giulietta mit ihrer unglaublichen Willenskraft. Er begriff ja gar nicht, was er ihr angetan hatte und aus welchem Stoff sie gemacht war. Ihre Leidenschaft für eine Sache, ihr Mut, ihre Absolutheit und unerbittliche Disziplin, die er immer so bewundert hatte – das war doch alles eins, in der Liebe wie im Hass.
Zunächst erreichten sie in der darauf folgenden Woche im Krankenhaus kurze Telefonanrufe von ihr. Sie waren eindeutig gewesen. Giulietta hatte ihr von vornherein die Pistole auf die Brust gesetzt. Wenn sie ihr nicht hoch und heilig versprach, ihrem Mann gegenüber absolutes Stillschweigen über ihren Aufenthaltsort zu wahren, würde sie sich nie wieder bei ihr melden.
So nannte sie ihn fortan. Dein Mann.
Anita hatte keinerlei Grund, an der Entschlossenheit ihrer Tochter zu zweifeln. Giulietta rief sie nur im Krankenhaus an. Es schien fast so, als müsse sie selbst zu ihr erst wieder Vertrauen gewinnen. Anita sah diesen Anrufen mit wachsender Ungeduld entgegen und tat alles, um die Gespräche in die Länge zu ziehen. Es dauerte fast zwei Wochen, bis sie ihr endlich sagte, wo sie sich befand.

Sie hatten nie so miteinander gesprochen wie während dieser Telefonate. Es war paradox, aber die Entfernung brachte sie einander näher.
Anita hielt Wort und klärte Markus lediglich darüber auf, dass Giulietta mit ihr in Kontakt stand, jedoch beim geringsten Versuch seinerseits, sich ihr anzunähern, jede Verbindung abbrechen würde. Er schien das zu akzeptieren, denn er glaubte offenbar, sie verstecke sich bei einer ihrer Freundinnen oder sei nur für eine gewisse Zeit verreist. Und schlussendlich hatte auch Anita gehofft, dass Giulietta früher oder später zurückkommen würde. Berlin war doch ihre Heimat.
Doch dann erfuhr sie die Ungeheuerlichkeit!
Selbst jetzt noch war ihr der Gedanke an die neue Situation äußerst unbehaglich. Die Erleichterung über die völlig überraschende Nachricht zerstreute keineswegs ihre Bedenken bezüglich der Konsequenzen. Aber aus der Ferne konnte sie sich kein Urteil bilden. Und nichts würde sie von ihrem Vorhaben abbringen, ihre Tochter zu sehen. Sie verstand Giuliettas Entscheidung, was Markus betraf. Aber sie weigerte sich, für sein unverzeihliches Verhalten für immer von ihr getrennt zu sein. Waren sie nicht schon viel zu lange getrennt?
Sie rauchte, starrte aus dem Fenster und versuchte, sich die Situation auszumalen. Warum löste die Vorstellung solch einen Widerwillen in ihr aus? Wegen ihrer mütterlichen Instinkte, die sie auf Giulietta projizierte und jetzt vereitelt sah? Sie erinnerte sich nur undeutlich an Damián. Sie hatte ihn ja nur einmal gesehen. Sie wusste noch, dass sie ihn damals attraktiv fand. Giulietta war so verliebt gewesen. Aber jetzt …?
Markus würde all dies niemals erfahren dürfen. Giulietta schärfte es ihr immer wieder ein. Sie hatte panische Angst davor, dass er der Wahrheit auf die Spur kommen und möglicherweise erneut versuchen könnte, Damián zu schaden. Anita hielt dies für sehr unwahrscheinlich. Hatte er nicht beteuert, von den Plänen der Familie Alsina nichts gewusst zu haben? Wenn man Markus sah, hatte man nicht den Eindruck, dass er jemals wieder jemandem schaden würde. Anita hatte große Mühe, kein Mitleid mit ihm zu empfinden. Seine Gesichtszüge hatten sich schlagartig verändert. Er sah krank aus. Seine Haltung wirkte künstlich, als müsse er sich die ganze Zeit gegen etwas stemmen. Er sprach kaum und

trank viel. Als Anita erklärte, sie würde sich lieber eine Weile von ihm trennen, nahm er das kommentarlos hin. Wenige Tage später hatte er eine kleine Wohnung in Schöneberg gemietet und zog aus, während sie bei der Arbeit war. Das war drei Wochen her. Sie hatten zweimal telefoniert, das war alles.

Anita stellte mit Staunen fest, dass er ihr nicht so sehr fehlte, wie sie vielleicht geglaubt hätte. Oder lag es daran, dass sie unter Giuliettas Abwesenheit so viel stärker litt? Ihre Familie war zerstört. Familie? Anita nahm die nächste Zigarette aus dem Päckchen. Sie waren nie eine Familie gewesen. Aber sie fühlte sich an dieser unheilvollen Symbiose zwischen Markus und Giulietta mit schuldig. Diese Entwicklung hatte an dem Tag begonnen, als Giulietta durchsetzte, die Ballett-Schule zu besuchen. Warum hatte sie sich dem Wunsch ihrer Tochter so lange widersetzt? Warum hatte sie ihr die ganzen Jahre den Tanz verleiden wollen? Anita begriff es selbst nicht. Sie hatte alles falsch gemacht.

Sie schaute erneut aus dem Fenster. Es war längst dunkel. Sie warf einen Blick auf ihre Armbanduhr, öffnete dann ihre Handtasche und holte das Päckchen heraus, das Konrad Loess ihr für Giulietta mitgegeben hatte. Konrad Loess. Giuliettas Onkel. Sie musste sich das manchmal leise vorsagen, um sich klar zu machen, dass all diese Veränderungen Wirklichkeit waren. Giulietta stand im Kontakt mit ihm und hatte ihm gesagt, dass sie nach Madrid fahren würde. Konrad Loess rief sie daraufhin im Krankenhaus an und bat darum, ihr etwas für Giulietta mitgeben zu dürfen. Es musste etwas sehr Wertvolles sein, denn er wollte es auf keinen Fall mit der Post schicken.

Sie trafen sich am Vorabend ihrer Abreise in der Nähe des Bahnhofs Friedrichstraße in einem Café. Auch hiervon sollte Markus nie etwas erfahren. Konrad Loess gab ihr eine kleine, dunkelblaue Pappschachtel, die er mit Watte ausgelegt hatte. Darin lag eine alte, offensichtlich sehr kostbare Taschenuhr. Er zeigte Anita, wie man sie öffnete, und ließ ein paar Takte der Musik spielen. Er habe sie reinigen lassen, sagte er, man könne jetzt auch die Inschrift auf dem Innendeckel wieder lesen. Giulietta solle die Uhr bekommen. Er sei so glücklich, eine Nichte zu haben, solch ein großartiges Mädchen. Sie habe ihm mit ihrem Besuch ein einmaliges Geschenk gemacht, das er erwidern wolle. Anita hatte ihn

fasziniert angeschaut, nicht allein der großzügigen Geste wegen, sondern auf Grund seiner Ähnlichkeit mit Markus.
Sie betrachtete die Uhr und musterte mit unverminderter Verwunderung den Schriftzug auf dem Zifferblatt. *Battin. Joaillier & Horloger. Lyon.* Dass Markus ausgerechnet diesen Namen gewählt hatte! Konrad Loess hatte gesagt, die Uhr habe nicht Markus gehört. Sein Vater sei der letzte Besitzer gewesen. Doch er hatte nicht mehr verfügt, wer sie nach seinem Tod bekommen sollte.
Sie hielt das wertvolle Stück in der Hand, drehte und wendete es, bis der Lichteinfall es erlaubte, die geschnörkelte Gravur zu entziffern. Die Inschrift war lateinisch. Es war lange her, dass sie gelernt hatte, lateinische Sentenzen zu entschlüsseln. Aber sie konnte es noch.
Sicut nubes. Quasi naves. Velut umbra.
Wie die Wolken. Gleichsam Schiffe. Nur ein Schatten.
Sie ließ den Deckel zuklappen und hielt die Uhr noch eine Weile in der rechten Hand, bevor sie sie in die Schachtel zurücklegte.
Sie wurde erst wieder auf ihre Umgebung aufmerksam, als der Zug seine Geschwindigkeit drosselte und am Ende fast im Schritttempo durch die Außenbezirke von Madrid fuhr. Die meisten Fahrgäste holten bereits ihre Taschen und Koffer von den Ablagen herunter.
Dann sah sie den hell erleuchteten Bahnsteig. Sie erhob sich, zog das Fenster herunter und lehnte sich hinaus. Die Luft war warm und roch unbeschreiblich fremd und angenehm. Der Zug rollte noch einige Meter und kam dann mit einem leichten Ruck zum Stehen. Anita ließ ihren Blick über den Bahnsteig wandern. Es dauerte eine Weile, aber dann entdeckte sie ein junges Paar, das Arm in Arm langsam am Zug entlangging und suchend in die Abteilfenster blickte.

Sie war angekommen.

Viele

Menschen haben mir bei den Recherchen für diesen Roman geholfen, insbesondere:

In Berlin/London und der Welt des Balletts,
Sylviane Bayard, Klaus Geitel, Chris Hampson, Margaret Illmann,
Marzena Sobanska, Jonathan Still, Dr.Christiane Theobald sowie
Tänzerinnen, Tänzer und Mitarbeiter der Ballettschule Berlin,
der Deutschen Oper Berlin, der Staatsoper Unter den Linden
und des Benesh Institute London.

In Buenos Aires und der Welt des Tangos,
Eduardo Arquimbaud, Osvaldo und Marlies Bayer, Hebe Bonafini,
Teresita Brandon, Rodolfo Dinzel, Damián Esell,
Nicole Klapwijk-Nau, Ricardo Klapwijk, Adriana Mandolini,
Egle Martin, Ellen Marx, Laura Escalada de Piazzolla, Milena Plebs
sowie die Mütter und Großmütter der Plaza de Mayo.

Beim Korrigieren halfen
Bertram Botsch, Jürgen Hintzen, Andreas Solbach, Yvonne Wolf

& beim Imaginieren
der beste Lektor und Literaturagent, den ich kenne:
Roman Hocke.

All ihnen gilt mein herzlichster Dank!